HEYNE <

Susanne Saygin

CRASH

ROMAN

WILHELM HEYNE VERLAG
MÜNCHEN

FSC
www.fsc.org
MIX
Papier aus verantwortungsvollen Quellen
FSC® C083411

Penguin Random House Verlagsgruppe FSC® N001967

Originalausgabe 09/2021

Redaktion: Heiko Arntz
Printed in Germany
Umschlaggestaltung: Cornelia Niere, München,
unter Verwendung von Arcangel Images/Paul Bucknall
Satz: Leingärtner, Nabburg
Druck und Bindung: CPI books GmbH, Leck
ISBN: 978-3-453-43990-0

www.heyne.de

About suffering they were never wrong,
The old Masters: how well they understood
Its human position: how it takes place
While someone else is eating or opening
a window or just walking dully along

W. H. Auden

Ostara

Donnerstag
21. März 2019
Oderbruch
Brandenburg

Die handwerklich gefertigte Naturmatratze, auf der sie kniete, war angenehm unnachgiebig. Die Augenbinde lag weich und fest auf ihren Lidern. Sie hörte den ruhigen Atem des Mannes. Ein kaum wahrnehmbarer Duft wehte sie an, scharf mit einem modrigen Unterton. Sie schluckte, dann streckte sie ihre Hand aus und fand sein Gesicht. Von Bartstoppeln durchbrochene Haut, darunter der Schwung des Kieferbogens bis zum Kinn. Die Lippen waren rissig, vielleicht, weil der Mann viel draußen war. Seine Nase war kräftig, mit breitem, geradem Rücken. Ihre Finger strichen über seine Augenbinde, sie spürte den Linien auf der Stirn des Mannes nach und verlor sich schließlich in seinem vollen, fast widerspenstigen Haar, das sie sich dunkel und von erstem Grau durchsetzt vorstellte. Ihre Zeigefinger umspielten die Rundung der Ohrmuscheln und den weichen Widerstand der Ohrläppchen. Der Mann saß vollkommen still. Sein Atem schien noch ruhiger, dafür war der undefinierbare Geruch intensiver geworden. Ihre Hände glitten über den Hals des Mannes. Sie spürte das rasche Pochen der Schlagader, den Adamsapfel, die Kontur des Schlüsselbeins.

Im Hof wurde der Gong angeschlagen. Sein tiefes Dröhnen schien den gesamten Raum in Schwingung zu versetzen. Enttäuscht ließ sie die Hände sinken. Sie hörte dem Verhallen des Klangs nach und versuchte, sich auf ihren Atem zu konzentrieren.

Der Mann berührte sie erst, als es im Raum wieder ganz still war. Seine Fingerkuppen waren rau, aber seine Berührungen waren behutsam und passten nicht zu dem Bild, das sie sich von ihm gemacht hatte. Der Mann erkundete ihr Gesicht auf ähnliche Weise wie sie es bei ihm getan hatte. Sie hatte das Gefühl, mit jedem Atemzug weicher und leichter zu werden, während sie von dem modrig-scharfen Duft getragen wurde und der Mann seine Hände hinter ihrem Nacken verschränkte.

Der Gong ertönte zum zweiten Mal. ›Aber so war es doch perfekt‹, dachte sie mit Bedauern. Der Mann löste seine Hände, vermutlich, um seine Augenbinde abzunehmen. Sie selbst verharrte reglos, trotzig auf ihre Blindheit bedacht. Der Mann holte scharf Luft, als hätte ihn etwas erschreckt. Im nächsten Moment fühlte sie seine Hände wieder in ihrem Nacken. Wie erlöst legte sie den Kopf zurück und gab sich dem sanften Druck seiner Fingerspitzen an ihrem Hals hin. Der Duft war jetzt stark, fast berauschend. Gierig sog sie ihn ein, während sich der Druck auf ihren Hals verstärkte.

Mit einem Mal öffnete sich das Dunkel hinter ihrer Augenbinde zu einem strahlend blauen Himmel. Mauersegler wirbelten durch das lichte Azur bis es sich zu einem satten, beinahe violetten Ultramarin vertiefte. Sterne zogen auf und drehten sich über ihr in der jetzt nachtschwarzen Himmelskuppel, zuerst langsam, dann immer schneller, bis sie sich zu einer einzigen gleißenden Helligkeit verdichteten. ›So also ist das‹, dachte sie. Lange Schauer erfassten ihren Körper. Dann hörte sie auf zu denken.

Eins

Donnerstag
15. November 2018
Berlin

»Der Kopierer spinnt schon wieder. Ich hatte vorhin ständig Papierstau.« Tanja stand mit dem Rücken zu Mira an der Bindemaschine. »Hast du viel?«

»Hundertzwanzig.« Mira kontrollierte den Papierstand in den Fächern und legte die Kopiervorlagen in den Einzug. Es roch nach Heißkleber und verschmortem Kunststoff.

»Lass dich nicht ärgern. Übermorgen ist Wochenende.« Tanja packte einen Stapel gebundener Mandantenbroschüren in einen der Klappwagen, die die Sekretärinnen für Transporte im Haus benutzten. Mira murmelte etwas Zustimmendes und sah Tanja nach, die ihren Wagen in Richtung Aufzug zog.

Tanja hatte Übergewicht. Die meisten, die schon länger bei Hallmarck Stetten Werbellin waren, hatten Übergewicht. Nicht, dass sie grotesk fett gewesen wären, sie standen einfach nur gut im Fleisch. Stramme Schenkel und kräftige Hintern in No-Name-Jeans gepackt. Wohlgerundete Bäuche und üppige Brüste unter lockeren Tuniken in hellen, fröhlichen Farben. Praktische Kurzhaarfrisuren. Ungeschminkt. Nicht sexy, aber proper und irgendwie appetitlich. In einer anderen Zeit wären diese Frauen Ammen geworden, in züchtiger pastellfarbener Tracht und weißer Haube dazu abgestellt, die Brut der Herrschaft mit Nahrung, Wärme und Geborgenheit zu versorgen. Im Hier und Jetzt vermittelten sie genau die Verlässlichkeit, die den Laden am Laufen hielt.

Natürlich gab es auch die anderen, die schlanken Hübschen, sorgfältig Geschminkten mit Push-up-Bras unter den auf Figur geschnittenen Blusen. Die Kanzlei war für sie nur eine Zwischenstation, bevor sie irgendeinen Dennis, Robin oder Marco heirateten und ins neu gebaute Eigenheim im Speckgürtel entschwanden. Aber bis dahin sorgten sie für den diskreten erotischen Kitzel, der den Anwälten die Überstunden schmackhaft machte.

Und dann waren da noch die, die in keine dieser Kategorien passten – die hoch qualifizierten Kolleginnen jenseits der Vierzig. Schmallippige Frauen, die am Wochenende allein im Café saßen und in Magazinen, die für Achtsamkeit und Flow warben, Antwort auf die Frage suchten, was in ihrem Leben falsch gelaufen war. Bei HSW wurden diese Frauen misstrauisch beobachtet. Sie galten als launisch und neigten zu Widerworten. Allerdings brachten sie oft Know-how mit, auf das die Sozietät immer stärker angewiesen war, Fremdsprachenkenntnisse zum Beispiel oder Arbeitserfahrung und Kontakte in Ministerien und großen Unternehmen. Die Anwesenheit dieser Frauen wurde daher schulterzuckend als notwendiges Übel hingenommen.

Von außen betrachtet, dachte Mira, gehörte sie wahrscheinlich genau in diese Kategorie. Nur, dass sie ihre Wochenenden kaum noch in Berlin verbrachte.

Sie stellte die Anzahl der Kopien ein und drückte auf »Start«. Der Kopierer zog die Vorlagen mit einem Schnappgeräusch ein, verarbeitete die Information und begann dann in rasendem Tempo Papierstapel auszuspucken.

Mira stand mit der Hüfte an die Maschine gelehnt und sah in den Innenhof. Eine Krähe ließ wieder und wieder eine Walnuss aus vollem Flug auf das Pflaster prallen, bis die Schale aufplatzte und den hellen, hirnförmigen Kern freigab. Die Krähe stieß zu ihrer Beute hinunter. Einer der Junganwälte kam über den Hof und machte zum Spaß einen Ausfallschritt in ihre Richtung. Die Krähe flog auf. Der

Anwalt trat, ohne es zu merken, auf den Nusskern und verschwand in der Cafeteria. Nach ein paar Sekunden kehrte die Krähe zurück und klaubte den Nussmatsch vom Boden. Draußen wurde es langsam dunkel.

Mira sah auf die Uhr. Kurz vor fünf. Mit Glück war sie um acht raus. Halb neun zu Hause, kurzes Abendbrot, fürs Wochenende packen, früh ins Bett, morgen pünktlich Schicht machen und dann gleich vom Büro aus zum Zug.

Das war der Plan.

Der Kopierer verhakte sich. Warnleuchten blinkten auf. Mira checkte die Darstellung auf dem Display, zog geschreddertes Papier aus dem Inneren des Geräts und drückte auf »Fortsetzen«. Mit einem schmatzenden Seufzer nahm der Kopierer die Arbeit wieder auf. Mira wartete, bis das Exemplar, das er gerade druckte, fertig war. Dann griff sie sich den Packen Papier und prüfte, ob alle Seiten durchgekommen waren. Noch während sie zählte, hängte sich der Kopierer erneut auf. Mira verschränkte die Hände im Nacken und schloss die Augen. Das war es dann mit ihrer Zeitplanung.

Zwei Stunden später packte sie die hundertzwanzig gebundenen Mandantenbroschüren in einen Wagen und lieferte sie bei Sina am Empfang ab.

»Braucht ihr sonst noch was von mir für morgen?«, fragte Mira.

»Allet schick. Kannst dich entspannen, Süße.« Sina, grüne Augen, dunkler Pferdeschwanz, körperbetonter schwarzer Hosenanzug, lächelte sie an. »In der Cafeteria steht noch Fingerfood von der Mandantenveranstaltung vorhin«, sagte sie.

»Großartig. Ich war nicht zu Mittag, und vor halb zehn komm ich hier wieder nicht raus.«

»Lass dich nicht ärgern.«

»Moi?« Mira täuschte Erstaunen vor, dann klatschte sie Sina ab und ging in die Cafeteria. Ein paar Junganwälte arbeiteten sich mit großem Hallo am Tischkicker ab. Das Fingerfood war schon deutlich ausgedünnt. Mira lud sich vier durchgeweichte Mini-Wraps mit

Lachscremefüllung auf einen Teller, zapfte sich ein Glas Mineralwasser und stellte sich an das Ende des Stehtisches, das den Sekretärinnen vorbehalten war.

Am anderen Ende unterhielten sich drei blonde Junganwältinnen.

»Also ich tu mich inzwischen schon auf dem Secondary Market um«, sagte die Hübscheste der drei. Einen Moment herrschte ratloses Schweigen, dann fiel bei den anderen der Groschen.

»Echt jetzt? Du datest Typen, die geschieden sind?«, prustete eine ihrer Kolleginnen los. »Krass!«

»Wenn mich sonst keiner nimmt.«

»Aber die wollen doch keine Kinder mehr«, gab Blondine Nummer drei zu bedenken.

»Den Kinderwunsch muss man denen ja nicht auf die Nase binden«, die Hübsche zuckte die Schultern. »Packen wir's?«

Die drei verließen die Cafeteria in Richtung Aufzug. Ihre leeren Tassen ließen sie stehen.

Mira starrte auf die Lippenstiftspuren an den Tassenrändern und dachte an den Mann, der beim letzten Retreat ihr Zufallsgefährte gewesen war. Hatte er Markus geheißen? Jedenfalls war er Finanzvorstand oder Geschäftsführer oder irgendwas in der Richtung gewesen. In der Kleinrunde hatte er erzählt, wie oft er seine Frau und seine Kinder beobachtete und sich dabei fragte, wie diese Menschen in sein Leben gekommen waren und was sie darin suchten. Dann hatte er geweint. Mira hatte sich ihm sehr nah gefühlt. Der Sex mit ihm war allerdings eher enttäuschend gewesen.

Mira sah auf die Uhr. Zehn nach sieben. Sie stellte ihren Teller und das Glas in den Geschirrspüler, packte die letzten Lachs-Wraps auf einen Teller und ging zum Aufzug.

Ein Senior Counsel war mit Mantel und Aktenkoffer auf dem Weg zum Ausgang.

»Na, Kollege, wieder einen halben Tag freigenommen?«, rief ihm einer der Partner im Vorbeigehen zu. Der Counsel lächelte angestrengt.

Die Aufzugtür öffnete sich mit einem leisen Ping. Hinter Mira drängten zwei Mandanten in die Kabine. Mitte vierzig, Maßkonfektionsanzüge, geschmacksneutrale Krawatten, Business-Schuhe mit Ledersohlen, die zu dünn waren für den Berliner November.

»Diese aktive Zuhörerei von dem Heckermann geht mir so was von auf den Sack«, sagte der schlankere der beiden. »Ich meine, geht's noch? Wie unauthentisch kann man sein?«

»Juniorvertriebler«, sagte der andere. »Der setzt die Inhalte aus dem Verkäufer-Coaching halt noch komplett unhinterfragt um. Den musst du einfach ein paar Mal um den Block schicken, dann verschleift sich das.«

Der Aufzug hielt im ersten Stock. Mira stieg aus und ging in Richtung Büro. Eine Sekretärin von der jungen, attraktiven Sorte kam ihr entgegen, und im Halbdunkel des Flurs dachte Mira für den Bruchteil einer Sekunde, die Frau sei untenrum nackt, so wie die alternde Alkoholikerin, die ihr kürzlich in Neukölln auf der Straße begegnet war, mit blankem Hintern und zotteligem Schamhaar. Die Kollegin kam naher, und Mira wurde klar, dass sie einfach nur eine Skinny-Jeans in der Modefarbe Nude anhatte.

Das Büro, das sich Mira mit Nadine teilte, war leer. Nadine saß, das konnte Mira durch die Glaswand sehen, beim abendlichen Briefing mit ihrem gemeinsamen Chef, Herbert Stetten, dem letzten noch aktiven Gründungspartner von HSW. Nadine hielt den Kopf leicht schräg, während sie in ihrer ordentlicher Mädchenschrift die Aufgaben mitschrieb, die Stetten ihr diktierte. Wenn Stetten mit ihr fertig war, würde sich Nadine auf ihren Platz gegenüber von Mira fallen lassen und mit vor Stolz bebender Stimme klagen, dass sie mal wieder nicht vor elf rauskommen würde.

Mira schloss die Tür zum Büro auf. Die Raumtemperatur lag gefühlt bei dreißig Grad. Leichter Schweißgeruch hing in der Luft. Mira stellte den Teller mit den Lachs-Wraps auf Nadines Tisch. Dann drehte sie die Heizung herunter und machte das Fenster auf. Straßenlärm brach herein. Die verstaubte Einhorn-Piñata, die seit

Nadines Geburtstag im Mai an ihrer Tischleuchte hing, schaukelte im Luftzug. Das Krepppapier, das in vergilbten Regenbogenfarben aus dem Einhornmaul quoll, raschelte trocken.

Mira schloss das Fenster, zwängte sich an den Aktenkartons vorbei, die am Vormittag aus Köln angekommen waren, und setzte sich an den Rechner. In ihrer Mailbox waren neunundzwanzig neue Mails eingegangen, ungefähr die Hälfte davon von Herbert Stetten und sieben von Torsten Wolf, dem Senior Counsel, dem Mira seit zwei Wochen zusätzlich zuarbeiten sollte.

Wolfs Assistentin hatte Mitte Oktober gekündigt. Eine weitere Kollegin aus ihrer Praxisgruppe war seit Wochen krankgeschrieben, und die schon eingeplante Neubesetzung für das Partnersekretariat von Martin Kaltenborn war einen Tag vor Vertragsunterzeichnung abgesprungen. Das Officeteam der Praxisgruppe Bau- und Immobilienrecht von HSW am Standort Berlin lag damit genau ein Drittel unter Sollstärke. Sie waren also dramatisch unterbesetzt. Die Sozietät suche mit Hochdruck nach Ersatz für die fehlenden Vollzeitkräfte, hatte Matthias Pahlow, der für Personalangelegenheiten zuständige Partner, Ende Oktober in einer Mail geschrieben. Bis dahin appelliere er an das Durchhaltevermögen, die Kollegialität und das Verantwortungsbewusstsein des Officeteams, um die aktuelle Notlage zu meistern.

In den Tagen darauf hatte Pahlow eine Kollegin nach der anderen zu sich gerufen und die neuen Zuständigkeiten besprochen. Nur Mira war so lange außen vor geblieben, dass sie sich schon gesorgt hatte, ob ihr Vertrag nach der Probezeit verlängert werden würde. Als sie endlich doch noch zum Gespräch gebeten wurde, war sie fast erleichtert gewesen.

»Und?«, hatte ihre Lieblingskollegin Jenny gefragt, als sich Mira danach in der Teeküche ein Wasser holte.

»Senior-Assistenz für Torsten Wolf.«

»Oh, beim bösen Wolf persönlich.« Jenny klang mitfühlend. »Soll der nicht die Bensheim-Mandate aus Köln übernehmen?«

Mira reagierte nicht. Die Bensheim-Sache war vertraulich.

»Schon gut.« Jenny winkte ab. »Bekommst du wenigstens eine Junior-Assistenz dazu?«

»Linh Nguyên.«

»Das Fidschi-Mädchen mit den Pornonägeln? Na, herzlichen Glückwunsch. Aber wir können es uns nicht aussuchen, was, Süße?«

Mira hatte die Schultern gezuckt. Sie war aufs Klo gegangen und hatte sich im Spiegel über dem Marmorwaschbecken betrachtet. Vereinzelte graue Fäden im kastanienfarbenen Haar, müde Schatten unter den grüngrauen Augen. Davon abgesehen aber immer noch durchaus ansehnlich. ›Ihr kriegt mich nicht‹, hatte sie gedacht. Dann war sie zurück an ihren Schreibtisch gegangen.

Das war vor vierzehn Tagen gewesen, und jetzt saß Mira hier und rasterte ihre Eingangsmails. Zuerst die von Herbert Stetten: wichtig, aber nicht dringend. Dringend, aber nicht wichtig. Weder wichtig noch dringend. Ganz zum Schluss dann aber doch noch eine Flugbuchung für den nächsten Tag, eine Terminfindung mit den Baudezernenten von vier Großstädten im gesamten Bundesgebiet – und, zur Krönung, der Auftrag für eine Vertragsübersetzung, die Stetten morgen früh als Erstes gegenlesen wollte, damit Nadine sie vor neun Uhr an die Senatsverwaltung weiterleiten konnte. Mira öffnete den Anhang mit dem Vertrag. Fünf Seiten einzeilig. Sie lehnte sich in ihrem ergonomischen Bürostuhl zurück und atmete tief ein. Dann beugte sie sich wieder zum Bildschirm vor.

Eigentlich hätte sie sich als Nächstes um die Mails von Torsten Wolf kümmern müssen. Stattdessen klickte sie sich erst einmal durch sämtliche andere Nachrichten, die ihren Posteingang zuspammten: Terminbestätigungen, Rückfragen zu einer Reisekostenabrechnung, Infos der Personalabteilung zu drei neuen Mitarbeitern in der Wirtschaftsprüfung, Aufrufe zu kreativen Beiträgen für die Weihnachtsfeier in zwei Wochen, der Speiseplan der Kantine für KW 47, die Geburtsanzeige für das Kind eines Junior Counsels aus der Praxisgruppe Energierecht. Die Energierechtler saßen im dritten Stock, Mira hatte den Counsel nie getroffen, sie wusste noch nicht einmal wie der Mann aussah, trotzdem öffnete sie das PDF mit der Geburtsanzeige: ein instagramfähiges Foto eines krumpeligen Säuglings mit handgestricktem, bunt geringeltem Mützchen, Geburtsdatum, Gewicht, darunter: »Sophie-Charlotte ist da! Wir sind unendlich froh und dankbar. Alexander und Maja (mit Philip und Louise)«, eine Adresse im Prenzlauer Berg an der Grenze nach Mitte.

Während Mira sich noch fragte, wieso sie an einem Donnerstagabend, zwei Stunden nach ihrem eigentlichen Arbeitsende, auf Babyfotos von entfernten HSW-Mitarbeitern starrte, lief eine Mail von Sandra Schnütgen ein, der Assistentin von Michael Bensheim. Es war die Liste von Mandaten, die Torsten Wolf von Bensheim übernehmen sollte. Mira überflog die Einträge, dann atmete sie plötzlich scharf ein.

»Das kann nicht sein«, sagte sie fast lautlos.

Mira ging auf die Website der Kanzlei und scrollte sich durch die Referenzmandate. Danach loggte sie sich in die Kanzleisoftware ein und ging in eine der Akten in Sandra Schnütgens Aufstellung.

Fünf Minuten später rief sie Sandra Schnütgen an. Sie hatten schon ein paarmal wegen der Aktenübergabe gesprochen, und Sandra schien okay zu sein.

»Na, auch noch auf Schicht?« Sandra klang distanziert-ironisch wie immer.

»Ist doch erst halb acht«, gab Mira zurück. »Sag mal, ich bin gerade deine Liste durchgegangen.«

»Und?«

»Nolden-Bau. Die sind nicht auf der HSW-Website.«

»Wundert dich das?«

»Eher, dass wir die überhaupt betreuen.«

»Passt nicht so zum cleanen Image von HSW, oder?« Sandra klang jetzt fast ätzend. »Deshalb auch die ganze Geheimnistuerei. Fakt ist, Nolden-Bau ist die größte Cashcow von HSW. Als der *Concrete Gold*-Skandal damals hochgekocht ist, hat sich Nolden an Herbert Stetten persönlich gewandt. Stetten hat das Mandat angenommen und dann an meinen Chef durchgereicht. Außer Nolden-Bau hat

Bensheim in den letzten vier Jahren praktisch nichts gemacht. Die anderen Mandate auf der Liste kannst du vergessen.«

»Hat dein Boss das allein durchgezogen – oder mit seiner Frau?«

»Allein. Seine Frau ist doch in einer ganz anderen Praxisgruppe.«

»Wie geht es deinem Chef überhaupt?«, fragte Mira. »Irgendeine Ahnung, wann der wieder an Bord sein wird?«

»Nein. Die halten sich hier sehr bedeckt. Aber ich glaube, der ist durch. Der kommt nicht wieder.«

»Und was machst du dann?«

»Ich gehe in fünf Monaten in Mutterschutz. Danach nehme ich erst mal die Elternzeit mit, und dann sehen wir weiter.«

»Klingt nach einem Plan.«

»Du, ich habe mir das auch anders vorgestellt.« Sandra gähnte. »Sorry, Sweetie, ich muss. Ich habe hier noch den Schreibtisch voll. Schönen Feierabend – wenn er kommt.« Sie legte auf.

Auf dem Bildschirm poppte eine ausrufezeichenbewehrte Mail von Torsten Wolf auf. Mira massierte sich mit einer Hand den Nacken und öffnete die Nachricht.

heute fristablauf vergabeverfahren braunschweig. stimmen sie sich mit linh nguyen ab. unterlagenversand zwingend vor 24h. wolf

Miras Puls beschleunigte sich. Sie ließ sich im Bürostuhl zurückfallen und trommelte mit den Fingerspitzen auf der Tischplatte. Dann ging sie auf das Karriereportal, auf dem sie vor etwas mehr als sechs Monaten ihren Job bei HSW gefunden hatte und suchte nach den aktuellen Stellenangeboten der Sozietät. Nichts. Genauso wenig wie in den anderen Jobbörsen. Noch nicht einmal auf der Kanzlei-Homepage selbst war eine Office-Position ausgeschrieben. ›So viel zur Hochdrucksuche nach Entlastung für unser Team‹, dachte Mira.

Ihr Blick glitt zu Nadines Schreibtisch. Ein offener Becher Schokopudding stand neben der Tastatur, die Reste des Sprühsahnehäubchens glänzten tranig. Unter der Einhorn-Piñata stapelten sich abgestoßene Mandantenbroschüren und hastig aufgerissene Packen mit Druckerpapier. Nadine war sechzehn Jahre jünger als Mira und sah ihre Lebensaufgabe darin, dem rastlos nach vorn preschenden Herbert Stetten bedingungslos zu Diensten zu sein. Dass sie dabei eine ständig anschwellende Bugwelle aus unerledigter Ablage, Altpapier und schlichtem Unrat vor sich herschob, blendete sie erfolgreich aus. Mira starrte auf den Kalender hinter Nadines Platz. Drei Babydelfine tollten durch unnatürlich blaues Wasser. Der rote Datumsschieber stand noch irgendwo am Anfang des Monats. In der Redaktion von *Concrete Gold* hatte Mira ein eigenes Büro gehabt, und an der Wand hatte Echtkunst gehangen. Vor allem aber, dachte Mira, hatte sie bei *Concrete Gold* einen sinnvollen Job gemacht.

Ihr Blick fiel auf den Bildschirm. Die Nolden-Akte war noch immer offen.

Auf einmal war Mira ganz ruhig.

Sie sah durch die Glastür hinüber in das Büro von Herbert Stetten. Die Wagenfeld-Leuchte auf dem Schreibtisch tauchte den Raum in intimes Licht. Stetten saß zurückgelehnt und war im Dunkel kaum zu erkennen. Nadine nahm noch immer mit konzentriert vorgeschobener Unterlippe seine Orders entgegen. Nichts deutete darauf hin, dass sie damit so bald fertig sein würde.

Mira loggte sich aus und wieder ein. Dann steckte sie einen USB-Stick in den Rechner und zog sich die Nolden-Akte herunter. Damals, vor vier Jahren, war Nolden einfach so davongekommen, aber mit dem Material aus der Akte konnte man die Geschichte vielleicht noch mal neu aufrollen. Oder noch ganz andere Sachen machen.

Der Kopiervorgang zog sich. Miras Herz raste. Sie sah rüber zu Stetten und Nadine. Alles unverändert. Mira tätigte einen Anruf übers Handy und beendete das Gespräch nach ein paar geflüsterten Sätzen. Dreißig Sekunden später fuhr sie den Rechner herunter, legte eine Nachricht auf Nadines Schreibtisch und griff sich ihren Mantel.

Weder Nadine noch Herbert Stetten sahen auf, als Mira das Büro abschloss und an der Glastür zum Chefbüro vorbei zum Aufzug ging. Sie fuhr in den dritten Stock zu Linh Nguyên. Linh war Mitte zwanzig, kam frisch von der Fachhochschule und sprang noch durch jeden Reifen, den man ihr hinhielt. Die Bestellung zur Junior-Assistenz für Torsten Wolf hatte sie als Auszeichnung begriffen. Mira erzählte Linh etwas von plötzlichen, unerträglichen Kopfschmerzen und übertrug ihr die alleinige Verantwortung für den Unterlagenversand im Vergabeverfahren Braunschweig.

»Klar, kannst du dich auf mich verlassen.« Linh glühte vor Diensteifer. »Fahr nach Hause, und erhol dich. Ich ping dich an, wenn die Sachen raus sind.«

»Du bist ein Schatz.« Mira deutete ein Küsschen an.

Zwei Minuten später verließ sie das Bürogebäude über den Hinterausgang und entfernte sich zügig. Als sie außer Sichtweite war, begann sie zu rennen. Drei Blöcke weiter konnte sie nicht mehr. Mira lehnte sich mit dem Rücken gegen die Marmorfassade eines Geschäftshauses und rang nach Atem. Dann begann sie plötzlich zu lachen. ›Karma‹, dachte sie. ›Fucking Karma‹. Sie blieb an die Wand gelehnt stehen und konnte nicht aufhören zu lachen.

Ein vereinzelter Passant, ein Mann Ende dreißig mit Hornbrille und teurem Mantel, nahm sie flüchtig in den Blick und beschleunigte dann seine Schritte. Erst in diesem Moment wurde Mira bewusst, dass ihr Gesicht nass war vor Tränen.

Zwei

Donnerstag
14. Februar 2019
Hannover – Berlin

Torsten Wolf hastete die Treppen zum Bahnsteig hoch. Das Schließsignal fiepte schon, aber die Türen des ICE waren noch offen. Wolf sprang auf die Waggontreppe. Hinter ihm schnappte die Zugtür zu. Wolf holte tief Atem und orientierte sich. Er war in der Holzklasse gelandet und würde sich bis zu seinem Platz in der Ersten durchkämpfen müssen. Als er sich in Bewegung setzte, touchierte er mit seiner Notebooktasche einen jungen Mann, der im Gang vor den Toiletten auf dem Boden saß.

»Ey, pass doch auf, Alter!«, blökte ihn der Junge an. Wollmütze hoch auf dem Kopf getragen, voluminöse Daunenjacke, MacBook Air. Kalte Wut stieg in Wolf auf. ›Nicht provozieren lassen‹, dachte er. Er wandte sich um und arbeitete sich weiter in den überfüllten Waggon hinein. Wahrscheinlich war der vorhergehende ICE wieder mal ausgefallen, und jetzt drängte sich das ganze Kroppzeug in der Pendlerverbindung nach Berlin.

Als Wolf endlich in der ersten Klasse angelangt war, saß eine zarte, dunkelhaarige Frau in buntem Minirock und Leggings auf seinem Platz und stillte ihr Kind. Wolf registrierte den vertrauten Milchdunst. ›Ben‹, dachte er, ›Ada‹. Für einen Moment wollte er nichts anderes, als sich neben die Frau setzen, den Kopf an ihre Schulter lehnen und mit geschlossenen Augen auf ihren Atem und den des Kindes hören. Die Frau hob den Kopf und sah ihn an. Ihre Augen waren wasserblau. Der Bann war gebrochen.

Wolf drehte ab, er griff sich im Gehen eine *FAZ* und suchte sich einen Platz im Bordrestaurant.

Während er auf sein Pils wartete, checkte er seine Mails. Zur Abwechslung nichts Dringendes. Wolf legte das Handy weg, lehnte sich zurück und dachte an die Verhandlungen. Nach zähem Beginn war das Gespräch dann doch noch in die richtigen Bahnen gekommen. Der Baurat hatte sich überzeugen lassen, dass HSW genau die Expertise mitbrachte, auf die die Stadt bei der Rekommunalisierung ihres sanierungsbedürftigen Sozialbaubestands angewiesen war. Man hatte sich mit Handschlag verabschiedet, der Vertragsabschluss war für Mittwoch geplant. 900k Minimum würde das Mandat allein in diesem Jahr generieren, überschlug Wolf, mit ein bisschen Glück auch mehr. Herbert Stetten würde zufrieden sein.

Wolf sah aus dem Fenster, draußen war es dunkel, die Scheibe reflektierte sein Gesicht. Dunkles, etwas zu langes Haar, Seitenscheitel, kräftige Nase, jungenhafte Urbanität suggerierender Dreitagebart. Die Ringe unter seinen Augen waren allerdings nicht ganz so jungenhaft, genauso wenig wie der Bauch, der sich seit ein paar Wochen immer deutlicher unter Wolfs Hemden abzeichnete.

Die Kellnerin kam mit seinem Pils. Wolf nahm einen langen Zug, dann widmete er sich der Zeitung. Das Feuilleton machte mit einem großen Artikel zum Bauhausjubiläum auf. »Walter Gropius«, las Wolf, »Hannes Meyer«, »Ludwig Mies van der Rohe«, »Weimar«, »Dessau«. Wolf kannte diese Namen, aber es gelang ihm nicht, sich auf den Artikel zu konzentrieren. Er ließ die Zeitung sinken, lehnte sich im Sitz zurück und schloss die Augen.

Mit einem Mal erinnerte er sich an den ersten Tag in Dessau. Er sah Elise auf der Terrasse des Kornhauses sitzen, im Profil, mit Blick auf die Elbe, ein Bein untergeschlagen, zierlich und schmal wie eine Tänzerin, das dunkelbraune Haar hoch auf dem Kopf zu einem Knoten gebunden, kurzer Pony, der die feingeschwungenen Brauen und die hohen Wangenknochen betonte. Mit Federn im Haar hätte sie ausgesehen wie ein Manga-Indianermädchen.

Elise hörte ihn kommen und wandte den Kopf zu ihm. Das goldene Piercing in ihrem Nasenflügel glitzerte in der Sonne.

»Coppa Cioccolata oder Schwedenbecher?«, fragte Wolf.

»Beides!« Im Gegenlicht waren Elises braune Augen annähernd bernsteinfarben.

Wolf hatte auf das Schokoeis spekuliert, stellte jetzt aber beide Becher vor Elise ab.

»Zu Befehl, Madame Nimmersatt.« Er küsste sie auf die Nasenspitze. Elise machte sich über die Eisbecher her. Gelegentlich gab sie Wolf einen Löffel ab.

Sie blieben auf der Terrasse, bis die Sonne elbeabwärts untergegangen war. Dann gingen sie zurück in ihr Gästezimmer im Bauhausgebäude. Wolf holte den Champagner aus dem Kühlschrank in der Teeküche. Als er ins Zimmer zurückkam, stand Elise mit dem Rücken zu ihm und sah durch das perfekt proportionierte Atelierfenster nach draußen in die Dunkelheit.

Wolf stellte die Flasche ab und umarmte sie von hinten.

»Das ist der schönste Ort, an dem ich je war«, flüsterte Elise.

»Für dich nur das Beste.« Wolf berührte Elises Brüste unter dem dünnen Seidenblouson mit den aufgestickten chinesischen Drachen. Elise stand einen Moment still gegen ihn gelehnt, dann wandte sie sich zu ihm um und küsste ihn auf den Mund. Wolf nahm sie in die Arme und trug sie aufs Bett.

Den Champagner tranken sie erst viel später.

Als Wolf am nächsten Morgen aufwachte, stand Elise in ein Bettlaken gewickelt auf dem Balkon.

»Schau dir das an«, sie zeigte auf ein vereinzeltes Kranichpaar, das schrill rufend nach Osten flog.

»Wohin ihr? – Nirgend hin. Von wem davon? – Von allen. Ihr fragt, wie lange sind sie schon beisammen? – Seit Kurzem. – Und wann werden sie sich trennen? – Bald«, rezitierte Elise. »Kennst du das?« Sie drehte sich zu Wolf. »Mein Lieblingsgedicht. Von Brecht.«

»Aber ich will mich doch gar nicht von dir trennen«, sagte Wolf. Er küsste Elise in den Nacken und zog sie sanft aber bestimmt zurück in Richtung Bett.

Kennengelernt hatten sie sich zwei Wochen vorher. Henning, sein bester Freund, hatte Wolf gefragt, ob er am Samstag mit ins Kraftwerk an der Köpenicker kommen wolle.

»Neue E-Musik.« Henning hatte gegrinst. »Julia will da hin. Geht die ganze Nacht. Nimm dir ein Kissen und eine Isomatte mit. Da kann man wohl auch pennen.«

Wolf stand nicht auf Stockhausen und Konsorten, aber er hatte an dem Abend nichts Besseres zu tun. Außerdem spekulierte er darauf, dass Hennings Freundin Julia, eine ausnehmend hübsche Kunsthistorikerin, eine Kommilitonin mitbringen würde.

Tatsächlich war Julia in Begleitung ihrer Freundin Elise gekommen. Die beiden Mädels rollten ihre Isomatten neben denen von Wolf und Henning auf einem großen Podest aus und vertieften sich dann in ein intensives Gespräch. Wolf und Henning tranken währenddessen an das Podest gelehnt Bier und zogen über die Musik ab – seltsam aggressives metallisches Gedengel, das von unablässigem Stroboskopflackern begleitet wurde.

Henning zeigte auf die Leute um sie herum, die mehr oder weniger leicht bekleidet auf Feldbetten und Isomatten lagerten.

»Pyjamaparty, oder?«

»Aus der Hölle.« Wolf sah verstohlen zu Elise hinüber, die im Schneidersitz zu Julia geneigt saß und ihr offenbar konzentriert zuhörte.

Um halb zwölf bauten die Musiker ihre Instrumente ab. Nach einer endlos langen Umbauphase trat ein einzelner schmaler Mann ans Mischpult. Kurz darauf erfüllte ein sanft grollender Bass die jetzt fast komplett dunkle Halle. Henning und Wolf kletterten zu den Mädels auf das Podest. Dort war es inzwischen voll geworden. Elise hatte ihre Isomatte dicht neben die von Wolf gerückt. Henning reichte irgendwelche Pillen herum. Wolf wunderte sich, mit welcher Selbstverständlichkeit Elise und Julia die Dinger einwarfen, aber als die Reihe an ihm war, schluckte er die herzförmige Tablette, als würde er das jedes Wochenende tun.

Er streckte sich auf seiner Isomatte aus und starrte zur Hallendecke hoch, die im diffusen Halblicht aussah, wie ein Filmset aus *Blade Runner*. Das hölzerne Podest unter ihm übertrug die Bässe der Musik direkt in seinen Körper. Flaumige Klangwolken schienen Wolf einzuhüllen. Er hörte Grillenzirpen und das Murmeln von Wasser. Über ihm projizierte die Lichtanlage Sternenkonstellationen an die Decke.

Plötzlich schienen sich die Mauern des Kraftwerks zu öffnen, und Wolf meinte, durch die Stadt hindurch auf endlos wogendes Gras zu sehen. Gleichzeitig fühlte er sich mit allem um ihn herum verbunden, mit der Musik, mit dem Holz des Podests unter ihm, mit den Menschen in der Halle, mit Henning und Julia, vor allem aber mit Elise, die keine dreißig Zentimeter von ihm entfernt lag. Wolf schien es, als ob von ihr ein unbestimmter Duft ausging, kein Parfum, sondern ein betörender animalischer Botenstoff, der ihn unweigerlich zu ihr hinzog.

Er drehte sich zu ihr. Elise lag zu ihm gewandt und lächelte ihn mit weit geöffneten Augen an. Wolf streckte die Hand aus und zog behutsam die Linie ihrer Augenbrauen nach. Elise strich ihm mit dem Rücken ihrer Hand über die Wange. Wolf dachte, dass er noch nie so sanft berührt worden war. Er spürte mit den Fingerspitzen die Konturen von Elises Gesicht nach und hatte das Gefühl, dass die Zartheit ihrer Haut, die Struktur der darunterliegenden Muskeln und Knochen, das Pulsieren von Elises Blut, der Rhythmus ihres Atems in diesem Moment und für immer ein Teil von ihm wurden. Neben ihm stöhnte Henning unterdrückt auf. ›Aber darum geht es doch gar nicht‹, dachte Wolf. Danach verlor sich sein Zeitgefühl.

Gegen sechs Uhr morgens wurde die Musik immer leiser und verstummte schließlich ganz. Elise richtete sich mit einer katzenartigen Bewegung auf, sie rollte ihre Isomatte und ihr Kissen zusammen und wandte sich zu Wolf.

»Kommst du mit?«, fragte sie.

Sie frühstückten bei einem türkischen Bäcker auf der Adalbertstraße. Nach der Vertrautheit der Nacht fühlte sich Wolf in Elises Gegenwart befangen. Bei Tageslicht schien sie ihm noch schöner als im Dunkeln des Kraftwerks.

»Und was machst du so?«, fragte er.

»Ich studiere Architektur in Weißensee.«

»Cool, hätte ich auch gern gemacht.«

»Aber?«

Wolf zuckte die Schultern. »In meiner Familie studiert man Jura oder Medizin.«

»Und für was hast du dich entschieden?«

»Jura.«

»Und? Macht Spaß?«

Wolf lächelte unentschieden.

Elise leckte sich einen Croissantkrümel vom Finger. »Ich mache immer nur das, was mir Spaß macht«, sagte sie.

›Genau so siehst du aus‹, dachte Wolf und nahm zum ersten Mal die feinen Sommersprossen auf Elises Nasenrücken wahr.

»Sehen wir uns noch mal?«, fragte er.

»Diese Woche ist schlecht. Ich muss ein Projekt zu Ende machen. Danach?« Elise stand auf und klemmte sich die Isomatte unter den Arm. »Ich melde mich.«

›Also nein‹, dachte Wolf.

Elise küsste ihn auf die Wange und ging. Wolf sah ihr nach und spürte, wie sich sein Herz zusammenzog.

Am Montag traf er Henning an der Uni.

»Du und Elise, da geht was, oder?« Henning grinste.

Wolf winkte ab. Er ging in die Bibliothek, um sich auf seine Probeklausur vorzubereiten, und versuchte, die plötzlich aufkeimende Hoffnung zu unterdrücken.

Eine Woche später lag eine Postkarte in seinem Briefkasten. Auf der Vorderseite der Spruch *per aspera ad astra*, auf der Rückseite in konsequenter Kleinschreibung: *ich habe mein projekt fertig, willst du es sehen? e.* Dazu eine Telefonnummer.

Wolf ließ sich einen Tag Zeit, dann rief er an. Elise nannte ihm eine Adresse im Wedding. Eine Dreiviertelstunde später stand Wolf in der Fabriketage, die sich Elise mit ein paar Kommilitonen teilte. Der offene Raum, eher ein Atelier oder eine Werkstatt als eine Wohnung, sah anders aus, als alle WGs, die Wolf bis dahin gesehen hatte. Er fühlte sich eingeschüchtert.

»Willst du ein Wasser?«, fragte Elise. Sie hielt eine angeschlagene Glaskanne hoch. Wolf nickte.

»Was ist das?« Wolf zeigte auf die violett durchscheinenden Kiesel auf dem Grund der Kanne.

»Heilsteine.«

»Glaubst du an so was?«

»War ein Geschenk von meiner Mutter.« Elise wirkte plötzlich unsicher.

»Zeigst du mir dein Projekt?« Wolf lächelte, um zu signalisieren, dass alles okay war.

»Klar.« Elise führte ihn zu ihrem Arbeitstisch und zeigte ihm ihre Planskizzen für mobile Kleinhäuser, die sie für eine Obdachloseninitiative entworfen hatte. Sie erklärte, wie sie das Verhältnis von Innen- und Außenraum aufbrechen wollte, damit Menschen, die jahrelang draußen gelebt hatten, wieder mit einem Dach über dem Kopf klarkamen. Wolf verstand nicht alles, was sie sagte. Er erinnerte sich an den Klassenausflug nach Dessau in der elften Klasse. Bauhaus, Weltkulturerbe. Danach hatte er Architektur studieren wollen.

»Sieht ein bisschen bauhausmäßig aus.« Er deutete auf die Skizzen.

»Bauhaus rules«, sagte Elise.

»Warst du schon mal in Dessau?«, fragte Wolf.

»Nein. Megapeinlich, oder?«

»Halt dir das Wochenende frei«, sagte Wolf. »Koordinaten schicke ich dir.«

»Okay«, Elise lächelte.

Wolf fuhr nach Hause und reservierte ein Doppelzimmer im Bauhausgebäude. Danach ging er in die Bibliothek zum Lernen. Am Freitag schrieb er seine Klausur und wusste schon bei Abgabe, dass er bestanden hatte. Am nächsten Morgen fuhr er mit Elise nach Dessau.

So hatte es angefangen mit ihnen. ›Alles so verdammt absehbar‹, dachte Wolf.

»Ist hier noch frei?« Eine Woge süßlichen Parfums brandete ihn an.

Wolf schreckte hoch und nickte.

Die Frau setzte sich. Sie war jenseits der fünfzig und hatte Übergewicht. Eine grob geschnitzte Schildkröte aus Jade baumelte an einem Lederband über ihrem schweren Busen.

›Wahrscheinlich ihr verficktes Krafttier‹, dachte Wolf.

Die Frau bestellte einen Sekt und das Valentins-Special – eine Lütticher Waffel in Herzform.

Der Zug passierte Stendal. Kurz darauf rief Matthias Pahlow an. Wolf stand auf und ging auf den Gang.

»Ich bin in der Bahn«, sagte er. »Falls der Empfang schlecht ist.«

»Wie ist es gelaufen?«, fragte Pahlow.

»Montag kriegen wir den Vertrag.«

»Chapeau«, sagte Pahlow. »Wann bist du zurück in Berlin?«

»Gegen acht. Wenn sich nicht wieder irgendein Depri vor den Zug wirft.«

Pahlow schwieg einen Moment. »Komm noch mal rein, wenn du da bist«, sagte er dann.

»Ist das eine Anordnung?«

»Ja«, sagte Pahlow. »Von ganz oben.«

»Was ist?«, fragte Wolf. »Was Ernstes?«

»Nicht am Telefon«, sagte Pahlow.

»Kriege ich wenigstens ein Stichwort?«

»Nolden«, sagte Pahlow. »Es geht um das Nolden-Mandat. Bis nachher.« Er legte auf.

Kalte Angst kroch in Wolf hoch. Vor dreieinhalb Monaten hatte ihm Herbert Stetten das Mandat vertretungsweise übertragen und in den letzten Wochen hatte der Chef zunehmend Druck gemacht, dass er sich in die Sache einarbeitete. Hatte Wolf etwas übersehen? War ihm eine Frist durchgerutscht?

Wolf lehnte seine Stirn an das kühle Fenster des Gangs. Lähmende Erschöpfung breitete sich in ihm aus.

Nach einer Weile ging er zurück in den Speisewagen und ließ sich in seinen Sitz fallen. Die Schildkrötenfrau schob sich ein Stück Waffel in den Mund und kaute mit mahlendem Kiefer und leicht geöffnetem Mund. ›Wie eine Kuh‹, dachte Wolf, ›wie eine fiese, fette Kuh‹. Er stellte sich vor, die Frau abzuwatschen, rechts und links, immer wieder auf die wabbelnden Waffelbacken. Stattdessen faltete Wolf die Zeitung zusammen und trank sein Pils mit bedächtigen Schlucken. Bis Berlin war es noch eine Stunde.

Kurz vor Spandau legte der Zug einen außerplanmäßigen Halt ein. Wolf kam erst um halb neun in der Kanzlei an. Matthias Pahlow erwartete ihn in einem der Besprechungsräume.

»Stetten hat gerade angerufen«, sagte er. »Er ist noch in der Senatsverwaltung.« Pahlow zeigte auf einen Teller mit Kanapees. »Schnittchen?«

»Nein, danke. Sagst du mir jetzt, was los ist?«

Pahlow schüttelte den Kopf. »Chefsache.«

»Muss ich mir Sorgen machen?«

Pahlow lächelte. »Nicht mehr als sonst.« Er griff sich ein paar Trauben vom Obstteller. »Und? Hannover?«

»Smooth«, sagte Wolf.

»Prima«, Pahlow lehnte sich in seinem Besprechungsstuhl zurück. »Und sonst? Wie geht es Elise und den Kiddies?«

»Alles bestens.«

»Ihr solltet mal wieder zu uns zum Essen kommen«, sagte Pahlow. »Silvia würde sich freuen.«

Wolf entspannte sich. Jemand, von dem man sich trennen wollte, wurde nicht zu privaten Abendessen eingeladen.

»Wollen wir gleich nach einem Termin schauen?« Pahlow griff nach seinem Handy.

»Elise ist gerade ziemlich eingespannt«, sagte Wolf.

»Neues Projekt?«, fragte Pahlow.

Wolf nickte. ›*Bullshit*‹, dachte er. Aber vielleicht stimmte es ja auch irgendwie. Vielleicht musste man Derek, den Jungarchitekten aus Bristol, den Elise seit ein paar Wochen vögelte und der ihr das Gefühl gab, eine visionäre Architektin zu sein, vielleicht musste man diesen Derek mit seinen Flanellhemden und der albernen Holzfällerbart-Undercut-Wollmützen-Kombi einfach nur als Elises neuestes Projekt betrachten. Vielleicht würde das die Sache irgendwie erträglicher machen. Vielleicht aber auch nicht.

Pahlow schnippte mit den Fingern. »Hallo? Irgendwer zu Hause?«

»Sorry«, sagte Wolf. »Ich bin einfach nur total platt.«

»Frag mich mal«, sagte Pahlow. »Und dabei ist noch nicht mal Wochenende.«

Wolf nickte stumm und sah nach draußen. Im Dunkeln blinkte das Lichtsignal des Fernsehturms.

»Wie weit seid ihr mit eurer Datsche?«, fragte Pahlow. »Wie heißt der Ort noch mal, wo ihr seid?«

›*Datsche*‹. Wolf hätte fast laut losgelacht.

»Läuft«, sagte er. »Bad Herrenwalde.«

»War da nicht irgendwas?«, fragte Pahlow.

»Nazis«, sagte Wolf. »Da sind Nazis. Die Dorfglatzen haben einen Kampfhund auf ein achtjähriges Mädchen aus Syrien gehetzt.«

»Das war bei euch?«, sagte Pahlow. »Heftig. Bei uns im Kaff haben sich alternde Kulturschaffende aus Kreuzberg eingezeckt. Die kämpfen nur gegen Windräder.«

Wolf wären Windkraftgegner auch lieber gewesen als Naziskins. ›Dafür ist Pahlows Datsche aber auch kein Gropius-Entwurf‹, dachte er bitter.

»Guten Abend, die Herren.« Herbert Stetten betrat den Besprechungsraum. Er nickte Pahlow zu und schüttelte Wolf die Hand. »Danke, dass Sie noch reingekommen sind.«

Stetten ließ sich schwer in den Besprechungssessel am Kopfende des Konferenztischs fallen und zog den Teller mit den Schnittchen zu sich.

Wieder einmal war Wolf verblüfft, wie wenig Herbert Stetten dem Klischee eines Anwalts in seiner Position entsprach. Der letzte noch lebende Gründungspartner von HSW trug zwar wie gewohnt einen Maßanzug nebst sorgfältig ausgewähltem Hemd und Krawatte, aber diese Kleidungsstücke verfehlten ihre Wirkung: Anstatt Stettens Proportionen zu optimieren, hoben sie deren Schwächen erst recht ins Bewusstsein. Stettens rosige Fleischigkeit, sein mit Frisiercreme nach hinten gekämmtes, weißes Haar, die leicht hervortretenden, hell bewimperten blauen Augen und das fliehende Kinn erweckten den Eindruck einer etwas unbedarften Gutmütigkeit. Dieser Eindruck täuschte, wie Wolf wusste, seitdem er Stetten in seiner Anfangszeit bei HSW zu Vertragsverhandlungen mit einem besonders beratungsresistenten Mandanten begleitet und miterlebt hatte, wie der Häuptling den Mann in weniger als einer Stunde auf Kurs gebracht hatte. Als Stetten dem Mandanten zum Abschied die Hand schüttelte und lächelte, waren Wolf zum ersten Mal seine Zähne aufgefallen. Sie standen weit auseinander und waren kurz und spitz wie bei einem Frettchen.

Jetzt arbeitete sich Stetten gerade an einem Schinkenbrötchen ab und deutete in Richtung einer Colaflasche in der Mitte des Tischs. Pahlow öffnete die Flasche und reichte sie dem Chef. Stetten nahm einen langen Zug, schob sich noch ein Schnittchen in den Mund und wandte sich dann, immer noch kauend, an Wolf.

»Kollege Pahlow hat schon berichtet. Wir haben die Hannoveraner im Sack. Gute Arbeit.«

»Danke.« Wolf lächelte. ›Komm schon Alter, sag, was Sache ist‹, dachte er.

Stetten tupfte sich die Lippen sorgfältig mit einer Serviette ab und starrte sekundenlang ins Leere. Dann gab er sich einen Ruck.

»Christof Nolden ist tot«, sagte er.

Einen Moment herrschte Stille.

»Herzinfarkt«, ergänzte Pahlow schließlich. »Heute Nacht. Seine Frau hat uns angerufen. Die Medien wissen noch nichts.«

Wolf sah von Stetten zu Pahlow. »Was ist mit der Nachfolge?«, fragte er.

»Saskia Nolden übernimmt den Vorsitz der Geschäftsführung«, sagte Pahlow.

»Noldens Frau? Aber die war doch bisher überhaupt nicht ins Geschäft eingebunden.«

»Nolden hatte sonst wohl niemand, dem er getraut hat«, sagte Pahlow. »Und seine beiden bisherigen Prokuristen rücken in die Geschäftsführung auf. Entscheidend ist ja ohnehin die Gesellschafterversammlung.«

»Und wie sieht es da aus?«, fragte Wolf.

»Saskia Nolden bekommt einundzwanzig Prozent der Anteile«, sagte Pahlow. »Die drei Kinder jeweils achtzehn. Die Anteile der Kids werden bis zur Volljährigkeit von Treuhändern gehalten. Die restlichen fünfundzwanzig Prozent gehen an Alexander Windeck, einen Jugendfreund von Nolden. Abstimmung mit qualifizierter Mehrheit von einundsechzig Prozent.«

»Das sind doch alles Nebenschauplätze, Pahlow.« Stetten langte quer über den Tisch nach dem Schnittchenteller.

An Pahlows Hals erschienen unschöne rote Flecken.

»Nolden hat per Testament einen Beirat eingezogen, bis die Kinder volljährig sind«, fuhr Stetten fort. »Voller Zugriff auf die Unterlagen der Geschäftsführung, weitreichende Kompetenzen, der Vorsitz liegt beim Mandatsführer von HSW.«

›Daher weht der Wind‹, dachte Wolf. »Wann kommt Bensheim zurück?«, fragte er. »Die Reha müsste doch bald abgeschlossen sein.«

Pahlow suchte Blickkontakt zu Stetten, aber der schien tief in Gedanken versunken.

»Das ist unser zweites Problem«, sagte Pahlow endlich. »Michael Bensheim hat aus gesundheitlichen Gründen um sein Ausscheiden aus der Sozietät ersucht.«

Wolf spürte, wie sich die Härchen auf seinem Unterarm aufstellten. Er hatte Bensheim zwei- oder dreimal bei irgendwelchen standortübergreifenden Veranstaltungen getroffen. Im Vergleich zu den anderen Partnern bei HSW hatte der Kölner etwas farblos gewirkt, trotzdem – der Mann war keine fünfzig und hatte einen eigentlich ganz fitten Eindruck gemacht. Als Bensheim Anfang November von einem Tag auf den anderen ausgefallen war und Stetten ihm die Vertretung angetragen hatte, war Wolf daher wie selbstverständlich davon ausgegangen, dass es um eine bloße Übergangsregelung für zwei, höchstens drei Monate ging. Das war jetzt offensichtlich nicht mehr der Fall. Damit verschob sich das gesamte Koordinatensystem.

»Michael Bensheim hat in den vergangenen Jahren gute Arbeit gemacht«, sagte Stetten. »Aber eigentlich hatten wir schon vor seiner Erkrankung entschieden, das Nolden-Mandat zentral von Berlin aus zu betreuen.«

Pahlow nickte. »Als wir im Herbst in der Partnerversammlung darüber beraten haben, war das Votum einstimmig«, sagte er. »Keiner der Counsels ist für diese Herausforderung annähernd so gut aufgestellt wie du. Und ehrlicherweise auch keiner von uns Partnern.«

Stetten lehnte sich zurück und faltete die Hände über dem Bauch. »Wir kommunizieren das zwar nicht nach außen, Herr Wolf, aber Nolden-Bau ist ein Kernmandat von HSW. Und wir vertrauen Ihnen dieses Mandat an, weil wir von Ihren Fähigkeiten überzeugt sind.«

›Verarschen kann ich mich selbst‹, dachte Wolf. ›Von den Partnern will sich mit Nolden-Bau keiner die Finger verbrennen, also soll ich die Kartoffeln aus dem Feuer holen.‹

»Das soll für dich natürlich auch wirtschaftlich abbildbar sein«, sagte Pahlow. »Salary-Partnerschaft ab sofort, Option auf Equity in einem Jahr?« Er lächelte Wolf an.

Wolf lächelte zurück. ›Du lächerlicher Popanz‹, dachte er. Pahlow war vier Jahre älter als er, Ost-Kindheit, nach dem Ausbildung zum Industriekaufmann, Jurastudium in Frankfurt (Oder), Master of Laws in Birmingham, Promotion in Greifswald, Syndikus bei einem mittelständischen Immobilienunternehmen, dann der Wechsel zu HSW. Dort eisern hochgedient. Nach fünf Jahren zum Equity-Partner ernannt. Stettens Mann für Personalthemen – also fürs Grobe. Ein Fleißarbeiter, ein Streber, dabei nicht einmal zwingend unsympathisch. Seit sieben Jahren stolzer Eigentümer eines Townhouse mit Blick auf die Rummelsburger Bucht, vor drei Jahren ein denkmalgeschütztes Pfarrhaus in der Prignitz für die Wochenenden dazugekauft. Die drei Kinder auf einer internationalen Privatschule in Mitte.

Äußerlich war Pahlow von seinen Kollegen aus den alten Bundesländern kaum zu unterscheiden. Nur manchmal, wenn er müde war, oder angetrunken, schlich sich noch ein ostischer Zungenschlag ein. »Die, die verdrängt haben, wo sie herkommen, sind die Schlimmsten«, hatte Wolfs Vater immer gewarnt. Und genau so ein Wendehals saß jetzt vor Wolf und trug ihm die Partnerschaft bei HSW an, als wäre eine Beteiligung an dieser Pommesbude der Jackpot im Lotto. ›Surreal‹, dachte Wolf, ›komplett surreal.‹

»Nur noch mal zum besseren Verständnis, Matthias«, wandte er sich an Pahlow. »Michael Bensheim kann das Nolden-Mandat aus gesundheitlichen Gründen nicht weiterführen und scheidet bei HSW aus. An seiner Stelle soll ich die Mandatsführung und den Beiratsvorsitz bei Nolden-Bau übernehmen. Im Gegenzug werde ich ab sofort zum Salary-Partner ernannt und in einem Jahr zum Equity-Partner? Korrekt?«

»Genau«, sagte Pahlow. Stetten schwieg und starrte mit halb geschlossenen Lidern auf die Tischplatte.

»Das ist ein Angebot, das ich nicht ablehnen kann, oder?«, fragte Wolf.

Pahlow lachte auf. »Richtig.«

»Falsch.« Stetten war aus seiner Trance erwacht. Pahlow hörte auf zu lachen.

»Falsch«, wiederholte Stetten. »Das ist kein Angebot.« Er lächelte und griff nach dem letzten Schinkenbrötchen.

Sekundenlang war es vollkommen still im Raum. Wolf hatte plötzlich Henning vor Augen, vor acht Jahren auf Fuerteventura, braun gebrannt, schon im Neoprenanzug, das Board auf der

Schulter. Auf dem Weg zum Strand hatten sie sich über ihre Ehen unterhalten.

»Weißt doch, wie es ist«, hatte Henning gesagt. »The secret to a long life is knowing when it's time to go.«

Kurz darauf hatten sie, vielleicht zwei Meter voneinander entfernt, im Line-up gewartet. Wolf spürte, wie sich die Wasserwand unter ihnen aufbaute und an Kraft gewann, wie ein mächtiger Muskel, der sich langsam anspannte.

»Time to go!« Henning hatte gelacht. Zwei Paddelzüge, dann hatte er sich mit einer geschmeidigen Bewegung aufgerichtet und die perfekte Welle genommen.

»Torsten?«, fragte Pahlow.

Wolfs Pulsschlag beschleunigte sich. ›Time to go‹, dachte er, plötzlich euphorisch. ›Jetzt!‹ Und sofort darauf, scharf einschießend, wie Zahnschmerz oder ein Tritt in die Eier, die Erkenntnis, dass er gar nicht gehen konnte, weil, wenn er jetzt ginge, seine bürgerliche Existenz am Arsch wäre. Hilflose Scham flutete jede Zelle seines Körpers.

»Die Bestattung ist kommenden Dienstag. Am Mittwoch haben wir ein gemeinsames Treffen mit der Nolden-Witwe«, sagte Stetten. »Die Wirtschaftsprüfer sind Ende nächster Woche mit dem Jahresabschluss fertig, dann haben Sie mit dem Beirat knapp drei Wochen zur Prüfung. Die Gesellschafterversammlung ist Mitte März.«

Wolf nickte. Verzweiflung schlug über ihm zusammen.

»Schön, dass du an Bord bist, Torsten«, sagte Pahlow. »Kommst du morgen um neun zu mir ins Büro? Dann sprechen wir über die Vertragsdetails.«

Wolf stand auf. Stetten verabschiedete ihn an der Tür des Besprechungsraums. Er lächelte. Zwischen seinen Zähnen hingen Schinkenfetzen.

Drei

Dienstag
19. Februar 2019
Farneigh
Äußere Hebriden

Isa schob den Wiener Kalk von der Platte des Prunktischs, sie wischte sich die Hände an der Jeans ab und begutachtete ihre Arbeit. Vier Wochen hatte sie für das monströse Möbel mit seinen überbordenden Verzierungen und vergoldeten Beschlägen gebraucht. Es war gut, dass sie damit fertig war. Wenn Mischa morgen vom Festland herüberkam, würde sie ihm Bescheid geben, dass das Teil abgeholt werden konnte.

Isa ging ins Bad. Sie wusch sich die Hände und musterte sich dabei im Spiegel. Im letzten Jahr war sie fünfzig geworden. Erste graue Strähnen schimmerten in ihrem aschblonden Haar, ansonsten war das Alter bisher gnädig mit ihr gewesen. Die Konturen ihres Gesichts waren immer noch klar definiert. Hohe Wangenknochen, graue Augen mit manchmal sichtbaren goldenen Reflexen unter lang geschwungenen, dunklen Augenbrauen, eine große, leicht gebogene Nase, die sich zur Spitze hin verjüngte. Der großzügige Mund, den Isa, seit sie denken konnte, als zu sinnlich empfand, wurde durch eine markante Narbe am Kinn noch betont. Isa wusste, dass sie schön war, aber sie hatte sich nie viel aus dieser Schönheit gemacht, und hier auf Farneigh spielte Aussehen ohnehin keine große Rolle.

Als Isa kurz darauf in der Küche Teewasser aufsetzte, schepperte die Briefkastenklappe im Erdgeschoss. Papier schlug dumpf auf den Steinfliesen auf. Isa lief nach unten und holte die Zeitung. Das *FAZ*-Abo war eine der wenigen Sentimentalitäten, die Can und sie sich zugestanden hatten, seitdem sie auf Farneigh waren. Die Zeitung kam zwar mit tagelanger Verspätung auf der Insel an, aber es ging ihnen ja nicht um Aktualität. Gesprochen hatten Can und Isa darüber nie, aber vermutlich war die Zeitung für sie eine letzte Verbindung zu ihrem alten Leben. ›Oder zum Leben draußen überhaupt‹, dachte Isa.

Farneigh war nur per Satellit an Mobilfunknetz und Internet angeschlossen, und in Barraclaigh, dem Ort, in dem sie seit vier Jahren lebten, brach der Handyempfang oft über Stunden weg, das Internet manchmal für ganze Tage. Am Anfang waren Isa und Can noch regelmäßig an die Ostküste der Insel gefahren, wenn sie telefonieren wollten und gerade kein Netz hatten. Irgendwann hatten sie das aufgegeben. Überhaupt hatten sie vieles aufgegeben, seitdem sie auf Farneigh lebten.

Isa brühte ihren Tee auf. Sie schob Cans Kochbücher beiseite, griff sich ihre Lesebrille und setzte sich mit der Zeitung an den Tisch. Wie immer überflog sie zuerst die Börsenkurse. Als sie zu den Unternehmensnachrichten vorblättern wollte, fiel ihr Blick auf eine halbseitige Todesanzeige.

Christof Nolden, 1957–2019. Der Gründer und langjährige Geschäftsführer unserer Unternehmensgruppe wurde am 14. Februar 2019 jäh aus dem Leben gerissen. Er war der Architekt unseres Erfolgs. Unser Beileid gilt seiner Familie. Die Gesellschafter der Unternehmensgruppe Nolden-Bau.

Darunter, auf einer Viertelseite, die Anzeige von Noldens Familie, die üblichen Pathosformeln, Beisetzung im engsten Familienkreis. Saskia Nolden war nicht unter den Trauernden gelistet. Sie hatte eine eigene Anzeige geschaltet, die den Rest der Seite einnahm.

Wir hatten noch so viel vor. Ich werde Dein Vermächtnis weitertragen, Saskia mit Bertha, Ludwig und Pippin.

Maheesha, Noldens erste Frau, tauchte nirgends auf.

Isa blätterte weiter, bis sie den Nachruf fand. *Sunnyboy mit Schattenseiten. Christof Nolden, Bauunternehmer aus Köln, stirbt mit 62.* Eine ganze Seite. Genau so viel, wie die Todesanzeigen. Der Nachruf rekapitulierte zunächst Noldens Herkunft aus einer Kölner Beamtendynastie, sein Aufbegehren gegen die Familie und die Anfänge seines Unternehmens im Ostdeutschland der Nachwendejahre. Für Isa interessant wurde es erst danach.

Nolden bemühte sich um eine neue Unternehmenskultur. Seine Retreats für die Belegschaft waren legendär. Vor allem aber trat Nolden in der Öffentlichkeit für eine nachhaltige und transparente Bauwirtschaft ein. Deshalb und aufgrund seines bürgerschaftlichen Engagements – genannt sei hier insbesondere der von ihm privat finanzierte millionenschwere Stadionneubau für den populären Kölner Drittligisten SV Stellwerk 02 – galt Christof Nolden als Lichtgestalt der durch zahlreiche Skandale überschatteten Kölner Immobilienwirtschaft. Auch in dieser Zeitung wurde der Unternehmer mit dem lässigen Charme lange Zeit als Hoffnungsträger gefeiert. Das änderte sich schlagartig, als die für ihre fundierte Hintergrundrecherchen bekannte Architekturzeitschrift Concrete Gold *unter der Ägide des Stararchitekten Max Schuen im Oktober 2014 mit einer Enthüllungsstory an die Öffentlichkeit ging, die Noldens zentrale Rolle in einem europaweiten Korruptionsnetzwerk aufdeckte. Auf Zeugenaussagen und interne Dokumente gestützt, konnte* Concrete Gold *nachweisen, dass Christof Nolden seit den frühen Neunzigerjahren auf seinen Baustellen systematisch Dumpinglöhner aus Südosteuropa eingesetzt hatte, die er durch Securitypersonal aus dem rechtsradikalen Kölner Hooliganmilieu in Schach halten ließ. Mindestens sechs Morde und eine Reihe weiterer ungeklärter Todesfälle gingen laut* Concrete Gold *auf das Konto von Noldens Schlägertrupp, der sich durch Menschenhandel und Zwangsprostitution ein zweites wirtschaftliches Standbein geschaffen hatte. Zur Vertuschung dieser Umtriebe hatte der bestens vernetzte Nolden Mitarbeiter in Behörden und Ministerien bis hinauf in die Schaltzentralen der EU über fast zwei Jahrzehnte mit Mafiamethoden unter Druck gesetzt.*

In den Wochen nach der Veröffentlichung der Concrete Gold*-Recherchen schien Christof Noldens Saubermann-Image irreparabel beschädigt, insbesondere, nachdem Europol Ermittlungen gegen den Unternehmer einleitete. Tatsächlich erlosch das Interesse an den kriminellen Machenschaften Noldens so schnell, wie es aufgeflammt war.* Concrete Gold *stellte das Erscheinen ein, die Redaktion unter der so engagierten wie sachkundigen Leitung von Isabelle Kurzeck verschwand von der Bildfläche. Der auf den Fall angesetzte Europol-Chefermittler legte wenige Wochen nach Beginn der Untersuchungen sein Amt nieder. Unter seinem Nachfolger gerieten die Untersuchungen ins Stocken und verliefen schließlich im Sande. Währenddessen gelang es Nolden-Bau, die kurzzeitig eingebrochenen Umsätze zu stabilisieren und sogar erneut in dynamisches Wachstum zu überführen. Angesichts der drängenden Wohnungsnot und der ausgewiesenen Expertise von Nolden-Bau im Bereich des kommunalen Wohnungsbaus steht das Unternehmen derzeit besser da als je zuvor. Auch Christof Noldens Beliebtheit bei der deutschen Finanzaristokratie wurde von dem Skandal, wenn überhaupt, nur vorrübergehend beeinträchtigt. Nolden und seine zweite Frau, die Unternehmertochter und Kunstsammlerin Saskia Nolden, geborene Karsdorf, waren gern gesehene Gäste bei Empfängen und hochkarätigen Kulturveranstaltungen. Nichts und niemand, so schien es, konnte Christof Nolden aufhalten. Nun ist er, wie erst jetzt bekannt wurde, in der vergangenen Woche im Alter von nur 62 Jahren einem Herzinfarkt erlegen. Christof Nolden hinterlässt seine Frau und drei kleine Kinder. Die Zukunft seines Unternehmens mit rund 10 000 Mitarbeitern in ganz Deutschland ist offen. Insider vermuten jedoch, dass Noldens Witwe Saskia die Unternehmensführung übernehmen wird.*

Isa nahm die Brille ab und lehnte sich auf dem Stuhl zurück. Dann stand sie abrupt auf und ging ans Küchenfenster. Tiefgraue

Wolken schoben sich übers Meer in Richtung Küste. Für den Nachmittag war Sturm angesagt. Irgendwann vorher würde Can mit den anderen Männern aus dem Dorf vom Fischen zurückkommen, übernächtigt, mit vor Kälte rissigen Händen und Salzkrusten in den Augenwinkeln. Bis dahin würde Isa ihn nicht erreichen können.

Früher, dachte Isa, hätte sich Sergej gemeldet, um ihr zu sagen, dass Nolden tot war, aber seitdem Sergej mit seiner neuen Freundin zusammen war, hatte sich ihr Verhältnis geändert. Falsch, korrigierte sich Isa, ihr Verhältnis hatte sich nicht geändert, es hatte sich verflüchtigt. Sie drehte sich weg vom Fenster und ging hoch ins Schlafzimmer.

Fünf Minuten später war Isa in Laufklamotten auf dem Weg zum Strand. Es war Ebbe, und die Schorre unter ihren Füßen war hart und unnachgiebig. Isa begann zu laufen. Auch nach beinahe drei Jahren vermisste sie immer noch Liliths asthmatisches Schnaufen an ihrer Seite. Die alte Bullterrier-Hündin war im Frühjahr nach ihrer Ankunft auf Farneigh ganz plotzlich gestorben. Eine Woche spater hatte einer von Cans Kneipengästen einen Korb mit Welpen in den Pub mitgebracht. Can hatte ihn weggeschickt. Er hatte Lilith nie gemocht, trotzdem war ihm klar gewesen, dass sie für Isa nicht ersetzbar war.

Also rannte Isa jetzt allein an der Brandungslinie entlang und rekapitulierte dabei die Toten, die auf Christof Noldens Konto gingen: die beiden Männer, die gegen die Arbeitsbedingungen auf einer Baustelle von Nolden-Bau in Dresden protestiert und kurz darauf ermordet in der Baustelleneinfahrt gelegen hatten. Isas Freund Saban, der Dachdecker, der auf einer Baustelle von Nolden-Bau in den Tod gestürzt war, weil sein billiger Sicherungsgurt nicht gehalten hatte. Cans Ex-Freundin, Marie, eine Sozialarbeiterin, die Noldens Security-Söldner erschlagen und in einem Müllcontainer entsorgt hatten, weil sie herausgefunden hatte, dass Nolden auch im Rotlichtmilieu Geschäfte machte. Die vier Männer, die Noldens Leute im Herbst vor vier Jahren in Köln umgebracht hatten. Jossif Babatov, der Junge, der gegen Nolden-Bau ausgesagt hatte und der, nachdem ihm das

LKA den Zeugenschutz verweigert hatte, aus Angst vor Noldens Männern vor einen Zug gesprungen war. Die Frau, die Noldens Hools an einer serbischen Autobahnraststätte vor Cans Augen hingerichtet hatten.

Und Rudi natürlich.

Isa erinnerte sich an den Anruf von Nina an einem Nachmittag im November, kurz nachdem Can und Isa auf Farneigh angekommen waren.

»Rudi ist wieder drauf«, hatte Nina gesagt.

»Seit wann?«

»Paar Tage nachdem ihr in Brüssel wart.«

»Wie ist er an den Stoff gekommen?«

»Hat ihm wohl jemand angeboten.«

»Diese verdammten Arschlöcher!«

»Baro meint, einmal Junkie, immer Junkie.«

»Denkst du das auch?«

Nina hatte geschwiegen. Drei Wochen später hatte Rudi tot in dem Tourbus gelegen, mit dem Nina und ihre Sinti-Swing-Combo damals unterwegs gewesen waren. Goldener Schuss mit neunundvierzig. Kurz darauf hatte Rudis Vater seinen Posten bei Europol quittiert.

In dem langen Winter danach, in dem das Medieninteresse am Nolden-Skandal erloschen war und immer klarer wurde, dass Christof Nolden die Affäre unbeschadet überstehen würde, hatte es keinen Tag gegeben, an dem Isa nicht mit sich und der Welt gehadert hatte. An Silvester war Sergej zu Besuch auf die Insel gekommen. Isa hatte gegen die Behörden gewütet, die einen wie Nolden davonkommen ließen, weil sie gemeinsame Sache mit der organisierten Kriminalität machten, schlimmer noch, weil sie selbst Teil dieser organisierten Kriminalität waren.

Sergej hatte geschwiegen. Er hatte seinen Whisky getrunken und sich irgendwann für die Nacht verabschiedet. Erst als er abgereist war, hatte Isa begriffen, dass er nicht der richtige Adressat für ihre Empörung war. Sergej hatte nach dem Fall des Sowjetregimes innerhalb weniger Jahre ein Milliardenvermögen gemacht. Mitte der Neunziger waren seine Frau und sein kleiner Sohn in Moskau unter ungeklärten Umständen ums Leben gekommen. Seitdem lebte Sergej im Londoner Exil. Offiziell widmete er sich nur noch philanthropischen Projekten, aber als Isa und Can vor vier Jahren hatten untertauchen müssen, war es Sergej gewesen, der innerhalb von Stunden astreine neue Papiere an der Hand gehabt und sie sicher aus Deutschland herausgebracht hatte. Vermutlich, dachte Isa, war das nicht der einzige krumme Deal gewesen, den Sergej in den letzten Jahren gedreht hatte, und vermutlich war Sergejs Blick auf korrupte Staatsbedienstete pragmatischer als der ihre.

Sergej war seither nicht wiedergekommen, genauso wenig wie Max Schuen, der Isa im ersten Sommer auf Farneigh besucht hatte.

»Es war alles umsonst«, hatte Isa damals bei einem Dünenspaziergang mit Max gesagt. »All die Jahre. Die ganze Arbeit. Die Hintergrundrecherchen. Die Überstunden. Unser ganzes Leben. Für nichts. Nolden läuft weiter frei herum und lässt Menschen umbringen, und niemand interessiert das. Nolden hat gewonnen. Wie kann das sein, Max? Wir können alles beweisen und der Mann ist trotzdem noch im Geschäft?«

Der alte Architekt hatte sich in die Dünenböschung gesetzt, den Blick aufs Meer.

»Erinnerst du dich, als wir mit *Concrete Gold* angefangen haben, Isa? Da haben wir genau über diese Möglichkeit gesprochen. Damals hast du gesagt, das Risiko hättest du eingepreist, und es wäre dir egal.«

»Damals war ich mir selbst egal.«

»Und jetzt ist das anders?«

Isa hatte an ihrem Daumennagel genagt und stumm genickt.

»Wegen Can?«

»Weiß nicht.«

Aber natürlich wusste Isa, dass es an Can lag. Als sie vor knapp zwanzig Jahren zusammen mit Max *Concrete Gold* gegründet hatte, war sie Anfang dreißig gewesen, ihr Körper war vom Krebs gezeichnet, sie hatte einen Selbstmordversuch und Monate in einer psychosomatischen Klinik hinter sich. Dass sie sich je wieder von einem Mann, geschweige denn von Can, würde berühren lassen, war unvorstellbar gewesen. Berührt werden hätte bedeutet, etwas zu empfinden und das hätte Isa nicht mehr ertragen. *Concrete Gold* hatte ihr fast zwei Jahrzehnte die Möglichkeit gegeben, sich hinter Arbeit zu verschanzen und sich Menschen und Gefühle vom Leib zu halten. Can hatte in der Zeit Karriere bei der Kölner Mordkommission gemacht, und Isa vermutete, dass der Polizeidienst mit seinen ewigen Überstunden für ihn genauso funktioniert hatte, wie ihr Knochenjob bei *Concrete Gold*. Sie hatten sich die Wohnung im Belgischen Viertel geteilt und so getan, als wären sie nur eine x-beliebige Zweck-WG. Dann war Can vor vier Jahren bei Mordermittlungen im Dumpinglöhner-Milieu zufällig auf eine Spur zu Christof Nolden gestoßen, und mit einem Schlag hatte sich alles geändert. Can und Isa waren gemeinsam geflohen und hatten darüber noch einmal zueinander gefunden – ein Wunder, auf das Isa immer noch nicht recht vertrauen wollte. Umso mehr schmerzte es sie, dass Can sich so problemlos in das Leben auf Farneigh eingefunden hatte, während sie selbst von Unrast und Selbstzweifeln getrieben war.

»Ich habe es versaut. Ich habe zwanzig Jahre für eine Sache gekämpft und verloren«, hatte sie kurz nach Max' Abreise beim Abendbrot zu Can gesagt.

»Was meinst du mit ›verloren‹?«, wollte Can wissen.

»Schau dir unser Leben doch an. Zwei gescheiterte Existenzen am Arsch der Welt.«

Can lehnte sich auf seinem Stuhl zurück. »Also ich lebe mit meiner großen Liebe auf einer einsamen Insel, ich habe einen Job, der mir Spaß macht und genügend Kohle, um mit der Arbeit auch einfach aufzuhören, wenn ich keinen Bock mehr habe. Wenn das Scheitern ist, dann hätten wir meinetwegen zwanzig Jahre früher damit anfangen können.«

»Ach komm, Can. Du weißt, was ich meine. So wie wir hier leben, das ist Biedermeier. Da draußen ist die Welt, da passiert was, da werden Entscheidungen getroffen, und wir gehen hier unseren Hobbys nach und kommen nicht mehr weg von dieser beschissenen Insel.«

Cans Lächeln war erloschen. »Willst du das denn? Weg von hier?«

Isa hatte geschwiegen.

Can hatte den Tisch abgeräumt. Danach war er nach unten ins Erdgeschoss gegangen, um den Pub aufzumachen. Am nächsten Morgen hatte Isa einen Zettel von ihm auf dem Küchentisch gefunden: *Glücklich ist, wer vergisst, was nicht mehr zu ändern ist*. An diesem Tag hatten sie sich das einzige Mal, seitdem sie auf Farneigh waren, gestritten.

In den Wochen danach waren die ersten Bilder von Hunderttausenden Menschen, die zu Fuß oder in überfüllten Schlauchbooten den Weg nach Europa suchten, nach Farneigh gedrungen, und Isa hatte begriffen, dass ihre Verbitterung – gemessen an dem, was in der Welt geschah – unstatthaft war. Sie hatte begonnen, sich in ihrem Inselleben einzurichten. Sie hatte sich mit der Gleichförmigkeit ihrer Tage abgefunden, mit den ruhigen Stunden in der Werkstatt, dem Joggen am Strand und den beiläufigen Unterhaltungen mit Can. Sie hätte zufrieden sein können, vielleicht sogar glücklich, trotzdem war Isa jedes Mal wütend, wenn sie dem Hubschrauber nachsah, mit dem Mischa zurück aufs Festland flog.

An Silvester hatte sie Mischa leicht angetrunken von dieser Wut erzählt und davon, wie sehr sie sich danach sehnte, mit ihm mitfliegen zu können, nach London, vielleicht auch zurück nach Deutschland.

»Bist du irre?«, hatte Sergejs Sicherheitschef gefragt. »Christof Nolden vergisst niemand, mit dem er noch eine Rechnung offen hat – und dich schon gar nicht. Glaub mir, der will dich tot sehen.«

Und jetzt, keine sechs Wochen später, war es Nolden, der tot war.

›Jetzt hast du, was du wolltest‹, hörte Isa Can sagen. Aber genau das war eben nicht, was sie gewollt hatte. Sie hatte Nolden zur Verantwortung ziehen wollen. Sie hatte ihn vor Gericht stellen, sie hatte ihn in den Knast bringen wollen. Nichts von alledem hatte Isa erreicht, stattdessen war ihr Nolden in den Tod entkommen und hatte sie ohne einen Gegner zurückgelassen.

Isa dachte an Igor, den Personenschützer, den Sergej für sie auf Farneigh abgestellt hatte. Dreimal in der Woche trainierten Isa und er in der alten Sporthalle von Barraclaigh – Kampfkunst, Selbstverteidigung. Auch nach vier Jahren war es immer noch Igor, der fast jeden Kampf gewann, und jedes Mal, wenn er Isa auf die Matte gezwungen hatte, flüsterte er ihr zu: »Siegen heißt nachgeben, Isa. Dein Körper ist geschmeidig, aber dein Geist ist unnachgiebig.«

Wäre Igor nicht im Urlaub gewesen, hätte er die hilflose Wut, die Isa gerade auf Christof Nolden empfand, ganz sicher als ein weiteres Symptom ihrer Unnachgiebigkeit gedeutet. Isa konnte förmlich hören, wie er sie dazu anhielt, bei sich zu bleiben, ihre Gefühle zuzulassen, in ihre eigene Kraft zu kommen.

›Scheiß auf Igor und sein New-Age-Gefasel‹, dachte Isa. Sie hielt an und beugte sich vornüber, um zu Atem zu kommen.

»Miese Ratte!« flüsterte sie. »Christof Nolden, du verdammte miese Ratte!«

Sie griff ein großes Stück Treibholz und schleuderte es in die Brandung. Dann setzte sie sich in den Sand und weinte wie ein Kind.

Irgendwann war es vorbei. Isa sah hinaus aufs Meer. Die Wellen hoben und senkten sich in gleichförmigem Rhythmus. Eine Küstenschwalbe stand einen Moment lang über dem Wasser, stieß plötzlich hinab und verschwand in der Gischt. Isa fröstelte. Sie wartete, bis der Vogel wieder auftauchte, dann stand sie auf und ging zurück nach Hause. Es war kurz vor zwölf. In zwei Stunden, maximal drei, würde Can zurück sein. Isa duschte und machte sich die Graupensuppe warm, die noch von gestern auf dem Herd stand.

Gegen eins klingelte ihr Handy. *Thomas* stand auf dem Display. Sie nahm den Anruf an.

»Hey«, sagte sie. »Can ist unterwegs. Ich sag ihm, dass er dich zurückruft.«

Thomas ging nicht darauf ein. »Ist Mira bei euch?«, fragte er.

»Wie kommst du darauf?«

»Ich dachte, sie wäre vielleicht bei euch.«

»Was ist los, Thomas?«

»Mira ist weg. Schon seit November.«

»Und da rufst du erst jetzt an?«

»Ich habe das erst gestern mitgekriegt.«

»Du merkst erst nach drei Monaten, dass deine Freundin weg ist?«

»Sie hat sich von mir getrennt. Schon vor über einem Jahr.«

»Scheiße.« Isa ließ sich schwer auf einen Küchenstuhl fallen. »Warst du bei der Polizei?«

»Und was soll ich denen dann erzählen?«, fragte Thomas.

›Stimmt‹, dachte Isa.

»Also ist sie nicht bei euch?«, Thomas klang unendlich traurig.

»Nein«, sagte Isa. »Ist sie nicht. Woher weißt du überhaupt, dass sie verschwunden ist?«

In diesem Moment brach die Verbindung ab. Isa hörte nur noch statisches Knistern. Sie warf das Handy auf den Tisch und stützte den Kopf in die Hände.

»Scheiße«, flüsterte sie.

Mira war ihre frühere Assistentin und fast zwölf Jahre Isas engste Vertraute bei *Concrete Gold* gewesen. Keine Sekretariatserfahrung, dafür ein abgeschlossenes Kunststudium, intelligent, hartnäckig, mit Eigeninitiative und Programmiererfahrung. Das Datensicherungssystem, mit dem sie ihre Rechercheergebnisse bei *Concrete Gold* schützten, hatte Mira eingezogen. Mira war es auch gewesen, die eine Kopie der Dateien, die Can in einem Büro von Nolden-Bau abgegriffen hatte, auf einen Schweizer Server hochgeladen und den dazugehörigen Stick persönlich im Tresor einer Züricher Bank deponiert hatte, als Can und Isa schon untergetaucht waren. Genau deshalb hatte Mira auf Noldens Todesliste gleich hinter Isa gestanden. Und genau deshalb hatte Isa damals mit Sergej die gleichen Konditionen für Mira ausgehandelt wie für Can und sich selbst: fünfhunderttausend Euro auf ein Konto in Liechtenstein und neue Papiere für Mira und ihren Freund Thomas. Die beiden hatten sich damals nach Brasilien abgesetzt. Mira hatte einen Job bei einem deutschen Unternehmen gefunden. Thomas hatte weiter seine Underground-Literatur übersetzt und sich ansonsten mit brasilianischem Jazz beschäftigt. Alles hatte darauf hingedeutet, dass die beiden in Brasilien glücklich gewesen waren. Trotzdem waren sie bereits nach einem Jahr Hals über Kopf wieder nach Deutschland zurückgekehrt, weil Miras Mutter nach einem Schlaganfall in einem Berliner Pflegeheim lag.

Mischa hatte getobt, als er von Miras Rückkehr gehört hatte.

»Die Frau will sterben, oder? Wieso der ganze Aufriss mit den neuen Papieren, wenn es Madame nach zwölf Monaten schon wieder heim zu Muttern zieht? Da kann sie sich gleich bei Christof Nolden persönlich zurückmelden. Sag ihr, dass sie von uns keine Hilfe erwarten kann – und mach ihr verdammt noch mal klar, was für ein Risiko das für Can und dich hier ist.«

Isa hatte versucht, mit Mira zu reden, aber sie hatte nicht den richtigen Ton getroffen.

»Geht klar«, hatte Mira gesagt. »Ich werde euch keine Probleme machen.« Ihre Stimme hatte verstockt geklungen.

›Ich hätte das nicht zulassen dürfen‹, dachte Isa. ›Ich hätte sie abhalten müssen. Das ist alles meine Schuld.‹

Eine Weile saß sie regungslos in der Küche. Dann ging sie nach oben ins Schlafzimmer und begann zu packen, schnell und systematisch so wie früher. Bei den Papieren zögerte Isa, schließlich packte sie nur den gefälschten Reisepass ein, den sie von Sergej hatte. Als sie fertig war, setzte sie sich mit gepacktem Koffer in die Küche.

Der angekündigte Sturm war losgebrochen. Die See schien jetzt fast schwarz mit weißen Schaumkronen. Heftige Böen drückten Regen gegen das Küchenfenster. Es war nach drei. Can hätte längst zurück sein müssen.

Endlich ging unten die Tür. Can kam die Treppe hoch in die Küche. Er sah abgekämpft aus.

»Ganz schön rau draußen.« Er griff sich ein Küchentuch und rieb sich die Haare trocken. »Ist noch Suppe da?«

Dann sah er Isas Koffer.

»Was gibt das, wenn es fertig ist?«, fragte er.

»Thomas hat vorhin angerufen. Mira ist weg. Ich fliege nach Berlin.«

»Was ist mit Nolden?«

»Tot. Herzinfarkt. Vor fünf Tagen.« Isa reichte Can die Zeitung.

Can überflog die Überschrift, dann legte er die Zeitung weg.

»Ich will das nicht.«

»Geh erst mal duschen«, sagte Isa.

»Kann ich damit rechnen, dass du noch da bist, wenn ich aus dem Bad komme?«

»Was soll das, Can?«

»Du kriegst echt nichts mit, oder?« Can ging ins Bad.

Isa schenkte sich einen Whisky ein und kippte ihn in einem Zug. Dann stand sie auf und machte die Suppe heiß.

Zehn Minuten später war Can zurück in der Küche. Er ließ sich auf einen Stuhl fallen und sah Isa an.

»Also, meine Liebe, was soll das?«

Draußen heulte der Sturm, harter Regen prasselte ans Fenster. Isa stellte Can eine Schüssel Suppe auf den Tisch und reichte ihm einen Löffel.

»Schön, dass du zurück bist«, sagte sie.

»Ich habe dich was gefragt.«

»Habe ich gehört.«

»Wie wäre es mit antworten?«

Isa stellte die Whiskyflasche auf den Tisch und schenkte ihnen beiden ein.

»Ich muss Mira suchen.«

»Wie kommst du darauf?«

»Ich habe sie damals in die Scheiße mit Nolden reingeritten. Also bin ich dafür verantwortlich, was er mit ihr gemacht hat.«

»Ich denke, Nolden ist tot.«

»Mira ist schon vor drei Monaten verschwunden. Da hat Nolden noch gelebt. Das geht noch auf sein Konto.«

»Selbst wenn, was willst du jetzt noch machen?«

»Rauskriegen, was mit Mira passiert ist. Wenigstens das bin ich ihr schuldig«

Can kippte seinen Whisky. »Soweit ich weiß, hat Mira das mit dem Sich-in-die-Scheiße-Reiten auch ohne dich und Nolden ganz gut hinbekommen.«

»Verstehe ich nicht.«

»Wenn du mich fragst, war die Frau schon immer gestört.«

»Wusstest du, dass sie sich von Thomas getrennt hat?«

»Ja.«

»Und warum hast du mir das nicht erzählt? Thomas ist dein Freund.«

»Eben.« Can schenkte sich nach. Dann sah er Isa an. »Ganz ehrlich, Isa? Ich habe das Gefühl, das mit Mira ist nur ein Vorwand, damit du endlich weg kannst von mir.«

»Blödsinn!«

»Nix Blödsinn, Isa. Du willst zurück zu deinem alten Leben. Du willst wieder Chef sein. Du glaubst, du hast endlich wieder eine Mission, mit der du beweisen kannst, wie toll du Sachen geregelt bekommst. Weil Sachen für dich einfacher sind als Gefühle. Darum geht es nämlich im Kern, Isa – dir ist nicht langweilig auf Farneigh, du kannst hier einfach nur nicht mehr vor deinen Gefühlen davonlaufen. Und dafür gibst du mir die Schuld. Aber weißt du was? Das Problem bin nicht ich. Das Problem sitzt da drinnen.« Can zielte mit dem Finger auf Isas Herz. »Entweder du kapierst das endlich, oder es wird nichts mehr mit dir und dem Glück.«

Can leerte sein Glas und stand auf. »Ich geh arbeiten«, sagte er. Dann ging er runter in den Pub.

Isa blieb sitzen. Irgendwann griff sie nach Cans Schüssel und löffelte mechanisch die jetzt lauwarme Suppe in sich hinein.

Später stand sie am Fenster und sah in den Regen hinaus, bis es draußen endgültig dunkel war. Unten im Pub liefen die Cowboy Junkies über dem üblichen Kneipenlärm aus Männergesprächen, vereinzeltem Frauenlachen und Sportfernsehen. Isa stand auf und ging in ihre Werkstatt.

Drei Stunden später war sie mit dem Aufräumen fertig. Sie duschte, legte sich mit einem Buch ins Bett und wartete auf Can. Um halb elf läutete er unten die letzte Runde ein. Eine Stunde später waren auch die hartnäckigsten Trinker gegangen. Isa lauschte auf die gewohnte Abfolge der Geräusche nach Kneipenschluss: das gedämpfte Stampfen des Geschirrspülers, das Hochstellen der Stühle, das Klacken des Besens gegen Tischbeine. Normalerweise wären kurz darauf Cans Schritte auf der Treppe zu hören gewesen. Dieses Mal nicht, stattdessen drang von unten kaum hörbar Thelonius Monk zu ihr ins Schlafzimmer.

›Dann lass es eben‹, dachte Isa. Sie sah auf die Uhr: halb eins. Mischa würde am nächsten Morgen spätestens um zehn in Barraclaigh sein. Wenn sie halbwegs fit sein wollte, musste sie schlafen. Isa machte das Licht aus und hörte auf den Wind und das Prasseln des Regens auf dem Dach. Irgendwann schlief sie ein.

Gegen drei war sie wieder wach. Can war immer noch nicht da. Isa vermutete, dass er sich auf einem der Sofas im Pub eingerichtet hatte. Sie dachte an ihre Auseinandersetzung in der Küche. Die Mischung aus Aggression und Anklage in Cans Stimme hatte Isa an den weinerlichen Ton erinnert, in dem ihre Mutter ihrem Vater ständig in den Ohren lag, weniger zu arbeiten und mehr Zeit mit ihr zu Hause in dem englisch eingerichteten Landhaus in der hessischen Provinz zu verbringen. Dass diese Cottage-Idylle mit angegliedertem Staudengarten ohne das Vorstandsgehalt ihres Gatten nicht zu finanzieren gewesen wäre, blendete Isas Mutter dabei genauso aus, wie die Tatsache, dass ihr Mann seine Arbeit liebte.

»Heul doch«, flüsterte Isa, ohne zu wissen, wen genau sie damit meinte. Sie konzentrierte sich auf ihren Atem. Zehn Minuten später war sie wieder eingeschlafen.

Vier

Mittwoch
20. Februar 2019
Berlin

Torsten Wolf lag auf dem Schlafsofa. Die Straßenlaterne vor dem Haus flackerte und warf unruhiges Licht an die Decke. Wolf hatte nicht die Energie aufzustehen und die Rollläden herunterzulassen. Er drehte den Kopf und sah auf die Uhr am Elektroherd in der Kochecke. Viertel vor vier. Das Taxi zum Flughafen war zu halb sechs bestellt. Der Flieger nach Köln ging um sieben, der Termin mit Saskia Nolden war um halb zehn.

Um kurz vor drei hatte Wolf das Notebook zugeklappt, sich flüchtig die Zähne geputzt und sich dann, noch angezogen, auf das Sofa geworfen. Seitdem lag er da und spürte, wie das Adrenalin durch seinen Körper pumpte. In den vergangenen sechs Tagen hatte er im Schnitt keine fünf Stunden pro Nacht geschlafen, und es sah nicht so aus, als ob sich das in nächster Zeit ändern würde.

Wolfs Gedanken flogen zurück zu der Nacht nach dem Gespräch mit Stetten und Pahlow vor knapp einer Woche. An die Stunden unmittelbar nach der Besprechung hatte Wolf keine Erinnerung. Er wusste nur, dass er gegen zwei Uhr morgens bei Henning in Palo Alto angerufen hatte.

»Hey, Wolf!« Henning hatte beim zweiten Klingeln abgenommen.

»Ewig nichts von dir gehört. Wann kommst du rüber? Ich fahre am Wochenende runter nach Half Moon Bay.«

›Mavericks‹, dachte Wolf. »Ist es da so wie in den Videos?«, fragte er.

»Krasser«, sagte Henning.

»Warst du mal draußen?«

Henning lachte auf. »In my dreams. Nicht meine Liga. Aber einfach nur zugucken ist schon geil. Du solltest kommen, das wäre was für dich.«

Wolf schwieg.

»Sag mal, wie viel Uhr ist es eigentlich bei dir?«, fragte Henning. »Muss doch gleich zwei sein, oder?«

»Ja«, sagte Wolf.

»Was ist los, Wolf?«

Wolf wollte etwas sagen, aber plötzlich brach ihm die Stimme weg.

»Wolf?«, fragte Henning.

Minutenlang gelang es Wolf nicht, sein Schluchzen unter Kontrolle zu bringen. Irgendwann konnte er wieder zusammenhängende Sätze bilden. Knappe, dürre Sätze über das letzte Vierteljahr, über das Kupferhaus und über die Szene in der Kanzlei.

»Scheiße«, sagte Henning, als Wolf fertig war. »Soll ich dir Geld …«

»Nein!«

»Hey, entspann dich!«

»Sorry«, sagte Wolf. »Danke, aber ich habe mich da allein reinmanövriert, also muss ich da auch allein wieder raus.«

»Unsinn, Wolf. Die Scheiße, in der du steckst, geht auf das Konto von Elise, nicht auf deins.«

»Ich hätte mich von ihr trennen können.«

»Hättest du?«

Wolf schwieg.

»Habt ihr schon einen Scheidungstermin?«

»Ist noch nicht raus. Weißt doch, wie es ist mit Gerichtsterminen«, log Wolf. Tatsächlich war er noch nicht einmal bei einem Anwalt gewesen.

»Überleg es dir«, sagte Henning. »Ich überweise dir nachher die Kohle, morgen um neun gehst du in deine Klitsche und kündigst. Dann kommst du erst mal rüber, schaust dir einen Monat lang richtig große Wellen an, und danach sieht die Welt schon wieder anders aus.«

Wolf hatte plötzlich den brackigen Geruch von Neopren in der Nase. Das Brennen von Salzwasser auf der Haut, Sonne, das Gefühl, ungebremst, aber vollkommen kontrolliert eine meterhohe Steilwand aus türkisgrünem Wasser hinunter – ja was eigentlich? Zu gleiten? Zu stürzen? Zu fliegen? Dem bösartig grollenden Wellenkamm im Rücken ein Schnippchen zu schlagen, mit ihm zu spielen, um sich schließlich von der gleißenden Gischt des jetzt machtlosen Brechers ganz entspannt an den Strand tragen zu lassen. Das unbeschreibliche Glücksgefühl danach.

»Und?«, fragte Hennig.

»Ich kann nicht«, sagte Wolf.

Hennig schwieg. »Und wie soll es jetzt weitergehen?«, fragte er endlich.

Wolf lachte hilflos.

»Okay«, sagte Henning. »Wipeout. Two Wave Hold Down. Die erste Welle hat dich vom Board gefegt. Du bist im Schleudergang. Du weißt nicht mehr, wo oben und unten ist. Deine Sauerstoffreserven sind am Ende. Du hast das Gefühl, dir platzen die Lungen. Irgendwie kommst du nach oben. Und genau in diesem Moment rauscht die zweite Welle rein. Was hat Barry uns für solche Situationen eingebläut?«

Barry, der Surflehrer, bei dem Wolf und Henning mit dem Surfen angefangen hatten, damals, vor bald zwanzig Jahren, als sie ihren Master of Laws in Perth gemacht hatten.

Wolf schwieg.

»Relax«, sagte Henning. »Don't crack under pressure. Was heißt das auf deinen konkreten Fall bezogen?«

Wolf schwieg.

»Wolf?«, fragte Henning.

»Einarbeiten?«, sagte Wolf. »Durchhalten?«

»Nein«, sagte Henning. »Auftauchen. Luft holen. Zurück aufs Board. Entspannen. Wieder lospaddeln und dann, mein Lieber, reitest du diese Welle. Auch wenn sie aus eins a purer Flüssigscheiße besteht.«

Wolf lachte.

»Geht doch«, sagte Henning. »Ich schicke dir gleich einen Link. Ich will, dass du diesem kleinen Personaler in deiner Kanzlei morgen so gegenübertrittst wie die Jungs in dem Video. Zeig ihm, mit wem er es zu tun hat, Wolf. Du schaffst das!«

Henning legte auf. Sekunden später lief eine WhatsApp-Nachricht mit einem Youtube-Link ein. *Unbedingt bis zum Ende sehen!!!*, hatte Henning geschrieben.

Wolf klickte auf den Link.

Insistierend-minimalistische Klavierklänge in Moll, die Wolf vage an etwas erinnerten, darübergelegt vereinzelte Möwenschreie, tintenblaue See, lange, machtvolle Dünung. Schnitt: Sonnenaufgang auf einem Fischkutter, zwei Männer kippen tonnenweise Krebse in einen riesigen Bottich, bleiche, verletzliche Panzerunterseiten, hilfloses Beinchengezappel, ins Leere greifende Zangen. Schnitt: eine graugrüne Welle, die sich in Zeitlupe immer höher aufbäumt, ein gutes Dutzend Surfer, die sich mühsam paddelnd zum bereits weiß britzelnden Wellenkamm hocharbeiten. Schnitt: der Wellenkamm jetzt im Profil, die ersten Surfer im Drop, während sich die Wellenlippe immer stärker ausformt. Schnitt: Felsenküste mit Radarstation. Schnitt: in Zeitlupe die nächste Welle, weitere sich nach oben kämpfende Surfer, ein Einzelner löst sich aus dem Line-up, steht auf und gleitet die mächtige Wand aus grauem Wasser scheinbar mühelos auf ganzer Länge hinab. Neben ihm ein leeres Board (wo war der Surfer?) vom Wasser nach oben getragen, in der Lippe kurz steilgehend wie ein Grabstein, um dann schwer nach unten zu krachen. Das Donnern der See jetzt zum ersten Mal schwach hinter der

Musik erahnbar, während die Zeitlupe die Gewalt des Wassers weichzeichnet. Gischt stiebt fedrig zart auf und geht hypnotisch langsam nieder. Der Surfer verschwindet aus dem Bild, nur um sich gleich darauf mit ausgestreckten Armen geschmeidig aus der tiefen Hocke wieder aufzurichten. Schnitt: der Surfer, der an einem Jetski vorbeigleitet, die Arme triumphierend erhoben. Schnitt: der Ort des Geschehens aus größerer Entfernung in der Totale, vielleicht erst in diesem Moment die Erkenntnis, wie mächtig die See in dem Video wirklich ist. Links unten kurzes Aufblitzen einer dunklen, scharf geschnittenen Flosse im Wasser. Schnitt: vermutlich derselbe Surfer, jetzt an Land, in die Kamera lächelnd, nicht mehr jung, aber gut aussehend, selbstsicher den Kopf in den Nacken gelegt, die ausgebleichten, dunklen Haare in der untergehenden Sonne rötlich aufleuchtend. Schnitt, wieder eine Wasserwand, wieder ein einzelner Surfer, vollkommen beherrscht auf dem Weg nach unten, als sei das die selbstverständlichste Übung der Welt. Schnitt, dieser Surfer an Land und im Gegenlicht. Minutenlang so weiter. Der letzte Surfer geht zu steil in den Drop, taumelt, verliert das Gleichgewicht, landet mit dem Hintern auf dem Board, stabilisiert sich und reitet den Rest des Wellenmonsters souverän im Sitzen ab. Am Ende reißt er die Arme hoch, beide Hände zum Hang Loose steil nach oben gestreckt.

Wolf klickte das Video noch einmal an und stellte dann auf Repeat. Irgendwann zwischen der vierten und fünften Wiederholung war er eingeschlafen.

Um kurz vor vier hatte ihn das Pingen einer WhatsApp-Nachricht geweckt. *Kick ass, Wolf!!!* Dahinter drei Shaka-Emojis.

Wolf war aufgestanden, hatte geduscht und sich einen Espresso gemacht. Dann hatte er sein Notebook aufgeklappt und mit der Vorbereitung für sein Gespräch mit Pahlow begonnen.

Um halb sieben hatte Wolf sich ausreichend gerüstet gefühlt. Er hatte eine Kanne Pfefferminztee aufgesetzt und seinen Bart auf die genau richtige Länge getrimmt. Danach hatte er ein Küchentuch mit dem warmen Pfefferminztee getränkt und sich mit der Kompresse auf dem Gesicht aufs Sofa gelegt.

Fünf Minuten später hatte Wolf das Spülbecken mit kaltem Wasser gefüllt, er hatte Eiswürfel dazugegeben und war mehrfach mit dem Kopf untergetaucht, bis er keine Luft mehr bekam. Die Augenringe waren danach immer noch da, aber Wolf war nicht mehr ganz so grau im Gesicht wie zuvor.

Wichtiger war allerdings die Kleidungsfrage. Wolf hatte sich in seinem Lieblingshemd und -anzug vor den Spiegel gestellt. Hose und Jackett saßen etwas zu eng, und das Hemd spannte über dem Bauch, aber für den Auftritt bei Pahlow würde es reichen, und wenn alles glattging, dachte Wolf, würde er demnächst ohnehin neue Klamotten ordern können. Er hatte sein Notebook eingepackt, die Schuhe mit einem Geschirrtuch blank gewienert und war in das Café gefahren, in dem er seit ein paar Wochen frühstückte. Er hatte auf das gewohnte Schokocroissant zum Cappuccino verzichtet und einen Joghurt mit Früchten genommen. Während er frühstückte, war er in Gedanken noch einmal seine Strategie durchgegangen. Dann hatte er einen Anruf in Köln getätigt. Erst danach hatte er ein Taxi ins Büro genommen.

Um zwanzig nach neun hatte er an die Glaswand neben Matthias Pahlows Bürotür geklopft.

»Hey!« Pahlow tat so, als hätte er Wolfs Verspätung nicht bemerkt. »Komm rein. Kaffee?«

Wolf winkte ab. Er nahm Platz und schenkte sich ein Glas Wasser ein.

»Stetten war gestern ganz schön grob«, sagte Pahlow. »Aber du weißt ja wie es ist: ›When being raped by an elephant, relax and enjoy‹.«

Pahlows ›elephant‹ hörte sich an wie ›elliffant‹. Wolf lehnte sich mit leicht geöffneten Beinen in seinem Besprechungsstuhl zurück, legte den Kopf schräg und lächelte. »Na denn mal rin ins Vergnügen.«

Pahlow schob ihm zwei Vertragsausfertigungen über den Tisch. »Ich denke, das hier sollte dir hinreichend Spaß machen.«

Wolf griff sich eine Kopie und überflog den Text. An zwei Stellen lachte er kurz auf. Als er fertig war, schob er den Vertrag über den Tisch zurück zu Pahlow und lächelte.

»Du überschätzt meine Erregbarkeit, Matthias.«

»Wie bitte?« In Pahlows Stimme lag jetzt Irritation, minimal, aber dennoch vorhanden. Gut so.

Wolf lehnte sich wieder in seinem Sessel zurück. Dann zeigte er auf die Vertragskopien.

»Als Vorspiel ganz nett, aber damit ich in Fahrt komme, muss da noch ein bisschen was passieren.«

Pahlow sah ihn forschend an. Dann lachte er. »Du willst verhandeln? Hätte ich jetzt nicht gedacht.«

»Du warst zu lange nicht mehr an der Front, Matthias.« Wolf lächelte.

»Was willst du, Wolf?« Pahlows Wangen waren jetzt leicht gerötet.

»25k Bonus für das Closing mit den Hannoveranern. Noch mal 25k für die Abschlussprüfung von Nolden-Bau, zahlbar nach Feststellung, also nach der Gesellschafterversammlung Mitte März. Beide Boni jeweils netto.« Wolf knackte mit den Fingern. »Freistellung von sämtlichen Mandaten außer Nolden-Bau. Salary-Partnerschaft rückwirkend ab dem Zeitpunkt, zu dem ihr wusstet, dass Bensheim nicht zurückkommt, also Anfang Januar.«

Pahlow wollte etwas sagen.

»Ich bin noch nicht fertig«, sagte Wolf. »Equity-Partnerschaft nach der nächsten Partnerversammlung im September und zehn Prozent Gewinnbeteiligung am Nolden-Mandat.«

Pahlow lachte hilflos. »Das ist das Doppelte von dem, was Bensheim bekommen hat.«

»Ich bin ja auch doppelt so gut.«

»Überschätzt du dich da nicht ein bisschen?«

»Möglich«, Wolf lächelte. »Die Headhunter sehen das aber anders.«

Pahlow schwieg. An seinem Hals zeichneten sich rote Flecke ab.

»Ich hätte jetzt doch gern einen Kaffee«, sagte Wolf.

Pahlow gab seiner Sekretärin Anweisungen. Kurz darauf stellte sie die Tassen und einen Teller Kekse auf den Besprechungstisch. Wolf starrte auf ihre breiten Hüften und dicken Schenkel.

Als sie gegangen war, nahm er sich seinen Kaffee und lehnte sich dann, die Morgensonne im Rücken, an die Glaswand von Pahlows Büro. Er legte den Kopf wieder schräg und lächelte Pahlow an.

»Noch was«, er nippte an seinem Kaffee. »Ich will eine vernünftige Sekretärin. Die Nguyên funktioniert nicht.«

»Die meisten Kollegen würden Linh mit Handkuss nehmen«, sagte Pahlow.

»Prima, dann gib sie einem von denen, und mir besorgst du eine Sekretärin ohne Nagelstudio-Abo, aber dafür mit einem IQ über Normalnull.«

»So jemanden hattest du schon, Wolf.«

»Wann soll das gewesen sein?«

»Letzten November. Mira Kindermann. Ist nach zwei Wochen bei dir einfach nicht mehr ins Büro gekommen. Schon vergessen?«

Wolf erinnerte sich dunkel. Mira Kindermann. Anfang vierzig, schmal, attraktiv, grüne Augen, kurze braune Haare, zu gut angezogen für eine Sekretärin. Wahrscheinlich hatte sie deshalb gedacht, sie hätte ein Recht auf Sonderbehandlung. Die Frau hatte kaum bei Wolf angefangen, da hatte sie schon mit ihm »reden« wollen.

Genau wie Elise. Die hatte auch immer mit ihm reden wollen. Und immer waren diese Gespräche nach dem gleichen Muster gelaufen: Elise baute irgendein abstruses Gedankenkonstrukt auf, Wolf hielt mit rationalen Argumenten dagegen, Elise wechselte blitzschnell auf eine neue, ebenso abseitige Argumentationsschiene. Dieses Schema spielten sie regelmäßig so lange durch, bis Wolf laut wurde und Elise anfing zu heulen.

Anfang November hatte bei einer dieser Auseinandersetzungen plötzlich Ben im Wohnzimmer gestanden, im Schlafanzug und mit seinem einäugigen Kuschelmonster in der Hand, für das er eigentlich schon zu alt war.

»Ihr sollt nicht immer streiten«, hatte er gesagt.

Elise war aufgesprungen. Sie war zur Garderobe gelaufen, hatte sich ihre Jacke übergeworfen und war abgehauen. Auch das ein Part im ewig gleichen Drehbuch ihrer Auseinandersetzungen.

Wolf hatte Ben in die Arme genommen. Er war mit ihm in sein Zimmer gegangen und hatte die feuchte, warme Hand seines Sohnes gehalten, bis er eingeschlafen war.

Am nächsten Morgen hatte Wolf den Kindern Frühstück gemacht, er hatte die beiden zur Schule gefahren und war dann unangekündigt zu dem Architekturbüro in Kreuzberg gefahren, in dem Elise arbeitete, um mit ihr den üblichen Versöhnungscappuccino mit Blick auf den Landwehrkanal zu nehmen. Wolf hatte keinen Parkplatz gefunden und war zu Fuß zu Elises Büro gegangen. Auf dem Weg war er an der französischen Patisserie vorbeigekommen, in der sie sich sonst immer trafen. Die To-go-Schlange stand bis auf die Straße. Wolf sah Elise schon von Weitem. Ihr goldener Nasenring gleißte in der Morgensonne auf, sie hatte die Augen geschlossen und den Kopf in den Nacken gelegt, während ihr ein Typ mit Daunenjacke und hoch auf dem Kopf sitzender Wollmütze seine Zunge in den Hals steckte. Wolf war abrupt stehen geblieben. Er hatte das Bild seiner Frau, die sich selbstvergessen einem anderen Mann hingab, in sich aufgenommen, dann hatte er abgedreht und war ins Büro gefahren.

Am Abend war Elise nach Haus gekommen und hatte gut gelaunt so getan, als sei nichts passiert.

Wolf hatte abgewartet, bis die Kinder im Bett waren.

Elise hatte mit ihrem Laptop am Esstisch gesessen, entspannt, wie immer ein Bein untergeschlagen, elegant wie eine Tänzerin.

»Ich möchte, dass du ausziehst«, hatte Wolf gesagt.

Elise hatte schockiert aufgelacht. »Was soll das denn jetzt?«

»Ich habe genug, Elise. Es reicht.«

»Und was ist mit den Kindern? Die brauchen doch ihre Mutter.«

Elise hatte sich all' die Jahre immer nur beiläufig für Ben und Ada interessiert. Wolf war davon ausgegangen, dass er sich um die Kinder kümmern würde. Er wollte etwas sagen, aber dann war ihm plötzlich der schlecht überschminkte Knutschfleck auf Elises Hals aufgefallen, und im nächsten Moment hatte sich irgendein Schalter bei ihm umgelegt.

»Dann geh' ich eben«, hatte er gesagt. Sollte Elise ihren plötzlich erwachten Mutterinstinkt doch zusammen mit ihrem neuen Stecher ausleben.

Wolf war ins Schlafzimmer gegangen und hatte wahllos Sachen in seine Sporttasche geworfen. Ein paar Minuten später war er auf der nachtstillen Prenzlauer Allee unterwegs gewesen, den im Dunkeln blinkenden Fernsehturm als entfernten Orientierungspunkt vor Augen. Nach ein, zwei Kilometern hatte er ein Taxi angehalten und sich zum Alex fahren lassen. Den Rest der Nacht hatte Wolf fühllos an die Decke eines Hotelzimmers gestarrt.

In den Tagen danach hatte er auf Autopilot weitergemacht, zumindest im Büro. Genau in dieser Zeit war plötzlich diese neue Tippse bei ihm aufgeschlagen und hatte um ein Gespräch gebeten. Er hatte abgelehnt. Ein paar Tage später hatte die Frau einen polnischen Abgang hingelegt. Wolf hatte keinen Gedanken mehr auf sie verschwendet.

»Mira Kindermann, das war die Hochsensible mit den Kunstaspirationen, richtig?«, fragte er Pahlow.

Pahlow musterte ihn sichtlich angewidert. »Hast du eine Ahnung, wie dich die Sekretärinnen nennen?«, fragte er.

»Den bösen Wolf?« Wolf bleckte die Zähne und knurrte. »Weißt du was, Matthias? Mir geht es am Arsch vorbei, wie mich die Damen im Officeteam nennen, Hauptsache, die machen ihren Job ordentlich. Reich mein Asia-Rotkäppchen an jemand anderen weiter, und besorg mir was Vernünftiges.«

»Ich kann niemand aus dem Hut zaubern, Wolf. Der Markt ist leer gefegt.«

»Dann wird HSW wohl mal Geld für eine Stellenanzeige in die Hand nehmen müssen.« Wolf stellte die Kaffeetasse ab.

Pahlow schwieg.

»Das war noch nicht alles«, sagte Wolf.

Pahlow sah ihn schweigend an.

»Ich will einen Associate.«

Pahlow lachte wieder auf. »Vergiss es. Bensheim musste auch allein klarkommen.«

»Und sitzt dafür jetzt ausgeglüht in der Klapse.«

»Wenn du doppelt so gut bist wie Bensheim, kann dir das ja nicht passieren.«

›Wichser‹, dachte Wolf. Andererseits war es fast schon wieder rührend zu beobachten, wie stolz Pahlow war, auch mal einen Treffer gelandet zu haben.

»Jede Großbude würde mir für so ein Mandat einen ganzen Mitarbeiterstab zur Verfügung stellen«, sagte Wolf.

»Genau das unterscheidet HSW von einer Großbude«, erwiderte Pahlow. »Gleiche Leistung bei schlankeren Strukturen. Das war der Grund, warum Nolden uns damals überhaupt mandatiert hat.«

»Bullshit, Matthias. Nolden hatte keinen Bock, ordentlich für seine Rechtsberatung zu löhnen. Stetten war geil auf das Mandat, und Bensheim hat sich auf Verschleiß fahren lassen, das weißt du so gut wie ich. Also noch mal – was könnt ihr mir bieten, damit ich nicht ende wie mein Vorgänger?«

Pahlow zuckte hilflos die Schultern. »Das muss ich mit Stetten besprechen.«

»Mach das.« Wolf sah auf die Uhr. »Ich habe gleich einen Termin außer Haus. Ping mich an, wenn du das Go vom Häuptling hast.«

Er tippte mit zwei Fingern einen Salut an die Stirn und verließ Pahlows Büro.

Wolf war runter auf seine Etage gefahren. Er hatte Linh Nguyên mitgeteilt, dass er den ganzen Tag nicht erreichbar sein würde, und hatte ein Taxi genommen. Zurück in der Wohnung hatte er sich den Anzug vom Leib gerissen, war auf das Sofa gefallen und sofort eingeschlafen.

Als er gegen fünf aufgewacht war, hatte ihm Pahlow schon den Vertrag zugeschickt. Mit der Equity-Partnerschaft würde Wolf bis ins nächste Jahr warten müssen, und auf mehr als sieben Prozent Gewinnbeteiligung am Nolden-Mandat hatte man sich offenbar auch nicht einlassen wollen, ansonsten aber, war man seinen Forderungen nachgekommen – abgesehen von der neuen Sekretärin und dem Associate. Stattdessen hatte die Kanzlei einen Firmenwagen draufgelegt.

Wolf lächelte. Er hatte sich nicht verschätzt: Stetten hatte niemand anderen für das Nolden-Mandat, er brauchte Wolf und würde dafür fast jeden Preis zahlen.

Wolf hatte den Vertrag plus zehn Seiten Verschwiegenheitsvereinbarung unterschrieben und einen Scan an Pahlow geschickt. Kurz darauf pingte ihn Henning an.

Und? Wie läuft's?

Nach Plan, schrieb Wolf.

Er bestellte sich eine große Sushiplatte bei einem Bringdienst, legte sich mit dem Notebook aufs Sofa und erledigte privaten Kleinkram, während im Hintergrund der Pianotrack des Surfvideos auf Repeat lief.

Das Wochenende hatte Wolf fast ausschließlich im Bett verbracht. Am Montagmorgen hatte er das Original seines neuen Arbeitsvertrags in der Personalabteilung eingereicht und dabei die Anweisung gegeben, sein bisheriges Gehalt weiter über sein bestehendes Konto laufen zu lassen. Alles, was nach der Gehaltserhöhung darüber hinausging, sollte hingegen auf ein separates Girokonto eingezahlt werden, das Wolf am Abend zuvor bei einer Onlinebank eingerichtet hatte.

Die Ische aus der Personalabteilung hatte komisch geguckt.

Wolf hatte gelächelt. »Sie würden jetzt total gerne wissen, warum ich das so haben will, richtig?«

Die Kleine war für einen Moment verlegen, dann warf sie den blonden Pferdeschwanz in den Nacken und lächelte.

»Also irgendwie schon.« Koketter Augenaufschlag unter unnatürlich langen Wimpern.

»Ich verrate Ihnen was.« Wolf beugte sich vertraulich über den Tresen.

»Ja?« Kopf erwartungsfroh entgegen geneigt, leicht geöffnete Lippen, Shampooduft nach Kokos und Vanille.

»Mein Privatleben geht Sie einen feuchten Staub an«, flüsterte Wolf.

Zurückschrecken, die Wangen flammend rot, der Blick von Verblüffung in hilflose Beschämung umschlagend.

Wolf hatte gelächelt, er hatte mit den Knöcheln auf den Tresen geklopft und war gegangen.

Im Aufzug lehnte er sich mit dem Rücken an die Wand und starrte in den Spiegel. ›Du bist ein Arschloch‹, dachte er. Die Personalmaus konnte nichts dafür, dass Elise ihn knietief in den Dispo geritten hatte. Er zog eine Grimasse. Dann zückte er sein Handy und tippte eine WhatsApp an Ada. *Denk an Dich, P.*, drei Herzchen-Emojis. Wolf tippte auf »Senden« und wusste, dass Ada nicht antworten würde.

Der Aufzug hielt auf der zweiten Etage. Ein älterer Partner stieg zu. Wolf straffte die Schultern.

»Der junge Wolf. Gratulation zur Aufnahme in unsere erlauchte Runde«, sagte der Partner. »Lange überfällig, wenn Sie mich fragen.«

Wolf dankte lächelnd. Auf dem nächsten Stockwerk stieg er aus und ging in sein Büro.

Der Jahresabschluss von Nolden-Bau war noch nicht da. Wolf rief bei den Wirtschaftsprüfern an und bat vorab um eine Entwurfsfassung.

»Das muss ich erst mit Frau Nolden abstimmen«, druckste der Prüfungsleiter herum. Wolf legte genervt auf und versuchte stattdessen, Hans-Josef Meinerzhagen und Reinhardt Bastnach, die beiden anderen Beiratsmitglieder, zu erreichen. Beide Herren waren im Skiurlaub.

›Dann eben nicht‹, dachte Wolf.

Die nächsten sechzehn Stunden hatte er sich durch die Bilanzen von Nolden-Bau ab Mandatsübernahme durch HSW gefräst. Auf den ersten Blick wirkten die Bilanzen sauber, genau wie die Quartalszahlen des Vorjahres, aber das musste nichts heißen. Wolf war seit zwölf Jahren im Job. Er wusste, dass selbst Unternehmen mit untadeligem Ruf Dreck am Stecken hatten. Und der Ruf von Nolden-Bau war eben nicht untadelig.

Wolf erinnerte sich an Elises Entrüstung an dem Tag vor vier Jahren, als der Nolden-Skandal aufgeflogen war. Sie hatte ihn am frühen Abend aus ihrem Büro in Kreuzberg angerufen

»Hast du die Sache mit Nolden-Bau mitbekommen? Hammer, oder? Wir sitzen immer noch zusammen und stimmen uns ab, wie wir uns dazu positionieren sollen. Ich komme hier nicht raus. Kümmerst du dich um Ben?«

Elise arbeitete in einer kleinen Kreuzberger Architektenkooperative, die innovative Konzepte für den sozialen Wohnungsbau entwickelte. Seit ein paar Monaten arbeiteten sie mit Nolden-Bau zusammen und verdienten damit zum ersten Mal richtig Geld.

Wolf hatte alles stehen und liegen gelassen, um Ben abzuholen. Trotzdem war es schon Viertel nach sechs, als er an der Kita ankam. Ben hatte still auf der Bank im Eingangsbereich gesessen. Die Erzieherin hatte sichtlich genervt auf Wolfs Entschuldigung für sein Zuspätkommen reagiert. Wolf hatte Ben eingepackt, dann hatte er Ada bei einer Schulfreundin um die Ecke eingesammelt.

Auf dem Weg zur Wohnung hatte Wolf Herbert Stetten angerufen, um seine Teilnahme am gemeinsamen Abendessen mit einem Großmandanten abzusagen.

Stetten hatte schon angefangen zu brüllen, bevor Wolf mit seiner Erklärung fertig gewesen war.

»Ich habe vollstes Verständnis, dass Sie Ihrer schönen Frau Kinder machen, Wolf. Aber dann sorgen Sie gefälligst auch dafür, dass sich jemand um die Brut kümmert! Entweder Sie kriegen das klar, oder Sie suchen sich gleich einen Job im Kindergarten!«

Wolf wollte etwas erwidern, aber Stetten hatte ihn schon weggedrückt. Wolf war mit den Kindern nach Hause gegangen, hatte Abendbrot zubereitet, eine Ladung Wäsche auf den Weg gebracht und den Geschirrspüler ausgeräumt. Erst als er Ben bettfertig machen wollte, hatte er bemerkt, dass sich der Kleine vermutlich schon

Stunden zuvor in die Hose gemacht hatte. Wolf hatte Ben gebadet, Salbe auf die wunden Stellen aufgetragen und den Jungen dann zu Bett gebracht. Danach hatte er bei Ada reingeschaut, um ihr gute Nacht zu wünschen, aber sie hatte schon geschlafen – oder so getan als ob. Wolf hatte sein Notebook auf dem Esstisch aufgebaut und sich wieder in seine Akten verbohrt.

Elise war drei Stunden später nach Hause gekommen, Kneipengeruch in den Haaren, die Wangen noch vor Empörung gerötet.

»Krass die Geschichte mit Nolden, oder?«

Sie hatte sich auf das Wohnzimmersofa fallen lassen. »Ich weiß noch gar nicht, wie ich damit klarkommen soll. Wir haben alle gedacht, wenn jemand in dem Business integer ist, dann Nolden.«

Wolf klappte das Notebook zu. »Ben hat sich in die Hose gemacht«, sagte er.

»Nicht schon wieder. Das müssen wir endlich mal in den Griff bekommen.« Elise sah ins Leere und nagte an ihrem Daumennagel. »Ich meine, wir waren doch mit Nolden und seinem Team im Retreat«, sagte sie. »Die waren echt nett. Und jetzt sind das einfach nur rechte Ausbeuterarschlöcher.«

»Mörder«, präzisierte Wolf. »Wenn das stimmt, was in den Zeitungen steht, dann geht Nolden-Bau über Leichen.«

Elise nagte immer noch an ihrem Daumennagel. »Wir haben seit heute Morgen diskutiert, wie wir uns zu der Sache verhalten sollen.«

»Und?«, fragte Wolf. »Ist was dabei rausgekommen?«

»Nolden-Bau ist unser wichtigster Auftraggeber.« Elises Stimme klang trotzig.

»Erst kommt das Fressen, dann kommt die Moral«, summte Wolf.

Elise war für den Bruchteil einer Sekunde sprachlos, dann schoss ihr das Blut in die Wangen. »Du kotzt mich an, Torsten!«

»Wieso? Du stehst doch so auf Brecht.« Wolf lächelte.

Elise war aufgesprungen und mit einem Satz bei ihm am Tisch gewesen, schwer atmend und mit geballten Fäusten. Wolf hatte gedacht, dieses Mal würde Elise ihm wirklich eine schallern, aber dann hatte sie, Tränen in den Augen, abgedreht, wie immer. Sie hatte sich ihre Jacke gegriffen und war abgehauen – auch das wie immer. Die Nacht hatte Elise bei einer Freundin verbracht, vielleicht auch in einem Club oder auf dem Sofa in ihrem Büro. Am Morgen hatte sich Wolf mit ihr in Kreuzberg auf einen Cappuccino und ein Croissant getroffen und dann war alles wieder in Ordnung gewesen. Danach hatten sie nie wieder über das Thema gesprochen.

Wolf fragte sich, was Elise wohl dazu sagen würde, dass er der neue Rechtsberater für Nolden-Bau war. Andererseits – kam es wirklich noch darauf an, was Elise dachte? Viel interessanter war doch die Frage, wie Wolf selber zu der Sache stand.

Die Antwort fiel ihm schwerer als gedacht. Henning und er hatten ihr Jurastudium als Jahrgangsbeste abgeschlossen. Schon während des Referendariats hatten sie Jobangebote von internationalen Großkanzleien bekommen. Henning hatte damals hart verhandelt und war mit einem sechsstelligen Einstiegsgehalt zu einer Großbude in London gegangen.

Für Wolf war es anders gelaufen. Ein paar Tage nach seinem Examen war Elise mit einem Schwangerschaftstest nach Hause gekommen. Ein Kind hatte damals für Wolf nicht auf dem Plan gestanden, insgeheim hatte er sogar mit dem Gedanken gespielt, sich von Elise zu trennen. Aber noch während auf dem Teststäbchen immer klarer ein Pluszeichen hervortrat, war Wolf plötzlich klar geworden, dass er dieses Kind unbedingt wollte – mehr noch, dass er unbändige Lust hatte, für dieses Kind da zu sein, zu erleben, wie es seine ersten Schritte machte, dabei zu sein, wenn es zum ersten Mal Fahrrad fuhr. Mit den Siebzigstundenwochen in einer Großkanzlei war das nicht vereinbar. Also hatte Wolf alle entsprechenden Angebote ausgeschlagen. Stattdessen hatte er zuerst in Gesellschaftsrecht promoviert und danach für zwei Jahre bei einer angloamerikanischen Anwaltsboutique mit Schwerpunkt Immobilienrecht gearbeitet. Dann war Elise mit Ben schwanger geworden, und Wolf hatte zu HSW gewechselt, einer der ersten Kanzleien, die offensiv mit familienfreundlichen Arbeitszeiten warben.

Kurz nach seinem Eintritt bei HSW hatte ihm sein Vater, mit dem Wolf seit Jahren kaum noch Kontakt hatte, geschrieben.

Dass du dich in diese Närrin verliebt und dir zwei Kinder hast anhängen lassen, ist schlimm genug. Dass du dich deswegen jedoch unter Wert verkaufst und dein Talent bei einem deutschen Mittelständler verkümmern lässt, ist eine unverzeihliche Torheit, die du noch bitter bereuen wirst.

Die Handschrift seines Vaters hatte sich wie gestochen von dem cremeweißen Bütten abgehoben. Wolf hatte den Brief zerrissen und versucht, den Inhalt zu vergessen.

In den sieben Jahren, die seitdem vergangen waren, hatte er bei HSW den Ball flach gehalten und immer nur genau so viel gearbeitet, wie es brauchte, um seinen Ruf als Überflieger zu erhalten, ohne sich zwingend für eine arbeits- und zeitintensivere Position zu empfehlen. Seine eigentliche Energie hatte Wolf in dieser Zeit in Elise, in Ada und Ben investiert.

Karriere hatte er so nicht gemacht. Zwar schanzte HSW ihm regelmäßig die komplexeren Fälle zu, trotzdem hatte sich Wolf über die Jahre von seiner Arbeit zunehmend unterfordert, ja nachgerade gelangweilt gefühlt. Das Verdikt seines Vaters war ihm immer öfter durch den Kopf gegangen.

Und dann hatte ihm Stetten das Nolden-Mandat aufgedrückt. Nach der ersten Nacht, in der Wolf begriffen hatte, dass er aus dieser Nummer nicht rauskommen würde, hatte er sich gezwungen, Nolden nicht als skrupellosen Mörder, sondern als Mandanten wie jeden anderen zu betrachten, und je tiefer er in die Firmenarchitektur und Finanzkonstrukte von Nolden-Bau einstieg, desto mehr hatte Wolf das Gefühl, zum ersten Mal seit Jahren wieder intellektuell gefordert zu sein. Die Präzision, die Klarheit, mit der Nolden seine Geschäfte geführt hatte, nötigten ihm Bewunderung ab. Moralisch mochte man von dem Mann halten, was man wollte, unternehmerisch hatte er alles richtig gemacht. Allein die Kreditbedingungen, die er unmittelbar nach dem Skandal und auf dem Höhepunkt der Krise von Nolden-Bau ausgehandelt hatte, um das Unternehmen wieder flottzukriegen, waren ein Meisterstück.

Umso spannender war die Frage, wie Noldens Witwe das Unternehmen weiterführen würde. Wolf hatte das Dossier gelesen, das ihm Linh Nguyên zu Saskia Nolden zusammengestellt hatte – im Wesentlichen verquaste Kunstmarktberichterstattung und Homestorys aus irgendwelchen Modemagazinen. Die Frau dahinter war Wolf auch nach der Lektüre immer noch ein Rätsel. Er hoffte einfach darauf, dass sich das ändern würde, wenn er Saskia Nolden morgen in Fleisch und Blut gegenübersaß.

Wolf fröstelte, er zog die nach Weichspüler riechende Synthetik-Steppdecke enger um sich und war kurz darauf fest eingeschlafen.

Fünf

Mittwoch
20. Februar 2019
Farneigh – Heathrow

Isa träumte. Es war der gleiche Albtraum, den sie seit bald dreißig Jahren immer wieder träumte. Robert und sie arbeiteten am Dachstuhl eines Rohbaus in Leipzig. Es schüttete aus Eimern. Das Holz war rutschig. Eigentlich war es zu gefährlich hier oben, und die zerschlissenen Absturzgurte, die Nolden-Bau für die Dacharbeiten stellte, machten die Sache nicht besser. Aber der Bauleiter hatte ihnen und den anderen klargemacht, dass es für jede weitere Bauverzögerung Lohnabzüge geben würde. Isa studierte Architektur, Robert Fotografie. Sie brauchten das Geld, genau wie die anderen. Also waren sie doch raufgegangen. Sie fixierten gerade einen Dachbalken, Saban war ein Stück über ihnen zugange. Plötzlich rappelte es schwer, etwas Großes, Dunkles stürzte an Robert und Isa vorbei und über die Dachkante hinunter. Ein kurzer Ruck durchs Gebälk, Sekundenbruchteile später dumpfes, weiches Aufklatschen auf hartem Grund. Dann hob das Schreien an. Isa wusste, dass da ein Mensch schrie, aber seine Schreie hatten nichts Menschliches mehr. Als Robert und sie unten ankamen, hatte sich der Bauleiter vor dem Haufen aus aufgeplatztem Fleisch und geborstenen Knochen aufgebaut, aus dem immer noch das Schreien drang.

»Haut ab! Geht zurück zur Arbeit! Los, weg hier!«, brüllte er die anderen Arbeiter an, die wie gelähmt vor ihm standen. Dann rief er die Security an. Robert sah zu Isa. Sie wussten, was Security bedeutete. Isa rannte los.

Dreißig Sekunden später war sie mit ihrem alten Kombi zurück an der Unfallstelle. Robert und Sabans Freund Darko hatten sich zwischen den Bauführer und Saban geschoben, die anderen Arbeiter hatten einen engen Ring um sie gebildet. Das Schreien war immer noch da.

Robert und Darko hoben Saban behutsam auf ein Brett und luden ihn auf die Ladefläche des Kombi, Darko setzte sich neben Saban, Robert sprang auf den Beifahrersitz. Isa fuhr los. Der Transporter mit den Securityleuten rauschte an ihnen vorbei, wendete und nahm die Verfolgung auf.

Isa trat aufs Gas. Die Tachonadel stieg auf neunzig. »Links«, sagte Robert. Isa bog nach links ab. Im Rückspiegel konnte sie den Securitytransporter erkennen. Isa beschleunigte weiter. Hundertzwanzig. Sie waren jetzt in der Innenstadt von Leipzig. »Rechts, dann geradeaus«, sagte Robert.

Vor zehn Jahren waren sie zum letzten Mal so gefahren. Robert war damals sechzehn gewesen, Isa gerade vierzehn. Joyriders. Autos klauen und damit durch die Nacht rasen. Immer wieder. Für den Kick. Für den Tunnelblick. Für die absolute Ruhe, die eintrat, während die Welt draußen in Lichtflecken an einem vorbeiflog.

Alles war wieder so wie damals. Nur dass es jetzt nicht ruhig war. Stattdessen schien sich alles in diesem Schreien aufzulösen. Vor ihnen lag eine Fußgängerbrücke. Isa fuhr inzwischen hundertsechzig. ›Den Lenker verreißen‹, dachte sie, ›auf den Betonpfeiler drauf, dann hört das Schreien endlich auf.‹

»Rechts«, sagte Robert.

Isa überfuhr eine rote Ampel und trat das Gaspedal weiter durch. Der Securitytransporter war nicht mehr zu sehen.

Zwei Minuten später waren sie beim Krankenhaus. Darko und Robert zogen das Brett mit Saban darauf aus dem Wagen und rannten damit in die Notaufnahme. Isa ließ ihren Kopf auf den Lenker sinken. Erst Minuten später wurde ihr bewusst, dass das Schreien immer noch da war. Saban war nicht mehr im Wagen, aber das Schreien war noch da, und es hörte auch nicht auf, als Robert und Darko eine Stunde später mit gebeugten Schultern und leeren Gesichtern aus der Notaufnahme zurückkamen und Isa sagten, das Saban tot war, dass er schon nicht mehr gelebt hatte, als sie ihn reingetragen hatten.

Damals nach dem Unfall hatte Isa dieses Schreien wochenlang ununterbrochen im Kopf gehabt. Irgendwann war es dann nur noch in ihren Träumen gewesen. So wie jetzt. Isa presste die Hände auf die Ohren und wachte auf.

Im Dunkeln tastete sie nach Can. Aber Can war nicht da. Sekundenlang hatte Isa das Gefühl, ins Leere zu stürzen. Dann riss sie sich zusammen. Sie setzte sich auf und machte schwer atmend das Licht an. Das Schreien verstummte.

Jahre nach Sabans Unfall hatte eine Psychotherapeutin Isa eine posttraumatische Belastungsstörung attestiert und ihr Aussöhnung mit ihren verschütteten Emotionen in Aussicht gestellt, wenn sie ihr Trauma aufarbeitete. Isa hatte die Frau in ihren Wallegewändern und Schweineklotschen gemustert und danach die Therapie abgebrochen.

Isa brauchte keine Aussöhnung mit verschütteten Emotionen, sie wollte Gerechtigkeit. Can war der Einzige, dem sie von dem Schreien in ihrem Kopf erzählt hatte, und auch das erst, seitdem sie auf Farneigh waren. Im Gegenzug hatte Can ihr von den Geschichten erzählt, die ihn aus seiner Zeit bei der Mordkommission verfolgten. Die Bilder von all den zerschlagenen, zerschlitzten, verbrannten Körpern, die er über die Jahre gesehen hatte. Notrufe von Menschen, die nicht mehr sagen konnten, wo und wer sie waren, und nur noch verzweifelt ins Telefon schrien, bis sie plötzlich verstummten. Mitschnitte aus abgehörten Wohnungen, auf denen man Menschen vergeblich um ihr Leben betteln hörte. Das ganze Grauen, das jeder aus dem Team am Ende der Schicht mit in den Feierabend nahm.

Wahrscheinlich, dachte Isa, war Can mit seinem Kripo-Background einer der wenigen Menschen in ihrem Umfeld, die die

Geschichte mit Saban verstanden. Vielleicht sogar der einzige. Umso schlimmer, dass sie immer öfter aneinander vorbeiredeten.

Isa sah auf die Uhr. Halb sechs. Sie stand auf und quälte sich durch die täglichen Dehn- und Atemübungen, die Igor ihr verordnet hatte. Jede Faser ihres Körpers leistete Widerstand. Danach ging sie ins Dorf Brötchen holen.

Auf dem Rückweg setzte Isa sich an den Hafenquai. Der Sturm hatte sich gelegt, der Sonnenaufgang färbte das Meer zartrosa. Es war schön auf Farneigh, dachte Isa, und es war gut mit Can. Sie fragte sich, warum sie diese Dinge so wenig genießen konnte. Wahrscheinlich, dachte sie, hatten Can, Igor und all die anderen recht: Das Problem saß irgendwo in ihr. In Isas Kopf, oder vielleicht auch in ihrem Herzen. Isa wollte sich nicht von Schönheit überwältigen lassen, oder von Liebe. Sie wollte die Kontrolle behalten. War es das, was Can mit seinem »Chef-sein-Wollen« meinte? Wenn ja, was war so falsch daran, selber bestimmen zu wollen, wo es langging?

Isa beobachtete den Seetang, der sich träge im Wasser des Hafenbeckens wiegte. ›Das sind wir‹, dachte sie. ›Das ist unser Leben auf Farneigh. Immer schön unter der Oberfläche bleiben und sich treiben lassen.‹ Can schien das zu genügen, mehr noch, es schien ihm entgegenzukommen. Aber Can war immer schon eher ein Drifter gewesen. Wie hatte Simone, seine Chefin bei der Kripo, mal gesagt? »Gemessen an seiner Intelligenz, ist Can bemerkenswert unambitioniert.«

›Passiv hätte auch gepasst‹, dachte Isa. Sie flitschte einen Stein ins Hafenbecken und hatte plötzlich Igor im Ohr

›Andere herabsetzen kann jeder, Isa. Die eigentliche Herausforderung ist, sich den eigenen Gefühlen zu stellen.‹

›Kannst du haben‹, dachte Isa. Eigentlich war es ganz einfach: Seitdem Can und sie auf Farneigh waren, kam sich Isa vor wie ein Insekt in einem geschliffenen Bernsteinklumpen. Von außen betrachtet, schien alles glatt und golden, innen herrschte luftleerer Stillstand.

Aber Stillstand war Tod, und Isa war schon einmal fast tot gewesen.

Vor knapp zwanzig Jahren hatte sie sich die Pulsadern aufgeschnitten. Das war nach dem Krebs gewesen. Sie hatte die Kotzerei von der Chemo nicht mehr ertragen und den Anblick ihres von Narben entstellten Körpers. Isa hatte es damals ernst gemeint. Dass sie noch lebte, war purer Zufall, allein dem Umstand zu verdanken, dass ausgerechnet an diesem Abend Cans Polizeisporttraining kurzfristig ausgefallen war. Nach dem Selbstmordversuch war Isa in die Psychiatrie eingewiesen worden. Sie hatte sich ihre Mitpatienten angesehen, graue Gestalten, die sich orientierungslos und wie unter Watte bewegten, während ihnen die Therapeuten in den Ohren lagen, den Blick nach innen zu richten und sich der eigenen Vergangenheit zu stellen. Isa hatte sich gegen all' das gesperrt. In den Wochen in der »Anstalt«, wie sie die Klinik für sich nannte, hatte sie sich zwei Dinge geschworen: Sie würde Christof Nolden zur Verantwortung ziehen, und sie würde zukünftig nur nach vorn leben.

Zwei Jahrzehnte lang hatte sie diese Nummer konsequent durchgezogen, bis es plötzlich kein Vorne mehr gegeben hatte, weil die Bedrohung durch Christof Nolden so groß geworden war, dass sie den Horizont versperrte. Isas Leben war darauf zusammengeschnurrt, auf Farneigh protzige Antiquitäten für reiche Russen zu restaurieren, mit Can bei Sonnenuntergang übers Meer zu schauen und sich gelegentlich mit Whisky die Kante geben.

Aber jetzt war Nolden tot, der Weg war wieder frei, und Isa würde ihn gehen. Nein Isa musste ihn gehen, weil sie etwas gutzumachen hatte. Sie hatte es nicht geschafft, Nolden dranzukriegen, also musste sie jetzt wenigstens herausfinden, was mit Mira geschehen war. Das war ihre Pflicht. Das war sie Mira schuldig. Sicher, Can glaubte, das wäre nur ein Vorwand, um von ihm wegzukommen. Aber das war eben Cans ewiges Alles-persönlich-Nehmen, sein Klammern, seine verdammte Verlustangst. Can musste einfach mal klarkommen. Außerdem – Isa hatte ja gar nicht vor, ihn zu verlassen. Sobald sie die Sache mit Mira in Ordnung gebracht hatte, würde sie zu Can zurückkehren und dann konnten sie gemeinsam überlegen, wie sie den Rest ihres Lebens zusammen verbringen würden.

Isa klopfte sich den Staub von der Hose und ging nach Hause. Can war nicht in der Wohnung und auch nicht unten im Pub. ›Suit yourself‹, dachte Isa. Sie frühstückte lustlos, dann ging sie in ihre Werkstatt und schrieb einen langen Brief.

Mischa kam um zehn. Isa machte ihm mit dem Koffer in der Hand die Tür auf.

»Das ist jetzt ein Witz«, sagte Mischa.

»Sieht nicht so aus, oder?«

»Wo ist Can?«

»Irgendwo. Können wir?«

Mischa schüttelte den Kopf, dann ging er zum Wagen und hielt Isa die Beifahrertür auf. Schweigend fuhren sie zum Helipad. Zu reden begannen sie erst, als sie schon eine Stunde in der Luft waren.

»Wo willst du jetzt hin?«, fragte Mischa.

»Berlin«, sagte Isa. »Mira ist verschwunden, schon seit Wochen.«

Mischa schien nicht überrascht.

»Glaubst du, Nolden steckt dahinter?«, fragte Isa.

»Macht das jetzt noch einen Unterschied?«

Isa schwieg. »Ist Nolden wirklich an einem Herzinfarkt gestorben?«, fragte sie schließlich.

»Er hat es sich wohl in letzter Zeit etwas zu gut gehen lassen«, sagte Mischa.

»Heißt?«

»Koks und Nutten.«

»Nolden? Der war doch immer sauber.«

»Mag sein. Gestorben ist er jedenfalls in einem Luxushotel in Frankfurt, und da war er nicht allein, sondern mit einem Haufen Schnee und einem Escortgirl aus Nischni Nowgorod.«

»Hat Sergej das Mädchen auf Nolden angesetzt?«

»Wozu?«, fragte Mischa. »Sergej hatte kein Problem mit Nolden.«

Isa biss sich auf die Unterlippe und sah schweigend aus dem Fenster.

»Was hast du vor?«, fragte Mischa.

»Mira suchen.«

»Meinst du, das ist es wert?«

»Versteh ich nicht.«

»Dir ist klar, dass Can ein Guter ist, oder?«, sagte Mischa.

»Was würdest du tun, wenn dein bester Freund verschwindet?«, fragte Isa.

Mischa widmete sich umständlich irgendwelchen Schaltern und Reglern. »War Mira deine beste Freundin?«, fragte er schließlich.

Isa schwieg.

Eine Stunde später setzte Mischa Isa in Heathrow ab.

»Pass auf dich auf«, sagte er.

»Immer.« Isa küsste ihn leicht auf beide Wangen und ging in Richtung Abflughalle.

Als Isa am Ticketschalter ihre Papiere vorlegen musste, befiel sie leichte Nervosität, aber die Frau hinter dem Tresen blätterte routiniert durch den Pass, den Isa ihr rübergereicht hatte, und gab ihn ihr dann zusammen mit dem Ticket zurück.

»Guten Flug, Mrs. Seldeneck.«.

Isa lächelte und steckte die Dokumente ein. Ab jetzt war sie nicht mehr Isabelle Kurzeck, sondern Sofia Isabelle Seldeneck, geboren 1971 in Hamburg, eine von Sergejs Leuten geschaffene Fiktion – mit vollkommen legalen Papieren.

Isa checkte ein. Dann rief sie Thomas an.

»Ich komme nach Berlin«, sagte sie, als er nach dem vierten Klingeln dranging. »Ich suche nach Mira.«

»Meinst du, das ist eine gute Idee?«, fragte Thomas.

»Ich bin um halb sechs in Tegel. Hol mich ab, wenn du magst.« Isa legte auf.

Danach versuchte sie, Can zu erreichen. Die Mailbox ging dran. Isa hinterließ keine Nachricht.

Bis zum Abflug waren es noch mehr als zwei Stunden. In ihren *Concrete Gold*-Zeiten hätte sich Isa so lange zum Arbeiten in eine Businesslounge gesetzt, aber Sofia Seldeneck flog Economy und hatte keine Senator Card. ›Und keine Arbeit‹, dachte Isa. Sie deckte sich mit ein paar Architekturmagazinen ein und setzte sich in ein Café.

Can war immer noch nicht zu erreichen. Isa nippte an ihrem Espresso und überflog die Überschriften in ihren Zeitschriften: *Architektur und Resilienz, Brutalismus reloaded, Hortitecture* – zu jedem dieser Themen hätte Isa vor ein paar Jahren aus dem Stand einen halbwegs fundierten Artikel runterschreiben können, jetzt registrierte sie befremdet, wie wenig sie das alles interessierte. Es wäre einfach gewesen, das darauf zu schieben, dass sie vier Jahre raus war, aber Isa hatte eine dumpfe Ahnung, dass ihr diese Dinge auch schon vor ihrem Exil auf Farneigh gleichgültig gewesen waren und dass es eigentlich im Kern immer nur um Nolden gegangen war. Aber der war jetzt tot, was wieder die Frage aufwarf …

»Fang gar nicht erst an«, flüsterte Isa.

Sie straffte ihren Rücken und versuchte erneut, Can zu erreichen.

Wieder nur Mailbox.

Dann eben nicht.

Der Anzugmann am Nebentisch streamte eine Comedyserie auf seinem Tablet. Kopfhörer hatte er keine, dafür aber offenbar einen Hörschaden. Isa kippte ihren kalten Espresso runter und ging. Die Magazine ließ sie liegen.

Im Duty-free-Shop nebelten sich Frauen in Leggings und Pailletten-T-Shirts mit Chanel No. 5 ein. Isa beschloss zum Gate zu gehen. Auf dem Weg holte sie sich ein Avocadosandwich. Als sie zahlte, sah die Kassiererin einen Moment zu lang auf ihre Hände. Isa folgte ihrem Blick und nahm ihre abgesplitterten Fingernägel wahr und die schwarzen Ränder darunter. Als Teenager hatte Isa eine Tischlerlehre gemacht. Später hatte sie in den Semesterferien auf dem Bau gejobbt. Mode und Make-up hatten sie nie interessiert, aber damals, nach ihrem Selbstmordversuch, hatte Isa plötzlich das Gefühl gehabt, eine Hülle zu brauchen, die sie zusammenhielt und von der Außenwelt abschirmte. Sie hatte Bibi zur Hilfe gerufen, ihre älteste Freundin. Bibi hatte das Leben immer schon als nicht enden wollende Kostümparty betrachtet. Sie hatte Isa die Rüstung aus minimalistischen Hosenanzügen, teuren Schuhen und exquisiten Accessoires verschrieben, die sie durch die ganzen *Concrete Gold*-Jahre getragen hatte. Regelmäßige Maniküretermine hatten ebenso zu dem Programm gehört, auf das Bibi Isa verpflichtet hatte, wie der monatliche Gang zum Friseur und zur Kosmetikerin.

»Selfcare, Daaahlin!«, hatte Bibi ihr immer wieder eingeschärft. Zwanzig Jahre hatte Isa sich daran gehalten, aber eigentlich war ihr dieses Regime immer lästig gewesen, und als sie vor vier Jahren mit Can untergetaucht war, hatte sie die Schönheitsarbeit genauso hinter sich gelassen wie ihre Hosenanzüge. Auf Farneigh musste Kleidung vor allem praktisch sein, Hände waren zum Arbeiten da, und die Haare hatte Can ihr in der Küche geschnitten.

Aber jetzt war Isa zurück in der Welt – und mit ihrer Nicht-Frisur, der abgetragenen Wachsjacke und den ungepflegten Händen sah sie aus wie eine alternde Ökotouristin auf dem Rückflug vom Outdoorurlaub. Unvermittelt hatte Isa wieder das träge Wiegen des Seetangs im Hafenbecken von Barraclaigh vor Augen. ›Du hast dich gehen lassen‹, dachte sie.

Kurz darauf studierte sie die Kosmetikangebote des Flughafen-Spas und fragte sich, ob irgendeine dieser Anwendungen ernsthaft etwas an ihrer inneren Getriebenheit ändern würde. Plötzlich hatte Isa unendliche Sehnsucht nach Can. Sie versuchte noch einmal, ihn zu erreichen. ›Komm schon, geh ran‹, dachte sie, während sich die Verbindung aufbaute. Sie spielte mit dem Gedanken, sofort nach Farneigh zurückzugehen, wenn Can ihren Anruf annahm. In diesem Moment sprang Cans Mailbox an. Isas Anspannung wich tiefer Erschöpfung.

Es war kurz nach zwei, Isa hatte noch über eine Stunde totzuschlagen. Sie ging zur Rezeption des Spas und buchte eine Maniküre.

Während die Kosmetikerin ihre Hände bearbeitete, blätterte Isa durch eine abgegriffene *Vanity Fair* aus dem vergangenen Jahr.

Das Foto von Saskia Nolden traf sie wie ein Schlag. Christof Noldens zweite Ehefrau saß vor einer Sichtbetonwand in einem rehbraunen Safarisessel aus den Sechzigern, überschulterlange, weißblonde Ringellocken, feine und doch irgendwie strenge Züge, sehr blaue Augen, die durch ein schlichtes hellblaues T-Shirt noch betont wurden, gut eingetragene Jeans, barfuß, ein Knie lässig angezogen. Auf dem Schoß ein kleiner nackter Junge mit blonden Locken, die leuchteten wie ein Heiligenschein. Der Junge hatte die Hand nach der schmalen Kette mit dem goldenen Amulett im Dekolleté seiner Mutter ausgestreckt. Saskia Nolden selbst sah frontal in die Kamera, scheinbar ungeschminkt, das Kinn leicht angehoben. Ihre Haut war zart gebräunt. Zu ihren Füßen saßen zwei etwa dreijährige Kinder in lockeren, hellgrauen Leinenhemdchen. Sie hatten die gleichen blonden Locken wie der kleine Junge und sahen andächtig zu ihrer Mutter auf.

Ubermutter – style icon and internationally acclaimed collector Saskia Nolden on the transformative power of love and motherhood, lautete die Bildunterschrift. Isa blätterte um. Das Interview mit Saskia Nolden ging über mehrere Seiten. Isa überflog den biografischen Vorspann – Unternehmertochter, BWL-Studium in Bayreuth, MBA in Chicago, mit dreiundzwanzig Einstieg in eine Unternehmensberatung, noch während des Studiums zum ersten Mal in Kunst investiert, knapp zwanzig Jahre später eine der bedeutendsten deutschen Sammlerinnen zeitgenössischer Kunst, eigene Ausstellungsräume in Berlin, Stilikone … Dann begann das eigentliche Interview.

Saskia Nolden, vor knapp vier Jahren hat Ihr Leben eine überraschende Wende genommen.

(*Lacht*) Das kann man wohl sagen. Ich war damals Ende dreißig, ich hatte einen spannenden Job und tolle Freunde, vor allem unter den Künstlern, die ich über Jahre gefördert hatte. Ich hatte Wohnungen in Berlin, London und L. A. Ich hatte ein Leben, um das mich viele Menschen beneidet hätten. Trotzdem war da eine immer größere innere Leere. Irgendwann war klar, dass ich einen Reset brauchte. Eine befreundete Künstlerin hatte in der Mojave-Wüste eine Art Forschungsgemeinschaft gegründet, ein Labor, in dem sie ausgesuchte Menschen dazu einlädt, der Frage nachzugehen, wie wir von dem lernen können, was wir nicht sind. Genau das war die Frage, die mich damals umgetrieben hat, und als mich meine Freundin zu einem vierzigtägigen Forschungsaufenthalt eingeladen hat, war ich sofort angefixt.

Und offenbar nicht nur Sie. Einer der anderen Teilnehmer war Christof Nolden. (C. N. – einer der profiliertesten Immobilienentwickler Europas, über fünfzehn Jahre mit der renommierten afroindischen Konzeptkünstlerin und Aktivistin Maheesha Johnson verheiratet.)

Christof und ich waren uns vorher schon gelegentlich bei Kunstevents begegnet. Wir kannten uns oberflächlich.

Das änderte sich aber schnell, als Sie sich in der Wüste wieder begegneten.

Total. Christof war damals in einer tiefen Krise. Einige Wochen zuvor hatten die Medien einen Shitstorm gegen ihn losgetreten. Seine Frau hatte sich Knall auf Fall von ihm getrennt und war in die USA gegangen. Nolden-Bau stand am Abgrund. Christof war am Endpunkt von etwas. So wie ich auch.

Und dann haben Sie beide sich näher kennengelernt.

Wir sind uns direkt am ersten Morgen beim Wasserholen begegnet. Christof hat mich wiedererkannt. Wir kamen ins Gespräch, und nach ein paar Sätzen war klar, dass zwischen uns etwas Magisches geschieht, eine Transformation. Wie in der Mathematik: negativ und negativ gleich positiv.

In Medienberichten hieß es damals, Christof Nolden sei in illegale Geschäftspraktiken verwickelt gewesen. Selbst von Anstiftung zum Mord war die Rede.

Ich finde, wenn Sie den Begriff Mord ins Spiel bringen, dann sollten wir auch über Rufmord sprechen. In unserer durchmedialisierten Welt ist Rufmord aus meiner Sicht ganz klar auch eine Form von Mord. Und genau das ist Christof damals widerfahren: Er ist Opfer einer Rufmordkampagne geworden. Tatsächlich ist der ganze sogenannte Nolden-Skandal doch vor allem symptomatisch für die Misere unserer aktuellen Medienlandschaft. In der Aufregung um die angeblichen Enthüllungen ist vollkommen untergegangen, dass die Negativberichte über Christof und seine Firma letztlich auf eine einzige Quelle zurückgingen: das sogenannte Recherchemagazin *Concrete Gold* und dessen Gründerin, Isa Kurzeck. Nur – was kaum einer weiß – eben diese Isa Kurzeck hat Anfang der Neunzigerjahre ein kurzes Gastspiel als Christofs persönliche Assistentin gegeben. Christof hat ihr nach einigen Monaten gekündigt. Die Vermutung liegt daher nahe, dass Frau Kurzeck über diese Kränkung nicht hinweggekommen ist und deshalb ihre Schmutzkampagne gegen Christof gestartet hat.

Eine Kampagne, die immerhin von den Behörden so ernst genommen wurde, dass Europol Ermittlungen aufgenommen …

… und nach ein paar Monaten ohne Ergebnis eingestellt hat. Allein daran sieht man, wie wenig fundiert die Anschuldigungen waren.

Isa ballte unwillkürlich die Faust.

Die Kosmetikerin sah erschreckt zu ihr hoch. »Habe ich Ihnen wehgetan?«

»Alles okay.« Isa lächelte. Dann zwang sie sich, den Artikel weiterzulesen.

Haben Sie mit Christof Nolden über die Affäre gesprochen?

Natürlich habe ich das thematisiert. Schonungslos. Und Christof hat meine Fragen mit absoluter Offenheit beantwortet. Ich bin ein sehr intuitiver Mensch. Wenn ich das Gefühl habe, dass mein Gegenüber authentisch ist, dann vertraue ich auf meine Intuition. Und bei Christof hatte ich dieses Gefühl. Unbedingt. Und je besser wir uns kennengelernt haben, desto klarer wurde uns auch, dass uns nicht nur diese Authentizität verbindet, sondern viel mehr.

Was konkret?

Die Sehnsucht nach dem Absoluten, nach Verbundenheit, nach Treue bis in den Tod. Eine Treue, die Bestand hat, selbst wenn es schwierig wird und der Schmerz bis ins Mark geht. Während der Zeit in der Wüste haben wir uns gegenseitig ausgelotet, bis in die tiefsten Seelengründe. Danach wussten wir, dass wir gemeinsam zurück in die Welt gehen wollten. Und dass wir ein für alle sichtbares Zeichen unserer Liebe setzen wollten.

Ein Kind.

Genau! Und dann sind es gleich zwei geworden. *(Lacht)* In unserer letzten Nacht in der Wüste hatten wir zum ersten Mal Sex. In dieser Nacht haben wir Bertha und Ludwig gezeugt. Spätestens als ich erfahren habe, dass wir Zwillinge erwarten, war mir klar, dass die Verbindung zwischen Christof und mir etwas ganz Besonderes ist.

Wie hat Sie die Schwangerschaft verändert?

Meine Weltsicht hat sich tiefgreifend gewandelt. Mir ist plötzlich klar geworden, dass ich die ganze Zeit die Nähe zu Künstlern gesucht hatte, weil ich sie insgeheim um ihre Kreativität beneidet habe. Erst während der Schwangerschaft habe ich begriffen, dass Kindermachen der ultimative kreative Akt ist und dass ich das, was ich im Außen und bei anderen gesucht habe, immer schon in mir hatte.

Anders als viele Frauen haben Sie sich sowohl bei den Zwillingen als auch bei der Geburt Ihres jüngsten Sohnes, Pippin, gegen einen Kaiserschnitt entschieden. Wie haben Sie die Geburten erlebt?

Als Durchbruch in eine andere Dimension. Bei den Zwillingen genau wie bei Pippin. Unter dem Schmerz, dem Blut und den Körperausscheidungen ist alles Rationale von mir abgefallen. Ich war plötzlich nur noch dieses Muttertier mit dem blinden Ziel, meine Brut lebend auf die Welt zu bringen. Als die Kinder dann auf meinem Bauch lagen und Christof die Nabelschnur durchschnitten hat, wusste ich, dass uns von diesem Punkt an nichts und niemand mehr würde abhalten können, alles – wirklich alles – zu erreichen, was wir uns vornehmen würden.

Isa schlug das Magazin zu.

Sie zahlte für die Maniküre und ging zu ihrem Gate.

Eine Dreiviertelstunde später saß sie im Flieger und starrte auf die weit unter ihr liegenden Vororte von London.

Isa dachte an das Interview mit Saskia Nolden und daran, wie einfach es war, mit ein paar auf bloßem Gefühl gegründeten Behauptungen jahrelangen Recherchen die Glaubwürdigkeit abzusprechen. Dabei waren Saskia Noldens Auslassungen noch nicht einmal inhaltlich richtig gewesen. Isa hatte bei der Veröffentlichung der Nolden-Recherchen in *Concrete Gold* ihre persönliche Verstrickung offengelegt. Sie hatte beschrieben, wie sie sich nach Sabans

Tod geschworen hatte, Christof Nolden für die Zustände auf seinen Baustellen zur Verantwortung zu ziehen. Sie hatte ausgeführt, wie sie als Noldens Assistentin angeheuert hatte, um Zugang zum Innenleben des Unternehmens zu bekommen, und sie hatte beschrieben, wie Nolden sie ein paar Monate später auf die Straße gesetzt hatte, als sie, damals noch keine dreißig, wegen ihrer Krebserkrankung über Wochen ausgefallen war. Isa und das Redaktionsteam bei *Concrete Gold* hatten auf Transparenz gesetzt und nur das veröffentlicht, was hinreichend verifiziert war. Die Publikation der Nolden-Recherchen war als ein Meilenstein des investigativen Journalismus gefeiert worden. Aber das war vier Jahre her, und vermutlich hatten deprimierende Fakten aus dem Baugewerbe auch damals schon keine Schnitte gegen die Befindlichkeiten einer internationalen Stilikone gehabt.

Isa lehnte sich zurück und schloss die Augen. Sie erinnerte sich an ein Abendessen Anfang der Zweitausender, zu dem eine Berliner Galerie geladen hatte. Die damals noch sehr junge Saskia Karsdorf war der Stargast des Abends gewesen. Die Nachwuchssammlerin war deutlich zu spät gekommen, hatte dafür aber offenbar schon vorgeglüht. Sie lachte zu laut und fingerte unablässig an dem betreten guckenden Künstler herum, den sie seit Neuestem protegierte. Der alternde Bildhauer neben Isa, der seine späte Wiederentdeckung einem spektakulären Ankauf durch Saskia Karsdorf verdankte, hatte das Treiben mit versteinertem Gesicht beobachtet.

»Die Kleine macht uns mit ihrem Geld alle zu Nutten«, hatte er irgendwann gemurmelt. Kurz darauf war er gegangen.

Dass sich Christof Nolden ausgerechnet mit dieser Frau eingelassen hatte, passte ebenso wenig ins Bild wie die Tatsache, dass sich Nolden auf seine alten Tage auf Hotelsex und Koks verlegt haben sollte. Andererseits, vielleicht hatten Nolden ja gerade das demonstrative Muttitum seiner neuen Gattin und der Geruch von vollgekackten Windeln in die Arme seines russischen Escortgirls getrieben?

Isa lehnte den Kopf gegen das Flugzeugfenster und schlief ein.

Sechs

Mittwoch
20. Februar 2019
Köln – Berlin

Wolf saß in der Businesslounge des Kölner Flughafens und blätterte durch ein Gratismagazin, das er aus der Zeitschriftenauslage gegriffen hatte. *Work hard. Play hard*, las er und fragte sich, wen dieser Wandtattoo-Spruch noch hinter dem Ofen hervorlocken sollte.

Herbert Stetten saß neben Wolf, die Hände gemütlich über dem Bauch gefaltet, die Augen halb geschlossen, mit einem leisen Zischgeräusch durch den Mund atmend, als wäre er in eine Art Trance verfallen. Manche von Wolfs jüngeren Kollegen interpretierten die Absencen ihres Chefs als Anzeichen von beginnender Altersdemenz. Wolf hingegen erinnerte Stetten in solchen Momenten an ein träges altes Krokodil, das sich halb untergetaucht im Morast treiben ließ, nur um im entscheidenden Moment blitzschnell zuzuschnappen und sein Opfer krachend zu zermalmen. Die Frage, die Wolf seit jetzt bald zwei Stunden umtrieb war, ob er das Opfer war, und wenn ja, wann es ihn reißen würde. Es hätte ihn daher extrem entspannt, wenn Stetten aus seinem Torpor erwachen und sich zu einer Lageeinschätzung herablassen würde. Zu besprechen gab es schließlich genug.

Stetten und Wolf waren pünktlich um halb neun in Köln gelandet. Anders als sonst hatte Stettens Sekretärin vorab keinen Ablaufplan für das Treffen verschickt, Wolf war daher davon ausgegangen, dass sie Saskia Nolden in den Büroräumen von Nolden-Bau treffen und dass die beiden anderen Geschäftsführer dort zu ihnen stoßen würden.

Stattdessen hatte sie der Chauffeur im Hahnwald vor etwas abgesetzt, das Wolf erst auf den zweiten Blick als Haus identifiziert hatte. Unter alten Bäumen lagen, dicht aneinandergedrängt und fast vollständig mit Moos überwachsen, mehrere Kuppeln aus Glas und Beton. Wolf dachte an seinen Sohn, der dieses Gebilde vermutlich zu einem Gelege von Sauriereiern erklärt hätte. Wolf selbst erinnerte es eher an einen aufgegebenen, halb im Boden versunkenen Atommeiler.

Eine junge Bedienstete in mönchisch schwarzer Kleidung hatte ihnen geöffnet und sie in eine der Kuppeln geführt. Der Raum war leer, bis auf einen riesigen ovalen Besprechungstisch aus rötlichem Holz und drei dazugehörige Stühle aus den Sechzigern, einer davon mit thronartig erhöhter Rückenlehne. Hinter dem Tisch öffnete sich ein von dunklen Stahlstreben getragenes, weit gerundetes Fenster in den Garten.

Das Mädchen bat sie, Platz zu nehmen. Auf dem Tisch standen Kaffee und Tee und japanisch anmutendes Teegebäck, das süß und salzig zugleich schmeckte. Herbert Stetten knabberte versuchsweise an einem Keks, legte ihn angewidert in seine Untertasse und beobachtete dann interessiert eine getigerte Katze im Garten, die sich, tief an den Boden gepresst, ganz langsam vorwärtsbewegte. Ein paar Sekunden später verschwand sie mit etwas flaumig Zuckendem im Maul im Unterholz. Stetten lächelte fast unmerklich und ließ sich dann entspannt auf seinem Stuhl zurücksinken.

Wolf sah sich um. Die Streben der Glasfront setzten sich in die etwa fünf Meter hohe Betonkuppel über ihnen fort. Der Fußboden war in dunklem Industrieparkett gehalten. Aus einem bläulich schwarzen Rohr in einer der Wände fiel ein weicher Wasserstrahl passgenau in eine offene Stahlrinne im Fußboden. Die Rinne durchlief den Raum und verschwand dann durch einen tiefen Torbogen in einem angrenzenden Kuppelgebäude. Das leise Plätschern und

Gurgeln des Wassers hatte etwas Hypnotisches, genau wie die wandernden Lichtflecke auf den Wänden des ansonsten dämmrigen Raums. Von irgendwo drangen zart die Töne eines Windspiels.

Das Haus war ein feuchter Architektentraum, Elise wäre begeistert gewesen, dachte Wolf. Aber darum ging es jetzt nicht. Stetten und er waren schließlich zum Arbeiten hier. Wolf klappte sein Notebook auf und ging noch einmal die wichtigsten Eckpunkte durch. Formal war alles geklärt, alle Dokumente für die Änderung im Gesellschaftsvertrag und die Neugliederung der Geschäftsführung waren unterschrieben, beglaubigt und beim Handelsregister eingereicht.

Die große Frage war, welche Unternehmensstrategie Saskia Nolden einschlagen würde. Der Planungshorizont von Nolden-Bau für die kommenden fünf Jahre lag bei viereinhalb Milliarden Euro, für das laufende Jahr war ein Entwicklungsvolumen von 750 Millionen eingestellt. Aktuell zeichnete Nolden-Bau für vier Großprojekte verantwortlich. Zu seinen Lebzeiten hatten sich Christof Nolden und seine beiden Prokuristen in wöchentlichen gemeinsamen Meetings in Köln mit den Leitern dieser Projekte abgestimmt. Ebenfalls in wöchentlichem Turnus war Nolden persönlich vor Ort auf einer der jeweiligen Baustellen gewesen. Alle drei Monate hatten sich Nolden und die Prokuristen von Nolden-Bau mit den Projektleitern und ausgewählten Führungskräften aus den Niederlassungen zu Impulswochenenden getroffen, um den standortübergreifenden Erfahrungsaustausch zu befördern. Zweimal jährlich, jeweils im März und September, hatte sich die gesamte Führungsriege zu Retreats an wechselnden Orten zurückgezogen. Soweit Wolf sich das aus den Notizen von Michael Bensheim hatte zusammenreimen können, war es bei diesen Zusammenkünften einerseits um Strategiefindung gegangen und andererseits um gemeinsame Schwitzhüttenbesuche und Meditationssessions. Sah man von diesem Eso-Quatsch ab, hatte Nolden das Unternehmen straff geführt. Er war Architekt, hatte einen Master of Business Administration aus Harvard und die erforderliche Praxiserfahrung, um Projektfortschritte einschätzen zu können. Saskia Nolden hingegen hatte zwar, wie Wolf dem Dossier von Linh Nguyên entnommen hatte, auch irgendwann mal BWL studiert und war außerdem Gesellschafterin im milliardenschweren Konzern ihres Vaters. Beides reichte aber wohl kaum für die Leitung eines Unternehmens wie Nolden-Bau. Umso dringlicher war die Frage, wie sich Christof Noldens Witwe die nächsten Schritte vorstellte.

›Dafür wäre es dufte, wenn sich die Dame endlich mal die Ehre geben würde‹, dachte Wolf. Ihr Termin mit Saskia Nolden war für halb zehn angesetzt gewesen. Stetten und er saßen jetzt schon fast eine Stunde am Besprechungstisch und warteten. Das hieß, Stetten wartete nicht, sondern war ganz offensichtlich in den Stand-by-Modus gegangen. Wolf klappte das Notebook zu, streckte sich und trat an das Fenster, das auf den Garten hinausging. Draußen bogen sich Buschwindröschen und Schneeglöckchen im Wind. Die dunklen Wolken sahen nach Schnee aus.

»Guten Tag.« Saskia Nolden hatte unhörbar den Raum betreten. Sie trug einen schwarzen Kapuzenoverall und dunkle Sneakers, ihr hellblondes Haar war zu einem strammen Zopf geflochten. Das amazonenhaft-martialische Styling stand in merkwürdigem Gegensatz zu der unermesslichen Erschöpfung, die die Frau ausstrahlte. Stetten war plötzlich wieder ganz alert. Er erhob sich und sprach Saskia Nolden sein Beileid aus.

Sie nickte. »Entschuldigen Sie meine Verspätung«, sagte sie. »Ich musste noch meinen Sohn stillen.«

›Zu viel Info‹, dachte Wolf.

»Setzen Sie sich doch.« Saskia Nolden nahm in dem Stuhl mit der hohen Lehne Platz und sah die beiden Männer an. Ungeschminkt, die auffallend blauen Augen leicht geschwollen, deutlich erkennbare erste Fältchen, trotzdem noch von ätherischer Schönheit. Abgesehen vielleicht von der Prolltätowierung am Hals, irgendein Schriftzug in fein geschwungenen Linien. *Dis* konnte Wolf entziffern, der Rest des Wortes war von der Overallkapuze verdeckt. ›Wahrscheinlich hat die Frau auch noch ein Arschgeweih und Nippelpiercings‹, dachte er.

Saskia Nolden schien tief in Gedanken versunken. »Für die Kinder ist die Situation furchtbar«, sagte sie schließlich. »Sie verstehen einfach nicht, dass ihr Papa nicht mehr wiederkommt.« Saskia Nolden biss sich auf die Unterlippe, Wolf meinte Tränen in ihren Augen zu sehen, dann wandte sie den Kopf zum Fenster. Im Raum war nur das Gurgeln des kleinen Wasserlaufs zu hören.

»Haben Sie Kinder?«, fragte Saskia Nolden in Richtung der beiden Männer.

»Zwei Töchter«, sagte Stetten. »Daher kann ich gut nachfühlen, wie belastend das alles gerade für Sie sein muss. Aber genau deshalb …«

»Und Sie?«, wandte sich Saskia Nolden an Wolf.

»Ein Mädchen und einen Jungen«, sagte Wolf. »Fünfzehn und sieben.«

Saskia Nolden sah ihn forschend an. »Ein junger Vater, wie schön«, sagte sie schließlich und lächelte. »Ich habe leider viel zu lange gewartet mit dem Kinderkriegen. Dabei gibt es nichts Erfüllenderes für eine Frau, als Mutter zu werden, finden Sie nicht?«

Wolf nickte. ›*Bullshit*‹ dachte er.

»Arbeitet Ihre Frau?«

»Ja«, sagte Wolf.

»Warum?« Saskia Nolden sah ihn an. Offenes Lächeln, eine Frage, kein Angriff.

Wolf dachte an die endlosen Auseinandersetzungen mit Elise. Auseinandersetzungen darüber, dass sich Ben in der Kita schwertat, Auseinandersetzungen darüber, dass von dem Geld, das Elise in ihrem Architekturbüro verdiente, nach Steuern fast nichts übrig blieb, Auseinandersetzungen darüber, ob Elise sich nicht doch vorstellen könnte, zu Hause …? Auseinandersetzungen, die alle immer unweigerlich in Elises wütender Anschuldigung geendet hatten, dass Wolf sie und ihre Arbeit nicht ernst nahm.

»Meine Frau mag ihren Job«, sagte er.

»Muttersein braucht Zeit«, Saskia Nolden lächelte vage.

»Genau deshalb sind wir heute hier, Frau Nolden«, klinkte sich

Stetten wieder ins Gespräch ein. »Wir möchten mit Ihnen abstimmen, wie wir Sie in der Geschäftsführung von Nolden-Bau am besten entlasten können, damit Sie so viel Zeit wie möglich für Ihre Kinder haben.«

»Wie meinen Sie das – entlasten?« Saskia Nolden sah Stetten an. Ihre unglaublich blauen Augen wirkten vollkommen leer.

Stetten warf Wolf einen langen Blick zu.

»Ihr Mann hat für den Fall seines Todes eine Änderung des Gesellschaftsvertrags vorgesehen«, sagte Stetten. »Sie waren damit ja dankenswerter Weise schon beim Notar, und die Änderung ist bereits im Handelsregister eingetragen.« Stetten tippte mit der Hand auf seine Unterlagenmappe. »Die Änderung sieht vor, dass die Geschäftsführung in ihren Aufgaben aktiv von einem Beirat unterstützt wird. Die Leitung dieses Beirats liegt bei HSW, vertreten durch meinen Kollegen, Herrn Dr. Wolf.« Stetten klang jetzt wie ein netter alter Onkel, der seiner intellektuell unterbelichteten Nichte eine schwierige Matheaufgabe erklärte. »Für Sie heißt das konkret, dass Ihnen Herr Wolf in allen Belangen der Geschäftsführung zur Seite stehen wird.« Stetten lächelte Saskia Nolden an. Seine Frettchenzähne waren selbst im Halbdunkel des Besprechungsraums gut zu erkennen.

»Ja«, sagte Saskia Nolden geistesabwesend. »Über den Beirat müssen wir noch einmal reden.«

›Da gibt es nichts zu reden‹, dachte Wolf. ›Wir haben einen Vertrag, du doofe Nuss. Und da steht drin, dass ich sage, wo es langgeht mit Nolden-Bau.‹

Er lächelte Saskia Nolden an. »Ich stehe Ihnen jederzeit für Auskünfte zur Verfügung«, sagte er. »Wir sollten uns auch noch einmal über die Vorbereitung der Gesellschafterversammlung verständigen. Bis Mitte März sind es ja nur noch drei Wochen, und Sie würden den anderen Beiratsmitgliedern und mir die Arbeit sehr erleichtern, wenn Sie die Wirtschaftsprüfer anweisen könnten, uns zumindest schon einmal ihren Entwurf des Prüfungsberichts zur Verfügung zu stellen.«

»Ich weiß nicht«, zögerte Saskia Nolden. »Das scheint mir nicht effizient. Wenn dann noch Änderungen vorgenommen werden, haben Sie doch doppelte Arbeit.« Sie lächelte unbestimmt.

Wolf wollte etwas sagen, aber Herbert Stetten bedeutete ihm mit einem Blick zu schweigen.

»Haben Sie denn bereits eine konkrete Vorstellung von den nächsten Schritten, Frau Nolden?«, fragte Stetten sanft.

»Können Sie nächste Woche Montag?«, wandte sich Saskia Nolden an Wolf. »Da treffe ich mich mit den beiden anderen Geschäftsführern von Nolden-Bau. Mein Assistent schickt Ihnen die Termineinladung.«

»Sehr gerne«, Wolf lächelte.

Saskia Nolden schien wieder in ihre eigene Welt abzudriften.

»Ich würde Ihnen beiden gern unsere private Sammlung zeigen«, sagte sie unvermittelt. »Wollen Sie?«

»Mit Vergnügen.« Stetten lächelte. Wolf wusste, dass Stetten zeitgenössische Kunst verabscheute.

»Kommen Sie.« Saskia Nolden stand auf und wies ihnen den Weg aus dem Raum.

Die nächsten anderthalb Stunden führte sie die beiden Anwälte vorbei an großformatigen Ölgemälden, zarten Papierarbeiten und einer überlebensgroßen, mit grellrosa Neonfarbe besprühten Bronzestatue eines nackten Fackelträgers mit starker Kinnpartie.

Es war der immer gleiche Schrott, dachte Wolf, den er aus endlosen Galerie- und Ausstellungsbesuchen mit Elise kannte. Ganz am Anfang ihrer Beziehung hatte er ein paar Mal versucht, aus Elise herauszubekommen, was sie in diesen Objekten sah. Elises Antworten hatte er ebenso wenig verstanden wie jetzt die Ausführungen von Saskia Nolden. Noldens Witwe sprach von Konsensstörung, ikonischer Wucht, kalkulierten Tabubrüchen, starken künstlerischen Positionen, Tumult und subversiven Praktiken. Sie erzählte von ihren Freundschaften mit prominenten Künstlern und zeigte auf Arbeiten, von denen sie sagte, dass sie ihre Sicht auf die Welt radikal verändert hätten.

Am Ende führte sie die beiden Anwälte ins Tiefgeschoss, wo in einer Flucht von abgedunkelten Räumen mit luxuriösen Sofalandschaften großformatige Fotoarbeiten hingen.

Der letzte dieser Räume war für eine riesige, digital bearbeitete Schwarz-Weiß-Aufnahme reserviert. Das Ausgangsmotiv war kaleidoskopartig aufgefächert und zu Ornamenten wie in gotischen Kirchenfenstern verwirbelt – ein Effekt, der durch die Hintergrundbeleuchtung des Bildes noch verstärkt wurde. Wolf trat näher und zuckte im nächsten Moment zurück. Das Bild zeigte ins Unendliche gespiegelt den taumelnden Sturz eines Mannes aus dem brennenden World Trade Center.

»Großartig, oder?« Saskia Nolden war neben ihn getreten. »Eine Arbeit von Robert Selinger. Robert hat sie mir zur Hochzeit mit Christof geschenkt.«

Wolf nickte und wandte den Blick ab.

Sie gingen wieder nach oben. Das Sichtbetontreppenhaus war kahl, bis auf ein kleinformatiges Farbfoto. Mick und Bianca Jagger Anfang der Siebziger, nahm Wolf im Vorbeigehen wahr. Mick trug einen sonnengelben Anzug mit Schlag, Bianca ein langes weißes Spitzenkleid und den dazugehörigen altmodischen Sonnenschirm.

Saskia Nolden redete immer noch. »Unbedeutendes Auktionshaus in der Provinz«, hörte Wolf sie sagen und: »Absolutes Finderglück.« ›Noch so eine Schnäppchenjägerin‹, dachte er. Aus dem Augenwinkel nahm er wahr, dass sich Stetten aus irgendeinem Grund eingehender mit dem Jagger-Foto beschäftigte.

»Wenn man sich auskennt, kann man ja abseits der ausgetretenen Pfade die tollsten Sachen finden«, sagte Wolf und konnte nicht fassen, was für einen banalen Schrott er da gerade abgelassen hatte.

Saskia Nolden schien das nicht zu stören. Sie waren jetzt wieder zurück im Besprechungsraum.

»Das ist eine meiner Lieblingsarbeiten.« Saskia Nolden zeigte auf die Lichtflecke, die unablässig über die Wände wanderten, und plötzlich wurde Wolf klar, dass das keine natürlichen Lichtreflexe waren, sondern eine ausgeklügelte Projektion. Er sah näher hin und erkannte Textpassagen, die kurz auf den Betonwänden des seltsamen Kuppelbaus aufglühten und wieder verschwanden. *Sovereign is she who decides on the exception*, las Wolf. *The anarch knows the rules … she plays her own game within their framework; this makes the fewest waves* und *I'm not interested in preserving the status quo; I want to overthrow it*.

Wolf hatte eine ganz ähnliche Installation schon einmal irgendwo gesehen. War das auf der letzten Biennale gewesen? Wie hatte die Künstlerin geheißen? Und waren die Sprüche, die sie in ihrer Arbeit eingeblendet hatte, nicht irgendwie von der Tendenz her anders gewesen?

Stetten war mittlerweile wieder zu ihnen gestoßen, Saskia Nolden redete immer noch vor sich hin, und plötzlich fiel Wolf auch der Name der Künstlerin wieder ein.

»Das ist eine Arbeit von Meredith Sokorenski, richtig?«, sagte er.

»Das haben Sie erkannt?« Saskia Noldens Gesicht leuchtete auf. »Ich sehe schon, wir werden gut miteinander arbeiten können. Meredith ist eine Freundin von mir. Sie hat die Arbeit exklusiv für mich gestaltet. Ich habe die Zitate ausgewählt, und Meredith hat sie in die Installation eingebunden.«

»Beeindruckend«, sagte Stetten.

»Manchmal, wenn ich nachts nicht schlafen kann, lege ich mich hier in den Raum und beobachte, wie die Zitate in der Kuppel aufscheinen und wieder verschwinden«, sagte Saskia Nolden. »Und dann wache ich irgendwann morgens hier auf dem Boden wieder auf und bin am ganzen Körper steif. Wie früher als Teenie, wenn man vor dem Fernseher eingeschlafen ist. Kennen Sie das Gefühl?« Ihr Lachen hatte etwas Kindliches.

Stetten nickte. Wolf dachte an den Sternenhimmelprojektor in Bens Kinderzimmer, an die vielen Nächte, die er neben Bens Bett gelegen und die Hand seines Sohnes gehalten hatte, während über ihnen die Milchstraße über das Firmament zog. Wie lange hatte er jetzt schon nicht mehr mit Ben gesprochen?

Die junge schwarz gekleidete Bedienstete kam in den Besprechungsraum und flüsterte Saskia Nolden etwas ins Ohr. Saskia Nolden nickte und wandte sich dann den beiden Männern zu.

»Meine Tochter hat erhöhte Temperatur«, sagte sie. »Ich muss mich leider für heute verabschieden. Aber die wichtigsten Dinge haben wir ja besprochen.« Sie lächelte. »Und Sie, Herr Wolf, kommen nächste Woche zu unserer Geschäftsführersitzung, versprochen?«

»Versprochen«, sagte Wolf.

Saskia Nolden hatte Stetten und ihm kurz zugewunken und den Besprechungsraum verlassen. Die Bedienstete hatte die beiden Anwälte zur Tür gebracht. Draußen wartete bereits der Fahrer.

Dreißig Minuten später waren Wolf und Stetten zurück am Flughafen gewesen. Ihr Flug sollte erst in drei Stunden gehen, und Stetten hatte seine Sekretärin angewiesen, sie umzubuchen. Er hielt den Anruf, während sie nach Alternativen suchte.

»Ausgebucht?«, fragte er. »Da geht nichts? Dann sorgen Sie dafür, dass da was geht! Genau dafür werden Sie nämlich bezahlt!« Stetten sah Wolf an und verdrehte die Augen. Die Sekretärin sagte etwas.

»Nein!«, brüllte Stetten ins Handy. »Glauben Sie im Ernst, Herr Doktor Wolf und ich haben die Zeit, viereinhalb Stunden mit der Bahn nach Berlin zu juckeln? Benutzen Sie Ihren Kopf mal zum Denken, Frau Oschmann, zur Deko taugt der nämlich nicht.« Stetten drückte das Gespräch weg.

»Ist doch wahr«, sagte er, ohne Wolf anzusehen. Dann bedeutete er Wolf, ihm in die Businesslounge zu folgen.

Und dort saßen sie jetzt seit zwei Stunden und warteten.

Endlich wurde ihr Flug aufgerufen. Stetten erwachte aus seiner Starre, schwieg aber immer noch stur vor sich hin. Im Flugzeug bedauerte Wolf, dass er nichts zum Lesen dabeihatte. Der Geschäftsmann neben ihm hatte sich ein Gratisblatt aus der Lounge mitgenommen. *Ein Europa der Vaterländer* las Wolf. Er schloss die Augen und versuchte zu schlafen.

In Berlin angekommen, fuhren Wolf und Stetten zurück zu HSW. Auch im Taxi brütete Stetten weiter stumm vor sich hin. Wolf starrte aus dem Fenster. Überall sprangen ihn die Graffiti an. *Hell* las er, und: *BLnCru, 1UP, Pussy, Ikarus*. Stetten rief bei HSW an und reservierte einen Besprechungsraum für sie beide. ›Okay‹, dachte Wolf, ›gleich macht er dich zur Sau.‹

Im Besprechungsraum war noch der übliche Süßkram für den Nachmittag aufgebaut. Stetten griff gierig nach dem Teegebäck, das auf seine Anregung jeden Tag frisch aus einer Confiserie in Zehlendorf geliefert wurden.

»Das ist was anderes als das Zeug in Köln«, sagte er zufrieden. Dann verdüsterte sich sein Ausdruck wieder.

»Witwenverbrennung war doch keine schlechte Idee«, sagte er. »Ich war ja vorgewarnt, aber dass die kleine Karsdorf ein derartiger Totalausfall sein würde, habe ich nicht erwartet. Wie zugekokst muss Christof Nolden gewesen sein, dass er geglaubt hat, diese Kunst-Barbie könnte die Geschäftsführung von Nolden-Bau übernehmen?«

Wolf schwieg. Von Koks hörte er im Zusammenhang mit Nolden zum ersten Mal.

»Ihnen ist klar, was das für Sie bedeutet?« Stetten wartete Wolfs Antwort nicht ab. »Sorgen Sie dafür, dass die Witwe keinen Unsinn macht. Halten Sie Nolden-Bau auf Kurs«, sagte er. »Wie viele Mitarbeiter hat der Laden aktuell? Zehntausend? Denken Sie mal an die ganzen Familien, die da dranhängen.«

›HSW, Kämpfer für die Belange der Arbeiterschaft‹, dachte Wolf.

»Ganz davon abgesehen, dass wir es uns nicht leisten können, Nolden-Bau zu verlieren, nur weil die Witwe den Laden vor die Wand fährt«, setzte Stetten nach.

›Schon wärmer‹, dachte Wolf.

»Wenigstens scheint die Nolden Sie nicht unsympathisch zu finden.« Stetten angelte nach dem letzten Keks und stopfte ihn sich gedankenverloren in den Mund. »Bauen Sie das aus«, sagte er kauend. »Gewinnen Sie ihr Vertrauen. Sorgen Sie dafür, dass die Frau so viel Zeit wie möglich bei ihren Kindern und mit ihren Künstlerfreunden verbringt. Das wäre für alle Beteiligten ein Gewinn.« Stetten lachte sein Frettchenlachen.

Wolf sagte nichts.

»Haben Sie das Foto im Treppenhaus gesehen?«, fragte Stetten.

»Mick und Bianca Jagger«, sagte Wolf.

»Von Leni Riefenstahl fotografiert und signiert«, Stetten nickte. »Hat auch nicht jeder an der Wand hängen.« In seiner Stimme klang Respekt mit.

Wolf nickte. Gleich darauf fragte er sich, ob damals bei dem Skandal nicht auch irgendwas mit Christof Nolden und Verbindungen in die Neonazi-Szene gewesen war? Oder hatte er das falsch abgespeichert?

»Sie haben die Nolden mit Ihrer Kennerschaft ganz schön eingewickelt«, sagte Stetten. »Wusste gar nicht, dass Sie sich für zeitgenössische Kunst interessieren.«

»Eher meine Frau«, sagte Wolf.

»Stimmt, Ihre Frau ist ja Künstlerin.«

»Architektin«, korrigierte Wolf. »Meine Frau ist Architektin.«

»Immer verwechsle ich das. Pahlow hat erzählt, Sie haben jetzt auch eine Datsche auf dem Land?«

Wolf nickte. »Anfang letzten Jahres gekauft. Entwurf von Walter Gropius. Der einzige erhaltene Prototyp für ein Fertighaus. Aus Kupferplatten.«

Stetten hob die Augenbrauen. »Quanta costa?« Er rieb Daumen und Zeigefinger aneinander.

»Elise hat das Haus auf eBay-Kleinanzeigen gefunden.«

Stetten nickte anerkennend. »Denkmalschutz?«, fragte er.

Wolf nickte.

»Und natürlich sanierungsbedürftig«, sagte Stetten.

»Kann man so sagen, ja.«

»Also der Klassiker.« Stetten wohnte mit seiner Familie in einem ehemaligen Kornspeicher an der Spree, den er für einen symbolischen Euro vom Liegenschaftsfonds gekauft und denkmalgerecht ausgebaut hatte – mit einem beheizten Infinitypool auf dem Dach als einzigem Zugeständnis an heutige Bedürfnisse.

»Na, immerhin können Sie für die Architektenleistung auf Inhouse-

Expertise zurückgreifen« sagte Stetten »Damit sparen Sie schon mal mindestens vierzig Prozent der Kosten.«

›Vorausgesetzt, natürlich, die Inhouse-Expertin hat Ahnung von der Materie‹, dachte Wolf.

Stettens Handy pingte eine Terminerinnerung.

»Ich muss«, sagte er. »Treffen mit dem Finanzsenator.«

Wolf begleitete Stetten zum Aufzug.

»Ich vertraue auf Sie, Wolf«, sagte Stetten. »Haben Sie sich eigentlich schon Ihren Dienstwagen ausgesucht?«

Wolf schüttelte den Kopf.

»Machen Sie das«, sagte Stetten. »Der Job soll Ihnen ja auch ein bisschen Spaß machen.« Er stieg in den Aufzug und fuhr in die Chefetage.

Sieben

Mittwoch
20. Februar 2019
Berlin

Isas Flugzeug landete pünktlich. Nach dem Hightech-Terminal in Heathrow wirkte Tegel noch heruntergerockter als in Isas Erinnerung.

Thomas wartete außerhalb des Sicherheitsbereichs auf sie. Er war abgemagert, sein schütteres Haar war grau geworden, die Mundwinkel hingen nach unten. Isa fand es schwer vorstellbar, dass Thomas genauso alt war wie Can.

»Hey.« Sie stellte ihren Koffer vor ihm ab. »Lang nicht gesehen.«

Thomas sah überrascht hoch. »Du siehst anders aus«, sagte er. »Besser natürlich«, setzte er etwas lahm nach.

»Klar«, sagte Isa. »Was machen wir jetzt?«

Thomas wirkte unsicher. »Erst mal zu mir?«

Kurz darauf saßen sie in der U-Bahn nach Neukölln.

»Wie geht es Can?«, fragte Thomas.

»Gut«, sagte Isa »Glaube ich.«

»Glaubst du.«

Isa sah ihn schweigend an.

Thomas fragte nicht weiter.

Isa musterte ihn unauffällig. Thomas wirkte nicht nur vor seiner Zeit gealtert, alles an ihm hatte etwas abgerissen Ärmliches.

Ein Obdachloser schleppte sich durch die Bahn und hielt den

Leuten stumm seine Hand mit den zu Krallen verformten schwarzen Fingernägeln hin.

Isa beobachtete, wie sich Thomas' Blick nach innen kehrte, genau wie der der anderen Fahrgäste. Der Obdachlose versuchte, Isa aus wässrigen Augen zu fixieren, schaffte es aber kaum, die Lider über den Stecknadelpupillen offen zu halten. Isa wandte den Blick ab. Der Mann wankte weiter.

Eine Viertelstunde später waren sie in Thomas' Wohnung. Altbau, Stuckdecken, abgezogene Dielen. Schöne Wohnung, dachte Isa, zumindest, wenn der Rest so war wie der Flur.

»Am besten hier rein.« Thomas wies Isa in die geräumige Wohnküche.

»Kaffee?«, fragte er und machte den Küchentisch frei.

»Lieber ein Wasser.« Isas Blick glitt über die Batterie leerer Pfandflaschen, die Pizzakartons im Altpapierstapel und das Geschirr in der Spüle.

Thomas war ihrem Blick gefolgt.

»Der Geschirrspüler ist kaputt«, sagte er. »Wir müssen von Hand spülen.«

»Wir?« Isa hob eine Augenbraue.

»Alter Kumpel von mir aus Köln.« Thomas reichte ihr ein schmieriges Glas.

»Ist schon seit den Neunzigern in Berlin. Ein paar Wochen, nachdem Mira ausgezogen ist, hat sein Vermieter Eigenbedarf angemeldet. Jetzt teilen wir uns eben die Wohnung hier.« Thomas klang nicht so, als ob ihn dieses Arrangement glücklich machte.

Isa trank ihr Wasser und sah auf die Uhr. Es war kurz nach sieben.

»Ich lade dich zum Essen ein«, sagte sie. »Und dann suche ich mir ein Hotel.«

Sie gingen durch die Hasenheide nach Kreuzberg. Die afrikanischen Dealer waren in der Dunkelheit kaum zu erkennen. »Kssss«, zischelten sie. »Gras? Dope?«

Thomas führte Isa zu einem bayerischen Speiselokal, das aussah, als wäre es in den Achtzigern stehen geblieben.

»Bester Schweinsbraten jenseits von München«, sagte er.

»Go for it«, sagte Isa.

Sie aßen schweigend.

»Okay«, sagte Isa, als sie fertig waren. »Was ist los?«

Thomas zuckte die Schultern. »Ich habe keine Ahnung«, sagte er. »Seitdem wir nach Deutschland zurückgekommen sind, habe ich keine Ahnung mehr, was los ist.«

»Erzähl einfach von Anfang an«, sagte Isa. »Von dem Moment, wo ihr hier angekommen seid.«

Thomas schüttelte den Kopf.

»Nein, ich fange vorher an. In Brasilia. Wir sind da angekommen, Mira hat sofort einen Job bei einer deutschen Firma gefunden, ich habe übersetzt und als Freelancer für das Goethe-Institut gearbeitet. Wir hatten eine echt schöne Wohnung. Kein Nolden, keine Probleme. Alles easy.« Er nahm einen Schluck Bier.

»Aber dann kam der Anruf aus Berlin, dass Miras Mutter im Krankenhaus lag,« sagte Thomas. Mira hat beschlossen, dass wir sofort zurück nach Deutschland müssten, damit sie für ihre Mutter da sein konnte. Das war eine dieser typischen Handstreichentscheidungen von ihr. Keine Chance für Gegenargumente.«

»Was wären denn Gegenargumente gewesen?«, wollte Isa wissen.

»Dass Mira ihre Mutter nicht mochte? Dass sie vor dem Anruf jahrelang keinen Kontakt zu ihr gehabt hat, zum Beispiel?«, sagte Thomas. »Wie dem auch sei. Wir haben von einem Tag auf den anderen unsere Zelte in Brasilia abgebrochen. Zwei Wochen später waren wir in Berlin. Mit der Wohnung haben wir Glück gehabt – tausend Euro warm für hundert Quadratmeter mit Parkblick. Nur die Arbeit lief unrund. Ich habe mich irgendwie so durchgewurstelt, aber Mira hat nichts gefunden. Ist ja auch schwierig in Deutschland, wenn du unter neuer Identität unterwegs bist und deine Arbeitszeugnisse alle auf den alten Namen lauten.« Thomas klang sarkastisch. ›Stimmt‹, dachte Isa. Darüber hatte sie sich keine Gedanken gemacht, als sie Mira und Thomas neue Papiere besorgt hatte. Ihre Schuld. Andererseits: Isa hatte Mira fünfhunderttausend Euro zugeschanzt, um sie nach der Flucht finanziell abzusichern.

»Ich dachte, Mira wollte sich um ihre Mutter kümmern«, sagte sie. »Warum hat sie dann sofort wieder Arbeit gesucht?«

Thomas lächelte bitter. »Das war auch so ein Mira-Ding. Wenn du sie danach gefragt hast, kam erst lange nichts, und dann hat sie dir irgendwas von ihrer Angst vor dem Verhungern erzählt. Von außen betrachtet, natürlich Blödsinn. Aber für Mira war die Angst absolut real.«

Isa wollte Thomas nach Miras halber Million fragen, aber dann fiel ihr ein, dass er möglicherweise nichts von dem Geld wusste.

»Und dann hat sie doch noch einen Job gefunden«, fuhr Thomas fort. »Bei einem Start-up. Über eine Personalvermittlung, die eine persönliche Assistentin für eine, Zitat, ›außergewöhnliche Unternehmerpersönlichkeit‹ gesucht hat.« Er griff nach seinem Glas. »Mira war zwei Wochen euphorisch. Danach hat sich die gute Laune gelegt. Die außergewöhnliche Unternehmerpersönlichkeit hatte Vollbild-ADHS. Der Mann hat seine Kohle hauptsächlich in Achtsamkeitsseminare in Südostasien investiert. Deshalb ist er auch nicht dazu gekommen, seine Steuererklärung zu machen. Die Belege lagen in Umzugskartons. Mira hat wochenlang seine Papiere sortiert. Danach war klar, dass der Laden hoffnungslos überschuldet war. Ungefähr zur gleichen Zeit ist Miras Mutter gestorben, und ab da war dann Sinkflug angesagt.« Thomas leerte sein Glas. »Mira hat nicht mehr gegessen. Schlafen war auch nicht mehr. Irgendwann musste ich sie nachts davon abhalten, aus dem Fenster zu springen. Ich habe den Notarzt gerufen. Danach war Mira erst mal für drei Monate in der Klapse.« Thomas griff nach dem leeren Glas. Seine Hand zitterte. Isa gab der Kellnerin ein Zeichen für das nächste.

»Ich habe gedacht, die würden Mira wieder in die Spur bringen in der Klinik.« Thomas sah an Isa vorbei in den Schankraum und piddelte an seinem Bierdeckel. »Haben sie vielleicht auch. Aber um auf Kurs zu bleiben, hätte Mira danach weiter Therapie machen müssen. Zumindest haben sie ihr das in der Klinik empfohlen. Nach der Entlassung hatte Mira dann auch ein paar Vorgespräche mit Therapeuten, aber die hatten alle ewig lange Wartelisten. Außerdem hat Mira wahrscheinlich ohnehin gedacht, sie hätte eigentlich keine Therapie nötig.« Thomas lächelte bitter. »Nach ein paar Wochen war sie dann erwartungsgemäß wieder auf ihrem Katastrophentrip«, sagte er. »Ihr Chef hatte sich in der Zwischenzeit nach Asien abgesetzt, und der Job war weg. Also hat Mira wieder Panik vor dem Verhungern geschoben.« Thomas verzog das Gesicht. »Und dann war da noch die Sache mit der Wohnung. Während Mira in der Klinik war, ist unser Haus an einen Investor in Singapur verkauft worden. Der wollte sofort allen Mietern kündigen. Aber unser Kiez ist Milieuschutzgebiet, wir haben zehn Jahre Kündigungsfrist. Ist natürlich nicht ewig, aber eben auch nicht gleich nächste Woche. Trotzdem war für Mira klar, dass wir demnächst unter der Brücke wohnen würden.«

Die Kellnerin brachte das neue Bier. Thomas nahm einen gierigen Zug und wischte sich über den Mund.

»Mira hat von ihrer Mutter hunderttausend Euro geerbt«, sagte er. »Mit der Kohle hätten wir in Brasilien ordentlich leben können. Nicht luxuriös, aber ordentlich. Wir hätten glücklich sein können. Bis ultimo. Aber weißt du, was Mira mit der Kohle gemacht hat?« Thomas sah Isa an. »Sie hat in einer Zwangsversteigerung eine Ladenwohnung in absoluter C-Lage von Neukölln gekauft. Als Absicherung. Weil der Laden nämlich genau so groß war, dass uns das Amt die Butze nicht hätte wegnehmen können, falls wir beide in Hartz IV gefallen wären. Und weil wir dort einen Späti hätten aufmachen können, wenn alle Stricke reißen.« Thomas lachte, aber es klang nicht lustig.

»Kannst du dir das vorstellen, Isa? Die Frau hat hunderttausend Euro auf dem Konto, und statt sich in Ruhe zu überlegen, welche Freiheiten sie damit hat, trifft sie Vorsorge für den schlimmstmöglichen Fall.« Er schüttelte den Kopf. »Dieser Kleinmut hat mich fertiggemacht.«

›Kleinmut‹, dachte Isa, ein typisches Thomas-Wort. Aber eben auch genau richtig.

Sie erinnerte sich plötzlich an das Bewerbungsgespräch, das sie damals mit Mira geführt hatte. Wann war das gewesen? Vor elf Jahren? Vor dreizehn? Isa hatte eine Assistentin gesucht und den Fehler gemacht, die Stelle auf einem Jobportal für Sekretärinnen zu inserieren. Kurz darauf liefen die ersten aus den immer gleichen Textbausteinen zusammengezimmerten Bewerbungsschreiben ein. Auch die Lebensläufe ähnelten sich auf bedrückende Weise: Abitur, dann kaufmännische Ausbildung oder, alternativ, ein Sprachstudium; Assistenzerfahrung in irgendeiner Firma; belastbar, teamorientiert, diskret; exzellente MS-Office-Kenntnisse, verhandlungssicheres Englisch. Blablabla. Warum diese Frauen für *Concrete Gold* arbeiten wollten, war Isa ein Rätsel. Andererseits, was hatte sie auch erwartet?

Dann war Miras Bewerbung reingekommen. Knappes Anschreiben, noch knapperer Lebenslauf. Neun Jahre jünger als Isa, gebürtige Berlinerin, vor zwei Jahren Abschluss an der Frankfurter Kunstakademie, seitdem von einer bekannten Kölner Galerie vertreten, ein paar erfolgreiche Gruppenausstellungen, ein dreimonatiges Aufenthaltsstipendium auf Hiddensee, Jobs hier und da, aber nichts, was aus Interesse oder der Hoffnung auf Dauer gewählt schien. Kein Bewerbungsfoto, dafür eine Bleistiftzeichnung, die aus kaum erkennbaren Zahlenkolonnen bestand.

Isa hatte einen Moment geschwankt, ob sie diese Bewerbung mutig oder einfach nur dreist finden sollte, dann hatte sie die Bewerberin zum Vorstellungsgespräch eingeladen.

»Warum wollen Sie für mich arbeiten?«, hatte sie Mira damals gefragt. »Wenn ich mir Ihren Lebenslauf ansehe, wollen Sie doch eigentlich Künstlerin werden, richtig? Und das läuft doch auch gut für Sie.«

»Nicht gut genug.«

»Sie sind aber auch erst zwei Jahre raus aus der Akademie.«

»Ich werde im nächsten Monat dreißig, und ich habe mir geschworen, wenn ich bis dahin nicht von meiner Kunst leben kann, lasse ich es. Außerdem …« Mira hatte kurz gezögert, sie hatte sich auf die Unterlippe gebissen, dann hatte sie Isa herausfordernd angesehen. »Ich habe keine Ideen mehr. Schon seit fast einem Jahr. Aber von irgendwas muss ich ja leben. Und da mache ich doch lieber was Sinnvolles bei *Concrete Gold*, anstatt wieder zu kellnern oder mich irgendwo als Gallerina ausbeuten zu lassen.«

Isa hatte der Einwand auf der Zunge gelegen, dass Geld nicht alles war, dass zwei Jahre nicht ausreichten, um sich auf dem Kunstmarkt zu positionieren und dass ein paar Monate ohne Inspiration nicht das Ende einer Künstlerkarriere bedeuten mussten. Dann hatte sie sich diese Fürsorglichkeit verkniffen. Sie brauchte eine Assistentin, und Mira war erwachsen, sie konnte selbst entscheiden, wie sie leben wollte.

Isa hatte Mira eingestellt und ihre Entscheidung nie bereut. Aber jetzt fragte sie sich, ob Mira nicht schon damals eben jenen Kleinmut an den Tag gelegt hatte, von dem Thomas gerade gesprochen hatte. »Die Frau war immer schon gestört«, hatte Can gesagt. War es möglich, dass er recht hatte? ›Darum geht es jetzt nicht‹, dachte Isa.

»Hast du Mira gefragt, warum sie in Berlin bleiben wollte?«, fragte sie Thomas.

»Konnte sie mir nicht erklären. Das wäre einfach ein Gefühl, und wenn ich das nicht nachvollziehen könnte, dann würden wir eben nicht zueinanderpassen. Ein paar Wochen später hat sie sich von mir getrennt. Silvester vor einem Jahr. Mira ist in ihren Laden gezogen, und das war es dann mit uns.«

»Wirklich?«, fragte Isa.

»Wir hatten losen Kontakt«, sagte Thomas. »Ich habe noch mitbekommen, dass sie nach ein paar Monaten einen neuen Job hatte. Wieder irgendwas Chefsekretärinnenmäßiges. In einer Anwaltskanzlei, glaube ich. Nebenher wollte sie wieder Kunst machen. Mit dem Laden als Atelier. Außerdem war sie plötzlich auf dem Naturtrip. Sie hat vollkommen beseelt von Sternenbeobachtungen auf dem Tempelhofer Feld erzählt oder von irgendwelchen Ausflügen nach Brandenburg.« Thomas sah Isa an. »Jedes Mal, wenn wir uns getroffen haben, ist sie mir fremder geworden«, sagte er.

»Glaubst du, sie hatte einen anderen?«, fragte Isa.

»Kann sein. Glaube ich aber nicht.«

»Wieso?«

»Dazu war sie zu schräg drauf. Außerdem hatte sie vorher schon ewig keine Lust mehr auf Sex.«

Isa schwieg.

»Ich weiß, was du jetzt denkst«, sagte Thomas. »Dass Mira immer schon zu schön war für mich und dass sich sowieso alle immer gefragt haben, was sie will mit einem wie mir«, er lächelte bitter. »Trotzdem, auch wenn du es nicht glaubst, bis wir hergekommen sind, ist es gut gelaufen zwischen uns.« Thomas' Stimme klang jetzt trotzig. Er stockte. »Ich habe die Frau wirklich geliebt«, setzte er nach. »Aber am Ende war es mit ihr nur noch die Hölle.«

Isa wusste nicht, was sie sagen sollte. »Was ist dann passiert?«, fragte sie schließlich.

»Irgendwann habe ich nichts mehr von ihr gehört.«

»Wann war das genau?«

»November?«

»Hast du dir keine Sorgen gemacht?«

Thomas schüttelte den Kopf. »Sie war mir fremd geworden, habe ich doch schon gesagt.«

»Aber da war doch immer noch die Sache mit Nolden.«

»Richtig.« Thomas lächelte wieder sein bitteres Lächeln. »Euer großer Angstgegner.«

»Was soll das denn jetzt?«

»Wenn du's wirklich wissen willst, Isa, ich glaube, Mira und du, ihr habt die Nolden-Gefahr immer ganz schön überdramatisiert«

»Moment mal, Thomas. Christof Nolden hat Menschen umbringen lassen. Ganz real. Can war dabei, wie einer von Noldens Leuten einer Frau in den Kopf geschossen hat. Und er hat Noldens Todesliste gefunden. Da standen Mira und ich ganz oben, ist das komplett an dir vorbeigegangen?«

»Nein.« Thomas schüttelte den Kopf. »Nur war das alles, bevor ihr mit eurer *Concrete Gold*-Recherche an die Öffentlichkeit gegangen seid. Aber der Mann ist dann doch ganz geschmeidig wieder aus dem Skandal rausgekommen. Und danach musste er ja keine Angst mehr vor euch haben.«

Isa wollte dagegenhalten, dass Sergej und Mischa das anders gesehen hatten, aber dann dachte sie, dass es sinnlos war, mit Thomas zu streiten.

»Okay«, sagte sie. »Du hast also seit November nichts mehr von Mira gehört. Und du hast dir die ganze Zeit nichts dabei gedacht. Wieso kommst du jetzt auf einmal auf die Idee, dass sie verschwunden ist?«

Thomas kramte in seiner abgewetzten Ledertasche, dann schob er Isa einen Brief rüber.

»Da«, sagte er. »Der kam letzte Woche.«

Der Brief war von einem Notar in Friedenau. Der Notar teilte mit, dass Mira bei ihm eine auf Thomas ausgestellte Schenkungsurkunde über die Ladenwohnung in Neukölln hinterlegt hätte, und bat Thomas zur Annahme der Schenkung einen Termin mit ihm zu vereinbaren.

»Und?«, fragte Isa. »Warst du schon dort?«

Thomas schüttelte den Kopf. »Ich habe mit dem Mann telefoniert«, sagte er. »Mira hatte mit ihm vereinbart, dass er mich benachrichtigt, wenn er drei Monate lang nichts von ihr gehört hat.«

Isa dachte an Mischas Wutausbruch, als er von Miras Rückkehr nach Deutschland gehört hatte. Mischa war überzeugt gewesen, dass Noldens Leute Mira in Berlin finden würden. Hatte Mira das auch befürchtet? Hatte sie sich bedroht gefühlt? Hatte sie für Thomas vorsorgen wollen? Hatte sie deshalb diese merkwürdige Schenkung aufgesetzt?

Isa sah Thomas an. »Was meinst du, wieso Mira das gemacht hat?«

Thomas starrte auf die Tischplatte. »Es ist ihr nicht gut gegangen im letzten Jahr.«

»Du glaubst, sie hat sich umgebracht«, sagte Isa.

Thomas fixierte weiter die Tischplatte.

»Hast du einen Schlüssel zu ihrem Laden?«, fragte Isa.

Thomas nickte.

»Bist du mal hingegangen?«

Kopfschütteln.

»Warum nicht?«

Thomas sah Isa wortlos an.

Isa brauchte einen Moment, bis sie begriff. »Du meinst, sie hat sich dort …?«, fragte sie. »Das ist doch Blödsinn, Thomas. Hast du den Schlüssel dabei?«

Thomas nickte.

»Wir fahren da zusammen hin. Jetzt gleich.«

»Okay.« Thomas schien erleichtert.

Zwanzig Minuten später waren sie in der U-Bahn auf dem Weg nach Neukölln. Neben Isa saßen drei vollkommen überdrehte dunkelhaarige Jungs in gefakten Gucci-Klamotten. Isa schätzte sie auf höchstens fünfzehn. Einer von ihnen holte eine fette Rolle Fünfhunderter aus seiner Hüfttasche und spielte damit herum. Isa sah die Blicke der anderen Fahrgäste, ihre vergeblichen Versuche, das magentafarbene Bündel in der Hand des Jungen zu ignorieren. Die Freunde des Jungen lachten. Es klang hämisch. An der nächsten Station stiegen sie aus. Einer von ihnen trat mit Wucht gegen die abfahrende Bahn.

Thomas und Isa fuhren bis zur Endstation. Die Station war mit großen Bildplatten gekachelt, auf denen sich lebensecht gemalte Paradiesvögel, Tapire und Gorillas in üppiger Vegetation tummelten.

»Willkommen im Dschungel«, sagte Thomas. »Letztes Jahr haben sie überlegt, hier Urwaldsounds einzuspielen, um die Obdachlosen zu verjagen.«

Isa nickte verständnislos und ging zur Treppe.

»Nicht«, Thomas zog sie in Richtung Rolltreppe. »Auf der Treppe sitzen immer die ganzen Junkies«, sagte er.

Im Zwischengeschoss lagen zerplatzte Bierflaschen. Eine klebrigbraune Flüssigkeit suppte die Treppen hinunter.

Als sie oben ankamen, hatte es angefangen zu regnen.

»Da lang«, sagte Thomas. Er zeigte in eine schwach beleuchtete Straße. »Ganz durch bis fast zum Ende.«

Sie gingen an leeren Bars vorbei, in denen südländisch wirkende Frauen hinter LED-beleuchteten Tresen standen und ins Nichts starrten. Das Rotlicht von zwei Bordellen spiegelte sich auf der nassen Straße. In einem Hauseingang waren zwei Männer in ein Tauschgeschäft vertieft. Es roch nach Dope und Urin. Ein kaputter Kühlschrank lag auf dem Bürgersteig, ein zertrümmerter Stuhl, eine mit Hundescheiße verschmierte Matratze,

Schließlich blieb Thomas vor einem Laden stehen. Die Rollläden waren heruntergelassen. Im Halbdunkel konnte Isa Pflanzenkübel mit kahlem Astwerk erkennen. Trockenes Gras raschelte im Wind.

»Die Wohnungstür ist im Hausflur«, sagte Thomas.

Sie gingen ins Haus. Thomas kämpfte mit den Sicherheitsschlössern an der Wohnungstür. Isa sah, wie seine Hände zitterten.

»Ich mach schon«, sagte sie. Sie sperrte auf und schaltete das Licht an. Grellweiße Neonröhren flackerten auf. Es roch nach Staub. Keine andere Note. Isa merkte, wie ihre Anspannung nachließ. Sie machte einen Schritt in die Wohnung. Von irgendwoher kam leises Grillenzirpen. Isa ging weiter. Wieder Grillenzirpen, dieses Mal lauter. Links von dem kleinen Korridor führte ein Durchgang in den ehemaligen Verkaufsraum des Ladens.

Noch mehr Neonlicht. Ein hoher weißer Raum mit Dielenboden. Große Fenster und eine Tür zur Straße. Zwei große Arbeitstische, ein Ledersofa aus den Siebzigern, drei Planschränke. Isa wandte sich nach rechts zu dem Zimmer, das zum Hinterhof hinausging. Weiß gestrichen, Dielenboden, ein Bücherregal, eine halb heruntergebrannte Bienenwachskerze vor einem Meditationskissen, ein Futon, eine elegante antike Kommode und ein schwarzer Garderobenschrank auf Rollen, wie ihn Musiker auf Tour benutzten. Daneben ein schmales Bad und eine kleine Küche. Alles aufgeräumt und sauber, aber nicht, als ob hier jemand für immer das Feld hätte räumen wollen, eher so, als wäre die Bewohnerin einfach nur für eine Weile verreist, dachte Isa.

Thomas drückte sich immer noch im Hausflur herum. »Kannst reinkommen, hier ist nichts«, rief Isa ihm zu.

Thomas trat zögerlich in die Wohnung. Plötzlich erklang lauter, melodischer Vogelgesang.

Thomas zuckte zurück. »Was war das?«

»Mach noch einmal einen Schritt rein«, sagte Isa.

Thomas trat über die Wohnungsschwelle. Der Gesang hob wieder an. »Nachtigall«, sagte er.

»Noch mal raus«, sagte Isa.

Thomas machte wieder einen Schritt zurück. Isa trat auf die Diele, auf der Thomas gerade gestanden hatte. Kein Nachtigallenschlagen, stattdessen das Grillenzirpen von vorhin. Isa machte einen Schritt zurück, das Grillenzirpen brach ab.

Thomas zeigte auf einen winzigen metallischen Knopf knapp unter der Decke. »Mikrolautsprecher«, sagte er. Mira hat die Dielen selbst verlegt. Da sind wahrscheinlich Kontakte drunter, die beim Drauftreten aktiviert werden.«

Isa ging zurück in den Atelierraum. Auch hier wieder Grillenzirpen. Unter den Fenstern, an der Schwelle der Ladentür zur Straße, in der Mitte des Raums, unmittelbar vor dem Durchgang zum Korridor. Thomas kam nach. Nachtigallengesang begleitete seine Schritte.

»Abgefahrene Klanginstallation«, sagte er.

Isa ging ins Schlafzimmer. Im Dunkeln vor dem Fenster zum Hof konnte sie ein massives Metallgitter erkennen. Auch das Bad- und Küchenfenster waren vergittert. Die Rückwand der Wohnungstür war mit einer Stahlplatte und einem Stangenschloss verstärkt. Isa machte die Tür auf: Die Nachbarwohnungen waren mit Billigklingeln aus den frühen Achtzigern ausgestattet, Mira hatte eine hochmoderne Videoanlage mit Bewegungssensoren installiert.

»Ganz schöner Hochsicherheitstrakt«, sagte sie.

»Hast ja gesehen, wie es draußen ist«, sagte Thomas.

Isa schwieg. »Hättest du was dagegen, wenn ich heute Nacht hierbleibe?«, fragte sie dann.

Thomas schüttelte den Kopf. »Hier«, er gab ihr den Schlüsselbund. »Ist doch eine gute Idee, dann sparst du dir das Hotel.« Er sah auf die Uhr. Es war kurz nach neun. »Du bist doch sicher müde.«

Isa nickte und beobachtete amüsiert, wie erleichtert Thomas war, von der Wohnung wegzukommen und vermutlich auch von ihr.

»Falls du noch was einkaufen willst«, sagte Thomas, »vorne um die Ecke ist ein Discounter. Der hat bis zehn auf.«

»Danke«, sagte Isa. »Kümmerst du dich um einen Termin bei Miras Notar für uns beide?«

»Aye, aye, Madam.« Thomas legte die Hand an die Stirn. Dann drehte er ab und verschwand in die Dunkelheit, leicht gebeugt, ohne Schirm im jetzt stärker werdenden Regen.

Isa ging zurück in die Küche. Der Kühlschrank aus gebürstetem Edelstahl war leer, das Eisfach abgetaut. Im Küchenschrank fand Isa zwei Dosen bretonische Jahrgangssardinen, ein halb volles Glas schimmelige Aprikosenmarmelade aus der Wachau und eine Flasche Banyuls-Essig. Einkaufen war tatsächlich angesagt.

Hinter einem brutalistischen Betonklotz aus den frühen Achtzigern führte eine Brücke über die S-Bahntrasse. Auf der anderen Seite leuchtete das Schild des Discounters. In der Dunkelheit hatte es fast etwas Anheimelndes.

Eine Viertelstunde später war Isa mit ihren Einkäufen zurück in Miras Wohnung. Sie schenkte sich ein Glas Rotwein ein und rief Can an. Sekundenlanges statisches Knistern, dann eine neutrale Frauenstimme: »Ihr gewünschter Gesprächspartner antwortet nicht.« Isa drückte den Anruf weg.

Erst jetzt merkte sie, wie müde sie war. Sie duschte und legte sich dann auf den Futon, der nach Bergamotte mit holzigen Unternoten roch und irgendwie auch leicht muffig. Kurz darauf war sie eingeschlafen.

Acht

Donnerstag – Sonntag
21.–24. Februar 2019
Berlin

Wolf fror. Es war halb acht, und er stand mit dem Fuhrparkwart von HSW auf einem dieser typischen Ost-Garagenhöfe in Pankow.

»In Ihrer Gehaltsklasse haben wir gerade nichts da«, sagte der Fuhrparkwart. »Aber der Chef meint, ich soll Ihnen den Colditz-Wagen geben.«

Frank von Colditz, vor einem halben Jahr mit Mitte dreißig als Salary-Partner bei HSW eingestiegen, eitler Fatzke, Frauenheld und, wie schnell klar geworden war, krasser Underperformer. Vor ein paar Wochen hatte sich HSW von ihm getrennt – »in beiderseitigem Einvernehmen«, wie es in der internen Personalmitteilung geheißen hatte.

»Ich gehe mal den Wagen holen«, sagte der Fuhrparkwart.

Wolf dachte, dass er eigentlich kein Auto brauchte. Anders als seine Kollegen war er schon früher meistens mit den Öffentlichen zur Arbeit gefahren. ›Unser Wolf in der werktätigen Schafherde‹, hatte einer der Salary-Partner einmal in der Cafeteria gespottet. Auch jetzt nahm Wolf meistens die S-Bahn zu HSW, und ansonsten gab es ja noch Taxis oder Carsharing.

In diesem Moment fuhr der Fuhrparkwart den Wagen vor. Der schwarze BMW lag flach geduckt und unendlich lang auf dem Asphalt. Angedeutete Haifischnase, das Dach wie eine perfekt geformte flache Welle. ›Schon ein schönes Teil‹, dachte Wolf widerwillig.

»Kommen Sie, wir drehen eine Runde, und ich erkläre Ihnen die Technik«, sagte der Fuhrparkwart. Wolf stieg zu. Penetranter Geruch nach Leder und irgendetwas Holzigem schlug ihm entgegen.

»Colditz hat hier drinnen geraucht«, sagte der Fuhrparkwart, während er vom Garagenhof fuhr. »Ich habe mit ein bisschen Geruchskiller nachgearbeitet.«

Wolf nickte. Der Sportsitz in seinem Rücken war genau auf die richtige Art elastisch. Leder, Chrom und Edelholz, wohin das Auge blickte. Wolf dachte an die abgewetzten Sitze und die vergraute Kunststoffverkleidung seines Wagens zu Hause, an die Endmoräne aus zerspielten Kuscheltieren, leeren Bionade-Flaschen und zerfledderten Architekturzeitschriften im Fond.

Wolfs Handy vibrierte. Der Assistent von Saskia Nolden hatte ihm eine Termineinladung für Mittwochnachmittag geschickt. Wolf wies Linh Nguyên an, am gleichen Tag morgens einen Termin mit den anderen Beiratsmitgliedern zu vereinbaren.

Der Fuhrparkwart redete unentwegt vor sich hin. »Gran Coupé«, hörte Wolf, »dreihundertzwanzig PS«, »Fahrerlebnisschalter«.

Wolf hatte genau drei Autos besessen, seitdem er achtzehn war. Alle gebraucht gekauft, alle in Hinblick auf maximale Transportkapazität gewählt. Nach der zweiten Staatsprüfung hatte er kurz mit der Idee gespielt, sich einen Bulli zu holen und damit nach Portugal zum Surfen zu fahren, aber dann war Elise schwanger geworden, und er hatte sich doch wieder einen 240-er Volvo zugelegt. ›In der Family Edition‹, dachte Wolf bitter.

Zurück auf dem Garagenhof musste er ein paar Formulare unterschreiben. Der Fuhrparkwart überließ ihm den restlichen Geruchskiller und drückte ihm die Schlüssel in die Hand.

»Viel Spaß mit dem Tiger«, sagte er. »Aber nicht so aufdrehen auf der Avus.« Er grinste verschwörerisch.

Wolf nickte. Die Rennstrecke lag nicht auf seinem Arbeitsweg.

Er fuhr los und schob sich durch den Berufsverkehr. Der BMW

hatte etwas ähnlich Schiffartiges wie Wolfs alter Kombi, aber er lag ungleich weicher auf der Fahrbahn, und das Motorengeräusch war kaum mehr als ein leises Surren. Wolf schaltete das Radio ein. Flux FM, maximale Lautstärke, glasklarer Sound. Irgendein Rapper, der seine Bitches disste. Colditz-Taste. Wolf klickte den Ton weg.

Um zehn vor neun war Wolf bei HSW. Unmittelbar nach ihm ritt ein jungsmarter Junior Counsel mit seinem 911er in die Tiefgarage ein. Er parkte neben Wolf und pfiff bewundernd.

»Na, da hat aber jemand einen Stein im Brett beim Chef«, sagte er.

›Genau, du Wichser, da kannst du mit deiner gebraucht gekauften Schneckenfalle nur von träumen‹, dachte Wolf.

Er lächelte den Counsel an, salutierte ironisch und entfernte sich in Richtung Aufzug.

Linh Nguyên hatte den Termin mit den Beiratsmitgliedern klargemacht und auch schon den Flug nach Köln gebucht. Der Jahresabschluss von Nolden-Bau war noch nicht eingetroffen.

Wolf rief bei den Wirtschaftsprüfern an und machte Druck. Der Prüfungsleiter versprach, am nächsten Tag zu liefern.

Wolf orderte einen Cappuccino und rief dann die App seiner Hausverwaltung auf. Was dort für einen Garagenstellplatz verlangt wurde, trieb Wolf Tränen in die Augen, aber er würde den BMW wohl kaum über Nacht auf der Straße stehen lassen können.

Er checkte sein neues Girokonto. HSW hatte den Bonus für Hannover angewiesen. Fünfundzwanzigtausend glatt und in schwarzen Zahlen. Wolf buchte den Stellplatz.

Danach ging er noch einmal durch die Bilanzen von Nolden-Bau seit der Mandatsübernahme durch HSW und durch die Quartalsberichte des Vorjahres.

Um kurz vor zwei gab Wolf Linh Nguyên Bescheid, dass er Essen war, und ging dann zu dem neuen Japaner ein paar Straßen weiter, den seine Kollegen noch nicht für sich entdeckt hatten. Er löffelte seine Suppe und sah nach draußen in den Regen. Der Wind riss an den Papierlaternen vor dem Fenster.

Wolfs Gedanken kreisten um den Termin mit Saskia Nolden. Stetten hatte recht – es war schwer nachvollziehbar, was Christof Nolden in dieser Kunst-Blondine gesehen hatte. Andererseits, dachte Wolf, war es irgendwie tröstlich, dass selbst jemand vom Kaliber eines Christof Nolden so gründlich danebengreifen konnte.

Zurück in der Kanzlei machte Wolf sich wieder an die Bilanzen von Nolden-Bau, ohne zu wissen, was er damit sollte. Klar war es wichtig, sich in den Background einzuarbeiten, aber was Wolf wirklich benötigte, waren die aktuellen Zahlen und zwar so bald wie möglich.

Linh Nguyên ging um acht. Als sie weg war, stand Wolf auf und sah nach unten in den Innenhof. Die Fenster der Cafeteria leuchteten in der Dunkelheit. Wolf verschränkte die Hände im Nacken und legte den Kopf nach hinten. Er brauchte eine Pause.

In der Cafeteria standen die Reste des Mandanten-Büfetts vom Mittag. Öliger Räucherlachs, an den Rändern schon bräunlich angetrocknet, hartes Weißbrot, eine fast leere Schüssel Schnittlauchquark. Wolf machte sich einen Teller fertig und holte eine Club-Mate aus dem Kühlschrank.

Am Schwarzen Brett hingen die üblichen Flyer von Yogaschulen, Massagepraxen und Restaurants mit gesunden Mittagstischangeboten. Daneben eine Geburtsanzeige. *Wir haben höhere Ausgaben und kürzere Nächte, aber dafür 3 500 Gramm mehr Glück – Emil hat am 19. 2. 2019 um 23:56 Uhr das Licht dieser bunten Welt erblickt! Kai & Cäcilia Wessin*. Das Neugeborene auf dem Begleitfoto in Schwarz-Weiß hatte die Augen fest zusammengepresst.

›Wie Ben damals‹, dachte Wolf. Sein Herz zog sich zusammen.

»Wieder einer in die Kinderfalle getappt. Und wenn dann später bei der Scheidung der Unterhalt berechnet wird, ist das Geschrei groß.« Walter Gräfe einer der dienstältesten Partner von *HSW*, war unbemerkt neben Wolf getreten. »Gratulation übrigens zur Mandatsführung bei Nolden-Bau, Kollege Wolf. Das ist mehr Ihre Kragenweite als die ewige Händchenhalterei für die kommunalen Träger.«

›Händchenhalterei‹, so hatte man seine Arbeit in der Partnerrunde bisher also gesehen, dachte Wolf.

»Ja, ist eine tolle Herausforderung«, sagte er. »Ich muss dann mal.« Er griff sich seinen Teller und ging zurück ins Büro.

Gegen halb zwölf strich Wolf die Segel. Bei der Ausfahrt aus der Tiefgarage machte er das Radio an. Auf seinem Lieblingssender liefen traurige Akustik-Americana. Der Wagen glitt fast lautlos durch die Dunkelheit, stetig nach Nordwesten, tief hinein in die Außenbezirke jenseits des S-Bahn-Rings.

Wolf sah auf den Tacho und nahm den Fuß vom Gas. Ohne es zu merken, war er über siebzig gefahren. Andererseits, dachte er, war das hier, am Arsch der Welt, auch egal.

Sein Stellplatz lag gleich neben dem Fahrstuhl. Wolf fuhr hoch in den siebten Stock. Neonlicht auf dem Flur, hellgraue Fliesen, Geruch nach scharfem Reinigungsmittel. Wie immer wirkte das Haus unbelebt, dabei war der Wohnkomplex aus den frühen Neunzigern voll vermietet, und nachts flackerte hinter fast allen Fenstern blaues Licht.

Wolf dachte an die Wohnung am Prenzlauer Berg. Sodtkestraße, Ecke Erich-Weinert, mittendrin in der Wohnstadt Carl Legien. Ende der 1920er erbaut, war die Wohnstadt eine Mustersiedlung des Berliner Neuen Bauens, Denkmalschutz, UNESCO-Weltkulturerbe, alles, was dazugehörte. Studienfreunde von Elise hatten dort gewohnt. Vor acht Jahren waren sie nach Tel Aviv gegangen. Wolf und Elise waren als Nachmieter eingestiegen. Vierter Stock, kein Aufzug, dafür dreieinhalb Zimmer und ein langer Balkon, der die Fassade umlief und von dem aus der Fernsehturm zum Greifen nah schien. Zehn Parteien im Haus, alle irgendwie nett oder doch zumindest okay, manche fast Freunde. Direkt vor der Tür ein Café, weitläufige grüne Innenhöfe, in denen die Kinder spielen konnten, bis sie abends glücklich und müde in die Wohnung zurückkehrten, die voll war mit all den Dingen, die Wolf und Elise über die Jahre auf ihren Reisen zusammengetragen hatten: dem bunten Berberteppich aus Marokko, dem Geschirr aus Portugal, einem aufgearbeiteten Pariser Sperrmüll-Sofa aus den Zwanzigern, das fast aussah wie ein Bauhaus-Original. Wolf glaubte, das raue Leinen des Sofabezugs unter seinen Fingern zu spüren. Er erinnerte sich an den Duft von selbst gebackenem Hefezopf, an die exakte Position von Büchern und Spielzeug auf dem leicht abgetretenen Linoleum, und daran, wie sich Elises Kater Mies in einem Sonnenfleck im Wohnzimmer räkelte.

Das war sein Zuhause, dachte Wolf, und nicht diese voll möblierte Schlafverrichtungsbox am Stadtrand, für die er seit bald vier Monaten regelmäßig über achthundert Euro abdrückte.

Er schloss die Tür zu seinem Apartment auf und machte das Licht an. Nadelfilzfußboden, funktionale Billigheimer-Möbel, die Kochecke mit dem zu lauten Kühlschrank.

Wolf hatte einen Kloß im Hals.

»Reiß dich zusammen«, flüsterte er. »Reiß dich verdammt noch mal zusammen.«

Er holte sich ein Bier, schaltete den Fernseher ein und legte sich aufs Schlafsofa.

Sechs Stunden später erwachte Wolf, immer noch angezogen, aus einem bleiernen Schlaf. Er sprang unter die Dusche und rasierte sich. Den zerknitterten Anzug und das am Kragen leicht angegraute Hemd ließ er auf dem Boden im Bad liegen. Es war Freitag, die Putzfrau, die er für einen knappen Hunderter dazugebucht hatte, würde nachher in der Wohnung Klarschiff machen. Sie würde die Klamotten aufsammeln und zum Reinigungsservice bringen. Am Montag würde das Zeug dann frisch gereinigt und gebügelt wieder in dem Kleiderschrank aus Spanplatten mit Edelholzfurnier hängen.

Eine Viertelstunde später quälte sich Wolf durch den Berufsverkehr. Familienväter aus dem Speckgürtel in ihren SUV-Panzern,

Baufahrzeuge, sich durchwuselnde Lieferwagen, Mütter, die vor Kitas in der zweiten Reihe parkten, Fahrradfahrer mit Todeswunsch.

Auf halber Strecke hatte Wolf genug. Er gab Linh Nguyên Bescheid, dass er später reinkommen würde, und fuhr in sein Lieblingscafé an der Kurfürstenstraße. Wolf frühstückte üppig und las dabei die Tagespresse. Erst danach machte er sich wieder auf den Weg in Richtung Kanzlei. Es war später Vormittag, trotzdem standen die bulgarischen Teenie-Nutten an der Kurfürsten, Ecke Potse schon Spalier.

Kurz bevor Wolf bei HSW eintraf, rief Ed an.

»Hey, Lone Wolf«, sagte er. »Rate mal, wo ich bin.«

Wolf lachte.

»Lust auf zusammen Mittagessen?«, fragte Ed.

»Wenn du schon mal hier bist.«

Ed schlug einen Vietnamesen in Mitte vor. »In einer Dreiviertelstunde?«, fragte er.

»Bin auf dem Weg.«

Wolf instruierte Linh Nguyên, dass er wegen eines überraschenden Termins erst am frühen Nachmittag reinkommen würde und nur für Herbert Stetten und Saskia Nolden erreichbar war.

»In der Zwischenzeit können Sie sich schon mal die aktuellen Projektstände von Nolden-Bau ansehen«, sagte er.

»Okay.« Linh Nguyêns Stimme klang frostig.

›Fick dich‹, dachte Wolf.

Er drückte das Telefonat weg und nahm Kurs auf Mitte. Wolf freute sich auf Ed. Ed und er waren Kollegen in der Kanzlei gewesen, bei der Wolf vor Bens Geburt gearbeitet hatte. Ed war ein paar Jahre älter als Wolf. Er war aus Brisbane und hatte damals schon mit der Idee gespielt zurückzugehen und sich selbstständig zu machen. Ein paar Monate lang hatten Wolf und er überlegt, dort gemeinsam was hochzuziehen.

»Byron Bay«, hatte Ed gesagt. »Nach der Arbeit gehst du surfen. Oder Wale gucken.«

Wolf hatte genickt und versucht, sich ein Leben in Brisbane

vorzustellen. Nachts hatte er vom Surfen geträumt und davon, wie er mühelos durch perfekt geformte Tunnel aus türkisgrünem Wasser glitt. Aber dann war Elise mit Ben schwanger geworden, und kurz darauf war Paula gestorben. Wolf hatte zu HSW gewechselt. Mit Ed war er in losem Kontakt geblieben, der auch dann noch hielt, als Ed zwei Jahre später tatsächlich nach Australien zurückging.

Wolf suchte fast eine Viertelstunde nach einem Parkplatz. Als er endlich im Lokal ankam, wartete Ed bereits. Noch drahtiger als früher, braun gebrannt, den schmal geschnittenen graue Anzug farblich exakt auf das raspelkurze Haar abgestimmt.

»Hey, Silver Surfer«, sagte Wolf.

»Besser so, als Daddyspeck.« Ed deutete auf Wolfs Bauchansatz.

Wolf zeigte ihm den Mittelfinger.

»Und, wie isses?«, fragte Ed, nachdem sie bestellt hatten. »Wie geht es Elise?«

»Arbeitet viel«, sagte Wolf.

»Immer noch in dem Kreuzberger Anarcho-Laden?«

»Der Anarcholaden macht jetzt in Bauwerksdatenmodellierung für Nolden-Bau und Konsorten«, sagte Wolf.«

Ed grinste. »›No sell out‹ ist halt auch so voll Achtziger«, sagte er. »Und davon abgesehen?«

»Davon abgesehen, haben wir jetzt auch ein Haus auf dem Land.«

»Du warst doch immer gegen Kaufen.«

»Elise hat das Haus auf eBay geschossen,« sagte Wolf. »Dreißigtausend. Gropius-Entwurf«

»Ihr und euer Bauhaus-Fetisch«, sagte Ed.

Wolf sagte nichts. Mehr als fünfzehn Jahre lang waren die glücklichsten Erinnerungen, die Elise und er miteinander geteilt hatten, immer irgendwie mit dem Bauhaus verbunden gewesen. War das ein Fetisch?

Die Kellnerin brachte ihre Suppen.

»Und die Kinder?«, fragte Ed.

»Alles prima.« Wolf kämpfte mit seinen Reisbandnudeln. »Und bei dir? Immer noch mit Oonagh zusammen?«

Ed schüttelte den Kopf. »Game over. Weißt ja wie es ist. ›Nie bist du zu Hause, nie machen wir was zusammen‹.« Er deutete Geigengefiedel auf der Schulter an.

Wolf nickte.

»Wie geht's jobmäßig?«, fragte Ed.

»Salary-Partner seit Januar, Equity ab Anfang 2020.«

»Schade«, sagte Ed. »Ich dachte, ich könnte dich abwerben.«

Wolfs Puls beschleunigte sich. »Kannst ja trotzdem mal pitchen«, sagte er.

Ed lehnte sich zurück.

»Ich habe ein paar institutionelle Anleger an der Hand, die perspektivisch in Berlin einsteigen wollen. Im ganz großen Stil. Ich habe denen gesagt, dass die Party hier eigentlich vorbei ist. Die wollen aber trotzdem. Ich brauche einen Immobilienrechtler, der sich hier auskennt, aber auch mit meinen Leuten reden kann. Jemand, der in ihr Berlinbild passt. Rough, bisschen edgy, kein Nullachtfünfzehn-Jurist.« Ed tupfte sich die Lippen ab. »Und da kommst du ins Spiel«, sagte er. »Du könntest vielleicht für ein paar Monate bei uns in Brisbane mitarbeiten, die wichtigsten Player kennenlernen, Gefühl für die Sache bekommen, und dann geht es los. Ich dachte, das könnte dich vielleicht reizen, jetzt wo die Kinder aus dem Gröbsten raus sind.«

Wolf dachte an Bens Kuschelmonster und den Gesichtsausdruck seines Sohnes, wenn er wieder einmal nachts ins Bett gemacht hatte.

»Wie viel zahlst du?«, fragte er.

Ed nannte eine Summe. Sie lag deutlich unter Wolfs neuem Gehalt bei HSW.

»Das ist nur für den Anfang«, sagte Ed. »Salary-Partnerschaft nach sechs Monaten. Und du bist in unter zwei Stunden in Byron Bay.«

»Ab wann?«, fragte Wolf.

»ASAP.«

»Ich überlege es mir«, sagte Wolf.

Ed checkte sein Handy. »Ich muss los«, sagte er. »Termin mit einem Investor. Wichtig, wichtig.«

Sie zahlten.

»Soll ich dich irgendwohin mitnehmen?«, fragte Wolf.

»Klar«, Ed grinste. »Fahr schon mal den Wagen vor.«

»Gran Coupé«, sagte Ed ein paar Minuten später beim Anschnallen. »Hatte ich auch mal. Toller Wagen. War mir dann aber zu sportlich für die Stadt.«

Wolf setzte Ed in der Nähe des Potsdamer Platzes ab. »Denk drüber nach«, sagte Ed beim Abschied. »Würde mich freuen.«

»Ich melde mich«, sagte Wolf. Dann fuhr er los.

Um kurz nach zwei war er bei HSW. Der Abschluss von Nolden-Bau war immer noch nicht da. Wolf nahm sich die Postmappe vor. Das meiste war Papiermüll – irgendwelche Werbeprospekte für Kanzleisoftwares und Jurazeitschriften, die sich Linh Nguyên mal wieder nicht getraut hatte, selber auszusortieren.

›Die Kleine nervt‹, dachte Wolf. Er schlug das nächste Fach der Mappe auf. Ein verschlossener Umschlag, maschinengedruckte Adresse, persönlich-vertraulich an ihn gerichtet, kein Absender. Wolf öffnete den Brief.

Sehr geehrter Herr Dr. Wolf,
laut Eintragung im Handelsregister Köln vom 19. 02. 2019 sind Sie mit sofortiger Wirkung zum Vorsitzenden des Beirats der Nolden-Bau GmbH bestellt. Dieses Unternehmen war und ist in kriminelle Aktivitäten verwickelt. Wer für Nolden-Bau arbeitet, macht sich zum Mittäter. Bisher ist Ihre Verbindung zu dem Unternehmen nicht öffentlich bekannt. Wenn Sie Ihren guten Ruf wahren wollen, überweisen Sie per Montag, den 25. 02. 2019 (Zahlungseingang), 10 000 € auf das nachfolgend genannte Konto. Andernfalls werden wir die Presse über Ihre Position bei Nolden-Bau informieren.

Keine Unterschrift, dafür eine Bankverbindung bei einer Onlinebank mit Sitz in Irland.

Wolf lachte auf. Einen Moment überlegte er, ob er das Schreiben an Stetten weiterleiten sollte. Schließlich hatte HSW das Nolden-Mandat bisher aus der Öffentlichkeit rausgehalten. Andererseits war der Nolden-Skandal vier Jahre her und Nolden-Bau stand – dank allgemeiner Wohnungsnot – besser da als je zuvor. Die Tatsache, dass HSW für das Unternehmen arbeitete, dürfte der Presse daher allenfalls eine anerkennende Kurzmeldung wert sein. Ganz davon abgesehen, dass solche Briefe ständig bei Anwaltskanzleien eingingen. Irgendjemand fühlte sich durch irgendeinen Vorgang in seinem Rechtsempfinden verletzt und fing dann an, krauses Zeug zu Papier zu bringen. Eine Zeit lang hatten sie solche Briefe bei HSW ans Schwarze Brett gepinnt, aber selbst die größten Dullis in der Kanzlei hatten schnell begriffen, dass es billig war, sich über die Auslassungen von offensichtlich verwirrten Seelen lustig zu machen.

Wolf las das Schreiben noch einmal. Die Sache war lächerlich. Nichts, womit man zu Stetten lief. Er warf den Brief in den Papierkorb. Als er den Kopf hob, sah er Linh Nguyên, die ihn durch die Glaswand hindurch beobachtete. Sie wandte den Kopf ab und blickte wieder auf ihren Bildschirm.

Um kurz nach halb fünf lief endlich die elektronische Version des Jahresabschlusses von Nolden-Bau bei Wolf ein. Kurz darauf brachte ein Kurier die gedruckte Fassung in doppelter Ausfertigung. Bilanz, Gewinn-und-Verlust-Rechnung, Lagebericht, Bestätigungsvermerk, Unterschrift, Siegel. Knappe achtzig Seiten, übersichtlich aufbereitet, aber eben auch nur die Spitze des Eisbergs – das, was die Geschäftsführung zeigen wollte.

Die Wirtschaftsprüfer hatten die Unternehmenszahlen in der ersten Runde auf Vollständigkeit und Gesetzmäßigkeit geprüft. Jetzt war es am Beirat, das Ergebnis der Prüfer noch einmal auf seine Sachgerechtigkeit abzuklopfen. War alles in Ordnung, konnte der Beirat der Gesellschafterversammlung die Annahme empfehlen. Folgten die Gesellschafter dieser Empfehlung, war der Abschluss festgestellt und damit rechtsverbindlich. Stieß der Beirat hingegen auf Unstimmigkeiten, musste er ihnen nachgehen und sie der Gesellschafterversammlung melden. Unterließ der Beirat diese Meldung, machte er sich strafbar.

Das war die Gesetzeslage – also die Theorie.

In der Praxis verstanden die meisten Beiratsmitglieder ihre Aufgabe als prestigeträchtiges Ehrenamt, das ihnen gute Verbindungen zur Unternehmensführung brachte. Dementsprechend gering war ihr Interesse, den Geschäftsführern mit einer allzu gründlichen Begutachtung des geprüften Jahresabschlusses ans Bein zu pinkeln. Dabei blendeten diese Beiratsmitglieder allerdings aus, dass sie sich im Schadensfall persönlich haftbar machten und auf Jahre hin verknackt werden konnten. Auch wenn es fast durchgängig anders gehandhabt wurde, war der Beirat also kein reines Abnick-Komitee, sondern ein Kontrollgremium mit konkreter Verantwortung für das Unternehmen. Das galt für jedes einzelne Beiratsmitglied und für den Beiratsvorsitzenden sowieso. Dementsprechend durfte sich Wolf als Beiratsvorsitzender von Nolden-Bau nicht von der glänzenden Spitze des Eisbergs blenden lassen, sondern musste tief unter die Oberfläche tauchen, dorthin, wo im eisigen Dunkel Klippen und Untiefen lauerten.

Wolf spürte, wie sich sein Atem verflachte. ›Zeit läuft‹, dachte er. Bis zur Gesellschafterversammlung waren es noch exakt drei Wochen, und mit den anderen Beiratsmitgliedern hatte er noch nicht einmal gesprochen. Er öffnete die Datei der Wirtschaftsprüfer und begann mit seiner Bilanzanalyse.

Linh Nguyên brachte einen Teller mit dem berühmten HSW-Teegebäck und eine Kanne Kaffee herein. ›Fehlt nur noch das Post-it mit Herzchen drauf‹, dachte Wolf.

»Die aktuellen Projektstände von Nolden-Bau sind gerade hereingekommen«, sagte Linh Nguyên.

»Prima.« Wolf reichte ihr eine Ausfertigung des Jahresabschlusses. »Dann gleichen Sie die jetzt gegen den Lagebericht im Abschluss ab.«

»Können Sie das etwas eingrenzen?«, fragte Linh Nguyên. »Damit ich weiß, wo ich ansetzen soll?«

Wolf seufzte. »Sie haben doch studiert, Frau Nguyên«, sagte er. »Dann sollten sie eigentlich selbstständiges, lösungsorientiertes Denken gelernt haben. Oder hatten Sie an Ihrer FH nur Singen und Klatschen?«

Linh Nguyên biss sich auf die Unterlippe, dann ging sie mit durchgedrücktem Rücken in ihr Büro.

Zweieinhalb Stunden später stand sie wieder bei Wolf in der Tür.

»Ja?«, sagte Wolf, ohne vom Bildschirm hochzusehen.

»Ich wollte …«, Linh Nguyên zögerte. »Ich hatte doch letzte Woche gefragt, ob ich heute früher gehen könnte. Mein Bruder hat …«

»Klar«, Wolf lächelte sie an. »Sobald Sie den Abgleich mit den Projektständen fertig haben, können Sie gehen.«

Linh Nguyên blieb in der Tür stehen. Wolf konnte sehen, wie sie mit sich kämpfte.

»Könnte ich das nicht vielleicht …«, rang sie sich schließlich ab.

»Nein, Frau Nguyên«, sagte Wolf. »Tut mir leid. Ich brauche das noch heute Abend.«

Linh Nguyêns Augen füllten sich mit Tränen.

Wolf versuchte sich auf die Bilanz von Nolden-Bau zu konzentrieren. Linh Nguyên stand immer noch in der Tür.

»Das Leben ist kein Wunschkonzert, Frau Nguyên. Und wenn Sie weiter hier rumstehen, kommen Sie noch später raus«, sagte er irgendwann, ohne den Blick zu heben.

Linh Nguyên ging zurück in ihr Büro. Wolf vertiefte sich wieder in die Bilanzanalyse.

Drei Stunden später schickte ihm Linh Nguyên ihr Dossier. Sie reichte ihm einen Ausdruck herein und ging, ohne sich zu verabschieden.

Es war kurz nach zehn. Wolf fuhr seinen Rechner runter, holte den Wagen aus der Tiefgarage und fuhr zurück in seine Nadelfilzgruft.

Am nächsten Morgen um acht war er zurück bei HSW. Bis vor ein paar Monaten hatte Wolf sich gefragt, warum viele seiner Kollegen auch am Samstag reinkamen, jetzt empfand er sein Büro als rettenden Hafen. Er setzte eine Kanne Kaffee auf und machte sich an die Arbeit.

Erst abends gegen halb elf fuhr Wolf zurück in die Wohnung. Er ließ sich eine Sushiplatte liefern, zappte sich durch Surfervideos aus Byron Bay und dachte über Eds Angebot nach.

Wolf würde Startkapital brauchen. Fünfzigtausend mindestens. Besser mehr.

Er checkte sein neues Konto. Immer noch fünfundzwanzigtausend, abzüglich der Stellplatzkosten natürlich. In einer Woche würde sein Märzgehalt eingehen und die rückwirkende Gehaltserhöhung für Januar und Februar – insgesamt rund einundzwanzigtausend Euro. Zusammen mit dem Geld, das schon auf Wolfs Konto war, also knapp unter 50k, und zur Not würde das für Australien vielleicht auch schon reichen.

Wolf klickte das nächste Video an. Ein junges Mädchen mit dunklem Haar paddelte auf ihrem Board ins Line-up. Das Mädchen schob sich nach vorne, richtete sich auf, ging in den Drop und lachte in die Kamera. Für Sekundenbruchteile sah sie aus wie Ada. Wolf atmete scharf ein. Tränen schossen ihm in die Augen.

Als er sich gefasst hatte, griff er sein Handy und funkte Ada an. *Lust auf Dumplings?,* schrieb er. *Morgen 13 Uhr?*, dahinter drei Küsschen-Emojis.

Adas Zusage lief erst am nächsten Morgen um vier ein. Wahrscheinlich stimmte irgendwas mit ihrer Messenger-Einstellung nicht, dachte Wolf.

Um eins saß er in Jeans, Turnschuhen und dunkelgrauem Hoodie in einem Chinalokal am Helmholtzplatz, in dem sie früher oft gegessen hatten. Ada war noch nicht da. Wolf griff sich die Gratiszeitung, die auf dem Tresen lag. *Dumb Nation*, las er, *Wie Deutschland die digitale Zukunft verpennt.* Darunter ein schmissiger Artikel, der das Versagen der Regierung Merkel bei der Einführung von E-Government anprangerte. Wolf dachte an den jungen Counsel aus Stuttgart, der nach seinem Umzug nach Berlin zehn Wochen auf einen Ummeldetermin beim Bürgeramt gewartet hatte.

»Vorsicht, Sie verlassen den funktionierenden Teil Deutschlands!«, hatte der Zuzügler damals in der Cafeteria gewitzelt, und selbst eingefleischte Berliner hatten über die alte Boris-Palmer-Kamelle gelacht.

»Hey Dad.« Ada arbeitete sich aus ihrer überdimensionierten Daunenjacke. Wolf hatte den Eindruck, dass seine Tochter in den sechs Wochen, in denen er sie nicht mehr gesehen hatte, noch einmal gewachsen war. Sie sah definitiv älter aus als fünfzehn.

»Hey, meine Hübsche«, sage er. »Wie geht's?«

»Dufte.« Ada vertiefte sich die Karte. »Ich nehme die Shiitake-Dumplings«, sagte sie. »Und den Erdbeershake.«

Sie lehnte sich auf ihrem Stuhl zurück und schlug ein Bein unter. Dann griff sie nach ihrem Smartphone. Ihre Jeans war an den Knien gerissen. *Bau kein Scheiß* stand in abblätternden Neonlettern auf ihrem T-Shirt. Unter dem verwaschenen grauen Stoff zeichneten sich Adas Brüste überdeutlich ab. Wolf fragte sich, wie oft er Elise dieses T-Shirt ausgezogen hatte und vor allem wann zuletzt?

»Das T-Shirt gehört Mama«, sagte er.

»Hab ich mir geliehen.« Ada sah nicht von ihrem Handy hoch.

»Hast du keine eigenen Klamotten?«, fragte Wolf.

»Ich will mir ja was kaufen, aber Mama meint, sie hat kein Geld«, sagte Ada.

›Das kommt davon, wenn man seine ganze Kohle in eine Schrottimmobilie steckt‹, dachte Wolf.

»Mama sagt, du wärst zu geizig, um uns was zu geben.«

›So weit sind wir also schon‹, dachte Wolf. Kalte Wut stieg in ihm auf.

»Wie geht es Ben?«, fragte er.

Ada zuckte die Schultern. »Puscht immer noch ins Bett«, sagte sie, über ihr Handy gebeugt.

»Kannst du das Ding mal weglegen?«, fragte Wolf.

»Warum?«

»Damit wir uns unterhalten können. Macht man so in Familien.«

»Wir sind keine Familie.«

›Richtig‹, dachte Wolf. ›Nicht mehr. Und wer ist daran schuld?‹

Die Kellnerin brachte Adas Erdbeershake.

»Bodenteddys«, sagte Wolf.

»Was?« Ada sah von ihrem Handy hoch.

»›Bodenteddys‹. Das hast du als Kind zu Erdbeeren gesagt. Als Oma Paula noch gelebt hat.«

Paula, Elises Mutter. Nach Adas Geburt waren Wolf und Elise zu ihr gezogen. Paula von Endell lebte in der weitläufigen Villa im Grunewald, die seit drei Generationen in Familienbesitz war. Immer in helle Ethnogewänder gekleidet, mit schwerem Schmuck aus Indien und langem, weißen Zopf, war Paula für ihre Nachbarn eine wandelnde Provokation. Für Wolf war sie der warmherzigste Mensch gewesen, den er je kennengelernt hatte. Elise hatte acht Wochen nach Adas Geburt wieder in ihrem Architekturbüro angefangen. Wolf hatte damals seine Stelle an der Uni gehabt und konnte gut von zu Hause arbeiten. Eigentlich waren Paula und er es gewesen, die Ada in den ersten Jahren gemeinsam großgezogen hatten. Wolf erinnerte sich an Paula an einen Regentag im Sommer auf der Veranda.

»Hör mal, wie schön das klingt«, hatte sie zu Ada gesagt, während der Regen durch das Verandadach in die darunter aufgestellten Zinkbottiche pladderte.

Wolf hatte dafür gesorgt, dass das Verandadach repariert wurde. Er hatte für die Überarbeitung der Fensterrahmen gezahlt und für die Erneuerung der Wasserleitungen.

»Ihr bekommt das Haus«, hatte Paula immer wieder gesagt, aber dann war sie gestorben, und nichts war geregelt gewesen. Die Villa musste verkauft werden. Was nach der Begleichung von Paulas Schulden vom Erlös noch übrig war, wurde nach einem erbitterten Streit zwischen Elise und ihren Schwestern aufgeteilt. Der Auszug aus dem Grunewald war Wolf damals wie die Vertreibung aus dem Paradies vorgekommen.

»Wir haben immer Erdbeeren gesucht in Paulas Garten. Erinnerst du dich noch?«, sagte Wolf.

»Nope.« Ada sah nicht von ihrem Handy hoch.

Wolf unterdrückte den Impuls, ihr das Ding aus der Hand zu schlagen. ›Sie ist fünfzehn‹, dachte er, ›total verstrahlt, sie kann nichts dafür.‹

Er musterte seine Tochter unauffällig. Die dunklen glatten Haare waren von Elise, genau wie das zarte Gesicht mit den hohen Wangenknochen und der Tänzerinnenkörper mit den aufreizenden Brüsten. Von Wolf hatte sie nur die grauen Augen. ›Und die Kaltschnäuzigkeit‹, hatte er Elise im Ohr.

»Ich würde dich gerne öfter sehen«, sagte Wolf.

»Okay.« Ada war jetzt mit ihren Dumplings beschäftigt.

Wolf wusste nicht, was er sagen sollte. Den Rest des Essens schwiegen sie sich an.

Es regnete, als sie rauskamen. Wolf holte seinen Wagen.

»Coole Karre«, sagte Ada beim Anschnallen. Dann lehnte sie den Kopf ans Fenster und schaute für den Rest der Fahrt hinaus in den Regen.

BLnCru, war in riesigen neongelben Lettern einmal von oben nach unten auf die Schmalwand eines zwölfstöckigen Plattenbaus gesprayt.

»Geile Seilung«, kommentierte Ada.

Wolf hatte sich noch nie Gedanken darüber gemacht, wie die Graffiti auf die Wände kamen.

»Hier«, sagte er, als sie vor dem Haus in der Wohnsiedlung Carl Legien angekommen waren. »Kauf dir eine neue Jeans. Und vielleicht auch gleich ein neues Top.« Er steckte Ada zweihundert Euro zu. »Melde dich, und grüß Ben von mir. Ich vermisse euch. Beide.«

»Klar.« Ada stieg aus und schlug die Wagentür hinter sich zu, dann lehnte sie sich mit lasziv vorgeschobener Hüfte gegen die Motorhaube des BMW und machte ein Selfie.

›What the fuck!‹, dachte Wolf.

Ada verschwand im Haus, ohne sich noch einmal nach ihm umzudrehen. Wolf saß wie gelähmt. Irgendwann merkte er, dass er das Lenkrad so fest umklammert hielt, dass die Knöchel seiner Hand weiß hervorstanden. Er ließ den Wagen an und fuhr los. Im Radio lief bekiffter Trip-Hop. Wolf ließ sich treiben.

An einer Ampel schob sich ein weißer Mercedes neben seinen Wagen. Am Steuer saß ein junger Typ, dunkle Haare, Undercut, gepflegter Vollbart, verspiegelte Sonnenbrille, obwohl es mittlerweile in Bindfäden regnete. Der Bartmann bemerkte Wolfs Blick und ließ seinen Motor aufheulen. Wolf reagierte nicht. Der Motor heulte ein zweites Mal auf. Der Fahrer machte eine knappe Kopfbewegung in Wolfs Richtung, als wolle er ihn zu etwas auffordern. In diesem Moment sprang die Ampel um. Der Mercedesfahrer stieg aufs Gas und zog mit gefühlten hundert Sachen an Wolf vorbei.

›Kanake‹, dachte Wolf, dann nahm er Kurs aufs Büro.

Neun

Donnerstag – Sonntag
21.–24. Februar 2019
Berlin

Isa wurde von den Müllmännern aus dem Schlaf gerissen, die im Hinterhof die Tonnen tauschten. Für einen Moment wusste sie nicht, wo sie war, dann setzte die Erinnerung ein. Sie holte sich ein Glas Wasser aus der Küche und versuchte Can zu erreichen. Zwei Klingeltöne lang stand die Verbindung, dann riss sie wieder ab.

»Mann!«, Isa schleuderte das Handy auf den Futon. Dann warf sie sich ihre Jacke über und holte beim türkischen Bäcker gegenüber Kaffee und ein Croissant. Auf dem Rückweg fiel ihr der überquellende Briefkasten im Treppenhaus auf. ›*Kindermann*‹ – war das der Name gewesen, auf den Sergejs Leute damals Miras Papiere ausgestellt hatten? Isa probierte den Briefkastenschlüssel an dem Schlüsselbund, den ihr Thomas überlassen hatte. Ein Schwall Papier stürzte ihr entgegen. Isa sammelte den Wust zusammen und sortierte ihn dann an Miras Küchentisch. Gratiszeitungen, Flyer von irgendwelchen Lieferfirmen, Altwarenhändlern und Umzugsunternehmen, Infobriefe von Yogaschulen und obskuren Esoterikanbietern. Alles für die Tonne. Dazwischen aber auch zwei an Mira adressierte Briefe einer Anwaltskanzlei und Miras Kontoauszüge der letzten drei Monate.

Miras letzte Gehaltszahlung war Ende November eingegangen, Wohngeld, Strom, Telefon wurden jeweils zum Monatsende abgebucht.

Ansonsten waren keinerlei Bewegungen auf ihrem Girokonto zu beobachten. Das Guthaben reichte noch, um die laufenden Kosten der Wohnung für die nächsten zwei Monate zu decken. Danach würde Thomas sich etwas überlegen müssen.

Isa nahm sich die Schreiben der Kanzlei vor. Das erste datierte vom 21. November. Es war eine Abmahnung, weil Mira vier Werktage unentschuldigt nicht zur Arbeit erschienen war. Auch in der darauffolgenden Woche war Mira offenbar nicht mehr ins Büro gekommen, denn am 28. November hatte ein Bote die fristlose Kündigung überstellt.

Isa ging auf die Website der Kanzlei. HSW war kein international agierender Player, aber eben auch keine kleine Nummer. Rund zweihundert Anwälte, Standorte in Hamburg, Köln, Frankfurt und München, ausgewiesener Schwerpunkt auf Bau- und Immobilienrecht und der Begleitung kommunaler Bauvorhaben. Isa konnte sich nicht erinnern, dass ihr der Name der Kanzlei während der *Concrete Gold*-Jahre untergekommen wäre. Aber das musste nichts heißen. Solide Mittelständler wie HSW flogen oft unter dem Radar, weil sie bevorzugt eher unspektakuläre Mandate betreuten. Dementsprechend bodenständig war dann auch das Officepersonal solcher Läden. Eine Sekretärin von Miras Format musste für HSW auch ohne großes Zeugnisportfolio ein Jackpot gewesen sein.

Blieb die Frage, warum Mira Mitte November plötzlich nicht mehr zur Arbeit erschienen war. Isa sah durch das vergitterte Küchenfenster hinaus in den Hinterhof. Am Müllplatz hatte jemand einen Bürostuhl entsorgt. Eiterfarbener Schaumstoff quoll aus Schlitzen in der schwarzen Kunstlederpolsterung, die aussahen, als hätte jemand den Stuhl mit einem Messer traktiert. Fahrräder waren an den Zaun zum Nachbarhof angeschlossen. Selbst wenn es nicht geregnet hätte, wäre der Hof trostlos gewesen. Thomas' Frage war berechtigt: Warum entschied sich jemand freiwillig für so eine Aussicht?

Isa entsorgte den Rest ihres Croissants im Müll und ging zurück ins Schlafzimmer. In Miras Bücherregal standen vor allem abgegriffene Tier- und Pflanzenbestimmungsbücher, ein paar selbst gemachte

Herbarien und mehrere Archivschachteln mit Vogelfedern. Zeugnisse von Miras plötzlich erwachter Naturbegeisterung, vermutete Isa. Nur, was sollte sie daraus schließen?

Isa zog die Bücher aus den Regalen. Außer Staub war nichts dahinter, genauso wenig wie unter Miras Futon, in der antiken Kommode, in der Mira ihre Unterwäsche aufbewahrt, oder in der Bürokleidung, die Mira im Garderobenschrank zurückgelassen hatte. Diese Kleidung war – wie alles in Miras Wohnung – zurückgenommen, reduziert, fast mönchisch, dabei jedoch von ausgewählter Qualität. Miras Mäntel, ihre Hosenanzüge und Blusen waren aus teuren Stoffen, schlicht geschnitten und exzellent verarbeitet. Irgendetwas daran störte Isa – Mira war immer gut angezogen gewesen, aber eher auf lässige Art, wie eine Künstlerin eben, die nebenher im Büro jobbt. Miras exquisite neue Garderobe passte nicht ins Bild. Für einen Moment dachte Isa, Miras Kanzlei hätte möglicherweise einen besonders exklusiven Dresscode vorgegeben, aber angesichts des biederen Internetauftritts von HSW war das eher unwahrscheinlich. Ganz davon abgesehen, dass sich Mira ihre teure Kluft von ihrem Sekretärinnengehalt vermutlich kaum hätte leisten können. Und es war eben auch nicht nur die Kleidung, sondern auch der Rest der Wohnung: der Premiumfuton mit Rosshaar- und Zirbenflockenfüllung, die Leinenfrotteetücher im Bad, der Edelstahlkühlschrank, die kaum gebrauchten Profikochtöpfe und handgeschmiedeten japanischen Messer in der Küche, das Vintage-Ledersofa und die neuen Planschränke in Archivqualität im Atelierraum. Isa fragte sich, wie dieser Luxus mit Miras angeblicher Angst vor dem Verhungern zusammenpasste. Dann schob sie diese Frage beiseite. Sie war nicht nach Berlin gekommen, um über Miras Konsumentscheidungen zu urteilen, sie wollte herausfinden, was mit Mira passiert war.

Isa nahm sich die Küche vor. Sie durchsuchte die Regale und Vorratsdosen, fand aber nichts außer einem zerknitterten Esoterik-Flyer, der hinter den italienischen Siebträger gerutscht war.

Isa ging in den Atelierraum. Die Bodendielen zirpten unter ihren Füßen. Thomas hatte das für eine Klanginstallation gehalten. Isa wusste es besser. Als sie vor Jahren zum ersten Mal in Japan gewesen war, hatte sie den alten Kaiserpalast in Kyoto besucht. In den Korridoren, die zu den ehemaligen Privaträumen der Kaiserfamilie führten, hatten eingebaute Metallfedern unter den Bodendielen gezirpt.

»Nachtigallenboden«, hatte Isas Reiseführer in gebrochenem Englisch erklärt. »Funktioniert wie Alarmanlage. Niemand kann Raum betreten, ohne Geräusch machen.«

Isa hatte Bilder von Ninjakämpferinnen im Kopf gehabt, die sich schwarz vermummt an Seilen über diese Böden hinweg schwangen. Zurück in Köln, hatte sie Mira davon erzählt. Und jetzt hatte sich Mira genauso einen Boden in ihre Wohnung eingebaut.

Warum hatte Mira geglaubt, diese Absicherung zu brauchen? Wieso die stahlverstärkte Eingangstür, wieso die vergitterten Fenster und die Videoklingel? Hatte Mira sich so gegen Noldens Häscher schützen wollen? Und wenn ja, was war dann geschehen?

Isa öffnete die oberste Lade von einem der Planschränke. Dicke Lagen cremeweißes Zeichenpapier, die obersten zehn, fünfzehn Bögen bedeckt mit fein gestrichelten, abstrakten Zeichnungen.

Isa erinnerte sich an die Bleistiftarbeit mit den Zahlenkolonnen, die Mira damals ihrer Bewerbung bei *Concrete Gold* beigelegt hatte. Als Isa ein Teenager war, hatte ihr Vater ständig irgendwelche Zahlen- und Codierungsspiele mit ihr gespielt. Um den Code in Miras Zeichnung zu hacken, hatte Isa unter fünf Minuten gebraucht. Was war die Botschaft gewesen, die Mira damals in die Zeichnung hineingeheimnist hatte? ›Heul nicht, arbeite‹? Irgendwas in dieser Richtung, auf jeden Fall. Hart, banal und irgendwie auch schon von diesem Kleinmut infiziert, an dem sich Thomas so gestoßen hatte.

Isa breitete Miras Zeichnungen auf dem Boden aus und suchte nach Mustern. Aber statt Zahlen oder Buchstabenreihen fand sie nur Kästchen, Kreise, kristallin wirkende Strukturen und Strichwirbel, die etwas Pelzartiges hatten.

Isa öffnete die anderen Schubladen der Planschränke und fand Lage um Lage Papier – hochwertig, in den unterschiedlichsten Materialqualitäten, aber gänzlich unberührt – genau wie die säuberlich angespitzten Stifte und die anderen, exakt ausgerichteten Zeichenutensilien auf den beiden Arbeitstischen. Isa kämpfte mit dem Unbehagen, das sie verspürte. Sie erinnerte sich an Miras Atelier in Köln. Mira hatte den Raum über all die Jahre behalten. Kurz nach ihrem Einstieg bei *Concrete Gold* hatte sie wieder angefangen zu zeichnen. Isa hatte sie ein paarmal im Atelier besucht. Sie hatte Miras Arbeiten gut gefunden und sie gedrängt, wieder auszustellen. Aber Mira hatte abgewehrt. Ihre Karriere als Künstlerin sei vorbei. Mit dieser Phase habe sie abgeschlossen. Zeichnen würde sie nur noch zum Vergnügen – als Hobby, zum Zeitvertreib, nicht mehr. Trotzdem hatte Miras Atelier damals belebt gewirkt, unverfälscht, ein Raum, in dem gearbeitet wurde, eine Werkstatt, keine bloße Kulisse. Vermutlich, dachte Isa, war es genau das, was sie an Miras neuem Atelier so beunruhigte: Es wirkte wie eine dieser perfekten Inszenierungen, die ambitionierte Amateurinnen auf Instagram oder irgendwelchen Lifestyle-Blogs posteten, um zu signalisieren, dass sie ernstzunehmende Kreative waren, die ihr Atelier nach Feng-Shui-Prinzipien gestalteten. ›Aber Mira war doch keine ambitionierte Amateurin‹, dachte Isa. ›Mira war doch wirklich Künstlerin,‹ – wieso dann diese sorgfältig aufgebaute Atelierfassade? Und wieso spürte Isa mit einem Mal solchen Widerwillen gegen diesen Raum und irgendwie auch gegen Mira selbst?

Mit einem Mal hatte Isa das Gefühl, beobachtet zu werden.

Sie drehte sich um.

Der Mann vor der Ladentür beschirmte seinen Augen mit den Händen und starrte ans Glas gelehnt in den Atelierraum. Isa ging und öffnete die Tür.

»Kann ich Ihnen helfen?«

Der Mann sah sie an. Er war irgendwo zwischen fünfzig und sechzig mit tiefen Furchen im grauen Gesicht. Die Hosen seines schwarzen Anzugs waren zu kurz, der Mantel hing schief über den ungeschlachten Schultern. Obwohl es seit Stunden regnete, hatte der Mann keinen Schirm. Die Haare klebten nass an seinem kantigen Schädel.

»Die Frau, die hier gewohnt hat«, sein Blick glitt unruhig über Isa hinweg, »kommt die wieder?«

»Haben Sie sie gekannt?«, fragte Isa.

Der Mann strich sich mit der Hand über den Kopf. Seine Fingernägel waren grob und scharfkantig.

»Sie hat den Garten hier angelegt.« Der Mann zeigte auf die Pflanzencontainer und die Baumscheibe vor Miras Ladentür. Findlinge markierten eine Beetbegrenzung, erste Schneeglöckchen drängten sich durch verrottetes Laub, das mit Placken von Hundescheiße überkrustet war.

»Sie war Künstlerin«, sagte der Mann. »Ich habe ihr manchmal von draußen zugesehen, wenn sie nachts gearbeitet hat.«

Isa spürte, wie sich die Haare auf ihren Unterarmen aufrichteten.

»Wann haben Sie sie zum letzten Mal gesehen?«, fragte sie.

Er überlegte. »Vor ein paar Monaten? Im November?«

»Und danach?«

Der Mann schien Isa zum ersten Mal richtig wahrzunehmen. »Wer sind Sie überhaupt?«, fragte er. »Was wollen Sie von mir?«

Isa wusste nicht, was sie sagen sollte. Der Mann starrte sie einen Moment an, dann wandte er sich abrupt zum Gehen und entfernte sich mit schnellen Schritten.

Isa ging zurück in die Küche. Sie zündete die Kerzen auf dem Küchentisch an und versuchte, Can zu erreichen. Dieses Mal kam eine Verbindung zustande, aber Can ging nicht dran.

Isa nippte an ihrem Tee und sah ins Leere. Als Thomas anrief, zuckte sie zusammen.

»Ich habe für morgen um zehn einen Termin bei Miras Notar klargemacht«, sagte er.

»Gut.«

»Und du so?«, fragte Thomas.

»Hat Mira je von einem Spanner in ihrer Straße erzählt?«

»Nein. Wundert mich aber nicht. Sie hat in ihrem Atelier ja wie in einem Aquarium gesessen. Außerdem hat sie immer schon Freaks angezogen. Schau mich an.«

Isa verpasste ihren Einsatz zum Lachen.

»Treffen wir uns morgen an der S-Bahn-Haltestelle?«, fragte Thomas. »Halb zehn?«

»Geht klar.«

Thomas legte auf.

Isa ging zurück in den Atelierraum und nahm sich noch einmal Miras Zeichnungen vor. Irgendwann setzte draußen die Dämmerung ein, dann war es dunkel. Die großen Flächen der ehemaligen Schaufenster klafften wie schwarze Löcher in dem weißen Raum. Thomas hatte recht. Das Atelier wirkte wie ein riesiger Glaskasten. Jeder konnte von draußen reingucken. Isa fragte sich, wie diese fast schon exhibitionistische Offenheit mit den Sicherheitsvorkehrungen im Rest der Wohnung zusammenpasste. Sie ließ die Rollläden herunter. Schmutzig graue Lamellen mit dicken Spinnwebfetzen versperrten den Blick nach draußen. Isa dachte an die Gitter an den Fenstern zum Hof und kam sich plötzlich eingeknastet vor.

Sie holte sich einen Börek in der türkischen Bäckerei gegenüber. Dann machte sie sich wieder an die Zeichnungen.

Gegen zehn gab Isa auf. Wenn Mira irgendwelche geheimen Botschaften in ihre Arbeiten verpackt hatte, dann blieben sie ihr verborgen.

Isa versuchte ein letztes Mal, Can zu erreichen, dann ging sie zu Bett. In ihren Träumen sah sie pelzartige Formationen, die sich zu Strudeln verdichteten und sie verschlangen.

Isa schreckte schweißgebadet hoch.

Es war drei Uhr morgens. In der Hinterhofwohnung gegenüber flackerte der Fernseher. Graublaue Schatten irrlichterten über die Schlafzimmerwände.

Isa machte das Licht an und zog wahllos ein Buch aus Miras Bücherregal. Zwei gefaltete Blätter fielen ihr entgegen – Miras Entlassungsbericht aus der Klinik. Anfang August 2017 war sie wegen einer schweren depressiven Episode eingeliefert worden. Drei Monate und eine hochfrequente Psychotherapie später, hatte ihr der behandelnde

Seelenklempner eine narzisstische Persönlichkeitsstörung mit paranoiden Zügen attestiert.

›Keine schöne Diagnose‹, dachte Isa. Andererseits, welche Diagnose war schon schön? Sie legte den Bericht beiseite und löschte das Licht. Kurz darauf war sie eingeschlafen.

»Haben Sie den Laden drüben übernommen?«, wollte der junge türkische Bäcker wissen, als Isa ein paar Stunden später bei ihm frühstückte.

»Nein«, sagte Isa. »Warum?«

»Die Rollläden waren die ganze Zeit runter, und ich habe die Frau, die da vorher drin war, ewig nicht mehr gesehen.«

»Haben Sie sie gekannt?«

Der Bäcker schüttelte den Kopf. »Am Anfang hat sie sich ein paarmal bei mir Kaffee geholt. Danach nicht mehr. War ihr wohl nicht fancy genug. Ist ihr was passiert?«

»Wie kommen Sie darauf?«

»Weiß nicht«, sagte der Bäcker. »Sie hat einfach so gewirkt, wie jemand, dem was passieren könnte.«

Bevor Isa nachhaken konnte, kam ein Trupp Müllmänner herein und bestellte lautstark Kaffee und Schrippen.

Isa ging zurück in Miras Wohnung. Es war kurz nach neun. Sie griff sich Miras Entlassungsbericht und rief die Klinik an. Zu ihrer Überraschung wurde sie sofort zu Miras Therapeuten durchgestellt.

»Ich rufe wegen einer Ihrer Patientinnen an«, sagte Isa.

»Wir geben keine Auskünfte an Außenstehende«, die Stimme des Therapeuten klang routiniert geduldig.

»Es geht um Mira Kindermann«, sagte Isa. »Frau Kindermann hat früher für mich gearbeitet. Sie war so etwas wie eine Freundin von mir.«

Der Therapeut schwieg.

»Sie ist seit drei Monaten spurlos verschwunden«, schob Isa nach.

Der Therapeut sagte immer noch nichts.

»Ich brauche Ihre Hilfe.«

»Nicht am Telefon.«

»Dann komme ich zu Ihnen in die Klinik. So gegen halb eins?«

Der Therapeut wollte etwas sagen.

»Bis nachher«, sagte Isa und legte auf.

Eine knappe Stunde später saß Isa mit Thomas im Besprechungsraum von Miras Notar. Der Notar händigte Thomas die Schenkungsurkunde aus.

»Die Immobilie ist frei von Hypotheken oder anderen Belastungen«, belehrte er Thomas. »Mit Annahme der Schenkung geht sie vollständig in Ihr Eigentum über. Sie können damit nach Ihrem Gutdünken verfahren. Sie können das Objekt selber nutzen, Sie können es aber auch verpachten oder vermieten.«

Thomas stierte ausdruckslos auf das Dokument in seinen Händen.

»Selbstverständlich können Sie das Objekt auch veräußern«, fuhr der Notar fort.

»Können Sie uns noch einmal erläutern, welche konkrete Verfügung Frau Kindermann getroffen hat, als sie die Schenkung aufgesetzt hat?«, fragte Isa.

Der Notar lehnte sich in seinem Bürostuhl zurück.

»Frau Kindermann hat mich vor knapp einem Jahr beauftragt, die Urkunde aufzusetzen. Seitdem war sie bei mir hinterlegt. Vereinbart war, dass Frau Kindermann so lange den Niesbrauch an der Wohnung behält, bis sie mir schriftlich die Einwilligung zur endgültigen Eigentumsübertragung gibt. Genau drei Monate nach Erhalt dieser Willenserklärung sollte die Übertragung rechtskräftig werden, und erst nach dieser Frist sollte ich den hier Begünstigten«, der Notar nickte in Thomas' Richtung, »über die Schenkung informieren.«

»Das ist eine eher ungewöhnliche Vereinbarung, oder?«

»Wir sind immer bemüht, auch den ungewöhnlicheren Wünschen unserer Mandanten zu entsprechen. Im Rahmen der gesetzlichen Möglichkeiten natürlich.« Der Notar lächelte.

»Frau Kindermann hat mir am 15. November letzten Jahres ihre

Einwilligungserklärung zur Eigentumsübertragung zugesandt. Ich habe ihre Verfügungen strikt befolgt.«

»Wussten Sie, dass Frau Kindermann im Jahr vor der Schenkung in therapeutischer Behandlung war?«, wollte Isa wissen.

»Frau Kindermann erschien mir vollkommen klar, als sie die Verfügung aufgesetzt hat. Ich habe sie über alle rechtlichen Konsequenzen ihres Handelns aufgeklärt.« In der Stimme des Notars schwang jetzt eine defensive Note mit. »Frau Kindermann hat mir glaubhaft versichert, dass ihr aus dieser Schenkung kein existenzieller finanzieller Schaden entstehen würde.«

»Können Sie das präzisieren?«

»Sie hat mir gegenüber angegeben, die Immobilie mache lediglich ein Viertel ihres Vermögens aus.«

Thomas sah überrascht auf.

›Also hat er nichts von Sergejs halber Million gewusst‹, dachte Isa.

»Wissen Sie, welche Verfügungen Frau Kindermann für den Rest ihres Vermögens getroffen hat?«, fragte sie.

»Das entzieht sich meiner Kenntnis. Frau Kindermann hat mich lediglich mit dieser Schenkung betraut.«

»Hat Frau Kindermann Ihnen gegenüber je angedeutet, dass sie sich bedroht gefühlt hat?«, wollte Isa wissen.

»Nein.« Der Notar schob seine Unterlagen zusammen. »Wenn ich Ihnen sonst noch behilflich sein kann?«

Isa schüttelte den Kopf. Thomas verstaute die Schenkungsurkunde in seiner Aktentasche.

Zehn Minuten später saßen sie im Bus in Richtung Ringbahn.

Thomas sah aus dem Fenster, an dem der Regen in unruhigen Diagonalen zerfaserte.

»Wusstest du, dass Mira so viel Kohle hatte?«, fragte er.

Isa sagte nichts.

»Verstanden«, sagte Thomas.

Den Rest der Fahrt schwiegen sie sich an.

An der Ringbahn trennten sie sich. Isa fuhr weiter ins Westend.

Die psychosomatische Klinik war in einem modernen Zweckbau untergebracht, der wie ein Fremdkörper zwischen den denkmalgeschützten Krankenhausbauten aus rotem Backstein lag.

Isa meldete sich am Empfang an. Sie setzte sich in einen der petrolfarbenen Kunstledersessel im Warteraum und studierte die Patientenaquarelle, die in Wechselrahmen an den Wänden hingen. Beklemmung stieg in ihr auf. Zwanzig Jahre hatte sie die Erinnerung an ihren eigenen Klinikaufenthalt erfolgreich verdrängt, jetzt war plötzlich alles wieder da. Die täglichen Selbstauskünfte bei der ihr zugeteilten Therapeutin, die ihr mit sanfter Stimme immer wieder die gleichen Fragen stellte – ›Warum wollten Sie sich umbringen?‹, ›Was können Sie tun, damit es Ihnen besser geht?‹ –, das Kantinenessen im Speisesaal, die kunsttherapeutischen Gruppensitzungen mit anschließender gemeinsamer Interpretation der frisch produzierten Irrenkunst. Und immer sollten alle ihre Gefühle ausdrücken. Isa hatte keine Lust gehabt, ihre Gefühle auszudrücken. Sie hatte damals nur weggewollt. Auch jetzt fiel es ihr schwer, ihren Fluchtinstinkt zu unterdrücken.

Der Therapeut war jünger, als Isa erwartet hatte. Er trug Breitcordhosen und einen Sigmund-Freud-Gedächtnisbart. Die kantige Brille passte nicht zu seiner sanften Stimme.

Sie gingen in seinen Behandlungsraum.

Der Therapeut bot Isa einen Platz an. »Ich hätte mir gewünscht, dass Sie nicht kommen«.

»Wunscherfüllung is a bitch.«

»Sie sind umsonst hier«, sagte der Therapeut. »Ärztliche Schweigepflicht. Sie kennen das.«

Isa schob ihm Miras Entlassungsbericht zu. »Ich habe Ihre Diagnose gelesen. Darum geht es nicht.«

»Sondern?«

»Ich möchte Ihre Einschätzung. Ich möchte wissen, wo Sie ansetzen würden, um Frau Kindermann zu finden.«

»Wie gesagt: Schweigepflicht.«

Isa starrte auf den Taschentuchspender aus Holz, der auf dem

Tisch zwischen ihnen stand. *Schön, dass Sie mit Ihren Gefühlen in Berührung kommen*, war in ordentlicher Schreibschrift darauf eingebrannt. Das Werk eines Patienten, vermutete Isa.

»Und was machen wir jetzt?«, fragte sie.

»Bringen Sie mir eine offizielle Vermisstenanzeige.«

»Und dann?«

»Dann werde ich meinen Ermessenspielraum ausloten«, sagte der Therapeut. »Vielleicht.«

»Deal«, sagte Isa.

Als sie die Klinik verließ, war es noch nicht einmal ein Uhr mittags, trotzdem schien schon eine grünlich gelbe Dämmerung einzusetzen. Der nächste Bus in die Innenstadt ging in einer Viertelstunde. Erst jetzt merkte Isa, wie hungrig sie war. Sie sah sich um: ein Tattoostudio mit Schwerpunkt auf Zombies und Totenköpfen, ein Blumenladen, zwei Beerdigungsinstitute. *Wir verwandeln die Asche Ihrer Liebsten in einen kostbaren Diamanten*, las Isa. Daneben ein Foto von einem Goldring mit einem herzförmig geschliffenen Funkelstein.

Zwanzig Meter weiter spiegelte sich die Leuchtreklame einer Bäckerei auf dem nassen Bürgersteig.

Der Laden war ein Bäcker alter Schule. Isa nahm einen Filterkaffee und einen Berliner Pfannkuchen und setzte sich auf eine der Bänke aus Eichenfurnier. Die Fenster zur Straße waren beschlagen. Aus der Backstube drang leise Schlagermusik. Die Beleuchtung der Verkaufstheke tauchte den Raum in goldenes Licht. Isa hörte mit halbem Ohr der Verkäuferin zu, die sich mit einem Stammkunden unterhielt, und fühlte sich zum ersten Mal seit ihrer Ankunft in Berlin ganz ruhig. Sie dachte an Can. Der Laden hätte ihm gefallen.

Isa griff nach ihrem Handy.

»Das können Sie vergessen«, sagte die Verkäuferin. »Hier drinnen ist kein Empfang.«

Isa steckte das Handy weg. Der Kaffee war stark und bitter. Der Berliner war noch warm vom Ausbacken und schmeckte nach Butter und einem Hauch Vanille.

Auf dem Rückweg nach Neukölln dachte Isa darüber nach, wie sie an eine Vermisstenanzeige für Mira kommen sollte. Am Ende blieb nur eine Lösung.

Claudia nahm nach dem zweiten Klingeln ab.

»Mensch, Isa!«, sagte sie. »Von dir habe ich ja ewig nichts gehört. Wie ist es auf den Hebriden?«

»Ist viel passiert«, sagte Isa. »Wie geht es euch?«

»Gut. Praxis läuft. Der Kleine ist in der Kita.«

Claudia war Frauenärztin. Damals, vor vier Jahren, hatten sie und ihre Lebensgefährtin, Cans ehemalige Chefin Simone, gerade einen Adoptionsantrag gestellt. Kurz nachdem Can und Isa untergetaucht waren, hatten die beiden Frauen einen neugeborenen Jungen zugesprochen bekommen.

»Wie geht es Simone?«, fragte Isa.

»Wir sind nicht mehr zusammen.«

»Das tut mir leid.«

»Mir nicht«, sagte Claudia. »Simone war nicht mehr tragbar. Die ist immer komischer geworden.«

»Wie komisch?«

»Alk-komisch. Nicht-mehr-mit-mir-reden-komisch, Sich-gehen-lassen-komisch«, sagte Claudia. »Irgendwann war klar, sie oder das Kind. Da habe ich die Reißleine gezogen.«

Isa schwieg.

»Bin ich jetzt eben alleinerziehend«, sagte Claudia. »War nicht der Plan, aber was soll's.«

»Und Simone?«

»Kein Kontakt. Ist zurück in Berlin, soweit ich weiß.«

Isas Herzschlag beschleunigte sich. »Hast du ihre Nummer?«, fragte sie.

Claudia leitete ihr die Nummer weiter.

»Und du? Wie geht es dir?«, wollte Claudia wissen.

»Alles im grünen Bereich.«

»Bei Can alles okay?«

»Viel Arbeit im Pub.«

»Hört sich gut an. Meldet euch, wenn ihr wieder mal im Land seid.«

»Klar«, sagte Isa. »Bis bald.«

Unmittelbar danach pingte sie Simone an.

Bin in Berlin. Heute Abend treffen?

Hab Schicht. Frühstück morgen?, kam von Simone zurück.

Sie verabredeten sich für den nächsten Morgen in Kreuzberg.

Isa steckte das Handy weg und sah nach draußen. Überall entlang der S-Bahn-Trasse wurde gebaut. Fünf- bis siebenstöckige Wohnmaschinen, aus den immer gleichen Versatzstücken zusammengezimmert – Laubengänge, bodentiefe Fenster, willkürlich angepappte Balkone mit Blick auf die S-Bahn-Gleise. Die meisten dieser Schuhkartons wirkten schon im Rohbau abgewirtschaftet. ›Wer will in so was wohnen?‹, dachte Isa.

Sie musterte unauffällig die anderen Passagiere in der Bahn. ›Arm, aber sexy‹, hatte irgendein Regierender Bürgermeister Anfang der 2000er über Berlin gesagt. Arm stimmte immer noch, sexy schon lange nicht mehr.

An der nächsten Haltestelle stieg ein Obdachloser zu. Er nestelte umständlich ein abgegrabbeltes Straßenmagazin aus seinem Ikea-Shopper und sagte seinen Spruch dazu auf. Nach ein paar Sätzen verlor er den Faden. Niemand guckte hoch. Der Mann murmelte unmutig vor sich hin und stieg am nächsten Halt aus.

Die Bahn fuhr weiter. *Kalt, kalt, kalt* war in riesigen Lettern auf eine Mauer gesprayt. *Ikarus, Besserland, Pups mal wieder ☺. Royal Bunker*. Isa schloss die Augen.

Zurück in der Wohnung war sie wieder irritiert von dem zirpenden Boden. Mira hatte die Dielen selbst verlegt, hatte Thomas erzählt. Plötzlich hatte Isa eine Idee. Eine halbe Stunde später wurde sie fündig. Die Papiere lagen unter einer Diele im Schlafzimmer – ungeöffnete Telefonrechnungen und Flyer von Yoga-Retreats in Brandenburg. Das Ganze sah nicht nach ordentlicher Ablage aus, eher so, als hätte Mira hastig ihren unerledigten Papierkram zusammengerafft und in das Versteck unter den Dielen geschoben.

Nichts davon ließ Rückschlüsse auf Miras Pläne zu.

Isa rief Thomas an.

»Hat sich Mira für Yoga interessiert?«, fragte sie.

»Interessieren sich nicht alle Frauen für Yoga?«

»Ich nicht.«

»Du bist ja auch im falschen Körper geboren.«

»Woran machst du das fest?«

»Börsenkurslesende Anzugträgerin mit Kohle und Vorliebe für schnelle Autos?«

Isa schwieg.

»Bist du jetzt eingeschnappt?«, wollte Thomas wissen.

»Nein«, sagte Isa.

Sie legte auf und wählte Cans Nummer. Der Anruf lief ins Leere. Isa legte sich auf Miras Futon und beobachtete die Fernseherschatten aus der Nachbarwohnung, die über die Schlafzimmerwände geisterten, bis sie endlich einschlief.

Am nächsten Morgen saß Isa pünktlich um sieben in einem türkischen Frühstückscafé auf dem Kottbusser Damm. Draußen war es noch dunkel. Regen klatschte an die Scheiben des Cafés.

Simone kam eine Viertelstunde zu spät. Isa hätte sie fast nicht erkannt. Cans Ex-Chefin hatte schon immer butchig ausgesehen, aber jetzt hatte sie eine neue Härte in den Augen, die sie endgültig aussehen ließ wie einen Kerl.

»Hi.« Simone ließ sich schwer auf die Bank gegenüber von Isa fallen. Sie orderte Omelette, Tee und einen frisch gepressten Orangensaft. »Ist dir langweilig geworden mit Can und der einsamen Insel?«

Isa schwieg.

»Ich meine ja nur. Christof Nolden ist keine Woche unter der Erde, schon bist du zurück in Deutschland.« Selbst Simones Lachen hatte etwas Hartes.

Isa zeigte auf das tätowierte X auf Simones Handrücken.

»Seit wann bist du straight edge?«

Simones Augen verengten sich. »Ich saufe nicht mehr, falls du das meinst.«

»Das war kein Angriff.«

»Ich kann mir doch denken, was Claudia erzählt hat.«

»Umso besser, wenn es dir wieder gut geht.«

»Gut ist anders«, sagte Simone. »Aber ich nehme an, du bist nicht hier, weil du dich für mein Befinden interessierst.«

Isa stand auf. »Ich gehe jetzt raus. Und wenn ich wieder reinkomme, fangen wir das Gespräch noch mal von vorne an, Okay?«

»Setz dich«, sagte Simone. »Tut mir leid.«

Isa nahm wieder Platz. Erst jetzt nahm sie die tiefen Ringe unter Simones Augen wahr und dass ihre Haare nicht mehr wie früher wasserstoffblond gefärbt waren, sondern zu schmutzig weißem Grau verbleicht.

»Was ist passiert zwischen Claudia und dir?«, fragte sie.

Simone zuckte die Schultern. »Claudia hat ihr Wunschkind bekommen. Und wenn sie nicht gestorben sind, dann leben sie noch heute.«

»Weiß sie von der Sache?«

»Welcher Sache?«

»Du weißt genau, was ich meine.«

Simone schwieg.

»Was hat Can dir erzählt?«, fragte sie endlich.

»Ihr habt gegen Nolden ermittelt. Ihr hattet ihn bei den Eiern, Can und du. Aber dann hat dir der zuständige Staatsanwalt nahegelegt, die Ermittlungen einzustellen, weil es sonst nichts werden würde mit Claudias Adoptionsantrag. Und du hast dich darauf eingelassen.«

Simone wandte den Blick ab und starrte aus dem Fenster.

»Hör auf, dich zu schämen«, sagte Isa. »Du wolltest Claudia, und Claudia wollte ein Kind.«

Simone sah immer noch aus dem Fenster. Ihre Hände waren zu Fäusten geballt.

»Nein. Das ist zu simpel«, sagte sie kaum hörbar. »Ich bin eingeknickt. Ich habe die Ermittlungen gegen Nolden eingestellt. Ich habe mich selber angewidert deswegen. Zwei Monate später haben wir den Jungen bekommen. Ich habe gedacht, dafür hat es sich gelohnt. Jetzt wird alles wieder gut.« Simone schwieg einen Moment und biss sich auf die Unterlippe. »Aber weit gefehlt. In dem Moment, als wir den Kleinen im Krankenhaus abgeholt haben, war ich für Claudia abgeschrieben. Alles hat sich nur noch um dieses Kind gedreht. Ich hatte das Gefühl, ich existiere überhaupt nicht mehr für sie«, Simone schlug unvermittelt mit der Hand auf den Tisch.

»Ich meine, ich habe für dieses Blag alles verraten, was mir heilig ist, und dann war ich plötzlich nur noch die nützliche Idiotin, die die Kohle für die Mutter-Kind-Einheit in Elternzeit reinbringt!«

Für einen kurzen Moment sah Simone Isa an, dann glitt ihr Blick wieder weg.

»Ich bin eifersüchtig auf den Kleinen gewesen«, sagte sie tonlos. »Hast du eine Ahnung, wie das ist, wenn man als erwachsener Mensch auf ein Kind eifersüchtig ist? Auf einen beschissenen acht Wochen alten Säugling?« Simone presste die Lippen zusammen. Eine Träne löste sich aus ihren Wimpern und lief ganz langsam über ihre Wange.

»Einmal war ich allein mit ihm zu Hause. Er hat stundenlang geschrien. Ich war so nah dran, ihn zu schütteln.« Der Spalt zwischen Simones Daumen und Zeigefinger war nahezu unsichtbar. »Ich habe es gerade noch geschafft, ihn auf dem Wohnzimmersofa abzulegen und eine Nachbarin zu holen. Danach bin ich raus aus der Wohnung und habe mich für ein paar Tage einfach nur noch abgeschossen.« Simone wischte sich die Träne weg. »Ich habe angefangen Scheiße zu bauen. Ich habe gesoffen. Ich bin nachts um die Häuser gezogen. Ich wollte einfach nur, dass Claudia was merkt. Dass sie mich wieder wahrnimmt. Hat sie auch. Nur erstaunlicherweise nicht positiv«, Simone lächelte schief.

Isa schwieg. Die Kellnerin brachte Simones Bestellung.

»Sie hat mich rausgeschmissen«, sagte Simone. »Und danach bin ich vollkommen abgeschmiert. Bis sie mich im Dienst vor die Wahl gestellt haben, entweder entgiften und danach Therapie oder Aberkennung der Polizeidienstfähigkeit und Aktenschubsen bis zur Rente in irgendeiner nachgeordneten Behörde.« Simone griff sich ihr Teeglas und prostete Isa zu.

»Habe ich eben Entzug gemacht. Danach Ferien auf der Fanta-Farm. Fünf Monate Therapie in einem Spezialprogramm für Suchtbullen. Nach der Entlassung war klar, dass ich raus musste aus Köln. In Berlin kannte ich noch ein paar Leute von früher, und jetzt bin ich seit drei Jahren wieder hier.« Simone machte sich an ihr Omelette. »Genossenschaftswohnung im Grünen, Dienst, Schlafen, zwei Stunden Sport am Tag, jeden Mittwoch Psychotherapie, montags und freitags Selbsthilfegruppe, Schrebergarten. Kleine Brötchen backen. Nüchtern bleiben. Klarkommen. Ein Tag nach dem anderen.« Sie sah Isa an. »So sieht's aus. Das ist mein Leben.« Simones Lächeln war immer noch schief.

»Bist du noch bei der Mordkommission?«

»Indirekt.«

Isa hob eine Augenbraue.

»Hast du die Geschichte mit den Ku'damm-Rasern mitbekommen? Den beiden Jungs, die wegen Mord verknackt worden sind, weil sie bei einem illegalen Autorennen einen Rentner totgefahren haben? »

Isa nickte. Selbst die *FAZ* hatte über den Fall berichtet.

»Das Problem ist, die ganze Stadt ist voll von solchen Irren«, sagte Simone. »Vor ein paar Monaten haben sie Leute für eine Spezialeinheit gegen Autoraser gesucht. Laufende Patrouille der bekannten Raserstrecken, Haupteinsatzzeiten nachts und an den Wochenenden.« Simone machte der Kellnerin ein Zeichen, dass sie Tee nachschenken sollte. »Schlafen tue ich ohnehin schlecht, die Sonderzulagen für den Nachtdienst nehme ich auch gern mit, und schnell Fahren war immer schon meins.«

»Ihr hängt euch an die dran?«, fragte Isa.

»Wie sollen wir die sonst kriegen?«

»Ganz schön gefährlich, oder?«

»Ich habe nichts mehr zu verlieren.«

»Gefährlich für andere, habe ich gemeint.«

»Das habe ich im Griff.« Simone lehnte sich auf ihrer Bank zurück und lächelte. Zum ersten Mal, seit sie das Café betreten hatte, wirkte sie gelöst.

Isa fuhr sich unbewusst mit dem Finger über die Narbe an ihrem Kinn. Sie erinnerte sich an früher, an die Spritztouren mit Robert vor jetzt bald vierzig Jahren. Robert und Isa waren damals überzeugt gewesen, unverwundbar zu sein und auch mit 220 km/h noch alles unter Kontrolle zu haben. Irgendwann hatte es sie mit einem geklauten Porsche aus der Kurve getragen. Isa war mit ein paar gebrochenen Rippen und der Narbe am Kinn davongekommen. Robert musste von der Feuerwehr aus dem Autowrack geschnitten werden. Danach hatte er wochenlang auf der Intensivstation gelegen. Fast hätte er ein Bein verloren.

»Und du?«, riss Simone Isa aus ihren Gedanken. »Warum bist du zurück?«

»Wie du gesagt hast – mir ist langweilig geworden mit Can auf der einsamen Insel.«

»Klar.« Simone lachte freudlos auf. »Und im Ernst?«

»Mira ist spurlos verschwunden. Hier in Berlin.«

»Mira, muss ich die kennen?«

»Meine Assistentin bei *Concrete Gold*«, sagte Isa.

»War die nicht auch auf Noldens Abschussliste?«

»Genau.«

»Und jetzt ist sie verschwunden.«

»Ja«, sagte Isa. »Schon vor drei Monaten.«

»Und wie passe ich da rein?«

»Einer meiner Informanten möchte eine offizielle Vermisstenanzeige sehen, bevor er mit mir redet.«

»»Vermisstenstelle, LKA, Keithstraße. Kommst du mit den Öffentlichen hin«, sagte Simone. »Soll ich dir das googeln?«

»Mira war mit falschen Papieren unterwegs.«

Simone ließ das auf sich wirken. Dann nickte sie. »Und da hast du gedacht, Mensch, die Simone, die ist doch eh schon korrupt, da kann sie doch sicher was für mich drehen.«

»Und?«, fragte Isa. »Kannst du? Mira Kindermann, geboren 1978 in München, circa einssiebenundsechzig groß, grüne Augen, kurze braune Haare, vermisst seit dem 17. November 2018.«

»Du bist echt schmerzbefreit, oder?«

Isa blieb stumm.

Die Kellnerin kam und räumte die leeren Teller ab. Simone und Isa zahlten. Draußen regnete es.

»Tut mir leid«, sagte Isa als sie sich vor dem Café verabschiedeten. »Ich hätte dich nicht fragen sollen.«

»Ich überlege mir was«, sagte Simone, dann stieg sie in einen angeschrammten Ford Focus in Metallicblau. Der schwarze Heckflügel an dem Viertürer sah irgendwie lächerlich aus, dachte Isa.

Es war noch nicht einmal halb neun. Isa hatte keine Ahnung, wie sie den Rest des Tages herumbringen sollte. In Miras Wohnung wollte sie nicht zurück, und für alles andere war es noch zu früh. Isa ging den Kottbusser Damm hinunter, Richtung Innenstadt, vorbei an Wettbüros, Backshops und Dönerbuden.

Die Third Wave Coffee Bar lag etwas zurückgesetzt von der Straße. Während Isa auf ihren Kaffee wartete, scannte sie den Raum. Gefakte Betonwände, gedämpftes Licht aus tiefer gehängten Kupferleuchten, üppige Grünpflanzen in überdimensionierten Makramee-Ampeln. Im Hintergrund lief Bossa Nova. Junge Menschen mit Yogamatten und wertigen City Backpacks fixierten ihre iPhones.

Wie oft, fragte sich Isa, hatte sie schon in solchen Cafés und unter solchen Menschen gesessen? In London, in Detroit, in Tokio? Überall die gleiche Innenarchitektur, überall das gleiche Styling. Wann hatte das angefangen, dass es überall gleich aussah?

»Anything else with your coffee?«, fragte der Barista.

Isa warf einen Blick in die Kuchentheke. Vegane Zimtschnecken, Bananenbrot, Brownies. Alles zu Mondpreisen.

»Nein«, sagte sie. »Ist mir zu teuer.«

»I'm sorry, I don't speak German.« In der Stimme des Baristas klang kein Bedauern mit.

»Why not?« Isa nahm ihren Kaffee und ging, ohne die Antwort des Baristas abzuwarten.

Einer der Pseudo-Vintage-Sessel aus Rattan war gerade frei geworden. Isa drehte ihn mit Blick zum Fenster und griff sich die Zeitungen, die auf dem Nebentisch lagen. *Höckes Spiel mit der Grausamkeit*, las sie. *Sachse des Guten. Deutsche Wohnen & Co. enteignen.*

Nach anderthalb Stunden hatte Isa genug. Sie machte sich auf in Richtung Mitte.

Im Zwischengeschoss der U-Bahn schliefen Obdachlose. Ihre speckig bräunlichen Schlafsäcke waren bis auf winzige Atemlöcher zugezogen. Sie sahen aus wie überdimensionierte Insektenpuppen.

Am Kottbusser Tor stieg eine ausgemergelte Frau mit uringetränkter Hose und Abszessen an den Armen zu.

»Mein Name ist Janine«, hob sie an. »Da ich momentan leider obdachlos ...«

»Hau ab, du stinkst«, rief ein junger Typ im Tarnfleck-Trainingsanzug. Seine Freundin – Wimpernextensions, bauchfreies Top, schneeweiße Nikes – lachte und schmiegte sich an ihn.

Isas Hände verkrampften sich unwillkürlich.

»Was Geld für was zu essen oder zu trinken ...«, sagte die Frau, die Janine hieß, kaum hörbar.

Niemand gab ihr etwas. Eine Frau Mitte fünfzig in hochpreisigen Ökoklamotten und Topfhut mit gefilzten Blumen hielt sich die Nase zu.

Janine schleppte sich weiter.

Isa löste ihre Hände. Sie zitterte. Ihre Fingernägel hatten tiefe rote Abdrücke auf den Handballen hinterlassen. Isa versuchte sich auf ihren Atem zu konzentrieren und starrte auf die Infoscreens, die in regelmäßigen Abständen über dem Mittelgang des Waggons platziert waren. Die Polizei suchte nach einer Fünfzehnjährigen, die seit Tagen verschwunden war. Das Mädchen in der Vermisstenmeldung sah aus wie eine computergenerierte Männerfantasie mit Rehaugen und Schmollmund. Das Bild verschwand und wurde sekundenlang von einem schwarzen Schriftzug auf weißem Grund abgelöst. *Wer schützt dich?* Kaum mehr als ein Augenblick, Isa erkannte gerade noch irgendeinen QR-Code, dann folgten schon die Sportnachrichten.

Isa stieg am Alex aus. Sie hatte immer noch keine Idee, was sie machen sollte. In der Nähe vom Hackeschen Markt kam sie an einem Friseursalon vorbei und beschloss spontan, sich die Haare schneiden zu lassen.

Der Friseur sah aus wie ein Galerist und bezeichnete sich selbst als Art Director.

Isa wollte den rotblonden Tilda-Swinton-Bob zurück, der zwanzig Jahre ihr Markenzeichen gewesen war.

»Da würde ich von abraten«, sagte der Art Director. »Rot und kurz sieht bei Frauen in deinem Alter ja schnell nach Menocore-Statement aus.«

Isa war nicht bewusst gewesen, dass ihr Altern auch für andere offensichtlich war. Hatte Can die Fältchen um ihre Augen und die Lesebrille genauso kommentarlos registriert, wie Isa seinen immer deutlicheren Bauchansatz und die grauen Stoppeln im Bart? Plötzliche Sehnsucht durchzuckte Isa.

›Du wirst sentimental‹, dachte sie. Sie gab dem Art Director freie Hand für eine Typveränderung und griff sich eines der ausliegenden Hochglanzmagazine.

Isa überschlug die Modestrecke, in der bezopfte Models in Lodenklamotten auf Heidekraut drapiert waren, und blieb an der Homestory hängen. Eine adelige Jungverlegerin, die sich mit ihrer Familie und einem Rudel Jagdhunde in ein abgelegenes Forsthaus in Thüringen zurückgezogen hatte, schwärmte von ihrer neu entdeckten Passion für Waldgänge.

Isa legte das Magazin weg.

Der Art Director war inzwischen mit Haarspray zugange. Isa sah in den Spiegel und fragte sich, nach was für eine Art Statement ihre brandneue blonde Betonfrisur aussehen sollte.

Sie zahlte und ließ sich weiter durch Mitte treiben. Pop-up-Stores für Designerklamotten, Schuhläden, kuratierte Vintage-Mode, Sneakers und Handtaschen, die präsentiert wurden wie Kunstwerke. Dazwischen Coffeebars und Asiarestaurants, in denen durchgestylte Menschen saßen.

Isa dachte an ihre Werkstatt in Barraclaigh, an den Geruch nach Holz und Möbelpolitur und den Blick vom Küchenfenster übers Meer.

›Was mache ich hier?‹, dachte sie.

Neben ihr hielt eine Straßenbahn. Isa stieg ein und fuhr in Richtung Hauptbahnhof.

In den nächsten Stunden sah sich Isa zwei Ausstellungen für zeitgenössische Kunst an und drei für aktuelle Fotografie. Danach saß sie in einem Museumscafé und konnte sich an keine der Arbeiten erinnern. Geblieben war nur der Eindruck, das alles schon einmal gesehen zu haben, damals, Anfang, Mitte der Achtziger, als Kunst und Fotografie für sie noch neu und aufregend gewesen waren. Gut möglich, dass die Künstler und Fotografen auch da schon nichts als Epigonen gewesen waren und Isa nur zu jung und zu ahnungslos, um die Wiederholung zu erkennen. Aber war die Kunst damals auch schon kaum von Schaufensterdeko zu unterscheiden gewesen oder von Werbung? Die Fotos, die Isa gerade gesehen hatte, waren fast durchgängig technisch perfekte Remakes der hyperrealistischen Street- und Partyshots, mit denen ihr Ex-Freund Robert Selinger Anfang der Neunziger als Fotograf auf dem internationalen Kunstmarkt durchgestartet war. Nichts daran war neu. Trotzdem wären die Aufnahmen in jedem aktuellen Hochglanzmagazin ganz vorn gewesen.

Isas Gedanken wanderten zu den Zeichnungen, die sie in Miras Planschrank gefunden hatte. Mit einem Mal wurde ihr klar, dass sie diese Arbeiten nicht einen Moment lang als Kunst betrachtet hatte, sondern immer nur als mögliche Informationsquelle. Was vermutlich daran lag, dachte Isa, dass sie die Zeichnungen – anders als Miras frühere Arbeiten – insgeheim schwach gefunden hatte. Nicht schlechter, aber eben auch nicht besser als das, was sie in den letzten vier Stunden dutzendweise gesehen hatte.

Enttäuschung kroch in Isa hoch. Mira war für sie immer etwas Besonderes gewesen. Keine Nullachtfünfzehn-Sekretärin, sondern eine effiziente Organisatorin, die aber jederzeit auch Karriere als Künstlerin hätte machen können. War es möglich, dass sie Mira überschätzt hatte? Und falls ja, welche Rolle spielte das für ihr Verhältnis zu Mira und der Suche nach ihr?

Isa wollte nicht über diese Frage nachdenken. Sie schloss die Augen, lehnte sich auf ihrem Ledersofa zurück und gab sich dem gedämpften Gemurmel der anderen Cafégäste hin.

Zwei Stunden später weckte sie die Kellnerin.

»Wir schließen«, sagte sie. »Sie müssen jetzt gehen.« Es klang, als würde sie eine wohlhabende ältere Alkoholikerin verscheuchen.

Isa konnte sich nicht erinnern, je in der Öffentlichkeit eingeschlafen zu sein. Peinlich berührt räumte sie das Feld.

Draußen war es dunkel, feiner Nieselregen verwischte die Konturen der Häuser und die Leuchtreklamen der nahen S-Bahn-Station. Isa dachte an Miras Wohnung in Neukölln. Widerwillen stieg in ihr hoch. Sie nahm die S-Bahn und fuhr zurück nach Mitte.

Maliks Bar war noch geschlossen, aber in Sonjas Restaurant saßen bereits Gäste. Isa ging durch in die Küche. Vor mehr als dreißig Jahren hatten Sonja und sie einen Sommer lang zusammen gekellnert. Fast genauso lang war Sonja inzwischen mit Malik zusammen. Anfang der Neunziger waren die beiden von Köln nach Berlin gegangen. Malik hatte um die Ecke von der Volksbühne eine Bar ohne Namen aufgemacht, die sich schnell zum öffentlichen Wohnzimmer für das ganze Kulturpack entwickelt hatte, das nach der Wende aus Köln nach Berlin abgewandert war. Ein paar Jahre später hatte Sonja direkt daneben mit einem Restaurant nachgezogen. Auch hier war die Dichte der Exilkölner höher als anderswo in Berlin.

»Wird voll heute Abend«, sagte Sonja, nachdem sie Isa umarmt hatte. »Nimm einfach Maliks Tisch. Der kommt heute sowieso nicht zum Essen. Das Übliche für dich?«

Isa nickte, dankbar für die fraglose Selbstverständlichkeit, mit der Sonja sie willkommen hieß. Sie ging in den Gastraum und setzte sich an einen leeren Zweiertisch mit *Reserviert*-Schild.

Die Kellnerin brachte ihr Schwarzbrot mit Radieschen und Quark, danach hausgemachte Ravioli und Rotwein aus dem Friaul. Isa aß und dachte darüber nach, wie oft sie schon hier gesessen und genau diese Gerichte gegessen hatte.

Fast immer hatte sie sich dabei mit Max Schuen getroffen, um mit ihm über *Concrete Gold* zu sprechen, ihr gemeinsames Projekt. Max hatte ein Penthouse am anderen Ende des Rosa-Luxemburg-Platzes. Isa überlegte kurz, ihn anzurufen, dann verwarf sie den Gedanken. Sie hatten sich im Unfrieden getrennt. Isa hatte Max schreiben wollen, um die Dinge zwischen ihnen zu klären, aber dann war sie nie dazu gekommen, und jetzt konnte sie nicht einfach bei ihm anrufen und ihn um seine Gesellschaft bitten.

Isa bestellte einen Nussschnaps zu ihrem Halbgefrorenen und sah hinaus in die Dunkelheit. Plötzlich fühlte sie sich unsagbar einsam.

Eine halbe Stunde später ging sie nach nebenan. Es war erst kurz vor zehn, aber die Bar war schon gut besucht. Malik nickte Isa zu, als er sie erkannte, und bedeutete ihr, sich neben ihn an den Tresen zu setzen.

»Neue Frisur«, sagte er. »Hat was von Crooked Hillary. Aber du kannst das tragen.«

Isa zeigte ihm den Mittelfinger und orderte ein Kölsch. »Und, wie isses?«, fragte sie.

»Mir geht gerade alles auf den Sack«, sagte Malik. »Der Laden, die Leute, die Stadt.« Er schenkte sich ein Mineralwasser ein. »Ich werde ganz einfach alt.«

Isa musterte Malik unauffällig. Graue Haare, schwarze Ringe unter den Augen, ungesunde Hautfarbe. Andererseits – für dreißig Jahre Kettenrauchen und Nachtschicht in der Gastronomie hatte er sich ganz gut gehalten.

»Und du?«, fragte Malik. »Dein Erzfeind ist tot, habe ich gelesen.«

»Ja«, sagte Isa. »Hat sich einfach aus der Affäre gezogen.«

»Und dann seid ihr beide sofort zurück nach Deutschland.«

»Can ist in Barraclaigh geblieben«, sagte Isa.

Malik sah sie einen Moment lang forschend an, dann stand er auf und machte sich am Plattenspieler hinter dem Tresen zu schaffen. Er setzte sich wieder und drehte sich eine Zigarette.

»Auch eine?«, fragte er.

Isa nickte. Sie hatte seit Jahren nicht mehr geraucht.

»Muss schwer sein für Can«, sagte Malik, nachdem er Isa Feuer gegeben hatte. »Erst lässt du ihn zwanzig Jahre am langen Arm verhungern, dann kriegt er endlich sein Happy End, und bei der erstbesten Gelegenheit bist du wieder weg.«

Isa wollte aufbegehren.

»Ganz ruhig«, sagte Malik. »»Dein Leben, Isa. Deine Entscheidung. Ich wollte es nur mal gesagt haben. Nicht dass es irgendwann heißt, ich hätte dich nicht gewarnt.«

Isa zog an ihrer Zigarette. Nikotin raste durch ihre Adern, und irgendwie war da auch ein Unterton von Dope. Im Hintergrund croonte Rod Stewart *»That's what friends are for«*. Isa unterdrückte einen Kicheranfall.

»Du schreckst echt vor nichts zurück«, sagte sie.

»Grober Klotz, grober Keil.« Malik grinste und stieß mit ihr an. »Auf die Freundschaft.«

Der Laden war inzwischen rappelvoll. Isa machte immer mehr alte Bekannte in der Menge aus.

»Ganz schön viele Nasen von früher«, sagte sie.

»Senile Bettflucht. Die wissen alle nichts mit sich anzufangen.«

»War Mira auch mal hier? Meine Assistentin von früher?«

»Ich weiß, wer Mira ist«, sagte Malik. »Und ja, die war öfter hier.«

»Sie ist verschwunden. Schon seit November.«

»Heute hier, morgen fort.«

»Du hast sie nicht gemocht.«

»Irgendwas hat mit der nicht gestimmt«, sagte Malik. »Die war für meinen Geschmack schon damals in Köln immer einen Tick zu unentspannt, und das ist hier nicht besser geworden.«

»Wann war sie das erste Mal hier?«, fragte Isa.

»Vor einem Jahr, würde ich sagen. Von da an hat sie regelmäßig am Tresen gestanden und mich vollgequatscht.«

»Worum ging es?«

»Am Anfang vor allem darum, dass sie keinen Job hatte. Ständig mit der ganz großen Hartz-IV-Panik in den Augen. Irgendwann hatte sie dann wieder Arbeit, und ab da ging es ausschließlich darum, was für ein Scheißjob das ist und wie viel geiler es früher bei dir war.«

»Hat sie was zu Nolden gesagt?«

»Sie hat immer wieder drüber abgekotzt, dass der Typ einfach so davongekommen ist.«

»Irgendwelche Andeutungen, dass sie sich bedroht gefühlt hat?«

Malik schüttelte den Kopf. »Sie hat mir mal einen ganzen Abend von ihrer superteuren Klingel- und Schließanlage erzählt. Aber die Hälfte der Zeit ging es bei der Frau sowieso nur darum, was für ein hochwertiges Teil sie sich jetzt wieder zugelegt hat.«

»Und in der anderen Hälfte der Zeit?«, wollte Isa wissen.

»Hat sie über ihre Kunst gelabert und gejammert, wie fertig sie diese Dreckstadt macht und dass sie eigentlich aufs Land will – also das, was alle hier immer erzählen.«

»Wie konkret wollte Mira weg aus Berlin?«

»Ich glaube nicht, dass sie einen Plan hatte. Aber sie war oft am Wochenende unterwegs.«

»Wo genau?«

»Weiß nicht. Wo man halt so hinfährt von hier aus – Havelland, Uckermark, Oderbruch.«

»Weißt du, was sie dort gemacht hat?«

»Eselwandern? Bäume umarmen? Yogisches Fliegen? Keine Ahnung.«

»Meinst du, sie hatte jemanden?«, fragte Isa.

Malik schüttelte den Kopf. »Für mich war die total vereinsamt. Genau wie die meisten anderen Frauen über vierzig, die hier regelmäßig abhängen. Die sind allein und wissen nichts mit sich anzufangen. Das tut denen nicht gut. Die entwickeln abseitige Hobbys – kreatives Schreiben, Körperarbeit, Urban Gardening mit Geflüchteten. Du weißt, was ich meine.«

Isa schwieg.

»Nicht?«, fragte Malik.

»Klingt wie ›Die müssen einfach nur mal richtig durchgebumst werden‹.«

»So was würde mir nie über die Lippen kommen.« Malik lachte sein vertrautes Lachen, heiser und ein bisschen dreckig. »Aber die Männer in der Altersklasse sind ja auch nicht besser«, sagte er. »Genauso einsam, aber nix im Kopf außer Ficken. Neunzig Prozent meiner Stammkunden sind überzeugt, sie wären beim Vögeln zu kurz gekommen und müssten da ganz fix noch aufholen, bevor ihnen untenrum die Kerzen ausgehen. Wenn ich denen predige, dass es beim Sex um Qualität geht und nicht um Quantität und dass das was Spirituelles ist, sind die alten Säcke ganz bei mir, und am nächsten Morgen schicken sie meinen Bedienungen trotzdem Standbilder von sich und ihrem Löres.« Malik drehte sich noch eine Zigarette. »Andererseits, besser sexbesessen als Nazi.«

»Genau.« Isa orderte zwei Malt Whisky. »Themenwechsel«, sagte sie.

Nach Neukölln kehrte Isa erst gegen sechs Uhr morgens zurück. Sie rollte sich auf dem Futon zusammen und fiel in einen unruhigen Schlaf. In ihren Träumen stürzte sie in das Hafenbecken von Barraclaigh und verfing sich in den trägen Seetangfäden, während Can auf einer Bank saß und aufs Meer hinaussah.

Als Isa aufwachte, war es früher Nachmittag und sie fühlte sich zu verkatert, um aufzustehen. Also blieb sie liegen und dachte an ihre Unterhaltung mit Malik. Sex sei etwas Spirituelles, hatte er gesagt. Isa hatte gewusst, was er meinte. Genau so war es zwischen ihr und Can von Anfang an gewesen, und über die Jahre hatte sich nichts daran geändert – außer vielleicht, dass die Empfindung noch tiefer geworden war.

Der seltsam muffige Geruch von Miras Futon stieg Isa in die Nase und plötzlich sehnte sie sich nach dem vertrauten Duft von Cans Haut – Tabak, Salz, Schweiß und eine nicht in Worten fassbare Basisnote.

Isa tastete nach ihrem Handy und wählte Cans Nummer. Nach dem dritten Klingeln ging er dran.

»Mann, endlich«, sagte Isa. »Ich versuche seit Tagen, dich zu erreichen.«

Can schwieg.

»Wie geht es dir?«, fragte Isa.

»Okay.«

»Ich habe mich in Miras Wohnung einquartiert«, sagte Isa. »Alles voller schräger Sicherheitstechnik hier. Mira hat ihre Telefonrechnungen und Flyer von irgendwelchen Retreats unter den Fußbodendielen versteckt.«

»Und?«

»Das war's«, sagte Isa. »Simone ist zurück in Berlin. Ich soll dich grüßen. Und heute Nacht bin ich bei Malik abgestürzt.«

»Warum erzählst du mir das?«, fragte Can.

Isa stockte. Sie überlegte, aufzulegen.

»Alle, mit denen ich rede, sagen mir, dass Mira einen an der Waffel hatte«, platzte sie stattdessen heraus. Niemand glaubt, dass Nolden was damit zu tun hat, dass sie weg ist. Ihre Kunst ist nichtssagender Dekoquatsch, ihre Wohnung ist eine Kombi aus Schaukasten und Luxusknast, die Gegend ist total abgeranzt, und ich hatte vergessen, wie scheiße Berlin im Winter ist. Ich weiß nicht, was ich hier soll. Totale Schwachsinnsaktion.«

Can reagierte nicht.

»Ich sehne mich nach dir«, setzte Isa nach.

Am anderen Ende der Leitung war es immer noch still.

Erst jetzt merkte Isa, dass die Verbindung abgebrochen war. Vielleicht – und das schien Isa nicht unwahrscheinlich – hatte Can sie aber auch einfach weggedrückt.

»Arschloch!« Isa schleuderte das Handy auf die Bettdecke. Sekundenlang kämpfte sie mit den Tränen. Dann sprang sie auf, warf sich in ihre Sportklamotten und lief los.

Das Tempelhofer Feld war keine fünf Minuten entfernt. Die Sonne stand schon tief über dem aufgelassenen Flughafengebäude. Dunkle Wolkenbänke schoben sich von Westen über die baumlose Freifläche. Isa tat jeder Knochen weh, trotzdem umrundete sie das Gelände zweimal. Der Himmel über ihr färbte sich dunkelblau, dann schwarz, vereinzelte Sterne blinkten auf. Als Isa zum Eingang zurückkam, waren die Tore zum Feld schon geschlossen. Sie nahm eines der großen Drehkreuze, ging zurück zu Miras Wohnung und duschte lange.

Danach betrachtete sie sich im Spiegel. Die Grobstruktur stimmte noch: Isa war immer noch schlank, mit langen Beinen, schmalen Hüften und großen Brüsten, die nie hängen würden, weil sie mit Silikon unterfüttert waren – nach der Natur modelliert, nachdem die Ärzte vor jetzt bald einem Vierteljahrhundert Isas Körper aufgebrochen hatten, wie ein Stück Wild, um den Brustkrebs und die ganzen Metastasen aus ihr herauszuschälen. Nach den OPs war die Chemo gekommen und hatte das, was von Isa noch übrig war, ausgelöscht, wie ein Lappen, der mit Druck über eine schlecht fixierte Kohlezeichnung gezogen wird. Am Ende hatte Isa sich selbst nicht mehr erkannt. Sie hatte versucht, sich umzubringen. Der Versuch war gescheitert. Also hatte sie sich neu erfunden.

Can hatte das nicht begriffen.

Malik hatte behauptet, Isa hätte Can zwanzig Jahre am langen Arm verhungern lassen. Isa sah das anders. Aus ihrer Sicht hatte Can zwei Jahrzehnte einer Frau hinterhergehangen, die es nicht mehr gab und dabei den Menschen ignoriert, der an ihre Stelle getreten war. Selbst in den vergangenen vier Jahren, vermutete Isa, hatte Can sich eigentlich weiter nach einer früheren, glücklicheren Version von ihr gesehnt. Und Isa hatte versucht, ihm diese glücklichere

Version zu liefern. Weil sie Can gefallen wollte, vor allem aber wohl, weil sie sich selbst gewünscht hatte, nicht mehr die zu sein, die das Leben aus ihr gemacht hatte.

Herausgekommen waren dabei ein paar Monate Postkartenidyll auf den Hebriden und ein wenig Glück. Irgendwann danach war Isa klar geworden, dass ihre Hoffnung, noch einmal ganz von vorne anfangen und alles gutmachen zu können, nicht aufgehen würde.

Isa nahm sich wieder in den Blick. Sie stand immer noch vor dem Badezimmerspiegel. Nackt und vor Kälte leicht zittrig, mit den alten Narben auf dem Körper, den neuen Linien im Gesicht und goldblond gefärbten Haaren, die sich zum ersten Mal seit Jahren beim Trocknen wieder drehten und sich aufrichteten wie Antennen, die nach einem Signal suchten. »Jetzt ist Schluss mit lustig«, flüsterte sie sich zu. Im Spiegel waren ihre Augen eisgrau.

Zehn

Sonntag – Montag
24.–25. Februar 2019
Berlin

Es war vier Uhr nachmittags, und Wolf hatte Angst. Nach dem Mittagessen mit Ada war er ins Büro gefahren und hatte sich wieder den Jahresabschluss von Nolden-Bau vorgenommen.

Zwei Stunden später konnte er nicht mehr. Zahlen, Projektdaten, Namen jagten durch sein System wie Adrenalin, und Wolf hatte keine Ahnung, wie er dem Mahlstrom an Informationen, die sein Hirn geflutet hatten, Struktur geben sollte. Er wusste nur, dass irgendetwas in diesem Strudel eine zusätzliche Turbulenz erzeugte, eine Unruhe, die nicht hätte da sein dürfen, deren Ursprung Wolf aber nicht lokalisieren konnte.

Panik stieg in ihm auf. Wolf rief reflexartig Hennings Surfervideo auf, aber dieses Mal registrierte er statt siegreicher Wellenreiter nur mächtige See, Sturz und Untergang. Wolf klickte das Video weg.

›Pause‹, dachte er. ›Du brauchst einfach nur ein paar Stunden Ruhe. Abstand. Um wieder einen frischen Blick auf die Sache zu bekommen.‹

Wolf beschloss, in die Wohnung zurückzufahren und sich erst am Abend noch einmal an die Zahlen zu machen.

Während sein Rechner runterfuhr, sah er hinunter zur Cafeteria. Selbst am Sonntagnachmittag standen vereinzelt Leute an den hohen Tischen. Vor allem Associates, aber auch ein paar ältere

Kollegen und sogar einer der Partner aus der Praxisgruppe Mergers & Acquisitions.

Wolf massierte sich den Nacken und merkte erst jetzt, wie verspannt er war. Er beschloss den Wagen in der Garage zu lassen und zu Fuß zur S-Bahn zu gehen.

Als er auf Höhe des Kulturforums war, begann es heftig zu graupeln. Wolf fiel auf, dass er ewig nicht mehr in der Gemäldegalerie gewesen war.

Eine halbe Stunde später stand er vor den *Niederländischen Sprichwörtern.* Das Wimmelbild von Bruegel hatte ihn schon fasziniert, als ihn sein Vater vor dreißig Jahren zum ersten Mal ins Museum mitgenommen hatte. Auch jetzt verlor Wolf sich wieder in den Detaildarstellungen menschlicher Torheit. Er sah die auf den Kopf gestellte Weltkugel, die Frau, die ihren Mann betrog, den fetten Teufel, der mit leicht debilem Gesichtsausdruck und komischem Gehörn auf dem Kopf scheinbar tatenlos im Zentrum des Durcheinanders saß und es doch beherrschte. Anders als sonst gelang es Wolf dieses Mal jedoch nicht, die einzelne Figuren scharf zu stellen. Stattdessen sah er nur einen Wirbel aus Menschen, Tieren, Gegenständen ohne Fixpunkt, an dem sich der Blick hätte festklammern können.

Wolf wandte sich der Legende mit den im Bild dargestellten Sprichwörtern zu. Die Liste schien endlos. ›*Etwas läuft nicht nach Plan*‹, las er. ›*Erfolglos arbeiten*‹, ›*Sich für eine verlorene Sache abrackern*‹ …

›Klar‹, dachte Wolf. ›Du siehst natürlich nur wieder die Losersprüche.‹

Er wandte sich abrupt ab und ging zum Ausgang, vorbei an dem kleinen Tafelbild mit den zwei angeketteten Affen in einer Maueröffnung, die so auf die ihnen hingeworfenen Nüsschen fixiert waren, dass sie ihre Fußfesseln ebenso wenig wahrnahmen wie die freie Flusslandschaft, die sich hinter ihnen auftat.

Im Museumsshop überlegte Wolf, ob er ein Poster von dem Bruegel-Gemälde kaufen sollte, aber dann blieb sein Blick an einer anderen

Reproduktion hängen. Auch ein Bruegel, aber dieses Mal kein Wimmelbild, sondern reduziertes Personal: ein pflügender Bauer, ein Schäfer, ein Angler. Dahinter ein Dreimaster mit geblähten Segeln auf graublauer, offener See und in dieser See – spillerig und bleich wie Krabbenbeinchen – Schenkel, Waden und der Fuß eines Mannes, der gerade kopfüber und aus großer Höhe ins Meer gestürzt war. An der Absturzstelle trieben weiße Federn im Wasser. Der Unglücksort lag in Sichtweite des Anglers am Ufer und war auch nicht allzu weit von dem Dreimaster entfernt, der Mann wäre grundsätzlich also rettbar gewesen, wenn denn der Angler oder irgendjemand von der Schiffsbesatzung seinen Sturz bemerkt und sein Versinken in den Wassermassen registriert hätte.

Wolf schluckte und glaubte, Salzwasser zu schmecken. Er schloss die Augen, öffnete sie wieder und kaufte dann das Poster.

Draußen graupelte es noch immer. Wolf rief sich ein Taxi und fuhr in sein Nadelfilzgefängnis. Eine Stunde später ging er noch einmal die Planung für den nächsten Tag durch: Abflug ab Tegel um acht Uhr morgens, Ankunft in Köln eine Stunde später. Zehn bis zwölf Uhr Treffen mit den beiden anderen Beiratsmitgliedern in einem Hotel in der Nähe des Hauptbahnhofs, anschließend gemeinsames Mittagessen, vierzehn bis siebzehn Uhr Sitzung der Geschäftsführung von Nolden-Bau unter Leitung von Saskia Nolden, Rückflug kurz nach achtzehn Uhr.

Wolf starrte auf den Zeitplan und fühlte sich minutenlang wie gelähmt. Irgendwann raffte er sich auf und begann, seine Tasche zu packen. Gegen halb neun war er damit fertig. Wenn er sich zusammenriss, konnte er noch mindestens zwei Stunden arbeiten.

Wolf klappte sein Notebook auf und öffnete den Jahresabschluss von Nolden-Bau. Vor seinen Augen tanzte eine sinnlose Abfolge von Buchstaben und Zahlen. Das Gefühl, etwas völlig Offensichtliches zu übersehen, wurde übermächtig. Wolf presste die Fäuste gegen die Augen und glaubte zu spüren, wie seine Augäpfel rastlos unter den Lidern hin und her schrappten. ›Du bist paranoid‹, dachte er. ›Die Prüfer haben nichts gefunden. Du bildest dir einfach nur was ein.‹

Er fuhr den Rechner runter und ging raus auf den Balkon. Der Betonboden war mit einer dünnen Graupelschicht bedeckt. Wolf lehnte sich an die Brüstung. Fünf Stockwerke unter ihm lag das Flachdach der Tiefgarage. Ausrutschen. Über die Brüstung kippen. Sich einmal im Leben fallen lassen. Ende. Wolf krampfte unwillkürlich die Hände um die Brüstung. Dann ging er zurück ins Zimmer und legte sich auf das Schlafsofa. Unwillkürlich krümmte er sich in Embryonalstellung zusammen, so wie Ben in den schlechten Nächten, in denen der Kleine mit den Zähnen mahlte und so lange im Schlaf zuckte und schluchzte, bis er sich unweigerlich in die Hosen machte. Wolf kämpfte mit dem beinahe unbezwingbaren Bedürfnis, den Daumen in den Mund zu stecken und schlief dann ganz plötzlich ein.

In den Stunden darauf quälte er sich durch wilde Träume. Einmal trieb er allein auf offener See. Um ihn herum große weiße Federn mit blutigen Kielen, als hätte jemand einen Vogel bei lebendigem Leib gerupft. Die Sonne ging unter, eine starke, kalte Strömung zog Wolf in Richtung Dunkelheit, die aber nicht dunkel genug war, um die Dreiecksflossen zu verbergen, die ihn immer enger einkreisten.

Wolf fuhr auf, schlief wieder ein und sah kurz darauf Ada vor sich, die in Hotpants und Elises zu engem T-Shirt in Paulas alter Hollywoodschaukel im Garten mehr lag als saß und Wolf unter halb geschlossenen Lidern spöttisch ansah, während sie sich auf unfassbar obszöne Art übergroße, fleischrote Erdbeeren zwischen die leicht geöffneten Lippen gleiten ließ.

Das Piepen des Handyweckers um Viertel vor sechs kam für Wolf wie eine Erlösung. Zwei Stunden später saß er im Flugzeug – einer von knapp hundertvierzig Anzugträgern, die wie er noch mit den Gespenstern der Nacht kämpften und ihren Angstschweiß mit Rasierwasser übertüncht hatten.

Wolf hatte sich trotz der Albträume zumindest so weit regeneriert, dass er wieder klar denken konnte. Er nahm sich ein letztes Mal die Bilanz von Nolden-Bau vor und sah nichts als kerngesunde Zahlen.

Weshalb hatte er dann gestern solches Unbehagen empfunden?

›Paranoia‹, dachte Wolf. ›Schlafmangel.‹

Der guten Ordnung halber überflog er trotzdem auch noch das Dossier, das Linh Nguyên ihm am Freitag zusammengestellt hatte: Fünf Seiten voller Schachtelsätze und Wiederholungen, aber auch hier war anscheinend alles im Lack: Linh Nguyên hatte keine Abweichungen zwischen dem Lagebericht und den aktuellen Projektständen festgestellt. Zum Schluss ging Wolf durch die biografischen Notizen zu den anderen beiden Beiratsmitgliedern, die Linh Nguyên für ihn heruntergeladen hatte, dann klappte er das Notebook zu und lehnte sich zurück.

Sein Sitznachbar blätterte rastlos durch die *FAZ*. *Bund droht zweistelliges Milliardenloch*, las Wolf. *Nordkorea will Atommacht bleiben. Deutschland bezahlte Hunderte Flüchtlinge für Rückkehr nach Syrien.* Wolf schloss die Augen und versuchte zu dösen.

Zwei Stunden später betrat er den Besprechungsraum, in dem die beiden anderen Mitglieder des Verwaltungsbeirats bereits auf ihn warteten.

Hans-Josef Meinerzhagen und Reinhardt Bastnach entsprachen dem Bild, das Wolf sich anhand der Kurzbiografien von ihnen gemacht hatte: Beide waren Ende sechzig, wirkten aber, wohl nicht zuletzt aufgrund ihrer frisch erworbenen Urlaubsbräune, deutlich jünger. Sie stammten aus rheinischen Unternehmerfamilien und waren jahrzehntelang als Vorstandsvorsitzende oder Geschäftsführer von Großkonzernen unterwegs gewesen. Jetzt, auf der Zielgerade ihres aktiven Arbeitslebens, konzentrierten sie sich auf das Sammeln von Ehrendoktorwürden und Posten in Aufsichts- und Verwaltungsräten.

Wolf fiel es schwer, irgendeine Verbindung zwischen dem zeitlebens auf Lässigkeit bedachten Christof Nolden und diesen beiden alten weißen Männern in ihren Maßanzügen aus London und den auf individuellen Leisten gefertigten Schuhen herzustellen. Trotzdem, dachte Wolf, wäre jeder dieser beiden kapitalen Vertreter der Deutschland AG besser für eine potenzielle Führungsrolle bei Nolden-Bau qualifiziert gewesen als er, der kleine HSW-Büttel von Herbert Stettens Gnaden.

»Sie sind also der junge Wolf.« Bastnach schüttelte ihm die Hand und nahm dabei Wolfs schmal geschnittenen anthrazitfarbenen Anzug in den Blick, das hellgraue Hemd, die Krawatte aus Wildseide, den Dreitagebart und das störrische, etwas zu lange Haar. »Herbert Stetten hat Sie in den höchsten Tönen gelobt. Willkommen bei uns Silverbacks.«

Wolf witterte für den Bruchteil einer Sekunde eine Spitze, aber Bastnachs Lächeln schien unverstellt und offen.

»Wir freuen uns auf die Zusammenarbeit mit Ihnen, Herr Dr. Wolf.« Meinerzhagen legte ihm die Hand auf die Schulter und leitete ihn zum Besprechungstisch. »Das heißt«, er lachte, »eigentlich hoffen wir natürlich, dass sich die Arbeit für uns alle in Grenzen hält.«

Damit war auch schon die Strategie umrissen, die sich Meinerzhagen und Bastnach für den Beirat von Nolden-Bau vorstellten: Sie setzten darauf, dass sich Saskia Nolden weitgehend aus dem operativen Geschäft heraushalten und den beiden altgedienten Geschäftsführern des Unternehmens freie Hand geben würde, sodass sich der Beirat auf eine Beobachterrolle beschränken konnte.

»Wie wollen wir mit dem Bericht der Wirtschaftsprüfer verfahren?«, fragte Wolf. »Hatten Sie schon Gelegenheit, sich mit dem Jahresabschluss zu befassen? Es sind ja nur noch …«

Meinerzhagen winkte ab. »Das gehen wir ganz entspannt an, Herr Dr. Wolf. Der Abschluss sieht absolut sauber aus, und die Wirtschaftsprüfer hatten ja auch keine Bedenken.«

Bastnach nickte. »Sehe ich genauso. Ich schlage vor, wir setzen uns einfach an dem Vormittag vor der Gesellschafterversammlung noch mal mit den Prüfern zusammen, und gut ist.«

Die Herren wollten also auf die Abnicknummer setzen. Wolf erinnerte sich an seine gestrige Unruhe wegen der Zahlen. Sollte er das ansprechen? Aber warum, wenn sich diese Unruhe vermutlich ohnehin nur aus Paranoia gespeist hatte und offensichtlich weder den Wirtschaftsprüfern noch Wolfs Beiratskollegen etwas aufgefallen war?

»Was machen wir, falls wir auf Unstimmigkeiten stoßen?«, fragte er.

»Das sehen wir, wenn es so weit ist, Herr Dr. Wolf.« Meinerzhagen klang wie ein wohlwollender Handwerksmeister, der einem vielversprechenden Lehrling die Grundregeln der Zunft erklärt. »Wenn Sie Ihre Reserven schonen wollen, konzentrieren Sie sich nur auf das, was unmittelbar vor Ihnen liegt.«

»Genau«, sekundierte Bastnach. »Alles andere müssen Sie delegieren. Sorgen sind für Subalterne.« Bastnachs Lächeln wirkte altersmilde, etwas gönnerhaft vielleicht, aber keineswegs böswillig.

Wolf hätte kotzen können.

Die nächsten anderthalb Stunden vergingen mit jovialem Geplänkel. Interessant wurde es erst wieder beim Mittagessen.

»Herbert Stetten meinte, Sie hätten schon einen Antrittsbesuch bei der schönen Witwe gemacht«, sagte Bastnach.

Wolf nickte.

»Und? Wie schätzen Sie Saskia Nolden, geborene Karsdorf, ein?«

›Ganz dünnes Eis‹, dachte Wolf. »Interessanter Kunstgeschmack«, sagte er.

»Finden Sie?« Bastnach löste geübt die Haut von seinem Saiblingsfilet. »Ich bevorzuge ja eher die klassische Moderne.«

Meinerzhagen lehnte sich zurück und tupfte die Lippen mit der Serviette ab.

»Ich zitiere diesbezüglich den alten Bismarck«, sagte er. »›Die erste Generation verdient das Geld, die zweite verwaltet das Vermögen, die dritte studiert Kunstgeschichte und die vierte verkommt vollends‹ … Mir ist nur gerade entfallen, ob Günter Karsdorf seinen Laden noch in zweiter oder schon in dritter Generation führt?«

Unschuldiger Blick in die Runde, dazu eine Miene, als wisse Meinerzhagen die Antwort auf seine Frage ganz genau.

»Die Tochter ist jedenfalls keine gelernte Kunsthistorikerin.« Bastnach lächelte, und dieses Mal bekam Wolf zumindest eine Ahnung von den Gefahren, die hinter der freundlichen Altherrenmaske lauerten.

»Irgendwie kann einem Karsdorf senior aber auch leidtun«, sinnierte Meinerzhagen. »Da hast du deine Firma zum Global Player mit Milliardenumsatz ausgebaut, und dann fehlt dir der Nachfolger. Denn der Sohn wird ja wohl nicht ins Unternehmen einsteigen, soweit ich gehört habe.«

»Dyskalkulie«, sagte Bastnach. »Der junge Karsdorf leidet unter ausgeprägter Rechenschwäche. Mein Sohn war mit ihm im Internat.« Angetäuschtes Bedauern in der Stimme.

»Ja, der Nachwuchs.« Meinerzhagen seufzte. »Haben Sie Kinder, Herr Wolf?«

»Eine Tochter, einen Sohn.«

Meinerzhagen und Bastnach nickten zustimmend, als hätte Wolf seine Zugehörigkeit zu einem Geheimbund bestätigt, dem sie gemeinsam angehörten. Das Dessert wurde serviert, danach der Kaffee. Bastnach war leichte Röte in die Wangen gestiegen, Meinerzhagen hatte diskret seinen Gürtel gelockert. Wolf beobachtete die beiden. Er konnte sich ihre Gesichter perfekt unter den eigentümlichen Narrenkappen vorstellen, die sie hier in ihren Karnevalsgesellschaften trugen. Vielleicht war das ja die Verbindung zwischen Nolden und diesen beiden alten Säcken gewesen, dachte Wolf. Andererseits, was wusste er von rheinischem Brauchtum – und vor allem, war das wirklich wichtig?

Wolf ließ die Rechnung kommen und zahlte mit seiner HSW-Kreditkarte.

»Kopf hoch, Wolf, Sie werden das Kind schon schaukeln«, gab Bastnach ihm zum Abschied mit.

›*Wir*‹, dachte Wolf. ›Es heißt ›*Wir* werden das Kind schon schaukeln‹.‹ Aber darauf durfte er sich bei Bastnach und Meinerzhagen vermutlich nicht verlassen.

Wolf gab dem Taxifahrer die Adresse der Unternehmenszentrale von Nolden-Bau, dann rief er die HSW-App auf und verbuchte die vier Stunden mit den Beiratsmitgliedern als *billable hours*. Den Rest der Fahrt scrollte er sich durch die dreiundvierzig Mails, die in der Zwischenzeit bei ihm eingelaufen waren.

Nolden-Bau residierte im Stadtzentrum. Das ehemalige Versicherungsgebäude mit der hellen Muschelkalkfassade galt als eine Ikone der deutschen Nachkriegsarchitektur. Wolf erinnerte sich an einen Kölnbesuch mit Elise ganz am Anfang ihrer Beziehung. Elise hatte die Formsprache des Gebäudes seziert wie Wolf die Bilanzen eines angeschlagenen Unternehmens. Sie hatte ihm die Namen der Architekten genannt, die an dem Bau mitgearbeitet hatten. Wolf erinnerte sich an keinen davon, er wusste nur noch, dass die Männer alle irgendwann mal im Planungsteam von Albert Speer gewesen waren.

»Die Monumentalkacke hier ist Fascho-Architektur vom Feinsten. Eins zu eins in die Fünfzigerjahre gebeamt«, hatte Elise gewütet. »Aber die ganzen Designmagazine feiern das natürlich als krasse James-Bond-Architektur ab.«

Wolf hatte genickt und auf Elises flammend rote Wangen gestarrt. Er hätte ihr am liebsten die Kleider vom Leib gerissen und sie mitten in dem pompösen Ehrenhof und unter den Augen der leise surrenden schwarzen Überwachungskameras durchgevögelt.

Wolf verdrängte die Erinnerung und meldete sich am Empfang an.

Saskia Noldens Assistent, ein gut aussehender Endzwanziger in teuren Sportklamotten, brachte Wolf nach oben in den Besprechungsraum der Geschäftsführung.

Der riesige, ovale Raum im achten Stock schien frei zu schweben. Bodentiefe Fenster öffneten auf beiden Seiten den Blick auf das Stadtpanorama von Köln.

»Nehmen Sie doch Platz, Herr Dr. Wolf.« Der Assistent deutete auf einen der freien Stühle am raumgreifenden Tisch.

»Frau Nolden wird sich etwas verspäten. Sie bittet um Entschuldigung.«

Wolf nickte. ›Wahrscheinlich ist Muttis Milchpumpe kaputt‹, dachte er.

»Darf ich Ihnen etwas anbieten, Herr Dr. Wolf? Kaffee? Espresso? Cappuccino?«

Das zugewandt-leere Lächeln des jungen Mannes erinnerte Wolf an Linh Nguyên. ›Backpfeifengesicht‹, fuhr ihm durch den Kopf. Er merkte, wie sich seine rechte Hand unwillkürlich verkrampfte. Wolf streckte die Finger durch, orderte einen Espresso und stellte sich dann den beiden Geschäftsführern von Nolden-Bau vor.

Maik Masserberg und Thomas Rodach hatten direkt nach dem Studium, Anfang der Neunziger, die ersten Projekte von Christof Nolden in Ostdeutschland begleitet und waren seither als Prokuristen maßgeblich am Aufstieg von Nolden-Bau beteiligt gewesen. Trotzdem wirkten die beiden langjährigen Vertrauten von Christof Nolden in ihren Maßkonfektionsanzügen und den zu eng gezurrten Krawatten wie verkleidet.

›*A monkey in dress is a monkey no less*‹, erinnerte sich Wolf an ein Lieblingszitat seines Vaters, nur um sich sofort zur Ordnung zu rufen. Hochmut war nicht angesagt. Masserberg und Rodach hatten mehr Ahnung von Nolden-Bau, als Wolf sich je würde anlesen können. Bei Problemen musste er die beiden Ingenieure unbedingt auf seiner Seite haben.

»Toller Raum«, sagte er, um Konversation zu machen.

Quälend zäher Small Talk schloss sich an, bis der Assistent wieder einschwebte.

»Ihr Espresso, Herr Dr. Wolf.«

Wolf registrierte, wie Masserberg bei der erneuten Nennung seines Doktortitels unwillkürlich die Augenbraue hob.

Der Assistent schenkte Wolf ein strahlendes Lächeln.

›Blöde Schwulette‹, dachte Wolf.

Der Assistent verließ den Raum.

Die vorher schon schleppende Unterhaltung mit den beiden

Geschäftsführern war jetzt endgültig gestorben. Masserberg und Rodach waren in ihre Smartphones vertieft. Wolf nahm seinen Espresso und ging zu einem der Fenster. Der Vorplatz mit dem Brunnen lag direkt unter ihm. Die Scheibe aus Sicherheitsglas schien sich vor Wolf aufzulösen, für einen Moment sah er sich im freien Fall. Er trat hastig zurück und tat, als würde er den Blick auf den Dom genießen, der sich massig und schwarz vor das suppige Grau des Himmels schob.

Saskia Nolden erschien mit fünfunddreißig Minuten Verspätung. Sie trug etwas, das aussah, wie ein sehr teurer Strampelanzug aus schwarzem Kaschmir, dazu eine Bomberjacke aus Satin und schwarze Springerstiefel mit weißen Schnürsenkeln. Das weißblonde Haar war zu einer strengen Haarkrone à la Julia Timoschenko hochgesteckt.

Wolf und die beiden Geschäftsführer erhoben sich zur Begrüßung. Saskia Nolden legte ihre Yogamatte und den Rolltop-Rucksack ab, dann schüttelte sie Wolf die Hand. Masserberg und Rodach nickte sie nur knapp zu, bevor sie mit ihrem Notebook am Kopfende des Konferenztischs Platz nahm. Die beiden Geschäftsführer standen für einen Moment verwirrt, dann setzten sie sich wieder. Um Masserbergs Mund spielte ein Lächeln.

Saskia Nolden klappte ihr Notebook auf sah in die Runde.

»Danke für Ihre Geduld. Ich vermute, Sie haben die Zeit genutzt, um sich gegenseitig vorzustellen«, sagte sie. »Ich freue mich besonders, den Vorsitzenden unseres Beirats, Herrn Dr. Wolf, bei uns begrüßen zu dürfen.«

Wolf hatte erwartet, dass sie Erläuterungen zur Funktion des Beirats und Wolfs Kontrollkompetenzen als Beiratsvorsitzendem nachliefern würde – und ein paar Worte zu Masserberg und Rodach an seine Adresse.

Er hatte sich geirrt.

»Okay, let's go.« Saskia Nolden setzte eine klobige Hornbrille auf, von der Wolf vermutete, dass sie reine Deko war. »Um sechzehn Uhr habe ich den nächsten Termin. Also bitte nur eine Blitzlichtrunde zu den Projektständen. Wollen Sie beginnen, Herr Masserberg?« Sie lächelte und checkte ihr Handy. »Zeit läuft.«

Wolf registrierte den kurzen Blick von Rodach zu Masserberg unter halb geschlossenen Lidern. ›Zeig's der Yogatusse!‹ Kaum mehr als ein Wimpernschlag, aber ausreichend für wortloses Einvernehmen.

»Sehr gerne.« Masserberg nickte Saskia Nolden zu.

Dann lieferte er seinen Report zu den beiden von ihm betreuten Projekten: Kennzahlen, Stärken, Schwächen, Chancen, Risiken. Nach zwanzig Minuten übergab er an Rodach, der eine ebenso saubere Punktlandung hinlegte.

»Wir sind sehr ordentlich aufgestellt«, zog Rodach Bilanz. »Alles läuft nach Plan. Sie können sich beruhigt zurücklehnen, Frau Nolden.«

Masserberg warf Rodach einen anerkennenden Blick zu. Wolf hätte sich am liebsten angeschlossen – Rodach und Masserberg waren mit Bravour durch den Reifen gesprungen, den ihnen ihre neue Chefin hingehalten hatte.

Saskia Nolden hatte während Rodachs Ausführungen auf ihrem Notebook herumgescrollt. Jetzt blickte sie ruckartig auf. Mit ihrer albernen Hornbrille sah sie aus wie eine Eule, die man bei Tageslicht geweckt hatte.

»Danke, Herr Rodach«, sagte sie. »Aber leider kann mich Ihrer Einschätzung nicht anschließen.«

Rodachs Miene versteinerte.

»Ich zitiere aus dem Lagebericht des Jahresabschlusses: ›Der Edge-Tower in Frankfurt wird im Juni 2019 bezugsfertig sein. Der Verkauf der Einheiten beginnt im März 2019‹«, las Saskia Nolden von ihrem Bildschirm ab. Sie sah Rodach an und lächelte. »Und jetzt aus Ihrem aktuellen Projektstandsbericht, Herr Rodach: ›Der Edge-Tower in Frankfurt wird voraussichtlich im November 2019 bezugsfertig sein, der Verkauf der Einheiten beginnt im August 2019.‹ Wenn ich das richtig sehe, liegen Sie damit ganz plötzlich fünf Monate hinter Plan, korrekt?«

Rodach starrte schweigend auf die Tischplatte.

›Fuck!‹, dachte Wolf. ›Fuck! Fuck! Fuck!‹

Seine Gedanken überschlugen sich.

Er war Beiratsvorsitzender. Es war seine Aufgabe, die Geschäftsführung zu kontrollieren. Es wäre daher an ihm gewesen und nicht an Saskia Nolden, Rodach auf die Verzögerungen in Frankfurt anzusprechen.

Dafür hätten Wolf diese Verzögerungen allerdings erst einmal auffallen müssen. Aber er war ja so fahrlässig gewesen, sich ausschließlich auf die Bilanzanalyse zu konzentrieren und den Abgleich zwischen dem Lagebericht im Jahresabschluss und den aktuellen Projektständen an Linh Nguyên zu delegieren.

Sein Fehler.

Wolf hätte wissen müssen, dass Linh Nguyên selbst mit simpler Textarbeit überfordert war.

Andererseits ging es aber auch gar nicht um Linh oder um die Texte. Papier war geduldig und Schönfärberei im Lagebericht bei Jahresabschlüssen die Regel. Wirklich belastbar war nur das Zahlenwerk. Wenn das Frankfurt-Projekt so hinterherhinkte, dann war das vermutlich keine Entwicklung der letzten acht Wochen seit Jahreswechsel. Erste Vorboten des Debakels mussten sich schon Monate zuvor abgezeichnet und in den Geschäftszahlen niedergeschlagen haben. War das die Turbulenz gewesen, die Wolf am Vortag bei der Bilanzanalyse irritiert hatte?

Saskia Nolden packte ihr Notebook weg. Dann nahm sie ihre Brille ab und sah die beiden Geschäftsführer an.

»Der Rückstand in Frankfurt ist absolut inakzeptabel. Bis nächste Woche erwarte ich konkrete Vorschläge, wie Sie das Projekt wieder aufgleisen wollen«

Sie erhob sich, schulterte Rucksack und Yogamatte und war gleich darauf verschwunden.

Das Meeting hatte exakt fünfzig Minuten gedauert.

Rodach und Masserberg saßen da, wie zwei öffentlich und zu Unrecht abgewatschte Schuljungen.

Wolf war kalt, sein Puls raste. Er wollte sofort raus, weg aus dem Besprechungsraum. Andererseits hatte er keine Lust, sich vor Rodach und Masserberg eine Blöße zu geben. Er klappte sein Notebook zu und stand auf.

»Dann sehen wir uns nächste Woche«, wandte er sich betont lässig an die beiden Geschäftsführer. »Meine Kontaktdaten haben Sie ja.«

Wieder einer dieser Sekundenblicke zwischen Rodach und Masserberg, dieses Mal ganz eindeutig gegen ihn gerichtet.

Wolf verließ den Konferenzraum und fuhr nach unten.

Irgendwann fand er sich in einer Fußgängerzone wieder, ohne zu wissen, wie er dorthin gelangt war. Horden schlecht geschminkter Mädchen und Jungs in Hoodies und engen Jeans trieben an Modeketten-Filialen vorbei. Wolf ließ sich von diesem Corso tragen und wusste mit einem Mal nicht mehr, in welcher Stadt er war. Köln? Hannover? Stuttgart?

Sein Puls raste immer noch. Als er an einem Brauhaus vorbeikam, ging er rein und kippte in schneller Folge drei Kölsch. Sein Herzschlag beruhigte sich. *Rähnboge? Rut wiess es uns jenoch!* stand auf einem Blechschild hinter der Theke. Wolf orderte noch ein Kölsch.

Kurz darauf saß er in einem Taxi auf dem Weg zum Flughafen. Die Schallschutzwände entlang der Autobahn waren mit Graffiti überzogen. *Besserland!*, flog an Wolf vorbei. *Mösenhead, Deutsche Zone.*

Wolf checkte ein, setzte sich in die Businesslounge und versuchte vergeblich, das Toben in seinem Kopf zu ordnen.

Er hatte versagt.

Er hatte die Zahlen nicht richtig gelesen. Er hatte nicht mitgeschnitten, dass das Projekt in Frankfurt weit hinter Plansoll lag.

Sicher, seinen Beiratskollegen war das offenbar genauso wenig aufgefallen, aber die hatten sich auch nicht im Detail mit dem Abschluss beschäftigt.

Wolf war der Beiratsvorsitzende. Er war die oberste Kontrollinstanz. Die Bilanzanalyse lag in seiner Verantwortung, und er hatte die Sache schon im ersten Ansatz vergeigt.

Bis zur Gesellschafterversammlung waren es noch exakt drei Wochen. Bis dahin hatte Wolf Zeit, um seinen Fehler auszubügeln und eine bessere Performance hinzulegen. Und es gab niemand, der ihm dabei helfen würde. Wolf spürte leichte Übelkeit.

Er griff sich sein Handy und checkte seine Mails. Nichts, was nicht warten konnte. Dafür hatte sein Bankberater eine dringende Rückrufbitte auf die Mailbox gesprochen. Wolf sah auf die Uhr. Halb sechs. Er zog sich in eine ruhige Ecke der Lounge zurück und rief die Bank an. Während sich die Leitung aufbaute, betete Wolf, dass niemand mehr drangehen würde.

Der Bankberater hob beim zweiten Klingeln ab. Er kam sofort zur Sache.

»Es ist mir wirklich sehr unangenehm, Herr Dr. Wolf«, sagte er. »Aber Ihre Frau war heute Vormittag bei mir, um ein weiteres Darlehen aufzunehmen. Bei allen vorhergehenden Gesprächen haben Sie Ihre Frau immer begleitet, und wenn man die finanzielle Gesamtsituation von Ihnen beiden betrachtet und berücksichtigt, dass Sie der Hauptverdiener …«

»Verstanden«, sagte Wolf. »Danke für Ihren Anruf. Ich bespreche das mit meiner Frau. Wir melden uns.«

»Da ist noch etwas«, schob der Bankberater nach. »Wir sollten unbedingt auch einmal über Ihren Dispokredit reden. Wir hier vor Ort kennen Sie und vertrauen Ihnen natürlich. Aber wenn ein Girokonto dauerhaft und in der Höhe überzogen ist, wie bei Ihnen in den vergangenen zwei Jahren, greift irgendwann unser zentrales Krisenmanagement. Da haben wir keinerlei Einfluss drauf. Das ist ein Algorithmus. Der sperrt automatisch Ihr Konto. Und ich denke, das wollen wir doch alle vermeiden.«

»Genau«, sagte Wolf. »Danke. Ist nur gerade ungünstig. Ich bin am Flughafen. Ich melde mich, wenn ich zurück bin.«

Er drückte das Gespräch weg und versuchte minutenlang, das Flattern seiner Hände unter Kontrolle zu bringen.

Dann rief er Elise an.

»Ich bin im Büro«, sagte sie. »Was ist los?« Schuldbewusstsein unter der Anmutung von cooler Genervtheit.

»Das weißt du ganz genau.« Wolf hätte sie am liebsten laut angebrüllt, verlegte sich angesichts der vollbelegten Lounge aber auf ein eindringliches Flüstern. »Sag mal, bist du irre? Wir stecken schon bis über beide Ohren in Schulden, und du ziehst los und willst noch ein Darlehen aufnehmen?«

»Ich habe jemand für die Sanierung gefunden.«

»Vergiss das verdammte Kupferhaus, Elise. Überschreib die Hütte dem Land, und dann kümmere dich drum, wie wir aus der Scheiße wieder rauskommen, in die du uns reingeritten hast.«

»Aber ich habe das Haus doch wegen dir gekauft. Ich wollte dir eine Freude machen.« Wut, kurz vorm Umkippen in Schluchzen.

»Bullshit, Elise! Du hast die Bauhaus-Butze gekauft, weil du den Jungs in deinem Büro imponieren wolltest. Und jetzt droht mir der Typ von der Bank, dass sie uns demnächst das Konto sperren, weil der Dispo ständig überzogen ist. Hast du eine Ahnung, was das heißt? Wenn ich in die Privatinsolvenz gehe, verliere ich meine Anwaltszulassung. Geht das in dein bescheuertes Superarchitektinnenhirn rein? Wir sind ruiniert, Elise. Wir sind finanziell am Arsch!«

»Aber für eine fette neue Karre reicht's noch, ja?« Elises Stimme jetzt ein gehässiges Fauchen.

»Was?«

»Verarschen kann ich mich selbst, Wolf!« Elise drückte das Gespräch weg. Sekunden später schickte sie ihm einen Instagram-Link aufs Handy. Adas Selfies vom Sonntag – das Kind mit lasziv vorgeschobener Hüfte vor Wolfs Firmen-BMW, darunter: *Dad's neuer bossride, lol!*, gefolgt von Like-Kommentaren von irgendwelchen Leuten mit bescheuerten Nicks.

Kalte Wut schoss in Wolf hoch. Er hatte seine Kinder nie geschlagen, aber hätte Ada in diesem Moment vor ihm gestanden, er hätte ihr rechts und links eine geschallert. Wieso hatte seine fünfzehnjährige Tochter überhaupt einen Insta-Account? Und was für einen Quatsch postete sie da sonst noch?

Wolf lud sich die Instagram-App herunter. Der Download war gerade abgeschlossen, als sein Flug aufgerufen wurde. Die Registrierung schaffte Wolf noch während des Boardings, aber in dem Moment, in dem er auf Adas Account ging, wies ihn die Purserin an, sein Handy auszuschalten. Wolf hätte der Trulla in ihrer magentafarbenen Uniform das berufsmäßige Lächeln am liebsten mit der Faust aus dem Gesicht gehauen.

Der einstündige Flug war eine Qual. Eingepfercht in die enge Sitzreihe verkrampfte sich Wolfs ganzer Körper. Gleichzeitig verfeuerte jede Zelle seines Gehirns im Maschinengewehrtakt ungerichtet und zusammenhanglos Informationssalven: einzelne Sätze aus der Besprechung mit Bastnach und Meinerzhagen, das leere Hübschlingsgesicht von Saskia Noldens Assistenten, der leicht gelockerte Knopf am Ärmel von Rodachs Jackett, der seltsame Eulenblick von Saskia Nolden durch ihre Hornbrille, die forsche Stimme des Bankberaters, Elises »Ich habe das Haus doch wegen dir gekauft«, Ada, die vor seinem BMW posierte. Und unter diesen Erinnerungsfetzen ungeordnete Gefühle – oder vielleicht auch nur ein einziges Gefühl: Scham.

Scham, weil Wolf sich vor Bastnach und Meinerzhagen als Bedenkenträger zum Deppen gemacht hatte.

Scham, wegen seines Fehlers bei der Bilanzanalyse.

Scham, weil es Wolf nicht gelungen war, Rodach und Masserberg für sich zu gewinnen.

Scham, wegen seiner Schulden und wegen des Desasters mit Elise.

Vor allem jedoch brennende Scham, weil er Ada und Ben allein gelassen hatte – und die quälende Sorge, dass die Kinder ohne ihn verloren waren.

Wolf verspürte den Drang, mit dem Kopf so lange gegen die Rückenlehne seines Vordermanns zu hauen, bis das Wüten in seinem Hirn aufhören würde.

In diesem Moment kamen die Stewardessen mit den Getränken durch. Wolf orderte eine Bloody Mary, obwohl er die metallische Säure von Tomatensaft hasste. Er kippte den Drink, lehnte sich zurück und schloss die Augen.

Er erinnerte sich an Elises Gesicht, ihr Strahlen, als sie ihm das Kupferhaus vor zweieinhalb Jahren zum ersten Mal gezeigt hatte. Am Abend davor, einem Samstag, hatte Elise beim Abendessen für den nächsten Tag einen Ausflug aufs Land vorgeschlagen. Es war Sommer, der Himmel war seit Tagen fast schmerzhaft blau, Wolf war die ganze Woche im Büro eingesperrt gewesen – warum also nicht?

Am nächsten Morgen waren sie früh aufgestanden. Elise hatte einen Picknickkorb gepackt, und dann war es losgegangen. Elise hatte darauf bestanden zu fahren. Sie hatte den Wagen zielstrebig nach Osten gelenkt.

Anderthalb Stunden später waren sie in Bad Herrenwalde angekommen. Eine typische Kleinstadt in Ostdeutschland: graue Plattenbauten in den Außenbezirken, die Innenstadt mit Soli-Geldern saniert, Fußgängerzone, ein bisschen Kunst im öffentlichen Raum, ein paar Bänke, Blumenampeln an den Laternen, aber Leerstand in den Läden und trotz Kaiserwetter kein Mensch auf der Straße.

Elise parkte in einer Seitenstraße im Stadtkern. Zwischen gepflegten Einfamilienhäusern aus den späten Zwanzigern stand, etwas zurückgesetzt in einem vollkommen verwilderten Garten, ein heruntergekommener Bungalow mit düstergrauer Fassade.

»Ta-daa!« Elise sah Wolf an. »Irgendeine Ahnung, was das ist?«

Wolf zuckte die Schultern. »Sag's mir.«

»Das ist der Prototyp für ein Fertighaus von Walter Gropius aus den frühen Dreißigern. Die Wände sind aus Kupferplatten mit einer mega-ausgeklügelten Innendämmung. Bisher hieß es, das Ding wäre im Krieg verschollen. Dabei hat es die ganze Zeit hier gestanden. Ist das geil?«

»Total.« Wolf sah sich zum Wagen um und zu Ben, der nicht hatte aussteigen wollen.

Ada war zu ihnen gestoßen. »Fahren wir jetzt an einen See und machen Picknick, Mama?«

»Nein, Süße, wir machen unser Picknick hier im Garten.« Elise schloss das Gartentor auf. »Der gehört nämlich uns. Ich habe das Haus gekauft. Das ist jetzt unser Sommerhaus. Toll, oder?«

Wolf hatte das Gefühl, den Boden unter den Füßen zu verlieren. ›Sie hat es schon wieder getan‹, dachte er. ›Sie hat es, verdammt noch mal, schon wieder getan.‹

Er erinnerte sich an das Telefonat mit Henning, ein paar Wochen nach ihrem letzten gemeinsamen Urlaub auf Fuerteventura. Unmittelbar nach diesem Urlaub hatte Henning sich von seiner Frau getrennt. In den Wochen danach hatte Elise beinahe täglich mit Hennings Ex telefoniert. Irgendwann in dieser Zeit war sie mit Ben schwanger geworden.

»Glückwunsch«, hatte Henning gesagt, als Wolf ihm von der Schwangerschaft erzählt hatte. »Aber im Urlaub hat das für mich eher so geklungen, als wäre es aus zwischen dir und Elise. War das geplant mit dem zweiten Kind?«

»Nicht so richtig.«

»So wie damals bei Ada?«

Wolf hatte geschwiegen. Nicht weil er Elise schützen wollte, sondern weil das, was in Hennings Frage mitschwang, in ihm selber nagte: die Ahnung, dass Elise eigenmächtig Entscheidungen über ihr gemeinsames Leben traf, und das Gefühl, dem wehrlos ausgeliefert zu sein.

Genau dieses Gefühl übermannte Wolf wieder, als er das erste Mal im Garten des Kupferhauses stand. Im nächsten Moment schlug seine Hilflosigkeit in Wut um. Er hätte Elise am liebsten gepackt und aus dem Garten geschleift. Stattdessen ging er zum Wagen und holte Ben. Als er zurückkam, hatte Elise das Haus für eine ›Palastführung‹ aufgeschlossen, wie sie das nannte.

Der Palast roch nach Moder und Katzenpisse. Elise zeigte auf die stockfleckigen Gipskartonwände.

»Das kommt natürlich alles raus. Genau wie die Augenkrebs-Möbel.«

Tatsächlich stand überall noch der Hausrat der Vorbesitzer. Möbelhausware, die vor vermutlich nicht allzu langer Zeit ein kleines Vermögen gekostet hatte und jetzt nur noch schäbig aussah – halbhohe Faltjalousien an den Fenstern, ein Kinderzimmer in Hellblau, eines in fiesem Pink, mit einem rosa Barbiehaus auf dem Synthetikflokati.

Wolf kam sich vor wie ein Einbrecher oder ein Voyeur oder jemand, der unversehens in einen Tatort hineinläuft, den die Polizei vergessen hatte abzusperren.

Die Raufasertapete an den Wänden war in allen Zimmern bis in Hüfthöhe mit tiefen fünffingrigen Scharten markiert und hing teilweise in Fetzen herunter.

Wolf sah Elise fragend an.

»Die hatten hier eine Katzenpension«, sagte sie. »Hat nicht geklappt.«

Das ganze Haus atmete Niederlage. Wolf hatte das Gefühl, das geballte Scheitern würde sich an ihm festsaugen und von ihm Besitz ergreifen wie dieser Horrorparasit in *Alien*.

»Können wir jetzt gehen?«, fragte Ada.

»Aber vorher machen wir noch Picknick«, sagte Elise.

Sie breiteten die Picknickdecke auf der einzigen Stelle im Garten aus, die nicht zugewuchert war. Nach ein paar Minuten hatten sie alle nasse Hintern. Elise machte auf gut gelaunt, während Ada bockig ihre Stullen herunterschlang und Ben an Wolf geschmiegt kuscheln wollte.

»Noch ein Eis?«, schlug Elise vor, als sie fertig waren.

In der Fußgängerzone war inzwischen etwas Leben eingekehrt. Aus dem Augenwinkel nahm Wolf eine Handvoll Dosenbier trinkender Halbwüchsiger auf einer Bank wahr. Kurzhaarfrisuren, T-Shirts mit Frakturaufdruck, Springerstiefel trotz der Sommerhitze. ›Wie im Fernsehen‹, dachte Wolf.

Die Eisdiele unter deutscher Führung war der einzige Laden in der Fußgängerzone, der am Sonntag aufhatte. Es gab drei Sorten Softeis und monströse Eisbecher mit Sprühsahne und neonbunten Toppings. Elise verschwand aufs Klo. Ben war mit seinem Schlumpf-Eis beschäftigt, Ada schnorchelte an einem Erdbeershake und beobachtete die Jungs auf der Bank.

»Die sehen komisch aus«, stellte sie fest.

»Die sind komisch.«

»Wieso?«

»Das sind Skins«, sagte Wolf. »Nazis«, setzte er nach.

»Okay«, sagte Ada, als wüsste sie mit ihren dreizehn Jahren genau, wovon Wolf sprach.

Ein vielleicht fünfzehnjähriges Mädchen mit langen dunklen Ponyfransen und ansonsten kahl geschorenem Schädel stieß mit ihrem Kampfhund zu der Gruppe auf der Bank.

Ada schien völlig auf ihren Milchshake konzentriert, aber Wolf registrierte, wie sie unter halb geschlossenen Lidern das Mädchen beobachtete – den schmalen, muskulösen Körper mit den festen Brüsten unter dem schwarzen Tanktop, die bösartige Tätowierung am Dekolleté, die schwarzen Cargohosen und hochgeschnürten, wendigen Boxerstiefel.

Die Jungs waren jetzt lauter, ihre Bewegungen ausgreifender. Einer von ihnen hatte von irgendwoher eine Boombox geholt. *Besserland ist abgebrannt!*, brüllte deutscher Black Metal über den Platz.

Elise kam von der Toilette zurück. Ihr Blick irrte zu der Gruppe auf der Bank und wandte sich dann Wolf und den Kindern zu.

»Packen wir's?«, fragte sie mit forcierter Munterkeit.

Auf dem Weg zum Auto sah Ada noch einmal kurz zurück. Wolf folgte ihrem Blick. Das Skinmädchen stand jetzt auf der Bank und skandierte den Refrain des Songs mit. Als sie merkte, dass Wolf und Ada sie beobachteten, hob sie den Arm zum Hitlergruß. Die Jungs grölten.

Auf der Rückfahrt redete Elise ununterbrochen. Wolf ging innerlich auf Tauchstation. Nur gelegentlich drangen einzelne Satzfetzen wie von weit her zu ihm durch. »Bei der Landesdenkmalbehörde registrieren«, »Hohlkammersystem aus ultradünnen Alulamellen«, »ähnliche Energieeffizienz wie ein modernes Fertighaus«.

Die Informationen rauschten an Wolf vorbei. Er drehte den Kopf nach hinten zu den Kindern. Ben war eingeschlafen. Ada starrte aus dem Fenster. Gegen vier waren sie zurück in Berlin.

»Ich muss noch mal ins Büro«, sagte Wolf.

Elise verdrehte die Augen.

Wolf nahm den Wagen und fuhr wie ferngesteuert, tatsächlich zu HSW. Er parkte auf einem der Besucherparkplätze und vergrub den Kopf in den Händen.

Zwei Stunden später fuhr er zurück nach Hause. Er aß mit Elise und den Kindern Abendbrot, brachte Ben ins Bett und zappte sich dann in eine Netflixserie rein.

Irgendwann später lag er neben Elise im Bett.

»Du freust dich gar nicht, oder?«, fragte Elise.

»Worüber? Dass du einfach so ein Haus kaufst, ohne dass wir vorher darüber reden?«

»Als wir letztes Jahr im Sommerhaus von Matthias und Silvia waren, hast du doch die ganze Zeit gesagt, wie toll du das fandst.«

»Das ist jetzt nicht dein Ernst!«

»Wieso?«

»Wann habe ich je gesagt, dass ich so sein möchte oder das Gleiche haben will wie Mathias Pahlow? Und selbst wenn – die Pahlows haben ein ehemaliges Pfarrhaus in einem Edel-Ökodorf und nicht eine marode Katzenpension in einer DDR-Platte.«

»Das ist keine DDR-Platte!«

»Sondern ein Bauhaus-Rohdiamant in einem Nazikaff, schon klar. Wie viel hast du überhaupt für die Hütte gezahlt?«

»Dreißigtausend.«

»Und wo steht der aktuelle Kurs für Kupferschrott?«

»Ich habe das Haus von meinem Geld gekauft.«

›*Mein Geld.*‹ Das Geld, das Elise nach Paulas Tod geerbt hatte. Natürlich war es ihr Geld, aber dass Elise auch nach bald siebzehn Jahren und zwei gemeinsamen Kindern noch so klar zwischen Mein und Dein unterschied, raubte Wolf den Atem.

»Du kommst doch von Geld«, hatte Elise leichthin gesagt, als sie damals plötzlich mit Ada schwanger gewesen war und Wolf sich gesorgt hatte, wie sie finanziell über die Runden kommen sollten. Wolf hatte Elise nie von dem Brief erzählt, den sein Vater ihm nach seinem Wechsel zu HSW geschrieben hatte, und auch nicht von seiner

Antwort auf diesen Brief. Dass Wolf seit Jahren kaum noch Kontakt zu seinem Vater hatte, schien an ihr vorübergegangen zu sein.

»Ich habe das Haus auch wegen der Kinder gekauft«, sagte Elise in die Dunkelheit zwischen ihnen. »Damit sie wieder einen Garten haben, wie früher bei Paula. Wir können in den Sommerferien da draußen wohnen.«

Wolf dachte an die letzten Sommerferien. Ben splitternackt, braun gebrannt und lachend am Strand von Hiddensee, Ada mit einer selbst geflochtenen Krone aus Möwenfedern und Hagebutten im ausgebleichten Haar. Was war daran falsch gewesen? Warum wollte Elise das gegen Sommerferien in Bad Herrenwalde eintauschen?

Wolf lag vollkommen still, bis Elise neben ihm einschlief und Ben im Kinderzimmer zu wimmern begann.

»Hallo?«, sagte eine Frauenstimme neben Wolf.

Er schreckte hoch.

»Klappen Sie bitte Ihren Tisch hoch. Wir sind in zehn Minuten in Tegel«, sagte die Purserin.

Wolf richtete sich auf und griff sich das Gratismagazin, das vor ihm im Zeitschriftenfach klemmte. Bis zur Landung starrte er auf Fotos von Männern mit gepflegten Vollbärten und teuren Hornbrillen. In den dazugehörigen Texten war von Nachhaltigkeit die Rede und von Tradition und Wurzeln.

In Tegel regnete es. Wolf nahm ein Taxi in die Innenstadt. An einem Baugerüst am Potsdamer Platz war ein neues Megaposter aufgehängt. *Wer ist schuld an deinem Unglück?* stand über die ganze Höhe des Hochhausneubaus in schwarzen Lettern auf weißem Grund, ein QR-Code am rechten unteren Eck.

›Ja‹, dachte Wolf. ›Wer wohl?‹ Er kannte die Antwort: Er, Dr. Torsten Wolf höchstpersönlich, hatte sein Leben verbockt – und das seiner Kinder gleich mit. Weil er die falschen Entscheidungen getroffen hatte und weil er zu schwach war, die richtigen Konsequenzen zu ziehen. Wolf ballte die Fäuste und drückte sie gegen die Augenhöhlen.

Um kurz nach acht war er bei HSW. Zu seinem Erstaunen war Linh Nguyên noch da. Sie schaute konzentriert auf ihren Bildschirm und schreckte zusammen, als Wolf nebenan in seinem Büro Licht machte.

Kurz darauf stand sie im Türrahmen. »Ich hoffe, es ist gut gelaufen in Köln?«

Wolf sah ihr Lächeln und spürte die Feindseligkeit, die darunter lag. Er lehnte sich im Bürostuhl zurück und verschränkte die Hände im Nacken.

»Nein, Frau Nguyên«, sagte er. »Es ist nicht gut gelaufen.«

Linh Nguyên schien verunsichert.

Wolf tippte auf den Ausdruck ihres Dossiers auf seinem Schreibtisch.

»Das hier. Erinnern Sie sich? Was war Ihr Auftrag?«

»Ich sollte den Lagebericht von Nolden-Bau mit den aktuellen Projektständen abgleichen.«

»Und?«

»Da war nichts.«

»Nein? Das habe ich auch gedacht, Frau Nguyên. Weil ich mich auf Sie verlassen habe. Weil ich dachte, Sie mit Ihrem tollen FH-Abschluss kriegen das schon hin.«

Linh Nguyêns Unterlid begann zu flattern.

Wolf beugte sich vor. »Ein schlichter Textabgleich, Frau Nguyên. Jedes Uni-Erstsemester hätte das mit links geschafft. Aber Sie waren mit dieser Aufgabe offensichtlich überfordert. Oder vielleicht auch nicht. Vielleicht haben Sie die Sache ja auch einfach nur schlampig runtergerissen, weil Sie früher Feierabend machen und zu Ihrem Bruder wollten. Wie auch immer, Sie haben es vergeigt, Frau Nguyên. Sie haben eine völlig offensichtliche Unstimmigkeit übersehen, und Sie haben mich damit ins offene Messer laufen lassen.«

Linh Nguyên machte eine Handbewegung.

»Ich bin noch nicht fertig, Frau Nguyên. So wie ich das sehe, sind Sie den Anforderungen bei HSW nicht gewachsen. Das ist einfach nicht Ihre Liga. Ich kann Ihnen nur dringend empfehlen, sich etwas

Schlichteres zu suchen – in Ihrem eigenen Interesse. Sie werden sonst Ihres Lebens nicht froh.«

Linh Nguyên stand sekundenlang wie erstarrt, dann schossen ihr die Tränen in die Augen. Sie lief in ihr Büro, griff sich Mantel und Tasche und flüchtete schluchzend zum Treppenhaus. Kurz darauf taumelte sie über den Hof in Richtung Straße wie ein angeschossenes Reh.

Wolf lächelte und begann mit einem Mal unkontrolliert zu zittern. Übelkeit stieg in ihm auf. Er rannte zur Toilette und übergab sich heftig.

›Du bist widerwärtig‹, dachte er während er vor der Kloschüssel kniete. ›Du bist eine miese Kreatur‹. Dann spülte er sich den Mund aus und kühlte sein Gesicht mit Wasser.

Zwanzig Minuten später war Wolf mit dem BMW auf dem Weg zu seiner Wohnung. Auf der Stadtautobahn schlich ein Transporter mit siebzig vor ihm her. Wolf beschleunigte und wechselte auf die linke Spur. Vor ihm war es leer. Er blieb mit dem Fuß auf dem Gas und spürte, wie sich die Kraft des Motors unter ihm aufbaute wie eine mächtige Welle. Sekundenlang hatte Wolf das Gefühl, einfach nur dahinzugleiten. Er sah auf den Tacho. Hundertneunzig. Wolf riss den Fuß vom Gas. ›Bist du irre?‹, dachte er.

Er zog zurück auf die rechte Spur und nahm die nächste Ausfahrt. Das goldene *M* eines McDonald's leuchtete in der Nacht. Kurz darauf schlang Wolf einen Big Mac und eine große Pommes in sich hinein. Erst danach fuhr er in seine Wohnung. Er warf sich aufs Bett und fiel in bleiernen Schlaf.

Elf

Montag
25. Februar 2019
Berlin

Simone rief um halb sieben Uhr morgens an.

»Ich habe was für dich. In einer Dreiviertelstunde im Frühstücks-café?«

Isa zog sich hastig an und machte sich auf den Weg. Draußen war es noch dunkel. Harte Böen trieben Graupel vor sich her. Die U-Bahn-Station mit ihren aufgemalten Dschungelszenen wirkte nahezu heimelig.

Isa zog sich eine neue Wochenkarte. *Bekommst du, was du verdienst?* war in fetten Lettern auf die Rückseite gedruckt. Unauffällig darunter ein QR-Code. Diese Codes waren auch plötzlich überall, dachte Isa angenervt. Sie erinnerte sich vage an eine Kunstaktion in New York. Damals waren auch solche Slogans auf den U-Bahn-Tickets aufgetaucht. Isa steckte ihr Ticket ein und nahm die nächste Bahn.

Über die Infoscreens lief immer noch das Foto des vermissten Mädchens mit den Rehaugen. Die Frau neben Isa sah auf den Bildschirm. Dann deutete sie ironisches Beifallklatschen an. »Danke, Merkel!«, sagte sie und suchte Blickkontakt.

Ihr Sitznachbar nickte zustimmend. Die Frau neben ihm presste die Lippen zusammen und sah aus dem Fenster.

Isa stieg drei Stationen später aus. Auf dem Treppenaufgang zum Zwischengeschoss saßen drei Junkies und rauchten ihre Bleche ab.

Simone saß schon im Café, übernächtigt und noch verlebter als beim letzten Mal. Sie wartete, bis Isa bestellt hatte, dann schob sie ihr einen Ausdruck mit dem Briefkopf des Berliner LKA rüber.

»Vermisstenanzeige. Wie bestellt.«

Isa sah Simone überrascht an. »Danke,« sagte sie.

»Das ist ein Fake«, sagte Simone. »Das ist nie über unser System gelaufen. Sorg dafür, dass der Wisch nicht in die falschen Hände kommt. Sonst bekomme ich Ärger. Und jemand anderes gleich mit.«

Isa sah sie fragend an.

Simone wärmte die Hände an ihrem Teeglas. »Einer bei der Vermisstenstelle fährt in seiner Freizeit gerne mal einen heißen Reifen. Der war mir noch was schuldig. Wir haben dann auch gleich mal die Daten von deiner Mira durch den Computer laufen lassen. Klarname und Fake-ID. Beides ohne Ergebnis.«

»Noch mal, Danke.«

»Dafür nicht. Alterssentimentalität. Grüß Can.«

Simone winkte der Kellnerin zum Zahlen. Kurz darauf war sie weg.

Um halb neun rief Isa Miras Therapeuten in der Klinik an.

»Sie wollten doch eine offizielle Vermisstenanzeige«, sagte sie.

Der Therapeut seufzte.

»Ich kann in einer Stunde in der Klinik sein.«

»Lassen Sie uns zum Mittagessen treffen«, sagte der Therapeut. »Dreizehn Uhr?«

Er nannte Isa eine Adresse in der Nähe der Klinik.

Das Lokal lag im Souterrain eines mächtigen Ziegelbaus aus dem neunzehnten Jahrhundert. Tibetische Gebetsfahnen wehten auf dem Weg durch den Garten, ein kleiner Buddha thronte neben einem Wasserbecken, in dem frische Rosenblüten trieben. Drinnen war alles strahlend weiß gestrichen, weiße Designerstühle standen an hellen Holztischen, auf denen Teelichter in Glasschalen in Lotosform brannten. Die Ethno-Muzak im Hintergrund war auf genau die richtige Lautstärke gedimmt, um die verstreuten Gäste nicht in ihren leisen Unterhaltungen zu stören.

Der Therapeut war noch nicht da. Aus Langeweile studierte Isa die Flyer, die im Eingangsbereich des Restaurants auslagen: Shiatsu, Yoga-Retreats, Basenfasten, Selbsterfahrungsgruppen. Der übliche Eso-Kram.

»Hat länger gedauert. Entschuldigen Sie«, sagte der Therapeut, als er eine Viertelstunde später an Isas Tisch auftauchte. Er setzte sich. »Sie haben die Haare anders«, bemerkte er.

»Und? Was sagt Ihnen das?«, fragte Isa.

»Laut Sigmund Freud dient Haareschneiden zur symbolischen Darstellung der Kastration.« Der Therapeut grinste. »Muss ich mich jetzt fürchten?«

Er nahm die Speisekarte. »Haben Sie schon gewählt? Das Curry kann ich empfehlen.«

Eine Frau, die etwas entfernt gesessen hatte, versuchte sich unentdeckt an ihrem Tisch vorbei zum Ausgang zu drücken. Der Therapeut hob ironisch die Augenbrauen. Die Frau errötete und machte, dass sie rauskam.

»Patientin«, sagte der Therapeut. »Schwänzt gerade das Mittagessen in der Klinik.«

»Machen das viele Patienten?«, fragte Isa.

»Das Essen hier ist besser«, sagte der Therapeut.

»Hat Frau Kindermann auch geschwänzt?«

»Sie hat jedenfalls immer ausgesprochenen Wert auf Geschmackssicherheit gelegt.« Der Therapeut sah Isa an. Pokerface hinter dicker Brille.

Isa schob ihm die Vermisstenanzeige über den Tisch.

»Sie wollten Ihren Ermessenspielraum ausloten.«

»Sie lassen nicht locker, oder?«

»Nein«, sagte Isa.

»Okay«, seufzte der Therapeut »Ihre Freundin wurde mit einem akuten Erschöpfungssyndrom bei uns eingeliefert, nachdem sie

Suizidabsichten geäußert hatte. Als Eingangsdiagnose nicht unüblich. Das Unübliche kommt meistens erst während der Therapie hoch.«

»Narzisstische Persönlichkeitsstörung«, sagte Isa.

Der Therapeut nickte. »Bei Narzissmus denken die meisten an Trump oder Dieter Bohlen. Aber das Spektrum ist viel breiter gefächert.« Er nahm die Brille ab und massierte sich die Nasenwurzel. »Es gibt zum Beispiel Narzissten, gerade Frauen, die nehmen sich nach außen total zurück, aber innerlich brodeln sie, weil sie das Gefühl haben, nicht genug gesehen zu werden. Meistens ist diesen Frauen schon als Kleinkind extreme Disziplin beigebogen worden. Das Ergebnis ist eine Kombination aus sehr schwachem Selbstwertgefühl und vollkommen überzogenen Anforderungen an sich selbst. Als Erwachsene gehen diese Frauen vollkommen in ihrer Arbeit für andere auf, weil sie ständige Anerkennung von außen brauchen – vor allem von ihren Vorgesetzten, die sie im Gegenzug für diese Anerkennung kritiklos bewundern. Ein Traum für jeden Arbeitgeber. Heißt bei uns intern auch Assistentinnen-Syndrom.«

Isa tat, als sei sie mit ihrem Curry beschäftigt. In ihrem Kopf sortierte sich mit rasender Geschwindigkeit alles neu: Miras fixe Idee, dass sie sich als Künstlerin durchgesetzt haben musste, bis sie dreißig war. Ihre Überzeugung, ansonsten nur noch in einer untergeordneten Position arbeiten zu können. Miras bedingungsloser Einsatz für *Concrete Gold*, ihre unverhohlene Bewunderung für Isa. ›Alles keine Seltsamkeiten, sondern Symptome‹, dachte Isa.

»Die meisten Chefs sind natürlich auch Narzissten«, führte der Therapeut währenddessen gerade aus. »Allerdings meistens von der klassischen Sorte: machtbewusst, empathielos und arbeitssüchtig.«

Isa hörte ihm zu und hatte plötzlich Can im Ohr.

›Du hast echt Talent zum Chefsein.‹ Wie oft hatte er das in den letzten Jahren zu ihr gesagt – nicht als Kompliment, sondern als Schlusspunkt von langen, erbitterten Auseinandersetzungen? Wie oft hatte Can Isa Arbeitssucht vorgeworfen? Wie oft Verkopftheit und Gefühlskälte?

»An was denken Sie gerade?«, fragte der Therapeut.

Isa schreckte aus ihren Gedanken hoch. »Das ist nicht Ihr Ernst.«

»Sorry«, der Therapeut hob die Hände und lachte. »Ist mir nur so rausgerutscht. Nehmen Sie noch einen Kaffee?«

»Ist Ihnen sonst noch etwas an Frau Kindermann aufgefallen?«, fragte Isa, nachdem die Kellnerin den Espresso gebracht hatte.

»Die üblichen Widerstände und Ausweichmanöver.«, sagte der Therapeut. »Ständiges Zuspätkommen zu Therapiesitzungen, zwanghaftes Bedürfnis, nicht existentes Selbstwertgefühl durch ausgefeiltes Stilbewusstsein zu überspielen, übertriebene Zukunftsangst.«

Isa dachte an die Luxusausstattung in Miras Wohnung und das, was Thomas und Malik über Mira erzählt hatten.

»Und die paranoiden Züge?«, fragte sie.

»Frau Kindermann hat verschiedene Andeutungen gemacht. Sie hätte bis vor wenigen Jahren als Assistentin für einen Whistleblower gearbeitet. Sie sei maßgeblich an der Aufdeckung einer europaweiten Verschwörung beteiligt gewesen. Und irgendwie war da auch was mit Untertauchen im Ausland mit falscher Identität.«

»Hat sie erzählt, dass sie sich bedroht gefühlt hat, oder verfolgt?«, wollte Isa wissen.

»Sie hat etwas von rechten Securityleuten erwähnt, die es auf sie abgesehen hätten«, sagte der Therapeut. »Kommt Ihnen das bekannt vor?«

›Was glaubst du Clown, wieso ich die vergangenen vier Jahre mit Personenschutz am Ende der Welt gelebt habe?‹, dachte Isa.

»Klassische Paranoia«, sagte der Therapeut.

Isa ließ das unkommentiert.

»Frau Kindermann hat ihre Wohnung auf ihren Ex-Partner überschrieben, bevor sie verschwunden ist«, sagte sie. »Was meinen Sie – wo soll ich ansetzen, um sie zu finden?«

»War Ihre Freundin nach der Entlassung aus der Klinik weiter in Therapie?«, fragte der Therapeut

»Soweit ich weiß, hat sie einen Therapieplatz gesucht, dann aber aufgeben, weil die Wartezeiten zu lang waren.«

»Und weil sie dachte, sie würde das auch allein in den Griff kriegen, richtig?«

Isa schwieg.

»Mangelnde Krankheitseinsicht ist Teil der Symptomatik bei Narzissten. Aber der Leidensdruck bleibt, und er wird ständig stärker, weil die Ausschläge zwischen Grandiositätsfantasien und vernichtendem Selbstzweifel immer größer werden und immer schwerer zu ertragen sind.« Der Therapeut wirkte mit einem Mal erschöpft. Dann setzte er sich auf und nahm Isa in den Blick.

»Narzissmus ist die Persönlichkeitsstörung mit der höchsten Selbstmordrate«, sagte er.

»Verstehe«, sagte Isa nach einiger Zeit. »Danke.«

Sie winkte der Kellnerin, zahlte und stand auf.

»Arbeit«, sagte der Therapeut unvermittelt. »Wenn Sie unbedingt nach Frau Kindermann suchen wollen, dann fangen Sie bei der Arbeit an. In ihrem Arbeitsumfeld.«

»Ihr Ex-Freund hat erzählt, sie hätte sich zuletzt vor allem für Kunst interessiert«, sagte Isa. »Und für Naturbeobachtungen.«

»Möglich«, sagte der Therapeut. »Ich würde trotzdem bei der Arbeit anfangen.«

Isa nickte. Dann verließ sie das Lokal.

Zwölf

Dienstag
26. Februar 2019
Berlin

Als Wolf um neun Uhr ins Büro kam, geduscht, rasiert, in seinem irgendwie wieder besser sitzenden zweitbesten Anzug, war Linh Nguyên nicht da. Stattdessen saß eine übergewichtige Mittdreißigerin an ihrem Platz, eine dieser Springerinnen, die HSW neuerdings als Poolmitarbeiterinnen unter Vertrag hatte, um Krankheitsausfälle abzufedern.

Wolf hatte noch nicht seinen Mantel aufgehängt, da stand die Dicke auch schon bei ihm im Büro. Kurze Haare in einem unnatürlichen Rot, Blümchen-Parfum, die bebenden Brüste kalkuliert in Position gebracht.

»Herr Pahlow möchte Sie sprechen. Sie sollen gleich zu ihm hochkommen.« Kaum verhohlene Erregung angesichts des erwartbaren Einlaufs, den Wolf von Pahlow erhalten würde.

»Danke für die Info. Und das nächste Mal fragen Sie vorher, ob Sie reinkommen können, ja?« Wolfs Lächeln mehr ein Zähneblecken, denn ein Freundlichkeitssignal.

»Natürlich«, sagte die Dicke. »Kann ich sonst noch was …«

»Gehen«, sagte Wolf. »Sie können gehen.«

Die Dicke guckte verdutzt. Dann drehte sie ab.

Kurz darauf saß Wolf in Pahlows Büro.

»Linh Nguyêns Bruder hat vorhin angerufen.« Pahlow versuchte, lässig auszusehen, während er an der Glaswand hinter seinem Schreibtisch lehnte. »Er hat Linh krankgemeldet. Die Familie will nicht, dass sie noch einmal zu HSW zurückkommt. Der Bruder sagt, du hättest Linh gestern derart fertiggemacht, dass sie auf dem Heimweg einen Nervenzusammenbruch hatte.«

»Und ich dachte immer, ›Bambus biegt sich, aber er bricht nicht‹.« Wolf lehnte sich in seinem Besprechungsstuhl zurück und lächelte.

An Pahlows Hals deuteten sich die ersten roten Flecke an, die er immer bekam, wenn er sich aufregte.

»Hast du schon mal was von ›bossing‹ gehört, Wolf? Chefs, die ihre Mitarbeiter gezielt terrorisieren? Genau das machst du. Und zwar ständig. Die wievielte Assistentin hast du inzwischen verschlissen? Die vierte in zwei Jahren?«

Wolf hob die Hände. »Wenn die Damen so empfindlich sind.«

»Du hast Linh gesagt, sie sei bei HSW überfordert. Du hast ihr empfohlen, sich einen anderen Job zu suchen.« Pahlow stützte die Hände auf seinen Schreibtisch und beugte sich zu Wolf vor. »Geht's noch, Kollege? Das war einer unserer besten Neuzugänge.«

»Ernsthaft?« Wolf legte den Kopf schräg. »Jetzt mal ganz unter uns, Matthias. Wenn die Nguyên das Beste war, was HSW im Officebereich zu bieten hat, dann solltest du mal deine Rekrutierungsstrategie überdenken. Die Kleine hat eine fette Unregelmäßigkeit in den Geschäftsberichten von Nolden-Bau übersehen. Und zwar eine, die so offensichtlich ist, dass man schon extrem tiefbegabt sein muss oder final desinteressiert, wenn einem so was durchrutscht.«

»Wenn das so offensichtlich war, wieso ist es dir dann nicht selber aufgefallen? Du bist der Chef, Wolf. Du bist am Ende verantwortlich, nicht deine Assistentin.«

Wolf schüttelte lachend den Kopf und markierte mit geöffneten Händen ironische Hilflosigkeit.

»Eben, Matthias. Am Ende bin ich für den Unsinn verantwortlich, den meine Assistentin verzapft. Und genau deshalb brauche ich an der Stelle jemanden, auf den ich mich hundertprozentig verlassen kann.«

Pahlow wollte etwas sagen.

»Nein, Matthias«, fiel ihm Wolf ins Wort. »Komm mir jetzt nicht damit, dass ich auch noch die Kärrnerarbeit selber machen soll. Wir haben da schon drüber gesprochen. Andere Kanzleien setzen auf so ein Mandat ein ganzes Team an. HSW ist dafür nicht aufgestellt – okay, geschenkt. Aber wenn ihr mich schon als Einzelkämpfer ins Rennen schickt, muss ich wenigstens den Kleinkram delegieren können.«

Pahlow schwieg.

»Eigentlich ist es doch ganz einfach, Matthias«, legte Wolf nach. »Du schaltest jetzt sofort eine Anzeige für eine neue Assistentin. Aber dieses Mal achtest du bei der Bewerberinnenauswahl nicht auf das Fingernageldesign, sondern darauf, was die Tippmamsells in der Birne haben.«

Pahlows Kiefer war verkantet, die roten Flecken am Hals waren jetzt deutlich sichtbar.

Wolf machte Anstalten zu gehen. »Eins noch«, sagte er, schon an der Tür. »Das sollte besser zügig gehen mit dem Ersatz. Ich glaube nicht, dass ich den Blick auf den gestrandeten Wal, den du mir vor die Nase gesetzt hast, lange ertrage.«

Er winkte dem Personalchef knapp zu und ging zum Aufzug.

Fünf Minuten später stand Wolf in der Cafeteria und zog sich einen Cappuccino. Hinter ihm, am Stehtisch, unterhielten sich zwei Junior Counsels aus der Praxisgruppe Medienrecht.

»Mir haben sie Freitagnacht das Autoradio aus dem Wagen geklaut«, sagte der eine. »Tür aufgehebelt.«

»Supernervig. Hast du eine ordentliche Werkstatt, die dir das wieder hinklöppelt? Ist doch ein Oldtimer, oder?«

»SAAB 99 Turbo. Und die Polizei hat ungelogen fast eine Stunde gebraucht, um zur Schadensaufnahme anzurücken. Ich meine, ich wohne am Prenzlauer Berg, nicht in irgendeinem Assiviertel.«

»War halt Schabbes. Da sind unsere Ordnungshüter flächendeckend zum Schutz der allseits beliebten Kippaträger abgeordnet.«

Der SAAB-Besitzer lachte etwas zu spät und etwas zu laut.

»Manchmal wünscht man sich echt was Besseres für unser Land, oder?« Der Scherzbold kippte seinen Espresso. »Hilft ja nichts. Zurück an die Front«, sagte er.

Die beiden entfernten sich in Richtung Aufzug.

Wolf stellte sich mit seinem Cappuccino an den Stehtisch. Zwei Sekretärinnen drehten ab und setzten sich mit ihren Hazelnut Lattes auf die Fensterbank am anderen Ende der Cafeteria.

Zehn Minuten später war Wolf zurück in seinem Büro. Die Springerin brachte ihm die Postmappe. Ihr Teenieparfum erinnerte Wolf daran, dass er Adas Instagram-Aktivitäten checken musste. Aber nicht jetzt. Jetzt musste er arbeiten.

Er riss das Fenster auf. Kalte Luft strömte ins Büro. Es roch nach Schnee und Kohlenstaub. Wolf gab der Springerin Bescheid, dass er nicht gestört werden wollte, und machte sich noch einmal an den Jahresabschluss von Nolden-Bau. Die Verzögerung in Frankfurt musste sich irgendwie auch anhand der Zahlen nachvollziehen lassen.

Sieben Stunden später war Wolf keinen Schritt weiter. Draußen dämmerte es. Wolf warf sich seinen Mantel über und drehte eine Runde um den Block. Aus der neuen Coffeebar, die einer der Energierechtler vor Kurzem empfohlen hatte, strahlte warmes Licht. Wolf ging hinein und bestellte einen Espresso und einen Brownie.

»Siebenfünfzig.« Die Kassiererin, sah aus wie ein Model aus einem Skatermagazin.

Wolf reichte ihr einen Zehner. »Backt ihr die Brownies mit Goldstaub?«

Sie gab ihm sein Wechselgeld. »Drüben ist ein Backshop, wenn du es dir hier nicht leisten kannst.«

In diesem Moment rief Wolfs Bankberater an.

»Gestern konnten wir unser Gespräch ja leider nicht zu Ende führen, Herr Dr. Wolf, trotzdem sollten wir dringend über Ihren Dispo …«

»Ich bin gerade auf dem Weg in ein Mandantengespräch«, sagte Wolf. »Ich melde mich. Und bis dahin sehen Sie bitte von weiteren Darlehen an meine Frau ab, in Ordnung?«

Er legte auf und bemerkte erst jetzt die beiden blonden Junganwältinnen aus der Praxisgruppe Steuerrecht, die am Fenster saßen. Hatten sie mitbekommen, was er gesagt hatte? Wolf sah zu den Frauen hinüber. Sie schienen in ein Gespräch vertieft. Er ließ sich den Brownie einpacken, kippte seinen Espresso und ging zurück ins Büro.

Die Springerin war schon gegangen. Auch kein Verlust. Wolf machte sich wieder an die Arbeit.

Gegen halb zehn konnte er nicht mehr. Was war verdammt noch mal so schwer daran, die Ursachen für die Verzögerung in Frankfurt zu identifizieren, die sich doch irgendwo in den Zahlen verbergen musste, mit denen sich Wolf seit zwei Wochen ununterbrochen beschäftigte?

Wolf ging auf Youtube und rief wahllos ein Surfervideo aus Byron Bay auf. Ein großer dünner Typ in Neoprenanzug und Batmanmaske vollführte irrwitzige Stunts auf türkisgrünen Wellen.

Wolf klickte das Video weg und checkte den Kontostand auf seinem neuen Girokonto – immer noch knapp fünfundzwanzigtausend. Zwei Tage noch, dann würden die einundzwanzigtausend aus seiner rückwirkenden Gehaltserhöhung und seinem Gehalt für März eingehen.

Fünfundvierzigtausend waren für ein neues Leben eigentlich zu wenig, aber ausreichend, um sich aus Berlin wegzuträumen.

Wolf legte die Füße hoch.

Sein Blick fiel auf das silbergerahmte Foto auf seinem Schreibtisch: Ben bei der Einschulung. Elises selbst gebastelte Haifisch-Schultüte fest an die Brust gepresst. Tapfer bemüht, zuversichtlich in die Kamera zu blicken.

Wolf schossen die Tränen in die Augen.

»Scheiße«, flüsterte er.

Sein Handy klingelte.

»Du hast dich nicht mehr gemeldet«, sagte Henning. »Ich habe mir Sorgen gemacht.«

»Sorry.«

»Alles klar bei dir?«

»Geht so.«

»Was ist los?«

Wolf erzählte von den Anrufen des Bankberaters.

»Wann ist der Scheidungstermin?«, wollte Henning wissen.

»Anfang April.« Wolf wunderte sich, wie problemlos ihm die Lüge über die Lippen ging.

»Dann hoffen wir mal, dass Elise bis dahin nicht noch mehr Scheiße baut«, sagte Henning. »Wie läuft es auf der Arbeit?«

»Eines von den Großprojekten ist notleidend, und ich finde ums Verrecken nicht, woran es liegt.«

»Wie groß ist dein Team?«

»Me, myself and I.«

Henning lachte ungläubig. »Nicht dein Ernst. Schmeiß den Job endlich hin, Wolf, und komm rüber zu mir.«

»Ed hat mir ein Angebot gemacht«, sagte Wolf. »In Brisbane.«

»Und? Visum schon beantragt?«

Wolf schwieg.

»Wolf!« seufzte Henning. »Deine Nibelungentreue in allen Ehren …«

»Du hast keine Kinder, Henning. Du verstehst das nicht.«

»Richtig. Ich versteh' das nicht. Und weißt du, was ich auch nicht verstehe, Wolf? Du warst der Jahrgangsbeste an der Uni. Noch vor mir. Aber seitdem hast du zwanghaft jede Option ausgeschlagen, daraus was zu machen. Du fährst seit Jahren mit angezogener Handbremse, Wolf. Du hast dich selbst beschnitten. Und jetzt macht ausnahmsweise mal jemand die Tür von deinem selbst gewählten Käfig einen Spaltbreit auf, und du ziehst den Schwanz ein und duckst dich weg wie ein geschlagener Hund. Warum machst du das, Wolf? Was ist aus dir geworden?«

Wolf hatte plötzlich einen bitteren Geschmack im Mund.

»Wie lang?«, fragte er. »Wie lang wartest du schon darauf, mir diese Frage stellen zu können?«

Er drückte den Anruf weg und schaltete das Handy aus.

Zehn Minuten später verließ Wolf das Büro. Es war halb elf.

Die Autobahn war vollkommen leer. Wolf trat aufs Gas und spürte wieder die kraftvolle Welle, die sich unter ihm aufbaute und ihn dann mühelos trug, bis er das Gefühl hatte zu fliegen. Die Lichter der Stadt verschwammen zu bunten Streifen entlang des endlosen Tunnels, den Wolf geschmeidig durchglitt, während die Zeit stillzustehen schien. Namenloses Glück erfüllte ihn. Erst als in der Ferne vor ihm ein anderer Wagen auftauchte, nahm er den Fuß vom Gas und ließ die Welle langsam auslaufen.

Die Euphorie trug Wolf noch, als er von der Autobahn abfuhr. Der Betonklotz, in dem er hauste, schob sich in sein Sichtfeld. Wolfs Stimmung kippte ins Bodenlose.

Eine Viertelstunde später lag er auf dem Schlafsofa und versuchte vergeblich einzuschlafen.

›Was ist aus dir geworden?‹, hörte er Henning fragen.

»Leck mich«, flüsterte Wolf in die Dunkelheit.

Nebenan schaltete jemand den Fernseher ein. Wolf krümmte sich zusammen und fiel in dumpfen Schlaf.

Dreizehn

Dienstag – Mittwoch
26.–27. Februar 2019
Berlin

»Arbeit«, hatte Miras Therapeut gesagt. »Wenn Sie nach Ihrer Freundin suchen wollen, dann fangen Sie in ihrem Arbeitsumfeld an.«

Vermutlich deshalb war Isa nach ihrem Treffen mit dem Therapeuten zu der Kanzlei gefahren, in der Mira zuletzt gearbeitet hatte.

Erst als sie unter den Sicherheitskameras am Eingang von HSW stand, wurde ihr klar, wie sinnlos diese Aktion war. Was wollte sie hier? Sich am Empfang melden und um Auskunft über eine abgängige Mitarbeiterin bitten?

Früher, dachte Isa, hätte sie einfach einen Termin mit einem der Partner von HSW gemacht, notfalls auch mit jemandem aus der Öffentlichkeitsarbeit. Aber ohne *Concrete Gold* als Türöffner hatte sie vermutlich nicht einmal eine Chance, ins Foyer der Kanzlei vorzudringen. Aus irgendeinem Grund kränkte sie das ganz besonders.

Isa hatte sich in eine Coffeebar in Sichtweite von HSW gesetzt, um nachzudenken. Am Nebentisch unterhielten sich zwei Anzugträger Ende dreißig. Der eine hatte einen Alutrolley dabei.

»Wieso hast du jetzt überhaupt Hannover an der Backe?«, fragte sein Begleiter. »Das war doch Wolfs Territorium.«

»Wolf macht jetzt die Bensheim-Nachfolge.«

»Vielleicht holt das unseren Überflieger ja mal auf den Boden der Tatsachen zurück.«

»Den surfenden Sekretärinnenschreck holt gar nichts irgendwohin zurück«, konstatierte der Mann mit dem Trolley.

Isa verließ die Coffeebar.

Kurz darauf stand sie am Empfangstresen von HSW.

»Ich bin eine Freundin von Julia Bonin in der Praxisgruppe Energierecht«, sagte sie zu der Empfangssekretärin. »Wir sind verabredet. Kann ich so lange hier warten?« Sie zeigte auf die Sitzgruppe im Eingangsbereich.

»Selbstverständlich.« Die Empfangssekretärin lächelte. »Soll ich bei Frau Dr. Bonin durchrufen, dass Sie da sind?«

»Nicht nötig. Sie weiß Bescheid.«

»Falls Sie Kaffee möchten?« Die Empfangssekretärin deutete in Richtung eines Kaffeevollautomaten.

Isa zog sich einen Espresso. Sie nahm Platz und sah sich um. Empfangstresen mit Edelholzfurnier und minimalistischem Blumengesteck, dahinter ein raumgreifendes abstraktes Ölgemälde, sechs Meter hohe Sichtbetonwände, bodentiefe Fenster zur Straße, grauer Fließestrich, dunkle Loungechairs, diskrete Beleuchtung.

Zwei Männer um die fünfzig meldeten sich am Empfang. Sie nickten unwillig und nahmen dann bei Isa in der Sitzgruppe Platz. Maßkonfektionsanzüge aus dem Premiumsegment, rahmengenähte Schuhe, passende Aktentaschen.

Einer der beiden überflog den Aufmacher der ausliegenden Tageszeitung.

»›Immer mehr Berliner werden in die Außenbezirke verdrängt‹. Mir blutet das Herz«, sagte er.

»Wieso meint eigentlich jeder Otto Krawuttke, er hätte Wohnrecht in Citylage?«, fragte sein Begleiter.

»Oder jeder Ali Öztürk.«

Die Männer lachten.

Die Empfangssekretärin brachte ihnen Teegebäck und nahm Kaffeewünsche auf.

Eine teigige junge Frau in polyesterglänzendem Hosenanzug näherte sich der Sitzgruppe.

»Herr Stetten erwartet Sie. Bitte entschuldigen Sie vielmals, dass es so lange gedauert hat.« Atemlose Mädchenstimme, den Kopf devot zur Seite geneigt, als hätte sie die Wartezeit persönlich zu verantworten.

Die Männer nickten gnädig und folgten der Frau in Richtung Aufzug.

Isa war wieder allein. Der Blick der Empfangssekretärin glitt zu ihr hinüber. Isa griff nach ihrem Handy und tat, als würde sie einen Anruf annehmen.

»Alles klar«, sie stand auf. »Ich gehe schon mal vor. Bis gleich.«

Isa steckte das Handy weg, nickte in Richtung der Empfangssekretärin und verließ die Kanzlei.

Auf der Rückfahrt nach Neukölln konzentrierte sie sich darauf, die Menschen um sich herum so weit wie möglich auszublenden.

Die Rolltreppe an der U-Bahn-Station mit den Dschungelbildern war kaputt. Isa nahm die Treppe nach oben. Auf den Stufen lag angekokelte Alufolie. Feine rötlich braune Flecken sprenkelten die hellgrünen Kacheln am Treppenaufgang.

Auf der Straße zu Miras Wohnung hastete eine junge Frau mit einem kleinen Mädchen in einem Billigbuggy an Isa vorbei. Die Frau trug einen Hidschab mit Strassverzierung. Ihr Make-up war tränenverschmiert.

Ein untersetzter dunkelhaariger Typ mit Jogginghose und Kunstlederjacke setzte ihr nach. Er holte die Frau ein, drehte sie zu sich herum und ohrfeigte sie mit solcher Wucht, dass ihr Kopf zur Seite flog.

Das Mädchen im Kinderwagen begann zu weinen.

Der Mann schlug weiter auf die Frau ein.

»He!«, brüllte Isa.

Der Typ drehte sich zu ihr um. »Was willst du, Schlampe? Was mischt du dich ein?«

»Hör auf, die Frau zu schlagen!«

»Das ist meine Frau. Mit der mache ich, was ich will!«

»Nein, Bruder, so läuft das nicht.« Isa zückte ihr Handy. »Ich ruf die Bullen.«

Der Mann stierte sie an. Irgendwann wurde ihm klar, dass Isa es ernst meinte. Er spuckte seiner Frau ins Gesicht und rannte davon.

»Soll ich die Polizei rufen?«, fragte Isa, die Frau. »Wollen Sie Ihren Mann anzeigen? Ich mache eine Zeugenaussage.«

Die Frau schüttelte den Kopf.

»Die Polizei kann dafür sorgen, dass ihr Mann erstmal nicht in die Wohnung zurückdarf«, sagte Isa.

Die Frau biss sich stumm auf die Lippen.

»Soll ich ein Taxi rufen, und wir fahren in ein Frauenhaus?«

»Lassen Sie mich einfach in Ruhe«, sagte die Frau. »Mischen Sie sich nicht in meine Angelegenheiten.«

Sie beugte sich zu ihrer Tochter, die immer noch weinte.

Isa blieb unschlüssig stehen.

»Gehen Sie endlich weg«, schrie die Frau. »Sie können uns nicht helfen.«

Isa zögerte noch einen Moment, dann zuckte sie die Schultern und ging.

Das sommerliche Grillengezirpe in Miras Wohnung passte nicht zur feuchten Kälte, die sich in den Räumen eingenistet hatte. Isa fuhr die Heizung hoch. Sie rief Thomas an, erreichte aber nur die Mailbox. Isa hinterließ keine Nachricht. Eigentlich hätte sie weiter zu HSW recherchieren müssen, aber sie stand zu sehr unter Strom. Stattdessen fuhr sie ins Stadtbad und schwamm bis zur Erschöpfung.

Am nächsten Morgen saß Isa um sieben am Rechner und klickte sich durch die Website von HSW.

Gegen zehn gab sie auf. Was für einen Sinn hatte es, die Profile von irgendwelchen HSW-Anwälten zu scannen, wenn sie noch nicht einmal wusste, welcher Praxisgruppe Mira zugeteilt gewesen war?

Isa zog sich ihre Sportklamotten an und lief zwei Runden um das Tempelhofer Feld.

Als Thomas anrief, kam sie gerade aus der Dusche.

»Du hast angerufen«, sagte Thomas.

»Ich habe versucht, mehr über Miras Kanzleijob rauszubekommen. Hat sie dir irgendwas erzählt?«

»Nur dass ihr Chef superwichtig war«, sagte Thomas. »Aber bei Mira waren ja alle Chefs immer superwichtig.« Er lachte bitter.

»Vermisst du Mira manchmal?«, fragte Isa.

Thomas schluckte. »Ständig«, sagte er. »Ich vermisse sie ständig. Das ist doch die Scheiße.«

Dann drückte er das Gespräch weg.

Isa klickte sich noch einmal durch die Website von HSW. Sie rief die Karriereseite auf und stockte: Die Anzeige für einen IT-Administrator kannte sie bereits, aber die Annonce für eine Assistenzstelle war neu. *Senior Counsel,* las Isa, *Bau- und Immobilienrecht, Standort Berlin, nächstmöglicher Zeitpunkt.*

Ihr Herzschlag beschleunigte sich. Sie würde sich bewerben. Beim Lebenslauf und bei den Zeugnissen musste sie tricksen, aber sie hatte ein gutes Grafikprogramm. Mit ein bisschen Glück würde sie den Job bekommen. Und dann konnte sie intern nach Mira forschen. Undercover – wie damals bei Nolden-Bau.

In den nächsten Stunden arbeitete Isa fieberhaft. In der Berliner Praxisgruppe Bau- und Immobilienrecht von HSW gab es nur zwei Senior Counsels. Der eine war so seniorig, dass er sich vermutlich bald in den Ruhestand verabschieden würde, der andere sah mittelalt und hungrig aus. *Dr. Torsten Wolf*, las Isa. Vermutlich der Überflieger und surfende Sekretärinnenschreck, über den die beiden Junganwälte am Vortag abgezogen hatten.

Ein paar Suchbefehle später wusste Isa, wie Wolfs Frau aussah und auf welche Privatschule seine Kinder gingen. Hinweise auf Ex-Sekretärinnen fand sie keine, dafür ein älteres Foto von Wolf im Neoprenanzug mit Surfboard unter dem Arm neben einem schlaksigen Blonden. Beide Männer braun gebrannt und mit ausgebleichten Haaren, Wolf trotz (oder wegen?) seines melancholisch verschatteten Blicks eindeutig der Attraktivere der beiden.

Isa klickte das Bild weg und versuchte sich zu erinnern, wie der

Anwalt hieß, dessen Nachfolge Wolf angetreten hatte – Bensberg? Bensheim?

Sie scrollte durch das Anwaltsverzeichnis von HSW. Unter Bensheim waren zwei Namen gelistet: Marietta und Michael. Offensichtlich miteinander verheiratet. Marietta Bensheim war auf Medien-, ihr Mann auf Bau- und Immobilienrecht spezialisiert. Das Onlineprofil von Michael Bensheim war seltsam vage. Trotzdem war er, und nicht seine deutlich umtriebigere Gattin, Partner bei HSW. Beide waren am Standort Köln tätig. Isa hatte noch nie von ihnen gehört.

Isa checkte die Website eines Onlineklatschblatts für Juristen. Während Torsten Wolf immer wieder als High Potential durch die Nachrichten geisterte, war Michael Bensheim offenbar konsequent unter dem VIP-Radar geflogen. Was auch immer hinter seinem Abgang bei HSW steckte, die Verbindung nach Köln war ein Pfund, mit dem Isa in ihrer Bewerbung wuchern konnte.

Dazu musste sie sich nur noch die passende Legende basteln. *Nachgewiesene Erfahrung im gehobenen Assistenzbereich, Durchsetzungsfähigkeit, hohe Zahlenaffinität, bevorzugt mit abgeschlossenem Studium der Betriebswirtschaftslehre*, stand in der Ausschreibung.

Isa machte sich auf die Suche im Netz.

Drei Stunden später verfügte Sofia Isabelle Seldeneck über einen durchschnittlichen BWL-Abschluss und eine Handvoll Referenzen als Direktionsassistentin bei Unternehmen in Köln und Umgebung. Für das Zeugnis von Nolden-Bau aus den frühen Neunzigern hatte Isa nur ein wenig an ihrem Namen drehen müssen, alle anderen Zeugnisse waren ebenso gefälscht wie der Lebenslauf.

Für das Bewerbungsbild fuhr Isa nach Charlottenburg.

Graffiti überzogen die Zweckbauten und Schallschutzmauern entlang der S-Bahn-Trasse. *Ikarus, Hell, Deep Elite, Jealous Society, Generation Stillstand, Pure Hate, BLnCru*, das Bild einer riesigen skelettierten Ratte in vollem Lauf, immer wieder das Blau-Weiß von Hertha und natürlich *ACAB*, der ewige Klassiker.

Bei der Fotografin drückte Isa den Rücken durch, sie drehte leicht den Kopf und deutete ein Lächeln an, der Blick selbstbewusst, aber gerade eben so, dass sich niemand in seiner Autorität bedroht fühlen musste. Isa war fünfzehn Jahre mit Robert Selinger zusammen gewesen. Sie wusste, was sie vor der Kamera tat und was sie von ihr wollte. Nach zwanzig Minuten waren die Bilder im Kasten. Isa zahlte und merkte erst da, dass sie den ganzen Tag nichts gegessen hatte.

Schräg gegenüber vom Fotostudio lag eine Filiale des Warenhauses, bei dem es sie noch gab, die guten Dinge. Isa setzte sich in den Gastrobereich und bestellte einen Strammen Max.

Draußen dämmerte es inzwischen. Vor der Fensterfront zuckte Blaulicht auf. Polizei eskortierte einen Zug von vielleicht hundert dunkelhäutigen Männern, die auf Kunststoffkanistern trommelten. *Madgermanes* stand auf einem Transparent. *DDR + Mosambik = Lohnbetrug!*

»Und für so was muss unsere Polizei Überstunden machen«, sagte die Frau am Nebentisch. Isas Alter, beiger Kaschmirpulli, Wachstuchjacke, teure Schnürstiefel. »Ein bisschen weniger Demonstrationsfreiheit würde diesem Land manchmal auch nicht schaden.«

»Aber Rhythmus im Blut haben die Jungs.« Ihr Begleiter trommelte im Takt der Demonstranten draußen auf den Tisch. Die Wachstuchjackenfrau fing lachend seine Hand ein.

Isa ging zurück in Richtung S-Bahn. Auf einer XXL-LED-Tafel lief ein Video, in dem aus einer verbeulten roten Gießkanne fast eine halbe Minute lang Wasser ins Nichts floss. Das Bild wechselte. *Das sind Ihre Steuergelder* glühte schwarz auf weiß auf, darunter ein unauffällig platzierter QR-Code. Isa blieb stehen und wartete, bis das Gießkannenvideo wieder aufleuchtete. Das Video war von betörender Schönheit. Irgendetwas daran irritierte Isa, ohne dass sie den Finger darauflegen konnte.

In der S-Bahn waren kaum Leute. Ein bulliger Typ mit dunklen Haaren und olivfarbener Haut ließ sich auf den Sitz gegenüber von Isa fallen und spreizte die Beine. Auf seinem Hoodie stand *Suck my dick, bitch*. Isa wechselte den Waggon.

Zurück in Miras Wohnung kopierte sie das Bewerbungsfoto in den Lebenslauf von Sofia Seldeneck und schickte die Bewerbung an HSW.

Der Anruf kam am nächsten Morgen.

»Hallmarck Stetten Werbellin. Wir würden Sie gerne zu einem Vorstellungsgespräch einladen«, sagte die Personalerin. »Könnten Sie vielleicht schon heute reinkommen? Um dreizehn Uhr? Würde das bei Ihnen passen?« Ihre Stimme klang flehend.

Isa sah auf die Uhr, es war kurz vor zehn. Sie hatte keine Klamotten für ein Bewerbungsgespräch.

»Da habe ich leider schon einen anderen Vorstellungstermin«, sagte sie. »Ginge es bei Ihnen auch später am Tag? Oder morgen?«

Die Personalerin checkte ihren Kalender. »Heute? Siebzehn Uhr?«, fragte sie. »Matthias Pahlow, unser Partner für Personalangelegenheiten, wird das Gespräch mit Ihnen führen.«

Isa bestätigte den Termin.

Um kurz vor fünf saß sie in einem Besprechungsraum von HSW.

Matthias Pahlow kam zehn Minuten später. Zwischen Mitte und Ende vierzig, volles rötlich braunes Haar, Sommersprossen, braune Augen, weder klein noch dick oder unattraktiv, trotzdem irgendwie der Typ, der in der Schule gemobbt worden war.

»Schön, dass Sie es so kurzfristig einrichten konnten, Frau Seldeneck«, sagte er. »Erzählen Sie mir doch einfach noch einmal etwas zu Ihrem Werdegang.«

Isa listete die Stationen auf: Nach dem BWL-Studium wegen der nur durchschnittlichen Note keine Stelle als Betriebswirtin gefunden, über eine Zeitarbeitsfirma in die Vorstandsassistenz reingerutscht, fast zwei Jahrzehnte in diesem Bereich gearbeitet, vor vier Jahren mit dem Lebensgefährten, einem Immobilienmakler, nach Spanien gezogen, dort für eben jenen Lebensgefährten die Bücher gemacht, Ende des vergangenen Jahres Trennung, Rückkehr nach Deutschland.

»Aber warum sind Sie dann nach Berlin gegangen?«, fragte Pahlow. »Jeder Ihrer ehemaligen Arbeitgeber im Rheinland hätte Sie doch sicher mit Kusshand wieder genommen?«

»Ich wollte einfach noch mal neu anfangen. Und Berlin ist halt total spannend.« Isa lächelte, Wagemut und ein Quäntchen Risikofreude im Blick.

»Aber ins Rheinland haben Sie weiterhin Verbindungen?«

»Selbstverständlich. Christof Nolden ist ja leider kürzlich verstorben …«

»Sie sind über all die Jahre mit ihm in Kontakt geblieben?«

Isa registrierte Pahlows Überraschung.

»Ich war Christofs persönliche Assistentin«, sagte sie, Rücken durchgedrückt, Kinn leicht angehoben, verhaltenen Stolz in der Stimme. »In dieser Position hat man eine besondere Vertrauensbeziehung, und die ist natürlich nicht abgerissen, als ich damals leider krankheitsbedingt ausscheiden musste.«

»Hatten Sie zu Ihren späteren Chefs ein ähnlich gutes Verhältnis?«

»Zu manchen ja, zu manchen nein.« Isa lächelte vieldeutig.

»Das heißt, Sie können mit den Eigenheiten von Führungspersönlichkeiten umgehen?«

»Ist das wichtig?« Irgendetwas an Pahlows Fragen reizte Isa plötzlich bis aufs Blut.

Pahlow lächelte. »Der Kollege, für den Sie arbeiten würden, hat manchmal einen etwas eigenwilligen Führungsstil.«

»Sie meinen, er ist ein Arschloch.«

Pahlow versuchte undurchschaubar zu wirken. Zarte rote Flecke breiteten sich auf seinem Hals aus.

»Wir müssen noch über Ihre Gehaltsvorstellungen sprechen«, sagte er. »Sechzigtausend bekomme ich im Officebereich nicht abgebildet, das sprengt den Rahmen. Selbst fünfzig wird schwierig.« Er machte eine rhetorische Pause. »Aber dafür bieten wir attraktive Zusatzleistungen – Jobticket, Shoppinggutscheine, kostenlose Inhouse-Weiterbildungen, Teambuilding-Events …«

Isa lachte auf. »Ich dachte, Sie suchen eine erfahrene und durchsetzungsstarke Assistentin mit hoher Zahlenaffinität?«

Pahlow nickte perplex.

Isa ging gnadenlos in die Offensive.

»Okay,« sagte sie. »Wir wissen beide, dass der Job für vierzig Wochenstunden ausgeschrieben ist, faktisch aber auf sechzig hinausläuft. Bei einem Chef mit ›eigenwilligem‹ Führungsstil. Außerdem wäre meine Vernetzung ins Rheinland für HSW ein Asset, wenn ich Ihre Fragen vorhin richtig gedeutet habe.«

Pahlow wich ihrem Blick aus.

»Jetzt nur mal angenommen, Herr Pahlow, ich ließe mich vor diesem Hintergrund einfach so auf fünfzigtausend und ein paar für HSW lohnkostenverkürzende Sachleistungen herunterhandeln«, sagte Isa, »das hieße doch im Umkehrschluss, dass ich die Ausschreibungsanforderungen eben gerade nicht erfülle, oder?« Sie legte den Kopf schräg und lächelte.

Pahlow schwieg. Die roten Flecke an seinem Hals waren jetzt nicht mehr zu übersehen.

»Danke für das Gespräch, Frau Seldeneck.« Er stand auf. »Sie hören von uns.« Sein Blick hatte plötzlich etwas Hinterhältiges.

Fünf Minuten später war Isa auf dem Weg zur U-Bahn.

›Du doofe Nuss‹, dachte sie. ›Das war deine Chance bei HSW, aber du lässt dich von einem beschissenen kleinen Personaler aus der Reserve locken.‹

Sie passierte eine Sicherheitskamera und sah sich kurz darauf auf dem Monitor am Bahnsteig – eine Frau mittleren Alters, flotte Föhnfrisur, grauer Hosenanzug, halbhohe Pumps, praktische Lederhandtasche.

Nichts davon hatte mit ihr zu tun.

In Miras Wohnung empfing Isa das Grillengezirpe. Entnervt zog sie die Kabel zu den Mikrolautsprechern. Sie befreite sich von ihrem Chefsekretärinnenoutfit. Dann setzte sie sich mit einer Tasse Tee an den Küchentisch und sah in den dunklen Hinterhof.

Irgendwann hielt es Isa nicht mehr in der Wohnung. Sie nahm die U-Bahn zurück nach Mitte und sah sich einen französischen Ballerfilm an. Der Hauptdarsteller hatte graue Bartstoppeln und tiefe Augenringe. Isa dachte an Can. Seit der Abfuhr am Telefon vor drei Tagen hatte sie erfolgreich jeden Gedanken an ihn verdrängt, jetzt kämpfte sie mit dem Wunsch, den nächstbesten Flug nach Schottland zu buchen.

Als Isa aus dem Kino kam, zeigte ihr Handy drei verpasste Anrufe von einer unterdrückten Nummer an. Isa hörte ihre Mailbox ab. Matthias Pahlow teilte mit, dass Herbert Stetten ihrer Einstellung zugestimmt hatte. Dreiundfünfzigtausend in den ersten sechs Monaten, achtundfünfzigtausend danach. Der Arbeitsvertrag lag zur Unterschrift bereit. Ob Isa schon am nächsten Tag reinkommen könne?

Isa lachte auf. Sie hatte gewonnen. Im nächsten Moment wurde ihr klar, was das bedeutete. Ihre Sehnsucht nach Can war mit einem Mal übermächtig. Ohne nachzudenken, wählte sie seine Nummer.

Die Leitung baute sich auf.

Can ging nach dem dritten Klingeln dran.

»Hi«, sagte Isa, plötzlich befangen. »Wie isses?«

»Alles okay«, sagte Can. Im Hintergrund hörte Isa den Lärm vom Pub.

»Ich wollte nur sagen, dass es noch dauert, bis ich zurückkomme«, sagte sie. »Einen Monat, vielleicht zwei.«

»Ach, du hast vor zurückzukommen?«, sagte Can.

Dann legte er auf.

»Fick dich«, flüsterte Isa.

Es begann leise zu regnen. Innerhalb von Sekunden war der Bürgersteig mit hauchdünnem Eis überzogen. Isa machte sich auf den Rückweg nach Neukölln.

Die U-Bahn-Station mit den Tropenbildern war menschenleer. Nur ein beinloser Junkie dämmerte in seinem Rollstuhl vor sich hin.

Zwei Securitymänner mit neongelben Westen und Schäferhund schlossen zu ihm auf. Vierschrötig, kahl geschoren, mit blauen Augen und Tätowierungen am Hals der eine, durchtrainiert, dunkel, mit gepflegtem Bart und Undercut der andere.

»Aufwachen, Meister.« Der Vierschrötige stieß den Junkie an. »Du bist hier unerwünscht. Verpiss dich.«

Der Junkie versuchte mühsam, den Kopf zu heben. Der Maulkorb des Schäferhunds war auf Höhe seiner Augen.

»Junkiedreck«, sagte der Dunkelhaarige.

»Hey«, fuhr Isa dazwischen. »Das ist immer noch ein Mensch.«

»Ach ja?«, der Dunkelhaarige sah sie an. »Wenn das ein Mensch ist, dann nimm diesen Menschen mit zu dir nach Hause, wasch ihn, gib ihm was zu essen, und lass ihn bei dir übernachten.«

Isa wusste nicht, was sie sagen sollte.

Der Junkie stieß sich mühsam mit seinem Rollstuhl in Richtung Aufzug.

Die Securitymänner gingen weiter. »Komm du mir noch mal mit ›Das ist immer noch ein Mensch‹«, sagte der Dunkelhaarige im Weggehen. Der Vierschrötige lachte.

Isa ballte unwillkürlich die Fäuste. Sie fühlte sich vollkommen leer. Irgendwann ging sie zurück in Miras Wohnung und schlief lange nicht ein.

Vierzehn

Mittwoch
27. Februar 2019
Berlin

Um kurz nach fünf wurde Wolf von Rollkoffergerumpel im Treppenhaus geweckt. Danach konnte er nicht mehr einschlafen. Er duschte heiß, zog sich mit Bedacht an und dachte im Gehen gerade noch daran, das Bruegel-Poster aus der Gemäldegalerie mitzunehmen. Beim Frühstück in einem türkischen Café in der Nähe der Wohnung war er der einzige Anzugträger unter lauter Männern, die aussahen wie Türsteher nach Feierabend oder wie Müllwerker bei der ersten Pause des Tages. Eine zerlesene Boulevardzeitung lag auf Wolfs Tisch. Auf dem Titelbild war das vermisste Mädchen mit den Rehaugen und den aufgepumpten Lippen. Das Mädchen war fünfzehn, genau wie Ada. Wolf griff sein Handy und versuchte, Adas Instagram-Account aufzurufen. *Dieses Konto ist privat* poppte auf. Wolf schlug mit der Hand auf den Tisch. Das Kopftuchmädchen hinter dem Tresen sah zu ihm herüber. Sollte sie doch. Das, was die Kleine in einem Monat verdiente, machte er in anderthalb Stunden.

Wolf zahlte und machte sich auf den Weg zu HSW. Es war kurz nach sieben.

Auf der Stadtautobahn stand der Verkehr. Der Mercedesfahrer hinter Wolf scherte aus und zog auf der Standspur an den wartenden Fahrzeugen vorbei.

Von hinten näherte sich Blaulicht. Feuerwehr und zwei Notarztwagen bahnten sich quälend langsam ihren Weg durch die nur angedeutete Rettungsgasse.

Am Maschendrahtzaun entlang der Böschung hing eine Plane. *Stillstandspolitik* stand in fetten schwarzen Lettern auf hell reflektierendem Grund, darunter ein QR-Code.

Wolf fragte sich, ob irgendjemand solche Codes je wirklich scannte. Der Wagen vor ihm setze zwei Meter nach vorn, Wolf zog nach. Der Verkehr stockte wieder. Wolf griff sich sein Handy und beantragte aus einer Laune heraus ein Besuchervisum für Australien.

Irgendwann kam wieder Bewegung in die Fahrzeugmassen. Kurz darauf schob sich Wolf mit seinem Wagen im Schritttempo an der Unfallstelle vorbei. Ein Knäuel aus froschgrünem Metall war zwischen einem Brückenpfeiler und einem schwarzen Edel-SUV zusammengefaltet. Glassplitter glitzerten im Flutlicht. Feuerwehrleute waren mit schwerem Gerät zugange. Etwas Längliches lag unter einem Tuch auf dem Asphalt. Oben auf der Brücke standen Menschen und hielten ihre Handys auf die Szene.

Als Wolf bei HSW ankam, war es kurz nach neun. In der Cafeteria war Stoßzeit. Wolf zog sich einen Cappuccino und studierte die Aushänge am Schwarzen Brett. Ein frisch beförderter Senior Counsel bot einen High-End-Kinderwagen an – *Liebe Kollegen, wir haben unsere Familienplanung abgeschlossen*, Zwinker-Smiley. Ein Flyer einer nahe gelegenen Massagepraxis. Daneben Matthias Pahlows schon etwas angegilbter Appell, sich an den Pro-bono-Aktivitäten von HSW zu beteiligen. Der Aufruf war vor ein paar Monaten rausgegangen. Einige der Junior Counsels hatten damals tatsächlich Patenschaften für irgendwelche minderjährige Geflüchtete übernommen, weil sie gehofft hatten, damit ihre Aufstiegschancen bei HSW zu verbessern.

Wolf fuhr hoch in sein Büro. Die dicke Springerin winkte ihm durch die Glaswand zu. Wolf nickte knapp. Er nahm die teuer gerahmten Architekturzeichnungen von Elise ab, die er seit Jahren im Büro hängen hatte, und stellte sie mit dem Rücken nach vorn auf den Boden. Dann pinnte er das Bruegel-Poster mit Reißzwecken an die Wand. Erst danach klappte er das Notebook auf und öffnete den Jahresabschluss von Nolden-Bau.

Noch während das Dokument lud, überwältigte Wolf eine alles ergreifende Hoffnungslosigkeit. Sein Blick fiel auf das Einschulungsfoto von Ben auf dem Schreibtisch, und mit einem Mal erkannte Wolf in dem verzagten Gesicht und der verdrucksten Haltung seines Sohnes sich selbst. Er nahm das Foto und steckte es in seine Schreibtischschublade.

Als der Jahresabschluss vollständig geladen war, scrollte Wolf sich durch zur Bilanz. Irgendwo in diesen Zahlen verbarg sich der Grund für die Verzögerung in Frankfurt, und Wolf musste herausfinden, an welcher Stelle. Er hatte nur keine Ahnung, wo er ansetzen sollte.

Wolf dachte daran, einfach einen der beiden Geschäftsführer von Nolden-Bau zu fragen, was falsch gelaufen war, aber dann erinnerte er sich an den Blick, den Masserberg und Rodach gewechselt hatten, als er sich von ihnen verabschiedet hatte, und er verwarf den Gedanken.

Wolf sah durch die Glaswand zu der Springerin. Sie starrte mit leicht geöffnetem Mund auf den Bildschirm und begann dann plötzlich mit dem Kiefer zu mahlen.

Wolf ging auf die Karriereseite von HSW. Keine Stellenausschreibung im Officebereich. Offensichtlich hatte Matthias Pahlow keine Eile, ihm Ersatz für Linh Nguyên zu besorgen.

›Leck mich‹, dachte Wolf.

Er loggte sich in sein altes Gehaltskonto ein. Die Miete für die Wohnung am Prenzlauer Berg war schon abgebucht, ebenso wie die monatliche Darlehnsrate für das Kupferhaus, aber Wolfs Gehalt für März war noch nicht eingegangen. Und selbst wenn das Geld kam, würde es sofort im schwarzen Loch seines gnadenlos überrissenen Dispos verschwinden.

Wolf massierte sich die Schläfen und drehte den Kopf langsam von links nach rechts, bis seine Nackenmuskulatur knackte. Dann griff er sich den Mantel und gab der Dicken Bescheid, dass er für eine Stunde rausgehen würde.

Als er außer Sichtweite von HSW war, rief Wolf den Bankberater an.

»Sie wollten mich sprechen«, sagte er. »Jetzt passt bei mir gerade.«

»Ich bin ab halb eins in einem Termin«, sagte der Bankberater.

Wolf checkte die Uhrzeit. Es war halb zwölf.

»Bin auf dem Weg«, sagte er.

Wolf hatte kaum aufgelegt, da rief die Springerin an.

»Herr Stetten möchte Sie sofort sprechen.« In ihrer Stimme lag die gleiche sensationslüsterne Erregung, wie am Tag zuvor. Wahrscheinlich, dachte Wolf, war die Dickmadam auch eine von denen, die ihr Handy draufhielten, wenn es jemand auf der Autobahn zerlegte.

»Ich bin in zehn Minuten da«, sagte er.

Kalte Panik stieg in ihm auf.

›Jetzt schmeißt er dich raus‹, dachte Wolf, während er zu HSW zurückhastete. Die Frage war, ob Stetten ihn feuerte, weil er dabei war, das Nolden-Mandat zu versemmeln, oder weil Wolf mit der Geschichte mit Linh Nguyên den Bogen überspannt hatte.

Stetten telefonierte, als Wolf ankam. Er sah Wolf durch die Glastür und bedeutete ihm ungehalten, noch zu warten.

Zehn Minuten später nahm Wolf auf dem Besuchersessel Platz. Der Chef nickte ihm knapp zu und schien dann wegzudriften.

»Nur noch von Idioten umgeben …«, hörte Wolf ihn murmeln. Dann hob Stetten ruckartig den Kopf und sah Wolf an. Für den Bruchteil einer Sekunde schien er desorientiert, im nächsten Moment war er wieder präsent.

»Kollege Wolf«, sagte er. »Wir haben uns gar nicht mehr gesehen, seitdem Sie in Köln waren. Wie ist der Stand?«

Wolf straffte seine Schultern und lehnte sich zurück.

»Gut so weit«, sagte er. »Die Sitzung der Geschäftsführung war eher kurz. Aber davor habe ich mich noch mit den anderen Beiratsmitgliedern getroffen.«

Stetten nickte. »Ich habe gestern mit Reinhardt Bastnach telefoniert. Er fand Sie sehr überzeugend. Etwas überbesorgt vielleicht, was den Abschluss angeht, aber ansonsten sehr souverän für Ihr Alter.«

Wolf entspannte sich.

»Bastnach meinte, beim Thema Delegieren hätten Sie allerdings etwas verhalten reagiert«, legte Stetten nach.

Wolf war wieder im Alarmmodus.

»Das bringt mich zu der leidigen Geschichte mit Ihrer Asiatin«, sagte Stetten. »Wir werden ihr eine Abfindung zahlen müssen.«

Wolf setzte zu einer Rechtfertigung an.

Stetten winkte unwirsch ab.

›Das war's‹, dachte Wolf. ›Lustig, dass es dich ausgerechnet wegen dieser Schlitzaugenschlampe reißt.‹ Plötzlich hatte er das Gefühl, dass es gar nicht um ihn ging, sondern um einen unbeteiligten Fremden.

»Pahlow wollte Kosten sparen«, sagte Stetten. »Deshalb hat er sich dafür eingesetzt, der Kleinen eine Chance zu geben. Aber da das nun mal nicht funktioniert hat ...«, sein Blick verlor sich im Raum, um dann wieder zu fokussieren.

»Mir ist natürlich klar, dass Sie für ein Mandat wie Nolden-Bau qualifizierte Unterstützung brauchen, jemand von Format«, sagte er. »Pahlow hat gestern genau die Richtige für Sie aufgetan. BWL-Studium, solide Sekretariatserfahrung, Anfang fünfzig, hat aber noch Biss. Pahlow meint, die Dame wäre exakt Ihre Kragenweite.« Stetten lächelte. »Und jetzt kommt das Sahnehäubchen: Die Frau hat mal als persönliche Assistentin von Christof Nolden gearbeitet. Besser geht's nicht, oder?«

Wolf nickte hilflos.

»Meine Sekretärin arbeitet die Neue morgen ein, und ab übermorgen steht sie Ihnen zur Verfügung.«

Wolf nickte schon wieder wie ein Idiot.

»Das war es von meiner Seite«, sagte Stetten. »Wann sind Sie das nächste Mal in Köln?«

»Dienstag«, sagte Wolf.

»Wie läuft es mit dem Jahresabschluss?«

»Bin dran.«

»Ich zähle auf Sie.« Stetten lächelte sein Frettchenlächeln.

Wolf wandte sich zum Gehen.

»Noch eins«, sagte Stetten, als Wolf schon in der Tür stand. »Die Neue ist nicht ganz billig. Gehen Sie mit der ein bisschen sorgsamer um als mit den Vorgängermodellen, ja?«

Wolf nickte und ging zum Aufzug.

›Du bist noch dabei‹, dachte er, als er allein im Aufzug stand. Er hätte vor Erleichterung heulen können.

Zwei Salary-Partner aus der Praxisgruppe Automotive stiegen zu.

»Der wilde Wolf«, sagte der eine. »Kommen Sie mit zum Mittagessen?«

Wolf nickte.

Die nächsten anderthalb Stunden rauschten an ihm vorbei. An den Termin mit dem Bankberater erinnerte Wolf sich erst auf dem Rückweg zu HSW. Er fiel hinter seinen Kollegen zurück und rief den Mann an. Eine mechanische Frauenstimme teilte mit, der Bankberater sei derzeit nicht zu sprechen.

›Egal‹, dachte Wolf. So lange er seinen Job noch hatte, war alles andere egal.

Während seiner Abwesenheit hatte ihm die Dicke die Postmappe reingelegt. Eine Pressemeldung von HSW, zwei Fachaufsätze zur Geldwäscheprävention, dahinter ein verschlossener Umschlag, den Wolf geistesabwesend öffnete.

Sehr geehrter Herr Dr. Wolf,
mit Schreiben vom 21. 02. 2019 hatten wir Sie aufgefordert, bis spätestens Montag, den 25. 02. 2019, 10.000 € auf das nachfolgend aufgeführte Konto zu überweisen. Bisher konnten wir keinen Zahlungseingang verzeichnen. Wenn Sie verhindern wollen, dass Ihre Beratungstätigkeit für Nolden-Bau publik wird und Ihr Ruf als Anwalt unwiederbringlichen Schaden nimmt, legen wir Ihnen dringend nahe, den ausstehenden Betrag schnellstmöglich anzuweisen.

Darunter wieder die Kontoinformation der Onlinebank in Irland.

Wolf zerknüllte den Brief und warf ihn mit Kraft gegen die Glastrennwand zum Nachbarbüro. Die Springerin glotzte zu ihm hinüber. Wolf hob den Brief auf und riss ihn in kleine Fetzen.

Seine gute Laune war verflogen. Stetten hatte ihn nicht rausgeschmissen, aber dafür musste Wolf sich weiter mit Nolden-Bau herumschlagen.

Er checkte sein neues Girokonto. Die einundzwanzigtausend für die Nachzahlung und das Märzgehalt waren noch nicht eingegangen. Aber Monatsanfang war ja auch erst übermorgen.

Wolf loggte sich aus und zappte sich durch ein Surfervideo von Byron Bay. Danach machte er sich wieder an den Jahresabschluss.

Draußen wurde es dunkel. Graupel prasselte auf das Glasvordach der Cafeteria. Mit einem Mal war Wolf unendlich müde. Er packte sein Notebook ein und griff sich den Mantel.

»Ich mache Homeoffice«, sagte er.

Die Springerin nickte.

Eine halbe Stunde später war Wolf zurück in seinem Wohnblock. *Heizung geht nicht – Verwaltung ist informiert* stand auf einem Zettel im Aufzug.

In der Wohnung war es empfindlich kalt. Wolf holte die zweite Synthetikbettdecke aus dem Schrank und legte sich mit aufgeklapptem Notebook auf das Schlafsofa.

Zehn Minuten später war er eingenickt.

Elises Anruf riss Wolf aus dem Schlaf.

»Hast du Ada Geld zugesteckt?«, fragte sie, die Stimme im Kampfmodus.

»Ja«, sagte Wolf. »Für neue Klamotten. Damit sie nicht rumläuft wie eine Pennerin.«

»Herzlichen Glückwunsch«, ätzte Elise. »Weißt du, was deine Tochter mit der Kohle gemacht hat? Sie ist in ein Tattoostudio in

Lichtenberg und hat sich irgendeinen fiesen Scheiß stechen lassen. Einmal rund um den Hals rum.«

Wolf wurde übel. Die Vorstellung, dass jemand Nadeln in Ada getrieben und ihre Haut mit schwarzer Tinte gezeichnet hatte, war unerträglich.

»Ada ist noch nicht volljährig«, sagte er. »Das dürfen die gar nicht.«

»Das dürfen die gar nicht!«, äffte Elise ihn nach. »In welcher Welt lebst du, Wolf? Du glaubst echt immer noch, dass sich alle an die Regeln halten, oder?«

»Ich verklage die Arschlöcher!«

Elise lachte auf. »Viel Spaß damit. Ada hat denen eine Einwilligungserklärung von uns vorgelegt. Mit deiner Unterschrift drunter.«

»Gib sie mir«, sagte Wolf. »Ich will mit Ada sprechen. Sofort.«

»Bedauere, aber deine Tochter ist aushäusig«, sagte Elise. Dann legte sie auf.

›*Deine Kinder, mein Geld*‹, dachte Wolf. Wann hatte das angefangen? Seine Hände zitterten, ihm war plötzlich übel.

Er sah auf die Uhr. Es war kurz nach zehn.

Wolf griff sich sein Handy und rief Ada an. Sie drückte ihn weg. Wolf switchte auf WhatsApp. *Ruf mich an!!! Sofort!!!*, funkte er.

Eine Stunde später wartete Wolf immer noch. Er stand am Fenster, sah hinunter auf das Flachdach der Tiefgarage und wünschte sich, alles wäre einfach für immer vorbei. Fühllosigkeit breitete sich in ihm aus. Irgendwann ging Wolf ins Bad und machte sich für die Nacht fertig. Sein Gesicht im Spiegel war fahl, er hatte tiefe Schatten unter den Augen.

›Was ist aus dir geworden?‹, hatte er Henning im Ohr. Wolf ballte die Faust und schlug gegen die Wand. Der dünne Gipskarton splitterte. Wolfs Fingerknöchel bluteten. Er tupfte das Blut ab und legte sich aufs Schlafsofa.

Plötzlich begann er am ganzen Körper zu zittern. Dann kamen die Tränen. Wolf heulte wie ein waidwundes Tier, bis nebenan jemand laut gegen die Wand zu hämmern begann.

Fünfzehn

Donnerstag,
28. Februar 2019
Berlin

Um halb acht machte sich Isa in ihrem Sekretärinnenoutfit auf den Weg zu ihrem ersten Tag bei HSW. In der U-Bahn drängten sich die Berufspendler. Über die Infoscreens flimmerten Nachrichten. Die Polizei meldete eine Festnahme im Fall der vermissten Fünfzehnjährigen. Ein Polizeifoto des Verdächtigen wurde eingeblendet.

»Kinderschänder«, sagte der Mann neben Isa. »Früher hätte man mit so einem kurzen Prozess gemacht, aber heute werden die Perversen ja auf Staatskosten ›resozialisiert‹.« Mit den Fingern angedeutete Anführungszeichen, beifallsheischendes Grinsen.

Isa sah aus dem Fenster. An der nächsten Haltestelle warb die Bundesregierung für den Rechtsstaat. *Scheiß drauf!* war mit roter Farbe quer über die Plakate gesprayt.

In der Personalabteilung von HSW unterschrieb Isa ihren Arbeitsvertrag, die Verschwiegenheitsvereinbarung und drei dicht bedruckte Seiten zum Datenschutz. Die Personalsachbearbeiterin händigte ihr einen Token aus, der ihr Zutritt zur Kanzlei und den für sie freigegebenen Etagen gab.

»Ihren Login zur Kanzleisoftware bekommen Sie leider erst morgen, die IT ist unterbesetzt«, sagte die Personalerin mit Bedauern in der Stimme. »Aber dafür habe ich hier schon Ihren Restaurantpass.« Sie reichte Isa eine Chipkarte. »Damit können Sie für sechs Euro pro

Tag bei unseren Vertragspartnern essen gehen. Frau Oschmann zeigt Ihnen sicher gerne, wo es am leckersten ist.« Die Personalerin deutete auf eine junge Frau, die unruhig im Türrahmen stand und Isa gequält anlächelte. Isa erkannte die teigige Sekretärin, die zwei Tage zuvor die beiden Mandanten von Herbert Stetten im Foyer abgeholt hatte.

In den nächsten Stunden gab Nadine Oschmann Isa eine Einführung in die Kanzleisoftware.

»Die Anwälte haben keine Ahnung, wie die Software funktioniert. Die sind total auf uns angewiesen, wenn es Probleme gibt«, sagte Nadine, sichtlich stolz auf die eigene Expertise. »Und jetzt machst du mal«, forderte sie Isa auf.

»Ich habe noch kein Login.«

»Hier, nimm meins.« Nadine schrieb Isa ihr Passwort auf einen Notizzettel.

Isa loggte sich ein und spielte die wichtigsten Arbeitsschritte durch. Beim Abspeichern eines Dokuments drückte sie versehentlich eine falsche Tastenkombination. Plötzlich liefen endlose Ziffern- und Buchstabenreihen über den Bildschirm. Isa stockte.

»Das passiert mir auch manchmal«, tröstete Nadine. »Kannst du einfach wegklicken.«

Um eins tauchten drei Frauen in Mänteln und Schals in der Tür des Büros auf und signalisierten Essensaufnahme.

»Eigentlich habe ich gar keine Zeit …«, sagte Nadine.

»Quatsch«, gab eine hübsche Endzwanzigerin zurück. »Der Häuptling ist ausgeritten. Das ist deine Chance, mal rauszukommen. Außerdem hat unsere neue Kollegin ja vielleicht auch Hunger.«

Sie streckte Isa ihre Hand hin. »Jenny Kaiser«, sagte sie.

Isa schlug ein. »Sofia Isabelle Seldeneck. Sag einfach Isa.«

Kurz darauf saßen sie im Restaurantbereich eines nahe gelegenen Einkaufscenters. Üppiges Kunststoffgestrüpp auf kupferfarbenen Alugittern simulierte urbanen Dschungel.

Isa pickte ein angegammeltes Salatblatt aus ihrer Poké Bowl.

»Schmeckt es dir nicht?«, sorgte sich Nadine.

»Doch, ist okay. Aber zehn Euro für eine Schale Reis mit zwei Toppings ist schon ganz schön strammer Kurs, oder?«

»Mit dem Restaurantpass sind es doch nur vier«, meinte Nadine. »Wir gehen hier immer hin«, setzte sie trotzig nach.

»Wrong, Nadine«, korrigierte Heike, eine hagere Enddreißigerin, mit grauer Kettenraucherhaut. »*Wir* gehen hier immer hin. *Du* hast ja immer zu viel zu tun.«

Nadine biss sich schweigend auf die Lippen.

»Für wen wirst du arbeiten?«, wandte sich Birgit, eine dralle Mittzwanzigerin, an Isa.

»Isa ist Dr. Wolf zugeordnet«, fuhr Nadine dazwischen.

»Und was ist mit Linh?«, fragte Birgit.

»Die kommt nicht mehr«, sagte Jenny. »Ich habe gestern mit ihr telefoniert. Ihre Familie überlegt, HSW zu verklagen. Weil Wolf sie so fertiggemacht hat.«

Nadine warf Jenny einen warnenden Blick zu

Jenny verdrehte die Augen. »Ach, komm schon, Nadine. Sie wird es ohnehin früh genug mitkriegen.«

»Was denn?«, wollte Isa wissen.

»Herr Dr. Wolf ist einer der Top-Anwälte von HSW«, hob Nadine an, »aber auch …«

»… eines der Top-Arschlöcher der Kanzlei«, fiel ihr Heike ins Wort. »Für den bösen Wolf arbeiten, ist wie im Märchen«, sie grinste. »Früher oder später frisst er dich.«

»Aber er hat Style«, sagte Birgit. »Und das Geld.«

»›Ich hab, ich hab Style und das Geld‹ …«, trällerte Jenny.

»Yo, girls«, sagte Heike. »Nur dass bei unserem Bossplayer jede Bitch nach drei Monaten die Biege macht.«

»Drei Monate max«, sagte Birgit. »Linhs Vorgängerin war doch schon nach zwei Wochen weg.« Sie wandte sich an Nadine. »War das nicht deine spezielle Freundin? Wie hieß die noch mal? Kindermann, irgendwas. Mia, Maja?«

»Mira«, sagte Nadine. »Mira Kindermann. Und die war nicht meine Freundin.«

»Wieso eigentlich nicht?«, erkundigte sich Heike betont unschuldig.

»Mira war nett«, ruderte Nadine zurück.

»Nett ist die kleine Schwester von scheiße«, konterte Heike.

Nadine stiegen Tränen in die Augen.

»Jetzt hört mal auf, Nadine zu ärgern«, sagte Jenny. »Los Mädels, packen wir's?«

Im Erdgeschoss des Einkaufscenters bot ein Pop-up-Store Klamotten und Basecaps an. *Eene von hier!* prangte in schwarzer Fraktur auf strahlend weißen Hoodies. *Eener von hier!*. Auf den schwarzen Basecaps steppte der Berliner Bär in einem weißen Eichenkranz. Birgit ging rein und kaufte ein Kinderhoodie.

»Für den Kleinen von meiner Schwester«, sagte sie, während die Verkäuferin das Teil in eine Papiertüte packte, auf der *BLnCru – Streetwear. Straight out of Hellersdorf* stand.

Zurück in der Kanzlei bestanden Heike, Birgit und Jenny darauf, Isa die Cafeteria zu zeigen.

»Ach guck mal, der von Lützow ist Papa geworden.« Jenny deutete auf eine Geburtsanzeige am Schwarzen Brett.

»Wieder ein Hottie weniger«, kommentierte Birgit.

»Aber wie hat der Mann das hinbekommen?« wunderte sich Heike. »Der ist doch ständig hier und nie zu Hause.«

»Postbote?«, schlug Birgit vor.

»Yogalehrer«, tippte Jenny.

»Ich habe gar nicht für ein Geschenk gesammelt«, barmte Nadine. »Das ist mir total durchgerutscht.«

»Ist doch kein Drama, Nadinchen.« Jenny legte den Arm um Nadine. »Der Mann ist jetzt sowieso erst mal zwei Monate in Elternzeit, und danach reicht immer noch.«

Kurz darauf saß Isa wieder neben Nadine und ließ sich erklären, wie sie von außerhalb auf die Kanzleisoftware zugreifen konnte.

»Log dich mal ein«, sagte Nadine, nachdem sich Isa die HSW-App auf ihr Handy geladen hatte.

»Meckert das System nicht, wenn man von zwei Geräten gleichzeitig zugreift?«, fragte Isa.

»Hat es am Anfang. Aber das war so nervig, das hat die IT abgestellt«, sagte Nadine.

Isa öffnete versuchsweise irgendwelche Akten auf ihrem Handy, während Nadine ihr über die Schulter sah und in einem fort redete. Je mehr Nadine erklärte, desto konfuser wurden ihre Ausführungen. Isas Blick glitt hilfesuchend über die Aktenberge in dem vollkommen überheizten Büro.

Gegen vier klingelte Nadines Handy. »Das ist Herr Stetten, da muss ich dran.« Nadine tastete hektisch nach ihrem Headset.

»Klar«, sagte Isa. »Ich mache mir einen Tee. Für dich auch einen?«

Nadine schüttelte den Kopf, das Headset schon im Ohr.

In der Teeküche brodelte der Wasserkocher. Jenny leerte gerade einen Beutel Puddingpulver in eine Tasse.

»Na, auf der Flucht?«, fragte sie.

Isa lächelte. »Kann ich mir da irgendeine nehmen?«, sie deutete auf die Tassen im Regal.

»Bedien dich. Ist alles herrenlose Strandgut.«

Isa griff sich eine Tasse mit der Aufschrift *Ehemann. Papa. Beschützer. Held.*

Jenny rührte ihr Puddingpulver mit heißem Wasser an. Intensiver Karamellduft erfüllte die Küche.

»Den Seelenwärmer brauche ich jetzt.« Jenny pustete auf ihren Pudding. »Mach dir keinen Kopf wegen Wolf«, sagte sie. »Der Typ ist ein krasses Arschloch, aber man kann mit ihm klarkommen, wenn man nicht ganz auf den Kopf gefallen ist. Und Linh war halt nicht die hellste Kerze auf der Torte.«

»Was war mit der Frau davor?«, fragte Isa. »Mit der, die nur zwei Wochen geblieben ist?«

»Mira?«, Jenny lachte auf. »Mira war eine ganz andere Nummer. Die war cool.«

»Aber?«

»Mira sollte Nadine bei Stetten entlasten. Hat sie auch für ein paar Monate. Aber dann hat sie auch noch Wolf dazubekommen, und beides zusammen hätte sie nur geschafft, wenn sie Zwölfstundenschichten geschoben hätte, wie Nadine.«

»Und das wollte sie nicht.«

Jenny schüttelte den Kopf. »Mira wollte wohl eher ihr eigenes Ding machen.«

»Nämlich?«

Jenny wirkte plötzlich unsicher. »Keine Ahnung. Sie hat nicht so viel von sich erzählt.«

»Und du«, fragte Isa. »Was ist dein Ding?«

Jenny schob ihren Pulliärmel hoch und hielt Isa den Unterarm hin. *La Familia* war in feiner Schreibschrift eintätowiert. Darunter *Dennis*, *Fynn* & *Liam*.

»Meine Jungs. Mein Mann. Meine Family. Für die brenne ich. Sonst würde ich mir die Nummer hier nicht geben.« Jenny lächelte. »Hast du Kinder?«, wollte sie wissen.

Isa war plötzlich wieder Mitte zwanzig. Sie hatte Roberts Stimme im Ohr. ›Wir haben doch keine Kohle.‹ Und, sofort danach, mit Panik im Blick: ›Lass es wegmachen, Isa. Bitte.‹ Sie waren nach Holland gefahren. Vor dem Termin in der Klinik waren sie noch mal am Strand gewesen. Robert hatte Fotos von Isa gemacht, so wie er ständig Fotos von ihr machte. Kurz darauf hatte er die Strandbilder für damals sechzigtausend Mark an seinen Galeristen vertickt, und Isa hatte sich von ihm getrennt. Zehn Jahre später hatte das Metropolitan Museum in New York die Serie für einen hohen sechsstelligen Betrag angekauft. Die Porträts seien eine zeitgenössische Neuinterpretation von Edvard Munchs *Schrei* hatte es damals in der Presseerklärung geheißen. Robert gehörte da schon zum internationalen Künstler-Jetset. Isa war nie wieder schwanger geworden.

»Nein«, sagte Isa. »Ich habe keine Kinder. Leider.«

»Sorry, das war taktlos.« Leichte Röte überflog Jennys Wangen. »Aber du hast doch sicher trotzdem was, wofür du brennst?«, versuchte sie die Situation zu retten.

Und sofort ging bei Isa das Kopfkino los: Das Rappeln von Sabans Körper auf dem Dach. Das Geräusch seines Aufpralls auf dem Asphalt. Christof Nolden, lachend in einem seiner lässigen blauen Anzüge. Cans Schweiß auf ihrer Zunge. Der Geruch seiner Haut.

»Und?«, fragte Jenny. »Leidenschaftslos?«

»Eher ausgeglüht,« sagte Isa.

Jenny lachte. »Glaub ich nicht. So siehst du nicht aus.« Sie checkte die Uhrzeit. »Ich muss mal wieder. Lass dich nicht ärgern.« Sie knuffte Isa in den Oberarm und verließ die Küche.

Isa ging zurück ins Büro. Nadine war immer noch am Telefon und machte mit schräg gelegtem Kopf Notizen. Ab und zu gab sie gurrende Laute von sich, als müsse sie ein Tier beruhigen, oder ein kleines Kind.

Mittlerweile war es kurz vor sechs. Isa war seit knapp zehn Stunden bei HSW. Nadine machte nicht den Eindruck, als würde sie in nächster Zeit vom Telefon loskommen. Isa ließ den Zettel mit ihren Log-in-Daten unauffällig in ihre Hosentasche gleiten. Dann suchte sie Nadines Blick, deutete auf ihre Uhr, machte mit den Fingern Gehbewegungen und zuckte bedauernd die Schultern. Nadine nickte verzweifelt. Isa griff sich Handtasche und Mantel und machte, dass sie wegkam.

Der U-Bahnsteig war schwarz vor Menschen. »Aufgrund eines Polizeieinsatzes ist der Bahnverkehr auf dieser Linie derzeit unregelmäßig. Wir bitten um Entschuldigung«, tönte eine sanfte Frauenstimme im Minutentakt aus den Lautsprechern.

Irgendwann kam tatsächlich eine Bahn. Isa presste sich mit den anderen Wartenden in den Waggon. Es war quälend eng. Hinter Isa tauschten sich zwei junge Frauen mit identischen Messy Buns über Querelen in ihrer Start-up-Bude aus.

»Der Felix hängt das alles so high-key-mäßig auf, voll überflüssig«, regte sich die eine auf. »Aber soll ich dafür das mega Drama-Fass aufmachen? Ich meine, for real?« Ihre Stimme stieg zum Ende des Satzes an, wie bei den Schauspielerinnen in amerikanischen Sitcoms.

»Schwätzerin, geh in den Bundestag«, zischelte der Mann neben Isa. Er war Ende fünfzig und erinnerte Isa an ihren ehemaligen Physiklehrer.

Die U-Bahn-Haltestelle mit den Dschungelbildern war menschenleer, nur ein dunkelhäutiger Mann in neonoranger Uniform wischte Erbrochenes von den Treppen. Isa nahm die Rolltreppe. Im Zwischengeschoss hielten drei Zeugen Jehovas Tablets mit bewegten Bildern vor der Brust. Ein paar Schritte entfernt, schob ein Typ mit Basecap weißes Pulver auf seinem Handydisplay zusammen.

Draußen regnete es. Isa hastete in Richtung Wohnung.

Ein schmächtiger dunkelhaariger Mann rannte an ihr vorbei. Ein breitschultriger Lederjackenkerl kam hinterher und rang den Mann von hinten nieder.

»Hey!«, rief Isa. »Ich rufe die Bullen!«

»Schon am Mann.« Der Lederjackenkerl presste sein Knie auf die Schultern des Dunkelhaarigen und legte ihm Handschellen an. Dann riss er ihn hoch und zerrte ihn in Richtung eines Kleinwagens, der neben ihnen zum Halten gekommen war.

»Nicht aufregen, Lady. Zügig weitergehen, hier gibt es nichts zu gucken«, sagte der Fahrer des Wagens durchs Fenster. Isa wollte Widerworte geben, aber dann drehte sie einfach ab und ging.

Kurz darauf saß sie in der Küche und rekapitulierte den Tag. Zehn Stunden Bürohölle hatten sie minimal, eigentlich gar nicht weitergebracht, was Mira anging. Dafür hing ihr Nadines klagende Kindchenstimme im Ohr wie ein Tinnitus.

Das musste aufhören.

Isa griff sich ihr Handy und suchte nach dem nächstgelegenen Aikido-Dojo.

Eine Dreiviertelstunde später übte sie mit einem Dutzend anderer Männer und Frauen die Bewegungsabläufe, die sie seit fast zwanzig Jahren zu verinnerlichen suchte: angreifen, nachgeben, fallen, aufstehen.

Danach war ihr Kopf wieder frei.

Sechzehn

Freitag – Mittwoch
1.–6. März 2019
Berlin – Köln – Berlin

Irgendetwas an der Frau stimmte nicht, dachte Wolf. Mit ihrem mittelmodischen grauen Hosenanzug, dem passenden Rolli und der festgefügten Frisur sah sie zwar so aus, wie die Edeltippsen bei HSW eben aussahen, aber irgendetwas störte das Bild.

Sie saß ihm gegenüber im Besuchersessel. Die Haltung war zu selbstbewusst, schloss Wolf, und die Art wie die Frau ihn ansah – aufmerksam und irgendwie auch etwas amüsiert. Wolf war sich sicher, dass sie die Leerstelle an seiner rechten Hand ebenso registriert hatte, wie die hellen Flecke an der Wand, wo bis vor zwei Tagen Elises Bauzeichnungen gehangen hatten.

Tatsächlich zeigte die Frau jetzt auf das Poster hinter ihm.

»Bruegel«, sagte sie. »*Landschaft mit dem Sturz des Ikarus*.« Und dann fing sie plötzlich an zu rezitieren:

»Er flog hoch
über den andern.
Die blieben im Sand
Krebse und Tintenfische.
Er flog höher
als sein Vater,
der kunstgewandte

Dädalus.
Federn zupfte die Sonne aus seinen Flügeln.
Tränen aus Wachs tropften aus seinen Flügeln
Ikarus flog.
Ikarus ging unter.
Ikarus ging unter
hoch über den anderen.«

»*Ikarus*«, sagte die Frau. »Von Ernst Jandl. Kennen Sie das?« Ihre Augen schienen auf einmal nicht mehr grau, sondern eher golden.

Eine Lyrikfreundin.

Wie Elise.

Wolf hätte brechen können.

»Hübsches Gedicht«, sagte er. »So rhythmisch. Können Sie dazu auch steppen?«

»Wenn Ihnen das weiterhilft.« Ihr Lächeln hatte etwas Spöttisches. »Aber ich vermute, dafür bin ich nicht eingestellt.«

»Nein«, sagte Wolf. »Und auch nicht für spontane Lyrikdarbietungen.«

»Sondern?« Die Frau hatte offenbar ihre Sitzposition geändert, jedenfalls drängten sich ihre Brüste plötzlich in Wolfs Gesichtsfeld.

»Sondern was?«, fragte Wolf.

»Für was bin ich dann hier?«, fragte die Tittenuschi.

Wolf hatte keine Ahnung. Er zeigte auf das verwaiste Büro nebenan.

»Gehen Sie die Unterlagen drüben durch«, sagte er. »Melden Sie sich, wenn Ihnen etwas auffällt.«

Sollte Madame Ikarus doch mal zeigen, was sie auf dem Kasten hatte.

Die Frau in Grau stand auf und machte einen Abgang.

Als sie weg war, loggte sich Wolf das zweite Mal an diesem Tag in sein neues Girokonto ein. Es war Monatserster, aber die 21k, die heute auf seinem Konto eingehen sollten, waren noch nicht da.

Andererseits war es aber auch erst kurz vor zehn. Das Geld würde vermutlich erst im Laufe des Tages verbucht werden. Wolf klickte auf ein Reiseportal und suchte Flüge nach Brisbane. Für etwas mehr als einen Tausender könnte er am Sonntag fliegen.

Wolf betastete die Einkerbung an seinem Ringfinger. Am Morgen hatte er nach dem Duschen spontan seinen Ehering abgezogen. Er hatte ihn nur mit Mühe vom Finger bekommen. Danach hatte der Ring wie ein Fremdkörper in seiner Handfläche gelegen. Wolf hatte ihn auf der Ablage über dem Waschbecken zurückgelassen.

Kurz darauf war er zur Schule der Kinder gefahren. Aus der Deckung einer Toreinfahrt hatte er beobachtet, wie Derek, Elises neuer Stecher, Ben bis zum Schultor brachte und ihn dort zum Abschied in die Wange kniff. Ben lachte und winkte Derek nach.

Ada kam zwanzig Minuten nach Schulbeginn. Immer noch in zerrissenen Jeans, Sneaker ohne Socken, XXL-Daunenjacke, fette Kopfhörer auf den Ohren.

Wolf verstellte ihr den Weg.

»Ich will mit dir reden«, sagte er.

»Ich aber nicht mit dir.« Ada drängte sich an ihm vorbei.

»So nicht, Fräulein!« Wolf packte sie am Arm.

»Lass mich los, du tust mir weh!«, kreischte Ada. Dann trat sie ihm mit Wucht vors Schienbein.

Wolf verpasste ihr eine Ohrfeige.

Ada erstarrte, Fassungslosigkeit im Blick.

»Ada!«, sagte Wolf. »Ada, sorry. Das habe ich nicht gewollt.«

Ada riss sich los und rannte in die Schule.

Wolf ging wie ferngesteuert zurück zu seinem Wagen. Er ließ sich auf den Fahrersitz fallen und spürte, wie die automatische Sitzheizung unter dem Lederbezug warm wurde, während seine Zähne unkontrolliert aufeinanderschlugen, als hätte er Schüttelfrost.

Er hatte Ada geschlagen. Wolf hatte noch nie jemanden geschlagen, und jetzt war ihm ausgerechnet bei seiner eigenen Tochter die Hand ausgerutscht. Bei seinem Mädchen. Wolf dachte an die Fassungslosigkeit in Adas Blick. Im nächsten Moment hatte er Ben vor

Augen, wie er Derek nachwinkte. Er vergrub sein Gesicht in den Händen.

»Ich kann nicht mehr«, flüsterte er. »Ich halte das nicht mehr aus.«

Irgendwann fasste er sich wieder. ›Du musst hier weg‹, dachte er. ›Mach einen Cut. Geh nach Australien.‹

Ein paar Minuten später hatte er zum ersten Mal den Stand auf seinem neuen Girokonto gecheckt. Aber um Viertel vor neun waren die Banken noch geschlossen, das Geld hatte also naturgemäß noch gar nicht da sein können. Und selbst jetzt, eine gute Stunde später, kamen die Buchungsläufe vermutlich gerade erst in Gang, dachte Wolf.

Das Geld würde kommen.

Er musste einfach nur warten.

Wolf massierte sich den Nacken und rief die Nolden-Akte auf.

Bis in den Nachmittag hinein suchte er weiter vergeblich nach der Verbindung zwischen den Jahresabschlusszahlen und der Verzögerung in Frankfurt. Dazwischen checkte er in immer kürzeren Abständen seinen Kontostand.

Als die Zahl endlich umsprang, war es draußen schon dunkel. Wolf starrte fassungslos auf die veränderte Guthaben-Anzeige: Es war zu wenig! HSW hatte sein Gehalt für März angewiesen, aber nicht die rückwirkenden Zahlungen für Januar und Februar. Vierzehntausend Euro, die Wolf zustanden und mit denen er fest gerechnet hatte, waren ganz einfach nicht da.

Ganz kurz hoffte er, das Geld sei versehentlich auf sein altes Gehaltskonto angewiesen worden. War es aber nicht. Dafür stand der Dispo, dank Überziehungszinsen, mittlerweile mit fast 35k im Minus. Von den fehlenden Vierzehntausend keine Spur.

Brisbane am Sonntag war damit erledigt.

Wolf rief in der Personalabteilung an, aber freitags um halb fünf war dort niemand mehr zu erreichen. Wolf überlegte, sich bei Pahlow zu beschweren. Dann verwarf er die Idee. Das würde aussehen, als stünde er unter Druck und bräuchte die Kohle.

›Dann lieber gleich zu Stetten‹, dachte Wolf. Der Häuptling würde die Frage nach den fehlenden 14k als Beweis für robustes Selbstbewusstsein deuten, als Zeichen, dass sich der zukünftige HSW-Equity-Partner Torsten Wolf die Butter nicht vom Brot nehmen ließ.

Also zu Stetten. ›Sicher doch‹, höhnte eine Stimme in Wolfs Kopf. ›Geh zum Big Boss, und mach einen auf dicke Hose. Und bei der Gelegenheit kannst du ihm auch gleich stecken, dass du mit dem Nolden-Mandat überfordert bist.‹

›Blödsinn!‹, hörte er Henning sagen. ›Das musst du dem Häuptling nicht auf die Nase binden. Du willst deine Kohle, basta. Und sobald du im Flieger sitzt, ist es schnurzpiepe, ob du das Mandat vergeigt hast.‹

›Schon klar‹, dachte Wolf.

Nur war das eben die Art, wie Henning an so was ranging.

Aber Wolf war anders. Wolf konnte nicht einfordern, was er nicht verdient hatte. Und dass er seine Gehaltserhöhung nicht verdient hatte, wurde ja mit jedem Tag offensichtlicher, an dem er sich vergeblich an dem Jahresabschluss von Nolden-Bau abarbeitete. Wahrscheinlich hatte Stetten das längst gecheckt. Wahrscheinlich hielt der Boss genau deshalb seine Gehaltsnachzahlung zurück.

Wolf stand auf und sah aus dem Fenster. Unten in der Cafeteria vergnügten sich ein paar Associates am Tischkicker. Wolf sah, wie sie lachten und sich High Five gaben. Ihre Unbeschwertheit schien ihm unendlich fremd. Er schlug sich mit der Handkante ein paar Mal auf die verspannten Schultermuskeln, dann setzte er sich wieder an den Jahresabschluss.

Um kurz vor sechs klopfte Nadine Oschmann an den Türrahmen seines Büros.

»Entschuldigen Sie die Störung, Herr Dr. Wolf.« Stettens Sekretärin wirkte so genierlich und derangiert wie immer.

Sie trat zögerlich an seinen Tisch und streckte ihm einen braunen Umschlag entgegen.

»Herr Dr. von Lützow ist Vater geworden. Ich sammle für ein Geschenk.« Sie strahlte ihn erwartungsvoll an.

›Klar‹, dachte Wolf. ›Ich bekomme meine Kohle nicht, soll aber für Kollegengeschenke löhnen.‹ Er griff nach seinem Portemonnaie und warf zwei Euro in den Umschlag.

Nadine Oschmann sah ihn an. Wolf witterte ihren Schweißgeruch, er sah das Make-up, das sich in den groben Poren ihrer schwitzigen Haut abgesetzt hatte, er registrierte die feinen hellen Spritzflecken an der Stelle, wo ihre schwarze Hose am Oberschenkelansatz spannte.

»Ist noch was, Frau Oschmann?«, frage er. »Ich würde jetzt gern weiterarbeiten.«

Nadine Oschmann schüttelte den Kopf und trat den Rückzug an. Wolf machte sich wieder an seine Bilanzanalyse.

Gegen acht gab er auf. Er packte sein Notebook und griff sich seinen Mantel. Erst im Gehen bemerkte er, dass im Büro nebenan noch Licht war. Wolf blieb im Türrahmen des Sekretariats stehen. Die Frau in Grau sah von ihrem Bildschirm auf. Ihre Wangen waren gerötet, die Frisur bewegter als am Morgen.

»Ich mache jetzt Homeoffice«, sagte Wolf.

Die Frau musterte ihn über den Rand ihrer Lesebrille hinweg, als wäre er ein vielversprechender Schüler, der sich unerlaubt vom Schulgelände entfernen wollte.

›Fick dich, Alte‹, dachte Wolf.

»Ich sollte Ihnen doch Bescheid geben, wenn mir was auffällt«, sagte die Frau in Grau.

»Ja?«

»Die Verzögerung bei dem Projekt in Frankfurt. Das geben die Zahlen im Jahresabschluss nicht her.«

›Schlaues Mädchen‹, dachte Wolf. »Und, was schließen Sie daraus?«, fragte er.

»Die Zahlen sind manipuliert.« Die Frau in Grau lehnte sich zurück. Ihr Rolli spannte über der Brust.

»Sagt Ihnen Ihre weibliche Intuition.«

»Nein.« Miss Rollmops schüttelte den Kopf. »Sagt mir mein Gespür für Zahlen. Außerdem …«

»Außerdem, was?«

»Nichts.« Sie lächelte.

Wieder hatte Wolf das Gefühl, dass etwas mit der Frau nicht stimmte. Sie wirkte, als hätte sie sich in ihren biederen Klamotten bloß verpuppt, als warte sie nur auf den Moment, in dem sie den braven Panzer sprengen konnte. Die Frage war, mit was für einer Art Insekt Wolf es dann zu tun bekommen würde.

Er erinnerte sich an die Gottesanbeterin, die vor ein paar Jahren während eines Portugalurlaubs auf dem Weg zum Strand plötzlich auf Adas Schulter gelandet war – neongrün, mit riesigen Augen, langen Fühlern und bösartig gezähnten Fangarmen. Ada war erstarrt, während die Gottesanbeterin mit ruckenden Kopfbewegungen die Lage sondiert hatte, bevor sie mit einem seltsam klickenden Geräusch ins Unterholz zurückgeschnellt war. Später hatte Wolf mit Ada den Wikipediaeintrag zu Gottesanbeterinnen gelesen, und Ada war fasziniert davon gewesen, dass die Raubschrecken ihren Männchen während des Geschlechtsakts den Kopf abbissen.

Warum fiel Wolf diese Geschichte gerade jetzt ein?

Die Frau in Grau sah ihn an, unverwandt und spöttisch, den Kopf leicht schräg gelegt. Ihre seltsam changierenden Augen waren zu groß für das schmale Gesicht mit den hohen Wangenknochen und dem üppigen, irgendwie hungrig wirkenden Mund.

»Danke für Ihre Einschätzung«, sagte Wolf und drehte ab.

Schon auf dem Weg zum Aufzug stieg die Wut in ihm hoch. Auf die Lässigkeit, mit der die Frau dagesessen hatte. Auf die Impertinenz in ihrem Blick. Vor allem aber auf die Selbstverständlichkeit, mit der diese dahergelaufene Schreibkraft, deren herausragendste Qualifikation vermutlich die Körbchengröße war, einen Jahresabschluss in Frage stellte, den eine international renommierte Wirtschaftsprüfungsgesellschaft geprüft und gesiegelt hatte. Die Chuzpe dieser Frau, ihr völliger Mangel an Selbstzweifel, waren eine einzige Provokation.

Die Dame berief sich auf ihr Gespür für Zahlen. Wolf hatte auch ein Gespür für Zahlen. Er hatte auch gewittert, dass irgendetwas nicht stimmte. Aber anders als die Frau in Grau hatte Wolf dieses Unbehagen als Paranoia abgetan und auf seine eigene mangelnde Analysefähigkeit zurückgeführt. Jedenfalls wäre es ihm nicht in den Sinn gekommen, sein unqualifiziertes Bauchgefühl ganz entspannt als Indikator für eine Bilanzmanipulation zu werten.

Aber vielleicht war das ja gerade sein Problem, schoss es Wolf durch den Kopf.

›Du glaubst echt immer noch, dass sich alle an die Regeln halten, oder?‹, hörte er Elise höhnen.

›Scheiße‹, dachte Wolf. ›Scheiße, Scheiße, Scheiße‹.

Er sah sich im Aufzugspiegel: graues Gesicht, Augenringe, Bartstoppeln, fettiges Haar, zu lange getragener Anzug.

»Loser«, flüsterte er. »Du verdammter Loser.«

An die Rückfahrt zur Wohnung hatte Wolf keine Erinnerung. Erst als er mit aufgeklapptem Notebook am Sofatisch saß, setzte das Denken wieder ein.

Wenn die Zahlen im Abschluss wirklich getürkt waren, machte das die Sache nicht einfacher, sondern schwerer. Die Manipulationen konnten überall im Zahlenwerk sitzen und zwar nicht nur an einer Stelle, sondern an mehreren gleichzeitig.

›Keine Chance‹, dachte Wolf. ›Ich habe keine verfickte Chance.‹

Er sah auf die Uhr. Fünf nach neun. Einen Versuch war es wert. Wolf wählte die Nummer von Marietta Bensheim im Kölner Büro von HSW.

Marietta Bensheim nahm beim zweiten Klingeln ab.

»Ich habe das Nolden-Mandat von Ihrem Mann übernommen«, sagte Wolf. »Ich würde mich gerne so bald wie möglich mit Ihnen treffen.«

Marietta Bensheim schien nicht überrascht.

»Kommen Sie am Montagvormittag. Morgen und übermorgen bin ich bei meinem Mann im Bergischen Land.«

Sie beendete das Gespräch, ohne nach Einzelheiten zu fragen.

Das Wochenende verbrachte Wolf mit der fieberhaften Suche nach Anhaltspunkten für Tricksereien im Zahlenwerk von Nolden-Bau. Am Ende zweifelte er an jeder einzelnen Bilanzposition.

Nachts träumte er wieder, allein auf offener See zu treiben, während die Dreiecksflossen immer näher zu ihm aufschlossen.

Am Montagmorgen um halb sieben saß Wolf im Flieger nach Köln und blätterte lustlos durch eine stylische Gratiszeitung, mit Artikeln zu agiler Führung, Ethnopluralismus und einem Berliner Scentcommunicator, der Firmendüfte entwarf, die »Lausitz« oder »Eichsfeld« hießen und Authentizität, Erdung und Naturverbundenheit vermitteln sollten.

Nach der Landung checkte Wolf seinen Kontostand. Die Vierzehntausend waren immer noch nicht da. Wolf rief in der Personalabteilung an, erreichte aber niemand. Er hinterließ eine Rückrufbitte. Dann nahm er ein Taxi zur Privatadresse der Bensheims.

Eine halbe Stunde später stand Wolf vor einem gepflegten Apartmentblock im Kölner Süden. Der Concierge schaltete ihm den Aufzug zum Penthouse frei.

Marietta Bensheim war eine zierliche Frau um die fünfzig. Dunkle Haare, Pagenschnitt, zartes, makellos gepflegtes Gesicht, Perlenohrringe, pastellfarbenes Twinset, maßgeschneiderte Wollhose, Wildlederslipper mit Noppen, diskretes Parfum – ein typisches Etepetetepüppi, wie Elise solche Frauen nannte. Nur der erstaunlich feste Händedruck passte nicht ins Klischee.

Das Wohnzimmer der Bensheims war hell und großzügig. Überraschend gute Kunst an den Wänden, italienische Designerleuchten, cremefarbene Sitzlandschaft mit hochflorigem Mohairbezug, meterhohe Fenster mit Panoramablick auf den Rhein. Alles geschmackvoll. Und seltsam unbelebt. Wolf hatte das Gefühl, in die Fotostrecke eines Einrichtungsmagazins geraten zu sein.

»Schön haben Sie es hier«, sagte er, während Marietta Bensheim Tee einschenkte.

»Ja«, sagte Marietta Bensheim. »Das war Michael wichtig. Falls uns die Kollegen mal besuchen würden.« Sie zwirbelte mit den Fingern im Mohairbezug des Sofas, bis die zarten Fasern in steifen Schwänzchen hochstanden. »Es ist aber nie jemand gekommen. Mein Mann war unseren Kollegen zu unbedeutend. ›Schattenpartner‹, ›Mann ohne Mandat‹, ›Umsatzvertiefer‹ – das war so das, was hier am Standort über ihn im Umlauf war. Was Michael gemacht hat und wie hoch der Umsatz war, den das Nolden-Mandat für HSW generiert hat, wussten ja nur der große Häuptling in Berlin und seine paar Adjutanten.«

»Hat Ihr Mann über seine Arbeit geredet?«, fragte Wolf.

»Nicht mit mir.« Marietta Bensheim lächelte fein.

»Sondern?«

»Ende Oktober letzten Jahres war Michael bei Herbert Stetten in Berlin.«

Ende Oktober, überschlug Wolf, da musste die Aufstellung des Jahresabschlusses bei Nolden-Bau gerade angelaufen sein.

»Wissen Sie, über was Ihr Mann mit dem Boss gesprochen hat?«, fragte er.

»Nein, aber ein paar Tage später ist Michael zusammengebrochen.«

»Und dafür machen Sie Stetten verantwortlich.«

»Ja«, sagte Marietta Bensheim. »Herbert Stetten hat meinen Mann auf dem Gewissen. Michael war ein exzellenter Jurist. Stetten wusste, dass außer ihm kaum jemand bei HSW das Zeug hatte, ein Mandat in dieser Größenordnung zu überblicken.« Sie stockte und lachte dann scharf auf. »Aber der Häuptling war zu geizig, meinem Mann die nötige Manpower zu stellen, damit er die Arbeit auch stemmen konnte. Herbert Stetten hat Michael ausgenutzt. Er hat ihn zerspielt. Und jetzt sitzt mein Mann seit Monaten in einer Anstalt und ist für nichts mehr zu gebrauchen, außer Traumfänger basteln und Mandalas malen.«

Marietta Bensheim wandte das Gesicht zum Fenster. Das harsche Winterlicht leuchtete die sorgsam überschminkten Schatten unter ihren grünbraunen Augen aus.

»Michael war ein nützlicher Idiot für Stetten«, sagte sie, den

Blick ins Leere gerichtet. »Aber jetzt ist der Idiot kaputt. Und plötzlich« – sie schnippte mit den Fingern – »ist das alles nichts mehr wert. Weil das Mandat jetzt von Berlin aus betreut wird. Vom wilden Herrn Wolf mit seinem Doktortitel und seiner internationalen Erfahrung.«

Sie wandte sich abrupt zu Wolf. »Okay, was wollen Sie von mir?«

Wolf wusste nicht was er sagen sollte.

Marietta Bensheim presste die Lippen zusammen und nickte. Dann lachte sie wieder auf.

»Mein Gott, wie blöd muss man sein!«, sagte sie. »Sie haben keinen Griff auf das Mandat, richtig?« Sie sah Wolf an. »Herr Dr. Torsten Wolf, Master of Laws, der stille Star von HSW, hat keine Ahnung, wie er das Nolden-Mandat führen soll. Deshalb kommt er hier an und will mich aushorchen. Und ich Idiotin lade ihn auch noch dazu ein.« Ihr Lachen klang wie unterdrücktes Schluchzen.

Wolf stand auf. Seine Wangen glühten.

»Ich hätte nicht kommen sollen. Mein Fehler«, sagte er. »Ich hatte keine Ahnung, wie sehr Sie die Sache getroffen hat. Ich denke, Sie sollten sich professionelle Hilfe holen. So wie Ihr Mann.«

Marietta Bensheim erstarrte. Dann lachte sie wieder auf.

»Danke, für den Ratschlag. Sie wissen ja, wo es rausgeht, Herr Kollege. Machen Sie die Tür von außen zu. Ich wünsche Ihnen viel Erfolg mit Ihrem Mandat. Und denken Sie daran – man sieht sich immer zweimal im Leben.«

Sie wandte sich wieder ab und sah aus dem Fenster.

Wolf trat den Rückzug an. Es war kurz nach elf.

Im Taxi scrollte Wolf sich durch seine Mails, dann checkte er noch einmal seinen Kontostand. Immer noch keine Spur von den 14k, Wolf wollte die Personalabteilung anrufen, aber dann war ihm die Sache vor dem Taxifahrer zu peinlich. Er schloss die Augen und lehnte sich zurück.

Das Gespräch mit Marietta Bensheim war Zeitverschwendung gewesen. Wolf hatte einen halben Tag sinnlos vertan. Im Hotel musste er sich sofort an die Arbeit machen, um wenigstens noch ein bisschen was zu reißen.

»Weiter geht nicht«, sagte der Taxifahrer in der Nähe des Hauptbahnhofs.

»Was?«, schreckte Wolf aus seinen Gedanken hoch.

»Ende Gelände. D'r Zoch kütt.«

Wolf sah den Taxifahrer verständnislos an.

»Rosenmontagszug«, sagte der Taxifahrer. »Karneval. Schon mal von gehört?«

Wolf nickte. Das erklärte, warum er nur noch ein vollkommen überteuertes Zimmer in einem Hotel Garni in Bahnhofsnähe bekommen hatte.

Er zahlte das Taxi und ging zu Fuß weiter. Um ihn drängten angetrunkene Menschen in Kostümen aus dem Ein-Euro-Shop. Aus dem Augenwinkel nahm er in rot-weißen Fantasieuniformen paradierende Männer wahr und Frauen mit im Schritt gepolsterten Rüschenschlüpfern unter goldverkrusteten Miniröcken. Wolf bahnte sich den Weg zum Hotel. Als er endlich dort ankam, war es fast ein Uhr.

Das Hotelzimmer roch nach Sperma und kaltem Rauch. Eine schmale Pritsche mit durchgelegener Schaumstoffmatratze, Schrank mit schiefen Türen, Handwaschbecken, fleckiger Teppichboden, gräuliche, halb heruntergerissene Gardinen, kein Tisch, kein Stuhl, das WLAN funktionierte nicht, Toilette und Dusche auf dem Gang, aus der Kaschemme im Erdgeschoss dröhnten bumsfidele Ballermannschlager.

Wolf massierte sich den Nacken. Er checkte sein Konto. Keine Bewegung. In der Personalabteilung ging niemand dran. Mittagspause, vermutete Wolf. Er hinterließ eine Mail mit Rückrufbitte.

Dann setzte er sich aufs Bett und telefonierte die psychosomatischen Privatkliniken im Bergischen Land ab. Nach drei Anrufen wusste er, wo Michael Bensheim in Behandlung war. Besuchszeit war zwischen drei und sechs. Marietta Bensheim war übers Wochenende da gewesen und würde erst am Samstag wiederkommen. Mit dem Auto konnte Wolf in einer Dreiviertelstunde dort sein. Er buchte einen Mietwagen, holte ihn am Hauptbahnhof ab und fuhr los.

Die Klinik lag auf einem Hügel mitten in einem Tannenwald. Zwei lange hell getünchte Gebäudeflügel mit grünen Fensterläden, tief heruntergezogenes Schieferdach, mittig mit einem Glockenturm, das zentrale Portal, flankiert von wie aufgeklebt wirkenden Säulen.

›*The Shining*‹, dachte Wolf.

Michael Bensheim saß im Aufenthaltsraum der Klinik zwischen lauter Menschen, deren Blick und Haltung Wolf an Ben erinnerten – und immer mehr auch an ihn selbst: dieselbe Verzagtheit, derselbe Ausdruck von Scheitern und Verlorenheit auf hoher See.

Als Bensheim ihn sah, leuchtete sein Gesicht auf.

»Sie sind ein Kollege aus Berlin, richtig?«

Er schüttelte Wolf die Hand. Seine Finger waren kalt und feucht.

Wolf nickte. Bensheim war erschreckend verändert. Der früher asketisch schlanke Mann war aus dem Leim gegangen, seine Haut wirkte pastös und fleckig.

»Herbert Stetten hat mir das Nolden-Mandat übertragen«, sagte er.

Bensheims Lächeln erlosch.

»War nicht meine Idee«, sagte Wolf. »Stetten hat auf die Schnelle jemanden gebraucht, und dann hat es mich erwischt.«

Bensheim hatte sich inzwischen gefangen. Seine Haltung war straffer, in seinen Schiffbrüchigen-Augen glomm plötzlich ein schwacher Funken. Nur von was, fragte sich Wolf. Interesse? Hilfsbereitschaft? Heimtücke?

»Ich hätte ein paar Fragen zum Jahresabschluss«, wagte Wolf sich aus der Deckung. »Ich wäre Ihnen dankbar, wenn Sie mir helfen würden.«

Bensheim lächelte. »Lassen Sie uns spazieren gehen«, sagte er. »Ich war heute noch gar nicht an der frischen Luft.«

Draußen nieselte es. Bensheim schien das nicht zu stören. Er schritt zügig voran, hinunter ins Tal, wo sich ein paar niedrige Häuser duckten, manche noch mit Schiefer verkleidet, die meisten mit gräulichem Eternit aus den Achtzigern. Am Ausgang des Dorfs ging es zu einem Freizeitpark.

Märchenwald, las Wolf.

Die Frau an der Kasse winkte sie durch. »Heute geht auf mich«, sagte sie zu Bensheim. »Ist sowieso tote Hose.«

Bensheim führte Wolf über matschige Wege, vorbei an Hütten, in denen nahezu lebensgroße Puppen mit Perücken und Synthetikkostümen mechanische Bewegungen ausführten, während im Hintergrund das passende Märchen vom Band leierte.

Wolf fragte sich, wie krank man sein musste, um mit seinen Kindern an einen solchen Ort zu fahren und dafür auch noch Eintritt zu zahlen.

»Ich komme jeden Tag her«, sagte Bensheim.

›Weirdo‹, dachte Wolf.

»Was ist Ihr Lieblingsmärchen?«, wollte Bensheim wissen.

»*Vom Fischer und seiner Frau.*« Wolf hatte keine Ahnung, wo das plötzlich herkam.

Bensheim nickte. »Mine Frau, de Ilsebill, will nich so, as ick wol will«, zitierte er.

Wolf fühlte sich ertappt.

»Der Jahresabschluss von Nolden-Bau …«, hob er an.

Bensheim drehte sich weg.

»Da drüben ist mein Lieblingsmärchen. *Hänsel und Gretel*. Die Idee mit den Kieselsteinen, die fand ich schon als Kind toll.« Bensheim zeigte auf ein Häuschen, das aussah wie eine mit überdimensionierten Plastiklebkuchen beklebte Kleingartenlaube.

›Du hast doch einen Sockenschuss, Kollege‹, dachte Wolf, während er auf die Kinderpuppe im Käfig starrte, die ein weißes Knöchelchen durch die Stäbe ihres Verschlags streckte.

Er checkte sein Handy. Es ging auf vier. Die Personalabteilung von HSW hatte sich nicht gemeldet.

»Ich muss dann auch mal wieder zurück«, sagte Wolf.

»Aber vorher trinken wir noch zusammen Kaffee«, insistierte Bensheim in der gleichen Stimmlage, die Wolf von Ben kannte, wenn der Junge quengelig war.

Kurz darauf nippte Wolf an schlechtem Kännchen-Kaffee, während Bensheim selbstvergessen bergische Waffeln mit Schlagsahne und heißen Kirschen in sich hineinschlang.

»Ich bin dick geworden«, jammerte er zwischen gierigen Bissen. »Das kommt von den Medikamenten.« Er sah Wolf an, mit fettglänzenden Lippen, an denen Puderzucker hing, und Augen, in denen der Untergang geschrieben stand.

Wolf gab es auf, zu dem Mann vordringen zu wollen. Eine halbe Stunde später lieferte er Bensheim in der Klinik ab.

Noch auf dem Parkplatz versuchte Wolf, sich in sein Konto einzuloggen. Irgendwann merkte er, dass er kein Netz hatte. Er fluchte und machte sich auf den Rückweg.

Erst kurz vor Köln fand sein Handy wieder in eine Funkzelle. Wolf fuhr seitlich ran. Er checkte seinen Kontostand. Weiterhin unverändert. Dann hörte er seine Mailbox ab. Die Personalabteilung von HSW hatte mehrfach versucht, ihn zu erreichen, aber keine Nachricht hinterlassen. Wolf rief zurück, aber inzwischen war es kurz vor sechs und niemand mehr da.

Wolf schlug mit der Handkante auf das Armaturenbrett. Scharfer Schmerz durchzuckte ihn. Er lachte hilflos auf. Dann scrollte er sich durch seine Mails.

Das einzig Gute an dem Nolden-Mandat war, dass sich sein Mailaufkommen drastisch verringert hatte. Tatsächlich war in den vergangenen Stunden überhaupt nichts eingelaufen, nur ein Reminder für den Frühjahrsretreat von Nolden-Bau in zweieinhalb Wochen und die Agenda für die Sitzung der Geschäftsführung am nächsten Tag. Wolf überflog die Tagesordnung, dann ließ er den Wagen wieder an und fuhr weiter.

Er lieferte den Wagen am Bahnhof ab und machte sich auf den Weg zum Hotel. Mittlerweile war es dunkel. Eisige Böen trieben Nieselregen durch die Straßen. Der Karneval hatte sich weitgehend in die Kneipen verlagert. In den Hauseingängen roch es nach Urin und Erbrochenem. Drei schwer angeschickerte Matronen kamen Wolf entgegen. Sie waren als Seejungfrauen verkleidet. Als sie Wolf sahen, versperrten sie ihm mit einem paillettenbestickten Netz den Weg.

»Bützjer«, forderte die dickste von ihnen. Wolf starrte auf ihre gelbblonde Perücke, den blauen Lidschatten und die seltsam geblähten Lippen mit der dunklen Umrandung. ›Miss Piggy‹, dachte er.

»Wird's bald?« Die Seekuh schob sich näher an ihn heran. Wolf wich zurück. Die Dicke rückte nach.

»Kleiner Feigling, was?« Sie packte Wolf im Nacken, riss seinen Kopf zu sich und presste ihre Lippen auf seinen Mund. Wolf spürte wabbeliges Brustfleisch, er roch Rauch, schweres Parfum und Fusel. Die harte Zungenspitze der Frau drängte zwischen seine Lippen. Er versuchte den Kopf wegzudrehen, aber die Dicke hatte seinen Nacken fest im Griff. Ihre freie Hand machte sich währenddessen an seinem Hintern zu schaffen und drohte, von dort nach vorn zu gleiten.

Irgendwann gelang es Wolf, sich loszureißen. Die Frau blieb vor ihm stehen, die Hände in die Hüften gestemmt.

»Küssen kann er nicht, der Anzugtuppes, aber einen Knackarsch hat er!« Sie fischte ein daumengroßes Fläschchen aus ihrem BH und trank es auf ex. Die leere Flasche warf sie hinter sich.

Dann packte sie Wolf in den Schritt.

Die beiden anderen Nixen kreischten vor Lachen. Sekunden später waren alle drei in einer Seitenstraße verschwunden.

Wolf blieb zitternd stehen. Ihm war übel. Irgendwann ging er weiter und rieb sich dabei immer wieder mit dem Ärmel über den Mund.

In seiner Absteige angelangt, putzte Wolf sich die Zähne und schrubbte sich mit der Hotelseife die Lippenstiftspuren aus dem Gesicht. Als er sich abtrocknete, war seine Haut gerötet und rau.

Wolfs Handy pingte. Eine Mail von der Frau in Grau. *Ich habe was Interessantes für Sie. Melden Sie sich?*

Wahrscheinlich hatte Miss Double-D-Cup übers Wochenende ein neues Gedicht auswendig gelernt. ›Du kannst mich, Alte‹, dachte Wolf.

Er checkte noch einmal den Kontostand.

Nichts.

Dafür war das alte Girokonto jetzt tatsächlich mit über fünfunddreißigtausend in den Miesen. Und dann war da natürlich noch das Darlehen für das Kupferhaus, über dessen Höhe, Laufzeit und Rückzahlungskonditionen Wolf gerade nicht nachdenken wollte.

›Herbert Stetten hat meinen Mann ausgenutzt‹, hatte Marietta Bensheim gesagt. Wolf dachte an Stetten mit seinem ausgebauten Kornspeicher an der Spree und dem Infinitypool auf dem Dach. Machte sich der Häuptling, abseits vom steten Trachten nach Gewinnmaximierung, je Gedanken über Geld?

Wolf trat ans Fenster. Auf der Brandmauer des Hauses gegenüber leuchtete eine riesige LED-Tafel. *31. 12. 2015 – Köln* las Wolf. Die Anzeige wechselte und formierte sich neu: *16. 10. 2016 – Freiburg.* Wechsel: *27. 12. 2017 – Kandel.* Wechsel: *23. 5. 2018 – Erbenheim.* Im unteren rechten Eck jeweils ein diskret eingeblendeter QR-Code. Danach ein Video, eigentlich eher eine Art belebtes Foto, wie von einer dieser Datingplattformen. Eine junge blonde Frau, gar nicht mal so hübsch, einfach nur normal und natürlich, aber vielleicht gerade deshalb unbändig attraktiv, sah ernst in die Kamera. Und dann lächelte sie auf einmal. Es war das schönste Lächeln, das Wolf je gesehen hatte. Warm, offen, einladend, wie an ihn ganz persönlich gerichtet, aber nicht anzüglich, eher leicht gebrochen, unschuldig und irgendwie schutzbedürftig. Wolf spürte ein Ziehen in der Brust. Das Mädchen verschwand. *31. 12. 2015 – Köln* leuchtete auf, *16. 10. 2016 – Freiburg,*

27. 12. 2017 – Kandel, 23. 5. 2018 – *Erbenheim*. Danach wieder das Mädchen.

Wolf sah so lange auf die Anzeigetafel, bis ihn das Lächeln des Mädchens nicht mehr schmerzte und der stetige Wechsel der Bilder nur noch etwas Meditatives hatte.

Er legte sich auf das Bett. Die LED-Tafel leuchtete jeden Winkel seines Kabuffs aus. Im Zimmer nebenan wurde angestrengt gerammelt. In der Kneipe im Erdgeschoss flogen gerade die Löcher aus dem Käse.

›So ist das also, wenn man arm ist‹, dachte Wolf. Wieder hatte er das Gefühl, sich seltsam losgelöst von außen zu betrachten.

Kurz darauf fiel er in bleiernen Schlaf.

In seinen Träumen stand die Frau in Grau in einem Seejungfrauenkostüm am Heck eines riesigen Dreimasters und aß eine fette, puderzuckerbestäubte Waffel. Ab und zu warf sie Wolf, der nur an ein Stück Treibholz geklammert in der kabbelnden See trieb, ein Stückchen zu, aber die Möwen, die dicht über seinem Kopf kreisten, fingen diese Krumen noch in der Luft ab. Ihr wütendes Kreischen übertönte Wolfs Hilfeschreie. Der Dreimaster entfernte sich mit geblähten Segeln. Die Frau in Grau schenkte Wolf ein letztes betörendes Lächeln, bevor sie sich gedankenverloren den Puderzucker von den Fingern leckte.

In einem anderen Traum saß Ben in einem Käfig und schrie wie am Spieß, während Michael Bensheim mit speckig glänzenden Lippen lustvoll an seinem strammen Kinderärmchen herumnagte, das Ben leichtsinnig zwischen den Gitterstäben herausgesteckt hatte.

So verging die Nacht.

Am Morgen schleppte Wolf sich zum Bad auf dem Gang. In der Duschwanne stand Kotze. Wolf ging zurück auf sein Zimmer und wusch sich am Waschbecken. Im Spiegel sah er schuppige rote Flecken im Gesicht, die beim Rasieren brannten.

Das Frühstücksbüfett war in der Kneipe im Erdgeschoss aufgebaut. Die schlimmsten Zerstörungen der Nacht waren beseitigt, der

Geruch nach schalem Bier und kaltem Rauch gehörte vermutlich zum Inventar.

Wolf zapfte sich braune Plörre aus einer Pumpkanne und setzte sich in einer der Sitzkojen. Nebenan saßen zwei Mittvierziger in Chinos und bügelfreien Karohemden bei Spiegeleiern mit Speck und Korn.

Die Kneipentür öffnete sich. Zwei junge Männer mit dunkelbrauner Haut und gepflegter Outdoorkleidung kamen herein. Inder, vermutete Wolf. Studenten oder vielleicht auch Touristen, die für den Karneval nach Köln gekommen waren.

»Do you serve breakfast?«, fragte der eine mit hoffnungsvollem Blick auf das Büfett.

Die Kellnerin schüttelte den Kopf. »Guests only.«

Die Inder traten den Rückzug an.

»But no Merkel-guests. Merkel-guests unerwünscht«, kommentierte einer der Karohemdenmänner ihren Abgang.

»Genau, wir belästigen unsere Frauen lieber selber«, sagte der andere und geierte in Richtung Kellnerin.

Wolf ging zum Tresen und checkte aus.

Kurz darauf saß er in einem Café an der Domplatte bei Eggs Benedict und Cappuccino. Es war später Vormittag. Draußen waren immer noch vereinzelte Karnevalisten unterwegs, aber drinnen war es gnädig ruhig.

Wolf stellte sein Handy stumm, klappte sein Notebook auf und verbot sich ausdrücklich, seinen Kontostand oder seine Mails zu checken. In sieben Stunden stand die Sitzung der Geschäftsführung von Nolden-Bau an. Wenn er dafür fit sein wollte, musste er fokussiert sein.

Die Frage war nur auf was. Als Haupttagesordnungspunkt stand die Sanierung des Frankfurt-Projekts an. Wolf rief zum x-ten Mal die Projektdaten auf.

Nach anderthalb Stunden kapitulierte er. Wenn die Zahlen getürkt waren – und davon ging Wolf mittlerweile aus – dann hatte es keinen Sinn, sich weiter damit auseinanderzusetzen. Was wiederum bedeutete, dass Wolf sich nicht auf die Sitzung vorbereiten konnte – und auch sonst keine Ahnung hatte, wie er das Mandat handhaben sollte. Eigentlich war das fast schon wieder lustig, dachte Wolf.

Er fragte sich, was Henning an seiner Stelle machen würde. ›Fake it, till you make it‹, hatte er seinen Freund im Ohr.

Aber war Henning überhaupt noch sein Freund?

Wolf wollte sich diese Frage nicht stellen.

Er zahlte und ließ sich zu einem Day-Spa fahren, wo er hundertzwanzig Euro für das ganz große Wohlfühlprogramm hinlegte.

Sechs Stunden später saß Wolf tiefenentspannt im Besprechungsraum von Nolden-Bau und beobachtete, wie Saskia Nolden – immer noch in Witwenschwarz, dieses Mal jedoch das Haar zu strammen Zöpfen geflochten – ihre Geschäftsführungskollegen Thomas Rodach und Maik Masserberg vor sich hertrieb.

»Ich hatte letzte Woche um Vorschläge gebeten, wie Sie den Rückstand bei unserem Projekt in Frankfurt aufholen wollen«, wandte sie sich zur Eröffnung der Sitzung an Rodach als Projektleiter.

»Da gibt es nichts vorzuschlagen«, sagte Rodach. »›Et es wie et es‹, wie wir Kölner sagen.«

Saskia Nolden sah Rodach über ihre Hornbrille an. »Das glaube ich jetzt nicht.«

»Glauben tut man in der Kirche, Frau Nolden.« Rodach klang jovial und vielleicht etwas zu checkermäßig. »Wir«, er zeigte auf Masserberg und sich, »arbeiten mit Fakten. Und faktisch können wir das Projekt unter den gegebenen Rahmenbedingungen nicht vor September abschließen.«

»Dann ist aber doch klar, wo Sie ansetzen müssen«, sagte Saskia Nolden.

Rodach sah sie an und hob die Augenbrauen.

»Sie müssen die Rahmenbedingungen ändern.« Saskia Nolden lächelte Rodach an, als sei er schwer von Begriff.

»Kein Problem.« Rodach hob die Hände. »Wenn Sie die Gelder für Doppelschichten in den kommenden drei Monaten freigeben?«

»Ganz sicher nicht.«

»Na dann.«

»Darf ich Ihnen Feedback geben, Herr Rodach?« Saskia Nolden lächelte schon wieder.

Rodach zuckte die Schultern.

»Ich habe das Gefühl, Sie sind nicht bereit, sich auf Herausforderungen einzulassen. Ich möchte aber Dynamik. Ich möchte Veränderung. Und ich möchte diese Veränderung spüren. Ich möchte, dass sie implementiert wird.«

Rodachs Kinnpartie versteinerte.

»Darf ich fragen, in welche Richtung Sie da denken, Frau Nolden?«, schaltete sich Maik Masserberg in das Gespräch ein.

Saskia Nolden sah ihn lange an. Ihr Blick glitt warnend in Wolfs Richtung und kehrte dann zu Masserberg zurück. Sie lächelte wieder.

»Keine Chance«, sagte Masserberg.

»Ausgeschlossen«, sekundierte Rodach. »Wir werden ohnehin ständig vom Zoll kontrolliert.«

»Gut«, Saskia Nolden ließ sich in ihrem Chefsessel zurückfallen. »Dann stoßen wir das Projekt eben schnellstmöglich ab.«

Für einen Moment herrschte Schweigen im Raum.

Wolf begann, durch die Dokumente auf seinem Notebook zu scrollen.

»Mit Verlaub, Frau Nolden. Es dürfte wohl Konsens sein …«, setzte Masserberg an.

»Konsens hat für Sie einen hohen Stellenwert, richtig, Herr Masserberg?« Saskia Nolden lächelte Masserberg an, empathisch, zugewandt und ein wenig herablassend, als hätte sich der Mann zu einer peinlich-schrägen Außenseiterposition bekannt.

»Das ist doch Irrsinn!« Rodach schlug mit der flachen Hand auf den Tisch. »Haben Sie eine Vorstellung, was für Verluste wir machen, wenn wir das Ding im Rohbau verscherbeln?«, brüllte er.

Saskia Nolden lächelte. »Sagt Ihnen der Begriff ›creative destruction‹ etwas, Herr Rodach?«

Rodach schoss das Blut ins Gesicht.

Wolf sah von seinem Notebook hoch.

»Ich denke, wir sollten die Diskussion an dieser Stelle abbrechen«, sagte er.

Alle Blicke wandten sich ihm zu.

»Transaktionen mit einem Volumen über fünfzig Millionen Euro sind laut Gesellschaftsvertrag von Nolden-Bau zustimmungspflichtige Geschäfte«, erläuterte Wolf. »Über solche Transaktionen entscheiden daher nicht die Geschäftsführer, sondern die Gesellschafter. Wenn Sie also ernsthaft über einen Verkauf des Frankfurt-Projekts nachdenken« – er wandte sich an Saskia Nolden – »müssen Sie dafür einen entsprechenden Gesellschafterbeschluss einholen.«

»Okay.« Saskia Nolden spielte mit einem ihrer Zöpfe. »Dann lassen wir nächste Woche in der Gesellschafterversammlung darüber abstimmen.«

Wolf lächelte. »Bedauere, aber auch da muss ich auf den Gesellschaftsvertrag verweisen, Frau Nolden. Beschlussfassungen über zustimmungspflichtige Geschäfte müssen mit einem Vorlauf von mindestens sechs Wochen angekündigt werden. Sie können aber natürlich jederzeit eine außerordentliche Gesellschafterversammlung zu diesem Zweck einberufen. Dann bewegen wir uns zeitlich allerdings bereits gegen Ende April.«

In den Augen von Rodach und Masserberg stand Erleichterung, vielleicht sogar etwas wie Anerkennung. Saskia Noldens Blick war schwerer zu lesen.

»Vielen Dank für diese Klarstellung, Herr Dr. Wolf.« Sie lächelte. »Toll, dass wir Sie an Bord haben. Sonst hätten wir vielleicht gerade einen Formfehler riskiert.«

Sie packte ihr Notebook weg und schulterte ihren Rucksack samt Yogamatte.

»Guten Tag noch, die Herren. Wir sehen uns übernächsten Freitag zur Gesellschafterversammlung.«

Dann war sie weg.

»Die Alte hat doch den Schuss nicht gehört«, murmelte Rodach. Er packte seine Sachen und stürmte aus dem Raum, ohne sich von den anderen zu verabschieden.

Masserberg sah Wolf hilflos an. »Aber was ist denn falsch an Konsens?«, fragte er.

Wolf zuckte die Schultern.

Kurz darauf stand er mit seinem Cabin Trolley vor der Unternehmenszentrale von Nolden-Bau. Der Wind trieb die Gischt des Fascho-Springbrunnens über den Platz. Wolf fühlte sich ausgelaugt. Er machte sich auf die Suche nach einem Taxi zum Flughafen.

Nach ein paar Metern tippte ihm jemand auf die Schulter.

»Auf ein Wort, Herr Wolf?« Rodach wirkte nervös.

Wolf war plötzlich wieder hellwach.

»Lassen Sie uns da vorne reingehen.« Rodach deutete auf eine Bar mit einem blauen Doppel-X aus Neon über dem Eingang

Der Laden war ein langer dunkler Schlauch. Vergilbte Palmentapeten, Schwarz-Weiß-Fotos in Petersburger Hängung, blinde Spiegel und Wandleuchter mit dunkelbraunen Seidenschirmen. An den Tischen und am Tresen saßen mittelalte Menschen, die nach Kreativwirtschaft und unklaren Einkommensverhältnissen aussahen.

Rodach gab der Tresenfrau ein Zeichen. »Christof ist hier gerne nach der Arbeit hin, mit Maik und mir.«

Die Tresenfrau brachte zwei Whisky. Ihr goldenes Nasenpiercing und das hochgetürmte dunkle Haar erinnerten Wolf an Elise.

»Auf Christof!« Rodach stieß mit Wolf an.

»Masserberg und Sie waren eng mit Nolden, oder?«, fragte Wolf.

»Wir waren Freunde«, sagte Rodach. Das Vibrato in der Stimme kaum merklich, aber da.

›Memme‹, dachte Wolf.

»Christof, Maik und ich. Wir drei haben Nolden-Bau zusammen aufgebaut«, sagte Rodach. »Und wir haben den Laden durch die schwierigen Jahre gebracht. Und dann kommt diese Zopf-Gretel und macht alles kaputt.« Er kippte seinen Whisky. »›Creative destruction‹ – diese neumodische Kacke geht mir so was von auf den Sack.«

Rodachs Befindlichkeiten waren Wolf egal.

»Was ist in Frankfurt schiefgelaufen?«, wollte er wissen.

Rodach lachte auf. »Nichts«, sagte er. »Christof hat einfach nur noch mehr Geld gebraucht als sonst. Das ist schiefgelaufen«

Wolf sah Rodach fragend an.

»Sie haben doch keine Ahnung«, sagte Rodach.

»Dann klären Sie mich auf.« Wolf suchte den Blick der Tresenfrau und hielt zwei Finger hoch.

Die Tresenfrau brachte Nachschub.

Wolf stieß mit Rodach an. »Na, kommen Sie, raus damit«, sagte er.

Rodach zierte sich, aber nach einer weiteren Lage Whisky hatte Wolf ihn so weit. Rodach packte aus. Teile der Story kannte Wolf bereits: die Fast-Pleite von Nolden-Bau nach dem Schwarzarbeiterskandal; den günstige Unternehmenskredit, den Christof Nolden wie durch ein Wunder aufgetan hatte, als das Unternehmen am absoluten Tiefpunkt war; den Wiederaufstieg von Nolden-Bau in den darauf folgenden Jahren.

»Damals, nach dem Skandal, da haben wir Nolden-Bau noch ein mal ganz neu aufgestellt.« Rodachs Augen glänzten. »Sauber. Ohne Schwarzarbeit. Ohne Security. Ohne krumme Touren.«

»Glaube ich nicht«, sagte Wolf.

»Dann glaube ich das für Sie mit.« Rodach schlug mit der Hand auf den Tisch. »Die neue Nolden-Bau ist sauber. Sieht man mal davon ab, dass Christof immer wieder Geld umgelenkt hat. Zwei Millionen hier, fünf Millionen da, manchmal auch mehr.

›Here we go‹, dachte Wolf. »Komisch«, sagte er. »In den Bilanzen habe ich nichts in der Richtung gefunden.«

Rodach lächelte vielsagend.

»Manipulation«, stellte Wolf in den Raum.

»Das haben Sie jetzt gesagt.«

Wolf ging zum Tresen und ließ sich die Whiskyflasche geben. Zurück am Platz schenkte er großzügig nach.

»Okay«, sagte er. »Wie haben Sie es gemacht? An welchen Stellen haben Sie an den Bilanzen gedreht?«

»Ich war nur kleiner Prokurist.« Rodach hob die Hände. »Christof hat die Bilanzen aufgestellt.«

›Bullshit‹, dachte Wolf. Andererseits – kluger Move: Einen toten Mann konnte man nicht wegen Bilanzfälschung verknacken.

»Gut«, sagte er. »Rein hypothetisch. Wie, würden Sie vermuten, hat Ihr Freund Christof die Zahlen manipuliert?«

»Rein hypothetisch?« Rodach grinste. »Rein hypothetisch würde ich vermuten, dass mein Freund Christof Rechnungen über Leistungen eingebucht hat, die bei Nolden-Bau gar nicht erbracht worden sind.«

›Die gute alte Luftbuchung‹, dachte Wolf. »Geht das konkreter?«, fragte er. »Wann? An wen? Welche Beträge?«

»Nein.« Rodach schüttelte den Kopf.

»Warum nicht?«

»Weil es dann ja nicht mehr hypothetisch wäre.« Rodachs Grinsen hatte jetzt etwas bauernschlau Verschlagenes.

»Okay«, setzte Wolf neu an. »Nolden hat über die Jahre immer wieder rumgetrickst. Und dann?«

»So lang wir uns im niedrigen zweistelligen Millionenbereich bewegt haben, war das kein Problem«, sagte Rodach. Aber letztes Jahr hat Christof so zugelangt, dass wir plötzlich auch Sachen nicht mehr machen konnten, die tatsächlich anstanden. Für Frankfurt hat Christof von Oktober bis Dezember einen Baustopp angeordnet. Daher der Verzug.«

»Wofür hat Nolden das Geld gebraucht?«, wollte Wolf wissen.

»Für seine kreative Zerstörerin und ihre Hobbys?«

»Saskia Nolden ist eine Karsdorf. Die hat eigenes Vermögen«, wandte Wolf ein.

»Ihr Vater hat eigenes Vermögen«, stellte Rodach richtig.

»Oder so«, sagte Wolf. »Aber warum hat Nolden dann letztes Jahr plötzlich so viel zusätzliche Kohle gebraucht? Hat sich bei ihm irgendetwas geändert? Neue Vorlieben? Sonst irgendwas?«

»Koks und Nutten, meinen Sie?«, fragte Rodach. »Guter Mann, mit den Summen, über die wir hier reden, hätte Christof eine 365-Tage-Dauerschneeparty für ein ganzes Laufhaus schmeißen können.«

Er griff nach der Flasche und schenkte sich nach, ohne Wolf etwas anzubieten.

»Das mit den Drogen«, setzte er nach. »Das war allerdings tatsächlich neu. ›Die beste Droge ist ein klarer Kopf‹ – das war immer Christofs Devise. Aber, mit klarem Kopf hält man so eine Machtmutti wie diese Saskia ja nicht aus. Die dumme Funz hat alles …«, Rodachs Blick verlor sich in der Tiefe des Raums.

Rodach war durch, dachte Wolf. Wichtige Informationen waren von ihm nicht mehr zu erwarten.

»Ich gehe mal zahlen«, sagte er.

»Nebenan ist gleich Nubbelverbrennung«, sagte die Tresenfrau, während sie die Rechnung fertig machte.

Wolf nickte. Er wusste nicht, wovon die Frau sprach.

Als Wolf und Rodach auf die Straße traten, war es kurz vor zwölf. Die Bar lag direkt neben einem Traditionsbrauhaus. Vor dem Eingang des Brauhauses ballte sich eine Menschenmenge mit Kerzen und Fackeln. Brauhauspublikum, aber auch jede Menge Leute aus der Bar. Einige hatten Trommeln und Pauken vor den Bauch geschnallt.

Über dem Eingang des Brauhauses hing eine unförmige Strohpuppe mit Topfschnittperücke und leuchtend rotem Hosenanzug, die groben Hände vor dem Bauch zum Dreieck gebunden.

Von irgendwoher schlug es Mitternacht.

»Jetzt ist er dran«, rief einer aus der Menge.

Zwei Männer legten eine Leiter an, holten die Puppe herunter und legten sie in einen Metallkorb, der auf einer Kanzel vor dem Brauhaus aufgebaut war. Ein Typ in Frack und Zylinder bestieg die Kanzel, rechts und links von ihm bauten sich Fackelträger auf.

»Liebe Jecken«, sagte der Zylindermann mit Theatertrauer in der Stimme. »Es ist an der Zeit, unser geliebter Fastelovend ist vorbei.«

Murren und Bedauernslaute aus dem Publikum.

»Aber vorher« – der Zylindermann hob die Hände – »aber vorher, müssen wir noch unserer Pflicht nachkommen. Die Tradition gebietet, dass wir über den Gericht halten, der uns das alles hier eingebrockt hat.«

»Mach hinne!«, wurde ihm zugerufen. »Kurzer Prozess!«

»Wohlan.« Der Zylindermann nickte in die Menge. »Wer ist schuld, dass unser geliebtes Köln aussieht wie Asiland – an Fastelovend, aber auch sonst übers Jahr?«

»Der Nubbel!«, schallte es aus der Menge, gefolgt von einem Trommelwirbel.

»Wer ist schuld, dass unsere Ladys nicht mehr sicher sind?«, fragte der Zylindermann.

»Der Nubbel!« Jetzt auch vermehrt Frauenstimmen über anschwellendem Paukengrollen.

»Aber wer ist denn dieser Nubbel?«, kam es von irgendwo aus den hinteren Rängen.

»Deine Mudda«, rief ein junger Typ mit Bart und Männerdutt, der vorher in der Bar gesessen hatten. Lautes Johlen aus dem Publikum.

Der Zylindermann gebot Ruhe.

»Und wer ist schuld, dass unsere schöne Heimatkultur, unser Brauchtum, in den Arsch geht, wegen der ganzen Immis?«

»Der Nubbel!« Aus einem Mund. Das Paukengrollen wuchs zur massiven Schallmauer an.

Der Zylindermann hob die Hände. Es wurde wieder ruhig.

»Und was machen wir jetzt mit dem Nubbel?«, fragte er. »Wat maache wer met dem, de Leid üvver uns jeliebtes Colonia jebracht hät? De Leid üvver uns Mädcher jebracht hät un üvver uns ureijene Kultuur?«

Sekundenlang war es vollkommen still. Wolf sah die Tresenfrau im Eingang der Bar stehen. Ihr Nasenpiercing glitzerte im Licht der Fackeln.

Die Tresenfrau riss ihren Arm hoch. »Zündet die Sau an!«, gellte ihre Stimme über die Köpfe hinweg.

»Jawoll«, kam es aus der Menge zurück und immer lauter: »Verbrennen! Verbrennen!«

Der Zylindermann nickte.

»Wohlan! Das ist die wahre Gerechtigkeit, das ist das wahre Urteil«, sagte er. »Das ist die Rechtsprechung eines besseren Landes!«

Er goss den Inhalt einer Flasche über die Strohpuppe. Scharfer Benzingeruch stieg Wolf in die Nase.

»Büße, Nubbel!«, rief der Zylindermann. »Büße für deine Untaten!«

»Büße! Büße!«, brüllte die Menge.

»Kremator!«, wandte sich der Zylindermann an den Fackelträger zu seiner Rechten. »Walte deines Amtes!«

Paukenwirbel. Dann lange Stille.

»Guckt ihn euch noch einmal gut an, euren Nubbel«, rief der Zylindermann.

»Schande! Schande!«, skandierte die Menge und dann immer fordernder: »Brennen! Brennen! Brennen!«

Der Fackelträger trat vor. Er griff sich die Fackel seines Kollegen, hielt beide Fackeln unter dem Gejohle der Menge in die Höhe, vollführte kunstvolle Wendungen mit ihnen wie ein Feuerschlucker und warf sie schließlich mit einer geschmeidigen Bewegung auf die Strohpuppe.

Flammen loderten auf.

»Brenn, du Sau!«, brüllte es aus der Menge.

Die Strohpuppe wand und krümmte sich, als wäre sie lebendig.

Wolf war plötzlich kalt. Er hakte Rodach unter und zog ihn weg von den Menschen, die sich jetzt zum Schunkeln zusammenschlossen.

Im Weggehen merkte Wolf, dass ihn ein junger Typ in Retrosportswear beobachtete. Sein Gesicht kam Wolf irgendwie bekannt vor. Der Mann zückte sein Handy und hielt es auf Wolf und Rodach.

Blitzlicht zuckte auf.

»He!«, rief Wolf, aber der Typ war schon in der Menge verschwunden. Wolf erinnerte sich jetzt, woher er das Gesicht kannte. Der Mann war Saskia Noldens Assistenzschwuchtel. Wolf fragte sich, ob der Hübschling sein Foto irgendwie gegen Rodach und ihn verwenden konnte, dann schob er den Gedanken beiseite. Sorgen waren für Subalterne. Sportswear-Boy war unbedeutend.

Wolf verfrachtete Rodach in ein Taxi und winkte sich dann selber eines.

»Wohin?«, wollte der Fahrer wissen.

Das war tatsächlich die Frage, dachte Wolf. Es war kurz vor eins, sein Rückflug war vor Stunden gegangen, und um diese Uhrzeit fuhr kein Zug mehr. Ein Hotelzimmer konnte er vermutlich auch vergessen – außer vielleicht in der Absteige am Bahnhof. Aber bevor Wolf dorthin zurückkehrte, würde er lieber die ganze Nacht durchfahren. Was vielleicht überhaupt die Lösung war. Zum Schlafen war er sowieso zu aufgedreht.

Wolf ließ sich zu einem 24/7-Autoverleih am Stadtrand fahren. Auf der Strecke sah er immer wieder Fackelzüge von Ferne.

Das Büro des Autoverleihs hatte große Fenster und war komplett in grellem Orange gehalten. Vor der Dunkelheit draußen wirkte es, als stünde der Raum in Flammen.

Ein südländisch aussehender junger Typ im Polyesteranzug hielt einsam Stellung hinter dem Tresen. Seine Krawatte war farblich auf die Wände abgestimmt.

»Wir haben gerade ein Premiumangebot.« Er schob sein BWL-Lehrbuch beiseite und reichte Wolf ein laminiertes Infoblatt. »Unser Luxury Car Special. Damit fahren Sie ganz vorne mit.«

Wolf hatte an einen Mittelklassewagen gedacht, aber der Preis für das Premiumangebot war okay, und wenn er schon die Nacht durchfahren musste, dann konnte er das auch in einer anständigen Karre tun.

»Ich nehme den Panamera«, sagte Wolf.

Der Anzugmigrant machte die Papiere für den Wagen fertig. Wolf scrollte sich durch seine Mails. Die Frau in Grau hatte sich nicht mehr gemeldet. War wohl nicht so wichtig gewesen. Dafür aber die Personalabteilung von HSW. Eine Wolf unbekannte Personalerin entschuldigte sich wortreich für die verspätete Anweisung seiner Gehaltsnachzahlung für Januar und Februar: Ausscheiden der zuständigen Sachbearbeiterin, Abstimmungsprobleme, Entschuldigung für entstandene Unannehmlichkeiten, blablabla.

›Saftladen‹, dachte Wolf.

Er switchte zu seinem neuen Girokonto.

Fünfundvierzigtausend und ein paar Gequetschte. In soliden schwarzen Zahlen.

Wolf hätte vor Erleichterung heulen können.

Dann spürte er, wie sich die Härchen auf seinem Unterarm aufstellten.

›Jetzt‹, dachte er. ›Time to go.‹

45k waren für sein Empfinden zwar immer noch ein paar Tacken zu wenig, aber vielleicht musste er sich einfach mal aus seiner Komfortzone bewegen.

Wolf checkte die Uhrzeit. In Brisbane war es früher Vormittag.

Er wählte Eds Nummer.

»Wolf«, sagte Ed. »Ich hatte die Hoffnung schon fast aufgegeben.«

»Ich mache es«, sagte Wolf. »Ich steige bei dir ein.«

»Geht doch!« Ed lachte. »Wann kommst du?«

»In zehn Tagen ist die Gesellschafterversammlung von Nolden-Bau. Danach nehme ich den Flieger.«

»Warum nicht sofort?«, wollte Ed wissen.

»Ich will noch eine ordentliche Übergabe machen«, sagte Wolf.

Ed lachte. »Du bist so ein verfickter Preuße, Wolf. Egal, ich beantrage schon mal das Arbeitsvisum für dich. Gib mir Bescheid, wann dein Flieger kommt. Ich hole dich am Flughafen ab.«

»Will do«, sagte Wolf.

Ed legte auf.

Eine Viertelstunde später war Wolf auf dem Weg nach Osten. Es war kurz nach halb zwei. Bis Berlin waren es knapp sechshundert Kilometer. Wolf schaltete das Radio an und überließ sich seinen Gedanken.

›Warum nicht sofort?‹, hatte Ed gefragt. Wegen der ordentlichen Übergabe, hatte Wolf behauptet. Aber das war natürlich Quatsch. De facto hätte er genauso gut direkt nach Frankfurt fahren können: Wagen am Flughafen abgeben, an den Ticketschalter, nächster Flug nach Brisbane, mit Kreditkarte, hier mein Reisepass, nein, nur Handgepäck.

Tatsächlich hatte Wolf genau das einen Moment lang vorgehabt. Aber dann hatte er gespürt, wie etwas anderes in ihm anschwoll. Eine Welle, die sich immer mächtiger auftürmte und eine eigene Kraft entwickelte, die Wolf trug, auf der er dahinglitt und die er bis zum letzten Moment ausreizen wollte.

Es war Rachelust. Pure, unverfälschte Rachelust.

Wolf wollte sich rächen. An Herbert Stetten mit seinen Quanta-Costa-Fingern und dem gierigen Frettchenmaul, an Wadenbeißer-Pahlow, an Hans-Josef Meinerzhagen und Reinhardt Bastnach und ihrer selbstgefälligen Bräsigkeit, an Hornbrillen-Saskia und ihrem Assistenzboy, an Linh Nguyên mit ihren Pornonägeln und dem Bambiblick, an der Frau in Grau mit ihren anmaßenden Titten und ihrem Gefühl für Zahlen, an Marietta Bensheim und ihrer Feindseligkeit, an Michael Bensheim und seinen Märchen, an Schweinchen-Schlau-Rodach, an der Minderleisterin in der Personalabteilung, die ihn mit ihrer verpennten Überweisung in Angst und Schrecken versetzt hatte.

An ihnen allen würde Wolf sich rächen.

In zehn Tagen war die Gesellschafterversammlung von Nolden-Bau, und Wolf würde es krachen lassen.

Er würde aufstehen und darauf hinweisen, dass der Verdacht umfassender Bilanzmanipulation im Raum stand, dass der Jahresabschluss ein ganz großer Witz war, dass alles noch einmal neu aufgerollt werden musste.

Wolf würde größtmöglichen Schaden anrichten.

Er würde Nolden-Bau in die Scheiße reiten und HSW gleich mit.

Er würde verbrannte Erde hinterlassen.

Und dann, erst dann, würde Wolf gehen. Er würde sich in einen Leihwagen setzen – nein, besser noch, in ein Taxi – er würde sich nach Frankfurt fahren lassen und in den Flieger nach Brisbane steigen.

Sicher, vorher musste Wolf noch einen konkreten Beleg für Christof Noldens Luftbuchungen finden, aber das war machbar.

Zehn Tage trennten Wolf von Brisbane. Er konnte den Flugzeugsitz in seinem Rücken fast spüren.

›Rache ist süß‹, dachte er.

Die Autobahn vor ihm war leer.

Wolf trat aufs Gas.

Um kurz nach fünf erreichte er die Stadtgrenze von Berlin. Wolf erwog kurz einen Boxenstopp in der Wohnung, aber schon der bloße Gedanke an die Nadelfilzhölle törnte ihn ab. ›Nutz die Energie‹, dachte er. ›Bleib im Flow‹. Er beschloss, direkt zu HSW zu fahren. Unterwäsche zum Wechseln und ein frisches Hemd hatte er im Büro, und duschen konnte er im kanzleieigenen Fitnesskeller.

Wolf gab den Panamera am Alexanderplatz ab. Er frühstückte in einem Backshop und ging dann zu Fuß zur Kanzlei. Über die Brandmauer eines Plattenbaus in der Nähe von HSW zog sich ein neues Graffiti. Riesige goldene Buchstaben mit schwarzer Umrandung gleißten im Licht der aufgehenden Sonne. *Violence is golden*, las Wolf. ›Genau‹, dachte er *›it's payback time‹*.

Zwanzig Minuten später saß Wolf frisch geduscht an seinem Schreibtisch. Seine Postmappe war leer, bis auf eine Einladung zur Eröffnung von Saskia Noldens neuen Ausstellungsräumen Ende des Monats, die Wolf sofort entsorgte, und einen verschlossenen A4-Umschlag mit der Aufschrift *persönlich/vertraulich – S. I. Seldeneck*.

›Post von der Frau in Grau‹, dachte Wolf.

Selbst ihre Handschrift hatte etwas Anmaßendes.

Er öffnete den Umschlag und überflog den Inhalt. Wolf fuhr den Computer hoch. Er legte sich die Liste mit Dokumentenkürzeln, die er in dem Umschlag gefunden hatte, neben die Tastatur, lud die Nolden-Akte und öffnete das erste in der Liste aufgeführte Dokument, dann das nächste und das übernächste.

»Fucking hell«, flüsterte er.

Siebzehn

Mittwoch – Montag
6.–11. März 2019
Berlin

Es war Viertel nach acht, und Isa war auf dem Weg zu HSW. Eisiger Wind trieb Regen durch die Straßen. Im Zwischengeschoss zur U-Bahn schliefen Obdachlose.

Die U-Bahn hatte Verspätung. Am Bahnsteig drängten sich die Menschen. Vor dem Fahrscheinautomaten spielte ein Streichtrio einen Satz aus den *Vier Jahreszeiten*. Die Wartenden hielten mit sehnsüchtig-leeren Gesichtern ihre Handys auf die Musiker.

Endlich kam die Bahn. Isa drängte sich mit der Pendlermasse in den Waggon. Es war quälend eng, und mit jedem Halt pressten sich mehr Leute in die Bahn. Isa schloss die Augen und versuchte, sich auf ihren Atem zu konzentrieren. Drei Stationen vor HSW hechtete ein junger Typ in teurer Daunenjacke und hoch sitzender Pudelmütze in die sich bereits schließende Tür. Für einen Moment war er eingeklemmt, dann stemmte er die Türflügel mit Gewalt auf und quetschte sich in den Waggon. Danach schloss die Tür nicht mehr. Der Fahrer stieg aus und versuchte, das Problem manuell zu beheben. Acht Minuten später kam die Aufforderung, die Bahn zu räumen.

Isa ging zu Fuß zu HSW.

»Sie sind zu spät«, sagte Torsten Wolf, als sie gegen halb zehn in der Tür zu seinem Büro stand.

Isa lehnte sich an die Glaswand von Wolfs Büro.

»Hatten Sie schon Zeit, sich das anzusehen?« Sie zeigte auf den Umschlag auf Wolfs Schreibtisch.

»Ich habe mir die Vermerke in Ihrer Liste durchgelesen.«

»Alle?«

»Ja«, sagte Wolf. »Auch den letzten, falls Sie das meinen. Wie haben Sie die gefunden?«

»Den ersten durch Zufall, danach über die Hyperlinks.«

»Wie bei *Hänsel und Gretel*. Mit den Kieselsteinen!« Wolf wirkte, als hätte er eine Erleuchtung.

›Genau‹, dachte Isa. ›Nur, dass das hier nicht Märchenstunde für Prenzlberg-Papis ist, sondern Bilanzmanipulation in zweifacher Millionenhöhe. Und da hätte der werte Herr Top-Anwalt auch mal selber draufkommen können.‹

Isa war gereizt. Sie stand seit Tagen unter Strom. Als sie am Freitagmorgen durch die Unterlagen auf ihrem Schreibtisch gegangen war und begriffen hatte, dass Wolf als Anwalt – nein, als oberste Überwachungsinstanz – von Nolden-Bau eingesetzt war, hatte sie sofort an Mira gedacht und dass sie den Schlüssel zu ihrem Verschwinden gefunden hatte. Aber dieser Gedanke war schnell in den Hintergrund gerückt.

Dafür hatte Isas Jagdtrieb die Oberhand gewonnen.

Vier Jahre zuvor hatte sie versucht, Christof Nolden zur Strecke zu bringen und war gescheitert. Jetzt hatte ihr der Zufall eine zweite Chance gegeben. Nolden war tot, das war richtig, aber sein Unternehmen lebte weiter. Die Nolden-Akte eröffnete Isa Zugang zu den intimsten Geheimnissen dieses Unternehmens und gab ihr damit vielleicht die Gelegenheit, noch einmal gegen Nolden-Bau auszuholen und Christof Nolden so zumindest postum zu schlagen. Isa hatte plötzlich wieder das Gefühl, lebendig zu sein. Sie war zurück im Spiel – die richtige Frau am richtigen Ort.

Den Freitag hatte sie darauf verwandt, die Vorjahresbilanz von Nolden-Bau mit den Quartalsberichten und den aktuellen Projektständen abzugleichen. Am Abend war sie sich sicher, dass die Zahlen manipuliert waren. Die Frage war nur, an welcher Stelle und in welchem Umfang. Also hatte sich Isa immer tiefer in die Akte eingearbeitet.

Am Samstagmorgen hatte sie sich eine externe Festplatte besorgt. Zurück in Miras Wohnung hatte sich Isa mit den Zugangsdaten von Nadine Oschmann bei HSW eingeloggt und die gesamte Nolden-Akte auf die neue Festplatte kopiert. Sie hatte sich wieder ausgeloggt, hatte ausgiebig gefrühstückt und war dann systematisch durch die heruntergezogenen Dateien gegangen.

In den Stunden darauf hatte Isa das Zahlenwerk von Nolden-Bau aus der Zeit nach dem Skandal abgeklopft, ohne auf irgendwelche Auffälligkeiten zu stoßen. Abgesehen von der Tatsache vielleicht, dass die neue Nolden-Bau nichts mehr mit dem Unternehmen zu tun hatte, das Isa fast zwanzig Jahre im Visier gehabt hatte: keine dubiosen Konzernstrukturen mehr auf Malta, keine südosteuropäischen Tochterfirmen zum Schwarzarbeiterimport, Christof Nolden hatte seine Beteiligungen im bulgarischen Agrarsektor abgestoßen und sogar die Verbindung zu seinem langjährigen Freund und Geschäftspartner Terence Harriss gekappt.

Nolden-Bau war vollkommen neu aufgestellt. Der Firmen- und Steuersitz war jetzt in Köln, die Finanzierung lief ausschließlich über eine große deutsche Privatbank, die Jahresabschlüsse waren solide. Statt auf Billigimmobilien für die öffentliche Hand, setzte Nolden-Bau nun verstärkt auf Projekte im Luxussegment, firmierte primär jedoch als Generalunternehmer für große Genossenschaften. Nachhaltiges Bauen war der neue Markenkern. Die Mitarbeiter wurden nach Tarif bezahlt, in den Kantinen wurde Bioessen ausgegeben. Nolden-Bau 2.0 präsentierte sich als lupenreines deutsches Vorzeigeunternehmen.

Aber Isa hatte Christof Nolden gekannt. Der Mann war über Leichen gegangen, und Isa glaubte nicht, dass ihn der Skandal bekehrt hatte. Umso zweifelhafter schien ihr die saubere Front von Nolden-Bau und umso ungeduldiger arbeitete sie sich an den Unternehmenszahlen ab.

Fortschritte machte sie keine.

Gegen elf Uhr abends hatte Isa aufgegeben. Sie war zu dem koreanischen Imbiss am Anfang der Straße gegangen und danach auf einen Absacker in eine der Kneipen auf dem Weg.

Hinter dem Tresen stand eine dunkelhaarige Frau mit bronzefarbener Haut und großen Goldohrringen. Sie konnte kein Deutsch. Isa deutete auf die Whiskyflasche in der Vitrine und hielt zwei Finger hoch. Die Barfrau machte ihr einen Doppelten. Isa setzte sich. Sie war der einzige Gast im Schankraum. Im Hinterzimmer saß eine Handvoll dunkelhaariger Männer und zockte. Rumänen, vermutete Isa, oder Bulgaren.

Sie nippte an ihrem Whisky und sah nach draußen ins Dunkel, während die LED-Strips über der Bar ganz langsam die Farbe wechselten, wie die Beleuchtung in einem Wellness-Spa.

Isa dachte an Can. Mit einem Mal wollte sie ihm unbedingt von der Nolden-Sache erzählen. Sie drückte seine Nummer, aber ihr Anruf endete in knisterndem Nichts. Und eigentlich wusste Isa ohnehin, was Can gesagt hätte: ›Lass es, Isa. Nolden ist tot. Hör endlich auf.‹

Aber Isa wollte nicht aufhören. Dazu hatte sie zu lange zu viel in die Sache investiert.

War es Mira genauso gegangen? War sie deshalb verschwunden?

Isa griff wieder nach ihrem Handy.

Thomas ging nach dem dritten Klingeln dran.

»Ich habe was«, sagte Isa. »Ich bin an was dran. Ich brauche aber noch eine Woche, oder zwei. Kann ich so lang in der Wohnung bleiben? Ich zahle auch Miete.«

»Lass stecken«, sagte Thomas. »Ist okay.«

»Der Anwalt, für den Mira gearbeitet hat, ist der Vorsitzende des Verwaltungsbeirats von Nolden-Bau«, sagte Isa. »Mira ist an dem Tag verschwunden, an dem der Mann die Nolden-Akten aus Köln übernommen hat.«

Thomas schwieg.

»Das macht dich heiß, Isa, oder?«, sagte er endlich. »Nolden jagen.

Das ist deine fixe Idee. Was anderes gibt es nicht in deinem Leben. Dir geht es nicht um Mira. Mira ist dir scheißegal. Du bist so armselig, Isa. Du widerst mich an!«

Er drückte das Gespräch weg.

Isa kippte ihren Whisky und gab der Barfrau Zeichen für den nächsten. Ihre Hände zitterten vor Wut. ›Nolden ist deine fixe Idee‹ hatte Thomas gesagt. ›Stimmt‹, dachte Isa. ›Aber dafür gibt es auch verdammt gute Gründe.‹ Isa hatte knapp zwanzig Jahre gegen Nolden-Bau recherchiert. Natürlich machte es sie heiß, dass sie über den Job bei HSW unverhofft die alte Fährte wieder aufnehmen und dabei auf Material zugreifen konnte, an das sie sonst niemals herangekommen wäre. Und ja, die Suche nach Mira war darüber irgendwie in den Hintergrund getreten. Aber auch dafür gab es Gründe: Mira war Isa in der kurzen Zeit seit ihrer Ankunft in Berlin so undurchsichtig und fremd geworden, dass Isa immer weniger Anreiz spürte, nach ihr zu suchen. Machte sie das zu einem armseligen Menschen? Machte sie das widerwärtig? Wohl kaum. Ganz davon abgesehen, dass Thomas seit seinem Anruf auf Farneigh anscheinend selbst auch nichts mehr unternommen hatte, um Mira zu finden. Aber das war auch nicht der Punkt, dachte Isa. Der Punkt war der Ton, in dem Thomas seine Vorhaltungen vorgebracht hatte: selbstgerecht, weinerlich, aggressiv. Genau der Ton, in dem Can Isa vor ihrer Abreise nach Berlin angegangen war – der Ton, der Isa, seitdem sie denken konnte, zur Weißglut trieb. Wieso klangen die Männer in ihrem Leben plötzlich alle wie ihre Mutter? Mit Ausnahme von Torsten Wolf, vielleicht. Aber das war wahrscheinlich auch nur eine Frage der Zeit.

Der Gedanke an Wolf brachte Isa wieder auf die manipulierten Zahlen von Nolden-Bau. Dass sie damit nicht weiterkam, frustrierte Isa. Bisher hatte sie sich immer auf ihr Gefühl für Zahlen verlassen können. Aber vielleicht war ja gerade das das Problem? Vielleicht musste sie ihren Fokus ändern? Weg von den Zahlen und an anderer Stelle ansetzen?

Isa hatte in Ruhe ihren zweiten Doppelten getrunken und nachgedacht. In Miras Wohnung war sie erst zurückgegangen, als die

Männer im Hinterzimmer ihre Zockerrunde beendet hatten. Sie hatte sich mit ihrem Notebook und der externen Festplatte auf den Futon gesetzt und hatte sich noch einmal durch die Noldenakte gefräst – dieses Mal durch die Bereiche jenseits der Zahlen und Bilanzen.

Den ersten Aktenvermerk von Michael Bensheim hatte sie gegen vier Uhr morgens gefunden. Unter der Dokumentenbezeichnung *BL1801* hatte Bensheim ein Gespräch mit Christof Nolden vom Januar 2018 protokolliert. Bensheim hatte eine auffällige Transaktion über drei Millionen registriert. Es war nicht das erste Mal, dass er Abweichungen beobachtet hatte, aber bis dahin waren es Bagatellen gewesen – kleinere Unsauberkeiten, die das Geschäft mit sich brachte, nichts, was der Rede wert gewesen wäre. Drei Millionen hingegen waren eine andere Hausnummer. Bensheim hatte Christof Nolden auf den Vorgang angesprochen. Nolden hatte jede Auskunft verweigert. Bensheims Vermerk schloss mit dem Hyperlink *BL1802*. Isa klickte den Link an. Der nächste Aktenvermerk von Bensheim. Ende Februar 2018 war es um fünf Millionen gegangen. Auch dieses Mal hatte Bensheim Nolden darauf angesprochen, auch dieses Mal hatte der Anwalt eine Abfuhr erhalten, und auch dieses Mal hatte er unter seine Gesprächsnotiz einen Hyperlink gesetzt.

Isa folgte den Links. Bensheims letzter Vermerk datierte von Ende Oktober 2018. Zu diesem Zeitpunkt standen fragwürdige Transaktionen in Höhe von insgesamt fünfzig Millionen im Raum, das waren mehr als sechs Prozent des Jahresumsatzes von Nolden-Bau und damit deutlich mehr als der Schwund, den Bensheim in den Jahren zuvor beobachtet hatte.

Isa lehnte sich zurück. Sie hatte recht gehabt: Nolden hatte sich nicht geändert. Er war kriminell geblieben. Und Michael Bensheim hatte seine Manipulationen akribisch dokumentiert – leider jedoch, ohne dabei zu vermerken, wie Nolden seine krummen Touren in den Büchern getarnt hatte.

Und genau das hatte Isa seit Sonntagmorgen herauszufinden versucht.

Bislang vergeblich. Aber auch wenn es ihr gelang, die Manipulationen in der Bilanz nachzuweisen, war immer noch unklar, ob und wie Isa die Sache gegen Nolden-Bau einsetzen konnte. Noch einmal den Whistleblower spielen? Das war eine Option. Anders als vor vier Jahren konnte Isa dafür jedoch weder die Glaubwürdigkeit von *Concrete Gold* in die Waagschale werfen noch ihren eigenen guten Namen. Mehr als ein anonymer Tipp war nicht drin – und ob der von den Medien aufgegriffen würde, wagte Isa zu bezweifeln.

Viel mehr Aufsehen würde es erregen, wenn die hochkarätigen Mitglieder des Verwaltungsbeirats von Nolden-Bau die Billigung des Jahresabschlusses verweigerten. Dazu waren sie per Gesetz verpflichtet, sobald eines der Beiratsmitglieder Kenntnis von Manipulationen erhielt.

Aus ebendiesem Grund hatte Isa Torsten Wolf die Bensheim-Vermerke zugespielt.

Die Frage war nur, ob sich Wolf als Beiratsvorsitzender ans Gesetz halten oder ob er als HSW-Anwalt den Schwanz einziehen würde, weil er vor Augen hatte, was sein Vorgänger in seinem letzten Vermerk festgehalten hatte.

In diesem letzten Vermerk hatte Michael Bensheim ein Gespräch mit Herbert Stetten von Ende Oktober 2018 protokolliert. Bensheim hatte Stetten damals über Christof Noldens verdächtiges Finanzgebaren in Kenntnis gesetzt. Offenbar hatte er gehofft, dass Stetten sein Gewicht nutzen und Nolden wieder auf Kurs bringen würde. Stattdessen hatte der HSW-Häuptling auf die wirtschaftliche Bedeutung des Noldenmandats für die Kanzlei abgehoben und Bensheim angewiesen, Christof Noldens Mauscheleien zu ignorieren, wenn nötig auch zu decken. Bensheim hatte Bedenken angemeldet. Stetten hatte daraufhin gedroht, ihm das Noldenmandat zu entziehen.

Bensheim hatte diese Ansage offenbar derart unter Druck gesetzt, dass er wenige Tage später zusammengebrochen war – und dabei waren die Bensheims gut situierte Doppelverdiener ohne Kinder. Torsten Wolf hingegen war zweifacher Vater und seine Frau verdiente in ihrem Kreuzberger Architektenkollektiv faktisch vermutlich deutlich unter Mindestlohn. Wenn Wolf sich mit Nolden-Bau – und damit mit HSW – anlegte, setzte er seine Existenz aufs Spiel. Schwanz einziehen wäre daher die deutlich klügere Variante für den Mann – nicht ganz sauber, aber opportun und absolut nachvollziehbar.

Das waren Isas Überlegungen am Sonntag gewesen. Jetzt, drei Tage später, lehnte sie mit dem Rücken an der Glaswand von Wolfs Büro und beobachtete seine Reaktion auf die Bensheim-Vermerke. Von Schwanzeinziehen keine Spur. Im Gegenteil – obwohl Wolf aussah, als hätte er die Nacht durchgemacht, wirkte er wie elektrisiert, ja geradezu euphorisch.

Wolf tippte auf den Umschlag mit Isas Notizen.

»Ich habe gestern Abend mit Thomas Rodach gesprochen«, sagte er. »In Frankfurt ist von Oktober bis Dezember nicht gebaut worden. Sämtliche Rechnungen aus diesem Zeitraum dürften also fingiert sein. In Summe sind das ziemlich genau fünfzig Millionen. Wir lassen Rodach eine eidesstattliche Versicherung über den Baustopp abgeben. Damit ist klar, dass die Bilanz manipuliert ist.« Wolf lehnte sich zurück und lächelte. »Easy.«

»Nein.« Isa schüttelte den Kopf. »Rodach war damals Prokurist. Er hat alle Dienstleisterverträge für Frankfurt unterschrieben – auch die für Oktober bis Dezember. Wenn der Mann eidesstattlich versichert, dass er von dem Baustopp wusste, wird er als Betrüger verknackt.«

»Fuck«, stöhnte Wolf.

»Da ist noch was«, sagte Isa. »Wenn Nolden seit letztem Januar laufend Geld aus dem Unternehmen gezogen hat, dann hätte er jede Möglichkeit gehabt, das übers Jahr gestückelt mit irgendwelchen Buchungen zu verschleiern, statt den Fehlbetrag gebündelt im letzten Quartal wieder einzufangen. Das ist zu dilettantisch für jemand wie Nolden. Genau wie die Sache mit dem Baustopp. Nolden war nicht der Typ, der erst am Ende vom Geld merkt, dass noch zu viel vom Jahr übrig ist. Der Mann war dreißig Jahren im Geschäft. Einer von seinem Kaliber weiß, wie man Kosten kalkuliert. Die fünfzig

Millionen hätte Nolden auch abzweigen können, ohne dafür den Baufortschritt in Frankfurt zu riskieren. Das passt für mich einfach nicht zusammen.«

Isa stockte.

»Reden Sie weiter«, sagte Wolf. »Ich höre zu.«

»Angenommen, Nolden hat sich im vergangenen Jahr tatsächlich so verzockt, dass er in Frankfurt die Notbremse ziehen musste«, fuhr Isa fort, »wieso hat er dann nicht ganz offiziell eine unvorhergesehene Verzögerung für das Projekt eingestellt? Bilanztechnisch wäre das problemlos gegangen. Wieso unbedingt den Schein wahren?«

»Kreditwürdigkeit«, tippte Wolf. »Zwei Tage bevor Nolden gestorben ist, hat seine Bank einen 150-Millionen-Kredit für ein Großprojekt in Berlin freigegeben – auf der Basis des Bilanzentwurfs für 2018. Vermutlich dachte Nolden, er könnte die Geschichte in Frankfurt im neuen Jahr wieder ausbügeln. Aber dann hat ihn der Herzkasper erwischt, und jetzt fliegt die Sache eben auf.«

»Wird sie das denn – auffliegen, meine ich?«, wollte Isa wissen.

»Von mir aus schon«, sagte Wolf.

»Sie wissen, was Sie damit riskieren?«

»No risk, no fun«, Wolf grinste.

Isa verstand auf einmal, wieso ihre Kolleginnen den Mann sexy fanden. »Gut«, sagte sie. »Und jetzt?«

»Wir klopfen noch einmal jede Bilanzposition ab, bis wir wissen, wo und wann Nolden die Kohle wirklich aus dem Unternehmen gezogen hat. Und in zehn Tagen lassen wir die Bombe hochgehen.«

Wolfs Lächeln hatte jetzt etwas fast Manisches. Isa fragte sich, ob er auf Koks war. ›Egal‹, dachte sie. ›Komplett egal. Solange der Mann auf meiner Seite ist.‹

In diesem Moment stand Matthias Pahlow in der Tür, eine gut aussehende Mittdreißigerin mit langen dunklen Haaren, knallrotem Lippenstift und teurem Hosenanzug im Schlepptau.

»Dürfen wir kurz stören?«, fragte Pahlow. »Torsten, ich möchte Dir unsere neue Kollegin, Adèle von Pribbenow, vorstellen. Frau von

Pribbenow kommt von Withersby & Bells und wird die Praxisgruppe Bau- und Immobilienrecht zukünftig als Counsel unterstützen.« Pahlow lächelte.

Wolf schien unsicher, was von ihm erwartet wurde, dann stand er auf und schüttelte Adèle von Pribbenow die Hand.

»Torsten Wolf, Salary-Partner«, sagte er. »Willkommen im Team.«

»Ich habe schon von Ihnen gehört.« Adèle von Pribbenow strahlte Wolf an.

Wolf lächelte knapp und setzte sich wieder.

Adèle von Pribbenow glühte für den Bruchteil einer Sekunde nach, dann wandte sie sich zu Isa

»Und Sie sind eine Kollegin?«

»Frau Seldeneck ist die Assistentin von Herrn Dr. Wolf«, erläuterte Pahlow.

»Freut mich, Sie kennenzulernen.« Adèle von Pribbenows Lächeln war jetzt nur noch der Höflichkeit geschuldet.

Isa lächelte zurück. Sie nickte Wolf zu, ging in ihr Büro und machte sich an die Arbeit.

Um eins klopfte Jenny an Isas Türrahmen.

»Kommst du Mittagessen?«

Isa schüttelte den Kopf. »Keine Zeit«, sagte sie. »Sorry.«

Jenny zog die Augenbrauen hoch.

»Wirklich«, sagte Isa.

Jenny schüttelte den Kopf und ging.

Pause machte Isa erst nach fünf. In der Cafeteria standen die Reste eines Mandanten-Büfetts. Isa nahm sich ein paar Schnittchen und stellte sich an das Sekretärinnen-Ende des großen Stehtischs. Am Kopfende waren zwei ältere Anwälte in eine Unterhaltung vertieft – nach Kleidung und Auftreten Equity-Partner von HSW.

Kurz darauf drängte ein Trupp Junganwälte an den Tisch. Lässige Frisuren, teure Anzüge, die Krawatten um diese Uhrzeit schon etwas lockerer als am Morgen. Die Jungs wahrten respektvollen

Abstand vor den Großkopferten, rückten dafür aber Isa deutlich zu nah – wie überdrehte Welpen, die zu lange drinnen eingesperrt gewesen waren.

»Mann, jetzt benehmt euch aber mal ein bisschen, Leute«, mahnte der Lauteste der Truppe. »Die Dame will ja auch noch hier stehen.« Es klang nicht so, als ob Isa darauf wirklich ein Anrecht hätte.

Isa nahm ihren Teller. Sie machte eine zweite Portion Kanapees klar und fuhr zurück nach oben.

Wieder auf ihrer Etage klopfte sie an Wolfs Türrahmen.

»Hunger?« Sie hielt ihm den Teller hin.

Wolf fuhr hoch, als hätte sie ihn bei etwas ertappt.

Isa hörte leises minimalistisches Klaviergeklimper, kaum hörbar darüber Vogelschreie und Wellenrauschen. Relaxing nature sounds. Isa hätte nicht gedacht, dass Wolf für so etwas zu haben war.

»Sie haben die Einladung für den Frühjahrsretreat von Nolden-Bau noch nicht beantwortet«, sagte sie.

Wolf knetete sich den Nacken. »Wann ist das noch mal?«

»Neunzehnter bis einundzwanzigster«, sagte Isa. »Sie, plus eins. Dienstag bis Donnerstag, in Brandenburg, Nähe polnische Grenze. Soll ich zu- oder absagen?«

»Von mir aus sagen Sie zu.« Wolf zuckte die Schultern. »Aber ich vermute, nach der Gesellschafterversammlung wird man da ohnehin keinen Wert mehr auf meine Gesellschaft legen.«

»Haben Sie schon was gefunden?«, fragte Isa.

Wolf schüttelte den Kopf.

»Sie?«, fragte er.

»Noch nicht.«

Wolf nickte, grau vor Erschöpfung. Isa ging zurück in ihr Büro.

Dreieinhalb Stunden später war sie keinen Schritt weiter. Sie stand auf und sah in den Hof. In der Cafeteria waren noch Leute. Die Junganwälte-Gang vom Nachmittag war am Tischkicker zugange.

Isa ging in die Küche. Neben der Spüle stand eine gebrauchte Tasse mit knallrotem Lippenstiftrand und einem Aufdruck, mit dem sich Isa nicht beschäftigen wollte. Sie brühte ihren Tee auf und ging zurück ins Büro.

Gegen zehn klopfte sie an den Türrahmen von Wolfs Büro.

»Ich gehe jetzt«, sagte sie.

Wolf nickte verständnislos. Er hatte schon am Morgen fertig ausgesehen, jetzt, zwölf Stunden später, schien er völlig am Ende.

»Ich bin an den Rückstellungen für Rechtsstreitigkeiten dran.« Wolf klang heiser.

»Morgen ist auch noch ein Tag«, sagte Isa.

Wolf nickte wieder sein verständnisloses Nicken.

Isa wandte sich ab und ging.

Die U-Bahn nach Neukölln war fast leer. Ein hibbeliger Typ mit kurz geschorenem Haar und Stecknadelpupillen ließ sich auf die Sitzbank gegenüber von Isa fallen und suchte Blickkontakt. Auf seinem Hoodie stand *Neuer Deutscher Standard*. Isa wechselte den Platz.

Drei dunkelhaarige Jungs, irgendwo zwischen zwölf und vierzehn, in Tarnflecktrainingsanzügen und schwarzen Sneakers, stiegen ein und hangelten sich an den Haltestangen durch den Waggon.

»Wisst ihr, was meine Lehrerin sagt?«, fragte der Kräftigste von ihnen zwischen dynamischen Klimmzügen. »Die sagt, ich brauch mich nicht anstrengen. Ich hab sowieso keine Chance. Weil ich hab nämlich einen Mi-gra-tions-Hintergrund.«

Seine Kumpels lachten wie über einen guten Witz und klatschten ihn ab.

Die Bahn fuhr in die Dschungelstation ein. Die Boygroup tobte an Isa vorbei die Rolltreppe hoch. Kurz darauf liefen die Jungs vor ihr die schwach beleuchtete Straße entlang. Isa hörte sie wispern und lachen, dann drehten sie sich plötzlich um und versperrten ihr den Weg.

»Handy«, sagte der Rädelsführer. »Und Portemonnaie.« Die Pistole in seiner Hand schimmerte bläulich.

Isa machte einen Ausfallschritt. Ein Schlag gegen das Handgelenk des Jungen, und sie hatte die Knarre in der Hand. Isa trat zurück und hielt die Pistole mit beiden Händen auf die Jungs gerichtet.

»Ganz schlechte Idee«, sagte sie. »Ich glaube, ihr geht jetzt besser nach Hause zu Mutti.«

Die Jungs standen unschlüssig da, dann stoben sie davon.

Isa hielt die Knarre auf sie gerichtet, bis sie verschwunden waren. Irgendwann ließ sie die Arme sinken und begann unkontrolliert zu zittern. Sie lehnte gegen ein Fensterbrett und versuchte, sich auf ihren Atem zu konzentrieren. Nach einiger Zeit hörte das Zittern auf. Erst da wurde Isa bewusst, dass sie die Waffe immer noch mit beiden Händen umklammert hielt.

Sie ging unter die nächste Straßenlaterne. Die Knarre sah aus wie eine Beretta, mattschwarz und bösartig. Isa drückte den Magazinknopf. Das Magazin fiel heraus. Platzpatronen rollten über den Boden. Eine Schreckschusspistole. Isa begann hysterisch zu lachen: Sie hatte den Jungs ihr Spielzeug abgenommen.

Ein paar Häuser weiter spiegelte sich die Wellnessbeleuchtung der Zockerkneipe auf dem nassen Asphalt. Isa steckte die Knarre in ihre Handtasche und bewegte sich hin zum Licht. Sie nahm einen Absacker in der Kneipe. Zurück in Miras Wohnung fiel sie auf den Futon und schlief sofort ein.

Am nächsten Morgen um acht war Isa wieder auf dem Weg zu HSW.

Sie hatte noch nicht gefrühstückt. Die Fenster der Coffeebar um die Ecke von HSW waren beschlagen. Drinnen saß Torsten Wolf an einem Tisch mit Adèle von Pribbenow. Adèle von Pribbenow lächelte Wolf mit leicht geneigtem Kopf an und strich sich eine Strähne aus dem Gesicht. Wolf wirkte angespannt. Er entdeckte Isa in der Kaffeeschlange und warf ihr einen gequälten Blick zu, während Adèle von Pribbenow auf ihn einredete. Isa hob amüsiert die Augenbrauen.

Zwei Minuten später trat sie mit ihrem Croissant und Cappuccino zu den beiden an den Tisch.

»Ich weiß, wir waren für halb neun verabredet«, mimte sie ein gehetzt-schlechtes Gewissen. »Sorry, dass ich zu spät bin, U-Bahn.«

»Kann passieren.« Wolf checkte seine Uhr. »Wir sollten dann aber jetzt sofort anfangen.«

»Dann lass' ich dich mal, Torsten.« Adèle von Pribbenow stand auf. »Vielleicht nachher zusammen Lunch?«, Strahlendes Lächeln mit Fokus auf Wolf.

Wolf nickte unverbindlich.

»Danke«, sagte er, als Isa sich gesetzt hatte.

Isa ging nicht darauf ein.

»Sind Sie gestern Abend noch weitergekommen?«, wollte sie wissen.

Wolf schüttelte den Kopf. »Die Kalkulationen für die Rückstellungen hat Bensheim vorgenommen. Soweit ich das beurteilen kann, ist da alles im grünen Bereich.«

»Was ist mit den Beraterverträgen? Nolden hat in den letzten Jahren doch Unsummen für Unternehmensberatung rausgehauen.«

»Die Leistungen von Disruptive Consulting & Communication meinen Sie?« Wolf winkte ab. »Auch negativ. Der Betrag würde ungefähr hinkommen, die Stückelung auch. Und ›BL – Beraterleistungen‹ … Würde alles passen. Aber Disruptive Consulting ist seit Jahren bei HSW in der Wirtschaftsprüfung. Ich habe mir die Unterlagen von den Kollegen geben lassen. Da ist alles sauber. Konkrete Projekte, von real existierenden Mitarbeitern durchgeführt und abgezeichnet, ordentliche Rechnungen, fristgerecht von Nolden-Bau bezahlt und von den Beratern korrekt verbucht.«

»Fast zu schön, um wahr zu sein, oder?« Isa löffelte den Schaum aus ihrer Tasse. »Das ist auch so was, das nicht passt. Nolden war ein absoluter Ego-Shooter. Dass der sich freiwillig Unternehmensberater ins Haus geholt haben soll, übersteigt meine Vorstellungskraft.«

»Gab ja genug zu restrukturieren nach der *Concrete Gold*-Geschichte«, sagte Wolf. »Vielleicht hatte er einfach keine Lust auf die Drecksarbeit.«

Sein Blick glitt unwillkürlich zu der Frau, die gerade das Kommando an der Kaffeemaschine übernommen hatte. Sie war Anfang zwanzig, schmal, mit hohen Wangenknochen, hoch aufgetürmtem dunklen Haar und einer auffälligen Tätowierung am Hals.

In Wolfs Gesicht stand roher Schmerz und Sehnsucht.

›Krieg dich ein, Meister‹, dachte Isa. ›Die Kleine könnte deine Tochter sein.‹

»Zurück an die Arbeit?«, fragte sie.

Wolf seufzte und massierte sich den Nacken. »Muss ja.«

Um eins stand Jenny wieder im Türrahmen von Isas Büro und signalisierte Essenfassen. Isa winkte ab.

Pause machte sie erst gegen vier. Während Isa auf ihr Teewasser wartete, kam Adèle von Pribbenow in die Küche. Sie ignorierte Isa, stellte ihre gebrauchte Tasse auf die Spüle und verschwand wieder in Richtung Büro.

Kurz darauf stieß Jenny zu Isa.

»Na, hat unser Adelchen wieder das Bücken vergessen?« Jenny wollte Adèle von Pribbenows Tasse in den Geschirrspüler räumen. Dann entdeckte sie den Aufdruck auf der Tasse

»›Kraft durch Freunde‹«, Jenny lachte auf. »Cooler Spruch.«

»Findest du?«

»Du nicht?«, Jennys Frage klang arglos. Sie stellte die Tasse in den Geschirrspüler und rührte sich einen Pudding an.

»Krasse Locken«, Sie zeigte auf Isas Frisur. »Steht dir.«

»Hatte heute Morgen keine Zeit zum Föhnen«, sagte Isa. »Ist spät geworden gestern.«

»Du wirst jetzt aber nicht Nadines großer Zwilling, oder?«, fragte Jenny.

»Wieso?«

»Nachtschichten. Keine Mittagspausen.«

Isa schüttelte den Kopf. »Ich bin einfach nur an einer superinteressanten Sache dran.«

»Echt jetzt? Du interessierst dich für das, was du machst?« Jennys Erstaunen war nicht gespielt.

»Du nicht?«

»Da hab' ich gar keine Zeit für«, sagte Jenny. Sie knuffte Isa in den Oberarm. »Lass dich nicht ärgern.«

Dann war sie weg.

Isa ging zurück ins Büro. An diesem Tag arbeitete sie bis halb eins. Als sie ging, war Wolf immer noch an seinem Platz.

Sieben Stunden später war Isa wieder im Büro.

Die erste Pause machte sie am frühen Nachmittag. Als sie in die Cafeteria kam, stellte Adèle von Pribbenow gerade einen Teller mit Häppchen am Kopfende des Tisches ab und ging dann zur Kaffeemaschine, um sich einen Cappuccino zu ziehen.

Isa postierte sich am anderen Ende des Tisches.

Drei Anwälte in Wolfs Alter kamen herein. Sie unterhielten sich angeregt und gingen zielsicher zum Kopfende des Tisches. Einer von ihnen schob den Pribbenow'schen Teller achtlos in Isas Richtung.

Adèle von Pribbenow kehrte mit ihrem Cappuccino zurück. Als sie die veränderte Platzverteilung registrierte, schoss ihr das Blut in die Wangen. Sie nahm ihren Teller und verließ die Cafeteria. Ihre Absätze klackerten auf dem Marmorboden.

»Oooh là là, one angry lady«, kommentierte einer der Anwälte.

»Überarbeitet«, diagnostiziert einer seiner Kollegen.

»Und unterfickt«, sekundierte der Dritte, gefolgt von gedämpftem dreistimmigem Herrengelächter.

Isa ging zurück ins Büro und arbeitete, bis der Securitymann gegen zwei seine Runde machte. Wolf hatte da schon seit einer Stunde seine Tastatur beiseitegeschoben und war mit dem Kopf auf der Tischplatte eingeschlafen.

Am nächsten Morgen ging Isa zum Frühstücken wieder in die Coffeebar um die Ecke von HSW. Es war Samstag, trotzdem saß Adèle von Pribbenow mit zwei anderen HSW-Anwältinnen in ihrem Alter an einem der Tische.

»… ist ja wohl eminently fuckable«, tönte Adèle von Pribbenow gerade, als Isa reinkam.

»Sorry, wenn ich spoilere«, sagte eine ihrer Kolleginnen. »Aber der Typ ist, du weißt schon.« Sie umkreiste ihren Ringfinger.

»Wirklich?« Adèle von Pribbenow mimte Überraschung. »Tragen tut er den Ring aber nicht.«

»Seit wann das denn?«, wollte die Dritte wissen.

»Uh-oh! I see a Haussegen hanging schief«, lachte ihre Kollegin.

»Meine Chance.« Adèle von Pribbenow machte einen ironischen Schmollmund und warf die Haare zurück.

»Augen auf bei der Partnerwahl«, warnte die Bedenkenträgerin. »Ich sage nur – verheiratet, zwei Kinder. Unterhalt, Sorgerecht, Ärger mit der Ex. Muss man wollen.«

»Okay, okay, Abzüge in der B-Note.« Adèle von Pribbenow hob die Hände. »Wer ist sonst noch im Angebot?«

In diesem Moment entdeckten sie Isa. Schweigen legte sich über die Runde.

Isa bestellte einen Cappuccino und ein Croissant.

»Alles?«, fragte die Bedienung mit der Halstätowierung. Irgendetwas mit …*lund* entzifferte Isa, drumherum ein Kranz aus Stacheldraht.

»Ich nehme noch einen Cappuccino und auch noch ein Croissant«, sagte sie. »To go.«

Wolf saß schon in seinem Büro. Oder vielleicht noch immer.

»Frühstück.« Isa stellte ihm den Kaffeebecher hin und reichte ihm das Croissant. »Irgendwas Neues?«

Wolf schüttelte den Kopf. Seine Augen waren gerötet, die Wangen wirkten eingefallen.

Isa ging in ihr Büro.

Um zwei machte sie Pause. Sie hatte keine Lust, ein Restaurant zu suchen, also hielt sie Kurs auf das Einkaufscenter. Isa setzte sich mit einem Burrito auf eine Bank neben Echtholzbaumstämmen mit angeklebtem Kunststofflaub und betrachtete ein schwimmbadblau gestrichenes Brunnenbecken, aus dem in unregelmäßigen Abständen Wasserfontänen stiegen. Spatzen tschilpten in den Zombiebäumen, das Kunststofflaub war weiß gescheckt von Vogelkot.

Der Burrito schmeckte nach altem Fett. Isa entsorgte ihn in einem Papierkorb. Sie hätte sich langsam auf den Rückweg machen müssen, aber schon bei dem Gedanken an die voll verglaste Überwachungszelle, die ihr Büro war, überkam Isa Widerwillen. Sie ließ sich noch ein wenig durch die Einkaufspassage treiben.

Der Pop-up-Store führte jetzt auch Leggings (›*Beene von hier*‹). In den Schaufenstern der Modeketten hingen Klamotten, die sich von Weitem nicht von den Teilen in den Edelboutiquen in Mitte unterschieden. Aus einer Parfümerie wehte synthetischer Moschusduft. Ansonsten herrschte mühsam kaschierter Leerstand.

Vor dem Eingang zum Elektronikmarkt im Obergeschoss standen Massagesessel. Isa ließ sich auf einen der Sitze fallen und startete das Programm. Dezente Wohlfühlmusik knarzte aus den Lautsprechern in Isa Kopfstütze. Unter ihr schoben sich Metallkugeln unrund gegeneinander. Isa sah auf die mannshohen Werbescreens, die ein paar Meter von den Massagesesseln entfernt standen. Auf den Bildschirmen blickte eine junge Frau mit hohen Wangenknochen und hoch aufgetürmtem dunklem Haar frontal in die Kamera. Im Ausschnitt ihres knallweißen Hoodies mit schwarzem Frakturaufdruck war eine komplizierte Halstätowierung mit Stacheldraht und fein verschlungenen Schriftzügen zu erkennen. Die Augen der Frau verengten sich. Dann streckte sie ihre doppelt gepiercte Zunge in die Kamera. Das Bild wechselte. *Eene von hier* erschien schwarz auf weiß und in Fraktur auf dem Bildschirm. Gleich darauf *BLn-Cru – Streetwear. Straight out of Hellersdorf.* Isa schloss die Augen.

Zwanzig Minuten später schreckte sie aus dem Schlaf. Eine Handvoll Kinder jagte kreischend zu der Tunnelrutsche, die sich bis ins Untergeschoss wand. Isa ging in den Elektronikmarkt und kaufte sich Noise-Cancelling-Kopfhörer. Als sie aus der Passage trat, hörte sie plötzlich ein seltsames metallisches Kreischen am Himmel. Sie sah nach oben. Weit über ihr zogen Kraniche nach Osten.

Zurück im Büro gab Isa sich Streichquartette von Mozart aufs Ohr und machte sich wieder an die Arbeit.

Um kurz nach ein Uhr morgens gab sie auf. Wolf winkte ihr matt zu, als sie ging.

Der Sonntag verlief so ergebnislos wie der Tag zuvor. Gegen vier Uhr nachmittags stand Isa in der Teeküche. Sie stellte Wasser auf und schaute geistesabwesend auf die Tasse mit dem Lippenstiftrand, die wieder einmal neben der Spüle stand. Isa presste die Hände gegen die Augen. Jede Faser ihres Körpers war verspannt.

Wolf kam in die Küche. Er griff unwillkürlich nach der Tasse mit dem Lippenstiftrand und wollte sie in den Geschirrspüler räumen. Dann sah er den Spruch auf der Tasse. Er stockte. Sein Blick traf den von Isa. Isa hob die Augenbrauen. Wolf sah Isa weiter an und ließ die Tasse auf den Steinboden fallen. Scherben spratzten durch die Küche.

»Kleiner Schwächeanfall.« Wolf grinste.

»Passiert den Besten.« Isa schob die Scherben mit dem Fuß beiseite.

»Ich habe immer noch nichts gefunden.« Wolfs linkes Unterlid zuckte unkontrolliert. »Ich habe das Gefühl, ich laufe gegen eine Wand.«

Isa brühte Tee auf und reicht Wolf eine Tasse. »Egal. Weiter«, sagte sie. »Das Glück ist mit den Tüchtigen.« Isa war sich nicht sicher, ob sie das noch glaubte.

Eine halbe Stunde später stand Adèle von Pribbenow in Isas Büro.

»Meine Tasse ist kaputt.«

»Und?«

»Das war das Abschiedsgeschenk von meinen Kollegen bei Withersby & Bells.«

»Das ist traurig.« Isa wandte sie sich wieder ihrem Bildschirm zu.

Adèle von Pribbenow blieb einen Moment unschlüssig vor ihr stehen, dann drehte sie ab.

Als Isa das Büro um kurz nach Mitternacht verließ, saß Wolf noch mit gebeugtem Rücken, die Stirn auf die Hände gestützt an seinem Schreibtisch.

Bis zur Gesellschafterversammlung blieben noch vier Tage.

Am Montagmorgen setzte Isa die Kopfhörer auf, bevor sie die Wohnung verließ. Ohne die übliche Geräuschkulisse fiel ihr die Abgefucktheit von Miras Straße noch mehr auf: der Sperrmüll, die Hundescheiße, die gelblichen Striemen an der Hauswand, wo jemand aus dem Fenster im Hochparterre gekotzt hatte.

In der Dschungelstation hingen neue Plakate. Zwei Motive, immer abwechselnd gehängt, über die ganze Länge des Bahnsteigs: eine hyperrealistische Schwarz-Weiß-Aufnahme der Straße, die Isa gerade entlanggegangen war, auf der Plakattafel daneben *Bunte Republik Deutschland* schwarz auf weißem Grund in fetter Typo, unauffällig am rechten unteren Rand ein QR-Code. Auf der nächsten Plakattafel dann wieder das Straßenfoto.

Während Isa noch darüber nachdachte, dass das Foto aussah, wie Roberts frühe Arbeiten für *Concrete Gold*, kam die Durchsage, dass der U-Bahn-Verkehr wegen eines Notarzteinsatzes unterbrochen war.

Isa ging hoch zur S-Bahn. In die erste Bahn, die einfuhr, war kein Hineinkommen. Die nächste war leerer, trotzdem blieben die Leute, die vor Isa einstiegen, abrupt stehen, sobald sie durch die Tür waren. Isa hackte sich mit den Ellenbogen einen Weg ins Wageninnere und stand auf einmal fast allein.

Erst in diesem Moment bemerkte sie den Gestank. Er ging von dem Wesen aus, das isoliert in der letzten Sitzreihe kauerte, in Hüllen, die so starr waren vor Dreck, dass sie nichts mehr mit Kleidern gemein hatten, sondern an den bräunlich glänzenden Panzer eines monströsen Schuppentiers erinnerten. Das Wesen regte sich fast unmerklich. Der Gestank nach Kot, Urin und faulendem Fleisch wurde unerträglich. Isa würgte und legte unwillkürlich ihren Schal vor Mund und Nase. Genau in diesem Moment hob das Wesen den Kopf und sah sie an. In den von Alkohol verheerten Zügen des Mannes spiegelte sich für den Bruchteil einer Sekunde unsagbare Beschämung, dann richtete sich sein Blick nach innen wie bei einem Tier, das sich zum Sterben in eine Höhle verkrochen hatte.

An der nächsten Haltestelle drängte Isa aus der Bahn. Ihre Hände zitterten unkontrolliert. Sie hätte heulen können.

›Unterzuckert‹, dachte Isa. ›Du bist einfach nur unterzuckert.‹

Die nächste Bahn kam erst in acht Minuten. Isa zog sich einen Automatenkaffee und einen Müsliriegel. Sie biss in den Riegel und spürte einen Widerstand. Im nächsten Moment durchschoss sie der Schmerz. Isa schmeckte Blut. Ihre Zunge erfühlte Splitter und eine schartige Leerstelle, wo bis eben noch ein Zahn gewesen war.

Zwanzig Minuten später saß sie in einer Zahnarztpraxis in Mitte. Nach dem Wochenende war Hochbetrieb. Die Sprechstundenhilfe hatte mindestens zwei Stunden Wartezeit in Aussicht gestellt. Isa fuhr reflexartig mit der Zunge über die scharfkantigen Reste ihres Zahns, während sie lustlos durch ein Klatschmagazin blätterte.

Saskia Nolden. Wie die tapfere Unternehmerwitwe ihr hartes Schicksal meistert, las sie. Darunter ein Foto von Saskia Nolden in einem schwarzen Lackregenmantel und großer Sonnenbrille, das jüngste Kind auf dem Arm, die beiden anderen dicht an sie gedrängt. Christof Noldens Witwe hatte das Haar in einem strengen Dutt hochgesteckt. Die Tätowierung an ihrem Hals war auf dem Foto gut sichtbar. Isa sah sich das Foto näher an.

»Das ist nicht wahr«, flüsterte sie.

Dann begann sie hektisch zu googeln.

Achtzehn

Montag – Freitag
11.–15. März
Berlin

Es war Montagmorgen, kurz nach neun. Wolf hatte keine fünf Stunden geschlafen. Adrenalingesättigte Hellsichtigkeit durchpulste ihn. Er hatte das Gefühl, das Rauschen seines Bluts in den Adern zu spüren.

Wolf fuhr seinen Rechner hoch. Widerwillen ergriff ihn. In der Nacht war die Mail mit seinem Besuchervisum für Australien reingekommen. Tausend Euro und dreißig Stunden Flug trennten ihn von Brisbane. Warum hockte er dann immer noch in diesem verfickten Büro?

›Weil ich bis nach der Gesellschafterversammlung durchhalten muss‹, dachte Wolf. ›Was uns obliegt, ist nicht die Lust des Lebens, sondern lediglich die Pflicht‹, hörte er seinen Vater Fontane zitieren.

»Scheiß auf Fontane«, flüsterte Wolf. Er sprang auf, ging ans Fenster und verschränkte die Hände im Nacken. Unten in der Cafeteria kickerte Adèle von Pribbenow mit vollem Körpereinsatz inmitten einer Schar von Junganwälten.

»Klopf, klopf!« Felix Landin stand in der Tür von Wolfs Büro.

Landin und Wolf hatten zusammen bei HSW angefangen. Sie waren ungefähr gleich alt und hatten einen ähnlichen Background. Hätte man Wolf gefragt, hätte er Landin als seinen Lieblingskollegen bei HSW benannt.

Jetzt stand Landin neben ihm und sah hinunter in die Cafeteria.

»Schneewittchen und die sieben Zwerge«, kommentierte er.

Wolf zuckte die Schultern.

»Keine Ahnung, warum Pahlow nur noch Langhaarmädchen einstellt.«

»Billig und willig«, vermutete Landin. »Gender Pay Gap und so.«

»Ach, und wegen zwanzig Prozent weniger muss eine von Pribbenow auf Golddigger machen?«

»Hat sie dich schon angegraben?«

»Dich nicht?«

»Nope. Madame pitcht vermutlich nur ab Salary-Partner aufwärts.«

›Stimmt‹, dachte Wolf. Das trennte Landin und ihn ja neuerdings. Schade irgendwie. Andererseits, in fünf Tagen, höchstens in sechs, würde Wolf im Flieger nach Australien sitzen, und Landin würde genauso zu einem Teil seiner Vergangenheit verblassen, wie der Rest von HSW.

Wolf drehte den Kopf von rechts nach links und massierte sich den Nacken.

»Nachtschicht geschoben?«, erkundigte sich Landin.

Wolf nickte. »Freitag muss ich in den Ring. Und die Sache steht noch nicht.«

»Spannendes Mandat?«

»Geheime Chefsache«, mauerte Wolf. »Sorry.«

»Tschuldigung.« Landin hob die Hände. Sein Lachen klang weniger ungezwungen als sonst.

»Lass uns auf einen Kaffee gehen«, versuchte Wolf die Lage zu entspannen.

Landin nickte.

»Was ist mit deiner neuen Perle?« Er zeigte auf Wolfs verwaistes Sekretariat. »Hast du die schon wieder vergrault?«

Wolf schüttelt den Kopf. »Zahnarzt. Notfall. Kommt heute später. Aber sonst kniet die sich fast noch härter rein als ich. Die Frau ist top.«

Erst in diesem Moment wurde Wolf bewusst, dass das stimmte.

»Und außerdem nicht ungeil für ihr Alter«, konstatierte Landin. »Wenn man sich den Hosenanzug wegdenkt.«

Wolf dachte, dass auch das zutraf.

Kurz darauf saß er mit Landin in der Coffeebar. Die Frau mit der Halstätowierung stand wieder hinter dem Tresen.

»Krass!«, sagte Landin »Im ersten Moment dachte ich, das wäre deine Tochter. Die Frau sieht ja original aus wie Ada in Erwachsen.«

Wolf nickte. Genau das war der Grund, warum er seit Tagen immer wieder Zuflucht in der Bar suchte. Der Anblick der Barista hatte etwas Tröstendes für ihn. Solange Wolf der Frau bei der Arbeit zusah, konnte er verdrängen, dass Ada seit der Geschichte mit der Ohrfeige endgültig jede Kommunikation verweigerte. Wolf war morgens noch zweimal vor der Schule gewesen, aber Ada war nicht aufgetaucht. Dafür hatte er den Anblick von Ben an der Hand von Deppen-Derek ertragen müssen.

»Wie geht es Elise und den Kids?«, riss ihn Landin aus seinen Gedanken.

»Läuft«, blockte Wolf. »Und bei euch?«

Landins Gesicht wurde plötzlich leer. Wolf sah die Unsicherheit in Landins Blick, sein Ringen, sein plötzliches Mutfassen.

»Fühlst du dich manchmal auch so einsam?«, fragte Landin.

Ein Vertrauensbeweis. Ein Angebot.

Vor nicht einmal drei Wochen hätte Wolf alles für die darin liegende Möglichkeit einer Freundschaft gegeben. Jetzt fehlte ihm dafür das Aufnahmevermögen. Und wozu auch, wenn er ohnehin bald weg war?

»Jeder ist doch irgendwann mal allein, oder?«, sagte er.

Landins Blick verschloss sich.

Wolf spürte seine Enttäuschung. Er hatte keine Lust auf Landins Emo-Nummer.

»Packen wir's?«, fragte er.

Sie machten sich auf den Rückweg.

Auf einer XXL-LED-Anzeigentafel um die Ecke von HSW glühte ein Video auf. Ein Mann, nachts, allein in einem smarten Büro, den Blick starr auf seinen PC gerichtet. Der Ehering des Mannes schimmerte im Licht der italienischen Designerleuchte, die Uhr an seinem Handgelenk war teuer, genau wie der Anzug. Der Mann wandte den Kopf und sah frontal in die Kamera. In seinem Blick lag unaussprechliches Leid.

Das Video verschwand. *Arbeit macht frei* erschien schwarz auf weiß auf der Anzeigentafel. Unauffällig darunter ein QR-Code. Gleich darauf lief wieder das Video.

Landin starrte auf die Tafel. Wolf sah, wie es in ihm arbeitete. Er fürchtete, Landin würde sich noch einmal zu Vertraulichkeiten hinreißen lassen. Aber der Kollege hatte sich wieder im Griff.

»Komische Kunstaktion«, sagte Landin, um Lässigkeit bemüht. »Letzte Woche in Frankfurt liefen auch überall solche Sachen.«

»Du meinst, das ist Kunst?«

»Wäre ein bisschen creepy, wenn nicht, oder?«, sagte Landin, jetzt wieder ganz Herr der Lage.

Als Wolf ins Büro zurückkam, war die Frau in Grau immer noch nicht da.

Wolf hatte keine Lust, sich wieder an den Rechner zu setzen. Er ging hinunter zur Poststelle und sah seine Post durch. Die Kopie eines Fachaufsatzes von Adèle von Pribbenow mit Laufzettel, der übliche Werbebroschürenmüll und wieder einer dieser persönlich-vertraulich an ihn adressierten Umschläge ohne Absender.

Wolf warf den Umschlag ungeöffnet in den Shredder und entsorgte das Werbezeugs im Altpapier. Dann überflog er den Pribbenow-Aufsatz – irgendetwas zu Nachfolgeregelungen bei Familienunternehmen. Wolf zeichnete den Laufzettel ab und ging zurück ins Büro.

Er öffnete die Nolden-Akte. Selbsthass stieg in ihm auf.

Die Rachelust, die Wolf unmittelbar nach dem Gespräch mit Rodach und der Lektüre der Bensheim-Vermerke getragen hatte, war verflogen. An ihre Stelle waren Hilflosigkeit und blanke Angst getreten.

Solange Wolf sicher gewesen war, dass er die Bilanzmanipulation würde nachweisen können, waren ihm die Hinweise von Bensheim und Rodach als Schützenhilfe für die geplante Attacke auf Nolden-Bau und HSW und als Sprungbrett für seinen triumphalen Abgang erschienen. Aber je länger sich die Suche nach konkreten Beweisen für die Manipulation hinzog, und je näher die Gesellschafterversammlung von Nolden-Bau rückte, desto wütender wurde Wolf auf Rodach und Bensheim. Die Brosamen, die ihm die beiden hingeworfen hatten, reichten gerade aus, um Wolf als Beiratsvorsitzenden in rechtlich extrem schwieriges Fahrwasser zu manövrieren, brachten ihn aber bei der Aufdeckung der kriminellen Machenschaften von Christof Nolden kein Stück weiter.

Wolf fühlte sich verraten.

Sicher, er konnte sich an die Herren Bastnach und Meinerzhagen wenden, aber Wolf bezweifelte, dass ihm seine Beiratskollegen als Sekundanten beispringen würden. Wie er die beiden einschätzte, würden sie es vermutlich nicht goutieren, von Wolf in diese unerfreuliche Sache mit hineingezogen zu werden.

Wolf war auf sich allein gestellt.

Und wenn es ihm in den verbleibenden dreieinhalb Tagen bis zur Gesellschafterversammlung nicht gelang, einen Beweis für die Mauscheleien bei Nolden-Bau zu finden, hatte er nur zwei Optionen: Option eins – die Feststellung des Jahresabschlusses auf bloßen Verdacht hin blockieren und damit öffentlich seine Glaubwürdigkeit als Anwalt schrotten, Option zwei – den Abschluss in der Gesellschafterversammlung wider besseres Wissen durchwinken und darauf bauen, dass niemand Interesse an einem weiteren Skandal bei Nolden-Bau hatte.

Alles sprach für Option zwei. Schließlich hatten die Wirtschaftsprüfer den Abschluss als unbedenklich abgesegnet, und danach hatte ihn Wolf selbst noch einmal sorgfältig und gewissenhaft analysiert, ohne dabei auf verdächtige Transaktionen zu stoßen. Vernünftigerweise durfte Wolf also davon ausgehen, dass der Abschluss in Ordnung war. Rodach hatte ihm zwar etwas anderes erzählt, aber Rodach hatte gute Gründe, Wolf nicht hochgehen zu lassen. Auch die Bensheim-Vermerke deuteten unmissverständlich auf eine massive Bilanzmanipulation hin, aber niemand konnte Wolf nachweisen, dass er diese Vermerke je zu Gesicht bekommen hatte. Außer der Frau in Grau vielleicht, aber Wolf war sich sicher, dass sie nicht gegen ihn aussagen würde – und selbst wenn, würde ihr Wort als gemeine Tippse gegen das eines unbescholtenen Rechtsanwalts und Salary-Partners bei HSW stehen. Mit anderen Worten: Wolf riskierte nichts, nada, nüschte, wenn er den Abschluss zur Feststellung freigab. Im Gegenteil – wenn er das tat, konnte er zur Belohnung die 25k einstreichen, die er für die Begleitung der Abschlussprüfung ausgehandelt hatte. Zusammen mit der Reserve, die Wolf schon auf seinem neuen Konto gebunkert hatte, wären das 70k und damit ein deutlich komfortableres Startkapital für Brisbane als die knapp 45k, mit denen er bislang kalkulieren musste.

Alles sprach für diesen Weg.

Es gab nur ein Problem: Wolf würde immer wissen, was er getan hatte. Dass er Recht gebrochen hatte. Und, dass ihm dieser Rechtsbruch irgendwann auf die Füße fallen würde.

›Denn nichts ist verborgen, das nicht offenbar werde, auch nichts Heimliches, das nicht kundwerde und an den Tag komme‹, hatte ihm sein Vater schon als Kind eingebläut.

Eben deshalb konnte Wolf den Abschluss nicht durchwinken, und eben deshalb empfand er einen so intensiven Hass auf sich selbst, dass er am liebsten mit dem Kopf gegen die Wand geschlagen hätte, um das Denken, das ihn so brutal ausbremste, einfach wegzuhauen. Sein Büro, dieser Kubus aus Gipskarton und Glas, kam Wolf plötzlich vor wie ein Käfig. Er erinnerte sich an ein Plakat, das er vor Jahren in Kreuzberg gesehen hatte: *Der Käfig um uns rum ist jetzt schon in uns drin.*

»Genau«, flüsterte Wolf.

Genau so war es für ihn immer gewesen.

Plötzlich hatte Wolf den Büromenschen aus dem Video vor Augen, das namenlose Leid in seinem Blick. Es war das Leid, das er gerade empfand.

Wolf barg den Kopf in seinen Händen. Er hätte schreien können.

Der Waffenschrank seines Vaters fiel ihm ein. Wolfs Vater war passionierter Jäger. Schon als Wolf noch ein Teenager war, hatte er ihm sein Vater gezeigt, wie man ein Gewehr lud und spannte und wie man damit schoss. Dass Wolf keine Leidenschaft fürs Tieretöten entwickelt hatte, war eine weitere Enttäuschung für den alten Patriarchen gewesen. Trotzdem: Wolf wusste immer noch, wo sein Vater den Schlüssel zum Waffenschrank aufbewahrte, wo die Munition und wo auf der Terrasse der Schlüssel zur Kellertür versteckt war. Um diese Zeit war niemand zu Hause. Wolf könnte sich unbemerkt in die Villa schleichen, die Doppelflinte durchladen, ein letztes Mal wie früher andächtig über die handgestochene Gravur auf der Basküle streichen und dann: den Lauf in den Mund. Abdrücken. Aus die Maus. Besser für alle.

Für den Bruchteil einer Sekunde fühlte Wolf eine Ahnung von Freiheit.

In diesem Moment klopfte jemand an den Türrahmen. Wolf schreckte hoch.

Die Frau in Grau war bleich mit tiefen Schatten unter den Augen. Ihre rechte Gesichtshälfte war auffällig geschwollen.

»Alles okay bei Ihnen?«, fragte Wolf.

»Zahn gezogen.« Trotz ihrer verwaschenen Diktion schien die Frau in Grau unter Strom zu stehen. Sie wirkte angespannt, fast aggressiv.

»Ich habe was«, sagte sie. »Hier.« Sie reichte Wolf ein herausgerissenes Foto aus einem Hochglanzmagazin und ließ sich in den Besuchersessel fallen.

Wolf sah sich das Foto an. »Saskia Nolden«, sagte er. »Und? Was ist mit der?«

»Die Tätowierung.« Die Frau in Grau tippte mit dem Finger auf das Foto.

»Ja«, sagte Wolf. »Douze Points auf der Prollskala.«

»Nein. Gucken Sie sich an, was da steht.«

Wolf beugte sich über das Foto. *Disruptive*, las er. Irgendwo in den vollkommen überdrehten Windungen seines Gehirns ahnte Wolf, dass er einen Zusammenhang herstellen sollte. Aber mit was?

»Disruptive Consulting. Die Unternehmensberatung von Nolden-Bau«, sagte die Frau in Grau, extra langsam, als wäre Wolf schwer von Kapee. »Saskia Nolden war Gründungsgesellschafterin von Disruptive. Sie und Sven Remda, einer ihrer BWL-Kommilitonen in Passau.«

Sie schob Wolf den Ausdruck eines Fotos von einem durchtrainierten Endvierziger mit angegrautem Flattop, wuchtiger Hornbrille und sorgfältig gegroomtem Hipsterbart über den Tisch.

»Die beiden haben Disruptive Consulting noch während des Studiums gegründet. Kurz nachdem Saskia Christof Nolden kennengelernt hat, ist sie als Gesellschafterin ausgestiegen und hat ihre Anteile an Remda verkauft.«

Wolf ließ das auf sich wirken. Dann zuckte er die Schultern. »Und was sagt uns das? Außer dass Christof Nolden sehr viel Geld bei einer Unternehmensberatung gelassen hat, an der seine Frau mal beteiligt war?«

Die Frau in Grau ließ sich in ihrem Sessel zurücksinken und seufzte.

»Das hatten wir doch alles schon mal: Christof Nolden war nicht der Typ, der sich freiwillig Unternehmensberater ins Haus holt. Der Mann hätte seinen Laden auch ohne Hilfe von außen restrukturieren können. Dafür hätte er keinen Dienstleister gebraucht.«

Wolf musste an sein Gespräch mit Thomas Rodach denken. Wie hatte Rodach das formuliert? Christof Nolden hatte Rechnungen für Dienstleistungen eingebucht, die bei Nolden-Bau gar nicht erbracht worden waren?

»Sie meinen, die Beratungsleistungen waren auch nur ein Scheingeschäft?«, fragte er die Frau in Grau.

»Genau. Nur, dass das Geld offensichtlich bei Disruptive Consulting geblieben ist.«

»Aber wieso hätte Christof Nolden fünfzig Millionen an Disruptive abdrücken sollen, wenn ihm das Geld nachher für seine eigenen Projekte fehlt?«

»Was weiß denn ich.« Die Frau in Grau stand auf. »Wie wäre es, wenn Sie zur Abwechslung auch mal was rausfänden?« Sie sah Wolf an. In ihrem Blick lagen weder Anklage noch Unbotmäßigkeit, nur grenzenlose Erschöpfung.

Wolf fühlte sich schuldig.

»Ich kümmere mich«, sagte er. »Wollen Sie nicht nach Hause gehen? Sie sehen angeschlagen aus.«

Die Frau in Grau schüttelte unwirsch den Kopf. Dann ging sie in ihr Büro.

Wolf scrollte sich durch die Verträge zwischen Nolden-Bau und Disruptive Consulting. Sie waren alle von Christof Nolden persönlich unterschrieben.

Wolf rief Thomas Rodach an.

»Die Verträge mit Disruptive …«, sagte er.

»Na endlich«, fiel ihm Rodach ins Wort. »Ich dachte schon, ich muss Sie zum Jagen tragen.«

»Haben Sie je Berater von Disruptive Consulting im Haus gehabt?«

»Nein«, sagte Rodach. »Wozu?«

»Scheingeschäft?«

»Scheingeschäft.«

»Wären Sie bereit, das zu beeiden?«

»Wenn das hilft, den Disruptive-Zecken eins reinzuwürgen.«

Wolf vermutete, dass Rodachs Bestätigung vor allem Nolden-Bau schaden würde, aber wenn der Mann das nicht selbst auf dem Schirm hatte, war ihm nicht zu helfen. ›Fressen oder gefressen werden‹, dachte Wolf.

»Ich maile Ihnen gleich den Text für die Eidesstattliche zu«, sagte er. »Unterschreiben Sie die, und schicken Sie sie mir vorab per Fax. Das Original können Sie mir dann immer noch am Freitag geben.«

»Roger.«

»Eine Frage noch«, sagte Wolf. »Wieso hat Christof Nolden so viel Geld zu Disruptive Consulting rübergeschoben?«

»Weil seine Muschi das so wollte?« Rodach lachte bitter. »Im Ernst? Ich habe keine Ahnung. Maik und ich haben ihn immer wieder gefragt. Aber Christof hat total gemauert. Zumindest uns gegenüber.«

Wolf hörte die Enttäuschung in Rodachs Stimme.

»Gibt es sonst jemand, der mir vielleicht weiterhelfen kann?«, fragte er.

»Alexander Windeck«, sagte Rodach. »Fragen Sie den. Vielleicht, weiß der was.«

Alexander Windeck, rekapitulierte Wolf. Der Jugendfreund, dem Christof Nolden ein Viertel der Gesellschafteranteile an Nolden-Bau vermacht hatte.

»Ich ruf' ihn an«, sagte Wolf. »Und noch mal – wäre großartig, wenn Sie mir die Eidesstattliche asap unterschreiben könnten.«

Er legte auf, hackte den Text für die eidesstattliche Versicherung runter und mailte sie an Rodach.

Danach rief er Alexander Windeck an und bat um ein Gespräch im Vorfeld der Gesellschafterversammlung.

»Ich bin heute sowieso in Berlin«, sagte Windeck. »Bis sieben habe ich Termine. Lassen Sie uns danach zusammen was essen. Dann können wir reden.«

Wolf atmete tief durch. Er sackte gegen die Rückenlehne seines Bürostuhls und schloss für einen Moment die Augen.

Kurz darauf legte ihm die Frau in Grau das Fax mit der eidesstattlichen Versicherung von Rodach auf den Tisch.

»Das war's dann, oder?« Der Triumph in ihrer Stimme war unüberhörbar. Sie lächelte schief. Ihr Blick sprühte Gold.

»Ja«, Wolf nickte. »Damit haben wir sie.«

Die Frau in Grau lächelte wieder ihr schiefes Lächeln. Dann ging sie zurück in ihr Büro.

Wolf las sich Rodachs Erklärung noch einmal durch.

Der langjährige Prokurist und frisch gekürte Geschäftsführer Thomas Rodach versicherte an Eides statt, dass Nolden-Bau, vertreten durch den damaligen Alleingeschäftsführer Christof Nolden, im Vorjahr mit der Disruptive Consulting & Communication GmbH Scheingeschäfte über fünfzig Millionen Euro getätigt hatte. Aufgrund dieser Scheingeschäfte war Nolden-Bau in eine finanzielle Schieflage geraten, die Christof Nolden nur durch den Baustopp in Frankfurt abfangen und durch weitere Scheingeschäfte hatte vertuschen können.

›Wie blöde muss man sein‹, dachte Wolf und wusste nicht, ob er Christof Nolden oder Thomas Rodach meinte.

Er lehnte sich zurück und begriff erst da, was gerade geschehen war:

Der Knoten war geplatzt.

Wolf hatte wieder Wasser unter dem Kiel.

Ohne nachzudenken rief er das Mavericks-Video auf, das er seit letzter Woche nahezu auf Dauerschleife hatte laufen lassen. Aber anders als in den vergangenen Tagen fühlte Wolf sich nicht mehr länger als hilflos mit den Beinchen ins Leere tastender Krebs, Teil einer bleichbäuchigen Masse, dazu bestimmt, bei lebendigem Leib in den großen Siedekessel gekippt und danach beiläufig aufgebrochen und genüsslich ausgelutscht zu werden. Nein, Wolf gehörte jetzt wieder zu der Handvoll Männer, die sich, auf ihren Boards liegend, mit kraftvollen Paddelzügen zielstrebig ins Line-up hochschoben und auf ihren großen Moment warteten. Wolf war wieder Meister seines Geschicks, getragen von einer Kraft, die sich machtvoll und eisig unter ihm aufbaute.

In der Gesellschafterversammlung am Freitag würde er den Ride seines Lebens hinlegen. Danach würde Wolf abheben und fliegen. Anderthalb Tage später würde er bei Sonnenuntergang am Strand von Byron Bay stehen, er würde auf die hereinrollenden Wellen blicken und selbstsicher und gelassen lächeln.

Euphorie flutete Wolfs System. Sein Herz raste. Der zurückgenommene Klaviersoundtrack, mit dem das Video unterlegt war, schien Wolf plötzlich einschläfernd und monoton. Die ungezähmten Möwenschreie waren mehr nach seinem Geschmack.

»Darf ich Sie noch mal stören?« Die Frau in Grau stand im Türrahmen.

»Immer.«

»Das spielt vielleicht keine Rolle mehr«, die Frau in Grau setzte sich. »Aber der Gesellschaftsvertrag, den Christof Nolden letzten November für Nolden-Bau eingesetzt hat, entspricht bis ins Detail dem von KL.«

»KL?«

»Karsdorf Logistik, das Unternehmen von Saskia Noldens Vater Günter«, sagte die Frau in Grau. »Ursprünglich haben Günter Karsdorf, Saskia und ihr Bruder je ein Drittel der Gesellschaftsanteile gehalten. Aber dann hat Günter Karsdorf zwei neue Gesellschafter an Bord genommen und die Anteile so verteilt, dass Saskia immer mindestens zwei der fünf Mitgesellschafter auf ihre Seite bringen muss, um irgendwelche Änderungen durchzubekommen. Der alte Herr hat Saskia an eine extrem kurze Leine gelegt. Selbst ihr rechenschwacher Bruder hat größere Beinfreiheit. Aber das eigentlich das Spannende ist, dass Günter Karsdorf diese Änderung unmittelbar nach der Gründung von Disruptive Consulting veranlasst hat.«

Die Frau in Grau schob Wolf eine Kopie des Gesellschaftsvertrags von KL über den Tisch. Ihre Wangen glühten.

Wolf war sich nicht sicher, was er mit dem Dokument sollte. Er überflog den Vertrag aus purer Höflichkeit und verhakte sich dann an einem Detail: Günter Karsdorf hatte den Vertrag nicht selbst unterzeichnet, sondern seinen Anwalt, Carl Kremnitz, dazu bevollmächtigt.

Carl Kremnitz. Einer der führenden deutschen Gesellschaftsrechtler. Außerdem, ganz zufällig, Wolfs ehemaliger Doktorvater.

Wolf hatte keine Ahnung, wieso der Gesellschaftsvertrag von Karsdorf Logistik für seine Performance am Freitag wichtig sein sollte, aber bei HSW gab es für ihn gerade nicht mehr viel zu tun, und mit Alexander Windeck war er erst am Abend verabredet. Über die Jahre war Wolf mit Carl Kremnitz in freundlichem Kontakt geblieben. Was also sprach dagegen, seinen alten Doktorvater ein letztes Mal zu besuchen, quasi zum insgeheimen Abschied, und ihn bei der Gelegenheit auch zu dem Gesellschaftsvertrag von Karsdorf Logistik zu befragen?

»Ich schaue mir die Sache an«, sagte Wolf zu der Frau in Grau. Dann rief er Carl Kremnitz an.

Kremnitz war hörbar erfreut, als Wolf ihn um ein Treffen bat.

»Wie schön, dass Sie sich wieder einmal melden«, sagte er, »Wollen Sie mir nicht einfach beim Mittagessen Gesellschaft leisten? Meine Frau ist derzeit auf Reisen.«

Eine halbe Stunde später stellte Wolf seinen Wagen vor Kremnitz' Villa im Grunewald ab. Paula hatte gleich um die Ecke gewohnt. Wolf war nicht mehr in der Gegend gewesen, seitdem Elise und ihre Schwestern das Haus verkauft hatten.

Carl Kremnitz empfing ihn an der Haustür. Ende siebzig, aber immer noch drahtig, das graue Haar kurz geschoren, gebräuntes Gesicht, bis auf die Stellen, an denen die Skibrille Ränder hinterlassen hatte.

»Wolf«, sagte er. »Kommen Sie, wir setzen uns gleich in die Küche. Es gibt Wiener Schnitzel und Kartoffelsalat.«

Die Küche war hell und altmodisch und deutlich spartanischer als der Rest des Hauses mit seiner gediegenen Spätsiebziger-Eleganz, die Wolf von früheren Besuchen in Erinnerung hatte.

»Und, wie ist es Ihnen ergangen?«, erkundigte sich Kremnitz, während er Wolf Mineralwasser einschenkte. »Ich hoffe, mein Freund Stetten schindet Sie nicht allzu sehr. Sie sehen müde aus. Haben Sie abgenommen?«

»Stressiges Mandat«, sagte Wolf. »Aber ab Samstag habe ich Urlaub.«

»Gut.« Kremnitz zog seine Serviette aus dem Serviettenring.

»Erholung ist elementar, wenn Sie dauerhaft leistungsfähig bleiben wollen. Fahren Sie mit der Familie?«

Wolf vermutete, dass Kremnitz seinen fehlenden Ehering bereits registriert hatte.

»Nein«, sagte er. »Elise steckt mitten in den Renovierungsarbeiten für unser Wochenendhaus.«

»Gratuliere.« Kremnitz hob sein Glas. »Wo?«

»Oderbruch. Gropius-Entwurf. Denkmalgeschützt.«

»Mutig.« Kremnitz lächelte.

›Nein‹, dachte Wolf. ›Einfach nur strunzdoof.‹

Er erinnerte sich an Elises Euphorie, als ihr Antrag auf Denkmalschutz für das Kupferhaus endlich durch war. In den nächsten Monaten hatte sie den Rest ihres Erbes in die Sanierung des durchgefeuchteten Fundaments und in ein neues Dach investiert. Den Innenausbau wollte sie nach und nach in Eigenleistung erbringen.

Alles war nach Plan gelaufen.

Aber dann kam der Samstag, an dem Wolf nach einem knüppelharten Tag bei HSW nach Hause zurückkehrte und Elise vollkommen aufgelöst auf dem Sofa fand.

Sie hatte den Tag damit verbracht, die Gipskartonverschalung im Inneren des Kupferhauses wegzuhauen. Dabei war die Katastrophe zutage getreten: Die Vorbesitzer hatten die Kupferpaneele, aus denen die Außenhaut des Hauses bestand, von innen aufgebohrt, das darunterliegende Hohlkammersystem mit Dämmschaum verfüllt und damit die ausgeklügelte Wärmeisolierung des Hauses zerstört. Der kühne Gropius-Entwurf war mit einem Schlag auf eine bloße Blechhütte reduziert.

»Es ist alles hin!«, hatte Elise Wolf unter Tränen entgegengeschrien. »Diese Scheiß-Katzenpensions-Honks haben alles ruiniert!«

›Und wer hat uns dieses Desaster eingebrockt?‹, hatte Wolf gedacht. Er hätte Elise vor Wut ohrfeigen können, aber irgendwie hatte er es geschafft, sich zusammenzureißen.

»Stoß die Hütte ab«, hatte er gesagt. »Zieh dich da raus.«

»Bist du irre? Da steckt meine ganze Kohle drin!«

»Weg mit Schaden!«

»Nein!«

»Welche Alternative hast du?«

»Ich finde jemand, der mir die Paneele denkmalgerecht restauriert.«

»Und wie willst du das zahlen?«

»Darlehen? So wie alle?«

›Du kümmerst dich doch sonst nicht darum, was alle machen‹, hatte Wolf auf der Zunge gelegen. Und dass er die Scheidung wollte, weil er die Schnauze voll hatte von Elises Alleingängen. Aber dann hatte er an Ben gedacht, der hoffentlich schon in seinem Zimmer schlief und an Ada, die das Drama vermutlich ungefiltert mitbekam. Also hatte er die Klappe gehalten.

Irgendwann zwischen den immer neuen Terminen bei der Bank, den Baugutachten und den erfolglosen Einsätzen der Metallrestauratoren, war Wolf in Duldungsstarre verfallen. Und jetzt, anderthalb Jahre später, hatte er mehr als eine halbe Million Euro Darlehnsschulden an den Hacken und einen grotesk überzogenen Dispo.

Wolf hatte sich das Fell über die Ohren ziehen lassen.

»Herr Wolf?« Kremnitz lächelte ihn an.

»Entschuldigen Sie, kleine Absence.« Wolf lächelte zurück.

»Ich finde es bewundernswert, wie Ihre Generation das alles unter einen Hut bekommt«, sinnierte Kremnitz. »Kinder, Karriere, eigene Projekte. Ich weiß nicht, wie ich mich auf meinen Beruf hätte konzentrieren sollen, wenn mir meine Frau nicht den Rücken freigehalten hätte.«

Wolf hatte Lust, den Alten mit der Fresse voran in seinen Kartoffelsalat zu stippen.

»Ja, manchmal ist das wirklich ein Kraftakt«, sagte er.

»Rushhour des Lebens.« Kremnitz lächelte verständnisvoll. »Aber Sie hatten am Telefon eine Fachfrage erwähnt?«

Wolf reichte Kremnitz die Kopie des Gesellschaftsvertrags von KL. »Können Sie mir dazu etwas sagen? Unter dem Siegel der Verschwiegenheit, natürlich.«

Kremnitz überflog den Vertrag.

»Ja, das war eine seltsame Geschichte damals«, sagte er. »Ich kenne Günter Karsdorf vom Studium, aber ich hatte ihn nie anwaltlich betreut. Dann rief er plötzlich an, ob ich kurzfristig einen neuen Gesellschaftsvertrag für KL aufsetzen könnte.«

»Wie kurzfristig?«

»Schnellstmöglich. Ich weiß noch, dass wir damals Tag und Nacht durchgearbeitet haben. Am Ende haben wir den Vertrag in unter einer Woche aus dem Boden gestampft.«

»Warum der Zeitdruck?«

»Ich habe keine Ahnung.« Kremnitz tupfte sich die Lippen ab. »Günter war damals in den USA. Wir mussten alles telefonisch abstimmen. Aber er schien mir sehr aufgebracht. Ich erinnere lebhaft, dass er immer wieder betont hat, er müsse Saskia – seine Worte – ›an die Kandare nehmen‹.«

Wolf sah ihn fragend an.

Kremnitz schenkte Mineralwasser nach. »Günter ist ein kluger Kopf, ein liberaler Denker und als Geschäftsmann ungemein innovativ, in der Frage seiner Nachfolge hingegen, ist er bestürzend rückwärtsgerichtet.«

»Was meinen Sie damit?«

»Saskia Karsdorf ist blitzgescheit und hat schon früh Ehrgeiz bewiesen. Sie hat ein Einserabitur gemacht und danach ein glänzendes BWL-Studium hingelegt. Saskia wäre die ideale Kandidatin für die Unternehmensnachfolge bei KL gewesen. Aber für Günter stand immer fest, dass sein Sohn die Firma übernehmen sollte. Obwohl für jedermann ersichtlich war, dass der Filius weder Talent noch Interesse für diese Aufgabe hatte.«

»Verstehe«, sagte Wolf. »Aber das Problem dürfte Karsdorf senior doch schon seit Längerem bewusst gewesen sein. Wieso musste es plötzlich so schnell gehen?«

Kremnitz schüttelte den Kopf. »Wie gesagt, ich weiß nicht, was damals vorgefallen ist. Nur eben, dass Günter Karsdorf sehr ungehalten war. Ich kann hier nur vermuten. Saskia hat als Kind und selbst noch als Teenager immer um die Aufmerksamkeit ihres Vaters gebuhlt, aber während des Studiums ist sie ihm einfach entglitten. Soweit ich weiß, war das die Zeit, in der sie sich auf einmal in Künstlerkreisen herumgetrieben hat. Ich hatte damals den Verdacht, dass das der Grund für Günters Hauruckaktion war. Dass er Angst hatte, Saskia könnte irgendwann das Familienvermögen auf einen ihrer Künstlerfreunde versetzen.«

»Wussten Sie davon?« Wolf schob Kremnitz den Gründungsvertrag von Disruptive Consulting über den Tisch. Kremnitz überflog das Dokument. Dann hob er anerkennend eine Augenbraue.

»Disruptive Consulting & Communication«, sagte er. »Sind die nicht die großen Aufsteiger im deutschen Beratungsgeschäft? Und Saskia Karsdorf war an der Gründung beteiligt? Das war mir nicht klar. Alle Achtung.«

»Unmittelbar nachdem Saskia Karsdorf Disruptive Consulting gegründet hat, sind Sie von ihrem Vater mit dem neuen Gesellschaftsvertrag für Karsdorf Logistik mandatiert worden«, sagte Wolf.

Kremnitz glich die Daten auf den beiden Dokumenten miteinander ab. Er überlegte einen Moment, dann nickte er.

»Das hätte eine gewisse Logik: Saskia gründet eine eigene Firma und beweist damit, dass sie nicht mehr auf ihren Vater angewiesen ist. Günter begreift das als Rebellion und bestraft seine Tochter, indem er ihren Handlungsspielraum im Familienunternehmen auf das absolute Minimum reduziert.« Kremnitz lächelte. »Aber wie ich gehört habe, hat das Schicksal Saskia mit der Geschäftsführung von Nolden-Bau die Chance gegeben, ihr Managementtalent im großen Stil unter Beweis zu stellen. Und so wie ich sie einschätze, wird sie diese Herausforderung mit Bravour meistern.«

Wolf überlegte, ob er Kremnitz von Saskia Noldens Auftritten bei Nolden-Bau erzählen sollte. Dann entschied er sich dagegen.

»Wie sind Sie überhaupt auf die KL-Geschichte gekommen?«, wollte Kremnitz wissen.

»Zufall«, improvisierte Wolf. »Ich arbeite gerade an einem Aufsatz zu Nachfolgeregelungen in Familienunternehmen.«

Kremnitz stellte keine weiteren Fragen. Wolf nahm noch einen Kaffee mit dem alten Herrn, dann machte er sich wieder auf den Weg.

»Grüßen Sie Ihren Herrn Vater!«, rief Kremnitz ihm von der Haustür aus nach.

Wolf drehte sich um und hielt die Daumen hoch.

Nachdem Wolf losgefahren war, bog er, einer plötzlichen Eingebung folgend, in die Straße ein, in der Paulas früheres Haus stand. Er hielt vor dem Gartentor und hätte die Villa, in der er knapp acht Jahre gelebt hatte, fast nicht wiedererkannt.

Der Garten war auf Zack gebracht. Keine wilden Erdbeeren mehr, dafür Rasen wie auf einem Golfplatz und zur Straße hin eine stramm geschnittene Buchsbaumhecke, am Fuß stilvoll mit weißem Edelkies aufgeschüttet. Die Fassade der Villa war energetisch saniert, die alten Bleiglasfenster des Wintergartens durch hochwertige Thermopanescheiben ersetzt.

Wolf dachte an die letzten Wochen vor Paulas Tod. Paula hatte darauf bestanden, dass ihr Krankenbett im Wintergarten aufgestellt wurde. Wolf hatte so oft er konnte bei ihr gesessen. Manchmal hatten sie sich unterhalten, meistens hatten sie nur schweigend zusammen ferngesehen. Gegen Ende war Paula ein bloßer Schatten ihrer selbst gewesen, mit Morphium vollgepumpt, irgendwo zwischen Wachen und Traum driftend.

Wolf erinnerte sich an einen Abend, an dem er sehr spät aus dem Büro zurückgekommen war und sich noch an Paulas Bett gesetzt hatte. Auf Arte war ein Experimentalfilm aus den frühen Achtzigern gelaufen. Naturaufnahmen, die gegen Sequenzen aus dem Großstadtverkehr und den Produktionsläufen irgendwelcher monströser Fabriken geschnitten waren – mal in Zeitraffer, mal in Zeitlupe. Kein Text, dafür düster dräuender Männergesang in Moll – eigentlich nur ein einziges Wort – aus einer Prophezeiung der Hopi, wenn sich Wolf richtig erinnerte, und darunter, ein ständig auf- und abschwellender Strom von Orgelklängen, die eine immer gleiche

Klangfolge in unendlicher Wiederholung variierten. Wolf wurde plötzlich klar, dass ihm der Soundtrack zu Hennings Mavericks-Video vermutlich deshalb so vertraut erschienen war, weil er darin das unablässige Orgeln aus diesem lang vergessenen Film wiedererkannt hatte. Und mit einem Mal hatte Wolf auch die Schlussszene des Streifens wieder vor Augen: grobkörnige Nahaufnahmen vom Start einer Weltraumrakete, die triumphal abhob und sich sekundenlang absolut senkrecht in den Himmel schob, bis sie, zunächst fast unmerklich, dann unaufhaltsam, in Schräglage geriet und schließlich in einem gewaltigen Feuerball explodierte. Danach trudelten minutenlang brennende Trümmer durch das violettblaue Firmament.

Paula war aus ihrem Dämmer erwacht, sie hatte sich hochgezogen und wie gebannt den Sturz der in Zeitlupe verglühenden Metallbrocken beobachtet.

»Das bin ich«, hatte sie geflüstert. »Das ist das, was mit mir passiert.«

Drei Tage später war Paula gestorben.

Seltsam, dachte Wolf, dass er das so lange vergessen hatte.

Er sah zu dem Wintergarten und erinnerte sich an das japanische Klangspiel, das dort früher gehangen hatte und durch die Zugluft in ständiger Schwingung gehalten worden war.

Wolf widerstand dem Impuls, eine Handvoll groben Edelkies gegen die neumodische Isolierverglasung zu schleudern. Stattdessen ging er zurück zum Wagen und legte den Kopf in die Hände. Er hatte Ada vor Augen, wie sie als Dreijährige, in einem weißen Leinenhemdchen und mit einer Bernsteinkette um den Hals, in Paulas weit ausgebreitete Arme flog. Wolf sah Elise vor sich, langbeinig und braun gebrannt, in Paulas alter Hollywoodschaukel, eine Schüssel frisch gepflückter Erdbeeren im Schoss. In warmen Sommernächten hatten Elise und er oft noch so lange auf der Veranda gesessen, bis das Glühwürmchenleuchten in den Fliederbüschen erloschen war.

Warum hatte Wolf das alles verloren? Und wieso erwischte ihn die Erinnerung ausgerechnet jetzt, wo er doch endlich wieder einmal einen Lauf hatte?

›Weil du die falsche Einstellung hast‹, dachte Wolf. ›Weil du ständig nur das Negative suchst.‹

Er checkte die Uhrzeit. Bis zum Treffen mit Alexander Windeck blieben ihm noch gut vier Stunden – Zeit genug, um sich zumindest optisch wieder halbwegs auf Vordermann zu bringen.

Wolf fuhr zu seiner Wohnung, duschte, wechselte den Anzug und ließ sich dann in einem türkischen Barbershop den Bart trimmen. Danach fuhr er in sein Lieblingscafé und arbeitete sich durch die Tageszeitungen. »Wohnungsnot«, »Rechtspopulismus«, »Soziale Ungleichheit«, »Klimakrise« – kein Wunder, dachte Wolf, dass er ständig schlecht drauf war. Er griff sich die Nullnummer eines neuen Männermagazins und überflog einen Artikel zum strategischen Aufbau einer stylischen Basisgarderobe unter der Leitfrage: *Macht mich dieses Teil glücklich?*

Wolf legte das Magazin beiseite und sah hinaus in die beginnende Dämmerung vor dem Fenster. Müdigkeit erfasste ihn. Er hatte keine Ahnung, wie er den Termin mit Alexander Windeck durchstehen sollte.

Henning fiel ihm ein, und die Selbstverständlichkeit, mit der sein langjähriger Freund eine Line durchgezogen hatte, wann immer seine körpereigenen Energiereserven erschöpft gewesen waren. Wolf hätte nicht einmal gewusst, wie er an Koks rankommen sollte. Und selbst wenn, hätte er nicht die Traute gehabt, das Zeug dann auch tatsächlich zu kaufen.

›Weil du ein Loser bist‹, dachte er.

Christof Nolden war kein Loser gewesen. Der hatte sich nicht nur Koks geleistet, sondern die Escortgirls gleich dazu.

Auch so eine Sache, die sich Wolf nie getraut hätte.

Plötzlich hatte er die Frau in Grau vor Augen, in dem Rollkragenpulli, den sie am ersten Tag bei HSW getragen hatte.

Wie kam er jetzt darauf?

Wolf bestellte einen doppelten Espresso und tippte eine WhatsApp an Ada, ohne auf Antwort zu hoffen.

Gegen sieben machte er sich auf den Weg zu seinem Treffen mit Alexander Windeck. Auf der Kurfürsten standen die Nutten in ihren Neonminis. Wolf checkte das Angebot und fragte sich, wie er hatte denken können, dass ihn eine schnelle Nummer mit einer dieser Frauen anmachen würde.

Eine halbe Stunde später saß er mit Windeck in einem Restaurant mit Spreeblick. Vor dem Fenster zogen die Touristenboote vorbei. Hinten, in Richtung Küche, wurden blutige Rinderhälften in Vitrinen zur Schau gestellt. An den Nachbartischen verbrannten die CEOs irgendwelcher Start-ups lautstark ihre Investorenkohle neben leitenden Angestellten aus der westdeutschen Provinz, die sich an diesem Ort am Puls der Großstadt glaubten.

»Grauenhafter Laden«, sagte Alexander Windeck. »Hat aber den Vorteil, dass wir hier mit Sicherheit niemandem über den Weg laufen, der uns kennt.«

Wolf dachte, dass es dafür auch eine beliebige Eckpizzeria in Steglitz oder Friedenau getan hätte. Sei's drum – immerhin servierten sie hier exzellentes Filet vom Schwarzbunten Niederungsrind.

Alexander Windeck war Ende fünfzig. Wolf wusste, dass er irgendetwas mit IT machte, aber mit dem vollen grauen Haar, der feinen Hornbrille und dem schwarzen Kaschmirpulli unter dem italienischen Jackett hätte der Mann auch Architekt oder Philosophieprofessor sein können.

»Sie wollten mit mir über die Lage bei Nolden-Bau reden«, sagte Windeck.

Wolf schilderte ihm die Situation. »Ich würde einfach gerne verstehen, wieso Christof Nolden im vergangenen Jahr derartig große Summen an die ehemalige Firma seiner Frau ausgereicht hat, dass damit sein eigenes Unternehmen in Schieflage geraten ist«, schloss er seine Ausführungen.

»Quid pro quo«, tippte Windeck. »Eine Hand wäscht die andere. Wäre zumindest meine Vermutung.«

»Geht das spezifischer?«

»Sicher.« Windeck lächelte. »Als Christof Saskia kennengelernt hat, stand Nolden-Bau vor dem Aus. Saskia hat Christof damals unter die Arme gegriffen. Sie hat ihre Anteile an Disruptive Consulting an ihren Kompagnon verkauft und sich danach an ihren Patenonkel gewandt. Der sitzt ganz beiläufig im Vorstand einer der größten deutschen Privatbanken. Saskia hat ihn um einen Rettungskredit für Nolden-Bau gebeten und dafür den Erlös aus dem Verkauf ihrer Anteile an Disruptive Consulting als Besicherung angeboten. Der Patenonkel hat den Kredit gewährt, Nolden-Bau hat sich wieder berappelt, und ich vermute, als kleines Dankeschön hat Christof Disruptive Consulting auf seine Paylist gesetzt.«

Wolf schwieg. Enttäuschung stieg in ihm auf.

»Ich weiß, was Sie denken«, sagte Windeck. »Die Story, in der Christof sein Unternehmen aus eigener Kraft und mit genialem Verhandlungsgeschick vom drohenden Untergang zu neuen Höhenflügen führt, klingt glamouröser als die, in der ihm seine blonde Gattin mit Vitamin B und einer kräftigen Finanzspritze den Arsch rettet.«

Wolf fühlte sich durchschaut.

»Ihre These hat einen Schönheitsfehler«, wandte er ein. »Wenn Saskia Nolden nicht mehr Gesellschafterin bei Disruptive Consulting ist, wieso hat Christof Nolden sein Geld dann trotzdem noch an den Laden abgedrückt, statt es einfach seiner Frau zu geben?«

»Vielleicht, weil eine Firma wie Disruptive Consulting größere Handlungsspielräume hat als die Privatperson Saskia Nolden?« Windeck lächelte. »Das wäre zumindest eine Richtung, in die Sie weiterdenken könnten.«

›Oder auch nicht‹, dachte Wolf. Wie hatte sein Beiratskollege Meinerzhagen so schön gesagt? ›Wenn Sie Ihre Reserven schonen wollen, konzentrieren Sie sich nur auf das, was unmittelbar vor Ihnen liegt.‹ Was Disruptive Consulting mit den fünfzig Millionen veranstaltet hatte, musste Wolf nicht interessieren. Ihm ging es um Nolden-Bau. Und eigentlich hatte er alle Informationen, die er von Windeck brauchte. Ihre Teller waren leer. Wolf war bereit, sich zu verabschieden und zu gehen. Aber dann konnte er der Versuchung nicht widerstehen.

»Eine Frage noch«, sagte er. »Eher aus persönlichem Interesse.«

»Nur zu.« Windeck lehnte sich zurück.

»Ich habe Ihren Freund Christof ja nicht mehr persönlich kennengelernt«, tastete sich Wolf vor. »Aber ich habe mir natürlich ein Bild von ihm gemacht und so, wie ich Saskia Nolden bisher erlebt habe, bekomme ich das einfach nicht übereinandergelegt ...«

»Das ewige Rätsel der Liebe.« Windecks Lächeln hatte einen doppelten Boden. »Nehmen wir noch ein Dessert?«

Sie orderten Schokoladenfondant und Kokosmousse mit Trüffel.

»Die Beziehung von Christof und Saskia ist nur zu verstehen, wenn man weiß, was unmittelbar nach dem *Concrete Gold*-Skandal passiert ist«, erläuterte Windeck, während er seine Kuchengabel zwischen die Kokosmousse und den Mürbeteigboden trieb. »Die eigentliche Katastrophe für Christof war damals ja nicht die Fast-Pleite von Nolden-Bau, sondern, dass Maheesha ihn verlassen hat.«

Maheesha Johnson, erinnerte sich Wolf, die afroindische Konzeptkünstlerin, mit der Nolden knapp zwei Jahrzehnte verheiratet gewesen war.

»Aber was hat er denn gedacht, wie die Frau reagiert, wenn sie herausfindet, dass ihr Mann ein Nazi ist?«, fragte er.

»Einspruch!« Windeck hob den Zeigefinger. »Christof hat als junger Mensch mit der Naziästhetik kokettiert, weil das seine wohlmeinenden Beamteneltern maximal irritiert hat. Als Student hatte er dann seinen Spaß, wenn sich die ultrarechten Vorstadthools auf seinen Befehl in der dritten Halbzeit aufs Maul gegeben haben. Und später, als Unternehmer, hat es sich für Christof gerechnet, diese ultrarechten Hools als Security auf seinen Baustellen einzusetzen, um die Arbeitssklaven aus dem Osten in Schach zu halten und bei Bedarf auch – ich zitiere – ›zu liquidieren‹. So weit, so widerwärtig. Aber deshalb war Christof noch kein Nazi. Dafür ist ihm der ideologische Überbau immer zu egal gewesen. Das ganze Gewese mit Rasse und Volk fand Christof peinlich bis lächerlich. Anders hätte er sich wohl kaum mit einer dunkelhäutigen, linksradikalen Aktivistin aus dem globalen Süden zusammentun können.«

»Die ohne *Concrete Gold* natürlich niemals von alleine darauf gekommen wäre, dass ihr milliardenschwerer Unternehmergatte ein zynischer rechter Kapitalist mit Blut an den Händen sein könnte«, warf Wolf ein.

»Mir brauchen Sie nicht mit Haupt- und Nebenwidersprüchen kommen«, wehrte Windeck ab. »Ich weiß, das klingt verlogen. Aber Maheesha hat Christof wirklich geliebt. Und er sie. Und deshalb ist für Christof auch die Welt zusammengebrochen, als Maheesha ihn verlassen hat.«

»Okay«, sagte Wolf. »Aber wie passt dann Saskia in diese Story?«

Windeck kratzte Reste von Trüffeljus von seinem Teller.

»Ich glaube, nachdem Maheesha weg war, hat Christof gedacht, wenn er ohnehin als Nazi dasteht, kann er auch in die Vollen gehen und sich mit einer Karsdorf einlassen.«

»Verstehe ich nicht«, sagte Wolf.

»Karsdorf Logistik? Nationalsozialismus?« Windeck sah Wolf an.

Wolf zuckte die Schultern.

»Okay«, seufzte Windeck. »Kleine Nachhilfestunde zur Unternehmenshistorie von KL. Während des ersten Weltkriegs gründet Saskias Großvater Otto Karsdorf eine Speditionsfirma, die vor allem auf Truppenversorgung spezialisiert ist. 1921 tritt Otto Karsdorf in die NSDAP ein. Nach der Machtübernahme sahnt er einen Staatsauftrag nach dem anderen ab.« Windeck schob den Dessertteller weg und griff nach seiner Serviette. »Richtig durch die Decke gegangen ist der Laden dann ab 1939. Irgendwer musste die frisch ausgehobenen Zwangsarbeiter aus den neuen deutschen Ostgebieten schließlich an die Heimatfront schaffen. Anfang der Vierziger war Otto Karsdorf eine Zeitlang als möglicher Nachfolger für den Reichverkehrsminister im Gespräch. Albert Speer war eng mit ihm befreundet. Arno Breker ist bei den Karsdorfs ein und aus gegangen.«

Das Bild einer mit Neonfarbe besprühten Statue eines Fackelträgers poppte in Wolf hoch. Hatte er die wirklich irgendwo gesehen, oder brachte er da etwas durcheinander? Aber darum ging es gerade nicht. Wolf musste sich auf Windeck konzentrieren. Er sah den Mann an und merkte, dass der offenbar gerade auf eine Antwort von ihm wartete.

»Auch noch einen Espresso?«, wiederholte Windeck. Wolf nickte.

»Otto Karsdorfs Sohn Günter, Saskias Vater, ist Jahrgang '46«, nahm Windeck den Faden wieder auf. »Er hat in Berlin studiert. 1968 war er mit Rudi Dutschke auf den Barrikaden. Drei Jahre später hat er die Firma übernommen. Günter Karsdorf war einer der ersten deutschen Unternehmer, der die Geschichte seines Konzerns während des Nationalsozialismus von einer unabhängigen Historikerkommission hat aufarbeiten lassen. KL hat freiwillig hohe Wiedergutmachungszahlungen an frühere Zwangsarbeiter gezahlt. Günter Karsdorf hat sich immer wieder öffentlich von den politischen Ansichten seines Vaters distanziert. Zu seinem Ärger ändert das aber nichts daran, dass der Name Karsdorf in rechten Kreisen immer noch einen besonderen Klang hat.« Windeck versenkte einen Zuckerbrocken in seinem Espresso. »Womit wir bei Saskia wären. Während des Studiums ist Saskia Karsdorf aufgegangen, dass ihr sonst so cooler Alt-68er-Daddy nicht bereit sein würde, ihr Führungsverantwortung bei KL einzuräumen, egal wie glänzend ihre Studienleistungen waren. Also hat Saskia rebelliert und zwar auf die gleiche Weise, wie – unabhängig von ihr – Christof ein paar Jahre zuvor. Sprich – sie hat offensiv auf rechts gemacht. Nur, dass das bei der Tochter von Günter Karsdorf natürlich eine ungleich größere Außenwirkung hatte. Günter Karsdorf hat extrem viel Geld ausgegeben, um Saskias Mätzchen aus den Medien rauszuhalten. Nach ein, zwei Jahren hatte sie sich dann ausgetobt und irgendwann waren auch die letzten Fotos von Saskia im Eva-Braun-Kostüm auf dem Obersalzberg aus dem Netz verschwunden, aber das Verhältnis zu ihrem Vater ist angespannt geblieben. Gleichzeitig hat es, zumindest nach meiner Kenntnis, bei Saskia beziehungstechnisch nie so recht geklappt. Zum einen, weil es für Milliardärstöchter immer schwer sein dürfte, jemanden auf Augenhöhe zu finden, zum anderen aber sicher auch wegen dem verquasten Verhältnis zu ihrem Vater.«

»Und dann begegnet sie Christof Nolden, und mit einem Schlag ist alles anders«, sagte Wolf.

»Genau.« Windeck lächelte. »Ich vermute, Saskia hat sofort begriffen, welche Möglichkeiten ihr eine Verbindung mit Christof eröffnen würde. Nolden-Bau war zu diesem Zeitpunkt finanziell zwar angeschlagen, aber bis zum *Concrete Gold*-Skandal hatte Christof mit seinem Laden zumindest umsatzmäßig in einer Liga mit KL gespielt und Saskia dürfte klar gewesen sein, dass ein einmaliger Sanierungskredit reichen würde, um Nolden-Bau wieder flottzukriegen. Allein, dass Saskia ihre familiären Beziehungen genutzt hat, um Nolden-Bau diesen Kredit zu vermitteln, dürfte Günter Karsdorf schon zur Weißglut getrieben haben. Dass sich Saskia aber mit Christof ausgerechnet auf einen Mann kapriziert hat, der damals in den Medien rauf und runter als rechter Ausbeuter präsent war, muss ihren Vater voll unter der Gürtellinie getroffen haben.« Windeck nippte an seinem Espresso. »Umgekehrt war Saskia damals allerdings auch ein Hauptgewinn für Christof. Dass sie das Geld hatte, um Nolden-Bau zu retten, war das Eine, viel wichtiger dürfte für Christof aber gewesen sein, dass es kaum einen größeren Gegensatz zu Maheesha gab, als die blauäugige Karsdorf-Tochter mit ihren blonden Zöpfen, dem 1a-Nazi-Stammbaum und ihren – zumindest gerüchteweise bekannten – rechten Jugendsünden. Und dass Saskia dann auch noch als Kunstsammlerin unterwegs war, also irgendwie auch in der gleichen Welt wie Maheesha, war für Christof vermutlich das Tüpfelchen auf dem i.« Windeck lächelte. »Quid pro quo auch an dieser Front. Ein Traumpaar.«

»Und warum war Nolden dann trotzdem mit Escortgirls unterwegs?«, fragte Wolf.

»Kann ich Ihnen nicht sagen.« Windeck schüttelte den Kopf. »Im letzten Jahr bin ich kaum noch zu ihm durchgedrungen. Irgendetwas hat nicht gestimmt, so viel war klar. Am Anfang ist Christof bei Rückfragen nur ausgewichen, aber dann hat er sich immer weiter zurückgezogen, und irgendwann haben wir uns dann überhaupt nicht mehr gesehen.«

»Irgendein Verdacht, was los war?«

»Schwer zu sagen …«, Windeck schien nachzudenken. »Ich meine, Sie haben Saskia doch kennengelernt. Dann wissen Sie ja, dass die Frau …«, er suchte nach dem passenden Wort.

»Eigen ist?«, sprang Wolf ihm bei.

»Genau.« Windeck lächelte. »Außerdem war da noch die Sache mit den Kindern. Vielleicht liege ich da falsch, aber ich hatte nicht den Eindruck, dass das Christofs Ding war. Jedenfalls kann ich mich nicht erinnern, dass er in den Jahren mit Maheesha je irgendetwas von Kinderwunsch oder Familiengründung erzählt hätte. Aber dann ist er mit Ende fünfzig plötzlich doch noch Vater geworden. Und zwar gleich dreifach und in schneller Folge. Keine Ahnung, was das mit seiner Ehe gemacht hat.«

›Stimmt‹, dachte Wolf. Noldens jüngster Sohn war ja noch nicht einmal ein Jahr alt. Wolf erinnerte sich an die Monate nach der Geburt von Ada und Ben. Den Schlafmangel, das Animalische der Säuglingsaufzucht, die Reduktion der Elterntiere auf die bloße Versorgerrolle für die blind tastende, immer hungrige Brut. Selbst Wolf hätte damals oft genug am liebsten nur die Flucht ergriffen – und dabei hatte er seine Kinder gewollt. Dass Christof Nolden unter offensichtlich anderen Voraussetzungen den Trost von Fremden gesucht hatte, schien Wolf plötzlich nachvollziehbar.

»Frage beantwortet?«, fragte Windeck.

Wolf nickte.

»Eins würde mich noch interessieren«, sagte er, während sie auf die Rechnung warteten. »Wieso sind Sie über all die Jahre mit Christof Nolden befreundet geblieben? Spätestens seit dem *Concrete Gold*-Skandal wussten Sie doch, dass der Mann ein Verbrecher war. Wieso haben Sie ihm trotzdem die Treue gehalten?«

Windeck schwieg. Sein Blick glitt zum Fenster. Ein hell erleuchtetes Touristenboot zog auf der nachtdunklen Spree vorbei, dann das nächste. Irgendwann wandte sich Windeck wieder zu Wolf.

»Ich vermute, ich habe einfach nicht so viele Freunde.« Er sah Wolf an. »Und Sie?«

Wolf wusste nicht, was er sagen sollte.

Zehn Minuten später verabschiedeten sie sich vor dem Restaurant.

»Wegen der Bilanzfälschung«, sagte Windeck, während er auf sein Taxi wartete, »ich kenne die Treuhänder, die Christof für die Kinder eingesetzt hat. Soll ich die schon einmal diskret darauf einstimmen, dass es am Freitag unharmonisch werden könnte?«

Wolf zögerte einen Moment. »Ja«, sagte er dann. »Tun Sie das.«

Windeck stieg in sein Taxi. Wolf sah ihm nach. Es war nach elf. Wolfs Körper schmerzte vor Müdigkeit, trotzdem steuerte er nicht seine Wohnung an, sondern fuhr, ohne recht zu wissen warum, zurück zu HSW.

Im Büro der Frau in Grau war noch Licht. Freude stieg in Wolf auf. Er klopfte an Ihren Türrahmen.

»Sie sind ja immer noch da«, sagte er.

Die Frau in Grau schreckte vom Bildschirm hoch.

»Haben Sie noch was gefunden?«, fragte Wolf, eher aus Verlegenheit.

Die Frau in Grau nickte.

»Hier«, sie reichte ihm ein Fax. »Eidesstattliche Versicherung von einem ehemaligen Disruptive Consulting-Mitarbeiter.Der Mann bestätigt, dass Disruptive nie für Nolden-Bau gearbeitet hat. Die Mitarbeiter von Disruptive mussten Stunden für fiktive Projekte abrechnen.«

Wolf überflog den Inhalt des Dokuments. Damit war die Sache wasserdicht. Sie hatten einen lückenlosen Nachweis für die Bilanzfälschung bei Nolden-Bau.

»Wie haben Sie den Mann gefunden?«, wollte er wissen.

»Social Media«, sagte die Frau in Grau. »Und Sie? Haben Sie noch was rausbekommen?«

Wolf setzte sich und erzählte, was er wusste. Die Frau in Grau hörte zu. Das Licht der Schreibtischleuchte hob ihre geschwollene Wange in scharfes Relief.

»Das muss doch wehtun.« Wolf deutete auf ihr Gesicht.

»Ja«, sagte die Frau in Grau.

»Zu müde, um nach Hause zu gehen?«

Die Frau in Grau nickte.

»Ich fahre Sie«, sagte Wolf.

Die Stadtautobahn war nahezu leer. Wolf gab Gas und spürte wieder, wie sich die Geschwindigkeit geschmeidig unter ihm aufbaute wie die ideale Welle. Wolf riskierte einen kurzen Seitenblick. Die Frau in Grau wirkte entspannt, fast schien es Wolf, als ob sie lächelte.

»Nächste raus«, sagte sie.

Wolf fuhr von der Autobahn ab. Sie bewegten sich jetzt auf einer der Magistralen von Neukölln, vorbei an Dönerläden und Shishabars. Ein panzerartiger Mercedes zog mit Wolf gleich, fuhr neben ihm bis zur nächsten roten Ampel und ließ dort immer wieder den Motor aufheulen.

Die Ampel sprang auf Grün. Der Mercedes fuhr los und scherte dann direkt vor Wolf ein. Wolf bremste scharf.

»Asi!«, brüllte er.

»An der übernächsten Ampel links«, sagte die Frau in Grau ungerührt.

Drei Minuten später hielt Wolf vor einer heruntergekommenen Neuköllner Mietskaserne. Pflanzenkübel standen vor der Tür. Daneben eine fleckige Matratze.

»Danke«, sagte die Frau in Grau.

»Das war gute Arbeit in den letzten Tagen«, sagte Wolf.

»Ich weiß«, sagte die Frau in Grau.

»Warum hängen Sie sich da eigentlich so rein?«, fragte Wolf.

»Ist was Persönliches«, sagte die Frau in Grau. »Und Sie?«

Wolf fühlte sich kalt erwischt »Daffke. Ich glaube, aus Daffke«, sagte er schließlich.

Die Frau in Grau nickte. »Ihnen ist klar, dass Sie danach Ihren Job los sind?«

»The secret to a long life is knowing when it's time to go«, sagte Wolf.

»Und dann?«

»Dann?« Wolf machte eine Armbewegung, die eine kühne Flugbahn beschreiben sollte, sich aber ungewollt im Unbestimmten verlor.

Wolf fühlte sich beschämt.

»Ich heiße übrigens Torsten«, sagte er unvermittelt. »Aber alle nennen mich Wolf.«

»Sofia«, sagte die Frau in Grau. »Aber Isa ist mir lieber.« Sie stieg aus. »Bis morgen.«

»Ich komme vor Freitag nicht mehr rein«, sagte Wolf. »Bleiben Sie doch einfach zu Hause. Zu tun ist gerade sowieso nichts.«

Die Frau in Grau nickte.

»Viel Glück in Köln«, sagte sie.

Wolf wartete bis sie in der Haustür verschwunden war. Kurz darauf ging in der Ladenwohnung im Erdgeschoss das Licht an. Wolf war drauf und dran auszusteigen, ans Fenster zu klopfen und um Einlass zu bitten. Nicht, weil er Lust auf Sex hatte, sondern weil ihm davor graute, die Nacht allein zu verbringen.

In diesem Moment begannen die Rollläden der Ladenwohnung ganz langsam nach unten zu fahren. Der Lichtstreifen dahinter wurde immer schmaler und verschwand schließlich ganz. Wolf wartete noch einen Moment, dann startete er den Wagen und nahm Kurs auf seine Wohnung.

Am nächsten Morgen wachte Wolf mit quälenden Kopfschmerzen auf. Zum ersten Mal seitdem er bei HSW war, meldete er sich krank. Auf den letzten Metern konnte er sich das leisten, dachte Wolf. Er blieb den ganzen Tag im Bett und schlief die meiste Zeit.

Am Mittwoch stand Wolf erst um elf Uhr auf. Er fühlte sich so energiegeladen wie seit Wochen nicht mehr. Nach einem ausführlichen Frühstück in seinem Lieblingscafé druckte er in einem Copyshop zehn Ausfertigungen der Unterlagen aus, die er für Freitag brauchte. Danach fuhr er zu dem Laden für Architektur- und Künstlerbedarf, in dem Elise immer eingekauft hatte, und machte sich ein

Vergnügen daraus, ästhetisch ansprechende Einlegemappen für die Kopien auszusuchen.

Zurück in seiner Nadelfilzbude, hackte Wolf seinen Entwurf für den Bericht des Beirats an die Gesellschafterversammlung herunter, sortierte die Unterlagen in die Einlegemappen und ging dann die Tagesplanung für Freitag durch:

Abflug nach Köln um 06:55 Uhr. 09:00 bis 12:00 Uhr Bilanzsitzung mit dem Beirat und den Wirtschaftsprüfern. (Zündstufe eins: Unterrichtung des Beirats über die Bilanzmanipulationen, Beschlussfassung über Versagung der Billigung des Jahresabschlusses.)

12:00 bis 15:00 Uhr Mittagessen mit den anderen Beiratsmitgliedern (sofern die Herren Bastnach und Meinerzhagen nach der Bilanzsitzung noch mit Wolf redeten).

14:00 bis 16:00 Uhr Gesellschafterversammlung von Nolden-Bau. (Zündstufe zwei: Bericht des Beiratsvorsitzenden, also Wolf, über die Versagung der Billigung des Jahresabschlusses.)

Der Rückflug nach Berlin war für 18:15 Uhr gebucht, aber zu diesem Zeitpunkt würde Wolf bereits auf dem Weg nach Frankfurt sein, von wo aus er (Zündstufe drei) um 21:55 Uhr seinen Flug nach Brisbane antreten würde.

Das Ticket hatte Wolf zwar ziemlich genau fünfhundert Euro mehr gekostet als geplant, aber dafür flog er mit anständigen Airlines, und der Zwischenstopp war in Singapur und nicht irgendwo in der arabischen Wüste.

Wolf mailte Ed seine Ankunftszeit in Brisbane. Dann machte er sich daran, seine Klamotten auszumisten. »Na, Torsten, macht dich dieses Teil glücklich?«, spottete Wolf, während er Anzüge, Unterwäsche und Socken auf ihre Tauglichkeit für sein zukünftiges neues Leben prüfte. Was am Ende übrig blieb, passte in Wolfs Cabin Trolley.

Den Rest entsorgte er, zusammen mit dem ganzen anderen Zeug, das er auch nicht mehr brauchen würde, unten im Müllraum. Danach kündigte er die Wohnung mit Wirksamkeit zu Freitag.

Draußen begann es bereits zu dämmern. Erst jetzt wurde Wolf

bewusst, dass er den ganz Tag keine WhatsApp an Ada geschickt hatte. ›Aber wozu auch, wenn Mademoiselle sowieso nicht antwortet‹, dachte er. Verbitterung stieg in ihm auf. Er verbot sich, weiter an Ada oder Ben zu denken, und konzentrierte sich stattdessen auf die Vorbereitung seines Auftritts am Freitag.

Sonderlich anspruchsvoll war das nicht.

Wolf würde die Wirtschaftsprüfer ihren Bericht abspulen lassen, dann würde er den aktuellen Statusbericht für Frankfurt dagegenhalten, aus dem der dreimonatige Rückstand hervorging. Im nächsten Schritt würde er die eidesstattliche Versicherung von Thomas Rodach vorlegen, die diesen Rückstand auf eine durch Scheingeschäfte mit Disruptive Consulting im Umfang von 50 Millionen verursachte und durch weitere Scheingeschäfte mit anderen Unternehmen verschleierte finanzielle Schieflage bei Nolden-Bau zurückführte. Für den unwahrscheinlichen Fall, dass danach noch irgendjemand Zweifel an der Bilanzmanipulation bei Nolden-Bau anmeldete, hatte Wolf die Rechnungen von Disruptive Consulting und die eidesstattliche Versicherung des ehemaligen Disruptive Mitarbeiters in der Hinterhand.

Das war es dann aber auch schon.

Wolf schob den Billigschreibtisch und den Stuhl vor den Spiegel im Flur und übte diese Abfolge in mehreren Durchläufen ein. Nach anderthalb Stunden saß jeder Satz. Zehn Minuten maximum – mehr Zeit würde Wolf nicht benötigen, um Nolden-Bau zu erledigen.

Wolf schob die Möbel wieder zurück an ihren Platz, dann legte er sich mit seinem Notebook auf das Schlafsofa und klickte aus bloßer Gewohnheit das Mavericks-Video an.

In dem Moment, in dem die ersten verhaltenen Klaviertöne angeschlagen wurden, fiel Wolf plötzlich wieder der Experimentalfilm ein, den er mit Paula gesehen hatte.

Er googelte und hatte kurz darauf die fast sechsminütige Sequenz mit dem Raketencrash bei Youtube gefunden.

Wolf war erstaunt, wie genau er sich auch nach Jahren noch an die einzelnen Bilder erinnerte. Die Aufnahmen zu Beginn der Szene, in denen die gewaltige Schubkraft der Triebwerke deutlich wurde, faszinierten ihn, und Wolf registrierte verwundert, wie sehr ihn die geriffelte Außenhaut der Rakete an die Fassade des World Trade Centers erinnerte. Dann kam auch schon relativ bald der Moment, in dem die Rakete vom Kopf her explodierte, und Wolf verlor ganz plötzlich das Interesse. Er hätte sich noch dreieinhalb Minuten das Ausglühen der Wrackteile ansehen können, aber der bedeutungsschwangere Mollgesang im Hintergrund machte ihm schlechte Laune.

Wolf switchte zu einem Surfervideo aus Byron Bay und war Minuten später tief eingeschlafen.

Am Donnerstagmorgen wachte Wolf um sechs auf. Er checkte routinemäßig sein Handy, aber Ada hatte sich wieder nicht gemeldet. Wolf überlegte, seine Tochter noch einmal vor der Schule abzupassen, aber dann hatte er plötzlich Angst, es könnte ihn aus der Bahn werfen, wenn er Ada oder Ben vor seinem Abgang nach Australien noch einmal sah.

Wolf durfte sein Momentum nicht verlieren. Er musste absolut fokussiert sein.

Er probte noch einmal seinen Auftritt in Köln.

Nach fünf Durchläufen hatte Wolf genug. Er konnte seinen Zehn-Minuten-Sermon auswendig herunterbeten.

Wolf fragte sich, ob er alles bedacht, ob er wirklich alles perfekt im Griff hatte.

Ein Satz fiel ihm ein, den Paula bei jeder Gelegenheit zitiert hatte: ›When too perfect, lieber Gott böse.‹

›Genau‹, dachte Wolf. Er musste sich lockermachen. Die Sachen kommen lassen. Einfach mal ein bisschen entspannen.

»Entspannung ist elementar, wenn Sie dauerhaft leistungsfähig bleiben wollen«, äffte er Carl Kremnitz nach.

Wolf lachte auf.

Der Witz war, dass er keine Ahnung hatte, wie er entspannen sollte.

Wie das überhaupt noch gehen sollte.

Entspannen war, Ben eine Gutenachtgeschichte vorzulesen. Entspannen war, mit Elise und den Kindern am Sonntagmorgen im Bett zu frühstücken. Entspannen war, Elises altem Kater Mies dabei zuzusehen, wie er auf dem heißen Balkon schlief und dabei zart miauend mit den Pfoten ins Leere stieß.

Das war Entspannen.

Aber all das hatte Wolf verloren.

Was blieb ihm dann?

Ein letztes langes Sich-durch-Berlin-treiben-lassen? Zu all den Orten, die ihm einmal etwas bedeutet hatten? Wolf dachte daran, wie ihn tags zuvor allein der Anblick von Paulas früherer Villa runtergezogen hatte. Treiben lassen war damit gestrichen.

Aber was dann?

Wolf beschloss, erst einmal frühstücken zu gehen.

Kurz darauf saß er wieder in seinem Lieblingscafé und ging durch die Zeitungen. Mittlerweile berichtete selbst die *FAZ* über die Suche nach der vermissten Fünfzehnjährigen.

Wolf legte die Zeitung zusammen und checkte die Uhrzeit. Es war gerade mal kurz nach neun. Noch vierundzwanzig Stunden bis zum Beginn des großen Showdowns.

Unruhe stieg in Wolf auf. Er musste die Zeit irgendwie halbwegs sinnvoll rumkriegen.

Wolf rief seinen Friseur an.

Nach dem Friseurtermin war es fast schon Zeit zum Mittagessen. Wolf hatte keinen Hunger. Trotzdem fuhr er zu einer Brasserie in Tauentzien-Nähe, in der er oft mit seinem Vater gewesen war, und bestellte Lachstatar und Steak frites wie immer. Nach dem Essen blieb er sitzen, bis das Servicepersonal diskret zu leisen Nebentätigkeiten überging.

Wolfs Rastlosigkeit hatte sich verstärkt. Er ging zurück zum Tauentzien. Gegenüber vom KaDeWe hing wieder eine dieser XXL-LED-Tafeln. Ein übergewichtiger Typ in Wolfs Alter, fläzte in leicht angefleckten Feinrippunterhemd, Jogginghose und Adiletten auf einem voluminösen roten Kunstledersofa, die Füße auf einem

Beistelltisch, eine Hand in der Chipstüte, in der anderen die Fernbedienung für einen überdimensionierten Flatscreen-Fernseher. Der Typ drehte den Kopf zur Kamera und hob grinsend eine Flasche Bier ins Bild. Durch die verbeulten Lamellen der Jalousie hinter dem Mann drang Tageslicht. Das Video verschwand. *Ich chill' im Hartz!* erschien schwarz auf weiß auf der Anzeigentafel, diskret darunter ein QR-Code.

Dumpfe Wut stieg in Wolf auf. Andere chillten dauerhaft und auf Staatskosten in der sozialen Hängematte, aber er, Dr. Torsten Wolf, war noch nicht einmal fähig, gezielt einen Tag lang zu entspannen.

Das letzte Mal zur Ruhe gekommen war Wolf vor knapp zehn Tagen in den paar Stunden in dem Kölner Day Spa.

Wolf verzog das Gesicht. ›Du bist ein wandelndes Klischee‹, dachte er.

Andererseits war das gerade egal. Wenn Wolf morgen fit sein wollte, musste er irgendwie runterkommen.

Eine Stunde später trieb Wolf kieloben in warmem Salzwasser unter einer hohen Betonkuppel. Der Raum war dunkel, bis auf das diffuse Grau, das durch ein Lichtauge im Zenit der Kuppel fiel.

Wolf breitete die Arme aus. Die Grenzen seines Körpers verschwammen und lösten sich schließlich ganz auf. Wolf wurde eins mit dem Wasser. Als er viel später wieder aus dem Pool stieg, war seine Haut weiß und schrumpelig.

Wolf legte sich auf eine der Ruheliegen und döste, während es vor den hohen, stahlgefassten Fenstern langsam dunkel wurde.

Sein Massagetermin war um halb sieben. Die Masseurin war eine ältere Frau irgendwo jenseits der Sechzig. Sie war hochgewachsen und schmal und hatte die Art von Muskeln, die man von regelmäßiger Yogapraxis bekam. Ihr langes weißes Haar erinnerte Wolf an Paula.

»Du möchtest die Abhyanga-Massage, richtig?« Die Masseurin sah Wolf an.

Abhyanga – laut Anwendungskatalog des Spas – *die Massage der reinen Liebe, die aus einer Haltung des offenen Herzens gegeben wird und so die Seele erreicht.* Also das krasse Gegenteil der klassischen Ganzkörpermassage, die Wolf in dem Spa in Köln gebucht hatte.

Wolf nickte peinlich berührt.

»Zieh dich schon mal aus. Ich mache nur noch das Öl warm«, die Masseurin klang geschäftsmäßig.

Wolf legte sich auf die vorgewärmte Liege. Er schloss die Augen und versuchte, das Sitargeplingel vom Band zu ignorieren.

Kurz darauf legte ihm die Masseurin die Hände auf die Brust. Sie hob die Hände wieder an, dann spürte Wolf, wie warmes Öl samtweich über seine Stirn und in sein Haar lief. Die Masseurin verteilte das Öl mit kreisenden Bewegungen auf seinem Kopf, sie umzirkelte den Scheitelpunkt und strich dann mit sanftem Druck über Wolfs Stirn. Ihre Fingerspitzen verweilten lange ruhig an seiner Nasenwurzel, zogen über die Schläfen hin zum Kiefergelenk, von dort zu den Ohrmuscheln und Ohrläppchen, dann über den Kieferbogen zum Kinn und schließlich zu Wolfs Lippen. Die Hände glitten geschmeidig und zart an seinem Hals hinunter, verweilten einen Moment knapp unterhalb seines Kehlkopfs und wanderten schließlich weiter bis zur Brust. Wolf spürte warmes Öl, das über das Zentrum seines Brustkorbs floss und von dort mit langen, drehenden Strichen entlang der Arme bis zu den Fingerspitzen verteilt wurde.

Und so ging es weiter.

Wolf gab sich den Händen der Masseurin hin.

Er dachte daran, dass ihn seit Monaten keine Frau mehr berührt hatte. Aber das hier hatte mit Sex nichts zu tun. Dieses absichtslose und scheinbar endlose Dahinfließen war besser als Sex.

Wenn Wolf zuvor das Gefühl gehabt hatte, seine Konturen zu verlieren und sich im Wasser aufzulösen, so schien es ihm jetzt, als ob er unter den warmen Händen der Masseurin wieder Form annahm, so als ob ihn die Frau mit ihren sanften und doch bestimmten Streichbewegungen zu einem neuen, stromlinienförmigen Wesen zusammensetzte, das sich wendig jedem festen Zugriff entzog.

Am Ende legte die Masseurin noch einmal lange beide Hände auf Wolfs Brust. Dann löste sie sich von ihm und verließ diskret den Raum.

Wolf war traurig, dass es vorbei war, gleichzeitig fühlte er einen tiefen inneren Frieden. Er hatte es geschafft, sich runterzudrosseln. Er hatte alles richtig gemacht. Er war für die Schlacht gerüstet.

Wolf fuhr zu HSW, stellte seinen Wagen in der Tiefgarage ab und deponierte die Schlüssel in der untersten Schublade seines Rollcontainers. Dann nahm er ein Taxi zurück zu seiner Wohnung. Wolf prüfte ein letztes Mal, ob er alles gepackt hatte, stellte den Wecker und schlief sofort ein.

In seinen Träumen glitt er als ausgewachsener Makohai gemächlich durch türkisblaues Wasser, souverän im Wissen, dass er seinen perfekt hydrodynamischen Körper mit ein paar gezielten Flossenschlägen in Sekundenbruchteilen von 0 auf 80 km/h beschleunigen konnte.

Am nächsten Morgen wachte Wolf noch vor dem Wecker auf. Er duschte und zog sich an. Carl Kremnitz hatte recht gehabt: Wolf hatte abgenommen. Sein maßgeschneiderter Lieblingsanzug saß jedenfalls so wie früher.

Wolf sah in den Spiegel und erkannte sich zum ersten Mal seit Monaten wieder: ein hochgewachsener, breitschultriger Mann mit vollem dunklem Haar, aschgrauen Augen und kräftiger Kinnpartie. Er fühlte sich ausgeruht, gelassen und gleichzeitig voll konzentriert – bereit für die ideale Welle.

Wolf ließ den Wohnungsschlüssel auf dem Wohnzimmertisch liegen. Er zog die Tür zur Nadelfilzhölle hinter sich zu und fuhr zum Flughafen.

Während des Flugs nach Köln sah er aus dem Fenster, angespannt in der Vorfreude auf das Gemetzel, das er in den folgenden Stunden anrichten würde.

Der Anruf der Schule erreichte Wolf auf der Fahrt zur Bilanzsitzung mit Meinerzhagen, Bastnach und den Wirtschaftsprüfern.

Alles was danach kam, nahm Wolf aus einer seltsam abgehobenen Außensicht wahr. Die beiden Anrufe, die er noch aus dem Taxi heraus tätigte. Die Sitzung mit seinen beiden Beiratskollegen und den Prüfern (»Vielen Dank für Ihren Bericht. Nein, keinerlei Einwände, der Beirat billigt den Jahresabschluss ohne Einschränkungen.«). Das Mittagessen mit Bastnach und Meinerzhagen, wieder beim selben Italiener, wieder mit dem selben belanglosen Geplänkel. Danach die Gesellschafterversammlung von Nolden-Bau in Anwesenheit der Geschäftsführer. Rodachs entgeisterter Blick, als Wolf die Billigung des Jahresabschlusses durch den Beirat bestätigte. Die irritierten Mienen von Alexander Windeck und den Treuhändern der Nolden-Kinder, als er den Gesellschaftern empfahl, den Jahresabschluss festzustellen. Saskia Noldens triumphierendes Lächeln.

Nichts davon erreichte Wolf. Er hatte das Gefühl, durch eine dicke Glaswand von den Menschen um ihn herum abgetrennt zu sein. Was sie sagten, klang gedämpft, wie verzerrt, als befände er sich tief unter Wasser.

Wie er zurück nach Berlin gekommen war, wusste Wolf nicht. Nur dass er gegen elf Uhr abends an die Bürotür der Frau klopfte, die für ihn immer noch die Frau in Grau war, obwohl er wusste, dass sie lieber Isa genannt wurde.

»Kann ich Sie nach Hause fahren?«, sagte er.

Die Frau in Grau zuckte vom Bildschirm hoch. Sie sah Wolf an – überrascht, erschreckt, als sei er von den Toten zurückgekehrt. Dann nickte sie.

Kurz darauf waren sie wieder auf der Autobahn. Wieder dieses Gefühl von geschmeidiger Kraft, die sich unter Wolf aufbaute, nur dass es ihm dieses Mal nicht gelang, einen Bezug zu dieser Kraft herzustellen. Wolf beschleunigte trotzdem weiter. Die Lichter draußen verschmolzen zu bloßen Streifen.

Die Frau in Grau saß still, fast wie erstarrt neben ihm.

»Gehen Sie vom Gas, hinter uns ist Polizei«, sagte sie plötzlich.

Wolf sah in den Rückspiegel. Nirgendwo Blaulicht, nur ein metallicblauer Kleinwagen.

Er beschleunigte weiter. Der BMW war ein Projektil, ein tödliches Geschoss auf seiner präzise kalkulierten Flugbahn durch die Nacht. ›Alles eine Frage der Ballistik‹, hörte Wolf seinen Vater sagen, dann dachte er plötzlich an Ed. ›*He is completely ballistic*‹ – das war früher immer Eds Spruch gewesen, wenn ihr Chef mal wieder komplett durchgeknallt war. Und jetzt war eben Wolf komplett durchgeknallt. Er ließ den Fuß auf dem Gas.

Die Frau in Grau nestelte in ihrer Handtasche. Wolf sah etwas Schwarzes, Metallisches aus dem Augenwinkel, dann spürte er einen kühlen Druck an seiner Schläfe.

»Das ist eine Beretta«, sagte die Frau in Grau, »Gehen Sie vom Gas.«

›Surreal‹, dachte Wolf. ›Komplett surreal‹. Er nahm den Fuß vom Gas.

»Da vorne auf den Rastplatz«, sagte die Frau in Grau.

Wolf fuhr ab und hielt vor dem McDonald's, in dem er vor einer halben Ewigkeit – oder doch erst vor drei Wochen? – spätabends eingefallen war.

»Schlüssel«, sagte die Frau in Grau.

Sie hielt tatsächlich eine Knarre in der Hand.

Wolf gab ihr den Schlüssel.

Die Frau in Grau steckte die Knarre weg.

In diesem Moment hielt der metallicblaue Kleinwagen neben ihnen. Zwei Leute stiegen aus. Ein bulliges Wesen, dessen Geschlecht Wolf nicht zuordnen konnte, klopfte an Wolfs Wagenfenster und hielt ihm einen Ausweis entgegen.

»Polizei. Aufmachen!« Eindeutig eine Frau.

Wolf ließ das Fenster herunter. Die Frau in Grau beugte sich an ihm vorbei zu der Bullin.

»Sorry, Frau Hauptkommissarin«, sagte sie. »Mein Chef hatte heute einen extrem harten Tag, da ist es wohl kurz mit ihm durchgegangen. Ich habe ihm gerade schon den Schlüssel abgenommen.« Sie hielt der Polizistin den Schlüssel entgegen. »Ich fahre den Herrn gleich ganz gemütlich nach Hause. Können Sie da noch mal ein Auge zudrücken?«

Für einen Moment schien es der Bullin die Sprache verschlagen zu haben. Dann zuckte sie die Schultern.

»Sorgen Sie dafür, dass das nicht noch mal vorkommt.« Sie drehte ab und ging zurück zu ihrem Kleinwagen.

»Sag mal, hast du Sie noch alle?«, fragte ihr Beifahrer.

»Klappe halten. Einsteigen.«

Gleich darauf waren sie weg.

»So.« Die Frau in Grau wandte sich zu Wolf, die Knarre wieder in der Hand. »Und wir gehen jetzt da rein in den McDonald's, und Sie erzählen, was los ist.«

Neunzehn

Samstag – Mittwoch
16.–20. März 2019
Berlin – Oderbruch

Das Hotelzimmer war dunkel. Isa hatte einen der Kunstledersessel zum Fenster gerückt. Keine fünfhundert Meter entfernt schimmerte die Kugel des Fernsehturms in der Nacht. Das gleichmäßige Blinken der Flugwarnleuchten hatte etwas Beruhigendes – beruhigender jedenfalls als die mühsamen Atemzüge von Wolf, der sich hinter Isa rastlos auf dem Bett herumwälzte und im Schlaf unverständliche Worte murmelte.

Wolf hatte es verkackt, dachte Isa. Er hätte den entscheidenden, den vielleicht vernichtenden Schlag gegen Nolden-Bau führen können, aber Wolf hatte es verkackt. Statt dem Jahresabschluss in der Bilanzsitzung mit den anderen Beiratsmitgliedern die Billigung zu versagen und in der anschließenden Gesellschafterversammlung alles hochgehen zu lassen, hatte Wolf den Abschluss kommentarlos durchgewinkt.

Und warum? Weil der Dauerauftrag für die Schulgebühren seiner Kinder geplatzt war. Die Schule hatte bei Wolf angerufen. Erst dadurch war er darauf aufmerksam geworden, dass seine Bank das seit fast anderthalb Jahren grotesk überzogene Girokonto gesperrt hatte, über das alle Ausgaben seiner Familie liefen. Wolf war auf dem Sprung gewesen. Unmittelbar nach der Attacke auf Nolden-Bau hatte er nach Australien fliegen wollen, um dort ein neues Leben anzufangen. Ohne seine Familie. Das gesperrte Konto hätte ihm egal sein können, aber aus einem Wolf nicht erklärlichen Impuls – Verantwortungsbewusstsein? Schuldgefühl? – hatte er sich in der Pflicht gesehen, das Konto wieder flottzumachen. Allerdings hatte er dafür die geheime Reserve auflösen müssen, die er als Startkapital für sein neues Leben gebunkert hatte. Und ohne Startkapital kein neues Leben. Und ohne neues Leben keine Attacke auf Nolden-Bau, sondern grünes Licht für den manipulierten Abschluss.

Das war es, was Isa an dem neonbeleuchteten Zweiertisch bei McDonald's aus Wolf herausbekommen hatte. Das, und die Info, dass Wolfs Ehe schon vor Monaten implodiert war (wenig überraschend), dass Wolf bis zum Hals in Schulden steckte (schon eher) und dass er obendrein gerade auch noch ohne Wohnung dastand (WTF?).

Isa hatte Wolf zum einzigen Hotel gefahren, das ihr auf die Schnelle eingefallen war. Sie hatte für sein Zimmer gezahlt, ihn nach oben in den fünfunddreißigsten Stock und bis zur Zimmertür gebracht und danach nur noch weggewollt.

Aber dann hatte Wolf sie gebeten, nicht zu gehen, ihn nicht allein zu lassen. Und Isa war geblieben, weil sie wusste, dass das schlichte Menschenpflicht war.

Sie hatte sich zu Wolf aufs Bett gelegt und den Duft seiner Haut geatmet – eigentümlich scharf mit einem Unterton, den Isa nicht zuordnen konnte. Vor allem aber, hatte sie Wolf so lange gehalten, bis er endlich aufgehört hatte, immer wieder von Neuem davon anzufangen, dass alles seine Schuld war, dass das die Strafe dafür war, dass er seine Kinder hatte verlassen wollen, dass er nicht wusste, wie er weiterleben sollte, dass er sterben wollte. Irgendwann war Wolf mitten im Satz eingeschlafen.

Isa hatte sich von ihm gelöst, und seitdem saß sie im obersten Stockwerk eines anonymen Touristenbunkers und starrte durch zentimeterdickes Sicherheitsglas hinunter auf Berlin, diese Stadt, mit der sie nichts verband.

»Wipeout«, hörte sie Wolf hinter sich murmeln. »Two wave hold down.«

›Idiot‹, dachte Isa. ›Verfickter Totalversager‹.

Aber war der zerstörte Mensch, der sich hinter ihr auf dem Bett herumwarf, wirklich ein Versager? War er nicht vielmehr ein Opfer?

Isa dachte an Wolfs Gesichtsausdruck, während er sein frisch verfallenes Flugticket nach Brisbane mechanisch immer wieder auseinander- und zusammengefaltet hatte. Sie dachte an die Scham in seiner Stimme, als er von dem Ehedesaster erzählt hatte und von seinen Kindern, Wolfs Panik angesichts seiner Schuldenlast.

Die verzweifelte Ausweglosigkeit, die der Mann empfand, rührte Isa an. Aber machte ihn diese Ausweglosigkeit zu einem Opfer?

Isa erinnerte sich an Saban. Saban, der Anfang der Neunziger vor dem Krieg in Jugoslawien geflohen war. Saban, der Musiker hatte werden wollen und sich stattdessen als Schwarzarbeiter bei Nolden-Bau hatte verdingen müssen, weil er keine Aufenthalts-, geschweige denn eine Arbeitserlaubnis für Deutschland hatte. Saban, der zwar Analphabet gewesen war, der aber trotzdem gewusst hatte, dass es Wahnsinn war, nur mit Straßenschuhen und einem Billo-Sicherungsgurt auf einen nassen, glitschigen Dachstuhl rauszugehen. Saban, der dieses Risiko dennoch auf sich genommen hatte, weil er ohne den Job bei Nolden-Bau auf der Straße gelandet und abgeschoben worden wäre – zurück an die Front.

Saban hatte keine Wahl gehabt.

Saban war ein Opfer gewesen.

Aber Dr. Torsten Wolf? Mussten seine Kinder eine Privatschule besuchen? Musste die Familie Wolf ein Sommerhaus im Oderbruch besitzen? Und wieso war ein neues Leben für Wolf nur mit fettem Startkapital denkbar?

›Opfer, my ass‹, dachte Isa.

Im nächsten Moment hatte sie Can im Ohr. ›Ah, wieder mal im Schwarz-Weiß-Modus unterwegs, Frau Kurzeck?‹ Wie oft hatte er ihr das vorgehalten, in den bald fünfundzwanzig Jahren, die sie sich kannten? Und wie oft hatten sie beide dieses Thema ausgefochten – Can immer ein unerschütterlicher Gegner von scharfen moralischen Grenzziehungen, der Isa mal um mal überzeugt hatte, dass sich die

Wahrheit in den fein modulierten Grautöne verbarg? – Denn das war ja die andere Seite von Cans vermeintlicher Trägheit: Can hatte Beharrungsvermögen und einen eigenen Kopf und er war – trotz seiner gelegentlichen Ausfälle ins Weinerliche – einer der wenigen, vielleicht der einzige, Sparringpartner, den Isa in ihrem Leben je wirklich ernst genommen hatte.

Isa sah auf die blinkenden Flugwarnleuchten des Fernsehturms und die Lichter der Wohntürme dahinter. Wolf stöhnte im Schlaf auf. Isa wandte sich zu ihm um. Der Mann war ihr so fremd wie die kalt glitzernde Stadt draußen vor dem Fenster. Plötzlich hatte sie unbändige Sehnsucht nach Can.

Sie checkte ihr Handy. Kurz nach halb zwei. Berlin hatte eine Stunde Zeitvorsprung zu Farneigh. Can würde noch wach sein. Eigentlich hatte Isa ihn überraschen wollen, aber jetzt würde sie Can anrufen und ihm erzählen, dass sie praktisch schon auf dem Weg zurück zur Insel war, dass sie schon online eingecheckt war für den Flug nach Inverness, der in ein paar Stunden in Tegel startete, und dass sie am Sonntagnachmittag wieder bei ihm in Barraclaigh sein würde.

In den Tagen, in denen Wolf nicht ins Büro gekommen war, hatte Isa fieberhaft gearbeitet. Sie hatte ein Dossier mit dem Material zusammengestellt, das sie zu der Bilanzfälschung bei Nolden-Bau gesammelt hatte – die Vermerke von Michael Bensheim, die eidesstattlichen Versicherungen von Thomas Rodach und dem ehemaligen Mitarbeiter von Disruptive Consulting und zusätzliche Belege, die sie aus der Nolden-Akte gezogen hatte. Isa hatte dieses Dossier als Nachsatz und ganz persönlichen Beitrag zu Wolfs geplanter Attacke auf Nolden-Bau in der Gesellschafterversammlung zusammengestellt. Sie hatte vorgehabt, das Papier am späten Freitagabend, Stunden nach Wolfs großem Auftritt in Köln, von HSW aus an ihre früheren Pressekontakte zu versenden und sich danach wieder nach Farneigh abzusetzen.

Wolf hatte genau in dem Moment in ihrer Bürotür gestanden, als Isa die Mail an die Presse rausschicken wollte. Für einen Moment hatte sie überlegt, trotzdem auf »Senden« zu klicken, aber dann hatte sie Wolfs Gesichtsausdruck gesehen und gewusst, dass irgendetwas schrecklich schiefgelaufen war.

Isa hatte ihre Mail als Entwurf gespeichert. Sie konnte das Dossier immer noch später versenden, zur Not auch vom Handy. Dann hatte sie ihren Rechner heruntergefahren, sie war Wolf in die Tiefgarage gefolgt, war in seinen Wagen gestiegen, hatte ihn vor dem Zugriff der Polizei gerettet und sich seine Geschichte angehört, um jetzt, Stunden später, in einem anonymen Hotelzimmer über seine Albträume zu wachen.

Isa wollte das alles nicht.

Sie wollte zurück zu Can.

Sie wollte nach Hause.

Isa griff sich ihren Mantel und die Schlüsselkarte und fuhr nach unten. Auf dem Vorplatz des Hotels wählte sie Cans Nummer.

Die Verbindung baute sich problemlos auf. Nach dem zweiten Klingeln wurde abgehoben.

»Hello?« Die Stimme der Frau klang jung und schlaftrunken.

»Can?«, fragte Isa, während der Schmerz schon eine Wand zwischen ihr und der Welt einzog.

»Can is asleep«, sagte die Frau. »Who are you anyway?«

Isa schwieg.

»Stupid bitch«, murmelte die Frau, dann drückte sie den Anruf weg.

Isa blieb einfach stehen, wo sie war. Sie sah die Obdachlosen, die auf Kartons in den Ladeneingängen schliefen. Sie sah die Lichtspuren der S-Bahnen auf der Hochbahntrasse über dem Alex. Sie sah den Typen mit der Giraffenmaske, der vor einem golden schimmernden Kaufhausfenster saß und wie besessen auf eine Batterie Kunststoffkanister eindrosch, während um ihn herum immer mehr Menschen in Gabberwear und Gummitiermasken zu seinen Hardbeats tanzten.

Isa nahm all' diese Bilder in sich auf und spürte, wie sich die Kälte in ihr Herz fraß.

Irgendwann drehte sie ab. Sie fuhr in den fünfunddreißigsten Stock, zurück in das Zimmer, in dem Wolf immer noch mit seinen Dämonen rang. Isa legte sich neben ihn, ohne den Mantel auszuziehen. Ihre Zähne klapperten unkontrolliert. Wolf murmelte etwas, dann legte er seinen Arm schützend um sie.

Am nächsten Tag war der Schmerz schon da, bevor Isa ganz aus dem besinnungslosen Schlaf erwachte, in den sie abgestürzt war. Eigentlich war es sogar umgekehrt – eigentlich war es der Schmerz, der Isa aus ihrer komatösen Erstarrung ins Bewusstsein zurückriss.

Sie griff nach ihrem Handy.

Kurz nach zwölf.

Das Flugzeug nach Inverness hatte Tegel vor einer Viertelstunde verlassen.

Aber das spielte keine Rolle mehr.

Hinter ihr murmelte jemand unverständliches Zeug. Isa drehte sich um. Wolf lag mit dem Rücken zu ihr in Embryonalstellung zusammengeknäult.

Isa hatte plötzlich einen bitteren Geschmack im Mund. Sie richtete sich vorsichtig auf, griff ihre Schuhe und die Handtasche und schlich sich aus dem Hotelzimmer, während Wolf hinter ihr laut aufstöhnte.

Im Aufzug nach unten hatte Isa das Gefühl, frei zu fallen. Sie taumelte zur Toilette in der Lobby und übergab sich. Dass Leitungswasser, mit dem sie sich den Mund ausspülte, schmeckte nach Eisen und Chlor. Isas Haut war aschfahl, die Augen grau mit unnatürlich geweiteten Pupillen. Ihr war kalt, die Wunde, von der Zahn-OP, pulsierte wütend.

Isa ging zur Rezeption und gab ihre Schlüsselkarte ab.

Als sie auf den Alexanderplatz hinaustrat, dachte sie daran, dass Sonja und Malik gleich um die Ecke wohnten. Isa sah sich bei den beiden auf dem Sofa sitzen und erzählen, was geschehen war. Aber dann packte sie die Angst vor dem, wie Malik die Situation kommentieren würde.

»Ich habe dich gewarnt«, hörte sie ihn sagen.

›Stimmt‹, dachte Isa, ›und ich habe mich geweigert, auf diese Warnungen zu hören.‹

›Wer nicht hören will, muss fühlen‹, schoss ihr ein Lieblingsspruch von Igor durch den Kopf.

Das Irre war nur, dachte Isa, dass sie gerade überhaupt nichts fühlte, außer einer alles erfassenden inneren Taubheit.

Plötzlich gellte ein markerschütternder Schrei über den Platz. Isa drehte sich um und sah einen Körper, der, ungefähr aus der Höhe des Zimmers, in dem sie Wolf allein zurückgelassen hatte, an der Fassade des Hotels vorbei nach unten stürzte.

Isa schloss die Augen und wartete auf das unausweichliche Geräusch, das seit fast einem Vierteljahrhundert in ihrem Gedächtnis eingebrannt war.

»Wieder so ein Irrer«, sagte ein Mann neben ihr. »Wer macht so was?«

»Jedem das Seine«, antwortete eine Frau. Ihre Stimme klang ungerührt, fast belustigt.

Isa öffnete die Augen und sah erst da die stabilen Metallträger, die ein gutes Stück über das Dach des Hotels hinausragten, und die fast unsichtbaren Stahlseile, die sich von dort zur Hotelterrasse im ersten Stock spannten, wo sich gerade ein manisch lachender Mann aus seinem Fallschutzgeschirr befreite.

Isa wollte hochstürmen auf die Terrasse und den Mann mit dem Gesicht voran so lange auf den Waschbetonbelag dreschen, bis statt Lachen nur noch dumpfes, weiches Aufklatschen auf hartem Grund zu hören sein würde.

Stattdessen begann sie unvermittelt zu weinen. Kein hysterischer Heulkrampf, einfach nur Wasser, das ihr aus den Augen suppte, ohne dass Isa etwas dagegen tun konnte.

Nach einiger Zeit versiegten die Tränen.

Isa machte sich auf den Weg nach Neukölln.

Sie sah die beiden bärtigen Straßensänger mit ihren Goldrandbrillen, die *The Sound of Silence* anstimmten und in süßer Harmonie jubilierten. Sie sah den mobilen Currywurstverkäufer mit seinem umgeschnallten Grill, der den Songtext tonlos mitflüsterte. Sie sah den Rentner, der verschämt in den Eingang zum U-Bahn-Schacht pinkelte. Sie sah die Partypeople mit Fahrbier auf dem Rückweg in ihre Kreuzköllner Airbnbs. Sie sah die junge Frau, die sich routiniert durch das tagesaktuelle Männersortiment wischte. Sie sah den Typen mit der Jacke, auf der *Terror* stand und den Skater mit seiner Basecap von OBEY. Sie sah den Junkie, der sich mit fahrigen Händen ein Blech baute und in der Bahn abrauchte. Sie sah die Fahrgäste um sie herum, die das nicht sahen. Sie sah die Taubenabwehrspikes auf den Überwachungskameras in der Station mit den Dschungelbildern. Sie sah die Erschöpfung des Dönerverkäufers im Eckladen an ihrer Straße. Sie sah die ausgemergelten Trinkerinnen vor dem Späti. Sie sah den Pizzakarton im Fenster des Puffs. Sie sah die Filzstiftzeichnung einer gesichtslosen nackten Frau mit gespreizten Beinen auf diesem Karton. Sie sah die sechs roten Filzstiftsternchen über der Frau und daneben, in Kinderschrift, *Heute: Melody, Tanya, Naomy, Evelin.* Sie sah die breit getretene Hundekacke. Sie sah die Rechtschreibfehler in den Graffiti und den Getränkekühlschrank mit der zersplitterten Frontscheibe vor der Bar mit der Wellnessbeleuchtung.

Und dann zog sie die Tür zu Miras Wohnung hinter sich zu.

Es war kurz nach zwei Uhr nachmittags. Isa ließ sich auf den Futon fallen, sie verkroch sich unter der klammen Bettdecke und versank in totenähnlichen Schlaf.

In Isas Träumen lag eine gesichtslose nackte Frau in ihrem Bett in Barraclaigh unter einem Himmel aus roten Sternen. Die Frau klappte die Beine auf. Ihre schlaftrunkenen Schamlippen formten Worte. ›Stupid bitch‹, flüsterten sie tonlos, und: ›Who are you anyway?‹

Isa schreckte hoch, schlief wieder ein und stürzte kurz darauf ohne Seil und doppelten Boden aus dem fünfunddreißigsten Stock, während ihr Wolf manisch lachend ›Wipeout!‹ hinterherkreischte.

Zitternd schaltete Isa das Licht an. Noch so einen Traum würde sie nicht ertragen. Wachsein aber auch nicht.

Sie checkte die Uhrzeit.

Achtzehn Uhr siebenundvierzig. Draußen war es dunkel. Isa hatte noch die ganze Nacht vor sich und danach den ganzen Tag.

›Selbstfürsorge‹, dachte sie. ›Du musst für dich sorgen.‹

Isa rappelte sich hoch und warf sich den Mantel über. Ihre Erstarrung vom Vormittag war plötzlich überschießender Geschäftigkeit gewichen.

Die türkische Bäckerei führte keinen harten Alkohol. Vor dem Späti saßen immer noch die Trinkerinnen. Isa machte einen Bogen um den Laden und steuerte stattdessen die Lottobude an der U-Bahn-Haltestelle an, nur um sich dort nicht zwischen Wodka, Rum und Korn entscheiden zu können.

Sie nahm die Bahn und fuhr zum Kaufhaus am Hermannplatz. Der einstmals modernste Konsumtempel Europas hatte seinen Glanz längst verloren, nur die Getränkeabteilung war immer noch eins a sortiert. Isa kaufte einen Single Malt aus Farneigh.

Zurück in der Wohnung verkroch sie sich wieder ins Bett, sie schenkte sich ein Wasserglas Whisky ein und wusste schon beim ersten langen Zug, dass sie einen Fehler gemacht hatte, dass der Whisky nicht helfen würde, weil sein rauchig torfiges Aroma viel zu sehr mit Can und mit der Insel verbunden war. Trotzdem zwang sie sich, das Glas zu leeren und auch nächste und das übernächste, bis sie irgendwann vor Mitternacht von einem dunklen Strudel in den Schlaf gezogen wurde, und der wirbelnde Schein der rötlichen Sterne über ihr endlich verblasste.

Morgens um halb fünf erwachte Isa. Sekunden danach war der Schmerz zurück. Roh und unmittelbar wie ein Schlag in den Solarplexus.

Isa kippte das nächste Glas Whisky. Aber der Alkohol tat nicht mehr, was er sollte. Statt den Schmerz abzustumpfen, läuterte er ihn und ließ seine Konturen noch schärfer hervortreten.

Panik stieg in Isa auf. Wie sollte sie mit dieser Qual umgehen? Wie sollte sie das ertragen?

›Sit with it‹, hörte sie Igors ruhige Stimme. ›Versuch nicht, dagegen anzurennen. Stell dich dem Schmerz. Halt ihn aus.‹

Wie oft hatte Igor ihr das gepredigt und sie gedrängt, mit ihm Zazen zu sitzen? Und um Igor nicht zu kränken, hatte Isa tatsächlich dreimal die Woche neben ihm auf einem Meditationskissen Platz genommen und schweigend auf die angeschmuddelte Wand der Sporthalle von Barraclaigh gestarrt.

Geholfen hatte es nicht.

Aber weil Isa gerade nichts Besseres einfiel, setzte sie sich jetzt mit einer Wolldecke um die Schultern auf Miras Meditationskissen. Sie zündete die Bienenwachskerze an und versuchte, sich dem Schmerz zu stellen.

Am Anfang geißelte Isa sich dafür, dass sie nach Berlin gegangen war und Can allein in Barraclaigh zurückgelassen hatte.

Aber irgendwann schlug diese Selbstzerfleischung plötzlich in Trotz um. Lag es wirklich allein an Isa, dass Can sich von ihr abgewandt hatte? War Can wirklich nur Opfer und Isa nur Täterin? Waren Gut und Böse so eindeutig verteilt zwischen ihnen? Wohl kaum. Und wer hatte inzwischen fremdgevögelt? Can oder sie?

Hatte Can Grund zur Annahme gehabt, dass Isa ihn verlassen wollte? Nein. Isa hatte von Anfang an klar gemacht, dass es nur um eine zeitlich begrenzte Abwesenheit ging. Das hatte sie Can verdammt noch mal doch sogar schriftlich gegeben. Weshalb sonst hatte sie ihm vor ihrer Abreise in einem langen Brief auseinandergesetzt, dass ihr Weggehen nichts mit ihrer Beziehung zu tun hatte, sondern allein mit Isas Verantwortung gegenüber Mira?

Isa sah Can vor sich, wie er sich auf dem Küchenstuhl zurücklehnte, um dann ruhig und methodisch die Pflöcke seiner Argumentation einzuschlagen.

›Du hast auch schon von der Insel weggewollt, bevor Mira verschwunden ist‹, hörte sie ihn sagen. ›Und jetzt mal ehrlich, Liebelein, wann genau hast du zuletzt an Mira gedacht, seitdem du in Berlin bist?‹

Isa stutzte. Sie konnte sich nicht erinnern.

›Genau. Weil du nämlich wieder voll auf deinen beschissenen Allein-gegen-Nolden-Bau-Trip eingestiegen bist,‹ sagte Can.

Isa schwieg trotzig. Can ließ nicht locker. ›Dein Engagement gegen Nolden-Bau in allen Ehren, Isa, aber du hast doch in der ersten Runde gesehen, was das bringt. Warum arbeitest du dich jetzt schon wieder an dem Laden ab?‹

›Weil er immer noch genauso scheiße ist, wie früher.‹

›Und woran machst du das fest?‹

›An der Bilanzfälschung? An den Scheingeschäften mit Disruptive Consulting?‹

›Und?‹, hielt Can dagegen. »Christof Nolden hat ohne Gegenleistung fünfzig Millionen an eine Beraterfirma rausgehauen. Wo ist das Verbrechen?«

›Stimmt‹, dachte Isa. Die Scheingeschäfte von Nolden-Bau waren illegal, aber ein Schuh wurde erst daraus, wenn sie nachweisen konnte, dass Disruptive Consulting das Geld von Nolden-Bau für kriminelle Zwecke genutzt und Christof Nolden davon gewusst hatte.

Aber diese Fährte hatte Isa bisher noch gar nicht verfolgt. Und selbst wenn – angenommen, es gelang ihr tatsächlich, ein solches geheimes Einverständnis zwischen Christof Nolden und den Leuten von Disruptive Consulting aufzudecken, wie sollte Isa mit dieser Information weiter verfahren? Wenn sie damit an die Öffentlichkeit ging, wem würde das nützen, wem schaden?

Torsten Wolf, das war klar, würde seinen Job verlieren.

›Ein bisschen Kollateralschaden ist immer‹, dachte Isa.

Dann fiel ihr Rudi ein. Der war gestorben, weil er Isas *Concrete Gold*-Recherchen seinem Vater bei Europol zugespielt und der Vater daraufhin Ermittlungen gegen Nolden-Bau eingeleitet hatte. Und was war mit Mira? War Mira vielleicht auch nur deshalb verschwunden, weil sie Isa bei ihrem Feldzug gegen Nolden-Bau unterstützt hatte?

Wie viele solche Kollateralschäden wollte Isa noch riskieren? Plötzlich hatte sie Wolfs Gesichtsausdruck vor Augen, als er ihr von dem Debakel in Köln und den Gründen dafür erzählt hatte. Diesen

Mix aus Scham, Angst und Schmerz. Diesen Blick wie von einem geschlagenen Kettenhund. Und später, im Hotel, Wolfs litaneiartig wiederholter, rau geflüsterter Wunsch nach Auslöschung.

Das Bild des fallenden Manns vor der Hotelfassade zuckte auf Isas Netzhaut auf.

›Der Mann hat Kinder, Isa‹, hörte sie Can sagen. ›Lass gut sein. Hör endlich auf. Vergiss Nolden-Bau. Du hast lang genug gekämpft, es reicht!‹

Und mit einem Mal begriff Isa, was Can meinte. Fast ein Vierteljahrhundert lang hatte sie alles darangesetzt, Saban und all die anderen Toten und Geschundenen zu rächen, die Nolden-Bau zu verantworten hatte. Erreicht hatte sie fast nichts, dafür hatte sie sich selber schuldig gemacht. Das musste aufhören. Isa durfte nicht noch mehr Menschen ins Unglück reißen.

»Du hast recht, Can«, flüsterte sie. »Ich gebe auf. Hörst du, Can? Ich gebe auf.«

Dann wurde Isa klar, dass sie allein war.

Das Toben in ihrem Kopf hörte mit einem Schlag auf. Plötzlich war da nur noch eisige Stille.

»*Hello darkness, my old friend*«, flüsterte Isa tonlos.

Zum zweiten Mal in ihrem Leben war sie am Nullpunkt angelangt. Sie sah auf ihre Hände, die locker geöffnet in ihrem Schoß lagen. Im Kerzenlicht traten die Narben an der Innenseite ihrer Handgelenke klar hervor.

Isa saß einen Moment wie gelähmt, dann zog sie die Decke enger um sich und stellte sich dem Schmerz.

In den nächsten Stunden saß sie vollkommen still. Sie hielt den Blick vor sich auf die Wand gerichtet, bis in ihrem Rücken die Sonne aufging und der Raum immer heller wurde. Die Kerze erlosch, und mit einem Mal fiel Isa das hauchdünne Blatt Seidenpapier auf, das sorgfältig überstrichen auf der Wand direkt vor ihr aufgebracht war.

Sie versuchte vergeblich, das Blatt mit dem Fingernagel zu lockern. Isa stand mühsam auf und holte einen feuchten Schwamm aus der Küche. Kurz darauf zog sie das Blatt in einem Stück von der Wand.

Eine feine rechteckige Schnittlinie im Gipskarton wurde sichtbar. Behutsam hebelte Isa die Platte heraus. Im Hohlraum dahinter lag ein Stapel Notizbücher und die Visitenkarte einer Liechtensteiner Bank mit Telefonnummer. Auf der Rückseite war handschriftlich eine Ziffernfolge notiert – vermutlich der Nummerncode von Miras Konto.

Isa räumte das Fach leer. Sie setzte eine Kanne Tee auf und nahm sich die Notizbücher vor.

Vier Stunden später wusste Isa, dass Mira in den Monaten nach ihrer Entlassung aus der Klinik immer verzweifelter nach einem eigenen künstlerischen Ausdruck gesucht hatte.

In ihren Notizbüchern hatte Mira diese Anstrengungen peinlich detailliert festgehalten. Im Kern kreisten diese Aufzeichnungen vor allem um Miras Sehnsucht nach größtmöglicher künstlerischer Öffnung und um ihre immer verquasteren Naturbeobachtungen. Stundenlange Sonnenbäder, nackt in irgendeinem Feld, zwecks Aufnahme von Lichtenergie, nächtliche Ausflüge auf das Tempelhofer Feld, um dort unter Drogen den Sternschnuppenregen zu beobachten und sich mit den kosmischen Kräften zu verbinden, und natürlich die wochenlange Arbeit an dem Nachtigallenboden in ihrer Wohnung, den Mira – das wurde aus den Notizbüchern klar – nicht als raffinierte Alarmanlage zum Schutz vor etwaigen Attacken aus dem Nolden-Lager konzipiert hatte, sondern als öffentlich begehbare Natur- und Klanginstallation.

Und weil Mira mit all dem nicht weitergekommen war, hatte sie begonnen, an Gruppenabenden, Wochenendworkshops und Intensivseminaren teilzunehmen, die versprachen, das unbegrenzte Potenzial der eigenen Gefühle freizusetzen.

Isa las von Fastenexerzitien und Energieheilung, von Chanting und Kakaoritualen und immer öfter von einer nicht näher bezeichneten Gemeinschaft, irgendwo in Brandenburg, die darauf setzte, kreative Blockaden durch ›Liebesarbeit‹ aufzubrechen. Das, was Mira über die anonymen Sexspiele schrieb, bei denen die Gemeinschaftsmitglieder nach dem Zufallsprinzip mit irgendwelchen externen Seminargästen verpaart wurden, klang für Isa zwar eher nach Swingerclub als nach Liebe, aber vielleicht war sie auch einfach nur zu verklemmt.

Isa erinnerte sich an die Flyer, die sie unter der Bodendiele in Miras Schlafzimmer gefunden hatte. Waren sie doch nicht bloß zufällig dort gelandet? Wären sie wichtig gewesen, um Mira zu finden? Hätte Isa die Flyer aufbewahren sollen, statt sie im Altpapier zu entsorgen, zusammen mit Miras Telefonrechnungen, in denen regelmäßig nur die Grundgebühr abgerechnet worden war?

›Wat fott es, es fott‹, dachte Isa.

Sie konzentrierte sich wieder auf die Tagebücher. Ihr Befremden verstärkte sich. Je mehr Isa las, desto mehr begriff sie, wieso Can, Malik und am Ende auch Thomas auf Abstand zu Mira gegangen waren.

Irgendetwas an der Frau, die Isa aus den Tagebüchern entgegentrat, war verstörend, irgendetwas stimmte nicht mit Mira.

Isa checkte die Uhrzeit. Kurz vor eins. Sonntagmittag. Andererseits – der Mann war Arzt. Sie ergriff ihr Handy.

»Sie schon wieder«, sagte Miras Therapeut.

»Können wir uns noch einmal treffen?«, fragte Isa.

»Klar, nach sechsundvierzig Stunden im Dienst fehlt nur noch ein Sonntagskaffee mit Ihnen, um mein Wochenende rundzumachen«, sagte der Therapeut.

»Selber Treffpunkt wie beim letzten Mal?«, schlug Isa vor. »In zwei Stunden?«

»Wenn Sie mir einen Matcha-Cheesecake ausgeben?«

»Kriege ich hin.«

Der Therapeut sah noch ausgelaugter aus als beim letzten Treffen. Er nahm Platz und musterte Isa.

»Ich weiß, das ist jetzt uncharmant,«, sagte er, »aber Sie sehen furchtbar aus.«

»Ist gerade nicht einfach für mich.«

»Kommen Sie zu uns, da werden Sie geholfen.«

»Danke, nein. Ich habe eine Klinikallergie.«

Der Therapeut lächelte und machte sich an seinem Matcha-Cheesecake zu schaffen.

»Ich habe die Tagebücher von Frau Kindermann gefunden«, sagte Isa. »Ich erkenne die Frau nicht wieder, mit der ich befreundet war.«

»›Das Innere des Menschen ist unergründlich, und in seinem Herzen tut sich ein Abgrund auf!‹«, sagte der Therapeut. »Willkommen in meinem Berufsalltag.«

»Hat Frau Kindermann Ihnen gegenüber je ihr Interesse für spirituelle Gruppen erwähnt?«, wollte Isa wissen. »Irgendwelche Workshops, Seminare, Retreats, eine Gemeinschaft irgendwo im Umland?«

Der Therapeut verzog das Gesicht. »Ich hatte gedacht, Frau Kindermann wäre zu klug für diesen Unsinn.« Er wirkte angenervt.

»Was meinen Sie damit?«

Der Therapeut zuckte die Schultern »Wir verlieren einen nicht unbeträchtlichen Teil unserer Patienten an solche Quatschveranstaltungen. Meistens ausgerechnet die, die besonders gefährdet sind und am meisten auf professionelle Unterstützung angewiesen wären. Aber Therapie ist halt mühsam und braucht oft Jahre, bevor sich greifbare Erfolge zeigen. Klar, dass die Leute auf das Versprechen abfahren, nach drei Wochen Heilfasten mit Ayahuasca, Hot Yoga und Ringelpiez mit Anfassen wäre ihre Welt wieder in Ordnung.

»Und Frau Kindermann war so eine besonders gefährdete Patientin?«

Der Therapeut seufzte. »Das hatten wir doch schon beim letzten Mal. Ihre Freundin hätte nach ihrem Klinikaufenthalt dringend eine weiterführende Langzeittherapie gebraucht. Das ist kein Zuckerschlecken. Das muss man wollen.«

»Und Frau Kindermann wollte nicht.«

»Vermutlich nicht so richtig. Und selbst wenn – im Schnitt warten unsere Patienten nach der Entlassung ein halbes Jahr auf einen Therapieplatz. So lang sind sie sich selbst und ihren Störungen ausgeliefert, und genau in dieses Zeitfenster stoßen die spirituellen Anbieter.«

»Haben Sie eine Idee, wer da für Frau Kindermann besonders anziehend gewesen sein könnte?«, wollte Isa wissen.

»Im Ernst?« Der Therapeut sah Isa an. Dann stand er abrupt auf und ging zum Eingangsbereich des Cafés. Gleich darauf legte er einen Packen Flyer auf den Tisch.

»Da, schenke ich Ihnen.« Er setzte sich wieder. »Ihre Freundin war ständig hier. Vielleicht hat sie irgendetwas aus diesem Sortiment angesprochen. Und das ist nur ein Bruchteil von dem, was allein in Berlin und Umland am Start ist. Manchmal denke ich, ganz Brandenburg ist eine einzige Twilight Zone mit Seminarzentren für schamanisches Reisen, Lichtdiät und Auraheilung. Bei jedem dieser Kurpfuscher hätte Frau Kindermann ihr Heil suchen können.«

»Und dann?«

»Was und dann?«

»Was passiert, wenn jemand wie Frau Kindermann bei solchen Wunderheilern andockt?«

»Das lässt sich so pauschal nicht sagen, aber die Gefahr ist groß, dass jemand, der psychisch ohnehin schon angezählt ist, noch weiter destabilisiert wird, in schräge Abhängigkeiten rutscht und dann irgendwann endgültig crasht«, sagte der Therapeut.

»Was für Abhängigkeiten meinen Sie?«

»Emotional, sexuell, finanziell? Geht ja schließlich auch immer um Geld. Oder um den ›Wertschätzungsbeitrag‹, wie man das in diesen Kreisen nennt.« In der Stimme des Therapeuten klang jetzt nur noch Häme.

»Sie haben echt keinen Vertrag mit den Leuten, oder?«

»Null«, sagte der Therapeut. »Dazu ist die Bagage zu gefährlich – und zu gierig.«

»Danke für Ihre Zeit.« Isa verstaute die Flyer in ihrer Handtasche.

»Gerne.« Der Therapeut sah sie an. »Und vielleicht sollten Sie an Ihrer Klinikallergie arbeiten. Ich will nicht übergriffig sein, aber Sie kommen total anders rüber als vor drei Wochen. Richtig heil haben Sie damals schon nicht gewirkt, aber jetzt haben Sie definitiv etwas Zerstörtes.«

Isa sah die aufrichtige Sorge in den müden Augen hinter der kantigen Brille. »In der Klinik könnten wir vielleicht gemeinsam einen Weg erarbeiten, damit Sie wieder mit Ihren Gefühlen in Berührung treten können«, sagte der Therapeut.

»Danke«, sagte Isa. »Ich komme klar.«.

»Sorgen Sie für sich«, sagte der Therapeut. »Schonen Sie Ihre Kapazitäten.«

»Wird gemacht.« Isa wandte sich zum Gehen. Dann drehte sie sich noch einmal um. »Sie haben Kuchenkrümel im Bart«, sagte sie.

Der Therapeut lächelte verwirrt und winkte ihr zu.

Isa nahm die S-Bahn zurück nach Neukölln. Wieder die immer gleichen Obdachlosenzeitungsverkäuferstorys, wieder die immer gleichen Graffiti vor dem Fenster: *Born to be Opfer, Budda, BLnCru, Immer Hertha, Wir sind das Pack!, Denken trennt. Fühlen vereint, Besserland, Pure Hate, Deep Elite*. Isa schloss die Augen und hätte fast ihre Station verpasst.

Auf der Treppe nach oben saßen die Junkies. Isa nahm die Rolltreppe. Vor ihr klammerte sich eine besoffene Rentnerin an ihren schwer beladenen Rollator. Oben angekommen schaffte sie den Abgang nicht und stürzte über ihren Gehwagen. Flaschen klirrten. Die Frau blieb wimmernd liegen. Isa stieg über sie hinweg.

›Keine Kapazität‹, dachte sie. ›Für so was habe ich gerade keine Kapazität.‹

Sie bog in die Straße zu Miras Wohnung ein. Ein fetter weißer Audi mit abgedunkelten Fenstern zog mit hundertzwanzig Sachen an ihr vorbei.

Zurück in der Wohnung entsorgte Isa die halb volle Whiskyflasche. Dann setzte sie sich mit einer Kanne Tee an den Küchentisch. Sie nahm sich die Flyer aus dem Café vor und versuchte zu erahnen, was davon Mira angesprochen haben könnte. Offerten für »Lichtkörper-Aktivierung«, »Wahrnehmen mit dem Röntgenblick« und »Lesen im morphischen Feld« sortierte Isa sofort aus. Bei Seminaren zur »Heilung des inneren Kindes« war sie sich schon nicht mehr so sicher. Und was war mit Veranstaltungen, die die Freisetzung der Kreativität durch tantrische Körperarbeit oder *»somatic experiencing«* versprachen? Was mit Gemeinschaften, die ihr Zusammenleben soziokratisch organisierten, um die Mitglieder bei der Suche nach der jeweils eigenen Lebensaufgabe zu unterstützen?

Je länger sich Isa mit diesen Angeboten beschäftigte, desto mehr verschoben sich ihre Kategorien. Sicher, da war viel offensichtlicher Humbug unterwegs, andererseits gab es auch Veranstaltungen, die Isa gar nicht so abseitig erschienen und die sie fast schon neugierig machten. Das Abendseminar etwa, das innere Stille durch »Abkehr vom Geschichten erzählenden Ich« in Aussicht stellte, oder das Oster-Retreat, das die Teilnehmer auf ihrem Weg »durch die dunkle Nacht der Seele« begleiten wollte.

Isa hob den Kopf und starrte in die Dunkelheit vor dem vergitterten Fenster. ›Und wer begleitet mich durch meine Nacht?‹, dachte sie.

Hatte sich Mira ähnliche Fragen gestellt? War sie darüber in diese Szene hineingerutscht? Die These des Therapeuten fiel Isa ein, seine Behauptung, dass es immer die gefährdetsten Patienten waren, die am stärksten von spirituellen Angeboten angezogen wurden. Angenommen der Mann hatte recht, was bedeutete es dann, wenn jetzt auch Isa für solche Angebote empfänglich wurde?

›Sie haben definitiv etwas Zerstörtes‹, hatte der Therapeut gesagt.

›Messerscharfe Diagnose‹, dachte Isa. Sie machte sich einen Teller Nudeln mit Ketchup und salziger Butter, dann ging sie ins Schlafzimmer. Sie griff sich das Meditationskissen und die Decke, zündete eine neue Kerze an und setzte sich wieder vor die Wand mit der kaum sichtbaren Schnittlinie im Gipskarton.

Isa sah blicklos in die Kerzenflamme und konzentrierte sich auf ihren Atem, während die Dunkelheit sie von allen Seiten umschloss. Schlafen legte sie sich erst Stunden später.

Am nächsten Morgen rief Isa bei der Bank in Liechtenstein an. Sie gab sich als Mira aus und identifizierte sich mit dem Nummerncode, der auf der Rückseite der Visitenkarte notiert war.

»Wie kann ich Ihnen helfen, Frau Kindermann?«, fragte die Bankangestellte, der Mundarteinschlag hinter dem gepflegten Hochdeutsch immer noch erahnbar.

»Das ist mir jetzt ein wenig peinlich«, Isa täuschte verlegenes Lachen an. »Aber ich habe gerade etwas den Überblick über meine Bankgeschäfte verloren. Könnten Sie mir vielleicht sagen, wann und an wen ich meine letzte Überweisung getätigt habe?«

»Sicher, Frau Kindermann. Die letzte Überweisung haben Sie am ersten März veranlasst. Fünfunddreißigtausend Euro an Herrn Christian Schmidt. Verwendungszweck ›Energieaustausch‹. Genau wie bei Ihren vorangegangenen Überweisungen an diesen Empfänger.«

»Könnten Sie freundlicherweise noch einmal nachsehen, wann ich zum ersten Mal an Herrn Schmidt überwiesen habe?«

»Gerne, Frau Kindermann. Das war Anfang März letzten Jahres.«

Isa bedankte sich und hatte den Anruf fast schon weggedrückt, als die Bankangestellte noch etwas nachsetzte.

»Wo ich Sie gerade am Apparat habe, Frau Kindermann«, sagte sie. »Ich denke, wir sollten relativ bald über die Zukunft Ihres Kontos bei uns sprechen. Seit vergangenem Jahr haben Sie vierhundertzwanzigtausend Euro an Herrn Schmidt transferiert. Ihr aktueller Kontostand beläuft sich damit lediglich noch auf zweitausendfünfhundert Euro und Nummernkonten führen wir eigentlich erst ab fünfstelligen Beträgen.«

»Ich melde mich«, sagte Isa. »Danke für den Hinweis.«

Danach saß sie am Küchentisch und schaute auf die Mülltonnen im Hinterhof. Mira war noch am Leben. Und so wie es aussah, hatte sie einen Großteil des Vermögens, das Isa ihr vermittelt hatte, um ihre Existenz unter falscher Identität abzusichern, an einen Scharlatan mit Allerweltsnamen abgedrückt.

»Dumme Nuss«, dachte Isa. Dann rief sie den Therapeuten an.

»Sagt Ihnen der Name Christian Schmidt etwas?«, wollte sie wissen.

»Wer soll das sein?«

»Der Mann, dem Frau Kindermann im vergangenen Jahr nach und nach ihre gesamten Rücklagen übertragen hat. Verwendungszweck ›Energieaustausch‹.«

»›Energieaustausch‹?« Der Therapeut lachte auf. »Da muss man erst mal draufkommen. Klingt aber zugegebenermaßen noch besser als ›Wertschätzungsbeitrag‹. Wie viel Energie hat Frau Kindermann denn zum Austausch eingebracht?«

»Vierhundertzwanzigtausend.«

»Ganz schönes Brett«, sagte der Therapeut. »Klingt, als hätte sie sich in irgendeine spirituelle Gemeinschaft eingekauft. Die verlangen bei Eintritt meistens eine mehr oder weniger große Kapitaleinlage. Bei der Summe war das vermutlich eine eher exklusive Veranstaltung. Das würde auch zu Frau Kindermanns Beuteschema passen. Vielleicht können Sie Ihre Suche damit ja etwas eingrenzen?«

Isa bedankte sich bei dem Therapeuten, sie griff sich ihren Kopfhörer und machte sich auf den Weg zu HSW.

Der U-Bahnsteig war voller Menschen, aus den die Lautsprecher der Station schepperten kaum verständliche Ansagen. Die Station war frisch plakatiert. Das Schema war das Gleiche wie in der vergangenen Woche – zwei Motive, immer abwechselnd gehängt, über die volle Länge der Station. Das eine war ein Foto eines jungen Mannes mit olivfarbener Haut, sorgfältig getrimmtem Bart, und Spiegelsonnenbrille am Steuer eines fetten weißen Audi in offensichtlich rasanter Fahrt über eine luxuriöse Einkaufsstraße. Das andere ein Schriftzug in schwarzer Typo auf weißem Grund: *Wieso lebst du nicht auf der Überholspur?* Im rechten unteren Eck diskret ein QR-Code.

Isa studierte die sorgfältig ausgeleuchteten Barthaare des Audi-Fahrers und fragte sich, was ihr an diesem Foto so vertraut vorkam und wieso es ihr solches Unbehagen bereitete.

Über die Lautsprecher kam jetzt die Durchsage, dass der U-Bahn-Verkehr wegen technischer Probleme unregelmäßig war.

Isa setzte den Kopfhörer auf. Sie öffnete die Meditationsapp, die sie sich in der Nacht aufs Handy geladen hatte, und atmete zum Rhythmus des künstlichen Meeresrauschens.

Als sie halb zehn bei HSW ankam, saß Wolf zusammengesunken in seinem Chefsessel und starrte auf seinen Bildschirm. Er sah grau und eingefallen aus.

›So viel zum Stichwort zerstört‹, dachte Isa. Sie klopfte an den Rahmen der Bürotür. Wolf zuckte hoch, dann leuchtete sein Gesicht auf.

»Ich dachte schon, Sie kommen nicht mehr.«

»Wo hätte ich denn hinsollen?«, fragte Isa und begriff im selben Moment, wie wahr und wie traurig das war.

»Darf ich Sie auf einen Kaffee einladen?«, fragte Wolf. Er wirkte unsicher, fast schüchtern.

Isa zuckte die Schultern.

Kurz darauf saßen sie in der Coffeebar. Statt der Barista mit der Halstätowierung stand heute ein Typ mit Ohrlöchern zum Durchgucken hinter dem Tresen. Von HSW war ausnahmsweise niemand da.

»Danke«, sagte Wolf.

Isa sah ihn an.

»Für das Hotel. Und überhaupt.«

Isa registrierte die fast unmerkliche Unterwürfigkeit in Wolfs Stimme.

»Passt schon«, sagte sie. »Sind Sie wieder irgendwo untergekommen?«

Wolf nickte. Glücklich wirkte er nicht. Eher mitleiderregend.

Isa wusste, dass sie jetzt nach Details fragen, dass sie Wolf trösten und bessere Zeiten in Aussicht stellen sollte, aber sie fühlte plötzlich nur noch Widerwillen – gegen sich, gegen Wolf, gegen das, was mit ihnen geschehen war.

Sie schwieg, und Wolf wusste offenbar nicht, wie er gegen dieses Schweigen ankommen sollte.

Isa kippte ihren Cappuccino.

»Andiamo?«

Wolf nickte stumm.

Auf dem Rückweg fiel Isa eine LED-Anzeigentafel ins Auge.

Ein Anzugmensch saß nachts in einem stylischen Büro und fixierte seinen Bildschirm. Der Mann wandte den Kopf und sah frontal in die Kamera, sein Blick ein Mix aus blankem Grauen und unsäglicher Verzweiflung. Isa sah diesen Blick und war plötzlich an einen Strand in Holland zurückkatapultiert. Die Qual, mit der sie damals, vor mehr als zwanzig Jahren, in Roberts Kamera gestarrt hatte, war die gleiche, wie die des Anzugmannes in dem Video. Und dann begriff sie plötzlich.

»Mann, wie blind kann man sein!«, entfuhr ihr unwillkürlich.

Wolf sah sie fragend an.

»Das Video.« Isa zeigte auf die Anzeigentafel.

»Das war letzte Woche schon da«, sagte Wolf.

»Das ist von Robert Selinger. Robert Selinger? Der Fotograf?«

»Dann ist das doch Kunst«, sagte Wolf. »Ich war mir irgendwie nicht sicher. Aber wenn das von Robert Selinger ist ...« Er stockte. »Saskia Nolden hat einen Selinger in ihrer Privatsammlung«, setzte er unvermittelt nach.

»Saskia Nolden?«, fragte Isa. »Sicher?«

»Sie hat mir die Arbeit selber gezeigt. Geschenk des Künstlers zur Hochzeit mit Christof Nolden.«

Isa nickte mechanisch. Ihre Gedanken rasten. Sie dachte an das Bild von dem Typen im Audi, an die Plakate mit dem hyperrealistischen Foto von Miras Straße und an das Gießkannenvideo, das sie vor Wochen in Charlottenburg gesehen hatte. ›Alles die gleiche Handschrift‹, dachte Isa. ›Alles von Robert.‹ Wieso hatte sie das die ganze Zeit nicht begriffen. Wieso war sie da nicht draufgekommen?

Isa hatte Robert zuletzt vor vier Jahren in Sergejs Landhaus gesehen. Sergej hatte damals die neuen Identitäten für Can und sie organisiert und den Personenschutz auf Farneigh. Im Gegenzug hatte Isa einen Deal zwischen Sergej und Robert eingefädelt. Robert hatte

Sergej eine Serie unveröffentlichter früher Arbeiten verkauft und dafür acht Millionen kassiert.

Was war in der Zwischenzeit aus Robert geworden? Und vor allem, wie kam der Mann dazu, sich ausgerechnet Saskia Nolden anzudienen? Robert war doch mit Isa auf dem Dach der Nolden-Baustelle gewesen, als Saban abgestürzt war. Er war mit ihr zu Sabans Beerdigung nach Bosnien gefahren, er hatte Sabans Familie am Grab porträtiert, und hatte danach *Concrete Gold* fast zwei Jahrzehnte lang mit seinen Fotos unterstützt. Was hatte Robert mit Saskia Nolden zu schaffen?

›Die Kleine macht uns mit ihrem Geld alle zu Nutten‹, hatte Isa plötzlich im Ohr.

Wer hatte das noch mal gesagt und wann?

Egal.

Aber wahrscheinlich war es genau das, dachte Isa – Robert war immer schon käuflich gewesen. Er hatte ihre Verzweiflung vor der Abtreibung zu Kohle gemacht, er hatte sich an Sergej verkauft, warum dann nicht auch an Saskia Nolden? Oder an die Leute, die hinter der Anzeigenaktion steckten, mit der jetzt offenbar die ganze Republik zugepflastert war?

Isa hatte vor Augen, wie sich Robert damals nach dem Deal mit Sergej vom Acker gemacht hatte – ein verheerender Alkoholiker, der sich an sein Lederköfferchen voller Geld klammerte, wie ein Ertrinkender auf hoher See an eine morsche Holzplanke.

Robert war eine Nutte. Nur, dass er für die Anzeigenaktion offensichtlich nicht nur sein Talent als Fotograf verraten hatte, sondern das Konzept von *Concrete Gold* gleich mit. Das Magazin hatte Erfolg gehabt, weil Isa neutrale Texte mit neutralen Bildern gezielt so gekoppelt hatte, dass in der Kombination etwas Neues aufgeschienen war.

Die Anzeigen, die jetzt überall geschaltet waren, funktionierten nach dem gleichen Prinzip. Aber anders als bei *Concrete Gold,* ging es hier nicht um die Entlarvung von kriminellen Machenschaften, sondern um – ja, was eigentlich? Welche Botschaft transportierten die Plakate und die Videos? Was wurde durch die Aktion kommuniziert? Und vor allem – wer kommunizierte hier überhaupt?

Isa hielt ihr Handy hoch und scannte den QR-Code. Eine Website öffnete sich. *IBL – Coming Soon* las Isa, *launching in 03d 14h 45m.* ›Wieder eine dieser beschissen organisierten Berliner Kunstaktionen‹, dachte sie. Gleichzeitig begann irgendetwas in ihr zu arbeiten, ohne dass Isa den Finger darauf legen konnte.

Sie wandte sich zu Wolf. »Was macht Disruptive Consulting eigentlich sonst noch so, außer Luftbuchungen generieren?«

Wolf zuckte die Schultern. »Unternehmensberatung, Organisationsentwicklung, Change Management – das Übliche.«

»Und im Kommunikationsbereich?«

»Verstehe ich nicht.«

»Disruptive Consulting & *Communication*«, sagte Isa. »Was soll der Zusatz?«

»Haben die nicht alle irgendwas mit Kommunikation im Branding?«

Isa ließ die Sache auf sich beruhen.

Sie gingen zurück ins Büro. »Irgendwas, was ich dringend erledigen muss?«, wollte Isa wissen, als sie Wolf die Postmappe reinbrachte.

Wolf sah von seinem Bildschirm hoch. Für einen Moment schien er orientierungslos.

»Nein«, er schüttelte den Kopf. »Ich habe gerade nichts für Sie.«

Isa ging zurück in ihr Büro und setzte sich an ihren Rechner.

Um kurz vor eins sah sie Adèle von Pribbenow in der Tür von Wolfs Büro.

»Glückwunsch, Torsten. Ich habe gerade im *Bundesanzeiger* gesehen, dass der Jahresabschluss von Nolden-Bau durch ist.« Sie strahlte Wolf an. »Dann kannst du jetzt doch endlich mal ein bisschen chillen, oder? Gemeinsamer Lunch? Come on, Torsten, gib deinem arbeitenden Herzen einen Stoß.«

Alles an Wolfs Haltung signalisierte Abwehr. Isa konnte seinen Widerwillen durch die Glaswand spüren, die ihre beiden Büros trennte.

»Klar«, sagte Wolf. »Gerne.«

Er griff seinen Mantel und ging zusammen mit Adèle von Pribbenow zum Aufzug. Isa beobachtete Wolfs Abgang. Sein Rücken war gebeugt, der Gesichtsausdruck resigniert. Wenn das die Art war, wie Wolf Widerstand leistete, war es kein Wunder, dass ihn seine Frau am Ring durch die Manege führte.

Kurz darauf klopfte Jenny am Türrahmen von Isas Büro.

»Mittagessen?«, fragte sie.

»Sorry, passt gerade nicht.«

»Du bist Nadine 2.0. Ich hab's doch gesagt!«

Isa lachte und schüttelte den Kopf. »Guten Hunger.«

»Lass dich nicht ärgern.« Jenny verschwand in Richtung Aufzug.

Isa wandte sich wieder ihrem Bildschirm zu.

Wolf kehrte erst zweieinhalb Stunden später zurück. Er sah abgekämpft aus.

Gegen fünf kam Matthias Pahlow in sein Büro.

»Kann ich dich kurz sprechen, Torsten?«

»Klar, setz dich.«

»Nicht hier. Im Büro vom Häuptling.«

Isa sah den Schreck in Wolfs Gesicht und dann so etwas wie Erleichterung. Er stand auf und ging mit Pahlow.

Eine halbe Stunde später war Wolf zurück. Er wirkte verstört.

»Michael Bensheim hat sich umgebracht«, sagte er. »Heute Vormittag.«

»Das tut mir leid«, sagte Isa.

Wolf sah aus dem Fenster und biss sich auf die Lippen.

»Das ist nicht Ihre Schuld, Wolf.«

Wolf kämpfte mit den Tränen.

Einen Augenblick später hatte er sich wieder im Griff.

»War irgendwas, während ich weg war?«, fragte er.

»Saskia Noldens Assistent hat angerufen. War etwas drängelig. Wegen dem Retreat.«

Wolf stöhnte auf. »Total vergessen,« sagte er. »Wann ist das noch mal?«

»Von morgen Abend bis Donnerstagvormittag. Im Oderbruch. Der Assistent würde gerne wissen, mit wem Sie anreisen.«

Wolf lachte verzweifelt auf und schüttelte den Kopf. »Keine Ahnung. Wen soll ich da denn mitnehmen?«

»Frau von Pribbenow?«

»Was?« Wolfs Verletzung war offensichtlich.

»Entschuldigung, das war unangemessen«, sagte Isa.

»Ich möchte, dass Sie mitkommen«, sagte Wolf.

›Vergiss es‹, dachte Isa.

»Ich kann da nicht alleine hin«, sagte Wolf. »Das schaff ich nicht.«

Isa überlegte. Über die Teambuilding-Retreats von Nolden-Bau war in den Medien immer wieder berichtet worden, aber sie hatte nie herausbekommen, was dort eigentlich genau passierte. Wolfs Einladung war ihre Chance, sich selbst ein Bild zu machen.

»Bitte«, sagte Wolf. »Ich brauche Sie.«

Isa hörte seine Bedürftigkeit. »Okay«, sagte sie.

Wolf lächelte erleichtert. Kurz darauf verabschiedete er sich ins Homeoffice.

Isa sah ihm nach. Der Mann war müde und grau – weit entfernt vom bösen Wolf von vor zwei Wochen. Aber Isa war ja auch nicht mehr die, die sie zu Beginn des Monats, oder selbst noch vor zehn Tagen gewesen war. Vielleicht war es daher irgendwie sogar konsequent, wenn sie mit Wolf zusammen eine Landpartie unternahm.

Isa wandte sich wieder ihrem Rechner zu. Nach Neukölln fuhr sie erst um fünf Uhr morgens.

Vier Stunden später saß sie mit gepackter Reisetasche wieder am Schreibtisch.

Wolf lief erst gegen zehn im Büro ein. Er wirkte abgespannt und desinteressiert.

Um kurz nach elf legte Isa ihm die Postmappe ins Büro. Kurz darauf drang ein seltsamer, fast animalischer Laut aus Wolfs Büro – irgendetwas zwischen einem unterdrückten Schrei und einem heiseren

Schluchzen. Isa schreckte vom Bildschirm hoch und sah Wolf, das Gesicht in die Hände gestützt, mit zuckenden Schultern.

Sie ging zu ihm rüber.

»Wolf?« Sie legte ihm eine Hand auf die Schulter. »Was ist los, Wolf?«

Wolfs Schultern hörten auf zu zucken, er wurde ganz still, presste aber weiter den Kopf in die Hände.

Der Briefumschlag mit der Aufschrift *persönlich/vertraulich*, den Isa kurz zuvor in Wolfs Postmappe sortiert hatte, lag aufgerissen auf dem Boden. Vor Wolf auf dem Tisch lag ein zerknüllter Brief.

»Wolf«, sagte Isa. Sie hob seinen Kopf an, sanft, aber bestimmt, wie bei einem kranken Tier.

»Schauen Sie mich an. Was ist los?«

Wolfs Blick kam irgendwo aus den Tiefen eines Mahlstroms zurück. Seine Schultern begannen schon wieder zu zucken.

»Ist es deswegen?« Isa zeigte auf den Brief.

Wolf nickte.

»Darf ich lesen?«

Wolf schob ihr den Brief hin.

Isa las. Ein Erpresserschreiben. Wolf sollte innerhalb von achtundvierzig Stunden nach Erhalt fünfunddreißigtausend Euro auf ein Konto bei einer Onlinebank mit Sitz in Irland überweisen, andernfalls würde der Erpresser publik machen, dass Wolf wissentlich die getürkte Bilanz von Nolden-Bau durchgewinkt hatte. Zum Beweis zitierte der Erpresser die Bensheim-Vermerke.

»Wer kann das sein, Wolf?«, fragte Isa.

Wolf reagierte nicht.

»Haben Sie irgendeinem Ihrer externen Kontakte von den Bensheim-Vermerken erzählt?«

Kopfschütteln.

»Also jemand bei HSW. Wer? Fällt Ihnen da jemand ein, Wolf?«

»Nein.«.

»Marietta Bensheim? Wegen ihrem Mann?«

Wolf musterte Isa überrascht, als nähme er jetzt erst wahr, dass sie da war. Sein Blick glitt von ihr weg zum Fenster. »Man sieht sich immer zweimal«, flüsterte er, als würde er etwas nachhorchen. Dann lachte er auf und schüttelte den Kopf. »Nein«, sagte er. »Das hat ja schon vorher angefangen.«

»Wann?«

»Kurz nach dem Tod von Christof Nolden.«

»Und?«

»Ich habe das nicht ernst genommen. Ich dachte, das ist einfach nur ein Spinner, und ich hatte mir ja nichts vorzuwerfen.«

»Aber jetzt, jetzt haben Sie sich was vorzuwerfen?«

Wolf nickte mit gesenktem Kopf. Isa hatte Angst, er würde gleich wieder in Tränen ausbrechen.

»Ich versteh das nicht«, flüsterte Wolf. »Wer soll das denn wissen, dass ich die Vermerke gelesen habe? Das kann man doch nicht nachverfolgen.«

Isa zögerte. »Doch«, sagte sie endlich. »Kann man. Darf ich mal an Ihren Rechner?«

Wolf rückte zur Seite. Isa rief einen der Bensheim-Vermerke auf, dann gab sie die Tastenkombination ein, die sie an ihrem ersten Tag bei HSW im Büro von Nadine Oschmann versehentlich erwischt hatte. Ein neues Fenster öffnete sich. Zahlen- und Buchstabenkombinationen erschienen auf dem Bildschirm.

Isa wandte sich zu Wolf.

»Das ist das Logfile«, sagte sie. »Das läuft ständig im Hintergrund und zeichnet jeden Zugriff auf das Dokument auf – mit Datum, Uhrzeit, Namen und Aktivität. Eigentlich kommt man da in einem Laden wie HSW nur mit Admin-Rechten ran. Keine Ahnung, wieso das hier alles frei zugänglich ist. Da hat wahrscheinlich jemand bei der Programmierung geschlampt.«

Isa scrollte durch das File. Der erste Zugriff von Wolf war am 5. März protokolliert worden: *192.168.178.12. – twolf – [05/March/2019:07:28:35 +0100] »GET /apache_ BL1801.doc HTTP/1.0« 200 2326 read only.* Für die Tage danach bis zum Vorabend der Gesellschafterversammlung listete das File täglich mehrere Lesezugriffe von Wolf.

Wolf wandte den Blick ab. Seine Schultern begannen wieder zu zucken. Isa scrollte weiter durch das File, dann stoppte sie abrupt. »Da«, sie tippte auf eine Bildschirmzeile.

192.168.178.05. – noschmann – [15/November/2018:19:55:08 +0100] »GET /apache_ BL1801.doc HTTP/1.0« 200 2326 copy .

Nadine Oschmann hatte den Vermerk am 15. November 2018 um 19:55 Uhr kopiert.

»Nadine Oschmann?« Wolf lachte auf. »Fleißbienchen-Nadine? No way!«

Isa rief die Logfiles von zwei anderen Bensheim-Vermerken auf. Auch sie waren am 15. November um 19:55 Uhr von Nadine Oschmann kopiert worden.

Isa rief ein anderes Dokument aus der Nolden-Akte auf – dasselbe Muster.

Isa wandte sich zu Wolf. »Was war am 15. November?«, wollte sie wissen.

»Da haben wir die Nolden-Akte aus Köln übernommen«, sagte Wolf.

»Und Nadine Oschmann hat sich die Akte sofort einmal komplett runtergezogen.«

»Das glaube ich nicht.« Wolf schüttelte den Kopf. »Nicht Nadine Oschmann.«

›Gerade Nadine Oschmann‹, dachte Isa. Nadine Oschmann mit ihren eingepreisten vier Überstunden pro Tag, hatte jeden Grund zu Groll gegen HSW, und wenn sie sich an ihren unmittelbaren Chef nicht herantraute, musste ihr eine mittlere Charge wie Torsten Wolf wie gerufen kommen. Das Tragische war nur, dass gerade Nadine Oschmann eben wohl tatsächlich nie darauf kommen würde, sich etwas vom großen HSW-Kuchen zurückholen zu wollen.

Was nichts daran änderte, dass Nadine Oschmann die Nolden-Akte direkt nach der Übernahme aus Köln kopiert hatte. Aber warum? Isa klickte sich auf gut Glück eine Ebene höher und fand tatsächlich ein Metafile, das seinerseits wiederum die Zugriffe auf das Logfile der Nolden-Akte protokollierte. Zeile um Zeile listete dieses

Metafile nur einen einzigen Namen: Nadine Oschmann. Unmittelbar nach der Aktenübernahme hatte Stettens Sekretärin nur einmal pro Woche auf das Logfile der Nolden-Akte zugegriffen, nach dem Tod von Christof Nolden im Februar waren ihre Zugriffe häufiger geworden, und in den Tagen vor der Gesellschafterversammlung von Nolden-Bau hatte sie das Logfile schließlich fast stündlich aufgerufen.

Für einen Moment vermutete Isa, Nadine Oschmann hätte diese Hintergrundchecks vielleicht einfach nur im Auftrag ihres Chefs unternommen – weil die IT von HSW unterbesetzt war und weil sich Nadine Oschmann so viel auf ihre Softwarekompetenz einbildete. Aber Softwareskills waren eben keine Admin-Kenntnisse, und für eine HSW-interne Auftragsüberwachung hätte Nadine Oschmann die Nolden-Akte nicht kopieren müssen. Außerdem: Wie passte das alles mit den Erpressungsversuchen gegen Torsten Wolf zusammen?

Ein plötzlicher Verdacht durchzuckte Isa.

»Welche von Ihren Sekretärinnen hat Nadine Oschmann eingearbeitet?«, fragte sie Wolf.

»Linh Nguyên? Und ihre Vorgängerin glaube ich auch. Kindermann, hieß die so? Mira Kindermann?«

›Genau‹, dachte Isa. ›Mira Kindermann.‹ Sie erinnerte sich an das Datensicherungssystem, das Mira bei *Concrete Gold* eingezogen hatte – mit welcher Verbissenheit sich Mira in irgendwelche Programmierungsdetails eingearbeitet, mit welcher Unerbittlichkeit sie jeden Bug im System verfolgt und ausgemerzt hatte. Isa wollte nicht zu Ende denken, was das bedeutete.

Aber Wolf hatte schon begriffen. »Moment«, sagte er. »Die Kindermann, die hat sich doch genau am Tag der Aktenübergabe vom Acker gemacht. Kurz nach acht war sie noch bei Linh Nguyên, danach ist sie spurlos verschwunden.« Wolf überlegte einen Moment, dann lachte er auf. »Na klar!«, sagte er. »Nadine Oschmann hat der Kindermann ihr Log-in gegeben, wie man das halt so macht, unter Kolleginnen. Am 15. November wird die Nolden-Akte von Köln nach Berlin übergeben. Ab da ist Mira Kindermann für die Aktenführung zuständig. Stattdessen zieht sie sich – warum auch immer – unmittelbar nach der Übergabe unter Nadine Oschmanns Namen eine Kopie der Akte und taucht damit ab. Sie wertet die Kopie aus, stößt dabei auf die Bensheim-Vermerke und erkennt, welche Sprengkraft die für den Jahresabschluss haben. Und dann hat sie die Idee mit der Erpressung. Vielleicht wollte sie am Anfang einfach nur Christof Nolden direkt erpressen. Vielleicht hat sie das sogar getan. Aber dann stirbt Nolden, ich übernehme den Beiratsvorsitz von Nolden-Bau, und plötzlich bin ich im Visier. Mira Kindermann loggt sich unter Nadine Oschmanns Namen laufend ins HSW-Netzwerk ein und checkt über die Logfiles, ob ich die Bensheim-Vermerke gefunden habe. So lang das nicht der Fall ist, hat sie nicht viel gegen mich in der Hand, dementsprechend lächerlich fallen ihre Erpressungsversuche aus. Aber dann machen Sie mich ein paar Tage vor der Gesellschafterversammlung auf die Vermerke aufmerksam, und ab da greife ich laufend auf die Dateien zu. Mira Kindermann sieht das und muss jetzt nur noch abwarten, ob ich die Bilanzfälschung in der Gesellschafterversammlung auffliegen lasse oder nicht. Und sobald sie weiß, dass ich den Jahresabschluss durchgewinkt habe, schnappt die Falle zu, und ich bin dran.« Wolf zeigte auf den Erpresserbrief. In seiner Stimme schwang fast so etwas wie Bewunderung.

Isa nickte. So oder ähnlich war es vermutlich gelaufen. Auch Mira hatte also den Kampf gegen Nolden-*Bau* verraten und nur noch den eigenen Vorteil im Kopf. ›Wen wundert's‹, dachte Isa bitter. ›Wenn man seine ganze Kohle ohne Not irgendeinem Eso-Verein in den Rachen wirft, muss man am Ende natürlich sehen, wo man bleibt.‹ Das Befremden gegenüber Mira, das Isa in den vergangenen Wochen immer stärker empfunden hatte, schlug plötzlich in Widerwillen um. Vor einem knappen Monat hatte Isa beteuert, Mira sei ihre beste Freundin, jetzt empfand sie nur mehr an Verachtung grenzende Enttäuschung für ihre ehemalige Assistentin.

Wolf war inzwischen wieder in sich zusammengesunken.

»Aber was mache ich denn jetzt?«, sagte er tonlos.

»Gehen Sie zu Stetten. Zeigen Sie ihm den Brief. Behaupten Sie, Sie hätten den Nolden-Abschluss im Interesse von HSW durchgewinkt.«

»Stetten lässt mich fallen. Der wird sagen, dass ich eigenmächtig gehandelt habe und ohne vorherige Abstimmung mit ihm.«

»Dann weisen Sie ihn darauf hin, dass er Michael Bensheim genau so eine Abstimmung verweigert hat. Sie haben doch den letzten Gesprächsvermerk von Bensheim gelesen. Damit haben Sie Stetten in der Hand.«

»Mit einer Gesprächsnotiz von jemand, der ein paar Tage später in der Klapse gelandet ist und sich in einer Märchenwaldhütte aufgehängt hat? Wolf schüttelte den Kopf. »Ich muss zahlen. Geht nicht anders«, murmelte er.

»Zahlen Sie nicht«, sagte Isa. »Das hört nicht auf.« Mira war hartnäckig. Wenn sie so dringend Geld brauchte, wie Isa vermutete, dann würde sie nicht mehr lockerlassen, sobald sie einmal ihre Klauen in Wolf geschlagen hatte.

»Was für eine Wahl habe ich?«

Isa wusste nicht, was sie sagen sollte. Sie legte Wolf wieder die Hand auf die Schulter.

»Kommen Sie erst mal runter. Sie haben sechsunddreißig Stunden, Wolf. Sie finden einen Weg.«

»Wie denn, auf dem Retreat von Nolden-Bau?«

›Verdammt‹, dachte Isa. Das hatte sie schon wieder verdrängt.

Sie verstärkte noch einmal den Druck auf Wolfs Schulter, dann ging sie zurück an ihren Schreibtisch.

Um halb fünf stand Wolf in ihrer Bürotür.

»Wir müssen«, sagte er.

Isa schreckte von ihrem Bildschirm hoch. »Schon?«

Wolf nickte.

Isa fuhr den Rechner runter, nahm ihre Reisetasche und folgte Wolf zum Aufzug.

»Soll ich fahren?«, fragte sie auf dem Weg zum Wagen.

»Nicht nötig.« Wolf wirkte entspannter als am Vormittag. Offenbar war er zu einer Entscheidung gekommen.

Isa fragte nicht nach, und Wolf sagte nichts.

»War die Knarre eigentlich echt?«, fragte Wolf, während er durch den Innenstadtverkehr in Richtung Autobahn manövrierte.

»Ja«, behauptete Isa.

Wolf schüttelte den Kopf und lächelte.

Sie ließen die Stadtgrenze hinter sich und fuhren auf der Autobahn in Richtung Stettin, durch die Schorfheide mit ihren blühenden Schlehenhecken, hinein in die Agroindustrieflächen der Uckermark. Je weiter sie nach Osten kamen, desto mehr Windräder standen in der Landschaft. Irgendwann ging die Sonne unter. Danach glühten nur noch die Positionslichter der Windräder im Dunkeln.

»Woran haben Sie seit gestern gearbeitet?«, fragte Wolf, den Blick nach draußen auf die immer leerer werdende Autobahn gerichtet.

»Disruptive Consulting. Ich habe mir genauer angesehen, was die machen und wer die sind.«

»Und?«

Isa zuckte die Schultern. »Bin mir nicht sicher.«

»Sicher bei was«

»Dieser Sven Remda«, sagte Isa. »Der Mann, mit dem Saskia Nolden Disruptive Consulting gegründet hat.«

»Der Best-Age-Hipster mit der Yves-Saint-Laurent-Brille?«, fragte Wolf.

»Der Best-Age-Hipster mit der Yves-Saint-Laurent Brille war während seines ganzen Studiums und auch noch ein paar Jahre danach mit Saskia Nolden zusammen. Die beiden waren das damals angesagteste Paar in Passau.«

»Klar«, sagte Wolf. »Gut aussehende Milliardärstochter – instant Glamour.«

»Eigentlich war Remda der Glamourfaktor«, sagte Isa. »Der hatte damals eine Band.«

»Wer hatte das nicht als Student?«

»Nur, dass die Bands dann meistens nicht ›Besserland‹ heißen.«

»Muss ich die kennen?«

»Nur wenn sie ein Nazi sind.«

Wolf schwieg.

»Besserland war so was wie die Vorzeigeband für hippe Rechte«, sagte Isa. »Lange vor allen anderen. Mit Szenehits wie ›Deep Elite‹ und ›Remda Rising‹.«

»Sie meinen, Remda hat Saskia damals auf ihren Nazitrip gebracht?«

»Vielleicht haben sich da auch einfach nur zwei gefunden?«

»Na und?«, sagte Wolf. »Hat sich dann ja wohl ausgewachsen. Zumindest bei Remda.«

»Wie kommen Sie darauf?«

»Disruptive Consulting ist einer der seriösesten Player am Beratungsmarkt.«

»Und deshalb kann Remda kein Nazi mehr sein.«

Wolf seufzte.

Minutenlang sagten sie beide nichts.

»Was wäre, wenn es sich *nicht* ausgewachsen hat, weder bei Remda noch bei Saskia?«, setzte Isa neu an. »Was, wenn das der Grund war, warum Christof Nolden Saskia in seinem Unternehmen exakt die gleichen Fußfesseln angelegt hat wie ihr Vater bei Karsdorf Logistik?«

»Ganz schön spekulativ, oder?«

Isa ließ nicht locker. »Ich habe mir gestern mal angeschaut, was Disruptive Consulting im Kommunikationsbereich macht.«

»Und?«, fragte Wolf.

»Politikberatung, Start-up Acceleration, Guerillamarketing.«

Wolf lachte auf. »Guerillamarketing passt, so wie Remda aussieht. Was bewerben die denn so? Skaterunterhosen aus Ökobaumwolle? Und was für Start-ups hat Remda im Portfolio? Manufakturen für vegane Bartwichse?

»Streetwearlabels für Mode mit Frakturaufdruck«, sagte Isa ungerührt. »Straight out of Hellersdorf.«

Wolf wurde plötzlich wieder ernst. »Finden Sie nicht, dass Sie sich da in was reinsteigern?« In seiner Stimme lag ein aggressiver Unterton.

Isa presste die Lippen zusammen und sah aus dem Fenster.

Wolf schlug mit der Faust aufs Lenkrad. »Schon okay! Ich weiß doch, dass ich versagt habe!«, brüllte er.

Isa schwieg.

In der Dunkelheit blinkten weiter die roten Lichter. Vom Navi kam die Anweisung, die Autobahn an der nächsten Abfahrt zu verlassen.

Isa hatte vorab versucht, etwas über den Veranstaltungsort herauszufinden, aber im Netz stand kaum mehr als das Foto eines nichtssagenden Zweckbaus aus den Sechzigern und eine Adresse unmittelbar an der Grenze zu Polen. Wahrscheinlich eine eher spartanische Veranstaltung vermutete Isa. Von Teilnehmern früherer Retreats hatte sie gehört, dass Christof Nolden bewusst auf Komfort verzichtet und stattdessen auf Team-Events gesetzt hatte, vermutlich wollte seine Witwe diese Tradition fortsetzen.

Tatsächlich fuhren sie gerade über einen rumpligen Betonplattenweg auf ein Gelände, in dem im Dunkeln vereinzelte, schwach beleuchtete Baracken zu erkennen waren. Der Mann im Portiershäuschen gab ihnen die Zimmerschlüssel, wies ihnen den Weg zu der Zweierbaracke, in der sie untergebracht waren und erinnerte daran, dass das gemeinsame Abendessen in einer knappen Viertelstunde beginnen würde.

Isa stellte ihre Reisetasche in einem erstaunlich luxuriösen Zimmer ab, das von einem breiten Bett dominiert wurde. Kurz darauf stand sie mit Wolf und etwa fünfzig anderen Menschen um eine lange Tafel im Speisesaal.

Ein gut aussehender junger Typ in teurer Sportswear bat um Aufmerksamkeit. Er stellte sich als Saskia Noldens persönlicher Assistent vor und forderte die Anwesenden auf, sich gegenseitig an den Händen zu nehmen. Isa spürte Wolfs Hand in ihrer – trocken, heiß und fest im Vergleich zu der kühlen und irgendwie qualligen Hand ihres Nebenmanns auf der anderen Seite. Der Assistent begrüßte die Tafelrunde im Namen von Saskia Nolden zum Ostara-Retreat von Nolden-Bau.

»Das Programm liegt als Flyer auf Ihren Zimmern aus. Wir treffen uns morgen Früh pünktlich um sieben zur gemeinsamen Morgenmeditation. Bis dahin bleibt Zeit, um innerlich anzukommen und natürlich auch, um für das leibliche Wohl zu sorgen. Der Retreat ist eröffnet, meine Damen und Herren!«

Kurzer Applaus und ein paar beherzte Pfiffe, dann sammelten sich alle am Büfett mit den großen Schüsseln voller Wildkräutersalat und ayurvedischen Currygerichten.

Isa suchte sich einen Platz an der Tafel und nahm diskret in den Blick, mit wem sie es die nächsten anderthalb Tage zu tun haben würde.

Die Männer waren – bis auf Wolf und Saskia Noldens Assistent – in Isas Alter oder darüber. Isa erkannte Thomas Rodach und Maik Masserberg von Fotos im Geschäftsbericht von Nolden-Bau, die Gesichter der anderen Männer waren ihr fremd. Alle trugen Laufschuhe, Baumwollhosen und Freizeitpullis. An den meisten Händen glänzten Eheringe.

Die Frauen waren ausnahmslos ungefähr halb so alt wie die Männer. Sie wirkten einerseits vertraut mit ihren Begleitern, bewegten sich aber dennoch auffällig unsicher. Langes, oft blondiertes Haar wurde nervös zurückgestrichen, Köpfe beim Zuhören schräg gehalten und beim zu lauten Lachen in den Nacken geworfen. Isa sah enge Jeans und knappe Sweatshirts, sie registrierte künstliche Wimpern, Tätowierungen und modellierte Fingernägel.

›Sekretärinnen‹, dachte sie. ›Die Kerle haben sich ihre Sekretärinnen mitgebracht.‹ Dann fiel ihr auf, dass es Wolf genauso gehalten hatte. Nur, dass er mit Isa die mit Abstand gesichtsälteste Frau an den Start gebracht hatte.

Falls Wolf diesen Fauxpas bemerkt hatte, war es ihm nicht anzumerken. Er hielt den Kopf gesenkt und arbeitete sich methodisch an seinem Salatteller ab.

Isa lauschte auf das, was sich die Männer am Tisch erzählten. Schnell wurde klar, dass dieser Retreat offenbar anders war, als die, die zu Lebzeiten von Christof Nolden stattgefunden hatten. Isa hörte das nervöse »Mal was anderes«-Gelächter und die verschwörerischen »Hast du den Flyer gelesen?«-Erkundigungen und begriff, dass die Männer mindestens ebenso verunsichert waren wie ihre Begleiterinnen. Die Stimmung im Speisesaal hatte etwas Vorfreudig-Klemmiges, wie bei einer Landschulheimfahrt in der zehnten Klasse. Isa war froh, als die Tafel aufgehoben wurde.

Sie nahm sich eine der Taschenlampen, die in einem Korb am Ausgang bereitlagen, und suchte im Dunklen den Weg zurück zu ihrer Baracke. Original DDR-Kratzputz, gemeinsame Holzveranda vor den Eingängen zu den beiden separaten Einheiten, zwischen den Eingängen eine angerostete Emaille-Lampe mit 40-Watt-Glühbirne. Isa schloss mit klammen Fingern die Tür zu ihrem Zimmer auf und schaltete das Licht an.

Der Gegensatz zum schäbigen Äußeren der Baracke hätte nicht schärfer sein können. Das Zimmer schien Isa jetzt noch luxuriöser als vor dem Abendessen. Nicht opulent, sondern minimalistisch und makellos schlicht. Die Wände waren mit warmgoldenen Holzpaneelen verkleidet, unter den großformatigen Bodenplatten aus Schiefer lag eine Fußbodenheizung, im schwarzen Kaminofen am Fußende des Betts knisterten Holzscheite. Das Bett selber war riesig, aber nicht von der protzigen Hotelbettsorte, sondern von einem Tischler auf Maß gearbeitet und mit einer angenehm unnachgiebigen, handwerklich gefertigten Naturmatratze ausgestattet. Isa ging ins Bad. Beheizter Schieferboden auch hier, Walk-in-Dusche und Natursteinwaschbecken mit eleganten Armaturen, Wände in zartbraunem, gewachsten Feinputz, schwere Leinenfrotteetücher, ähnlich wie in Miras Wohnung, aber hier in der Premiumausführung.

›Alles ganz schön geschmackssicher,‹, dachte Isa. ›*Geschmackssicher*‹, wo hatte sie dieses Wort noch mal gehört?

Sie wusch sich die Hände mit schwarzer Seife, die nach Sandelholz und Zitrus duftete und betrachtete sich im Spiegel. Trotz der maximal schmeichelnden indirekten Beleuchtung schien ihr Haar eisengrau, jede Linie in ihrem Gesicht trat erbarmungslos hervor.

›Du wirst alt‹, dachte Isa. Wieso war ihr das so lange nicht aufgefallen? ›Weil es egal war‹, dachte sie. ›Weil Can da war.‹

Mit einem Schlag war der Schmerz zurück. Aber hier war nicht der Ort dafür.

»Reiß dich zusammen«, flüsterte Isa in den Spiegel.

Sie zwang sich, an die jungen Frauen im Speisesaal zu denken. Wollte sie noch einmal so sein? ›Ganz sicher nicht‹, dachte Isa.

Sie flüchtete sich unter die voluminöse Daunendecke auf ihrem Bett und griff sich den Programmflyer auf der Nachttischkommode.

Ostara – Transformation und Neubeginn, las sie.

Kein anderes Fest in der keltischen Jahresreise symbolisiert den unaufhörlichen Rhythmus von Sterben und Werden wie Ostara, das Fest der Frühlings-Tagundnachtgleiche. Das Dunkel des Vergangenen und das Licht des Kommenden halten sich in dieser Nacht die Waage, aber das Gleichgewicht verschiebt sich unaufhaltsam in Richtung des Neuen – die Knospen schwellen, die Zeichen zukünftiger Fruchtbarkeit und kraftvollen Wachstums mehren sich mit jedem Tag.

Ich lade Dich ein, diesen natürlichen Wendepunkt in der Gemeinschaft Deiner Kollegen und mit mir bewusst zu zelebrieren. Lass uns gemeinsam die kosmische Energie in uns erwecken. Lass uns das Vergangene würdigen und das Kommende feiern! Lass uns die spirituelle Grundlage für die Transformation legen, die es braucht, um Nolden-Bau in eine erfolgreiche Zukunft zu führen!

In unbändiger Vorfreude,
Saskia Nolden

Das eigentliche Programm für den kommenden Tag war straff:

Morgenmeditation mit anschließendem Mantrasingen, Frühstück, Vision Creating, Kundalini-Yoga, leichtes Mittagessen, Kranzflechten & Märzwasserschöpfen/Awakening-Trommeln im Kreis der Männer, Traumzeit, festliches Abendessen, Tanz, Ostararitual.

Am Donnerstagmorgen war ein spätes Frühstück angesetzt, danach konnte man bis zwölf Uhr abreisen.

Isa wendete den Flyer. Auf der Rückseite fand sich ein kurzer Hinweis zur Geschichte des Tagungsorts, einer ehemaligen NVA-Kaserne, die nach dem Untergang der DDR fast ein Vierteljahrhundert leer gestanden hatte, bis der jetzige Betreiber, eine nicht näher definierte spirituelle Gemeinschaft, das Grundstück und die Liegenschaften gekauft hatte. Die ehemaligen Wirtschaftsgebäude der Kaserne waren zu Wohnungen für die Gemeinschaftsmitglieder umfunktioniert, die repräsentativeren Bauten und die Kleinbaracken zu einem »Tagungszentrum für spirituelle Erneuerung« ausgebaut worden. Um das Areal mit neuer, guter Energie aufzuladen, hatten die neuen Betreiber das Gelände zu einem »sexpositiven Ort« umgewidmet. Tagungsgäste waren eingeladen, Angebote wie die Gemeinschaftssauna und die »Herzkammern« im Haupthaus ebenso aktiv zu nutzen wie die über das Areal verstreuten »Love Shacks«. Allein angereisten Gästen werde auf Wunsch gerne der Kontakt zu initiierten Mitgliedern der Gemeinschaft vermittelt, die darin geschult seien, das Begehren anderer respektvoll anzunehmen und sich achtsam damit auseinanderzusetzen, um so den kosmisch gewollten Energieaustausch zu ermöglichen.

›Alles klar‹, dachte Isa. ›Die alte Karnevalsstrategie: Für ein paar Tage alle Regeln außer Kraft setzen, öffentlich querbeet vögeln, bis alle Dreck am Stecken haben, und nachher halten alle zusammen, weil jeder weiß, was der andere getrieben hat.‹ Vermutlich war es Saskia Nolden deshalb so wichtig gewesen, Torsten Wolf, den Vorsitzenden des obersten Kontrollgremiums von Nolden-Bau, bei dieser Sause dabeizuhaben.

Isa wollte ihre Leseleuchte ausschalten und stieß dabei das Deckelkörbchen auf ihrem Nachttisch um. Bunte Kondome fielen auf den Schieferboden.

Isa machte das Licht aus und schlief sofort ein.

In ihren Träumen kehrte sie zurück nach Barraclaigh. Can nahm sie in die Arme, Isa barg ihren Kopf in seiner Halsbeuge und sog den vertrauten Duft seiner Haut ein. »Komm«, sagte sie und zog Can ins Haus und die Treppe hoch zum Schlafzimmer, wo sie erst seinen Hals küsste und dann jeden Teil seines Körpers wieder für sich in Besitz nahm, während Can ihre Hände führte.

Es war der beste Sex, den sie beide je gehabt hatten.

Isas Orgasmus war so intensiv, dass sie davon aufwachte.

Die Dunkelheit, die sie umgab, war undurchdringlich. Das Feuer im Kamin war erloschen, aber es duftete immer noch nach Kiefernharz und leicht nach Rauch. Hinter der Wand zur Nachbarwohnung bewegte sich Wolf unruhig im Bett. Es klang wie das Rascheln eines großen Nagetiers. Isa kämpfte ihre Trauer nieder und sank irgendwann zurück in den Schlaf.

Wieder träumte sie, und in diesem Traum hatte sie Flügel. Die Flügel waren aus Möwen- und Gänsefedern grob zusammengefügt und nur mit Wachs an Isas nackten Schultern befestigt, schienen aber erstaunlich stabil. Isa tat versuchsweise ein paar Flügelschläge, hob ab und flog dann immer selbstsicherer geradewegs nach Nordwesten. Sie querte die Nordsee und Südengland, zog eine scharfe Kurve über der Irischen See und nahm Kurs auf die Äußeren Hebriden. Bei Sonnenuntergang war sie im Anflug auf Barraclaigh, wo Can einsam am Hafenquai stand. Als er Isa von Weitem sah, begann er zu winken. Isa wurde heiß vor Glück. Im nächsten Moment spürte sie, wie das Wachs an ihren Schultern schmolz. Die Flügel lösten sich und trudelten nach unten. Isas Arme ruderten einen Moment verzweifelt ins Leere, dann stürzte sie mit dem Kopf voran in die eisige See und in ein Feld von langfaserigem Seetang, der sie träge umschlang und in die Tiefe zog.

Isa schreckte aus dem Schlaf. Ihr Laken war klamm vor Schweiß. Im Nebenzimmer fiepte Wolfs Handywecker.

Eine halbe Stunde später saß Isa mit den anderen Retreat-Teilnehmern in einem großen, lichtdurchfluteten Raum, der aussah, wie eine ehemalige Turnhalle. Mittlerweile war auch Saskia Nolden zur Gruppe gestoßen. Sie trug ein schwarzes Leinengewand, dessen eleganter Schnitt Isa irgendwie an Miras Bürooutfits erinnerte und hatte am Kopf eines ovalen Sitzkreises aus Meditationskissen Platz genommen. Ein kleiner Junge mit goldenem Haar schlief an ihrer Brust, während Saskia Nolden mit in sich gekehrtem Lächeln konzentriert auf einen asketischen Mittfünfziger sah, der ihr genau gegenübersaß.

Der Mann trug eine ähnliche Leinenkutte wie Saskia Nolden, dazu eine hoch sitzende Wollkappe auf dem rasierten Schädel. Sein Dreitagebart war ebenso gepflegt wie seine schmalen Hände mit den schweren Silberringen.

Der Mann begrüßte die Teilnehmer, ohne seinen eigenen Namen zu nennen, und lud sie dann ein, in den nächsten fünfundvierzig Minuten der Stille über die Begriffspaare »Werden und Vergehen« und »Kontrolle und Kontrollverlust« nachzudenken.

Isa wollte nicht über Kontrollverlust nachdenken. Sie wollte Frühstück, oder wenigstens einen starken Kaffee. Trotzdem schloss sie die Augen und konzentrierte sich auf ihren Atem.

Irgendwann vergaß sie ihre Umgebung. Plötzlich war Isa wieder in ihrem Traum, tief unter Wasser, von Tang umschlungen. Sie befreite sich, kämpfte sich mit letzter Kraft nach oben und begann auf den Hafen zuzuschwimmen, wo Can verzweifelt nach ihr rief.

»Wir wollen nun langsam zum Ende der Mediation kommen«, hörte sie von weither den Mann mit dem Dreitagebart. »Öffnet die Augen. Dankt euch selbst für die Zeit, die ihr euch zur Selbstreflexion geschenkt habt, und lasst uns jetzt die Meditation mit einem gemeinsamen Mantrasingen ausklingen.« Er lächelte. »Den Text findet ihr auf dem Zettel vor euch. Ich singe einmal vor, dann singt reihum jeder von euch einmal alleine, und am Schluss singen wir dann alle gemeinsam im Chor.«

Isa sah die Blicke, die sich die Nolden-Mitarbeiter zuwarfen, sie hörte das unterdrückte Giggeln der Sekretärinnen, und dann ging es auch schon los mit dem Singen.

Der Asket mit dem Dreitagebart drückte die Tasten des Harmoniums, das vor ihm stand und begann über dem Harmoniumqequäke zu singen:

Om Mata Om Kali
Durga Devi Namo Namaha
Om Mata Om Kali
Durga Devi Namo Namaha.

Dann nickte er Rodach zu, der rechts neben Saskia Nolden auf einem Meditationskissen saß. Isa sah, wie sich alles in dem altgedienten Nolden-Bau-Soldaten sträubte, vor seinen Kollegen irgendeinen Yogi-Scheiß zu singen, aber dann gab er sich einen Stoß und quälte sich durch die vier Liedzeilen, während der Mann mit dem Harmonium jeden einzelnen unschönen Ton seines Instruments ausreizte.

So ging es reihum.

Isa hörte Wolf neben sich singen, sang selbst, und irgendwann schloss sich der Kreis bei Saskia Nolden, die das Mantra wie ein Wiegenlied für ihr schlafendes Kind sang.

»Und jetzt alle zusammen.« Der Asket lächelte.

›Fick dich‹, dachte Isa. Ihr war kalt, ihre Knie und Füße schmerzten vom Sitzen. Aber der Harmonium-Mann schlug unerbittlich in die Tasten, Saskia Nolden reichte ihren schlafenden Sohn an eine diskret herbeigeeilte Kinderfrau und griff sich eine Gitarre, ihr Assistent hatte von irgendwoher her eine Tabla vor sich stehen, und mit einem Mal wiederholten alle fünfzig Mann im Sitzkreis wie mit einer Stimme das Mantra, immer und immer wieder, während das Harmonium immer schneller orgelte, die Gitarre den Rhythmus vorgab und die Tabla dagegentrommelte.

Isa sang mit den anderen und war überrascht von der Schönheit und der schieren Fülle des Klangs, der sie aus ihrer Vereinzelung hob und in einen gleichschwingenden Körper einband. Isa sang mit jeder Wiederholung des Mantras lauter, genau wie Wolf und die anderen in der Gruppe, bis sie das Gefühl hatte, von diesen selbst erzeugten Tönen angehoben und getragen zu werden, wie von einer großen Welle. Als der Vorsänger die Arme hob und ganz langsam wieder senkte und auf dieses Kommando erst das Trommeln und Orgeln leiser wurde und danach auch der Gesang, spürte Isa vages Bedauern.

Die Stimmung im Speisesaal beim anschließenden Frühstück war deutlich anders als am Vorabend. Immer noch verunsichert, aber lockerer und vertrauter. Nur Wolf schien weiterhin verschlossen, und Thomas Rodach hatte sichtlich schlechte Laune.

Danach ging es zurück in die Turnhalle. Die Meditationskissen waren nun in mehreren konzentrischen Halbkreisen um ein Rednerpult angeordnet. Der Asket schwebte in seinem Wallegewand ein und hielt in den nächsten anderthalb Stunden einen weitgehend sinnfreien Frontalvortrag zum Thema Visionen.

Isa konnte von ihrem Platz in der hintersten Reihe beobachten, wie die männlichen Retreat-Teilnehmer immer unruhiger wurden, während die Frauen in der Haltung eingefroren schienen, die sie gewohnheitsmäßig einnahmen, wenn sich ihre Chefs in weitschweifige Monologen verloren. Nur Saskia Nolden saß mit kerzengeradem Rücken da und schien gebannt zuzuhören.

»Visionen sind euer mächtigstes Tool! Visionen sind wie Rückenwind und Sonnenschein. Visionen schaffen Tatsachen!«, tönte es vom Rednerpult.

»Visionen? Arzt?«, raunte Thomas Rodach neben Isa.

»Genug der Theorie«, sagte der Kuttenguru. »Ich lade euch ein, eure Visionen hier und heute mit mir zu realisieren.«

»Du«, er deutete auf Isa. »Kommst du zu mir nach vorne?« Er lächelte.«

Isa stand auf und ging zum Rednerpult. Der Kuttenmann dirigierte sie auf einen Platz hinter sich und hob ihre Arme an.

»Du bist jetzt die Vision. Du bist der Baum der Erkenntnis,« sagte er.

Dann wandte er sich an die anderen Zuhörer.

»Und jetzt bitte ich alle Frauen, hier zu mir nach vorne zu kommen und sich jeweils zu dritt nebeneinander wie in einem Band vor den Baum zu legen.«

Die Sekretärinnen kamen nach vorn und legten sich in einer sanft geschwungenen Dreierreihe vor Isa in den Raum. Der Kuttenmann drapierte eine lange Bahn glänzenden blauen Stoffs über die liegenden Frauen.

»Das ist ein Fluss«, erklärte er, zu den Männern gewandt.

Dann zeigte er auf Thomas Rodach. »Und deine Aufgabe ist es jetzt, einen Weg finden, wie ihr Männer gemeinsam über diesen Fluss kommt, um zum Baum der Erkenntnis zu gelangen.«

Isa sah die Fassungslosigkeit in Rodachs Gesicht und gleich darauf das Umschlagen in Trotz. Sie registrierte das fast nicht merkliche Kopfschütteln einiger anderer Nolden-Bau-Mitarbeiter, und sie sah Wolfs resigniertes Schulterzucken, als Rodach ihn abordnete, mit zwei halbwegs fit wirkenden Männern eine Brücke über den Fluss zu formen, über den die anderen Männer dann auf Isas Seite hinüberrobbten.

›Total durchgeknallt‹, dachte Isa. Dann bemerkte sie auf einmal, dass sie nicht die Einzige war, die die Szene mit amüsiert-distanziertem Interesse beobachtete. Saskia Nolden hielt die Augen zwar scheinbar andachtsvoll gesenkt, hatte aber jeden Einzelnen der Nolden-Bau-Mitarbeiter fest im Blick.

Das also war der Zweck der Übung, dachte Isa. Die Mitarbeiter zum Affen machen und beobachten, wer dabei mitspielte und wer eher nicht.

Noch deutlicher wurde das bei der anschließenden Yogasession.

Isa hatte nur oberflächlich Ahnung von Yoga, aber doch genug, um einschätzen zu können, dass die Asanas zur Chakrenaktivierung, die der Kuttenguru der Gruppe auferlegte, die Praktizierenden überdurchschnittlich oft in obszöne oder einfach nur lächerliche Posen zwang.

Die meisten schien das nicht zu stören.

Beim Mittagessen flogen launige Chakrenwitze im Speisesaal hin und her. Nur Wolf wirkte weiterhin wie weggetreten.

Nach dem Essen wurden Männer und Frauen in Gruppen aufgeteilt, die Männer zum Trommeln, die Frauen zum Kranzflechten und Märzwasserschöpfen.

Kurz darauf saß Isa mit den anderen Frauen um einen langen Tisch in einem kahlen Wirtschaftsraum. Eine vergeistigte Frau jenseits der sechzig mit langem Haar und heller Leinenkutte stellte sich ihnen als »Weise Frau« vor und leitete die Retreat-Teilnehmerinnen an, jeweils zwei Kränze aus Holunderzweigen, Efeu, Buschwindröschen und Schlüsselblumen zu winden, während sie ihnen etwas zu keltischen Fruchtbarkeitsritualen erzählte.

Anschließend bekam jede Teilnehmerin einen kleinen Tonkrug und den Auftrag, mit diesem an irgendeinem Ort in der Natur Wasser zu schöpfen, um damit dann in den Kreis der Frauen zurückzukehren.

Die meisten der Frauen in der Gruppe wirkten unsicher, sie schlossen sich in kleinen Trupps zusammen und schienen auf dem Gelände bleiben zu wollen.

Isa nahm ihren Krug und ging zum Portiershäuschen.

»Kann ich raus?«, fragte sie den Pförtner.

Der Mann lachte. »Klar. Wir sind hier doch kein Knast. Die Portiersloge schließt abends um zehn, aber das Tor ist Tag und Nacht offen.«

Isa folgte dem Plattenweg bis zur Straße und von dort entlang der Bundesstraße in den nächstgelegenen Ort – ein Straßendorf, mit gepflegten Vorgärten und ordentlich sanierten, maximal zweistöckigen Gründerzeithäusern.

Es war kurz nach drei, trotzdem waren die Straßen menschenleer. Der letzte Bus für diesen Tag war vor einer halben Stunde abgefahren. Auf dem Platz vor dem kleinen Supermarkt hatte ein Vietnamese einen Stand mit Kittelschürzen aufgebaut. Daneben stand ein Marktwagen mit Rauchkäse und polnischen Wurstwaren.

Isa ging weiter entlang der Bundesstraße, hinaus aus dem Dorf bis zum ehemaligen Zollhaus, einem graubraun verputzten Fünfzigerjahrebau mit Kneipe im Erdgeschoss. Neben dem Eingang standen zwei imposante Pflanzenkörbe, die liebevoll aus Hunderten leerer Jägermeisterfläschchen zusammengesetzt waren. In den Körben wucherten Agaven, die fetten Blätter braun vernarbt mit eingeritzten Hakenkreuzen und SS-Runen.

Drinnen sah es aus wie erwartet: rustikale Möbel, Lampenschirme aus Pergament, Zigarettenautomat, Spielautomat, Dartscheibe, Fußballpokale der Lokalmannschaft, der Wimpel der örtlichen freiwilligen Feuerwehr, Streichholzbriefchen mit Baumarktketten-Werbung in einer blauen Glasschale auf dem Tresen. Keine Gäste. Nur die Countrymusik irgendwo aus der Tiefe des Küchenbereichs kündete von menschlichem Leben.

»Hallo?«, rief Isa.

Ein blonder Mittfünfziger mit Schnauzbart tauchte aus der Küche auf und musterte sie schweigend.

»Einen Korn«, sagte Isa.

Der Wirt schenkte ihr ein Glas ein. Isa trank auf ex.

»Noch einen.« Sie schob ihm das Glas hin.

Der Wirt schenkte nach und machte sich selber auch einen klar.

Er deutete auf den Krug, den Isa auf dem Tresen abgestellt hatte. »Kommst du aus unserer Colonia Dignidad?«

»Nein.« Isa stieß mit dem Wirt an. »Ich bin da nur Laufkundschaft. Bis morgen. Im Damenprogramm.«

Der Wirt schnalzte mit der Zunge und lächelte zweideutig.

»Was?« Isa hob die Augenbrauen.

»Man hört so dies und das«, sagte der Wirt.

»Nämlich?«

»Dass sich die Leute da für viel Geld einkaufen, damit sie frei vögeln können.«

»Und sonst?«

Der Wirt kippte seinen Korn.

»Letztes Jahr hatte ich eine Frau aus der Kommune hier sitzen«, sagte er. »Bisschen so wie du – schon etwas reifere Jugend, aber immer noch ein ziemliches Geschoss.« Er grinste Isa an.

»Und?« fragte Isa ungerührt. »Was war mit der?«

»Das war eine von denen, die da fest eingestiegen sind. War davor wohl Managerin, irgendwo im Westen. Das hat aber in der Kommune keinen groß interessiert. Die behaupten da nämlich, ihnen ist wumpe, was jemand vorher gemacht hat, ihnen geht es nur ums Spirituelle. Tatsächlich, meinte die Frau, geht es in dem Laden aber nur um Kohle – und ums Aussehen, wegen fickificki.« Er stieß ein paar Mal mit der Handfläche gegen die Faust.

»Alles wie im wirklichen Leben, oder?« Isa kippte ihren Korn und hielt dem Wirt ihr Glas hin.

»Nur 'ne Ecke teurer.« Der Wirt schenkte nach. »Die Frau meinte, sie hätte über eine halbe Million als Einlage an den Chef von dem Laden überwiesen, bevor sie herziehen durfte«, sagte er. »Aber der Raffke hat sie immer weiter angetrieben, noch mehr Kohle ranzuschaffen. Bis sie ihn in einem von den Sitzkreisen, die die da ständig veranstalten, mal vor allen Leuten gefragt hat, wie das so zusammenpasst, mit dem Geld und dem Spirituellen. Ab da war plötzlich Schluss mit Schnackseln, dafür durfte sie Kloputzen im Gästehaus. Fand die Dame wohl nicht so befriedigend.« Der Wirt lachte hämisch. »Die hatte so die Schnauze voll, als sie hier saß, die wollte nur noch rübermachen.«

»Rübermachen?«, fragte Isa.

»Na, rüber über die Brücke nach Polen«, der Wirt zeigte aus dem Fenster. »Sind doch von hier aus keine hundert Meter.«

»Machen das viele von denen?«, fragte Isa. »Rübermachen?«

»Die Frau letztes Jahr meinte, dass da immer wieder Leute gehen, ohne sich abzumelden«, sagte der Wirt. »Und wenn die kein

Geld mehr gebracht haben, weint denen dort wohl auch keiner eine Träne nach.«

»Und der Chef von dem Laden?«

»Fidus?«

»Heißt der so?«

Der Wirt lachte auf. »Nee, in echt hat der irgendeinen Normalo-Namen Marke Müller-Meier-Schmidt. Fidus ist sein Künstlername. Der Typ hat früher in irgendeiner West-Band gespielt. So neues deutsches Death-Metal-Hühnertötergebrüll. Irgendwas mit ›B‹ am Anfang.«

»Besserland?« riet Isa ins Blaue.

»Die kennst du?«

»Nur vom Namen.«

»Sei froh. Grauenhafte Mucke. Ich steh' ja eher auf Country.« Der Wirt nickte in Richtung Küche. »One for the road?« Er hielt Isa die Flasche hin.

Isa nickte. Der Wirt schenkte nach. Isa stieß mit ihm an. Sie kippte ihr Glas, zog sich Zigaretten und legte einen Zehner auf den Tresen. Dann griff sie sich ihren Krug und ein Streichholzbriefchen und machte sich wieder auf den Weg.

Kurz darauf stand Isa auf der Brücke, die der Wirt erwähnt hatte. Unter ihr wälzte sich träge und braun die Oder. Ab und zu drängten Striemen von Wasserpflanzen an die Oberfläche. In der Uferböschung leuchtete das blaue Gefieder eines Eisvogels auf. Irgendwo kreischten Möwen.

Isa zündete sich eine Zigarette an, sie spürte dem Alkohol nach, der durch ihr System rauschte und dachte an das, was der Wirt über das Tagungszentrum erzählt hatte. Sie fragte sich, wie viele solcher Zentren es um Berlin herum gab. ›Ganz Brandenburg ist eine Twilight Zone‹, hatte Miras Therapeut gesagt, und Isa hatte das nicht weiterverfolgt. Saß Mira gerade auch irgendwo in einer ehemaligen NVA-Baracke oder einem ausgebauten Vierseithof und versuchte verzweifelt an Geld zu kommen, damit ihr der Latrinendienst erspart blieb? Versuchte sie deshalb, Wolf zu erpressen? Oder brauchte sie das Geld, weil ihr Traum von der spirituellen Gemeinschaft zerschellt war und sie Startkapital für den nächsten neuen Lebensentwurf brauchte? Und war das überhaupt noch wichtig? Isa blies ein paar perfekte Rauchringe und sah zu, wie sie sich über dem Fluss auflösten. Sie hatte keine Lust, weiter über Mira nachzudenken. Jetzt nicht und eigentlich überhaupt nicht mehr. ›Seltsam‹, dachte sie, ›wie so was einfach auseinandergeht.‹

Isa beugte sich über das Geländer. Die unablässige Bewegung der Wasserpflanzen unter der Brücke erinnerte sie an die Träume der vergangenen Nacht. Sie fragte sich, was sie davon abhielt, auch einfach rüberzumachen, rüber über die Brücke nach Polen, weiter zum nächsten Ort, von da nach Warschau und zurück nach Farneigh. Ohne nachzudenken, zog sie ihr Handy, wählte Can an und sah erst da, dass sie keinen Empfang hatte.

Isa steckte das Handy wieder weg und schnippte ihre Zigarette über das Brückengeländer. Eine Wasserratte löste sich vom Ufer und steuerte zielsicher einen kieloben im Fluss treibenden toten Fisch an.

Von Osten kam Wind auf. Isa fröstelte. Sie ging zurück auf die deutsche Seite. Ein paar Meter neben der Brückenauffahrt machte sie einen Abstecher zum Flussufer und schöpfte etwas von der braunen Oderbrühe in ihren Krug.

Auf dem Rückweg kam Isa an einem Briefkasten vorbei. Die tägliche Leerung war morgens um halb acht. Der Wurstwarenwagen und der Kittelschürzenstand waren verschwunden, aber der Supermarkt hatte noch auf. Isa besorgte sich Papier, Umschläge und Briefmarken, dann nahm sie den Plattenweg zum Tagungsgelände. Über ihr zog ein Rotmilan seine Kreise.

Zwanzig Minuten später saß Isa wieder im Kreis der Frauen. Die Weise Frau erzählte von der magischen Kraft des Märzwassers, dann reichte sie den Retreat-Teilnehmerinnen feierlich ihre selbst gewundenen Kränze, zusammen mit je einem hellen Leinengewand.

Die Frauen wurden angewiesen, sich während der anschließenden

»Traumzeit« mit dem selbst geschöpften Wasser zu waschen und sich so schön wie möglich zu machen. Danach würden sie bekränzt und im weißen Leinengewand zum festlichen Abendessen erwartet, den zweiten Kranz sollten sie mitbringen.

Isa ging zurück zu ihrer Baracke. Mit dem Oderwasser goss sie die Narzissen vor der Veranda. Sie schleppte den Klapptisch und einen der Stühle von der Terrasse in ihr Zimmer und begann zu schreiben.

Zwei Stunden später war Isa immer noch nicht über die ersten Zeilen hinweg. Sie warf sich hastig ihr Leinengewand über und setzte sich den Kranz aufs Haar.

Die Weise Frau empfing Isa und die anderen Frauen am Eingang zum Speisesaal. Sie wies sie an, den jeweils eigenen Begleiter mit dem zweiten Kranz zu bekränzen und dann an der Tafel Platz zu nehmen. Während des gesamten Essens sollte absolutes Schweigen gewahrt werden, um sich so auf die eigentliche Ostara-Feier einzuschwingen.

Der Speisesaal war nur mit Kerzen beleuchtet. Die Männer standen in schwarzen Leinenkutten und gesenkten Köpfen auf einer Seite der Tafel.

Isa setzte Wolf seinen Kranz auf und nahm Platz. Schwarz und weiß saßen sich gegenüber. An den beiden Kopfenden der Tafel präsidierten Saskia Nolden und der Kuttenmann in grauen Wallegewändern. Die Tafelrunde sah aus, wie von einem alten Meister gemalt. Wolf hielt den Kopf gesenkt, während der Kuttenguru etwas vom ewigen Kampf zwischen Hell und Dunkel erzählte und wie sich die beiden Elemente in dieser Nacht exakt die Waage hielten, bevor für die nächsten sechs Monate die Helligkeit die Oberhand gewinnen würde.

Irgendwann wurde das Essen aufgetragen: neongrüne Heilkräutersuppe mit schwarzem Sesam, knallgelbes Möhrengemüse an dunklem Reis und zum Dessert durchscheinend weißer Mandelsulz mit Ascheflocken und Blattgold. Dazu Wein – spritzig-hellen Veltliner zuerst, danach fast schwarzen Vino Tinto und schließlich golden leuchtenden Dessertwein.

Um halb zehn wurde die Tafel aufgehoben. Die Kerzen wurden eine nach der anderen gelöscht, bis nur noch die schweren, weißen Stumpenkerzen vor Saskia Nolden und dem Kuttenasketen im Dunkeln leuchteten. Im Raum herrschte immer noch Stille.

Saskia Nolden erhob sich. Sie querte, ihre Kerze in der Hand, den Raum und reichte dem Mann in der Kutte die Hand. Er erhob sich und griff seine Kerze. Dann verließen die beiden Hand in Hand den Speisesaal, während sich hinter ihnen wie von Geisterhand dirigiert eine schwarz-weiße Zweierreihe formierte.

Kurz darauf stand Isa mit den anderen Retreat-Teilnehmern wieder in der Turnhalle. Nur das Licht der beiden Kerzen leuchtete in der samtschwarzen Dunkelheit.

»Besiegt die Dunkelheit«, sagte der Kuttenmann.

»Tanzt den Tanz des Lebens«, ergänzte Saskia Nolden.

Beide löschten gleichzeitig ihre Kerzen. Für einen Moment herrschte stockschwarze Finsternis.

Plötzlich Drums, gar nicht mal schnell, eher gleichmäßig und annähernd in Ruhepulsfrequenz vor sich hinpluckernd, darüber die Percussion in einem trägen Backbeat, Systole – Diastole, andeutungsweise auch seltsame Klappen- und Ventilgeräusche, darüber, von weit her, Möwenschreie. Dann, als Zäsur, ein harter E-Gitarrenriff, der im nächsten Moment irgendwie ins Schlittern zu geraten schien, jäh abstürzte und stockte, bis er vom Bass aufgefangen wurde, der jetzt, zusammen mit der Gitarre einen fiebrig-angespannten Rhythmus vorgab und alles Vorherige übertönte.

Isa erkannte den Song, noch bevor die Stimme einsetzte. ›Tanzen! Herbert kann nicht tanzen!‹, drängte sich von irgendwo in ihr Gedächtnis. Wer hatte das noch mal gesagt?

Aber da erhob sich auch schon Grönemeyers Stimme höchstpersönlich über Gitarre und Bass:

momentan ist richtig,
momentan ist gut,
nichts ist wirklich wichtig,
nach der ebbe kommt die flut.

Eine Discokugel warf weiße Lichtreflexe in die Dunkelheit, und mit einem Mal schien alles nach vorn zu drängen: die Musik, das Licht, die Menschen auf der Tanzfläche.

Isa spürte Wolf neben sich, ebenso erstarrt wie sie. Es war wie damals, Mitte, Ende der Achtziger, wenn Isa mit Robert in irgendwelchen Clubs gestanden und ihren Freunden regungs- und verständnislos beim Abhotten zugesehen hatte.

Die Gitarre setzte aus, der Bass beruhigte sich, Grönemeyers Stimme stieg triumphierend über die Klangwogen und glitt von Streichern getragen souverän in den Refrain, den plötzlich alle mitsangen, während sie sich in ihren weißen und schwarzen Gewändern auf der Tanzfläche wiegten, wie Seetang in der Tiefe des Meeres.

der mensch heißt mensch
weil er vergisst,
weil er verdrängt

– grölte es vielstimmig-schleppend von der Tanzfläche.

›Nicht mit mir‹, dachte Isa, während sie zusah wie Saskia Nolden eng umschlungen mit dem Kuttenmann tanzte, bevor sie sich von ihm löste und Thomas Rodach die Hand reichte.

›Kommt gar nicht in Frage‹, versteifte sich Isa. Aber da nahm sie der Kuttenmann auch schon an die Hand und zog sie sanft auf die Tanzfläche.

Isa ging auf Autopilot.

das firmament hat geöffnet,
wolkenlos und ozeanblau

– sang Grönemeyer über der jetzt wieder unerbittlich treibenden Gitarre.

Zwei Zeilen später stand plötzlich Wolf vor dem Kuttenmann. Der Kuttenmann gab Isa frei. Wolf zog sie an sich.

Isa hatte nicht erwartet, dass Wolf tanzen könnte, aber er führte auch dann noch ruhig und bestimmt, als die Keyboards ein weiches, waberndes Luftkissen unter Grönemeyers an- und abschwellendes Sehnsuchtslied legten.

oh, es ist schon okay
es tut gleichmäßig weh

– hörte Isa und war nicht sicher, ob das allein Grönemeyer war, der da sang, oder ob Wolf schon mit eingestimmt hatte.

Sie legte ihren Kopf in seine Halsbeuge und atmete wieder den Duft, den sie ein paar Tage zuvor im Hotel das erste Mal wahrgenommen hatte – seltsam scharf, mit einem Unterton, den Isa nicht einordnen konnte. Mit einem Mal war alles stimmig – der Song, die Turnhalle, der ganze verquaste Rest.

Isa und Wolf zogen gemeinsam ihre Bahn durch sternenerleuchtetes Schwarz, sie glitten auf der mächtigen Woge aus Klang, die der Song unter ihnen aufbaute – Drums, Bass, Gitarre, Streicher, Keyboards, Möwenschreie und über allem immer noch diese Stimme, die Isa nie gemocht hatte, und deren ganze Größe sich ihr erst jetzt erschloss.

Wolf zog sie noch enger an sich.

»Oh, es ist schon okay«, tönten sie aneinandergeschmiegt. »Es tut gleichmäßig weh«, und dann immer wieder, schmerzlich wie die Möwen: »Du fehlst.«

Wolf nahm Isa bei der Hand und zog sie aus der Turnhalle, während hinter ihnen der Song langsam in den Fade-out ging und die Möwenschreie über dem Klavier immer lauter wurden.

Als sie an ihrer Baracke ankamen, dröhnte aus der Turnhalle schon irgendein anderer Gassenhauer.

Auf der Veranda zog Wolf Isa wieder an sich. Sie nahmen sich die Kränze vom Haar, umarmten sich und pressten die Gesichter aneinander.

›Was soll das denn?‹, dachte Isa. ›Was tust du da? Was machst du mit diesem Mann?‹, während sie ruhelos mit den Händen durch Wolfs störrisches Haar fuhr und gierig den seltsamen Duft seiner Haut atmete.

Wolf zog sie in Richtung seiner Tür. »Komm«, flüsterte er, und plötzlich war Isa wieder in ihrem Traum der Nacht zuvor – Can und sie vor dem Haus in Barraclaigh, auf der Treppe zu ihrem Schlafzimmer und dann … »Komm«, flüsterte Wolf wieder, jetzt fordernder.

»Nein!«, Isa riss sich von ihm los.

»Warum nicht?«

Isa sah die Verletzung in Wolfs Blick.

Sie streckte die Hand aus und strich behutsam über Wolfs Wange. Ihre Fingerkuppen ertasteten von Bartstoppeln durchbrochene Haut, den Schwung des Kieferbogens bis zum Kinn, hin zu den leicht rissigen Lippen.

»Warum nicht?«, wiederholte Wolf.

»Weil ich nicht die bin, die dir fehlt«, sagte Isa. »Und du nicht der, der mir fehlt.«

Sie strich Wolf noch einmal über die Wange, dann drehte sie sich weg. Irgendwie schaffte sie es, ihre Zimmertür aufzuschließen und hinter sich zuzuziehen.

Wolf schlug mit der Faust gegen die Tür. Kurz darauf hörte Isa seine Schritte auf dem Kiesweg zur Turnhalle.

Isa streifte sich die Leinenkutte ab und wickelte sich in ihre Daunendecke. Sie setzte sich an den Schreibtisch und wartete, bis ihre Hände nicht mehr zitterten. Irgendwann begann sie zu schreiben, flüssig und über mehrere Seiten.

Zwei Stunden später warf Isa den Brief in den Briefkasten im Dorf. Dann ging sie zurück. Es war Vollmond, auf den Feldern lag Raureif. Verzweifeltes Quäken wie von einem verlassenen Säugling gellte kurz auf, um nach ein paar Sekunden abrupt zu verstummen. Kurz darauf schnürte ein Fuchs mit etwas Weichem, Schlaffem im Fang über den Plattenweg ins Gebüsch.

Als Isa an der Baracke ankam, kauerte Wolf vor ihrer Tür.

»Wo warst du?« Er sah zu ihr auf. Sein Gesicht war aschfahl, die Pupillen geweitet. »Hast du Netz?« Wolf hielt ihr sein Handy hin. »Ich muss die Polizei rufen, aber ich habe kein Netz.« Er sah wieder auf das Handy und wischte fahrig auf dem Display herum. »Ich muss die Polizei rufen«, flüsterte er rau. »Das geht doch nicht. Ich muss doch die Polizei rufen können.«

Isa kniete sich vor ihn.

»Was ist los, Wolf? Was ist passiert?«

Wolf war immer noch mit seinem Handy beschäftigt.

»Wolf.« Isa nahm sein Gesicht zwischen die Hände. »Wolf, was ist passiert? Warum musst du die Polizei rufen?«

Wolf versuchte vergeblich, sich auf Isa zu fixieren, seine Lippen bewegten sich unhörbar.

»Wolf!« Isa gab ihm rechts und links eine Ohrfeige.

»Ich habe sie umgebracht«, flüsterte Wolf. »Die war plötzlich da, und dann habe ich sie umgebracht.«

»Wer war da, Wolf? Wen hast du umgebracht?«

Wolf sprang auf. Er nahm Isas Hand und zerrte sie im Laufschritt zum Hauptgebäude. Am Eingang zum Seitenflügel stand *Herzkammern*. Wolf zog Isa zu einem Zimmer am Ende des Gangs und öffnete die Tür.

Isa versuchte, sich auf das Massageöl auf der Kommode zu fokussieren, auf den teuer gerahmten erotischen Holzstich an der Wand und auf die schwarzen Augenbinden und das weiße Leinenkleid am Kopfende des Bettes. Aber dann ließ sich das Andere nicht mehr ignorieren. Mira lag wollüstig nackt hingestreckt, den Kopf leicht schräg gelegt, den Oberkörper auf der Matratze, die Beine auf dem Schieferboden. Für einen Moment redete Isa sich ein, dass Mira nur schlief. Aber wieso hatte sie dann tiefrote Flecken am Hals, und woher kam die Urinlache zwischen ihren Beinen?

Isas Denken setzte aus. Sekundenlang schien sich alles zu verlangsamen.

Wolf zupfte an ihrem Ärmel.

»Ich war das«, flüsterte er. »Ich hab das gemacht. Du musst die Polizei rufen. Ich hab hier kein Netz.«

Isa erwachte aus ihrer Erstarrung. Sie legte Wolf die Hand über den Mund. »Sei still«, flüsterte sie. Wolf nickte hilflos. Angstschweiß wehte Isa an, schwach darunter immer noch der eigentümlich Duft von Wolfs Haut.

Isas Synapsen feuerten heillos in alle Richtungen. Sie sah auf den schlaffen Körper, der vor einer Stunde oder zwei noch ein warmer, lebendiger Mensch gewesen war – eine Frau, die Isa für ihre Freundin gehalten hatte. Aber eben auch eine Frau, die ihr in den letzten Wochen so fremd geworden war, dass Isa ihr – war das wirklich erst vor ein paar Stunden gewesen? – innerlich endgültig die Freundschaft aufgekündigt hatte. Eine Frau, die in eine Kommune abgetaucht war, aus der sich immer wieder Leute polnisch verabschiedeten. Eine Frau, die seit Jahren unter falscher Identität gelebt hatte und die von den wenigen Menschen, die sie überhaupt vermissten, schon seit Monaten für tot gehalten wurde. ›Was mache ich denn jetzt?‹, dachte Isa. ›Was soll ich denn jetzt tun?‹

»Ruf endlich die Polizei«, flehte Wolf. »Bitte.« Zitternde Unterlippe, seine Augen ein einziger Abgrund. Isa erinnerte sich plötzlich an ein Foto von Wolfs Sohn, das sie vor Wochen auf Facebook gesehen hatte. Der Junge hatte eine Schultüte im Arm gehabt. Irgendwas mit einem Hai und einem Playmobilsurfer, der an einer Strippe aus dem Haifischmaul mit den spitzen Zahnreihen baumelte. Wieso hatte sie ausgerechnet dieses Detail so plastisch vor Augen? Der Gesichtsausdruck des Kleinen auf dem Foto war jedenfalls der gleiche gewesen wie der von Wolf jetzt in diesem Moment.

Etwas in Isa verschob sich. Moralische Glaubenssätze rammten gegeneinander und verkanteten sich wie tektonische Platten. Isa spürte die Erschütterungen, dann gab etwas in ihr nach. In Bruchteilen von Sekunden wurde ein ganzer innerer Kontinent untergepflügt, von einem Tsunami verschlungen, verschwand von der Bildfläche.

In der Stille danach war plötzlich alles ganz klar.

Isa ging zum Fenster und zog den Vorhang auf. Sie waren im Erdgeschoss. Vor ihr lag der Parkplatz. Wolfs Wagen stand keine fünf Meter entfernt.

Isa wandte sich zu Wolf. »Los«, sagte sie. »Steig da raus«, sie zeigte zum Fenster.«

Was ist mit der Polizei?«, fragte Wolf.

»Und wie willst du das deinen Kindern erklären?«

Wolfs Unterlippe begann wieder zu zittern.

»Reiß dich zusammen«, zischte Isa.

»Raus«, sie nickte in Richtung Fenster.

Wolf kletterte aus dem Fenster.

Isa fasste Miras Körper von hinten unter den Armen und zerrte die Leiche zum Fenster. Irgendwie schaffte sie es, Miras Kopf und Schultern über die Fensterkante nach draußen zu hieven.

Wolf sah sie hilflos an.

»Los!«, flüsterte Isa. »Nimm sie unter den Armen, und zieh sie raus.«

Wolf parierte. Isa hörte den dumpfen Aufprall von Miras nackten Füßen auf dem Asphalt unter dem Fenster.

Menschenfleisch auf hartem Grund. Das gleiche Geräusch wie damals bei Saban.

Isas wurde schwarz vor Augen. Ihre Hände verkrampften sich am Fensterrahmen. ›Das ist ein Albtraum‹, dachte sie. ›Einer von deinen verfickten Albträumen.‹

Sie atmete tief ein und öffnete die Augen.

Wolf starrte sie an. Seine Arme waren unter Miras Brust verschränkt. Miras Kopf hing in einem unguten Winkel zur Seite. Unter der Parkplatzleuchte schimmerte ihr nackter Körper unnatürlich weiß. In Wolfs Blick stand nichts als blankes Grauen.

»Warte, ich komm' raus«, flüsterte Isa ihm zu.

Sie schloss das Fenster, wischte die Urinlache mit Miras Leinenkutte auf und schlich sich dann, das nasse Kleid in der Hand, über den Flur und nach draußen zu Wolf.

»Zum Auto«, flüsterte sie. »Halt du sie weiter unter den Armen, ich nehme die Füße.«

Sie luden Miras Leiche in den Kofferraum.

»Wagenschlüssel«, forderte Isa.

Zehn Minuten später stand sie mit Wolf am Geländer der Oderbrücke, mitten über dem Fluss, ungefähr dort, wo die Grenze zu Polen verlief. Miras Leiche hatten sie zwischen sich.

»Auf drei«, sagte Isa.

Sie stemmten den Körper über das Geländer. Er stürzte taumelnd hinunter in die Dunkelheit und versank kopfüber im Fluss. Isa warf das Leinengewand hinterher und wandte sich zum Auto.

»Einsteigen«, sagte sie.

Dann fuhren sie zurück.

Zwanzig

Samstag – Sonntag
23.–24. März 2019
Berlin

Es war Samstagabend. Wolf driftete irgendwo zwischen Wachen und Schlaf. Seit Donnerstagnacht kreisten seine Gedanken unaufhörlich um die Frage, wie er das hatte tun können – eine Frau umbringen, ihre nackte Leiche in einem Fluss entsorgen. War das wirklich er gewesen? Und wie war es dazu gekommen? Wieso war Wolf, nachdem Isa ihn abgewiesen hatte, nicht einfach auf sein Zimmer und ins Bett gegangen? Was hatte ihn in die Turnhalle zurückgezogen?

Als Wolf dort angekommen war, hatten die anderen schon draußen gestanden und auf den Beginn des Ostara-Rituals gewartet. Saskia Nolden und der Kuttenguru waren nicht mehr da gewesen. Auch Saskia Noldens Assistent war offenbar verschwunden. Stattdessen hatte ein gut aussehender Enddreißiger mit kahl geschorenem Schädel, Nasenpiercing und grauer Kutte als Zeremonienmeister übernommen. Wem im Laufe des Abends der Partner oder die Partnerin abhandengekommen war, sollte sich bei einer älteren Frau am Eingang der Halle melden, damit entsprechender Ersatz organisiert werden konnte. Wolf hatte einen Moment gezögert, aber das lange weiße Haar der Frau und ihr helles Leinengewand hatte ihn irgendwie an die Masseurin in dem Berliner Spa erinnert und ein bisschen auch an Paula, außerdem war Wolf nicht der einzige Mann, der sich bei ihr anstellte. Warum also nicht? Elise vögelte schließlich seit Monaten einen anderen Typen, die Frau in Grau hatte Wolf erst heißgemacht und ihn dann mit seiner ganzen Sehnsucht und schlichten Geilheit einfach stehen gelassen. Was sprach dagegen, sich eine Gespielin zuteilen zu lassen, wie die anderen Männer auch? Warum nicht die Gunst der Stunde und des sexpositiven Ortes nutzen? Wolf hatte seinen Bedarf angemeldet und dann eine Augenbinde angelegt, wie die anderen Teilnehmer am Ritual. Sie hatten sich an den Händen fassen müssen und waren in die Halle zurückgeführt worden. Dort hatte man sie in zwei Kreisen aufgestellt, die Männer außen, die Frauen innen. Sie hatten wieder das Mantra gesungen und sich dabei im Kreis bewegt, die Frauen nach links, die Männer nach rechts. Der Gesang war abrupt verstummt, und die Paare, die in diesem Moment voreinander standen, waren für diese Nacht als »Zufallsgefährten« füreinander bestimmt. Führer leiteten die einzelnen Paare irgendwohin auf dem Gelände, die Augen immer noch verbunden.

Wolf wurde sanft auf eine Matratze gedrückt. Seine Zufallsgefährtin war irgendwo neben ihm. Ihr Führer gab ihnen Anweisung, sich gegenseitig zu erforschen. Die Augenbinde sollten sie erst abnehmen, wenn der Gong schlug.

Wolf hatte sich darauf eingelassen. Am Anfang war es schön gewesen mit der Frau, ein bisschen so, wie bei der Massage in dem Berliner Spa, nur mit dem Wissen, dass es dieses Mal nicht bei einer Massage bleiben würde.

Aber dann hatte der Gong geschlagen, Wolf hatte die Augenbinde abgenommen und vor ihm auf dem Bett hatte Mira Kindermann gesessen – immer noch mit verbundenen Augen, den Kopf leicht in den Nacken gelegt, in atemloser Erwartung seiner nächsten Berührung. Ausgerechnet die Frau, die Wolf erpresst und wegen der er seinen gerade eben wieder glattgezogenen Dispo bis zum Anschlag und weit darüber ausgereizt hatte, dieses Miststück, diese Fotze, saß plötzlich arglos und nackt vor ihm und bot ihm ihren Hals dar. Und dann hatte Wolf einfach seine Hände in ihren Nacken gelegt und zugedrückt, die Daumen an ihrer Halsschlagader, mit aller Kraft, auch dann noch, als Mira Kindermann schon in Krämpfen lag und sich vor ihm entleert hatte.

Wolf war außer sich gewesen. Wie im Rausch. Aber dann war er wieder zu sich gekommen. Er hatte die tote Frau vor sich gesehen und begriffen, was er getan hatte. Seitdem trieb Wolf das Entsetzen. Wie sollte er die Erinnerung an den Widerstand von Sehnen, Muskeln und Adern unter seinen Fingern vergessen? Wie den Anblick eines nackten, weißen Körpers im freien Fall?

Und dann waren da die Fragen. Quälend und unablässig: Wieso war Mira Kindermann bei dem Retreat aufgetaucht? Wo war die Frau plötzlich hergekommen, und wer hatte dafür gesorgt, sie Wolf als Zufallsgefährtin unterzuschieben? Saskia Nolden? Aber warum? Um Wolf zu provozieren? Um sich über ihn lustig zu machen? Nur, woher sollte Saskia Nolden gewusst haben, dass Mira Kindermann Wolf erpresst hatte? Oder war die ganze Erpressungsnummer vielleicht auch schon eine Idee von Saskia Nolden gewesen? Um Wolf gefügig zu machen? Um dafür zu sorgen, dass er die Klappe hielt? Aber wie passte dann die Frau in Grau ins Bild? Wieso hatte sie Wolf geholfen, Mira Kindermanns Leiche zu beseitigen? Und wieso hatte sie sich danach so seltsam verhalten?

Auf der Rückfahrt nach Berlin hatte Wolf immer wieder versucht, ihr zu erklären, was passiert war, wie es zu alldem gekommen war. Die Frau in Grau hatte nicht darauf reagiert. Sie hatte die Lippen zusammengepresst, die Hände ums Lenkrad geklammert und war gefahren – zügig, sicher, den Blick nach vorn gerichtet, während Wolf neben ihr unablässig auf sie eingeredet hatte. Den Mund aufgemacht hatte sie erst in der Tiefgarage von HSW. »Das ist alles meine Schuld«, hatte sie gesagt. »Ich hätte Sie nicht allein lassen dürfen.« Und irgendwie stimmte das ja auch: Hätte sie Wolf nicht abblitzen lassen, wäre das alles nicht passiert. Aber warum hatte sie das getan? Steckte die Frau in Grau vielleicht auch irgendwie mit Saskia Nolden unter einer Decke? Immerhin hatte sie doch früher mal für Christof Nolden gearbeitet? Das würde auch erklären, wieso sie einfach so verschwunden war. »Ich komme morgen nicht«, hatte sie in der Tiefgarage zu Wolf gesagt, dann war sie ausgestiegen und gegangen, ohne sich noch einmal umzudrehen. Seitdem hatte Wolf nichts mehr von ihr gehört. Wolf hatte der Frau in Grau vertraut. Aber ganz offensichtlich hatte er sich in ihr getäuscht. Nur, wem konnte er dann überhaupt noch trauen? Wieso ergab nichts von dem irgendeinen Sinn? Wie sollte Wolf so weiterleben? Und vor allem wozu?

»Wie willst du das deinen Kindern erklären?«, hatte ihm die Frau in Grau entgegengeschleudert, als er die Polizei hatte rufen wollen.

Der Witz war aber doch, dass Wolf gar keinen Kontakt mehr zu seinen Kindern hatte und sich auch nicht vorstellen konnte, ihnen je wieder unter die Augen zu treten. Eigentlich konnte Wolf sich überhaupt nichts mehr vorstellen. Weil sich zwischen ihn und seine Vorstellungskraft immer wieder die Erinnerung an seine Fingerkuppen schob, die sich in den Hals einer wehrlosen Frau pressten und an den Moment, in dem der Körper dieser Frau kopfüber im eisig schwarzen Wasser versunken war.

Das Einzige, was gegen diese Erinnerungen half, war das Video mit der berstenden Weltraumrakete. Wolf hatte es am Freitag im Büro den ganzen Tag in Endlosschleife gesehen und sich in den brennenden Trümmern wiedererkannt, die taumelnd vom Himmel stürzten. Nur, dass ihm, Wolf, die Gnade des Verglühens verwehrt war. Stattdessen schien er dazu verurteilt, sich die Katastrophe in ständiger Wiederholung vor Augen zu führen. Wieder und wieder frappierte ihn dabei die Ähnlichkeit der Raketenaußenhaut mit der Fassade der Twin Towers. Plötzlich hatte Wolf das Bild eines fallenden Mannes in Anzughose und weißem Hemd vor eben dieser Fassade vor Augen, endlos gespiegelt, wie durch ein Kaleidoskop. Wo hatte er dieses Bild gesehen? Wolf erinnerte sich nicht, dafür spürte er plötzlich wieder den Schock, den er empfunden hatte, als in den Tagen nach 9/11 die Originalaufnahmen vom Todessprung dieses Mannes durch die Medien gegangen waren. Wolf hatte sich damals gefragt, wie verzweifelt man sein musste, um einen solchen Schritt ins Nichts zu tun. Jetzt, wo er das Bild wieder vor Augen hatte, bewunderte Wolf die Entschlusskraft des Mannes und stellte sich vor, dass er in seinem rauschenden Sturz vielleicht so etwas wie ein letztes, unbeschreibliches Glück empfunden hatte.

So hatte Wolf den Tag verbracht. Das Büro verlassen hatte er erst, als der Securitymann seine Runde gemacht hatte Wie er in seine Wohnung zurückgekommen war, wusste er nicht.

Die Nacht zu Samstag hatte Wolf nicht geschlafen, am Morgen hatte er nicht die Kraft gehabt, aufzustehen. Er war auf dem Schlafsofa liegen geblieben, während Regen gegen sein Fenster schlug. Das Sofa stand in einer Wohnung, die zwei Stockwerke unter der alten lag, ansonsten jedoch mit dieser identisch war. Am frühen Nachmittag hatte sich Wolf Pizza bestellt. Gleich danach war er weggedämmert.

Stunden später hatte ihn sein Handy aus dem Schlaf gerissen. Es war kurz nach dreiundzwanzig Uhr, der Anruf kam von einer unterdrückten Nummer.

›Polizei‹, dachte Wolf.

Er überlegte, den Anruf nicht anzunehmen.

Dann ging er doch dran.

»Papa?« Zaghaft, wie von weit her.

»Ben! Was ist los? Es ist doch schon spät!«

»Ich hab Angst, Papa. Kannst du kommen? Jetzt gleich?«

»Was ist mit Mama?«, wollte Wolf wissen. Aber Ben hatte schon aufgelegt.

Fünf Minuten später war Wolf auf dem Weg zum Prenzlauer Berg.

Die Straßen waren fast leer. Wolf überfuhr rote Ampeln.

Erst vor der Haustür merkte er, dass er seinen Schlüssel vergessen hatte. Wolf klingelte Sturm. Die Haustür wurde automatisch geöffnet, aber als Wolf oben ankam, war die Wohnungstür verschlossen. Wolf hämmerte dagegen.

»Ich bin's, Ben! Papa. Mach auf!«

Nichts.

Wolf warf sich mit vollem Gewicht gegen die Tür, das Schloss hielt stand. Noch ein Anlauf, Holz splitterte, die Tür sprang auf. Drinnen war es dunkel und absolut still.

Bestialischer Gestank wehte Wolf an.

Er machte das Licht an. Ben stand am Ende des Flurs. Seine Haut schien fast durchsichtig. Die Augen waren riesig. Das Haar klebte in fettigen Strähnen an seiner Stirn, Bens schmuddeliger Schlafanzug hatte gelbe Flecken.

»Ben! Hey, Süßer!« Wolf kniete nieder.

Ben warf sich in seine Arme. Er roch nach Schweiß und Urin und tagelang nicht gewechselter Wäsche.

»Wo ist Mama?«, fragte Wolf.

Ben drängte sich stumm an ihn.

»Und Ada?« Wolf spürte Kopfschütteln an seiner Schulter.

Er hob seinen Sohn hoch und ging durch die Wohnung. Die Küche war ein Schlachtfeld aus Pizzakartons, Puddingbechern, dreckigem Geschirr und faulendem Abfall. Auf dem Wohnzimmertisch stapelten sich ungeöffnete Umschläge, fast alle persönlichen Gegenstände waren verschwunden, Elises Kleiderschrank war leer geräumt. Adas Zimmer stand voller Spraydosen. Dicke Seilrollen lagen auf dem Boden zusammen mit einem Tütchen bunter Pillen, die wie Smarties aussahen. Bens Zimmer stank scharf nach Urin. Das Katzenklo im Bad war offenbar seit Tagen nicht geleert worden. In seiner Not hatte Mies überall hingekackt.

»Mmmmm, riecht das aber olchig!«, zitierte Wolf mit verstellter Stimme eine Stelle aus Bens Lieblingsbuch.

Ben presste sich an ihn. Sein Haar kitzelte Wolfs Wange.

»Hast du Lust auf Pizza?«, fragte Wolf.

Wolf spürte energisches Kopfnicken. Er rief den Pizzabringdienst, bei dem sie früher immer bestellt hatten.

Dann schob er das Katzenklo in den Flur, er pellte Ben aus seinem schmutzstarrenden Schlafanzug und stellte seinen Sohn in die Badewanne.

»Die Olchis selber verströmen auch einen ziemlichen olchigen Geruch«, zitierte Wolf.

Schwaches Lächeln huschte über Bens Gesicht. Wolf duschte seinen Sohn, er wusch ihm die Haare und wickelte ihn in das einzige saubere Badetuch, das er finden konnte.

In der Küche leerte Wolf Katzenfutter in den verkrusteten Futternapf, während Mies laut maunzend um seine Beine strich und dann gierig über das Futter herfiel.

Als die Pizza kam, stürzte sich Ben darauf, als hätte er seit Tagen nicht gegessen.

Wolf hielt ihn beim Essen auf dem Schoss. »Alles wird gut, Benjiman. Ich bin da. Ich geh nicht mehr fort«, flüsterte er ihm immer wieder ins Ohr.

Danach räumte Wolf eine Ecke auf dem Küchenboden frei, er holte die Matratze aus Adas Zimmer und suchte frisches Bettzeug.

»So mein schlapper Schlammlappen, wir machen jetzt was Megatolles«, sagte er zu Ben. »Ich räume auf. Du legst dich hier auf die Matratze zum Schlafen, und ich zieh' dich auf der Matratze immer dahin, wo ich gerade bin, okay?«

Ben nickte.

Wolf deckte ihn behutsam zu. »Das hast du genau richtig gemacht, mein Großer. Das war super, dass du mich angerufen hast.« Er küsste Ben auf die Stirn. »Ich lass dich nicht allein, Ben. Du musst keine Angst haben«

Ben nickte. Wolf sah Tränen in seinen Wimpern hängen.

»Nicht weinen, Benny. Alles wird gut.« Er griff Bens Hand und hielt sie, bis der Junge eingeschlafen war. Erst danach versuchte Wolf, Elise anzurufen.

»Die von Ihnen gewählte Nummer ist nicht vergeben«, meldete eine mechanische Frauenstimme. Wolf legte auf und hatte plötzlich das Echo eine andere Stimme im Ohr: ›Ich mache immer nur das, was mir Spaß macht.‹ – Elise, an ihrem ersten gemeinsamen Morgen vor jetzt ziemlich genau sechzehn Jahren. Und jetzt machte ihr eben etwas anderes Spaß als Wolf und die Kinder oder die Schulden für das Kupferhaus. Also hatte Elise sich einfach wieder aus dem

Staub gemacht, wie immer, wenn es eng wurde für sie. Nur dass sie sich dieses Mal offenbar auf Dauer verabschiedet hatte.

Wolf war nicht überrascht, er fühlte sich seltsam klarsichtig und leer. Eine Weile blieb er regungslos am Wohnzimmertisch sitzen. Dann funkte er Ada an *Bin in der Wohnung. Komm nach Hause. Alles wird gut, Love, P.* und wusste schon während er auf »Senden« drückte, dass sie sich nicht melden würde. Wolf massierte sich den Nacken, dann stand er auf und begann aufzuräumen.

Gegen fünf Uhr morgens legte Wolf sich neben Ben auf die Matratze. Er atmete den vertrauten Duft seines Sohnes und schlief sofort ein.

Drei Stunden später schlug Mies seine Krallen in Wolfs Füße. Noch im Liegen griff Wolf nach seinem Handy. Ada hatte sich nicht gemeldet. Wolf stand auf und fütterte den Kater. Dann rief er einen Schlüsseldienst. Während die Wohnungstür notdürftig repariert wurde, saß Wolf mit Ben unter der Decke auf dem frisch bezogenen Ehebett im Schlafzimmer und sah mit ihm *Löwenzahn* und die *Sendung mit der Maus*.

Der Mann vom Schlüsseldienst kassierte eine irrwitzige Summe. Wolf hinterlegte einen der neuen Schlüssel bei einer Nachbarin, klebte einen Zettel für Ada an die Wohnungstür und ging mit Ben zum nächsten Bäcker frühstücken.

Danach holte er die nötigsten Dinge aus der Nadelfilzwohnung, er fuhr mit Ben zum Einkaufen und dann ins Naturkundemuseum. Wolf besorgte Ben einen Audioguide und sah dann, wie sein Sohn mit den viel zu großen Kopfhörern auf dem Kopf wie immer zielstrebig den Lichthof ansteuerte, um dort beseelt die Saurierskelette zu umwandern.

Irgendwann tippte Wolf Ben auf die Schulter und deutete Essbewegungen an. Ben nickte. Kurz darauf saßen sie in einem türkischen Café um die Ecke. Ben löffelte Milchreis. Wolf trank einen Mokka. Auf der anderen Straßenseite wurde ein neues Hochhaus gebaut. Das Gerüst war mit einem Megaposter verhängt. Ein Foto eines vor

Gesundheit strotzenden Eichenwalds, unauffällig darunter ein QR-Code und – deutlich prominenter – in fetter Fraktur *Tiefe Wurzeln.*

›Genau‹, dachte Wolf. Darum ging es jetzt. Um Wurzeln. Um Standhaft-Sein.

Er checkte sein Handy. Kurz nach eins. Immer noch kein Lebenszeichen von Ada.

»Ada sagt, Mama ist mit Derek abgehauen«, sagte Ben unvermittelt.

»Ja?«, fragte Wolf. »Und wann war das?«

»Vor zwei Wochen oder so?« Wolf wusste nicht, ob diese Angabe zuverlässig war.

»Und Ada?«, fragte er.

»Die wollte nicht mit«, sagte Ben. »Weil, die hat jetzt nämlich einen Freund. Einen Sprayer. Die malen nachts immer so große Bilder auf die Häuser.«

»Hat Ada dich öfter allein in der Wohnung gelassen?«, fragte Wolf beiläufig, als wäre das das Normalste der Welt.

Bens Blick verschloss sich. Er schüttelte den Kopf.

Wolf drang nicht weiter in ihn.

Als sie aus dem Café kamen, brach plötzlich die Sonne durch die Wolken. Die Osterglocken auf der Baumscheibe vor dem Café strahlten auf, es roch nach Frühling.

»Ich weiß, was wir jetzt machen«, sagte Wolf. »Wir gehen zu Fuß zurück nach Hause.« Ben nickte, er mochte Spaziergänge. Eine halbe Stunde später waren sie auf der Oderberger Straße – Prenzlauer Berg vom Feinsten. Jan und Kathrin wohnten hier, gute Bekannte, oder vielleicht doch eher schon Freunde, von Wolf und Elise. Ihr Sohn Paul ging mit Ada in eine Klasse, die Zwillinge Fritzi und Emma waren mit Ben eingeschult worden.

»Sollen wir kurz bei Jan und Kathrin reinschauen?«, fragte Wolf. Bens Gesicht leuchtete auf. Er war gerne bei den beiden, und Wolf vermutete, dass sein Sohn ein bisschen in Fritzi und Emma verliebt war.

Wolf klingelte an der Haustür eines aufwändig sanierten Gründerzeitbaus, und sie gingen hoch in den ersten Stock. Kathrin erwartete sie in der Wohnungstür, groß, blond, blauäugig, buntes Kleid über Leggings, Leni, das anderthalbjährige Nesthäkchen, auf dem Arm.

»Hey Wolf, dich habe ich ja ewig nicht gesehen! Hallo, Benny. Kommt rein!«

Ben nahm Kurs auf das Zimmer von Fritzi und Emma, Wolf folgte Kathrin in die Wohnküche. Riesiger alter Eichenholztisch voll mit Kochbüchern und Spielzeug, bunte Vintagestühle, das antike Büfett vollgepackt mit Flohmarktgeschirr, Kinderzeichnungen an der Kühlschranktür, raumgreifende, französische Kochstation in Provencegelb, aus der es nach Apfelkuchen und Sonntagsbraten duftete.

»Cappuccino?«, fragte Kathrin, nachdem sie Leni in ihren Hochstuhl am Tisch bugsiert hatte.

Wolf nickte.

»Jan ist im Büro«, rief ihm Kathrin über den Lärm der Kaffeemühle zu. »Sitzt gerade an einer Riesenkampagne.« Jan war Partner in einer Kreativagentur und verdiente dort vermutlich noch einmal einen ordentlichen Tacken mehr als Wolf bei HSW.

Wolf lehnte sich zurück und ließ die Wärme der Küche auf sich wirken, während Leni mit einem Sojapudding herummatschte.

»Bitteschön, der Herr.« Kathrin reichte Wolf eine Tasse und setzte sich zu ihm an den Tisch. »Der Kuchen braucht noch, sonst würde ich dir was anbieten«, sagte sie. »Wie geht es dir? Du siehst abgekämpft aus.«

»Viel Arbeit gerade«, sagte Wolf.

»Und Elise? Ich glaube, die habe ich zuletzt vor einem halben Jahr gesehen.«

Also wusste Kathrin nichts von der Trennung.

»Elise ist gerade nicht in Berlin«, sagte Wolf. »Ärger mit der Familie.«

»Ach Mann, das tut mir leid«, sagte Kathrin. »Und das on top zu dem ganzen Stress mit eurem Sommerhaus. Aber wenigstens habt ihr ja jetzt ein Au-pair.«

Wolf sah Kathrin fragend an.

»Der junge Typ mit Bart, der Ben die letzten Wochen zur Schule gebracht hat?«

Wolf lachte auf »Deppen-Derek«, sagte er um Lässigkeit bemüht. »Das war nur ein Praktikant aus Elises Büro. Der ist, glaube ich, schon wieder zurück in England.«

»Schade«, sagte Kathrin. »Der war eine nette optische Abwechslung für so eine dröge Fulltime-Mom wie mich.« Kathrin war eigentlich Grafikdesignerin, aber nach der Geburt von Fritzi und Emma hatte sie ihren Job aufgegeben.

»Darf ich euch um einen Gefallen bitten?«, fragte Wolf unvermittelt. »Ist aber ein bisschen überfallartig.«

»Ich höre«, Kathrin lächelte und nippte an ihrem Yogi-Tee. Auf ihrer Tasse stand *#Heldenmutter* in altdeutscher Schrift. Eine dieser ironischen Brechungen, mit denen man in ihren Kreisen Geschmack bewies. Aber eben irgendwie auch wieder passend zu Kathrin und dem Kindergewusel um sie herum.

»Könntet ihr euch für ein paar Tage um Ben kümmern, nach der Schule?«, fragte Wolf. »Bis ich jemanden für ihn organisiert habe?«

Kathrin lachte. »Klar, Fritzi und Emma werden sich freuen, und Platz genug haben wir ja.«

»Musst du das nicht erst mit Jan besprechen?«

»Der ist glücklich über jede männliche Verstärkung im Haus.«

»Danke,« sagte Wolf, »Das ist echt eine Riesenhilfe. Ada ist ja eigentlich alt genug …«

Kathrin prustete. »Vergiss es, Wolf. Wenn Ada gerade so drauf ist wie Paul, dann ist sie ein Sicherheitsrisiko für Ben. Nee, lass' den Kleinen mal hier bei uns, und mach' dir keinen Stress wegen der Betreuungsorga.«

Sie einigten sich darauf, dass Kathrin Ben für die nächsten Tage zusammen mit Fritzi und Emma von der Schule abholen und der Junge dann bei ihr bleiben würde, bis ihn Wolf nach der Arbeit wieder einsammelte.

»Wenn ihr Lust habt, könnt ihr beide dann doch einfach auch noch bei uns zu Abend essen«, sagte Kathrin zum Abschied.

Ben nickte begeistert.

»Ich schau', was geht«, sagte Wolf.

Kathrin umarmte ihn. »Pass auf dich auf, Wolf«, flüsterte sie ihm ins Ohr. »Du siehst fix und fertig aus.«

Wolf schluckte. »Das wird«, sagte Wolf. »Bis morgen Abend.«

Vor dem Haus checkte er sein Handy. Keine Nachricht von Ada.

Wolf nahm Ben an die Hand. »Komm«, sagte er. »Wir gehen nach Hause.« Vielleicht war Ada ja inzwischen in die Wohnung zurückgekommen.

Ben lief eine Weile schweigend neben ihm her.

»Das ist schön bei Kathrin und Jan«, rückte er irgendwann heraus.

»Ja«, sagte Wolf mit einem Stich im Herzen. »Finde ich auch.« Im Stillen hatte er Kathrin und Jan immer beneidet. Die beiden hatten es raus. Sie hatten geschafft, was Wolf und Elise nicht hinbekommen hatten: eine glückliche Familie. Wolf fragte sich, woran das lag. Daran, dass Jan besser verdiente als er? Daran, dass Kathrin wegen der Kinder zu Hause geblieben war? Funktionierte das wirklich nur so mit der Familie und dem Glück? Aber eigentlich war das gerade auch egal. Gerade ging es nur darum, dass Wolf zusammenhielt, was von seiner family noch übrig war.

Wolf nahm Ben fester an die Hand und ging mit ihm zurück nach Hause, während überall in der zunehmenden Dunkelheit LED-Tafeln aufleuchteten, auf denen es um Überarbeitung ging und ungerechte Steuerpolitik und um die tiefen Wurzeln deutscher Eichen.

Als sie zu Hause ankamen, brannte kein Licht in der Wohnung. Ada war nicht zurückgekommen. Wolf setzte Ben vor den Fernseher, stellte den Kinderkanal ein und räumte weiter auf. Als er fertig war, kochte er Bens Leibspeise – selbst gemachtes Kartoffelpüree mit Köttbullar. Nach dem Essen setzte sich Wolf mit Ben aufs Ehebett und las ihm Kinderbücher vor, bis dem Jungen die Augen zufielen.

Wolf schlich sich ins Wohnzimmer. Er öffnete die Umschläge, sortierte die Mahnungen und Rechnungen nach Fälligkeit, machte Listen und stellte Berechnungen an.

Wenn er sich jeden Cent vom Mund absparte, konnte er in zehn, spätestens zwölf Jahren schuldenfrei sein. Vorausgesetzt natürlich, er verdiente bei HSW weiter so wie bisher. Im Klartext hieß das: für die nächsten zehn Jahre bei Nolden-Bau sämtliche Augen zudrücken und Herbert Stetten ein Jahrzehnt lang um jeden Preis bei Laune halten. Es würden knallharte Jahre werden, aber das schien Wolf gerechte Sühne für das, was er getan hatte.

Wolf schob die Papierhaufen auf Kante.

»›Es ist schon okay. Es tut gleichmäßig weh‹«, summte er.

Die Zeilen hatte er schon den ganzen Abend im Kopf. Woher kamen sie, und wieso erinnerte Wolf sich nicht mehr, wann und wo er sich diesen Ohrwurm eingefangen hatte?

Um kurz nach zwölf legte sich Wolf zu Ben aufs Bett. Er schlang den Arm um seinen ruhig atmenden Sohn und presste die Nase in seinen Kindernacken.

»Ich lass dich nie mehr allein«, flüsterte Wolf. »Ich finde Ada. Das wird wieder mit uns. Ihr seid doch meine Kiddies. Wir müssen doch zusammenstehen.«

Ben murmelte etwas und griff im Schlaf nach Wolfs Hand. Wolf wurde ganz ruhig. Gleich darauf schlief er ein.

Einundzwanzig

Samstag – Sonntag
23.–24. März 2019
Berlin

Es war kurz vor neun. Isa war seit dreizehn Stunden im Büro. Nach der Rückkehr in Miras Wohnung am Donnerstagvormittag hatte sie sich gezielt mit einem Schlafmittel abgeschossen und fast sechzehn Stunden geschlafen. Den Rest der Nacht und den darauffolgenden Tag hatte Isa sich im Bett verschanzt und sinnlos irgendwelche Actionvideos geguckt, bis auch das nicht mehr gereicht hatte, um die Bilder in ihrem Kopf wegzuballern. Sie hatte ein Taxi nach Mitte genommen und war in Maliks Bar abgestürzt. Wortlos und konsequent trinkend, bis das Entsetzen nicht mehr zu ihr durchdrang. Um sechs Uhr morgens hatte Isa die Bar verlassen. Sie hatte in einem Backshop gefrühstückt und war zu Fuß zu HSW gegangen. Vorbei an LED-Tafeln mit neuen bunten Bildern von Robert Selinger und seltsamen Botschaften in Schwarz-Weiß.

Jetzt stand Isa auf und trat ans Fenster. In der Cafeteria sah sie Adèle von Pribbenow in angeregter Unterhaltung mit einem untersetzten Anzugmann mit weißem Haar – Herbert Stetten, mutmaßte Isa anhand der Fotos, die sie kannte.

Isa massierte sich den Nacken. Ihre Augen brannten, ihr ganzer Körper schien vor Anspannung zu vibrieren. Trotzdem graute ihr davor, den Rechner herunterzufahren und aus dem Büro hinauszugehen in die Dunkelheit, wo die Erinnerung lauerte. Aber eigentlich brauchte Isa dazu gar nicht rauszugehen. Sie musste nur die Augen schließen, dann war alles wieder da: die Urinlache auf dem Boden zwischen Miras Beinen, Miras kalter, schlaffer Leib in Isas Armen, der dumpfe Aufprall ihrer Füße auf dem Asphalt, und immer wieder das Bild von Miras dunkel aufblitzender Scham in dem Augenblick, bevor ihre dünnen weißen Beine endgültig im Wasser versanken.

Die Ungeheuerlichkeit von alldem ließ Isa nicht los.

Was war in diesem Bruchteil einer Sekunde geschehen, in dem sie sich entschieden hatte, Wolf zu schützen und Mira preiszugeben? War Isa nicht ausgezogen, um Mira zu finden und – schlimmstenfalls – diejenigen zur Verantwortung zu ziehen, die Mira auf dem Gewissen hatten? Wieso hatte sie dann das exakte Gegenteil getan?

Isa hätte es sich leicht machen können. Sie hätte sich einreden können, im entscheidenden Moment dem Kalkül gehorcht zu haben, dass Mira nicht wieder lebendig würde, wenn Wolf sich stellte. Aber sie wusste, dass die Wahrheit komplizierter war – dunkler und weniger rational.

Lange bevor Wolf Hand an Mira gelegt hatte, war Isa bereits enttäuscht gewesen, weil Mira mit ihren unsicher tastenden Zeichnungen und konfusen Tagebucheinträgen nicht dem Bild entsprochen hatte, das sich Isa all die Jahre von ihr gemacht hatte. Isa hatte sich innerlich immer mehr von Mira entfernt, weil sie ihre Unsicherheiten und Macken befremdet hatten. Als ihr schließlich klar geworden war, dass Mira den gemeinsamen Kampf gegen Nolden-Bau aufgegeben hatte, um ihr Heil in einer obskuren Kommune zu suchen, hatte sich Isa endgültig von ihrer ehemaligen Assistentin abgewandt. Spätestens während ihrer Raucherpause auf der Oderbrücke hatte Isa einen Schlussstrich unter ihre Suche nach Mira gezogen. Geblieben war nur ein Bodensatz von Groll, Widerwillen und unbestimmter Rachsucht.

Als Isa Stunden später vor Miras Leiche gestanden hatte, in den gedankenlosen Sekunden, in denen sie begriffen hatte, dass Mira tot war und dass Wolf sie umgebracht hatte, war sie daher nicht entsetzt gewesen oder schockiert, sondern erfüllt von heißer Genugtuung. Und danach hatte es nur noch Wolfs zitternde Unterlippe gebraucht und den animalisch-lebendigen Geruch seiner Haut, damit sich Isa instinktiv auf seine Seite geschlagen und Miras geschundenen, toten Körper den Möwen und Wasserratten zum Fraß vorgeworfen hatte.

All das war Isa auf der Rückfahrt nach Berlin durch den Kopf gegangen, während Wolf sich neben ihr immer tiefer in seine Verschwörungstheorien hineingesteigert hatte. Und es waren Verschwörungstheorien – pure Paranoia. Denn Wolfs Verdacht, dass Saskia Nolden hinter der ganzen Sache steckte, war natürlich Unsinn. Miras erste Zahlung an die Kommune datierte Monate vor ihrem Einstieg bei HSW und lange bevor Wolf das Nolden-Mandat übernommen hatte. Mira war damals, ein knappes halbes Jahr nach ihrer Entlassung aus der Klinik, vermutlich einfach nur vom Heilsversprechen der Gemeinschaft und von ihrem exklusiven Anspruch angezogen gewesen – von den schicken Leinenkutten, den japanischen Handtüchern und den spirituell ausgebrannten Führungskräften auf der Suche nach sexueller Heilung. Nichts deutete darauf hin, dass Miras Hinwendung zu der Gemeinschaft irgendetwas mit Nolden-Bau oder Saskia Nolden zu tun gehabt hatte. Saskia Nolden hingegen hatte ihren ersten Nolden-Bau-Retreat vermutlich einfach nur wegen irgendwelcher alten Besserland-Band-Connections zu dem Kuttenguru in den Oderbruch verlegt, und es gab keinen Grund anzunehmen, dass sie von Miras Eintritt in die Kommune und ihrer Anwesenheit auf dem Gelände gewusst, oder auch nur eine Ahnung von Miras Existenz gehabt hatte. Aber selbst angenommen, Saskia Nolden und Mira hätten sich irgendwie gekannt und wie auch immer unter einer Decke gesteckt – was hätten sie mit dem unvermittelten Zusammentreffen zwischen Wolf und Mira erreichen wollen? Und wieso das Brimborium mit dem Ostara-Ritual und seinen ganzen Unwägbarkeiten, wenn man das Ganze doch auch einfacher hätte haben können?

Nein, dachte Isa, für jeden, der dieses Puzzle richtig zusammensetzen konnte, musste klar sein, dass Mira und Wolf aus reinem Zufall aufeinandergetroffen waren – falscher Zeitpunkt, falscher Ort.

So banal war das.

Und die Einzige, die das vielleicht hätte verhindern können, war Isa, weil sie allein alle Informationen an der Hand gehabt hatte: Miras Tagebucheinträge, die Informationen des Therapeuten, die Kontoauszüge mit den Überweisungen. Aber anstatt damit gezielt nach Mira zu suchen, hatte sie ihre Energie darauf verwandt, noch einmal gegen Nolden-Bau ins Feld zu ziehen. Selbst unmittelbar vor Ort, das Setting und die sexpositive Agenda der Kommune vor Augen, hatte Isa höchstens beiläufig an eine mögliche Verbindung zu Mira gedacht, und auch nach dem Gespräch mit dem Zollhaus-Wirt war sie nicht darauf gekommen, dass der Kuttenguru mit seinem Müller-Meier-Schmidt-Nachnamen eben jener Christian Schmidt sein könnte, dem Mira ihr ganzes Vermögen überschrieben hatte.

Isa hätte eins und eins zusammenzählen können. Und vielleicht hätte sie Mira dann irgendwie aus der Kommune herausholen können. Vielleicht wäre Mira dann nicht mit Wolf zusammengetroffen. Aber Isa hatte eben nicht eins und eins zusammengezählt. Stattdessen hatte sie Engtanzübungen mit Wolf gemacht und wäre danach fast mit dem Mann in der Kiste gelandet.

Thomas hatte recht gehabt: Isa hatte sich einen Scheiß für Mira interessiert.

Und jetzt war Mira tot, und Isa war schuld. Sie hätte die Suche nach Mira nicht aus dem Blick verlieren, sie hätte Mira nicht allein lassen dürfen. Genau das hatte Isa versucht, Wolf klarzumachen, bevor sie am Donnerstagmorgen in der Garage von HSW aus seinem Wagen gestiegen war. Aber so wie Wolf sie angesehen hatte, war klar gewesen, dass er kein Wort von dem verstanden hatte, was Isa gesagt hatte. Im Gegenteil, Wolf hatte dermaßen weggetreten gewirkt, dass es ihr fast Angst gemacht hatte.

Sie hatte Wolf im Wagen sitzen gelassen und war gegangen. Seitdem war Isa allein mit ihrem Grauen. Die Betäubungsversuche der letzten beiden Tage waren ebenso gescheitert wie ihre Hoffnung, durch Arbeit wieder zur Ruhe zu kommen. Isa starrte blicklos auf ihren Bildschirm. Es war sinnlos, weiter im Büro zu sitzen. Sie fuhr den Rechner runter und löschte das Licht.

Als Isa auf die Straße trat, vibrierte ihr Handy. Eine Terminerinnerung. Isa hatte die Eröffnung von Saskia Noldens neuen Ausstellungsräumen in Berlin komplett vergessen. Sie winkte ein Taxi und ließ sich nach Lichtenberg fahren.

Die Ausstellungsräume befanden sich in einer aufgegebenen U-Bahn-Station am Ende einer nie fertig gebauten Linie. Der weite Platz vor dem Eingang zur Station war von Fackeln erleuchtet. Im Hintergrund schimmerte ein übrig gebliebenes monumentales russisches Propagandarelief mit Arbeitern und Soldaten. Noch weiter dahinter türmten sich die Plattenbauten von Marzahn-Hellersdorf.

Isa querte den Platz. Der Waschbetonbelag war in unregelmäßigen Abständen aufgebrochen worden. Isa sah frisch gepflanzte junge Bäume mit weiß gekalkten Stämmen. *Quercus robur/Deutsche Eiche* war auf kleinen schwarzen Schildern eingeprägt.

Die Eingänge zur U-Bahn-Station wurden von schwarz gekleideten Fackelträgern und Türstehern in schwarzem Ninja-Outfit kontrolliert.

Davor drängte sich das übliche Vernissagenpublikum. Vereinzelt gediegenes Kulturvolk jenseits der fünfzig, vor allem aber die unvermeidlichen Jungs aus gutem Hause im Casual-Look mit ihren hübschen Kunsthistorikerinnen in Secondhand-Kamelhaarmänteln und Vintagefähnchen von Humana. Dazwischen aber auch, und das war auffällig, sehr viele sehr junge Menschen in billigen Trainingsanzügen und No-Name-Sneakers – Teenager mit hungrigen Gesichtern und billigen Tattoos. Plattenbaukids aus der Nachbarschaft, vermutete Isa.

Metapolitics stand in riesigen Lettern schwarz auf weiß auf der Außenwand der U-Bahn-Station. Isa passierte die Ninja-Kontrollen und wurde in die oberirdische Eingangshalle der Station geschoben. Die Ladenzeile war geschlossen, die Wände und Glasfronten der

Geschäfte waren mit unzähligen Plakaten und Stickern überkrustet. Auf den ersten Blick wirkte das natürlich gewachsen, aber als Isa näher trat, wurde ihr klar, dass die Assemblage aus Zitaten von Hegel und Marx, von Nietzsche und Thoreau, von Joseph Beuys und Filippo Marinetti, Stalin und Hitler nicht zufällig entstanden, sondern sorgfältig kuratiert war.

Isa wurde weitergedrängt, hinunter ins Mittelgeschoss der Station. Über die LED-Displays an den Wänden liefen Videos auf denen sich vermummte Menschen von Hochhausdächern abseilten, um die Fassaden mit ihren Botschaften zu marken. *BLnCru,* las Isa, *Deep Elite, Besserland.*

Ein paar Meter weiter machte sie den Treppenabgang zum Tiefgeschoss der Station aus. Vor dem Abgang standen Ninjas und verteilten Tiermasken aus Gummi. Isa setzte sich eine Eichhörnchenmaske auf und begann den Abstieg in die Unterwelt. Schwaden feuchter Luft stiegen ihr entgegen. Im Tiefgeschoss durchzuckten Stroboskopblitze die stickige Dunkelheit, in der Hunderte maskierte Menschen im Technogewitter zu einer stampfenden Masse verschmolzen.

Isa kämpfte sich durch die tanzende Menge zum anderen Ende des ehemaligen Bahnsteigs. Eine Treppe führte nach oben und öffnete sich auch hier auf eine Zwischenebene. Vor einer LED-Tafel mit dem hyperrealistischen Foto eines Eichenwalds spielten zwei schwarz gekleidete Ninjas lautlos und selbstvergessen mit einem großen schwarzen Flummi. Isa stand lange allein auf dem Treppenabsatz und sah den beiden zu, während aus den Katakomben in ihrem Rücken immer härtere und schnellere Beats auf die Masse eindroschen.

Dann wurde es plötzlich still.

Die Ninjas packten ihren Flummi weg und gingen an Isa vorbei nach unten. Isa folgte ihnen. Noch auf der Treppe hörte sie die Ansage der Band, die sich gerade zum Auftritt bereit machte.

»Hi«, sagte eine heisere Frauenstimme. »Wir sind Wolfsbrut.«

Im nächsten Moment brach die Hölle los. Obszön lauter Death

Metal erfüllte den Raum, darüber unverständlich-aggressives weibliches Kreischen.

Isa sah von ihrem Platz auf der Treppe hinunter in den Moshpit. Auf einer Bühne in der Mitte des Bahnsteigs schrammten vier Menschen in irrwitzigem Tempo auf ihren E-Gitarren, im Hintergrund prügelte der Drummer vor sich hin. Ganz vorn am Bühnenrand stand eine erschütternd junge Frau mit langen dunklen Ponyfransen und ansonsten kahl geschorenem Schädel. Ihr Körper war schmal und muskulös. Feste Brüste unter einem schwarzen Tanktop, Cargo-Pants und hochgeschnürte Boxerstiefel. Das bösartige Tattoo an ihrem Hals so frisch, dass die Haut noch gerötet war. Das Skin-Mädchen kreischte aus vollem Hals ins Mikro. Ihr Gesicht war hassverzerrt, die Wimperntusche lief ihr schwarz über die Wangen. Das Mädchen erinnerte Isa an die Bedienung in der Coffeebar bei HSW – und vage auch noch an jemand anderen, ohne dass sie den Finger darauf legen konnte.

Nach einer Viertelstunde trat die Band ab.

»Danke euch allen«, sagte das Kreischmädchen schwer atmend. »Und jetzt begrüßt die eigentlichen Stars des heutigen Abends!«

Eine Handvoll durchtrainierter Mittfünfziger übernahm die Bühne. Ein Mann mit grauem Rauschebart und Flattop trat ans Mikrofon. Keine Hornbrille, dafür schwarze Ray-Bans und schwarze Anzughosen, die in den Schäften von GSG9-Stiefeln steckten. Die Arme des Mannes unter den hochgekrempelten Ärmeln seines schneeweißen Hemds waren bis zu den Händen tätowiert.

Die Masse pfiff und grölte. Der Mann gebot mit einer Handbewegung Ruhe.

»Wir sind Besserland«, sagte er. »Und wir stehen hier für ein besseres Land. Der kommende Aufstand beginnt hier. Und jetzt. Mit euch. Ihr seid nur der erste Funke. Aber dem kleinen Funken folgt das hell züngelnde Feuer und dann der Flächenbrand«.

Hinter ihm brach das Gitarreninferno los. Der Kuttenguru war am Bass zugange.

Die Masse tobte. Wenn das, was Sven Remda ins Mikro brüllte, irgendeinen Sinn ergab, erschloss er sich Isa nicht. Vor der Bühne sprangen Menschen rhythmisch auf und ab oder schlugen mit ihren Gürteln aufeinander ein. Im Bühnenhintergrund streifte Saskia Nolden ihre Ninja-Sturmhaube ab und lächelte.

Isa hatte genug gesehen. Sie stieg die restlichen Stufen hinunter und kämpfte sich einen Weg durch die tobende Menge, zum Treppenaufgang am anderen Ende und dort wieder nach oben, in Richtung Ausgang. In der Ladenzeile drängten sich die Leute vor einem Merchandise-Stand unter dem Banner *BLnCru – Streetwear. Straight out of Hellersdorf* und *Besserland-Bewegung* prangte in schwarzer Fraktur auf strahlend weißen Hoodies. Die Hoodies gingen ebenso schnell weg wie die schwarzen Basecaps, auf denen der Berliner Bär im weißen Eichenkranz steppte und die Tassen mit Aufdrucken wie *Besserland, Kraft durch Freunde* und *#Heldenmutter*. Neben dem Ausgang stapelten sich jetzt palettenweise handliche, kleine Taschenbücher. *Besserland-Manifest,* las Isa. Die Ninjas an der Tür ließen sie erst gehen, nachdem sie sich ein Exemplar genommen hatte.

An der Auffahrt zum Platz standen Dutzende Taxis. Isa fuhr zurück nach Neukölln.

Eine halbe Stunde später saß sie an Miras Küchentisch und blätterte durch das Besserland-Manifest. Es war das Gründungsdokument einer neuen Bewegung. Die »Initiative Besserland« wollte die herrschende Gesellschaftsordnung aufbrechen. Besitz- und Arbeitsverhältnisse sollten neu gedacht, Grenzen neu gezogen werden. Isa las von Abkehr vom Konsum und Rückbesinnung auf Kernwerte wie Familie, Naturverbundenheit und Authentizität. Sie las vom Vorrang des Fühlens über das Denken und von individuellen Wahrheiten, die höher standen als abstrakte gesellschaftliche Werte. Sie las von »kreativer Zerstörung«, von »Konsensstörung«, »agiler Aggression« und »Akten wohljustierter Grausamkeit«, die erforderlich sein würden, um aus der allgemeinen Unzufriedenheit den Funken der Revolte zu schlagen. Danach galt es, diesen Funken zum Flächenbrand eben jenes Aufstands anzufachen, an dessen Ende ein besseres Land stehen würde.

Bebildert war der Text mit hyperrealistischen Fotografien, die mit »RS« signiert waren. Die Typo des Manifests war dieselbe wie auf all den Plakaten und LED-Screens in der Stadt. Statt eines Impressums war ein QR-Code eingefügt. Isa griff sich ihr Handy und las den Code aus: »IBL – Initiative Besserland«. Dort, wo vor knapp vier Tagen noch »Coming Soon« gestanden hatte, war nun die vollständige Kampagnenwebsite von Besserland eingestellt, einschließlich Downloadlinks für das Besserland-Manifest und Weiterleitung zum Merchandise-Shop von BLnCru, als Banner wurden die Videos von den LED-Boards eingespielt.

Isa öffnete das Impressum: *Initiative Besserland GmbH – c/o Disruptive Consulting & Communication GmbH. Verantwortlicher Ansprechpartner: Sven Remda.*

Und plötzlich begriff Isa.

Mit einem Mal fügte sich alles zusammen.

Fünfzig Millionen, dachte Isa. Fünfzig Millionen Schwarzgeld, die von Nolden-Bau an Disruptive Consulting gegangen waren. Angeblich für Consultingleistungen. Tatsächlich für das Guerillamarketing einer Krawallbewegung. Das »BL« in den Bensheim-Vermerken hatte nicht für »Beratungsleistungen« gestanden, sondern für »Besserland«.

Saskia Nolden hatte ihren Mann genötigt, mit seinem Geld die Agitpropkampagne ihres Ex-Lovers zu finanzieren.

Kein Wunder, dass sich Christof Nolden mit Koks abgeschossen hatte. Immerhin hatte er vor seinem Abgang noch alles in die Wege geleitet, um den zukünftigen Handlungsspielraum seiner Gattin so weit es ging zu beschneiden. Die Frage war nur, wann Saskia beginnen würde, an ihren Fesseln zu rütteln.

Und dann hing alles an Wolf.

Aber Wolf hatte schon einmal versagt.

Das ließ nur eine Option.

Isa fuhr ihren Laptop hoch, sie ging in den Entwurfsordner ihres Mailprogramms, öffnete das Dossier, das dort immer noch lag, und begann zu arbeiten.

Als sie fertig war, dämmerte es bereits. Isa speicherte das überarbeitete Dossier wieder in ihren Mailentwürfen – eine scharfe Streubombe, jederzeit mit ein paar Handybefehlen zündbar.

Isa legte sich auf das Ledersofa in Miras Atelier und schlief sofort ein.

Fünf Stunden später riss sie das Telefon aus dem Schlaf.

Isa tastete nach ihrem Handy.

»Ja?«, sagte sie. »Hallo?«

Möwenschreie und fauchender Wind am anderen Ende.

»Ich habe gerade deinen Brief gelesen«, sagte Can.

Isa schwieg.

»Hätte nicht gedacht, dass du mir noch mal eine Liebeserklärung machst«, sagte Can.

Isa schwieg immer noch.

»Komm nach Hause«, sagte Can. »Du fehlst.«

»Du auch«, sagte Isa. »Ich komme zurück. Zurück zu dir.« Aber da war die Verbindung bereits wieder abgebrochen.

Zweiundzwanzig

Montag
25. März 2019
Berlin

Es war Montagmorgen, kurz vor halb neun. Wolf war auf dem Weg zu HSW. Er hatte Ben zur Schule gebracht und ihm auf dem Weg immer wieder bestätigt, dass er wirklich den ganzen Nachmittag und bis zum Abend mit Fritzi und Emma bei Kathrin bleiben durfte.

Die Ampel vor Wolf sprang auf Rot. Wolf bremste geschmeidig und ruhig. An einer Brandmauer über der Kreuzung hing wieder eine dieser LED-Tafeln. Wolf sah das Foto eines Mannes in seinem Alter, gut aussehend, durchtrainiert, in lässiger Freizeitkleidung, den Kopf leicht schräg gelegt. Das Bild verschwand. *Wann hast du dich verloren?* erschien schwarz auf weiß auf der Tafel.

›Gute Frage‹, dachte Wolf. Aber auch irgendwie nicht mehr relevant für ihn, jetzt, wo er wieder wusste, wer er war und für wen er lebte.

Er war Dr. Torsten Wolf, Salary-Partner bei einer der erfolgreichsten mittelständischen deutschen Kanzleien und Beiratsvorsitzender eines führenden europäischen Bauunternehmens. Vor allem aber war Wolf der Vater von zwei tollen Kindern, für die er ganz allein die Verantwortung trug. Gut, Ada war vielleicht gerade nicht so toll, aber Wolf würde beim Abendessen mit Kathrin und Jan einfach mal fragen, wie die beiden das mit Paul hinbekamen. Schließlich waren

Kathrin und Jan seine Freunde. Das hatte Wolf in den vergangenen Monaten nämlich irgendwie auch vergessen – dass er Freunde hatte – Leute, die so waren wie er, Leute, die Wolf und seine Brut selbstverständlich bei sich willkommen hießen. Wie hatte er das so aus den Augen verlieren können? Wolf war in der Mitte seines Lebens vom rechten Weg abgekommen, aber jetzt war er wieder in der Spur.

»Es ist okay, alles auf dem Weg«, summte er.

Die Ampel sprang auf Grün. Wolf gab sachte Gas.

Eine Viertelstunde später saß er mit einem Cappuccino an seinem Schreibtisch und ging konzentriert durch die Mails der letzten Tage. Nichts wirklich Wichtiges dabei. Aber selbst wenn – Wolf war ausgeschlafen. Er fühlte sich so fit, wie seit Wochen nicht mehr. Er war endlich wieder in charge.

Und dann stand plötzlich die Frau in Grau in seinem Büro. In teurer schwarzer Sportswear, in der sie plötzlich viel mehr wie sie selbst aussah, als in ihren ewigen grauen Hosenanzügen und einem Rollkoffer an der Seite. Wolf ging unmerklich in Abwehrhaltung. Seit Bens Anruf am Samstagabend hatte er jeden Gedanken an die Frau in Grau und das, was im Oderbruch geschehen war, verdrängt. Jetzt stand die Frau in Grau vor ihm, und Wolf hatte keine Lust, sich irgendwie zu ihr zu verhalten.

»Ach, du gibst uns auch noch mal die Ehre«, sagte er.

»Ich kündige, Wolf«, sagte die Frau in Grau. »Ich komme nicht mehr. In drei Stunden geht mein Flug.«

»Reisende soll man nicht aufhalten.« Wolf machte eine vage gönnerhafte Bewegung in Richtung Tür, dann wandte er sich wieder seinem Bildschirm zu.

»Ich muss mit dir reden«, sagte die Frau in Grau.

›*Ich muss mit dir reden*‹. Wolf ging innerlich steil.

»Fängst du jetzt auch so an«, sagte er.

»Was soll das, Wolf?« Die Frau in Grau sah ihn an. Unter ihren Augen lagen tiefe Schatten. Und auf einmal war Wolf wieder mit ihr auf der Brücke im Oderbruch und wuchtete eine nackte Frauenleiche über das Geländer in den Fluss. Kurzes Aufplatschen, ein letztes, hilfloses Aufblitzen krabbenbleicher Beine. Dann nur noch Dunkelheit. War es das, worüber sie mit ihm reden wollte? Angst stieg in ihm auf.

In diesem Moment stand Nadine Oschmann in der Bürotür, verschwitzt und leicht außer Atem wie immer.

»Herr Stetten möchte Sie sprechen, Herr Dr. Wolf«, sagte sie. »Sofort.«

»Ich komme«, sagte Wolf. Seine Angst jetzt eine feste Größe.

»Ich warte so lange«, sagte die Frau in Grau.

Wolf stand auf und folgte Nadine Oschmann zum Aufzug.

Auf dem Gang zu Herbert Stettens Büro begegnete ihnen Saskia Nolden. Sie nickte Wolf abwesend zu und verschwand im Aufzug.

Wolfs Angst schlug in Panik um.

Stetten sah nicht auf, als Wolf sein Büro betrat. Wolf blieb stumm vor seinem Schreibtisch stehen. Es war vollkommen still. Wolf begann die Sekunden zu zählen. ›Jetzt lebst du noch‹, dachte er. ›Und gleich bist du tot‹.

»Setzen«, raunzte ihn Stetten an. Dann schob er Wolf zwei Kopien über den Tisch.

Ein Foto von Wolf und Rodach vor dem Brauhaus in Köln und Rodachs eidesstattliche Versicherung über die Scheingeschäfte bei Nolden-Bau.

»Können Sie mir erklären, was Sie sich dabei gedacht haben?«, brüllte Stetten. »Wer hat Ihnen ins Hirn geschissen, Herr Dr. Wolf? Wie kommen Sie darauf, gegen unseren wichtigsten Mandanten zu intrigieren?«

›Surreal‹, dachte Wolf. ›Vollkommen surreal.‹ Fast hätte er laut losgelacht – die eidesstattliche Versicherung, seine Pläne, den Bilanzbetrug bei Nolden-Bau hochgehen zu lassen – das war alles so weit weg und so fucking lächerlich im Vergleich zu dem, was seitdem passiert war. Wolf hatte plötzlich das Bedürfnis, sich Stetten zu offenbaren. »Reg dich nich uff, Chef«, würde er sagen, »dit is doch allet nur pille-palle.« Und dann würde Wolf auspacken. Er würde erzählen, wie sich das anfühlte, wenn man eine Frau mit bloßen Händen erwürgte, und wie das war, wenn man ihre Leiche im Fluss entsorgte und dann plötzlich nichts mehr da war, außer schwarz gurgelndem Wasser und dem schwefligen Geruch von faulenden Pflanzen.

Aber so, wie Stetten gerade aussah, war das vielleicht keine so gute Idee. Wolf fand es fast schon erschreckend, wie schnell Stettens Kopf die Farbe von gutem Rotwein angenommen hatte. Elise hatte immer gerne Rotwein getrunken. ›*Allesverloren*‹, hatte so nicht ihr Lieblings-Shiraz geheißen? Und wieso fiel Wolf das jetzt plötzlich ein? Stettens Kopf jedenfalls hatte inzwischen eindeutig die Farbe einer schönen vollmundigen Fruchtbombe. Wenn der große Häuptling nicht auf sich achtete, würde ihn in nicht allzu ferner Zukunft der Schlag treffen.

»Saskia Nolden wollte HSW das Mandat entziehen!«, schäumte Stetten. »Weil das Vertrauensverhältnis zerrüttet ist. Ist Ihnen klar, was das für HSW bedeutet hätte, Wolf?«

Wolf beobachtete das kleine Speichelbläschen, das sekundenlang in Stettens Mundwinkel hing, bevor es platzte und ihm als dünner Faden übers Kinn lief.

Stetten wischte sich mit dem Handrücken übers Gesicht.

Plötzlich schien alle Energie aus ihm zu weichen.

»Sie sind mit sofortiger Wirkung freigestellt,« sagte er. Seine Stimme klang unendlich erschöpft. »Ich habe Ihre Aufgaben an Adèle von Pribbenow übertragen. Matthias Pahlow regelt die Übergabe.«

Die mächtige Welle, die Wolf die letzten beiden Tage getragen hatte, brach unter ihm zusammen und riss ihn in die Tiefe. Tosende Wassermassen stürzten auf Wolf herab und schleuderten ihn gegen die scharfzackigen Felsformationen, die immer schon knapp unter der Oberfläche auf ihn gelauert hatten. ›Alles verloren‹, dachte Wolf. Er schloss die Augen und war mit einem Mal eine Weltraumrakete, eben noch auf der exakt berechneten Flugbahn, plötzlich nur mehr ein gigantischer Tubus aus berstendem Metall.

Eine Flammenwand explodierte um Wolf herum. Danach war es vollkommen still. Glühende Trümmer taumelten in Zeitlupe durchs

Firmament. ›Das bin ich‹, dachte Wolf. ›Das ist das, was mit mir passiert.‹

»Haben Sie Ihren Autoschlüssel dabei?«, fragte Stetten von weit her.

»Unten im Büro«, antwortete Wolf.

»Frau Oschmann geht mit Ihnen runter. Sie holen die Schlüssel, und dann fahren Sie Frau Nolden zum Flughafen. Die Taxifahrer streiken.«

Wolf nickte.

Nadine Oschmann begleitete ihn zu seinem Büro. Die Frau in Grau war noch da. Sie stand am Fenster und sah hinunter in die Cafeteria.

Seltsam dachte Wolf, dass sie genau zur gleichen Zeit wieder bei HSW aufgelaufen war wie Saskia Nolden. Der vage Verdacht, den er auf der Rückfahrt aus dem Oderbruch gehabt hatte, flammte wieder auf – machten die beiden gemeinsame Sache gegen ihn?

Wolfs Blick fiel auf den Rollkoffer der Frau in Grau.

»Ich bringe dich zum Flughafen«, sagte er.

Die Frau in Grau wollte etwas sagen.

»Du wolltest doch mit mir reden«, sagte Wolf. »Das kannst du dann auf der Fahrt.«

Die Frau in Grau hob eine Augenbraue und nahm ihren Koffer.

»Frau Nolden wartet im Foyer«, sagte Nadine Oschmann. »Ich begleite Sie beide noch.«

Sie fuhren nach unten in die Garage. Im Aufzug stieg Wolf Nadine Oschmanns Schweiß in die Nase, und der ranzige Geruch ihres Haars. Er spürte leichte Übelkeit. Die Frau in Grau stand Wolf gegenuber und musterte ihn forschend, fast schon impertinent. Wolf ignorierte ihren Blick.

In der Garage packte die Frau in Grau ihr Gepäck in den Kofferraum von Wolfs Wagen und setzte sich auf den Beifahrersitz. Nadine Oschmann schien einen Moment unschlüssig, dann stieg sie hinten ein. Wolf startete den Wagen und fuhr nach oben, vor den Haupteingang von HSW.

»Ich hole Frau Nolden.« Nadine Oschmann sprang ungeschickt raus und verschwand ins Foyer. Ihr Schweißgeruch hing noch im Wagen und vermischte sich mit den Holznoten des Geruchskillers und den Untertönen von kaltem Rauch. Wolf ließ die Wagenfenster herunter. Kühle, klare Luft wehte herein. Die Frau in Grau sah kurz zu ihm rüber und schaute dann aus dem Seitenfenster. Wahrscheinlich überlegte sie, ob sie schnell noch ihren Punkt anbringen sollte, bevor Saskia Nolden zu ihnen stieß. Aber das konnte sie sich abschminken. Wolf war nicht nach Reden zumute.

Saskia Nolden kam aus dem Eingang von HSW, Handy am Ohr, Nadine Oschmann im Schlepptau. Wolf stieg aus und half Saskia Nolden, ihren Rollkoffer im Kofferraum zu verstauen. Ihr Koffer war genauso groß und von der gleichen Marke, wie der der Frau in Grau und wie die Frau in Grau, trug Saskia Nolden dunkle, teure Sportswear. Mit einem Schlag war für Wolf klar, dass die beiden zusammengehörten, dass sie Komplizinnen waren, die sich gegen ihn verschworen hatten. Wahrscheinlich waren sie sogar für den gleichen Flug eingecheckt – Business Class nach Köln, Champagner, und dann *chin chin*, weil sie Wolf so raffiniert eingekesselt und zur Strecke gebracht hatten.

›Bitches‹, dachte Wolf, während er der weiterhin telefonierenden Saskia Nolden den Wagenschlag öffnete. ›Fucking Bitches.‹

Saskia Nolden nahm auf dem Rücksitz Platz und tat so, als würde sie die Frau in Grau nicht kennen. Wolf schlug die Türe hinter ihr zu, umrundete den Wagen und stieg auf der Fahrerseite ein. Nadine Oschmann stand immer noch auf dem Bürgersteig, offenbar unsicher, was von ihr erwartet wurde. Wolf startete den Wagen und fuhr los. Im Rückspiegel sah er Nadine Oschmann zaghaft winken.

Wolf ordnete sich in den Verkehr ein. Stop-and-go. Saskia Nolden auf dem Rücksitz telefonierend, leise lachend und girrend, als hätte sie einen Lover am anderen Ende (»Jetzt hör' mal auf, Mann. Ihr wart unfassbar gut, das habe ich dir doch schon gesagt. Das war ein geiles Comeback am Samstag. Das war ein Superauftakt für unser Ding. Und wenn wir da jetzt noch ein bisschen Wumms dahintergeben, dann ist das ein Selbstläufer. Fact!«). Die Frau in Grau schien auf jedes Wort zu lauschen, das Gesicht angestrengt, der Körper in Habachtstellung, als müsste sie sicherstellen, dass Wolf ihrer Herrin nicht noch auf den letzten Metern in die Parade fuhr.

Eine Viertelstunde später stand Wolf an der Ampel zur Autobahnauffahrt. Neben ihm auf einer Verkehrsinsel eine dieser XXL-LED-Tafeln. Wieder mit dem Video von dem verzweifelt überarbeiteten Bürohengst in seinem schicken Büro. Der Mann im Film hob den Kopf, sein Blick traf den von Wolf, und die Qual des Mannes war die Qual, die Wolf verspürte, genau wie bei den Malen zuvor. Aber dann wurde Wolf mit einem Schlag klar, dass das ja gar nicht mehr stimmte. Weil seine Zeit in schicken Büros vorbei war. Weil Herbert Stetten ihn vor einer halben Stunde mit Schimpf und Schande vom Hof gejagt hatte. Und weil Wolf ohne den Paycheck von HSW nächste Woche eigentlich sofort die Hand heben konnte: Offenbarungseid, Privatinsolvenz, Entzug der Anwaltszulassung, Mitte vierzig, nie was anderes gemacht, keine Chance auf dem Arbeitsmarkt, Hartz IV, raus aus der Wohnstadt Carl Legien, dafür demnächst in einem Plattenbau in Marzahn. Und was sollte aus den Kindern werden? Was würden Jan und Kathrin sagen, wenn Wolf ihnen heute Abend beim Abendessen eröffnete, dass sie einen zukünftigen Langzeitarbeitslosen am Tisch sitzen hatten – keinen Job, keine Frau, dafür zwei Kinder, eine Bauruine und überschlagsweise 600k Schulden am Hals? Wolf erinnerte sich an die Sprüche, die Jan nach ein paar Gläsern Wein über Menschen ohne Geld und Arbeit raushaute, und daran, wie Kathrin dazu mit dem Kopf nickte und lächelte. Wie lange würden Ben und er noch bei den beiden willkommen sein? Wann würde Jan durchscheinen lassen, dass er Wolf eigentlich immer schon für eine Lusche gehalten hatte, einen Versager, der mit angezogener Handbremse fuhr? Wie lange würde Kathrin noch als Heldenmutter für Ben einspringen? Und dann war da ja auch noch Ada, Wolfs Große, sein Herzensmädchen. Ada, von der Wolf noch nicht einmal wusste, wo sie sich seit Wochen herumtrieb. Fünfzehn Jahre geliebt und jetzt vermutlich ein Totalverlust.

Genau wie Elise. ›Allesverloren‹, dachte Wolf. ›Allesverlorenallesverlorenallesverloren!‹

Die Ampel vor ihm sprang auf grün. Wolf fuhr auf die Autobahn auf. Die Fahrbahn war erstaunlich frei für die Tageszeit. Die Sonne schien, der Himmel hatte dieses ganz eigene Blau, das man manchmal mit Glück am Meer sah, oder in irgendwelchen Filmen – intensiv ultramarin, fast schon lila, und am Horizont im Dunst verschwimmend.

Schön war das, dachte Wolf. Er fragte sich, ob der Himmel in Nordkalifornien gerade auch so blau war, oder über Byron Bay.

Hinter ihm auf dem Rücksitz telefonierte Saskia Nolden immer noch. »Doch«, hörte er sie sagen. »Hat super geklappt in Berlin. Alles tippi-toppi nach Plan. Genau so, wie wir das wollten.«

›*Wir*‹ – Nicht eine Person, sondern zwei. Wolf warf einen Blick zum Beifahrersitz. Die Frau in Grau schien immer noch angespannt auf jedes Wort von Saskia Nolden zu lauschen, um ihre Lippen spielte ein heimtückisches Lächeln. Und dann wandte sie plötzlich ruckartig den Kopf und musterte Wolf mit ihren kalten, seltsam changierenden Augen, die zu groß waren, für ihr schmales Gesicht mit den hohen Wangenknochen und dem hungrigen Mund. Irgendetwas klickte in Wolf. Und plötzlich wusste er, was zu tun war.

Wolf zog auf die linke Fahrbahn, trat aufs Gas und spürte wie sich die Kraft des Motors unter ihm aufbaute wie eine mächtige Welle. Sehr, sehr weit vor ihm erahnte er die Brücke, die er monatelang auf seinem Weg zu HSW passiert hatte. Im Rückspiegel sah er, wie sich ein metallicblauer Kleinwagen an ihn dranhängte. Wolf beschleunigte weiter, bis die Welt draußen in Lichtflecken an ihm vorbeiflog. Auf der Rückbank begann Saskia Nolden zu schreien. Neben ihm wiederholte die Frau in Grau wieder und wieder die gleiche Wortfolge. Wolf hörte nicht hin. Er fokussierte auf einen noch kaum wahrnehmbaren Fluchtpunkt vor ihm. Die Frau in Grau presste ihm die Mündung ihrer Knarre an die Schläfe. Wolf erhöhte den Druck aufs Gaspedal. Saskia Noldens Schreie gingen in schrilles Kreischen über. Die Frau in Grau ließ die Knarre in den Fußraum fallen und begann, hektisch auf ihrem Handy herumzuwischen. Was sollte das? Wollte sie die Bullen rufen, oder eine Mail an Nolden-Bau absetzen?

Egal.

Wolf spürte, wie die Welle unter ihm an Eigendynamik gewann. Ein nie gekanntes Glücksgefühl durchströmte ihn. Die Brücke lag vor ihm. ›Time to go‹, dachte er. ›Jetzt!‹

Simone umklammerte das Lenkrad, während sie versuchte, den nach ihrem Ausweichmanöver wild schlingernden Ford wieder auf Kurs zu bringen. Im Rückspiegel sah sie die Trümmer des BMW durch die Luft trudeln, schwarz vor tiefblauem Himmel.

›Seltsam‹, dachte Simone. Wieso war es in solchen Momenten immer so, als ob alles ohne Ton und in Zeitlupe ablief?

Sie brachte den Ford auf dem Standstreifen zum Stehen. Ihr Kollege saß stumm und mit aschgrauem Gesicht auf dem Beifahrersitz.

Simone stieß ihm den Ellbogen in die Rippen.

»Nicht ins Hemdchen machen, Kollege. Raus an die Front.«

Sie stieg aus und rannte zurück zur Unfallstelle.

Zwanzig Minuten später war alles abgesperrt. Notärzte und Feuerwehr waren vor Ort, die Leichenwagen auf dem Weg.

Simone lehnte sich an die Leitplanke und tat, was sie tun musste.

Can nahm nach dem zweiten Klingeln ab.

»Can«, sagte Simone. »Can, es hat einen Unfall gegeben.«

Der Schock holte sie erst ein, nachdem sie das Gespräch beendet hatte.

Dienstag

26. März 2019
Berlin

Unternehmerin und Kunstsammlerin Saskia Nolden bei Autounfall getötet

(dpa) *Bei einem Unfall auf dem Berliner Autobahnring ist gestern Vormittag die Unternehmerin und international renommierte Kunstsammlerin Saskia Nolden (44) ums Leben gekommen. Die Tochter des milliardenschweren Logistikunternehmers Günter Karsdorf hatte erst vor sechs Wochen die Nachfolge ihres verstorbenen Mannes Christof an der Spitze des von ihm gegründeten Immobilienkonzerns Nolden-Bau angetreten. Nahezu zeitgleich zu dem Unfall ging bei einem unabhängigen Recherchenetzwerk eine Mail aus dem Umkreis des Verwaltungsbeirats von Nolden-Bau mit umfangreichem Material ein, das einen erheblichen Bilanzbetrug bei dem Immobilienunternehmen belegt. Diesem Dossier zufolge wurden bei Nolden-Bau allein im vergangenen Jahr rund 50 Millionen Euro des Immobilienkonzerns veruntreut und zur Finanzierung der anonymen Anzeigenkampagne eingesetzt, die derzeit in ganz Deutschland Aufsehen erregt. Ziel dieser Kampagne ist es offenbar, den Boden für eine neue, bundesweit agierende populistische Bewegung zu bereiten, die sich gegen die freiheitliche Grundordnung unseres Landes richtet.*

Saskia Nolden hinterlässt drei kleine Kinder. Bei dem Unfall kam der Fahrer des Wagens ums Leben, ein drittes Unfallopfer wurde mit schwersten Verletzungen ins Krankenhaus eingeliefert.

Nachwort

Crash ist ein historischer Roman. Er wurde in den Monaten unmittelbar vor Ausbruch der SARS-CoV-2-Krise geschrieben und zeigt eine Welt vor der Pandemie. Welche Aussagekraft hat der Text damit noch für unseren Alltag in und nach der Krise?

Crash hat zwei Handlungsebenen. Auf der ersten, oberflächlicheren, geht es um den Aufstieg einer fiktiven neuen rechtspopulistischen Bewegung, die mit Geldern aus der Wirtschaft gegründet und über eine verdeckte Marketingkampagne öffentlich gemacht wird. Diese Kampagne bedient sich der Strategien und Ästhetiken der zeitgenössischen Kunst und Popkultur und spricht gezielt unterschiedliche Milieus an, vor allem jedoch die Klientel der urbanen, sich politisch eher links verortenden Besserverdiener.

Die Idee zu diesem Gedankenspiel kam mir, nachdem ich von Vertretern ebendieses Milieus wiederholt mit der Wendung »Ich würde ja nie *AfD* wählen, aber …« konfrontiert wurde. Auf Nachfrage wurde zumeist bald klar, dass die jeweiligen Sprecher weniger Probleme mit den politischen Inhalten der *AfD* hatten als mit dem äußeren Erscheinungsbild der Partei und der Mehrheit ihrer Anhänger. Rechtspopulismus wäre also eine Option, müsste man nicht fürchten, sich dabei mit aufsässigen Spießbürgern gemein zu machen. Welche Zustimmungswerte würde also eine rechtspopulistische Bewegung erringen, die in ihrer Anmutung auch für die Generation der gut verdienenden, akademisch gebildeten Dreißig- bis Fünfzigjährigen anschlussfähig wäre? Und mit welchen Mittel könnte diese Klientel am ehesten angesprochen werden?

Zumindest die Antwort auf die zweite Frage schien mir eindeutig: Mit Anleihen bei der zeitgenössischen Protestkunst, deren Ideale, Methoden und Bildsprache längst den linksliberal-bildungsbürgerlichen Mainstream prägen. In den vergangenen Jahrzehnten haben sich immer mehr Künstlerinnen und Künstler demonstrativ gesellschafts- und konsumkritisch positioniert. Beispielhaft, weil ich in *Crash* auf ihre Arbeiten anspiele, seien hier die anonymen Poster-, Billboard- und LED-Installationen von Jenny Holzer aus den 1980er-Jahren genannt, die *OBEY*-Streetwear von Shepard Fairey und die subversive Streetart eines Banksy (beide seit Beginn der 2000er), oder die mit gesellschaftskritischen Suggestivfragen bedruckten U-Bahn-Tickets die Barbara Kruger 2017 in New York in Umlauf brachte.

Die Abgrenzung zu einer durchkommerzialisierten Massenkultur erhebt diese zeitgenössische Protestkunst und ihre Produzenten zu Bürgen für Wahrhaftigkeit und Widerständigkeit – beides Qualitäten, die der Politik immer lautstarker abgesprochen werden, beides jedoch auch Qualitäten, die paradoxerweise den Marktwert und Status dieser Kunst erhöhen. Inhaltlich widerständige Kunst zu besitzen, gilt als exklusiver Ausweis postmateriellen Bewusstseins und erhebt ihre Sammler zu Influencern, deren Lifestyle und Repräsentationsformen in den Feuilletons der Qualitätspresse und Homestorys der Hochglanzmagazine gefeiert werden. Von dort wiederum sickern Bilder und Slogans zurück in die Werbung, werden zum Versprechen von Unangepasstheit und Rebellion aufbereitet und in Kampagnen eingesetzt, die sich formal kaum von Kunstaktionen, Streetart oder anonymen Aktivismus unterscheiden und gerade deshalb die städtische Mittelschicht besonders ansprechen.

Teile der rechten Szene haben dieses Potenzial längst für sich entdeckt. In den USA wendet der der Alt-Right zugerechnete Street Artist Sabo die Bildsprache linker Protestkünstler auf ultrarechts. In Italien adaptiert die neofaschistische Bewegung *CasaPound* Aktionsformen und Ästhetik der radikalen Linken und die Band des *CasaPound*-Gründers Gianluca Giannone scheint näher am linken

Punk als am rechten Hardcore. In Deutschland schließlich imitieren die öffentlichen Interventionen der rechtsextremen *Identitären Bewegung*, etwa das Ende 2017 am Brandenburger Tor errichtete temporäre Mahnmal für die Opfer islamistischer Gewalt, die Protestaktionen des linken *Zentrums für politische Schönheit*. Auch hier sind die grundlegenden inhaltlichen Unterschiede zwischen Original und Kopie für den oberflächlichen Betrachter immer schwerer zu erkennen.

Was aber, wenn diese rechten Gruppierungen auf das erforderliche Know-how, die Infrastruktur und vor allem ausreichend Finanzen zugreifen könnten, um ihre Botschaften flächendeckend zu verbreiten, oder – noch radikaler – wenn eine gänzlich neue Bewegung von Kommunikationsexperten auf dem Reißbrett entworfen und mit entsprechenden finanziellen Ressourcen ausgestattet, die Strategien dieser Gruppierungen für ihre Zwecke aufgreifen würde?

Dass solche Überlegungen nicht vollkommen aus der Luft gegriffen sind, zeigt das Beispiel des lagerübergreifenden populistischen *MoVimento Cinque Stelle* in Italien, das seinen Aufstieg zur stärksten italienischen Einzelpartei der Steuerung durch die Kommunikationsberatung *Casaleggio Associati srl* verdankt. *Cinque Stelle* lieferte wiederum die Blaupause für die von Politstrategen initiierte und von prominenten Wirtschaftsbossen unterstützte *Brexit Party* in Großbritannien. In beiden Fällen lassen sich die Finanzflüsse dieser Gruppierungen nicht nachvollziehen, weil sie über Privatfirmen laufen, die ihre Einnahmen nicht als Spenden deklarieren müssen. Währenddessen erhielt die *AfD* im Vorfeld der Landtags- und Bundestagswahlen 2016 und 2017 über den Stuttgarter *Verein zur Erhaltung der Rechtsstaatlichkeit und der bürgerlichen Freiheiten* und eine mit diesem eng verbundene Schweizer PR-Agentur indirekte millionenschwere Wahlkampfhilfen in Form von Werbemitteln – unter anderem Plakaten und Gratiszeitungen. Kurz darauf ließ der bundesweit agierende Immobilienentwickler Christoph Gröner verlauten, gemeinsam mit anderen Wirtschaftsgrößen eine eigene Partei gründen zu wollen. Im Sommer 2019 kündigte Gröner am Rande einer Kunstauktion dann die Gründung eines *Vereins für den gesunden Menschenverstand* an, der sich mit gesellschaftspolitischen Themen beschäftigen werde.

Aus diesen Realitätssplittern setzt sich in *Crash* die Fiktion der millionenschweren Bauunternehmerin und Kunstsammlerin Saskia Nolden zusammen, die gemeinsam mit ihrem vom rechten Bandleader zum Kommunikationsberater mutierten Ex-Liebhaber die populistische Bewegung *Besserland* ins Leben ruft und über eine aus illegal abgezweigten Firmengeldern finanzierte Guerillakampagne bekannt macht.

Der Aufstieg von *Besserland* vollzieht sich dabei vor dem Hintergrund einer BRD, die zwar als Staatswesen immer noch funktioniert, in deren Gesellschaft sich jedoch in den vergangenen Jahrzehnten tiefe Risse aufgetan haben. Konkret: die immer schärfer zutage tretende soziale Ungleichheit, die Prekarisierung von Arbeitsverhältnissen, die Bildungs- und Geschlechterungerechtigkeit, der tief verankerte strukturelle Rassismus und, daran gekoppelt, die teilweise gescheiterte Integration von Menschen mit Migrationshintergrund. Die daraus entstehende Verunsicherung, Angst und latente Gewalt unterminieren das Fundament unseres Gemeinwesens, sie können den Einzelnen in Isolation, Selbsthass und Paranoia führen und bereiten damit den Nährboden für populistische Bewegungen mit ihren Verheißungen neuer Formen von Gemeinschaft.

Dieser schleichende Zerfall wird seit Jahren von Soziologen, Politikwissenschaftlern und Bildungsforschern untersucht und in den Medien ausführlich thematisiert, und wer nicht komplett blind und taub durch unser Land läuft, kann ihn im eigenen Alltag beobachten. Trotzdem klammern wir uns weiter an die fassadäre Illusion von sozialer Mobilität und Wohlstand für alle. Wo das Auseinanderklaffen zwischen Ideal und Wirklichkeit nicht mehr auszuhalten ist, suchen wir Zuflucht in der Familie, im Konsum, beim Therapeuten oder in esoterischen Gemeinschaften, nur um dort oft genug lediglich eine Ausweitung der Kampfzone zu erleben.

Diese tiefgreifende gesellschaftliche Erosion und die daraus resultierende allgegenwärtige Gewalt stehen im Zentrum der zweiten, untergründigeren Handlungsebene von *Crash*, wobei die Katastrophe des Torsten Wolf durchaus als Gleichnis auf den Zustand unserer Gesellschaft gelesen werden kann. Die Faktoren, die Wolfs Höllenfahrt befördern – sein Zerriebenwerden zwischen Beruf und Familie, sein aggressiver Machismo im Arbeitsumfeld und seine gleichzeitige Hilflosigkeit angesichts der unausgegorenen Selbstverwirklichungsversuche seiner Frau, Wolfs fatale finanzielle Situation und die daraus resultierende Angst vor dem sozialen Abstieg, sein ständiges Schwanken zwischen grandioser Selbstüberschätzung und abgrundtiefer Verzweiflung – sind dabei im Roman verdichtet und wie durch ein Brennglas dargestellt.

Eine ebensolche Brennglasfunktion wird seit Verhängung des ersten Lockdowns auch der SARS-CoV-2-Krise zugeschrieben. Seit Langem bekannte gesellschaftliche Missstände – unter anderem soziale Ungleichheit, Geschlechterungerechtigkeit und die Unvereinbarkeit von Beruf und Familie – treten nunmehr unübersehbar scharf ins Relief. Gleichzeitig hat sich mit *Querdenken* eine hybride, zunehmend rechts unterwanderte und gewaltbereite populistische Bewegung formiert, die sich skandalträchtig in Szene setzt und deren Finanzierungsquellen weitgehend intransparent bleiben.

Die Realität der gegenwärtigen Pandemie und die Fiktion meines Romans verweisen also auf die gleichen Bruchstellen in unserem Gemeinwesen. Es ist an uns, daraus die richtigen Schlüsse für unser zukünftiges Zusammenleben zu ziehen.

Susanne Saygin im Januar 2021

Danksagung

Mein Dank für Expertise und Unterstützung während der Arbeit an diesem Buch gilt:

Maruan Abu-Dagga, Jan Bassenge (Jan Bassenge Architekten), Deutsche Wohnen SE, Nora Haller, Laura Haßler, Alexander von Hausen (peacemaker personal training), Nicole Kayser, Christian Koch, Jens Krause, Elisabeth Lohnert, Kristina Lowis, Dagmar Masczieswski, Tim Müller, Thomas Prangemeier, Alexander Sättele, Alexander Sigel (DigiTrace GmbH), Alrun Schmidtke, Dr. Monika Spiegel (Supervision – Coaching – Psychotherapie), Antje Sudowe, Simone Wibbeke und der Soldier of Fortune GmbH.

Quellenverzeichnis

- Das dem Text vorangestellte Zitat von W. H. Auden stammt aus dem Gedicht *Musée des Beaux Arts*, Auden, W. H., *Collected Shorter Poems* 1930–1944, London: Faber and Faber Ltd., 1950 (5. Auflage), S. 19.
- Das Brechtgedicht, aus dem Elise an ihrem ersten Morgen mit Wolf zitiert, heißt *Terzinen der Liebe*, Brecht, B., *Große kommentierte Berliner und Frankfurter Ausgabe*, 32. Bde., herausgegeben von Werner Hecht u. a., Berlin/Frankfurt: Aufbau Verlag/Suhrkamp Verlag, 1988–2000, Bd. 14, *Gedichte: 4, Gedichte und Gedichtfragmente 1928–1939*, S. 15–16.
- Isa zitiert bei ihrem ersten Gespräch mit Wolf das Gedicht *Ikarus* von Ernst Jandl. Jandl, E., *Gesammelte Werke*, 6 Bde., herausgegeben von Klaus Slibewski, Darmstadt/Neuwied: Luchterhand, 1985, Bd. 1, *Gedichte*, S. 50.
- Während des Retreats tanzen Wolf und Isa zum Titelsong von Herbert Grönemeyers Album *Mensch*, Grönland Records, 2002.